中国柯尔克孜族英雄史诗

ماناس

玛纳斯

第三部 赛依铁克

第2卷

居素普·玛玛依 演唱

《玛纳斯》汉译工作委员会 编译

朱玛克·卡德尔 翻译

新疆人民出版总社

新疆人民出版社

◎ 第2卷

克亚孜之死

大战前的精心策划

英雄古里巧绕一路风尘仆仆，
来到了宽阔的库米什布拉克草原。

盼望着大叔早日到来，
少年赛依铁克望眼欲穿。
古里巧绕向赛依铁克，
讲述了来回的所闻所见。
古里巧绕和赛依铁克，
畅所欲言筹划未来。

此时古里巧绕这样言讲：
“孩子，你到克亚孜那里去一趟，
乘机和你母亲仔细商量。
你一定要把套托茹骏马骑来，
让它离开克亚孜身边。

“你要告诉你母亲，
巴什奥纳月的第十五天，
我们将会师塔拉斯故乡。
塔拉斯的乡亲们将在那天起事，
我们不能提前也不能错过时间。
假如我们迟迟不到现场，
恐怕他们被坎巧绕杀光。”

赛依铁克跨马起程，
阔依恰布达尔一路飞驰。
赛依铁克和阿依曲莱克，
将行动计划精心安排。
赛依铁克去见克亚孜，

向克亚孜讲明来意：

“我此次来有一事相求，
我要将奥鲁斯汗之女古丽娜尔接来，
依你看是否合适？
我们上次从乌茹姆回来，
已经过去了六个月的白天，
也过去了六个月的夜晚。
我想快点去乌茹姆，
将古丽娜尔接到我们身边。
免得她落个‘送上门来的媳妇’的名声，
被少女和媳妇们传为笑谈，
我请你们二位顾全脸面。

“假如你的儿媳妇每天进屋，
向你低头躹躬请安，
难道那不是敬重你的尊严？
假如儿媳妇时刻听从我姐姐的使唤，
难道那不是敬重我姐姐的尊严？”

赛依铁克说完起身，
走出宫殿跨上马鞍。
赛依铁克稳坐在马背上，
又高声向母亲阿依曲莱克请求再三：
“我的姐姐曲莱克，请你倾听，
你去迎接儿媳的时候，
务必将套托茹骏马骑来。
儿媳妇到来的时候，
还要用刁羊仪式隆重欢迎。
赛依铁克我只有骑上套托茹，
才能在刁羊场上取胜。

“父王克亚孜正在飞黄腾达青云直上，
你们的美名会在人间传颂。
我的姐姐，不要忘记，
千万记住我说的心里话。”
说完了这些话语，

赛依铁克策马登程。

古里巧绕正在加紧准备，
精心制作锋利的弓箭。
他盼望着赛依铁克归来，
估计这两天就会回返。

赛依铁克回来与他会合，
两位英雄喝着饮料一路前往。
他们来到只有一眼泉的阿尔腾布拉克，
他们要在这里熬夜守望。
他们要射死下山饮水的黑色母盘羊，
因为克亚孜的生命就在它的肚子里保藏。

少年猛虎赛依铁克，
此时提出了这样的建议：
“我亲爱的大叔啊，
我想单独守候在这里。
人们说艾热①和色热代②，
每次饮水必定来到此地。
请你去堵住通往宫殿的大道，
守候在它们必经的山脊。

“好吧，我可爱的小伙子，
我怎能和你争夺功绩。
小家伙，你千万别睡觉，
错过射中黑色母盘羊的时机。
假如它逃脱了你的射程，
我将阻击在那山脊。”

赛依铁克将坐骑拴在远处，
自己埋伏在泉水边，
古里巧绕策马走向达坂。

赛依铁克到来时已是中午时分，

①② 柯尔克孜语，野盘羊的名字。

他舍弃了诱人的酣眠。
他通宵达旦没有合眼，
仰望夜空将星星盘点。

天空的星星开始移动，
好像有人将它们躯赶。
东边的星星越来越少，
星星点点稀疏可见。
所有的星星移动拥挤，
都挤向天空的西边。

天边出现了鱼肚白，
好像少妇弯曲的眉毛一般。
这正是天色蒙蒙亮的时分，
黑色盘羊趁朦胧的天色，
跑到一眼泉水跟前。

黑色盘羊一向不会贪婪饮水，
每次喝完水抬头左顾右盼。
然后顺着斜坡飞跑，
很快消逝在眼前。
这只不得好死的黑色母盘羊，
今日不敢饮水直立在水边。
它远离在射程之外，
竖着耳朵瞪大眼睛四处察看。
好像发现了什么动静似的，
眼看就要掉头转身返回深山。

阿克凯勒铁枪被大伯带走，
苹果头火枪留在塔拉斯故乡。
英雄色尔哈克的色尔巴攮枪，
被坎巧绕当作战利品，
赠送给了克亚孜汗王。
如今色尔哈克珍贵的巴攮枪，
转到少年英雄赛依铁克手上。

他举起色尔巴攮枪瞄准，

手指扳着枪机思量：
“这个黑色母盘羊，
难道不饮水就离开这个地方？

“假如我冒失地扣动枪机，
假如色尔巴攘的子弹打不到它身上，
这个狡猾的黑色母盘羊，
将会直奔后方的克亚孜身旁。
告诉他有人用巴攘枪射击，
那就完全暴露了我们的行动计划。”
赛依铁克提醒自己，
稳定情绪耐心观察动向。

黑色母盘羊转过身来，
直奔泉水旁边。
它把头低到水面，
把嘴唇完全伸进水里。

但这个该死的畜牲十分警惕，
不时地抬头四处观望。
目标与枪口距离很远，
如同一根黑色鬃毛，
很难锁定在准星中间。
赛依铁克没有收回伸出的枪身，
瞄准目标阴沉着脸。

赛依铁克观察发现，
黑色母盘羊收拢了四条腿，
但它没有抬头观看。
赛依铁克做出判断，
黑色母盘羊准备跳跃，
跳进隐蔽的地形逃窜。

当它前蹄刚刚腾起，
后蹄还未离地。
赛依铁克没有收回伸出的枪身，
迅速扣动了枪机。

色尔巴攘的子弹射偏，
只是把黑色母盘羊腰旁的皮肉击破。
黑色母盘羊拖着击破的皮肉，
艰难地逃往山坡。

英雄古里斯坦听到巴攘枪声，
清楚地辨明子弹已经打偏。
他就像亲眼看见似的，
做出了十分准确的判断。

古里斯坦举起千里眼，
紧盯着来路的方向。

他是无所不见的英雄，
他是所向无敌战无不胜的英雄，
他是心想事成无所不能的英雄，
他是神机妙算料事如神的英雄。
阿勒曼别特之子古里巧绕，
他就是这样神奇。
英雄古里巧绕身材魁伟，
注视着阔克奥依茹克的隘口。

只见黑色母盘羊摇摇晃晃，
晃动着硕大躯体奔走，
它身侧中弹的伤口耷拉着一大块皮肉。

古里巧绕利箭在弦，
做好准备随时出手。
跑来的黑色母盘羊，
突然发现了苏尔阔勇骏马的蹄印。
它停住脚步扭头转身，
逃向另外的路径。

"它企图逃出我的视线，
转向了科尔沁杜的边缘。
那里路远多有转弯，

我要不惜坐骑快马加鞭，
抄近路堵在它的面前。

“假如我不在科尔沁杜阻拦，
这该死的畜生就会逃窜，
就会直奔克亚孜跟前。
瞎子克亚孜就会不声不响地，
将阿依曲莱克的脖颈砍断。
然后他会跨上套托茹风驰电掣，
转眼间来与我们交战。”
古里巧绕心里这样思忖，
跨上骏马飞速追赶。

奔驰的骏马扬鬃奋蹄，
踏出的深坑如同地灶一般。
身后扬起滚滚尘土，
如同大地浓雾迷漫。
风吹尘埃空中飘散，
如同晨雾移向天边。
英雄不惜马力拼命奔跑，
赶到隘口仔细察看，
黑色母盘羊早就消逝不见！

古里巧绕踏看地面的足迹，
估计过了煮一顿饭的时间。
他环视四周观察地形，
估计它还未翻过对面的塔什达坂。

古里巧绕扬鞭策马，
一路奔驰赛过旋风，
很快来到大峡谷的出口。
他勒住缰绳横马站立，
放眼瞭望塔什山口。
黑色母盘羊映入眼帘，
只见它再跨两步就要翻过达坂。

古里巧绕提前两步瞄准，

用尽全力射出利箭，
利箭“嗖”的一声离开弓弦。
母盘羊正在向前跳跃，
前腿刚刚落到地面，
身体就被古里巧绕的利箭射穿。

此时英雄古里巧绕，
祈求祖先阿依阔勒玛纳斯的神灵，
祈求父亲青鬃狼阿勒曼别特汗王的神灵，
祈求英雄豪杰楚瓦克、色尔哈克的神灵。
不论黑色母盘羊还有多少诡计，
决不能让它再次逃生。

他催动苏尔阔勇奔上山坡，
犹如腾飞四蹄生风。
雄狮般的英雄古里巧绕，
一心追赶黑色母盘羊，
快马加鞭焦急万分。
苏尔阔勇放开四蹄飞奔，
连飞禽都望尘莫及感到沮丧。

英雄古里巧绕赶到跟前，
只见母盘羊躺在那里绒毛蓬乱。
不等古里巧绕跳下马鞍，
母盘羊一会儿变成蛇蜷缩一团。
一会儿变成青蛙爬行向前，
先后施法六次变幻。

阿勒曼别特之子古里巧绕，
十分精通破解之术。
他抓起了一把土念着咒语，
撒在母盘羊身上，
将它的变幻制住。
黑色母盘羊施完了法术，
无处可藏穷途末路。

古里巧绕将它狠狠摁住，

开膛破肚把胆囊取出。
仔细察看它的腹腔，
从肚子里把拳头大的匣子找出。

只见匣子有两个盖子，
还有一个通气孔。
英雄古里巧绕从小孔窥见，
匣子里并排站着三只黑头麻雀，
还有三只淡黄色麻雀和一只红色麻雀。
原来克亚孜对七只麻雀施了法术，
将自己的生命寄存在它们的身上，
藏在黑色母盘羊肚里保护。
古里巧绕把匣盖紧紧扣好，
分割盘羊肉，刀法娴熟。

古里巧绕正在忙活的时候，
赛依铁克惊慌失措来到眼前：
“亲爱的大叔，请你原谅，
狡猾的母盘羊将我欺骗，
我未能把它打翻。
大叔啊，我给你添了麻烦，
让你遭受到这样的困难。”

“噢，我的小马驹赛依铁克，
今天的遭遇，
算不上什么了不起的困难。
假如黑色母盘羊今天逃脱了，
会降下天大的灾难。
假如母盘羊今天逃脱，
它会通报这里发生的事件。

“克亚孜就会立刻杀害阿依曲莱克，
不会让你母亲有半句申辩。
克亚孜就会把生命转移，
然后把我们追杀围歼。

“如果他向塔拉斯传消息，

坎巧绕也会前来支援。
他会把卡妮凯和巴卡依斩首，
带来首级向克亚孜邀功请赏。
正义和邪恶双方会拼死鏖战，
有多少族人就会鲜血四溅。

“我已经失去了汗王大哥，
假如我今日疏忽扑空，
再失去卡妮凯、巴卡依和曲莱克，
我们的事业怎能顺利成功？！

“我射死庞大的母盘羊，
情不自禁，欣喜若狂，
喜悦的汗水湿透了衣裳。
这是老天的恩赐，
让我们待在这里休整，
顺便将母盘羊的鲜肉品尝。

“我料想你母亲定会想方设法，
千方百计跨上套托茹骏马，
她很快就会到达。”
叔侄俩将母盘羊肉烧烤，
沾着盐水调好了味道。

将他们俩吃肉的事暂时搁放，
请您倾听留在阿寅勒的曲莱克，
现在是什么样的情况。

约定的日期已经来临，
阿依曲莱克早就心急如焚。
她向克亚孜“撒娇”引诱：
“我的汗王克亚孜，请你倾听！
你的儿子要把妻子接回来，
急不可耐地跨马出行。
临行时回头向我请求，
让我去将迎亲队伍接迎。

"近亲不会娶近亲为妻，
奥鲁斯汗离我们很远，
你的儿子才和他的女儿成亲。
我们应赶到前面迎接，
免得旁人挖苦讥讽，
让儿子脸面丢尽。"

这时克亚孜很不耐烦：
"赛依铁克既然一意孤行，
自作主张擅自娶亲，
就让他自己领进门庭！
你到老年还漂浮不定，
我真没见过你这样的德行！"

阿依曲莱克停顿片刻厉声回敬：
"你这个杂种克亚孜，胡言乱语！
说什么我阿依曲莱克，
到年老还漂浮不定。
自从我嫁到你这里，
过了十二年的光景。
难道我是轻佻的年轻媳妇，
去参加过别人一次婚庆？！
哪怕一次的婚丧喜事，
难道你也不该像堂堂正正的男人，
亲自鞴好骏马，
让我骑着去表达人之常情？

"我也想去参加每次的祭典和婚礼，
但我担心你克亚孜介意。
担心别人见了有失体面，
整天把自己关在屋里。
如今我成了真正的奴隶，
难道我从来没有骑过，
像套托茹这样的神骥！

"赛麦台依在世时穿过的衣服，
至今还穿在我的身上。

你不想让我以新换旧，
从未给我购买新衣裳。
哪怕是几句宽心话，
你也懒得对我讲。

“你今日的污言秽语，
我刻骨铭心终生难忘！
你不该如此信口雌黄，
我又没有要求去走乡串户。

“赛依铁克是一根独苗，
前面没有兄长，
后面没有弟弟，
更没有姐姐妹妹帮忙。

“如今他独自一人，
前往乌茹姆迎亲。
你没有让我作为母亲与他同行，
你都没有这一点人性！

“节迪盖尔有那么多英俊少年，
你也没有安排其中哪一个，
将你孤独的儿子陪伴！

“我好心要去迎接儿媳，
你克亚孜却说我曲莱克漂浮不定，
请问你这话有何用心？！
你以为自己是无所不知的精灵，
我倒成了愚昧无知的女人。
我对你的言辞一直装聋作哑，
你一直没有停止对我冷嘲热讽。

“我原本固执不讲情面，
当我真的生气的时候，
敢与父亲争夺决定权。
我现在决定回归本性，
和你闹个天翻地覆。

“康阿依人祖祖辈辈，
与柯尔克孜结下了不解之缘，
我要投奔康阿依求援。
我要抹去衰老的相貌，
变得像十八岁的姑娘一般。

“我要像秃鹰啄食一样，
无情地啄取你的双眼。
假如不能把你撕成碎片，
就把我曲莱克之名彻底改换！

“我要披上天鹅羽衣，
我要展翅翱翔在天空；
我要变成美丽的少女，
我要与加勒格再克结婚。
我要在你的食盐上撒尿，
否则，我愧对于曲莱克的英名。”

阿依曲莱克气冲冲地走开，
取下挂在毡壁上的天鹅羽衣。
她披上羽衣升腾到天窗，
让明白人感到就要发生危机。

此时该倒霉的克亚孜，
痛苦得心里滴着鲜血。
他改口向阿依曲莱克求饶：
“阿依曲莱克，请你别误解！
像在我们这样的恩爱夫妻之间，
会发生许多趣闻轶事。
你这样吹毛求疵离我而去，
你走了我还会有女人，
可是世人知道你抛弃了克亚孜，
你会落得可耻的坏名声。

“你何时鞴好鞍跨上套托茹马，
我何时说过曲莱克不能乘骑？

假如你出售圈里的绵羊，
假如你让人抓取牧场的马匹，
假如你让人驱赶牛群，
假如你让人在单峰驼中百里挑一，
假如你让人以此换取耀眼的布鲁姆服装，
难道我会阻止你？

“当然我没有给你购置服装，
其实应该是你给我添置衣裳才对。
你给我缝制我就穿在身上，
你不给我添置我也没有奢望。
只有你自己知道为什么不换新装，
其中的原因我怎么思量？

“赛依铁克前往乌茹姆，
身边没有带领年轻伙伴。
他并没有向我们提出要求，
让我们俩中的一个与他陪伴。

“阿依曲莱克，你想一想，
明知儿子心中不情愿，
难道让我飘动着长须死皮赖脸？
今天我给你讲的那些话，
其实是对儿子的埋怨。
请你不要变成鸟蹲在天窗，
让我担惊受怕，忐忑不安。

“你就跨上套托茹骏马，
你不要孤身一人前行，
让妇女们跟随在身边。
临行前告诉阿寅勒的人，
收拾好新郎新娘的房间。

“你不是没有坐骑乘骑，
你不是没有衣服可穿。
你总是这样无理取闹，
这可不是一个好习惯！

你动不动就怪罪别人，
你口齿伶俐能言善辩，
从不让别人把话说完。
你性格急躁容易生气，
发起火来什么都不管。
曲莱克，请你快下来，
穿上盛装，跨上马鞍，
赶紧上路不要迟缓。”

克亚孜嘴上这样说着，
但心里暗藏着阴谋诡计，
阿依曲莱克对此心知肚明。

曲莱克犹如高山崩裂的雪块，
转眼间降落到地上。
克亚孜故意嬉戏，
企图抓住曲莱克不放。

赛依铁克已去迎亲，
古里巧绕还留在马场，
谁知道他是否在那里治伤！
曲莱克她刚才向我公开宣扬。
只要我抓住了曲莱克，
就能知道她在搞什么名堂。

克亚孜一只手搂住曲莱克的脖颈，
另一只手伸向曲莱克的胸脯，
眼看就要把曲莱克抱住不放。

精通法术的嫂嫂阿依曲莱克，
如同流动的汞水一样，
摇晃一下便隐身而去。
站立在房屋左侧的门旁，
光彩照人地将克亚孜观望。

克亚孜左右张望，
月亮般的阿依曲莱克的法术，

让他感到十分惊慌：
“噢咿，曲莱克，别耽误了，
抓紧准备，穿好盛装。
祖传的奴隶巴依灭迪尔，
快把套托茹牵来让曲莱克骑上！”
克亚孜激动得高声叫嚷。

克亚孜气得头发直竖，
脸上的汗毛如同大麦麦芒。
他来到高塔跟前，
一屁股坐在石雕的椅子上。
巴依灭迪尔牵来套托茹马，
将鞍鞯套在马背上。

阿依曲莱克当面准备了一个行囊，
暗地里又准备了一个行囊。
她在隐藏的皮囊里装入全部黄金，
把一切准备停当。
这是一个神秘的皮囊，
将天下黄金装进去也装不满，
也不会增加重量；
它是用酷似人眼皮的皮面缝制而成，
是一个神秘莫测的皮囊。
你可知道人的眼皮，
财富无法满足眼量？

阿依曲莱克悄悄地带出行囊，
系在套托茹骏马的马背上。
她迫不及待地跨上马鞍，
踏在了迎亲道路上。

瞎子克亚孜刚才忘记，
没有向套托茹询问迹象，
是老天让他健忘。
当曲莱克起程后突然想起，
一边招手一边叫嚷，
“曲莱克，请你等一等！”

克亚孜追来慌慌张张。
他要向套托茹询问情况！
阿依曲莱克对此早就料想。

六十二种咒语，
阿依曲莱克了如指掌。
七十二种法术，
阿依曲莱克样样在行。
一千零一个咒语的奥秘，
让阿依曲莱克破解也无妨。
此时她默诵了结舌之咒，
将套托茹马的前额，
用发饰轻轻触摸。

套托茹马便不像从前，
说起人语舌头灵活。
克亚孜来到曲莱克身边，
假装把套托茹再次委托，
其实想让套托茹诉说实情。
可他的套托茹马睁着眼睛，
说不出话，保持沉默。

隐藏克亚孜生命的黑匣子，
已在古里巧绕和赛依铁克手中；
克亚孜的忠诚伙伴套托茹骏马，
也已在阿依曲莱克胯下；
处处设防的克亚孜，
怎斗得过智勇双全的仙女曲莱克。
玛纳斯的英雄后代，
已做好了大战前的一切准备，
且看他们如何夺取恶棍克亚孜的性命！

古里巧绕杀死克亚孜

克亚孜未能从套托茹那里得到任何信息，
只好神情恍惚无奈地走开。
你瞧，曲莱克怎样打算：
“凡是见到套托茹神驹的人，
对它的神速无不艳羡。
我要看一看它到底跑得多快，
今天就赶到库米什布拉克草原。
我必须清楚地掌握，
赛依铁克和古里斯那里的一切进展。”

当曲莱克策马起程之时，
不得好死的枣骝马，
知道了背上的曲莱克，
对自己主人的背叛，
于是心中这样盘算：
“我要把曲莱克当作一只麻雀驮着，
脱缰狂奔，不听她使唤。

“我要穿梭重叠的山峦，
把她摔入峡谷深涧。
我要闯进茂密的森林，
在森林中横冲直撞，
把她吊挂在树尖。
乘她在树枝上挣扎之时，
扒下她身上的天鹅羽衣，
看看她失去了天鹅羽衣，
还怎么样飞上蓝天。
我要把发生的所有事情，
从头到尾地告诉克亚孜。

“假若曲莱克不愿去那里，
我就要沉入波浪翻滚的湖底。
当她在湖水中苦苦挣扎之时，
我就脱下她的羽衣逃逸。

“假若曲莱克还不愿意去那里，
我就把她带到陡崖峭壁，
我就在悬崖上跳跃奋蹄。
当她吓得滚落鞍下之时，
我就趁机拿走她的羽衣。”
富有灵性的套托茹骏马，
心中盘算着这些诡计。

这匹不得好死的野马，
低着头向前狂奔，
它就像白云一样，
飘过那些连绵起伏的黑山。
高耸入云的雪峰，
它一个个从头跨越；
重峦叠嶂的山峦，
它一个接一个地跃过。

套托茹跑向下坡，
更加疯狂不已。
任凭阿依曲莱克怎样勒紧缰绳，
该死的套托茹连跑带跳根本不听使唤。
它恨不得一下咬断嚼子，
一路狂奔甩开四蹄向前冲去，
将曲莱克摔死在眼前。

阿依曲莱克清醒地明白：
套托茹心怀着复仇的毒计。
因为这个该死的畜生，
已察觉了塔拉斯人的心思。

阿依曲莱克也完全明白：

“这个畜生不听她的驱使，
一心想返回克亚孜那里。

“假若套托茹返回克亚孜身边，
那结果就会不言而喻。
克亚孜绝不会给我留下生路。
他会把我踩在脚底强行扒下羽衣，
他会像宰羊一样砍下我的头，
他会像切瓜一样剖开我的肚皮。

“克亚孜不会就此善罢甘休，
赛依铁克和古里巧绕，
也会遭到他的算计。
我的阿亚什父亲巴卡依和婆婆，
眼睛会被他剜去。
所有和我的家族沾亲带故的人，
都会遭到克亚孜的追杀血洗。”

六十种智慧、四十种忧愁，
顿时翻腾在阿依曲莱克心间。
千回百转，千思万虑，
使她的泪水不住地流出眼底，
好像已临近生命的终极。

她想：“假如从奥若勒莫绕过，
凶猛的克亚孜定会发现我的踪迹。
他若率兵向我冲来，
到那时我怎能与他匹敌。”

就在这火烧眉毛的紧急关头，
阿依曲莱克使出了绝计。
她不停地念着咒语，
束缚了套托茹马的四蹄。
阿依曲莱克在马背上俯身，
伸手将非凡神驹的前胸触及。
骏马无可奈何地放慢脚步，
再也不能疯狂奋蹄。

阿依曲莱克把马鞭折成两折，
朝着套托茹的头顶，
劈头盖脸抽打了十几鞭。
枣骝马受到沉重的打击，
痛苦的汗水淌到地面。

月亮般的大嫂阿依曲莱克，
在塔什莫依诺克[①]山口，
找到了古里巧绕他们。
赛依铁克、古里巧绕和阿依曲莱克，
言无不尽，详细商量抗敌的对策。
他们烤熟母盘羊的肝脏，
蘸着盐水尽情品尝。
将烤酥的油夹着羊尾和黑色肝脏，
一点不留，全部吃光。

他们从吐孜布拉克的山坡上，
起程返回阿寅勒。
让阿亚什父亲莫明江，
和来自喀什噶尔的托克托大伯，
返回自己的家乡。

他们做了三天的准备，
将需要的一切收拾停当，
拿出金银珠宝，
送给莫明江带上。
聚集牛马驼羊，
让托克托萨尔特赶回家乡。

两千只绵羊一千只四岁马，
都是清一色的灰色良马，
从未有人将它们骑过。
还有那带着驼鞍的四十五峰公驼，
用来拉犁的四十五头公牛，

① 塔什莫依诺克：柯尔克孜语，意为巨石山口。

被驱赶着上路浩浩荡荡。

经过萨日朵别和铁日斯阿依热克，
阿依曲莱克一行宿营在宽阔的坡地上。
让他们在此安心休养，
将旅途用品准备停当。
让我们回到节迪盖尔，
看看克亚孜有什么新情况。

如同毡房大的克亚孜，
秉性难改，暴虐成性。
此时他的头剧烈疼痛，
刺痛直达指梢无法忍耐。

他在石椅上坐卧不安，
扳着指头掐算着时日，
忧愁充满了他的胸怀：
“阿依曲莱克临行时约定，
九天以内必定归来。
可是已经拖延到了十五天，
她仍然滞留在外。

“最近几天以来，
疼痛折磨着我的脑袋。
疼痛一天比一天剧烈，
其中的原因我不明白。

“阿依曲莱克在一年以来，
大半时间出门在外。
她说要在我的食盐上撒尿，
她对我竟然如此粗鲁无礼。

“难道她骗走了我的枣骝马，
到马场带着儿子离开，
还带着那残废的奴隶，
三个人一起逃向加勒格再克的山寨？

“今天我就在这里耐心等待，
假如她明天还不归来，
我就要追上去严惩不贷。

“我要将诡计多端的阿依曲莱克的血液，
像泼水一样放尽。
我要展示自己的本领，
就让赛依铁克睁大双眼！
我要宰杀那个残废的奴隶，
我要将与玛纳斯沾亲带故的人，
斩尽杀绝消灭干净。

“我将派人奔赴塔拉斯，
去给坎巧绕送信。
让人砍下卡妮凯和巴卡依的头颅，
送到我的宫廷。

“曲莱克白天香风拂面，
晚上睡觉时却散发出狐臭味。
我总算领教了她的诡计，
她给我设下了一个个陷阱！
阿依曲莱克晚上不愿意和我同床，
就用臭气熏天的妖女做替身。
这个曲莱克是否一直施法，
将我欺诈诓骗？”

克亚孜躺在被窝心事重重，
一直熬到天色发亮时分。
天秤座已隐去身影，
他的上下睫毛还不曾合拢。
克亚孜彻夜未眠心急如焚，
睁着眼睛熬到天明，
越想越觉得大事不妙。

等不到太阳露头，
克亚孜走进王宫。
许多想法涌向他心头，

不由自主地来到马厩。

当看到枣骝马不在厩中，
此时才感到失算，低头自省：
“我将坐骑让给女人，
有愧于我汗王的名分，
这将导致深重的灾难降临！

“阿依曲莱克啊，我们无论在哪里遇见，
我定要和你一刀两断。
我要把你从眼皮上吊起，
做不到我就改掉克亚孜的名字！”
克亚孜独自生气，自言自语，
唠唠叨叨，愤愤不平。

当他过目厩中的马匹，
阔依库荣马映入眼帘。
当他抢劫塔拉斯的时候，
当他劫持阿依曲莱克的时间，
有一匹枣栗色的母马，
像绵羊一样摇晃着跟在后面。

克亚孜慧眼识马，
对这匹母马暗中关照，有言在先：
“假如这匹枣栗色的母马产下公驹，
终会超群出众，不会等闲。”
枣栗色母马果然产下公驹，
起名为阔依库荣，
如今已过了九年时间。

要说阔依库荣的出生，
也有着良马的血缘：
牧马人不慎伤了苏尔阔勇公马的腿部，
把它留在马圈精心照看。
然后把它放回牧场，
正好与一群母马相伴。
枣栗色母马接受良种，

不久将阔依库荣公驹生产。

克亚孜打量阔依库荣，
如同套托茹骏马一般。
即使连续骑上九个月，
它也不会精疲力倦。

他手牵着阔依库荣马，
急急忙忙走出庭院。
奴仆们见景不敢怠慢，
手忙脚乱地搬来鞴上马鞍。
他们尽快给阔依库荣鞍鞯，
大山般的克亚孜跨上骏马。

要去库米什布拉克草原，
需要走十二天的路程。
克亚孜马不停蹄日夜兼行，
次日晌午就来到这块绿色的草原。

他登上塔什莫依诺克山口，
看到狐狸在缓坡上嬉戏。
他策马向下游挺进，
发现地面有烤过火的痕迹，
还有被烤煳的羊肝，
切割后扔在那里的草地。
他见此情景停了下来，
心里像火烧一样焦急。

他在山坡上跳下马鞍，
一屁股坐在地上神态茫然。
克亚孜已是四十五的年龄，
世间无人能与他争雄。

他从怀里掏出千里眼，
将皮带挂在脖颈，
举起千里眼来回转动。
对准铁热斯阿舒达坂方向，

聚精会神察看动静。

只见一支搬迁队伍正在行进，
阿依曲莱克骑着枣骝马，
神气十足地走在队伍中间。
众多的人熙熙攘攘，
跑前跑后赶着畜群。
人群中突然出现赛依铁克的身影，
他兴高采烈，兴致勃勃。

“我当初就预料到，
他们终有一天将我背叛！
果然不出我的所料，
他们劫掠百姓的牲畜，
正在往别处逃遁。
这些慌慌张张的家伙，
怎能从我手中逃命？”

克亚孜重新跨上阔依库荣，
气势汹汹策马狂奔。
他想在人群翻越达坂之前，
赶到前面拦住他们。

阿勒曼别特之子古里巧绕，
足智多谋，随机应变。
“嫂子赶到这里来，
今天已经第十七天。
她出门时有约在先，
九天之内返回家园。
现在已经超过期限，
克亚孜是否跟踪追赶？”
古里巧绕心里感到不安，
举起胸前的千里眼眺望察看。

这正是阿勒曼别特遗留的千里眼，
阿依曲莱克带来挂在他胸前。
他朝节迪盖尔方向瞭望，

在塔什莫依诺克山口，
将克亚孜的身影发现。

古里巧绕利用隐蔽地形奔跑，
来到莫明江、托克托大伯的身边，
向赛依铁克和阿依曲莱克报告他的发现：
“我已看到克亚孜追来，
阿亚什阿塔莫明江、托克托大伯，
请你们赶快上路，
千万不要迟缓。

“我要去把克亚孜阻挡，
我要见识一下他的武艺和他交战。
如果他的寿期已到，
我就要将他宰杀，
决不让他平安生还！

“如果我的寿数已尽，
我也会死而无憾。
人本来就为受苦而生，
我会接受命中注定的苦难，
我会勇敢地走向阴间！

“赛依铁克，
你听我说，
你骑的套托茹骏马，
别让克亚孜看见。

“听说他一旦见到套托茹，
就会勇气倍增，力量超凡。
你要躲在隐蔽处监视，
千万不要让他发现。

“我要看看克亚孜，
有多大的力气，
我若不及他，就不该活在人间！
我要像毒蝎和毒蛛，

我要像阳坡上的毒蛇一般，
向自命不凡的克亚孜全身上下，
将我所有的毒液洒遍。
我渴望着久违的沙场，
我就要和他拼杀交战！”

古里巧绕话音刚落，
赛依铁克这样开言：
“吉祥的大叔，你的话千真万确，
但你还是要让侄儿有所表现。
你一直带领着我在你身边，
我是你可依靠的肩膀。
还是让我先去迎战，
我若不能招架抵挡，
你再来支援也为时不晚。”

听到赛依铁克的话语，
古里巧绕顿生火气怒容满面。
可怕得令人生畏打战，
人们不敢抬眼观看。

阿依曲莱克抢先说话，
缓解了这尴尬的局面：
“我的孩子赛依铁克，不能那样，
你这是一派胡言。
在你的叔父要求迎战的时候，
就是你的父亲也不曾争先。

“追踪我们的克亚孜巨人，
可不是你能对付的顽敌。
他的武艺非同一般，
没有人能轻易折断他的腰杆。”

赛依铁克听到这一番规劝，
向阿依曲莱克瞟了一眼。
又把目光投向古里巧绕，
不曾见过这样的怒颜，

被他的威严震撼。

威猛的雄狮古里巧绕，
将坐下的灰色骏马的大腿猛抽了一鞭。
灰色骏马奋蹄飞驰如同旋风，
古里巧绕不停地快马加鞭。

他经过凯列盖塔什阔勒浅滩，
来到上游的开阔地段，
将克亚孜的来路阻拦。
看着克亚孜的举动，
古里巧绕十分惊叹！

克亚孜的身材高大如山，
来势迅猛，势不可挡。
所到之处树木倾倒，
山崖崩塌乱石飞滚，
在他身后犹如山洪暴发，
青烟滚滚，尘土飞扬！

他冲击的声音掀起波浪，
让湖中的鹅鸭惊恐万状。
他口中喷吐出的青烟，
活像熏皮囊的灶炕一样。

阔依库荣骏马马蹄所及，
一块块铁锅大小的黑石卷起，
嗖嗖地抛向远处，
化为沙粒铺天盖地。

他胯下的阔依库荣骏马，
犹如呼啸的飞箭，
又像飞禽飞过云天。
克亚孜在马背上阴沉着脸，
气色像沤过的土肥皂一样难看。

他挥舞马鞭左右开弓，

抽打着骏马的大腿，
用马镫不停地磕着马肚，
心急如焚的克亚孜一路狂奔。
死神正在向他招手，
罪恶的生命将离开人间。

古里巧绕紧握着长矛，
紧盯着他的举动。

巨人克亚孜蹚过河水，
他犹如凶神恶煞，
杀气腾腾地冲上河岸。

英雄古里巧绕站在河岸上，
面如白银身似铁铸，
怒火升腾仇恨满腔，
全身上下凝聚力量。
他意气风发，
意志坚定，
浑身上下充满力量。
随时准备发起进攻，
聚精会神地注视对方。

“假若乘他登上河岸的机会，
我可以突然袭击将他刺中，
假若不能从正面把对手刺翻，
有损于我英雄的名声。
当年骑着青牛的玛德罕，
最终还是在我手中丧生，
眼前的克亚孜怎能与他相比。

“我要理直气壮地站在他面前，
让他认清我的正式身份，
然后和他面对面交战，
奋不顾身，拼命搏杀。
假若我力量所及，
就一举夺取他的性命。

假若我力量不及，
就巧用计谋将他取胜。”

古里巧绕骑着苏尔阔勇威风凛凛，
色尔矛枪在手中晃动，
翘首的战靴紧蹬着马镫。
等克亚孜来到一块开阔地，
雄狮古里巧绕向前猛冲。

克亚孜不是等闲之辈，
他迅猛反应毫不迟缓。
向阿勒曼别特之子古里巧绕，
毫不留情地刺出了矛尖。

英雄古里巧绕让给对方出手的机会，
站着不动默默观看。
克亚孜用双手刺出的矛枪，
用万钧之力击在古里巧绕身上，
枪杆断成十二截在空中飞溅，
英雄古里巧绕却岿然不动安然无恙。

该轮到古里巧绕出手，
他挥动着长矛准备攻击。
该让老天惩罚的瞎子克亚孜，
不遵守决斗的规矩又抢先出手。

拨开克亚孜砍来的战斧，
英雄古里巧绕举着闪光的色尔矛枪，
集中全身力气狠狠戳去，
也未能让克亚孜翻滚落地。
克亚孜看上去就像坚硬的黑石，
阴森恐怖纹丝不动。

怒火中烧的瞎子克亚孜，
连连号叫犹如野兽发疯。
叫喊声震碎了周围的岩石，
也崩垮了不少山峰。

太阳躲藏，天色阴暗。
大地震裂，尘土飞扬，
滚滚尘烟蔽日遮天。
他挥鞭催动阔依库荣骏马，
向英雄古里巧绕再次发起进攻。

心狠手辣嗜血成性的克亚孜，
怒气冲冲，来势凶猛。
他气急败坏，怒不可遏，
顺手拔起了一棵高大的梧桐。

那梧桐树根带起的泥土，
大得像宽阔的院落一般；
泥土中夹杂着很多石头，
每块大小就如毡房一般。

克亚孜挥舞着梧桐树，
集中全身的力量，
狠狠地向古里巧绕砸去。
英雄古里巧绕久经沙场，
这种场面不足为奇。
他迅速调整姿势，
闪身躲开了梧桐树的打击。

沉重的梧桐树"轰"的一声砸在地上，
地面顷刻塌陷。
大地裂缝，
地下水喷涌，
哗哗地喷向地面。

梧桐树枝根根折断，
树根落地碎成几段，
夹杂的泥土和石块，
一个不剩四处飞散。

巨人克亚孜一计不成又卷土重来，
顺手又拔起一棵大树向古里巧绕砸去。

上苍保佑的雄狮古里巧绕，
调整姿势，迅速移动。

梧桐树重重地砸在地上，
克亚孜又一次扑空。
梧桐树干树根碎成小片，
克亚孜手中连一根木条都不剩。

面对两手空空的克亚孜，
古里巧绕发起了猛烈进攻。
他高呼着“玛纳斯”的口号，
驱走了克亚孜头上的保护神。
骏马中最快的苏尔阔勇，
展现着各种本领，
翻卷着双耳向前飞奔。
四蹄扬起的滚滚尘土，
如同大雾笼罩天空。

就在说这说那的工夫，
就在眼睛一睁一闭的瞬间，
雄狮的后裔英雄古里巧绕，
连续六十次戳刺劈砍。
长矛和战斧交替使用，
铁棍和铲杖轮番进攻。
英雄古里斯劈头盖脸地打击，
打得克亚孜睁不开眼睛。

矛枪撞击护胸嘭嘭作响，
战斧噼里啪啦地落在头盔上。
铁器与铁器猛烈碰撞，
火花飞溅闪着红光。
大地承受不了他们的重压，
不停颤抖摇摇晃晃。

此时该死的克亚孜，
无法忍受挨打的屈辱，
怒火中烧浑身震颤！

原本一副黑色面容蓝色眼睛，
此刻变得更黑更蓝，
双眼喷射着愤怒的火焰！

克亚孜胯下的阔依库荣骏马，
疾走如飞奋蹄向前。
正是身强力壮的年华，
臀部滚圆又丰满。
露在唇外的槽牙每颗足有四指宽，
额头上的月牙白斑，
就是它的护身符亮光闪闪。
胯裆犹如延伸的山谷，
臀尖隆起如同光秃的山巅。
对胯下这匹优秀的良驹，
克亚孜依然心怀不满。

自命不凡的克亚孜，
不由自主地发起哀叹：
“可惜我骑的不是我的套托茹马，
我的勇猛难以施展！
我把坐骑让给了老婆，
她用谎言将我蒙骗。
假如套托茹在我胯下，
我定会让这个无耻的奴隶哭天喊地。
我会将他罩在铁网中，
拖回到阿寅勒处斩！”

克亚孜随身携带的战斧，
斧背的厚度有两个阿尔申[①]，
斧面就有三个阿尔申宽。
克亚孜抽出战斧左右摆弄，
百感交集，思绪滚翻：
“我要尽快摆脱他的纠缠，
将这个奴隶劈成两半，
在那些人赶着畜群越过达坂以前，

① 阿尔申：古代柯尔克孜长度单位，一个阿尔申相当于72厘米。

务必去将他们阻拦。

“见到阿依曲莱克和赛依铁克，
将他俩的头颅一并砍断。
然后头也不回直奔塔拉斯，
要把卡妮凯和巴卡依，
从眼皮上穿钩高高吊悬。

“坎巧绕贪图安逸，
对周围的事不问不管。
我要去向他刨根问底，
如果他假装糊涂故意装蒜，
我要将友情一刀两断。

“塔拉斯的柯尔克孜人中，
那些自称英雄的莽汉，
我要把他们踩在脚下扒下衣冠。

“假如对塔拉斯人心慈手软，
我怎能称心如愿？
阿依曲莱克让我上当受骗，
他以迎娶儿媳妇为名，
背着我到塔拉斯人中间串联！

“她逼我派古里巧绕去放马，
说是不想让他晃动在眼前。
暗地里却护送他转移，
为他治病恢复健康！

“当时她变成天鹅升腾到天窗，
口出狂言，对我不满。
她说投靠到别人那里，
她说要到别处偷汉，
果然是真话，并非戏言！

“只配喝酸奶人家的崽子，
给这个世界带来灾殃。

我现在才看清真相，
阿依曲莱克和这个奴隶，
原来真有这样的勾当！
我怎能忍受这样的屈辱！

“如果我对塔拉斯人放任自流，
一旦他们羽翼丰满成了气候，
定会把我们一网打尽一个不留，
会把灭顶之灾降临在我的头上！

“坎巧绕早料到这些，
觉得他们非杀不可，
才激发了那样的冲动。
那天我却为他们说情，
谁知却为自己的生死存亡，
埋下了灾难的祸根。
如果任凭他们阴谋得逞，
定叫我们巴葛什家族断子绝孙。

“赛依铁克原来是赛麦台依的儿子，
这一点我虽然早就有所怀疑，
都被这些奴隶们蒙蔽，
现在他的身份总算公开。

“阿依曲莱克白天满面笑容，
脸如镜面光彩照人。
白天她应付在我身边，
夜晚她是否施法隐身，
去和古里巧绕奴隶共枕？

“阿依曲莱克真是超群出众的人精，
她足智多谋诡计多端。
今日她总算丢掉了遮羞布，
暴露了她背叛丈夫的卑劣行踪。
我终于摸清了阿依曲莱克的罪恶用心，
不管阿依曲莱克如何表现，
也休想从我手中逃脱！”

克亚孜心事重重，
忘记了自己的死期。
他怀疑阿依曲莱克不贞，
竟将古里巧绕当作头号情敌。
克亚孜心中思绪万千，
认为阿依曲莱克是自己明媒正娶的妻子，
嫉妒和耻辱使他羞愤难平。

过去的生活情景，
一幕幕浮现在他脑际，
更使他脸色变黑愤怒不已。
他的手指头不停颤动，
下垂的长须根根挺立，
连小胡子都向上翻起。

他的发须全部倒竖，
身体像乌龟一样膨胀隆起。
克亚孜气急败坏脸色发青，
手中挥舞着巨大的月牙斧，
向着古里巧绕左砍右劈。

阿勒曼别特之子古里巧绕，
是马术娴熟的英雄，
他千锤百炼浑身是劲，
手脚灵活，动作迅猛。
他不让月牙斧落在自己的头上，
狠狠打击克亚孜的胳膊肘。

谁能受得了古里巧绕的打击，
此时的瞎子克亚孜，
手中的月牙斧早已飞出不见踪影。

阿勒曼别特之子古里巧绕，
紧握手中的矛枪。
对准大山般克亚孜的肾部，
猛烈地刺出一枪。

克亚孜曾与神仙交了朋友，
靠他们将性命寄存在母盘羊体中。
他找来和肤色一样的钢板，
将自己的身体裹了六层。
他身上的铁衣厚度，
与两个六拃相等。

古里巧绕的锋利长矛，
击穿磐石都不卷刃，
这次却从克亚孜身上反弹回蹦。

满不在乎的克亚孜，
面对古里巧绕连连攻击。
已失去了大将风度恼羞成怒，
他转身将古里巧绕的衣摆扯住。

此时英雄古里巧绕，
立刻将手中的武器扔出。
伸手抓住克亚孜的衣领，
要把对手拉下马背制伏。

他们铁制的马镫和战靴的铁刺，
叮叮当当地相互撞击。
他们的两脚不停地磕碰着马肚，
时而喘着粗气冲上山坡高地，
时而掉转马头驰向坡下谷底。
两位英雄忽前忽后忽左忽右，
你拽我拉拖来扯去。

苏尔阔勇和阔依库荣骏马，
本来就是父子一家。
来自塔拉斯的阔依库荣的情形，
古里巧绕留心观察。

它不愧为驰骋沙场的战马，
最适合赛依铁克骑乘。

此时的阔依库荣骏马，
正年富力强精力旺盛。

它的后背像盘羊，
前胸像猎犬，
踝骨坚实，蹄子落地有声。
越是上坡劲头越充足，
下坡时犹如平原驰骋。
走山腰陡坡步履平稳，
不论跑多远从不感到筋疲力尽。

筛子似的肺如插铜翅，
马鬃短小，尾巴细软，
额鬃一根根翻卷，
犹如少女的刘海十分美观。
古里巧绕越看心中越喜欢，
他想一定要将阔依库荣，
送到赛依铁克面前。

古里巧绕和巨人克亚孜，
较量了两天两夜，
僵持不下，胜败难分。
战袍撕扯成布条，
身上的衣扣一个不剩。

怒火中烧的克亚孜，
越战越凶猛。
他突然跳下阔依库荣马背，
猛地抓住了猛虎古里巧绕的衣领。
雄狮古里巧绕也迅速转身，
紧紧地抓住克亚孜的腰带。

克亚孜心中打算，
要把古里巧绕一拉一举，
像抛出圆顶皮帽一样，
轻而易举地远远扔出去。

克亚孜愤怒地抓住古里巧绕，
不让他两脚着地，
一下高高举起，
从毡房天窗高的山崖上，
狠狠地扔了下去，
自己得意地站在那里。

英雄古里巧绕无人比拟，
他精通所有的武艺。
他的肩背从不挨地，
他不知道什么是身沾土泥。
尽管他被扔下崖底，
还是两脚稳稳落地。
他飞身跑上蓝色的山崖，
又向克亚孜冲去。

阿依曲莱克和赛依铁克，
遥望古里巧绕被扔下山崖，
为他哀伤，悲痛欲绝。
当看到古里巧绕出现时，
情不自禁，欢呼雀跃。

克亚孜看到古里巧绕安然无恙，
对往后的事态感到不安：
“这个奴仆是阿勒曼别特之子，
心狠手辣诡计多端。
但不论他有通天的本事，
我定会给他的头上降下末日的灾难。
不论死神在别处耽搁多久，
这下也该光临到他的身边。”

克亚孜恶狠狠地咬住下唇，
猛然把古里巧绕的腰部抱起，
但他这次怎样使劲，
也未能将古里巧绕举起。
本身的重量和使出的力量，
反让自己的下半身陷进土里。

他无法让古里巧绕双脚离地，
反让自己双手麻木，
浑身没有一点力气。

如果继续摔跤搏斗，
自己会陷入苦难境地。
“还是在马背上拼杀为好！”
克亚孜心中酝酿新的诡计。

他对古里巧绕开口说话，
表明了这样的意愿：
“我们在马背上角力两天，
又徒步搏斗了一天一夜，
加起来整整三天。
古里巧绕，如果你同意，
我们就重新跨上马鞍，
在马背上继续交战。
如果我不能亲手把你刺翻，
克亚孜的英名怎能流传在人间？”

古里巧绕听后心中思量：
“你称王称霸的日子就要结束，
你不能像从前飞扬跋扈。
你完蛋的时刻已经临近，
你就要被大地吞没。
我让你临死前自由选择，
你再挣扎有什么用处，
我定要索取你的狗命！”

英雄古里巧绕智慧勇敢，
答应了克亚孜的要求。

克亚孜看到对手同意，
心中做出了愚蠢的估计，
“我说什么他都同意，
看来他已经没有了自己的主意。”

克亚孜在阔依库荣马背上气势汹汹，
犹如咆哮宣泄的山洪，
妄图压倒古里巧绕的威风。
十二庹长的矛枪，
在他手中不停地晃动。
他的灰色长矛早被古里巧绕打断，
哪儿来的矛枪落在他手中？

当托勒托依在世的时候，
找到了翻越奥依尔玛的路径。
他曾十次侵袭俄罗斯，
这杆长矛就是那时的战利品。
托勒托依将此长矛，
隐藏在阔克奥依茹克的山峰。
克亚孜掌握这个秘密，
顺路取出矛枪带来备用。

妻子阿依曲莱克的羞辱，
惹得他痛心疾首，嫉恨万分。
他拿着长矛冲向古里巧绕，
展开激烈交锋。
多年以来蒙受的耻辱，
他决心在今日一并洗清。

克亚孜不让古里巧绕还手，
频频出枪步步紧逼。
看到古里巧绕危险的处境，
月亮般的嫂嫂阿依曲莱克，
泪水不断涌出眼睛。

克亚孜的猛烈攻击，
不给苏尔快马以回旋余地。
他不让古里巧绕像以前那样，
利用自己的空虚。
他不给古里巧绕转身的机会，
却给予了难以承受的打击。

“虽然这头野猪的性命掌握在我手里，
但他还想和我同归于尽。”
古里巧绕祈求阿依阔勒玛纳斯的神灵，
祈求已故的众汗王的英灵，
帮助他摆脱困境。

仇恨满腔的克亚孜，
此时浑身充满勇气。
变换着各种武艺，
耀武扬威，扬扬得意。

不料在这个时候，
从塔拉斯起伏的山峦，
彩虹升腾，缭绕山岭。
阿依阔勒玛纳斯率领着故去的众英雄，
从天而降来到古里巧绕面前。

此时古里巧绕对克亚孜，
横眉怒对，严词喝问：
“嗜血成性的克亚孜，
你为什么对我这样仇恨？
你这样与我交锋，
难道你能够如意取胜？
你看先辈们都显灵已经到来，
你还想往哪里逃生？

“你看，阿依阔勒雄狮玛纳斯在前引导，
圣贤阔绍依巨人紧跟其后，
阿勒曼别特和楚瓦克并肩同行，
英雄色尔哈克率领的四十勇士，
一个不少全部出动。
你要听我规劝，不要和我作对，
否则，将在他们的铁蹄下彻底粉碎！”

天不怕的英雄克亚孜不仅不听劝告，
反而对古里巧绕嘲弄讽刺：
“你这专喝酸奶的家伙，

收起你这骗人的巫术！
你的那个玛纳斯，
不要说现在能对你有什么援助，
就是亲生儿子赛麦台依被砍死的时候，
他也不曾前来解救。

“原来你通晓这样障眼的魔法，
企图把你山穷水尽的命运挽救。
你一直惯用这种伎俩，
欺骗百姓，掩人耳目。

“如果他们的幽灵真的来到面前，
今日我要让你父亲眼睁睁地看着，
我如何把你打翻在地。
如果他们中间还有活人，
我也会想法把他收拾！”

克亚孜疯狂叫嚣，
脸色像沤过的土肥皂一样难看。
他张着血盆大口张牙舞爪，
好像要把群山一口吞咽。
他在古里巧绕面前傲气十足，
他不把古里巧绕放在眼里。
他高举战斧迎面砍来，
恨不能一斧将古里巧绕砍翻。

正在这个紧要关头，
英雄色尔哈克催动铁勒克孜勒骏马助战，
他飘动着坚挺的胡须开言：
“古里巧绕，你在干什么？
你是否把乌鸦般的克亚孜，
当成了自己高贵的同伴？
你是苏勒坦[①]留下的后裔，
我专程来为你指点。
你要把稻草人似的克亚孜，

① 苏勒坦：即国王、汗王之意，也有译作“苏丹”“苏里唐”的。

立刻从马背上刺翻！

“难道你已经忘记，
在塔拉斯的神圣墓地上，
你的苏勒坦父王阿勒曼别特，
亲手抚摸过你的肩膀。
你可知道，我的孩子，
从此你的肩膀不会摔在地上。

“塔拉斯的柯尔克孜受苦受难，
望眼欲穿把你盼望。
约定的四十天就要到期，
孩子啊，你要牢记在心上。
我的嫂子卡妮凯和巴卡依汗，
焦急地期盼你如期返回家乡。”

古里巧绕在马背上似睡非睡，
好像进入了梦幻的境域。
梦境中转身左右张望，
看不到大叔色尔哈克的身躯。
不见人影，只有声音，
英雄古里巧绕和瞎子克亚孜，
都清晰地听到了他惊心动魄的言语。
克亚孜举着战斧的双手颤抖着，
无法将战斧砍到对方身上。

苏尔阔勇是阔依库荣的父亲，
经历了千辛万苦，
阔依库荣目睹父亲的处境，
悔恨的心情难以表述：
“我的根也在塔拉斯，
因我不知道底细，
才为克亚孜拼命奔突。
假如我的父亲苏尔阔勇倒下，
假如苏勒坦古里斯招架不住，
整个柯尔克孜就会把我诅咒，
我将无法度日，终生痛苦！”

当阔依库荣自我懊悔的时候，
神色恍惚的克亚孜又恢复了神智。
大山般的克亚孜这样叫喊：
“喂，专喝酸奶的断臂奴隶，
当时我不该说情救你一命，
活该我今日落到这步田地！

“你们活着的还有死去的，
今天鬼使神差地聚集到这里。
我要浴血奋战英勇砍杀，
决不让你们平安逃离！

“我曾经消灭了赛麦台依，
把他的妻子当作战利品。
让你成为失去肩胛软骨的残废，
备受煎熬，自认苦命。

“我让巴卡依孤苦伶仃，
把灾难降在他的头顶，
我让坎巧绕安排他去放牧骆驼，
不给他役畜骑用，
使他驼背弯腰直不起身。

“我让卡妮凯陷入水深火热之中，
我让坎巧绕指派她放牧断奶的牛犊，
让路人随便抽打痛不欲生。
不给她提供铺盖，
睡觉时就用破毡片裹身。

“你从不和坎巧绕平起平坐，
是我让他坐上了汗王的宝座。

“有多少曾经得意忘形的家伙，
哭求着我的宽恕。

“我派人从塔拉斯，

俘来了美貌出众的少女少妇。

“那时阿依阔勒玛纳斯在哪里，
他为何不显灵将我阻拦？
他们都畏惧我的威猛，
谁都不敢前来为你争取尊严。

“看来我还过于仁慈，
今后我决不心慈手软。

“我要把剩下的塔拉斯柯尔克孜人，
逐户分给契丹、俄罗斯、康阿依！
不许你们的姑娘嫁人，
不许你们的小伙子娶妻，
不让你们传宗接代，
从此在世界上绝迹！

“我要直驱塔拉斯，
当着玛纳斯的在天亡灵，
将奥若孜都十个儿子的后代，
连同家族全部集中。
命令我的士兵挥刀屠杀，
让鲜血流入托尔特库利湖中。
假如血水溢不出湖面，
我决不提前收兵。

“然后我要带着坎巧绕迁徙，
踏上节迪盖尔的行程。

“如果我不能说到做到，
就愧对我克亚孜的英名！
断臂奴隶，因为你的缘故，
整个柯尔克孜必将陷入绝境！

“我要把变成飞鸟的阿依曲莱克，
剪去垂在腰背的长辫，毫发不剩，
拧断阿依曲莱克的脖子。

让赛依铁克这个小东西的血液洒净，
要将他心脏的鲜血，
掺到马奶中开怀畅饮。”
克亚孜口吐狂言，气焰嚣张，
邪恶的话语全部吐尽。

仔细听完克亚孜的话语，
古里巧绕愤慨地回敬：
“古人曾经这样教训：
‘人不应该希望别人死亡，
应该考虑自己的寿命。’
你别以为自己所说的话，
定会变为现实。

“你要把奥若孜都的后代，
斩尽杀光，断子绝孙。
你那是痴心妄想！

“你以为人们都像坎巧绕，
卑躬屈膝忘恩负义背主求荣，
与你这个不义之徒狼狈为奸？！

“你胆大妄为一意孤行，
你不知天高地厚，克亚孜！
你想吞没整个宇宙，
你的狂妄登峰造极，克亚孜！
你身体的六个部位各自晃动，
你放荡不羁狂傲不桀，克亚孜！
你把阿依曲莱克当作战利品，
得意忘形地做梦，克亚孜！
实际上你占有的是妖女，
阿依曲莱克怎会被你玷污，克亚孜！

“我见证了嫂子非凡的智谋，
她已生下了雄狮的遗腹子。
为了讨还父亲的血债，
为了给你降下灭顶之灾，

雄狮的儿子赛依铁克，
已跨上战马踏上征途。

“你如此狂妄自大满嘴狂言，
灵魂高贵的先辈们，
为了让你回心转意，
刚才降临把真身显现。

“你祖父巴葛什是一位英雄，
是我父亲玛纳斯亲密的同伴。
你的父亲托勒托依，
是一位勇气十足的硬汉，
他蒙受青阔交奴仆的欺骗，
无谓地断送性命离开人间。

“大山般的克亚孜，你到今天，
又被坎巧绕蒙骗，
洗劫塔拉斯作恶多端。
只要你扪心自问回心转意，
我们可以摒弃前嫌。

“人间祸福吉凶，
我们双方同样无法逃逸，
让我们俩不要回头，
直接去圣人巴卡依大伯那里。
向他说明我们的来意。
只要他明白你的悔恨之心，
他会把过去的恩怨抛弃！

“他会让你仍然做家乡的主人，
继续将节迪盖尔的百姓管理。
只要你能回心转意，
厄运不会向你袭击。

“坎巧绕和恰绮凯，
处心积虑把你诱惑。
你中了他们的圈套，

只因没有考虑前因后果。
我们柯尔克孜人互相残杀，
将成为笑柄让世人戏说。
我们要做什么事情，
都要经过认真思索。

“假如你从此悔过自新，
并不是什么丢脸的事。
不要说你这个晚辈，
就是赫赫有名的空吾尔巴依，
也曾向巴卡依大伯低头认罪。

“凯日木巴依率领哈萨克人，
从佳番请来克孜勒乌尤克巨人，
从卡勒玛克人那里，
请来了涅斯卡拉的儿子——
骑着青色公牛的独眼巨人玛德罕，
把他们当作自己的靠山。
巴卡依大伯保卫阿拉什人民，
连老鼠都偷不走百姓的麸皮。
面对列强毫不畏惧，
勇敢挫败了他们的锐气。

“你以前迫害我们，
只要你能诚心悔过，
我们保证你平安无事。
如果你有悔罪之意，
就快策动你的套托茹骏马，
同我一起回家。
一起到神圣的塔拉斯去，
到亲爱的坎阔勒去，
到尊敬的叔伯面前，
请求宽恕，消除怒气。
卡妮凯大妈是世间心胸最宽广的慈祥母亲，
也请求她原谅，消除怒气。

“我还要为坎巧绕和恰绮凯求情，

可以赦免对他们俩的惩治。
我们要去阿依阔勒的陵墓，
悔过赔罪，举行祭礼。
请求仙逝的雄狮们，
平息心中的怒气。”

古里巧绕苦口婆心好言相劝，
该让誓言惩罚的克亚孜并不领情，
却像长满疥癣的骆驼一样暴跳起来：
“够了，古里巧绕，不要再说。
古里巧绕，你必须知道，
我决不会改变主意。
你说这样那样的谎言，
就是想达到欺骗我的目的。
不管你怎样向我乞求，
也休想从我手中平安逃生！

“你只配玩弄魔法，
说什么阿依阔勒玛纳斯、阿勒曼别特，
楚瓦克、色尔哈克都来救你，
你现在怎样证明你言语的真实？

“我要把你们这些还活着的人，
一网打尽彻底灭亡。
你这奸诈可恶的奴仆，
休想用花言巧语让我上当！”

克亚孜紧握着铁杆矛枪，
向里转动贴近侧身。
他挥动手中的皮鞭，
抽打阔依库荣的大腿向前策动。

这头凶残的畜生，
面目狰狞，杀气腾腾，
令人不敢睁眼看他这般凶相。

他变本加厉越来越疯狂，

身后扬起冲天的雾气。
他的吼声震碎周围的岩石，
也能使人脑袋爆裂。
阿勒巴尔斯纯钢矛尖，
闪闪发亮犹如火光四射。
执迷不悟的克亚孜，
一意孤行不改故辙。

看到克亚孜这种气势，
雄狮古里巧绕更加威风凛凛。
他双腿紧夹着苏尔阔勇骏马，
坚定信心勇猛前进。
他高呼着“玛纳斯”的口号，
紧握着矛枪向克亚孜逼近。

此时克亚孜戳出钢矛，
这支矛枪能使地动山摇。
他想只要碰上戳出的矛尖，
古里巧绕就会应声而倒。

阿勒曼别特之子古里巧绕，
不是那种等闲之辈，
在矛尖就要刺中的瞬间，
他朝克亚孜胳膊肘猛地一击，
将刺来的矛枪成功挡回。
紧接着刺出手中的长矛，
击中了无耻的克亚孜的软肋。
可惜矛尖未能戳穿这牲口的皮肉，
好像碰在磐石一样弹回。

此时该诅咒的克亚孜，
重新调整被挡回的矛枪。
他想要把青鬃狼英雄古里巧绕，
打得人仰马翻。

他的双眼瞪得又圆又大，
两个衣摆不停地晃荡。

他使出全身的力气，
朝豹子般英雄猛地刺出一枪。

那强劲戳来的锋利矛尖，
与古里巧绕坚硬的躯体碰撞。
长矛被折成十二节，
一截截断木在空中飞扬。

克亚孜扔掉折断的枪柄，
将巨大的战斧紧握在手中，
驱动阔依库荣飞奔；
像发情的公驼一样，
弓身再一次发起进攻。

超群出众的英雄古里巧绕，
从容应对暗自发力，
像克亚孜这种耀武扬威的莽夫，
不知有多少被他灭亡。

他转动长矛贴近身侧，
将克亚孜的要害瞄准。

来自塔拉斯的阔依库荣，
眼睛睁得像驼羔的眼睛一样滚圆。
牙齿咬得像公盘羊，
总是左跳右蹦偏向侧面。
这匹可敬的骏马故意拉开距离，
始终不让克亚孜出手劈砍。

当出手的机会来临之时，
古里巧绕怎么会坐失良机。
他对准克亚孜右边的腋窝，
将矛枪狠狠一戳。
矛枪冲击了腋窝，
瞎子克亚孜的战斧脱手落地。
但矛尖依然无法刺穿，
克亚孜的身体坚如磐石。

古里巧绕俯身弯腰，
迅速拉住克亚孜飘动的衣摆。
把它紧紧压在自己的鞍镫下，
立即策马向前拖拽。

主人古里巧绕拖着克亚孜巨人，
坐骑苏尔阔勇则像拖着一座大山。
该死的疯狗克亚孜，
无论怎样挣扎，
始终没有办法站起。

经过戈壁时利石划破他的肉体，
经过荒野时荆棘刺破他的脸皮。
上坡时滚动着躯体，
下坡时滚动着躯体，
从很远的地方拖向集聚的人群。
古里巧绕让嫂子和侄儿，
让观望的人们扬眉吐气。

萨提凯和阿勒凯远远见到此景，
向库吐巴依询问：
“像山羊羔般被拖倒在地上的是何人？
像公牛一样在前面拖着的又是何人？”

库吐巴依站在那里注视前方，
回答阿勒凯和萨提凯的提问：
“当作诱惑物①一样被拖着的，
是你们的克亚孜，
拖着他的是我们的古里斯豹子；
皮开肉绽的是你们的克亚孜，
惩罚他的是我们的豹子。

“阿勒凯、萨提凯，

① 诱惑物：这里是指驯鹰时，地面用长绳拖着狐狸皮或类似的东西，引诱猎鹰俯冲捕猎。

难道你们还有什么问题？
假如你们有头脑，
就会料到事情的结局。

“阿勒凯、萨提凯，
这个世界在不停地变幻，
眼看瞬间地覆天翻，
你们现在还有什么话说！

“当年克亚孜进犯塔拉斯，
阿勒凯，
你扬扬得意，
萨提凯，
你忘乎所以。

“从塔拉斯押来的人，
全部交给你们俩管理，
你们在漫长的日子里，
毫无人性威风耍尽，
至今还为所欲为无所顾忌！

“你们让少妇刷锅洗碗，
让姑娘打水倒水手脚忙乱，
让小伙子为你们劈柴烧火，
搬迁时还要为你们打点行李，
你们使众多的百姓苦不堪言。

“即使在天寒地冻的冬天，
还要让他们踏着冰雪打柴，
保证你们在家里烧火取暖。
你们无恶不作坏事做尽，
对来自塔拉斯的柯尔克孜人，
更加暴虐凶残。

“你们从现在起仔细考虑，
今后过什么样的日子！
我要向古里巧绕老弟申请，

把你们俩交给我管制。

“当时你们怎样强迫百姓，
也不差分毫地差遣你们，
为我卖力做事。
假若我不能说到做到，
就让库吐巴依的名字见鬼去！

“如果你们是真正的男子汉，
现在就应该上场参战，
去解救你们的克亚孜，
脱离生命危险！
如果你们是力大无比的勇士，
应该去把古里巧绕打翻！”

就在库吐巴依说话的时候，
刚才绕在山后的古里巧绕，
又出现在低缓的山脊。
在怪石嶙峋的山地，
古里巧绕牵着阔依库荣，
阔依库荣拖着克亚孜。
克亚孜的身体被拖拉在石头上，
体无完肤，遍体鳞伤。
身上的肉全部挂在尖石上，
只有骨头架子不停摇晃。
胸部的肋条在外隆起，
每块骨头都可以数清，
根根细筋像散落的毛线一样。
骨架被拖到一个草滩，
重重地压着草丛平躺。

没过多长时间，
这个该死的，
突然一声吼叫，
血淋淋的躯体一下站起。
伴随着震碎山石的吼叫声，
又向古里巧绕扑去。

古里巧绕立刻跳下马鞍，
一把抓住他的胳膊。
用尽全身的力气，
飞速旋转了好几圈。
然后朝着绝壁悬崖，
狠狠地摔了出去。

那悬崖的石头久经风化，
长年累月烈日暴晒，
雨水更使石峰裂开。
石块轰然滚落下去，
克亚孜的骨架已经散开。

还不到一顿饭的工夫，
克亚孜恢复了散开的骨架。
只见他抬起头站起身咳嗽一声，
冲着古里巧绕迈开摇晃的步伐。
上苍保佑的古里巧绕，
对眼前的事感到十分惊诧。

古里巧绕毫不厌战，
再次将克亚孜举起。
使出全身的力气，
飞速旋转克亚孜的躯体，
又向悬崖重重地砸去。
山石顷刻砸得粉碎，
变成粉末在空中散去。

此时赛依铁克和阿依曲莱克，
策马飞奔到古里巧绕跟前。
阿依曲莱克面带亲切的微笑，
苹果似的脸蛋红光闪闪：
“啊，可爱的古里巧绕兄弟，
你是白毡帽的柯尔克孜人中的英雄，
你是柯尔克孜人不可动摇的靠山。

“你历经艰辛劳累坐骑，
杀死了黑色母盘羊。
你剖开黑色盘羊的肚皮，
将其肚里的麻雀拿到手，
不知你把那些麻雀放在何方？
你为何让自己如此受苦受累，
把力气浪费在这条疯狗身上？！”

古里巧绕早把这事遗忘，
原来克亚孜的性命在麻雀身上保藏。

古里巧绕想起那个木匣，
拿出来将五只麻雀的头拧去。
还有两只麻雀乘机飞跑，
飞临套托茹骏马的头顶，
分别钻进它的两个鼻孔里。

套托茹骏马一声长嘶，
不顾锁链，蹄子刨地。
骨头散架躺在地上的克亚孜，
立刻站起身来，
又同古里巧绕展开搏斗。

你瞧，这个克亚孜，
被甩在石头上粉身碎骨，
听到套托茹的嘶鸣，
顷刻间身体变得完好无损。
就连战袍也按原样恢复。
他靠近古里巧绕，
伸手将他的衣领揪住。

套托茹骏马不停地尥蹶子，
企图挣脱羁绊冲出去。
克亚孜备受鼓舞，
浑身上下肌肉隆起。

被羁绊的套托茹骏马，

挣脱了腿上的锁链。
这匹不得好死的牲畜，
拖着缰绳奔驰而去，
径直奔到克亚孜跟前。
大山般的大克亚孜，
顿时力量和勇气百倍增添。

古里巧绕见此情形，
对赛依铁克这样说道：
“阔依库荣来自塔拉斯，
它原本就是属于你的战马。
赛依铁克，
你和阔依库荣，
你们不能和这条狗正面拼杀！
你早在顽皮的幼儿时期，
就把我这个大叔时刻牵挂。
当时你为了我的安全，
曾经把克亚孜叫过一声‘爸爸’。”

古里巧绕催动苏尔阔勇骏马，
豪迈地冲到克亚孜面前。
身躯庞大的克亚孜，
对古里巧绕大声呼喊：
“让我们进行最后的决斗，
请你让我出手在先。
如果谁被对方戳下马鞍，
那也会死而无憾。”

古里巧绕同意他先出手，
满足了他临死前的意愿。

克亚孜鼓足勇气，
向豹子般的英雄猛刺一枪。
古里巧绕就像大奥波勒山，
岿然不动，安然无恙。
克亚孜刺来的矛枪，
折断成四十六截在空中飞扬。

阿勒曼别特之子古里巧绕，
催动灰色战马向前飞奔，
克亚孜见状惊慌失措，
以为自己穷途末路山穷水尽。

古里巧绕珍惜轮到的机会，
将克亚孜猛地一刺。
装腔作势的大克亚孜，
像高大的杨树摇晃战栗，
随着“轰隆”一声巨响，
大山崩塌般栽倒在地。

被英雄古里巧绕击中，
何人能承受得起？
但因那些麻雀护佑在身边，
倒在地上的克亚孜又重新站立。
愤怒的古里巧绕，
又把克亚孜用矛尖挑起，
“让你彻底死去吧！”
向尖利的石峰甩去。

石峰被击得碎石飞溅，
山体顷刻崩坍，
大地不停地颤动，
泥土被克亚孜的血液浸染。

不得好死的套托茹骏马，
让马尾马鬃飘摇，
伸展身姿，放声长啸。
好像在回光返照，
粉身碎骨的克亚孜，
又恢复了完整的躯体。
勇敢的古里巧绕，
让他六次离开这个世界。
而他六次都死而复活，
重新回到古里巧绕的视野。

古里巧绕知道了其中的奥秘，
将套托茹的鬃尾全部剪去。
虽然这一次身上没有了战袍，
克亚孜毕竟又复活了一次。

古里巧绕百般无奈，
不得已将套托茹骏马杀死。
套托茹骏马的鲜血哗哗流淌，
克亚孜即刻轰然倒地。

古里巧绕砍下他的头，
拴绑在阔依库荣的鞍后离去。
胜利者向节提苏的七位汗王，
一个不落地送去消息，
要求他们三天内赶来汇集。

节迪盖尔人接到通知，
日夜兼程在三天内到齐。

库吐巴依之子卡拉朵，
被推选为汗王，
取代了克亚孜的位置。
卡拉朵的身体如同一座山冈，
坐在宝座上当家主事。

古里巧绕、赛依铁克和阿依曲莱克三人，
打点行装准备起程。
他们要返回坎阔勒故乡，
会聚白毡帽的阿拉什乡亲，
看望德高望重的卡妮凯和巴卡依圣人。

让我们放下这一段，
从雄狮赛依铁克，
到塔拉斯称王登基说起。

赛依铁克登上汗位

少年赛依铁克返回塔拉斯

当明月悬空的时候，
阿依曲莱克、古里巧绕和赛依铁克，
还有库吐巴依连夜踏上马镫，
从节提苏起程。
他们与凯尔曼巴依有约在先，
携带着写给他的信件。

英雄们朝着塔拉斯急行，
你追我赶，跨越平川。
英雄们心花怒放，喜上眉梢，
尽情呼吸清爽的空气，
轻松愉快，浑身舒坦。

英雄们一路纵马扬鞭，
登上了铁米尔套的山脊，
来到了塔拉夏的边缘。
举起千里眼，
瞭望坎阔勒草原。
他们把能望见的地方，
一个个给赛依铁克指点。

英雄们情不自禁，眼泪不断，
倾诉着对故乡的思念。
他们驱马直奔山脚，
为了祭拜祖先的陵墓，
马不停蹄疾速向前。

当他们走到萨日别里索，
发现白色猎犬还趴在路边，

骨瘦如柴，无力动弹。
古里巧绕一眼认出猎犬，
迫不及待地跳下马鞍。
阿依曲莱克也跳下马跑到跟前。
他们抱起猎犬的头部察看，
脓水溢出了猎犬的眼圈，
牙齿都露在嘴唇外边，
鼻尖深深地扎进地面。
看来猎犬是一头栽倒，
没有力气抬头站立。

猎犬把赛麦台依想念，
苦苦期待了十二年。
盼不到赛麦台依来相见，
心中充满了委屈和抱怨。
它一直没有蜕掉旧毛，
无心捕食旱獭和狼獾。
虽是动物，但很有灵性，
受尽了心灵的磨难。

阿依曲莱克来到猎犬身边，
轻轻抚摸，毫不讨厌。
从狗脖子上取下的项圈，
她这次随身带来，
今日亲手给猎犬戴在脖颈间。

“可爱的小生灵，你的新主人到来了，
你现在还有什么遗憾？”
阿依曲莱克与猎犬如此交谈。
艾白普药非常灵验，
能使昏迷者恢复知觉，
能使气短者迅速复原。
心灵手巧的阿依曲莱克，
让白猎犬吃了两片。
白猎犬顿时伸直脖颈，
慢慢睁开紧闭的双眼，
模模糊糊地看到，

阿依曲莱克焦急的表情。
它对着阿依曲莱克低声轻叫，
摇头摆尾把殷勤尽献。
当发现古里巧绕也在面前时，
它扑上前去，
像人一样紧紧拥抱，情不自禁。
十道眼泪夺眶而出，
豆大的泪珠洒落不停。
上下牙齿磕磕碰碰，
激动的心情难以平静，
连声大叫好似雷鸣。
远处的豺狗和野狼，
听到白猎犬吠叫的声音，
个个胆战心惊。

就在这时候，阿依曲莱克转过身来，
对赛依铁克如此言讲：
“眼前的这只白色猎犬，
是你的父亲亲手驯养。
今天你已看见，
如今的塔拉斯草原，
连人带畜都在遭殃。”

赛依铁克慢慢走上前去，
将父亲留下的猎犬搂入怀中。
小心地抓住猎犬的脖颈，
抚摸绒毛，传递深情。
多少年没有蜕过的旧毛，
瞬间脱落得干干净净。

白猎犬朝赛依铁克看了一眼，
以为是赛麦台依来到身边。
它伸长脖子放声吼叫，
在群山中激起震荡满山回旋。
塔拉夏山被吼声震撼，
一块块巨石从山崖崩坍。

赛依铁克的两腿中间，
白猎犬来回穿过两遍。
它躺在地上向右侧打滚，
然后又过来向左侧翻滚。
它站起来抖擞精神，
欢快吠叫奔向大山。

老天啊，别让这种情景再度呈现，
白猎犬为了让主人开心，
兴奋不已，飞奔向前。
宽阔山谷的高坡上，
是公盘羊歇息的地段。
在眼睛一闭一睁的工夫，
白猎犬跑到公盘羊群旁边。
它迅猛地冲击公盘羊群，
分割了五头公盘羊，
把它们驱赶到赛依铁克的伏击点。
就要进入猎枪射程的时候，
白猎犬冲上去咬开了一只盘羊的肚肠。
古里巧绕急忙喊叫："伙计，好了！"
好心的古里巧绕，
把正在兴头上的猎犬阻拦。
项圈重新挂在颈脖，
受到三个主人亲切的抚摸，
白猎犬兴奋地撒娇撒欢儿，
它的食欲像从前那样大增，
恢复了膘肥健壮的体魄。
刚才白猎犬咬伤的公盘羊，
英雄古里巧绕用刀拾掇。
盘羊肉和绵羊肉一样味美，
他们放开食欲，
不知不觉吃了很多。

他们上马继续前行，
太阳快要落山的时候，
来到了恰提卡勒河滨。
他们把故乡的清泉畅饮，

让骏马品尝坎阔勒的牧草，
当晚就在野外宿营。

半夜里突然传来了奇怪的声音：
一会儿“呼噜呼噜”好像打鼾，
一会儿又“哗啦啦”恰似泼水，
夹杂着“呼哧呼哧”如同喘息声，
不知道它是什么东西，
也不知道这声音来自何方？

早晨天空渐渐发亮，
赛依铁克睡醒起身，
他把藏在心中的家乡塔拉斯向往，
他把戴白毡帽的柯尔克孜人民向往。
他漫步到高处眺望，
突然发现一只卧地呻吟的动物，
乍一看很像骆驼的模样。
他走到跟前仔细观察：
骆驼身上的膘已掉完只剩骨架，
眼睛布满白翳，活活变瞎。
两只驼峰干瘪耷拉，
四条腿显得又细又长，
骨瘦如柴，可怜到家！

赛依铁克打量着骆驼，
想起了母亲说过的话：
“孩子，你父亲的白色母骆驼，
将会在前面把你迎接。”
那么，这峰骆驼是雌还是雄？
赛依铁克再次仔细观察，
果然是峰母骆驼，
很可能是父亲的白色母骆驼。
可恶的坎巧绕奴才，
连牲口都不放过。

赛依铁克见状怒不可遏，
恨不得把奴才一口吞没！

聪明可爱的白色母骆驼，
自从阿依曲莱克把它释放，
一直在卡依普奇的盆地，
人迹罕至的沙漠上游荡。
不论它在何时何地，
连做梦都把曲莱克念念不忘。
这一次连续三天梦见曲莱克，
于是白骆驼起程上路，
来到这茫茫无际的戈壁，
迷失了前进的方向。

整整走了九十天时光，
转来转去找不准方向，
就在两天前的早上，
为了到托尔特库利去，
白骆驼经过这个地方。
它就地跪下歇息，再不能站立，
饥饿的肚子剧烈疼痛。
食道中“咕嘟咕嘟”直响，
气管里“呼哧呼哧”作响。
喉咙发出阵阵嘶哑声，
白骆驼有气无力地卧躺。

赛依铁克眼盯着白驼，
一时无法明确辨认，
也不忍心扔下不管。
古里巧绕等不及，
跟随他来到骆驼跟前。
白骆驼闻到古里巧绕的气味，
忍不住失声号啕。
听到白色母驼的声音，
阿依曲莱克也立刻赶到。
她拿出包医百病的麦代提药，
给白色母驼吞了五粒。

白驼顿时眼睛一亮，
看到了眼前的阿依曲莱克，

禁不住哀声哭叫。
白驼想使劲爬起，
但干瘪的驼峰无法挺立。
后腿好不容易站直，
前腿却支撑不起，
“扑通”一下重重倒地。

英雄古里巧绕和赛依铁克，
去采集布里兑尔滚[①]药草，
拿来给白色母骆驼当食料。
白色母驼心中明白：
是阿依曲莱克和古里巧绕来到。
只是对赛依铁克，
母驼瞪大眼睛盯着，
他到底是谁？还不知晓。

可惜骆驼不会说话，
更不可能提问请教。
母骆驼用目光指向赛依铁克那边。
古里巧绕对此心领神会，
知道母驼想把赛依铁克辨认。
“我可爱的白色母骆驼，
自从与你分手到今天，
自从告别塔拉斯人民，
流落他乡到今天，
不多不少过了十二年。

“她是阿依曲莱克，
我就是古里巧绕，
你曾给我驮载过白花花的银圆。
你蒙受深重的苦难，
无力从卧倒的地上爬起站立。
你看，赛麦台依的儿子赛依铁克，
已经长大成为高大威猛的男子汉。
我们将扛着赛依铁克的旗帜，

① 布里兑尔滚：草药、饲草名。

重返塔拉斯的家园。”

曾经驮载着贤惠的母亲卡妮凯，
经常去参加婚庆的白骆驼，
似乎已把古里巧绕的话听明白。
它拖着虚弱的身子，
艰难地向赛依铁克移动。

“可爱的生灵，请你不要动。”
赛依铁克说着向白驼靠近。

白色母驼伸长脖子，
先闻一下赛依铁克，
再闻一下古里巧绕，
又深情地对阿依曲莱克一瞟。
然后不停地摆动着脖子，
品尝着主人喂食的牧草，
吞食着布里兑尔滚草药。
就在煮一顿饭的工夫，
白骆驼康复得精神饱满。

白猎犬走到母驼跟前，
高兴地汪汪吠叫。
白猎犬和白色母驼，
欣喜若狂，蹦蹦跳跳，
白猎犬腾空跳跃欢快起舞，
母骆驼昂首挺胸激情高歌。

让我们先放下这一段，
听一听阿吉巴依之子凯尔曼巴依，
在那边正做着什么。

自从古里巧绕离开以后，
阿吉巴依之子凯尔曼巴依，
出门在外走乡串村。
这一天他终于来到，
托尔索勒多依之子卡尔噶勒达依居住的地方。

他毫不隐瞒自己的来意，
对卡尔噶勒达依说得直截了当：
“你要守口如瓶，不要宣扬，
盯住守卫宫廷的人们，
悄悄地观察他们的动向。
哪些人盼望着赛依铁克，
还有哪些人散布谣言，
不希望赛依铁克返回家乡？

“我们要对此了如指掌。
英雄古里斯就要到来，
到那天就要清算很多旧账。
不要把黑的说成白的，
也不要把白色说成黑色。
莫让清白的人蒙冤受屈，
也莫让罪恶的人逃脱法网。”

凯尔曼巴依交代完这些，
回到家中并没有休息。
他看天象观星月，
仔细掐算约定的日期。
他独自骑马上路，
走访了节提托尔的百姓，
拜访了各个阿寅勒的头领。
许多人不知道他的来意，
产生了好奇的心情。
许多人不知道他要说什么，
迫不及待地互相打听。
所有的白须老人，
富有智慧的长者，
都认为凯尔曼巴依无事不来，
这次定有要紧的大事要交代。

当年接替凯尔曼巴依，
当上了比官的色特尔塔依，
上前迎接凯尔曼巴依：

“欢迎你，凯尔曼巴依大哥，
当年是我骑着托茹泰[1]骏马，
连夜给你通风报信。
我想你不会随便过来，
肯定有重要的事情要安排。

“当年我告诉过你一个秘密：
阿依曲莱克可能腹中怀胎。
当族人要集体逃亡之时，
是你出面说服他们安顿下来。
远离故乡猛狮般的英雄，
是否给你送来特别的消息？
让你心满意足，眉开眼笑！

“我对此早就有所耳闻，
这里的人民更是急切地期待。
托尔索勒多依之子卡尔噶勒达依，
被你叫去当面交代，
这个消息也正好传到我这里来。
大哥啊，你不用对我隐瞒，
我的良心没有变坏。

“四天以来通宵达旦，
我心情激动，夜不能眠。
英雄古里巧绕和阿依曲莱克，
始终让我魂牵梦绕。
卡妮凯大妈和巴卡依汗遭受折磨，
我实在不忍心看见，
为此我故意逃避进宫请安。
坎巧绕怪我不去见他，
总是对我谩骂和百般责难。”

凯尔曼巴依这时终于开言：
“塔拉斯人归两个比官管辖，
你是其中的一个比官。

① 托茹泰：马名，意为枣红色小马。

你代替了萨热汗的位置，
自由出入堂皇的宫殿。
可爱的小伙，你聪明绝顶，
你已猜出我此行的心愿。

“你也一直期待着——
流离失所的人重返家园。
只要赛依铁克平安到来，
到那时有许多事要承办。
我已与先遣的古里斯见面，
亲吻手背，相互问安。
他走时约定了四十天的期限，
他说他们一定要准时回返。

“他说坎巧绕无耻背叛，
把青鬃狼赛麦[1]的宝座推翻。
他们要报仇雪恨把坎巧绕惩办。
通知戴白毡帽的柯尔克孜人，
一个不留地前往陵墓，
这些就是我传达未来汗王的旨意，
你一定要牢牢记在心里。
色特尔塔依，我还要上路，
前往奥博勒别克的家里。
请你记住，做好准备，
要为自己管辖的百姓做主。”

凯尔曼巴依在色特尔塔依家，
把空胎小母马的嫩肉尽情品尝。
把搅拌蜂蜜的马奶酒，
装满随身携带的皮囊。
跨上骏马继续前行，
生怕错过约定的时间。

凯尔曼巴依没有去别处，
径直走到奥博勒别克的家，

① 赛麦：赛麦台依的昵称。

在家门口勒缰下马。
在这以前，色特尔塔依，
曾两次提醒奥博勒别克：
“要清醒，不要犯傻！”
奥博勒别克六次遭到坎巧绕毒打，
早就心灰意冷，另有想法。

当见到凯尔曼巴依的时候，
奥博勒别克高兴得不知所措。
他思忖着凯尔曼巴依此次来访，
可能要说许多知心话。
他吩咐仆人们立刻动身，
赶快赶来一群空胎的母马，
挑选其中最膘肥的宰杀。
铺开宽大的餐布设宴，
让美丽的小媳妇苏克苏尔，
将香甜的马奶酒斟满。

奥博勒别克双手端着酒碗，
站起来向客人敬献。
尊重的客人凯尔曼巴依，
将一碗碗马奶酒痛快地饮下。

凯尔曼巴依饭后平静睡眠，
这一天他对奥博勒别克，
没有吐露片语只言。

奥博勒别克在自己行使权利的房间，
派人把凯尔曼巴依请到了自己身边：
“凯尔曼巴依，你是我大哥，
我是你的兄弟，排行在你后面。
和你在一个餐布上就餐，
是我多年以来的心愿，
今天我们终于会面。
有什么话要对我说，
有什么事要让我做，
请你大胆直言。

“我之所以变得这样苍老，
只因为一直和疯狗坎巧绕周旋。
你对我们不问不管，
算来已经有十二个年头，
这次突然出现想必有要事交办。

“凯尔曼凯[①]，如果你信得过，
就对我直说，不要隐瞒。
我不会瞻前顾后，
更不惜残烛晚年。
我曾遭坎巧绕六次毒打，
遍体鳞伤，血流满脸。
多少苦难降临在我头上，
从没有人扶助在我身边，
也没有得到你的怜念，
我在百姓中丢尽脸面，
在外人前失去了尊严。

“当年赛麦台依在世的时候，
你曾经当过比官。
当时我还是顽皮的小孩，
我们生活在相邻的家园。
多少年来，
我自认并未做错过什么事，
但却频频被恶语中伤和责难。
我长时间疑虑在心，
难以消除心中的积怨。”

奥博勒别克对凯尔曼巴依，
倾吐了心中的愁烦。
凯尔曼巴依留心观察，
断定他没有坏心眼。
于是凯尔曼巴依这样开言：
“奥博勒别克，我理解你的苦衷，

① 凯尔曼凯：对凯尔曼巴依的尊称。

请你把心放宽。
要秘密通知你的百姓，
在本月的第一个星期四那一天，
毫不迟疑地集合到陵墓跟前。
老年人和青年人里边，
男子汉和妇女们中间，
哪怕丢下一个人，
就不会有你的好看。

“假如你亲自前往迎接，
英雄古里巧绕和阿依曲莱克，
还有青鬃狼之子赛依铁克，
他们不会扔下你不管。
这就是我给你的答案，
我对你没有丝毫隐瞒。

“豺狼要吞吃的是我们的牲畜，
坎巧绕要把我们的性命吞咽。

“我们前人曾经这样提醒：
‘破烂的衣服总有一天能换上新装，
饥饿的人总有一天能吃上饱饭。
灾难深重、饱受凌辱的人民，
总有一天把万恶的世道推翻。’

“我已经和色特尔塔依说定，
将在巴什奥纳月的第十五天，
你的居民一个不留，全部出动。
不允许自以为懂规矩的任何人，
跑到坎巧绕那里通风报信。”
凯尔曼巴依言简意赅，
把来意说明后出门翻身跃马继续前行。
色特尔塔依和奥博勒别克，
立刻通知了各自领地的百姓。

百姓接到比官的通知，
得知英雄赛依铁克和古里巧绕，

还有阿依曲莱克即将来临。
在约定的日子，没有人躲在家里，
全体出动向约定的地点挺进。

他们顾不上给留下的马驹套笼头，
他们放任羊羔自由地吮吸母奶。
他们把母牛和牛犊一起留下不管，
骑马驹的赛过骑骆驼的，
骑公马的人把骑母马的人追赶。
也有人骑上花白色的牛背，
无役畜的人干脆靠自己的脚板。
只要有一口气的人一个不剩，
浩浩荡荡的队伍把大地席卷。

摇篮里的婴儿没有哭闹，
丢下小驹的母马没有回头寻找，
人们奋不顾身行进在大道。
小伙子们一路你追我赶，
欢声笑语没有中断。
老人们飘动着长长的银须，
酒醉的壮汉感觉浑身是胆。
老太婆们驼背弯腰，
行进中不怕咳嗽气喘。
许多妇女徒步行进，
还背负着婴儿睡觉的摇篮。
人人风风火火匆匆赶路，
把疲劳抛在脑后面。

没有人提起辛苦，
也没有任何怨言。
心中只有赛依铁克，
心中只有古里巧绕，
心中只有阿依曲莱克，
一心想和他们早日见面，
焦急的心像火烧一般。
哪怕前面一片大海，
哪怕脚下铺满火炭，

哪怕敌人前来阻击，
哪怕迎面射来雨点般的子弹，
没有一个人畏惧不前，
没有一个人回头折返。

人喊马叫，如潮汹涌，
全部人马奋勇向前，
大地上扬起滚滚尘土。
坎巧绕的几个兵丁，
瞭望到黑压压的人群，
策马前来向人们询问：
“你们要到哪里去？！”

没有一个人理睬他们，
没有一个人回答他们的问题。
他们想在路中阻拦人流，
寡不敌众，势单力薄。
几个兵丁无奈返回原地，
赶快向坎巧绕禀报消息。

“全是我们管辖的臣民，
没有发现外来人的形迹。
问他们到底去哪里，
谁也不回头搭理，
没有一个人回答我们的问题。

“那些巴依们个个挺着肥胖的肚皮，
那些幼稚的少年摆出得意的架势，
许多人纵缰驱马，
急匆匆地跑来跑去。
那些老太婆们晃动着干瘪的身躯，
那些老头儿们飘动着蓬乱的胡须，
那些骑士们自命不凡，扬扬自得，
那些媳妇们爱理不理，只顾走路。

“母亲们背负着婴儿的摇篮，
有肺病的人也不顾咳嗽气喘。

这些人来势汹汹犹如狂澜，
死神也不能使他们半途回返。”
几个兵丁七嘴八舌把话讲完，
坎巧绕目瞪口呆，沉默不语，
许久才下达了这样的命令：

“你们几个赶快出发，
追上那些聚众闹事的人群，
想方设法抓住几个狗崽子，
一定要把内幕搞准，
办完事火速返回，不要停顿！”

遵照坎巧绕汗王的命令，
又有五个人跃马起程。
他们一路狂奔，扬起灰尘，
终于赶上了行进的队伍。

他们迫不及待，气势汹汹，
粗暴地将出行的缘由追问，
眼看行进的人们仍不吭声，
五个家伙一起扑上去，
抓住了靠近路边的一个人。

他们蛮横地审讯那人，
那个人义正词严地回答审问：

“我们前往玛纳斯的陵墓，
祭奠他的在天之灵。
塔拉斯蔓延饥荒，
牲畜遭受饥饿死亡。
我们大家专程前往，
要向雄狮倾诉苦难惨状。

“多少年过去了，
阿依阔勒玛纳斯的陵墓，
没有人去瞻仰。
祭祀神灵需要宰牲，

谁都舍不得牺牲自己的羔羊。

“只因没有去拜谒陵墓，
冬天我们吃不到白面馕，
夏天闻不到奶酒飘香。
现在我们登程前往，
去把玛纳斯的陵墓瞻仰，
举手祈祷乞求他的神灵保佑。”

在前来的打手中间，
有一个名叫居尔古略克的家伙。
他从小养成粗野的性格，
他对刚才说话的人粗暴地叫道：
“你的玛纳斯僵硬的尸体，
深深地埋葬在黑土地底下。
你们去祭祀，举手祈祷，
难道他能降下你们充饥的馅饼，
难道他能让你们的荒野长满牧草？
难道他能让你们的牲畜奶汁流淌？
我们要带你去见我们的坎巧绕汗王！”
说着朝那人的头上猛抽一鞭。

正在这个时候，
卡尔噶勒达依前来阻挡：
“噢依，居尔古略克，居尔古略克！
你长得像羊身上的虱子一样，
难道你有对付众人的力量？！
你毫不讲理，动手打人，
现在让你来把我的皮鞭品尝！”
卡尔噶勒达依将居尔古略克，
劈头盖脸地抽打不停。
居尔古略克的四个同伙见状大惊，
估计居尔古略克快要丧命，
急忙跑来为他解围。
别尔代克和卡尔噶勒达依，
同坎巧绕的五个打手，
奋不顾身，展开搏斗。

别尔代克是腰杆硬朗的好汉，
他力气充足，动作迅疾，
居尔古略克等五个打手，
一个个被他打翻在地。
他牵着缴获的五匹马，
朝着陵墓方向继续前进。

五名打手急忙徒步回宫，
上气不接下气地向坎巧绕禀陈。
恰绮凯站在坎巧绕身边，
用烤肉和酽茶殷勤侍奉。
五条疯狗七嘴八舌把见闻讲述，
坎巧绕听完后召集勇士发号施令：
“我的六十名大力士，
今天到了用你们的时机。
你们当中派两个人去，
把反抗的人押到此地，
驱散其他人，返回原地。”

这时恰绮凯这样进言：
“坎巧绕，你要亲自出面，
率领六十名勇士去平乱。
如果在那人群中间，
发现奥博勒别克和色特尔塔依，
就要把他们的头颅砍断。

“你的这两个奴仆，
吃饱肚子制造事端。
不就是那个古里巧绕奴仆，
晃动着残废的身子来过这边。
我料定是他胡言乱语，
说我们折磨百姓受苦受难。
是这个奴仆煽风点火，
让人们前往陵墓祭奠。
我估计那些阿寅勒的头领，
被他们裹挟犯难。

"'用小榔头敲一千次，
不如用大铁锤猛打一次。'
你是大铁锤，别人是小榔头，
我的汗王，如果你不出面，
还有谁能平息这场动乱。
敌视你的眼光你要警惕，
敌意的言辞你要明辨。"

听了恰绮凯的一番话，
坎巧绕发出命令，
让人给加依卡勒黑花骏马鞴鞍。
每当坎巧绕发怒的时候，
定会身披着长袍，
头戴着黄色头巾，
气冲冲地走出房间。

他把战刀挎在腰间，
他把战斧挂在马鞍，
他把火枪背在肩上，
他把锐利的长矛紧握手中，
上马出发把队伍追赶。

浩浩荡荡的队伍，
已经到了陵墓跟前。
人们痛哭流涕诉苦诉难。
老人们个个老泪纵横，
男女老少无不泪流满脸。
所有的人情不自禁悲伤哀号，
祈求玛纳斯在天之灵保佑。

这时坎巧绕一伙正在逼近，
却不见该来的人的踪影。
人们控诉着对老人的屠杀，
担心幼儿都被杀完。
悲凄的哭声犹如雷鸣，
冲击大地不停地震颤。

这时在远处的勃孜莫依诺克山口，
四个人的身影隐约出现。
阿依曲莱克和赛依铁克，
英雄古里巧绕和库吐巴依，
站在白色母骆驼身边。
看到浩荡的人群早已集结，
他们四人正赶路来到约定地点。

凯尔曼巴依和卡尔噶勒达依，
奥博勒别克和色特尔塔依这样商量：
“我们这些人或早或晚，
终有一天流血死亡。
与其在这里等待，
倒不如勇敢地去把坎巧绕阻挡。

“我们要好言好语说明情况，
假如他不肯让步，耀武扬威，
定叫他落下可耻的下场。
假如我们像猫一样蜷缩，
他也不会对我们迁就退让。
否则这里的众多乡亲蒙难，
我们会落下元凶的罪名！”

他们正在商议的时候，
突然人群高声叫嚷，
看到四个人从山口急驰而来，
兴奋的人们群情激昂。

阿依曲莱克穿过洼地，
又走上了起伏的高坡。
她在心里这样琢磨：
“我公公的在天之灵，
在世的父老乡亲都在看着我。
我怎能坐在马背上与他们见面，
破坏规矩，辜负众托。”
她立刻跳下马背，

把马鞭挂在自己的脖颈。
手牵着坐骑的缰绳，
徒步走向父老乡亲。

古里巧绕骑着苏尔阔勇骏马，
赛依铁克骑着阔依库荣骏马，
库吐巴依骑着杰力别斯骏马，
当他们走到人群跟前，
当人们见到赛依铁克的容颜：
“快来看啊，赛麦台依回来了！
备受珍爱的花白神驹，
如今变成了栗色骏马，
神秘失踪后重返人间，
他就是雄狮赛麦台依！”
人们兴高采烈奔走相告，
争先恐后上前迎接，
坎巧绕一伙无人理睬，
一筹莫展，百般无奈。

突然间，陵墓中，
刮起了呼啸的大风。
传来了铜制战鼓的声音，
传来号角齐鸣的声音。
戴着白毡帽的柯尔克孜人，
对老天的迹象感到震惊。

当陵墓显灵的时候，
阿依曲莱克急忙赶来，
她拉着库吐巴依说道：
“库吐巴依，你快跟我走，
我们去保护那些老人！
那伙没有头脑的畜生，
说不定会迫害他们！”
月亮般的曲莱克和老英雄库吐巴依，
沿着芦苇丛急忙走去。

没有人注意他们，

也没有人把他们看见。
人们急着与赛依铁克见面，
把少年英雄紧紧围在中间。
有人不惜宰杀坐骑，
为神灵举行祭奠。

坎巧绕见景大怒，
命令手下的六十名大力士：
“快把那四个人给我抓来，
或者让他们四个人原地下马，
牵着各自的坐骑，
步行到我面前鞠躬行礼！”

他歇斯底里地对他们大声呼喊：
“是我把你们长期供养，
让你们成为六十名大力士。
我的奴隶们，不要忘恩负义，
一定要把我的恩情报偿！
假如你们做出对我三心二意的勾当，
别忘了，我定会找你们算账！
我要在杀死古里巧绕和赛依铁克之前，
先把你们统统杀光！
我坎巧绕是你们的汗王，
说到做到，无人阻挡！”

六十名大力士纵马扬鞭，
高呼着坎巧绕的名字，
擂击着多布勒巴斯战鼓，
向着集结的队伍冲锋。

看到冲过来的人马，
古里巧绕开口这样说：
“亲爱的赛依铁克，
来犯的六十个人马并不算多。
我要去见坎巧绕，
假如他同意，我通过谈判，
对他的力量进行试探。

“愚蠢的婆娘恰绮凯，
背叛了你的父亲，
在你父亲睡过的被窝做奸。
你不能去与她相见。”
古里巧绕说完这些话，
朝着坎巧绕快马加鞭。

六十名大力士气势汹汹地冲来，
赛依铁克把他们当稻草人看待。
他是千里马留下的后代，
他是女中豪杰的仙女生养。
他面对六十个大力士的进攻，
挺身而出，没有等待。
六十名大力士丧心病狂，
将少年赛依铁克围在中间。

赛依铁克义愤填膺，
举起战刀左劈右砍。
一会儿转圈一会儿追赶，
英雄少年斩了一个又一个，
把六十名大力士送上另一个世界，
没有一个人生还。
人们一个个欢腾雀跃，
纷纷与赛依铁克拥抱，
把少年英雄紧紧簇拥在中间。

赛依铁克的相貌，
与赛麦台依一模一样。
好像把父亲的面皮，
套在了儿子的头上。
他的唇髭犹如麦芒，
他月牙般的耳朵大如盾牌。
他的眼睛像启明星一样闪光，
他的眼珠像黑煤一样发亮。
他的气色像钢铁一样冷峻，
他的身躯像一座山冈。

如果他长到三十岁的时候，
任何骏马也难承受他的重量。
他冷酷时像野外的寒风，
他的箭矢犹如公牛腰身又粗又长。
遇上成千上万的敌军，
像秋风扫落叶一扫而光。
遇上敢于冒犯的敌群，
单枪匹马从容抵挡。
他的气势犹如汹涌的波涛，
他的身材像巨大的公驼一样。
他的肩膀宽阔，双腿修长，
天生就是一副巨人的模样。
他如此超群出众，
在人间独一无二。

可怜的乡亲们早已望穿双眼，
他们围绕着赛依铁克，
前后左右仔细打量一番。
还有一些人看走了眼，
错把赛依铁克当成赛麦台依，
互相争吵，固执己见。

古里巧绕战胜坎巧绕

古里巧绕追上了坎巧绕，
和他并排站着开言：
“我是古里斯，你是坎巧绕，
你和我一起玩耍一起长大，
共同度过了美好的童年。
你可曾记得我们小的时候，
光脚赛跑，你追我赶。
坎巧绕，我今日向你低头鞠躬，
请求你回心转意，摒弃前嫌。

“赛依铁克威猛无比，火气冲天，
假若你一意孤行与他对战，
你必死无疑，无法生还。
恰绮凯这个不守贞节的寡妇，
你娶她为妻，遂心如愿。
赛依铁克气势凶猛，威力震天，
你千万不要把他冒犯。
今日我对你好言相劝，
孰轻孰重你要审慎决断。
已经没有人给你撑腰，
不要指望克亚孜来支援。”

坎巧绕气急败坏，脸色铁青，
气得根根胡须直直竖起，
两眼喷射着凶恶的火焰：
“你这不懂规矩的乌鸦嘴奴隶，
不要在我面前装腔作势，
别以为我容易上当受骗，
居然相信你的一派谎言！

"不要说你这个古里巧绕奴隶，
就是面对赛麦台依，
我也不会退却，尽显英雄虎胆！
你不明白自己身份低贱，
厚着脸皮来向我进谏。
你总是不甘寂寞四处胡说八道，
所到之处给我制造麻烦。

"古里巧绕，闭上你的臭嘴！
老老实实去给我坐骑鞴鞍，
只有这样你才能得到平安。
假若煽动百姓故意捣乱，
你就算过了今天也过不了明天！"

这时古里巧绕语重心长地回答：
"坎巧绕，我冒险来到你面前，
为的是履行我们小时候的誓言。
我们从小一起长大，
我保持着爱护兄弟的传统习惯。

"让我给你鞴马我不埋怨，
我的双手干这个活十分熟练。
当赛麦台依大哥在世的时候，
每当我们骑马出行在外，
我也饲养过我们的坐骑，
你也饲养过我们的坐骑。
我经常给你的坐骑鞴鞍，
你也经常给我的坐骑鞴鞍。
不要说我们俩，
赛麦台依大哥也给我们的坐骑鞴鞍。
那些动人的情形，
你早就忘得一干二净，
我可是永远铭记在心间！

"你说话不讲道理，
撒谎欺骗，无情无义。

我没有掩盖任何真相，
我对你讲的话都是真言。
我不想看到你走向灭亡，
为了挽救你我才站在这里。”

坎巧绕听罢顿时大发雷霆：
“我决不听从你的花言巧语！
你不要在我面前装模作样，
是你煽动百姓离我而去！”

无情无义的坎巧绕，
犹如疯狗丧心病狂，
拿起长矛欲与古里巧绕较量。
古里巧绕见此这样问道：
“坎巧绕，你这是动真还是开玩笑？
假如你要和我玩真枪真刀，
我一定会让你的灵魂出壳！
我真情实意，好言相劝，
你却狼心狗肺，不听劝导！”

“你是个靠吃酸奶长大的奴仆，
我就是对你狼心狗肺，无情无义。
我从不把你放在眼里，
更不会缩头缩脑，不敢出击！
我身强力壮，而你是废人，
废人翻不过高高的山脊！”
坎巧绕如此口出狂言，
呼呼挥动着手中的矛枪，
使出全身的力气，
刺向古里巧绕的胸膛。
古里巧绕是智勇双全的英雄，
武艺高强，战术娴熟。
他迅速移动侧身一闪，
躲过了坎巧绕的矛尖。

坎巧绕恼羞成怒，
对黑花色加依卡勒骏马加鞭。

当年屠杀节迪盖人的狂傲，
今日又在他的身上重现。

坎巧绕气势汹汹，
犹如发情的公驼大声咆哮。
他紧握手中的长矛，
掉转马头猛冲过来。
古里巧绕眼看坎巧绕，
死心塌地，穷凶极恶，
已然没有悔改之意。

古里巧绕只好驱策苏尔阔勇马，
被迫与坎巧绕交手，
他眼疾手快反应迅速，
再次拨回坎巧绕戳来的矛枪。

不等古里巧绕调整姿态，
凶猛的坎巧绕伸出长矛，
击中了古里巧绕的腰部。
真是祖先的神灵护佑，
古里巧绕未从马背上摔下。

阿勒曼别特之子古里巧绕英雄，
不甘示弱，精神抖擞。
他像毒蝎一样露出锋芒，
同坎巧绕展开了殊死搏斗。

他们俩势均力敌互不相让，
奋不顾身，激烈冲杀。
犹如将苍蝇般脆弱的生命，
用一根发丝悬挂。

矛尖在护甲上来回戳击，
战锤在头顶上呼呼回旋。
许多自命不凡的人见此情景，
一个个吓得尿湿了裤裆。

坎巧绕和古里巧绕，
顽强拼搏，杀声震天。
战马蹄下的大地，
卷起滚滚烟尘，天昏地暗，
湖泊摇晃，掀起波澜。
许多围观的小兵心惊胆战，
差一点儿掉下马鞍。

阿勒曼别特之子古里巧绕英雄，
义愤填膺，越战越勇。
他抓住坎巧绕戳来的长矛，
对其胳膊肘猛击一锤，
矛枪弹出坎巧绕手中。

动作敏捷的古里巧绕，
不等坎巧绕掉头转回，
在来不及叫喊的一瞬间，
连续猛砸六锤。

坎巧绕挨了六锤，
眼前一片漆黑，
“假如我继续待在这里，
古里巧绕不要我的命不会罢休。
我应该掉转马头撤退，
跑回到城堡取来新的武器装备，
再来和他交锋搏斗，
想方设法把他撕碎！”
坎巧绕打定主意，
掉转马头迅速逃回。

英雄古里巧绕紧追不舍，
弯腰弓身伸手扯住了他的衣襟，
古里巧绕使劲拽拉，
坎巧绕重重地滚落地面。
他已失去还手之力，
也没有了先前的嚣张气焰。

古里巧绕对他十分怜悯：
“你赶快起来骑上马跟在我后面，
假若现在让赛依铁克看见，
他会把你宰掉，决不手软。
假若现在让阿依曲莱克看见，
会活活挖掉你的双眼。
假若让卡妮凯处置，
她会用切面刀把你身上的肉一块块剜割。
假若你落到汗巴卡依手中，
不知道他会怎样惩办？

“你要认真反省自己的所作所为，
向巴卡依、卡妮凯低头认罪争取宽大。
赛依铁克和曲莱克那里，
请白胡须老人斡旋。
坎巧绕你黑心把我背叛，
但我不忍心放弃你不管。”

古里巧绕心地善良，似白玉无瑕，
将坎巧绕连人带马领走，
隐藏在其他人不知道的地点。

古里巧绕跨上苏尔阔勇骏马，
一路奔驰来到集合的地方。
一见到古里巧绕到来，
百姓们四面八方蜂拥而上。
人们奔走相告，你呼我叫，
争先恐后地跑到古里巧绕身旁。
戴着白毡帽的柯尔克孜人，
把自己的好儿子团团围住。
男人和女人，老人和年轻人，
都洒下热泪犹如山洪无法阻挡。

这时托尔索勒多依老人，
像小孩子一样蹦跳到最前面：
“啊，我的神奇的雄狮，
你的神奇在我身上应验。

多少年以来我双目失明，
受尽了人间苦难。
只因你来了一趟塔拉斯，
我的眼睛像启明星一样恢复亮光，
我这才能跑步来到你跟前。”

阿吉巴依之子凯尔曼巴依，
大声向大家提议：
“请你们倾听我的话语！
柯尔克孜人，别在这里自顾哭泣。
要体谅英雄赛依铁克和古里斯，
我们不要把他们的时间浪费在这里。

“大家都以拜谒陵墓为由，
避开坎巧绕的监视，
如约前来汇集到此地。
人群中没有见到月亮般的嫂子，
她好像去了尊敬的母亲卡妮凯那里。

“雄狮古里巧绕和赛依铁克，
让我们立即跨上骏马。
快马加鞭，马不停蹄，
赶快到长者巴卡依和卡妮凯的住地。
我们挑选步履稳健的走马送去，
把他们护送到墓地。
一起祭祀阿依阔勒的英灵，
然后向色尔城出击。

“在这里集合的平民百姓，
谁也不要去坎巧绕的宫殿。
也不要把他的任何东西，
随便当作战利品侵占。
愚蠢无知的婆娘恰绮凯，
心怀鬼胎、满腹毒计，
别让她放火烧毁宫殿。
色特尔塔依，你是宫廷的总管，
你去把她严加看管。

“卡尔噶勒达依和奥博勒别克，
你们要在这里等候大家。
挑选六百名小伙子立刻上马，
前往那两座山中间谷地山坡，
天黑前将六千只羊吆喝赶到这里宰杀。
我们以此祭奠玛纳斯的神灵，
将所有的羊肉给百姓分发。”
大家都同意凯尔曼巴依的提议，
选派六百名少年，
骑马朝不同方向出发去赶羊。

赛依铁克拜见
巴卡依和卡妮凯

雄狮古里巧绕和赛依铁克，
牵着两匹步履稳健的走马，
身边带着凯尔曼巴依，
一起来找巴卡依老人家。

让我说一说他们几个人，
和放牧骆驼的巴卡依怎样见面的情景，
请大家仔细听清。

离巴卡依还有三个射程的地方，
他们就下马徒步而行，
走到巴卡依跟前，
古里巧绕跪倒在他脚下，
呼喊着大伯的尊名：
“啊，我亲爱的大伯，
我今天特意来把你拜见。

“凡人都无法预测，
自己会遭遇什么样的灾难。
人的一生谁能做到：
没有损失，光把便宜占。
长话短说，告诉你大伯，
我给你领来了赛依铁克这样的儿男。
赛依铁克来寻觅自己的故乡，
来寻觅戴白毡帽的柯尔克孜同胞。
我们没有直接去城里，
先来这里把大伯你拜访。
赛依铁克要先来拜见你，
然后去把奶奶卡妮凯看望。”

英雄巴卡依的耳朵有些不灵，
有时只能感到嗡嗡的声音。
如果不像吵架那样大喊大叫，
说话的声音一般他都听不清。
正当古里巧绕和赛依铁克，
无法让巴卡依听到他们的话语，
无可奈何，一筹莫展的时候，
古里斯突然想起了这样一件事情。

当时在塔拉夏的山脊分手的时候，
阿依曲莱克对古里巧绕交代：
“老人巴卡依蒙受着屈辱和摧残，
他的耳朵受伤，不一定能听见。
假如你去和他说话，
他听不见，你该怎么办？
你把这个药水带去，
到时候给他的耳朵滴灌。”

阿依曲莱克说着拿出麦代提药水，
给古里巧绕分了一部分。
这个妙药是从七百五十条河流中采集，
提炼精华，精心配制而成。
古里巧绕立刻找出麦代提，
滴入巴卡依的耳朵。
涂在两只眼睛的边缘，
用手指轻轻地揉搓。

滴入耳朵的药水，
渗透到老人的大脑神经；
涂在眼皮的药水，
渗透到老人的皮下神经。
老人的双眼霍然十分明亮，
老人的听觉忽然十分灵敏。

巴卡依老人一手抓着古里巧绕，
另一手抓着赛依铁克，

整个身子突然往下滑去。
不等老人的屁股落地，
四双有力的大手把老人抬起，
他们摘来野红花给老人熏气。

过了煮一顿饭的工夫，
大伯苏醒抬起了头：
“你好像是古里巧绕，
你怎么敢来看望我这老朽？
你真的不怕坎巧绕找你麻烦，
站在你旁边的人是谁？
我看他非常面熟。
他的眼睛真像赛麦台依，
假如他确实是赛麦台依，
你立刻让大伯我牺牲，
为他驱邪避灾，乞求保佑。”

古里巧绕赶紧接上话茬儿：
“我的亲爱的大伯啊，
你的一切都是人间的珍宝。
就是你的胡须，
也值得我为之牺牲！
你是无穷无尽智慧的化身，
你说的话千真万确，句句灵验。

“我们能够回到塔拉斯，
全靠赛麦台依留下的独苗，
赛依铁克奋起斗争！
你说他的眼睛像赛麦台依，
他正是赛麦台依的儿子，
赛依铁克是他本人的名字。
我是你的儿子古里巧绕，
你要是问那个人是谁，
他就是阿吉巴依的儿子。”

巨人巴卡依听了止不住激动的热泪，
喉咙哽咽得说不出话来。

他紧紧拥抱着古里巧绕，
串串泪珠如雨点般洒落下来：
“我的小家伙，
你不辞辛苦远道而来，
在这里找到我，向我跪拜。
可我担心被坎巧绕发现，
就会把我们的手脚捆起来，
变本加厉，残酷迫害。
我已年老体弱，只剩一口气，
害怕他把我的人皮活活扒下来……”

古里巧绕伤心地放声大哭：
“你的胡须雪白，品质高洁，
我宁愿为你牺牲一切。
我们把坎巧绕和克亚孜已经打倒了，
不然我们怎能来把你接出荒野。

“当年赛麦台依血流满面，
遍体鳞伤，消逝不见。
他们对我这个苦命人加以摧残，
将我的肩胛骨无情剜割。

“他们把阿依曲莱克当作战利品，
双手向克亚孜贡献。
之前她已怀孕在身，
后来生下了这个儿男。
他的名字叫作赛依铁克，
长得像他父亲一样英勇彪悍。
克亚孜和坎巧绕两个恶棍，
被他打得一败涂地，彻底覆灭。
我们这才回到家乡，
与家乡的百姓团圆。”

巴卡依汗听到他是赛麦台依之子，
将赛依铁克紧紧拥抱：
“我的独苗，请你敞开胸脯，
我要把头贴近你的怀抱，

闻一闻你身上的味道。
假若阿依曲莱克意志薄弱，
上当受骗，经不住诱惑，
你的身上就不会有赛麦台依的气味。”

老人敞开孩子的胸襟，
把头伸进他的怀抱，
深深地嗅闻着他身上的气味。
当嗅闻到像赛麦台依一样的气味，
老人家顿觉浑身是劲。
他弯曲的腰板一下挺直，
扯开嗓门，发号施令：
“你们立刻上马给我带路，
寻找卡妮凯的踪影。
我们要和卡妮凯王后一起，
去祭拜阿依阔勒的神灵。
阿依曲莱克现在何处?
我亲眼见到她才能放心。”

卡妮凯皮包骨头，瘦如枯柴，
破衣烂衫，衣不遮体。
站起来前胸和肚皮裸露在外，
弯腰时大腿和臀部暴露无遗。

阿依曲莱克见到母亲跑上前去，
向她低头弯腰鞠躬行礼。
可怜的大娘卡妮凯却惊恐万状，
不知所措，只顾表白：
“我没有让牛犊吮吸母奶！”
惊恐得身子蜷缩一团，
双手在头顶上遮盖。

贤惠的儿媳阿依曲莱克，
扑通跪下抱住婆婆的双腿。
曾经把赛麦台依喂大的乳房，
阿依曲莱克今日深深嗅闻了十回。

“让那些牛犊见鬼去吧！
我亲爱的母亲，
请你听清我说的话。
我是你的儿媳阿依曲莱克，
我专程来把你找寻。
我们怎能对你隐瞒，
造物主赐予的福分。

“母亲啊，我终于回到你的身边。
你的儿子留下的独苗赛依铁克，
还有你的儿子古里巧绕。
一同回来的还有库吐巴依，
他也要来将你拜见。”

听完阿依曲莱克的话语，
卡妮凯战战兢兢地说道：
“赛依铁克是什么人？
阿依曲莱克是什么人？
古里巧绕是什么人？
库吐巴依又是什么人？

“坎巧绕是我们的汗王，
恰绮凯是个黑心肠。
你是从哪里来的婆娘？
我不会上你的当。
如果放任牛犊吮吸母奶，
晚上我就会挨棍棒。”
卡妮凯惊魂未定，神志不清，
摇摇晃晃，坐立不稳。

足智多谋的阿依曲莱克，
拿出了莫明江给她的灵丹妙药。
其中有阿普和萨普，
艾白普和赛白普的成分，
更有那人间难得，
使人恢复元气的麦代提药也在其中。

莫明江制药时适当调入盐味，
用奶水把各种药味平衡，
前后用七百八十种药材配制。
莫明江将药交给阿依曲莱克时，
叮嘱她给卡妮凯、巴卡依服用。
阿依曲莱克总共带来七粒药丸，
药丸的效力确实很强，
假若一次吞服两粒药丸，
就会关节脱解骨头散架，导致死亡。

阿依曲莱克把药丸掰成两块，
再将它分成两小瓣，
小心地送进了卡妮凯的嘴唇。
卡妮凯对此毫无所知，
本能地往下吞咽。

过了煮一顿饭的工夫，
卡妮凯慢慢恢复了神志。
阿依曲莱克见状这样提示：
“我苦难深重的母亲，
在你面前的是我阿依曲莱克，
刚才我说的话你都没听，
只顾牛犊吃不吃奶的事情。
古里巧绕和赛依铁克，
他们也前来把你找寻。
来到宽阔的故乡塔拉斯，
来到闻名的坎阔勒大地归根。
你的儿孙们派我先来，
就是要给你换一身漂亮的衣裙。”

听了阿依曲莱克的一番话，
卡妮凯感觉在梦境中飘荡。
她嗓子哽咽，声音沙哑：
“你的声音好像曲莱克，
但是我看不到你的模样，
你再不要喋喋不休，滔滔不绝，
能否先把我的眼睛擦亮。

当年我的曲莱克离别时已怀孕在身，
想得我思绪纷乱，情绪不宁。
如果你真是阿依曲莱克，
用舌头舔一舔我的眼睛，
这样我才能把你认清。”

阿依曲莱克用舌头舔着婆婆的眼睛，
把眼屎舔得干干净净。
刚才服过的药丸也发生效力，
强筋活血，令她头脑越来越清醒。
卡妮凯终于看清了曲莱克的容颜，
她不敢相信自己的眼睛，
不知道是现实还是梦境。
惊讶得瞠目结舌，目瞪口呆，
连眼睫毛都根根竖立，
口水从嘴角流出。

卡妮凯聚精会神，努力回忆，
鼓足勇气把心里话说起：
“阿依曲莱克啊，阿依曲莱克，
你为什么来到这里？
难道牲口坎巧绕和恰绮凯会轻易放过你！
当克亚孜掠夺我们部族的时候，
你说你已经怀孕在身。
要不是你身怀独子独苗，
我当时就会绝望轻生。

“你让我等待十二年，
我好像度过了二百年。
阿依曲莱克，你后来怎样，
生的是女孩还是儿男？”

这时阿依曲莱克立刻回答，
诉说了这些年以来的辛酸经历：
“我已经生下一个男孩，
母亲，这真是你的福气。
为了养育他跃马出征，

我经受了多少凌辱和磨砺。
你的孙子名叫赛依铁克，
他今年正满十二岁，
他和古里巧绕联合在一起，
你看，他们也来到这里。
为的是把戴白毡帽的柯尔克孜人寻觅，
把遍地野柳的坎阔勒寻觅，
更把你和巴卡依大伯寻觅。”

“我的古里斯在哪里，
他是我用纯洁的乳汁喂养的儿子，
只要闻到他脖颈的芳香，
我死了也没有什么遗憾。

“我的精神支柱赛依铁克在哪里？
他是我的雄鹰留给我的宝贵财富，
他如今已长大成人，
能够成为白毡帽的柯尔克孜人的主心骨。
我的孩子，快给我带路，
我要把这一切向巴卡依详细告诉。”

她瞟了一眼库吐巴依，
又向阿依曲莱克发问：
“站在那里的是什么人，
我想知道他的真实身份。”

“他原先也是塔拉斯人，
居住在节提苏。
他的名字叫作库吐巴依，
对古里巧绕和赛依铁克，
暗中相助，情深义重。

“古里巧绕在众人面前，
夺取了瞎子克亚孜的性命。
然后把库吐巴依之子卡拉朵，
推举为那里的首领。
他统管节孜坎皮尔的七个儿子，

统领节提苏的全体百姓。

“古里巧绕曾提前回到塔拉斯，
与家乡的柯尔克孜人联络。
约定在今天这个日子，
到父亲的陵墓前集合。

“坎巧绕的六十个大力士，
被你的赛依铁克统统铲除，
古里巧绕正在和坎巧绕交战，
现在还不知道战况如何？
不过你的古里斯正时来运转，
他定能把坎巧绕生擒活捉！”

阿依曲莱克就这样说明详情，
用香水将卡妮凯洗得干干净净，
给她穿戴耀眼夺目的华丽服装，
用红色绸带把腰系紧，
扶她骑上步履稳健的走马，
朝着巴卡依老人的方向行进。

巴卡依大伯和赛依铁克，
雄狮古里巧绕和凯尔曼巴依，
见到了盼望已久的亲人。

古里巧绕见景惊呼：
“卡妮凯大娘来啦！
嫂子牵着大娘的走马，
也一起来啦！”

雄狮古里巧绕高兴地跳起来，
赛依铁克满心欢喜，激动不已，
他们俩跑步向前迎接。

阿依曲莱克虽然人到中年两鬓染霜，
看到巴卡依老人，
还像年轻媳妇一样，

边走边向巴卡依频频鞠躬，
弯腰像弓，十分虔诚。

看到巴卡依老人的身影，
听到孩子们叫喊的声音，
卡妮凯兴奋得说不出话，
不知所措，目不转睛。
两个乳房阵痛下奶，
乳汁喷涌湿透了胸襟。
古里巧绕和赛依铁克，
急忙跑步向她靠近。

你看，老天创造的奇迹，
卡妮凯纯洁的乳汁，
让他们俩一左一右吮吸。
膨胀得像西瓜大小的乳房，
像泄了气一样收缩变形。
赛依铁克和古里巧绕，
以母乳解渴，舒展心情。

卡妮凯搂抱着他俩的脖子，
将他们深深地亲吻。
当亲吻赛依铁克的时候，
闻到了和赛麦台依一样的香味。

这时候巨人巴卡依快步走到他们跟前，
巴卡依和卡妮凯，
相互亲吻对方的手指尖。
他们重逢团圆的地方，
突然出现了特别的景象，
干枯的野柳发芽吐绿，
百灵鸟在枝头纵情歌唱。

他们跃马起程，没有耽误，
很快来到英雄的陵墓。
呼喊着玛纳斯的名字，
巴卡依为生死挚友号啕大哭。

随着巴卡依的哀号，
陵墓的大门突然开启。
巴卡依大伯急忙跳下马背，
像小伙子一样灵活轻快。
他一下跨入陵墓的大门，
把古里巧绕和赛依铁克呼叫着，
当三人进入陵墓，大门自动关闭起来。

人们亲眼见到这个情形，
顶礼膜拜玛纳斯的英灵。
他们将赶来的绵羊，
每人宰杀一只作为祭品。

骤然间大地震颤，
响起轰隆隆的声音。
陵墓的大门重又开启，
里面放射出月亮般的光芒。

赛依铁克登上汗位

赛依铁克和古里巧绕，
由巨人巴卡依带领从陵墓走出。
顿时大地回春，万物复苏，
鲜花盛开，漫山遍野，
蝴蝶欢快嬉戏飞舞。

凡是飞禽走兽无一例外，
蹦蹦跳跳跑出洞穴，
欢迎塔拉斯的主人归来。
连许多不起眼的小昆虫，
也奔走相告，喜出望外。

野柳犹如少女亭亭玉立，
垂枝犹如秀发，迎风摇曳。
山鹰在天空盘旋俯视，
好像在寻找英雄的身影。
燕雀跳跃飞腾，
鹰隼兴奋地展翅飞翔，
连老鸹也不示弱，展翅飞来。
像百鸟朝阳一样，
无数飞鸟前来汇集，
个个心潮澎湃，激动不已，
展开的羽翅遮天蔽日。

公鹿成队走向半山腰，
母鹿成群走向半山坡。
公盘羊登上翘起的石峰，
母盘羊不甘心在丘陵寂寞。
野山羊站在高峰观望，

辽阔的坎阔勒传来喜讯，
黄羊都沉浸在欢乐之中。
森林深处的老虎无不感到安稳舒坦，
出没高山的雪豹自由自在鱼贯而过。
狐狸兴高采烈连蹦带跳，
炫耀着光滑而亮丽的皮毛。

野鹅“鹅、鹅”地鸣叫，
好像通报发现的新迹象。
野鸭和成对的鸳鸯，
黑鹳和卓克卓克鸟，
白天鹅引领它们飞出新花样。
鱼儿和青蛙带着蝌蚪，
游出水面东张西望。
塔拉斯的主人归来，
给辽阔的大地带来了无限风光。

喜鹊不像从前那样悲伤哀鸣，
恢复了它报喜鸟的欢快歌唱。
一向疯狂的秃鹰，
也吓得不见踪影。
恶狼收敛不敢出动，
蟒蛇卷曲着不敢出洞。
凯拉热斯①和豺狼不敢露头，
畏缩在洞穴中。
害人的毒蛇猛兽，
都不敢轻举妄动。

鸿雁和仙鹤排成纵队，
好像串在一条毛绳上整齐地飞过天空。

仰望天空，人们无法抑制内心的激动，
呼喊声在水面回荡，
掀起驼峰般的波澜。
吓得那些蝙蝠，

① 凯拉热斯：一种类似老鼠的体型较大的哺乳动物。

赶紧趴在地上避难。
蜘蛛、蝎子和牛虻，
早已消逝不见。
水貂和猞猁，
平时就形影不离，
今日都见不到它们，
像往日一样结伴而行。

一群群骆驼显露着大牙，
摇晃着直立的驼峰，
前来集合，队伍越来越大。

河谷的牛群一个不留，
“哞哞”地叫着前来聚集。
绵羊发出低沉的呼声，
羊羔用清脆的声音回答母羊的招呼。
羊群不用人吆赶，
自然从四面八方聚集到此处。
山羊打着轻轻喷嚏，
山羊羔蹦蹦跳跳格外欢实。
它们多得像河滩的石头，
都来到丘陵汇集。

公马纵情长嘶，
母马咴咴嘶鸣，
马驹尖叫回应。
一岁的，三岁的，四岁的马群，
甩动尾巴奋蹄驰骋。

清风阵阵吹拂，
格外凉爽宜人。
你看啊，这巴什奥纳月的十五多么美妙，
各种动物没有了往日汗流浃背的烦恼。
云雀和夜莺，
歌声美妙，娓娓动听，
杜鹃纵情歌唱，

好像找到恋人再乃甫[1]一样高兴。

漫山遍野草木吐翠，
红黄蓝白五彩缤纷，
百花盛开绚丽多彩。
仙客来耀眼夺目，
好像把华丽的地毯铺开。
白桦树挺直身躯头顶蓝天，
松柏翠绿芳香扑鼻。
所有树木昂首挺胸，
要与青松试比高低。

河谷吹来凉爽的清风，
树木花草随风荡漾。
草原如大海，
此起彼伏翻滚波浪，
闪烁着绿色的波光。
山泉喷涌潺潺流淌，
绿叶迎风沙沙作响。

苏巴依[2]不停地打着响鼻，
慢慢走进湖水游荡。
卧着的家猫打起精神，
用沙哑的喉音把欢乐分享。
蚂蚱振翅将清脆的音乐奏鸣，
美妙动听的乐声响彻天空。

原野处处喜气洋洋，
群山峻岭神采飞扬。
太阳停止西斜的脚步，
恋恋不舍回头张望。

姑娘们精心梳理秀发，
媳妇们换上节日的盛装。

① 再乃甫：传说中与杜鹃相恋的一种神鸟。

② 苏巴依：传说中的一种动物。

小伙们精神抖擞，
跨上骏马扬鞭纵缰，
一个个冲进刁羊场。
没有一匹骏马停留在原地，
都像燃烧的火一样激情奔放。

你看啊，这些奔腾的骏马，
一个比一个矫健肥壮。
牛群漫游在沼泽地，
津津有味地啃食防风草。
一峰峰骆驼兴高采烈，
群情激扬大声咆哮。
群熊轻轻漫步在山腰，
狮群在山林中称雄更加自豪。

群山喷吐着发酵的酸味道，
草地上酸模和马奶头草，
悠然自得摇头晃脑。
河边的郁金香和薯莨，
频频点头微笑。
蘑菇和防风草，
漫山遍野，十分热闹。
野蒜薹与嫩草一起，
晃动着花蕾自我炫耀。
成熟的杨梅果实累累，
毛栗开口咧嘴乐陶陶。

掉光了胡须的老人们欢欣鼓舞，
如同小孩手舞足蹈。
活泼可爱的小孩子们，
情不自禁地欢蹦乱跳。
那些不会走路的宝宝，
像青蛙一样蹬着小脚。

熊发草和酥油草，
棱孤草和香蒿，
黑色芦苇和麦头草，

狐须草和知勒特尔罕牧草，
在阳光下格外妖娆。
草原上飘溢着野葱的香气，
兰花和古律普硕[①]，
向着艳阳欢笑；
野羊蒿和博祖纳奇[②]，
散发气息犹如酸奶发酵。
山茶和马米尔的芳香，
令人陶醉，心驰神往。
水灵灵的牛舌草果，
含在嘴里赛过蜂蜜的味道。

坎阔勒阿塔，塔拉斯大地，
万物复苏，充满生机，风景美丽，
雄伟的阿拉套山，
头顶蓝天巍然屹立。
赛依铁克英勇威武雄姿勃发，
苦难的柯尔克孜人挺起了胸膛。
卡妮凯和阿依曲莱克婆媳俩，
神采奕奕，并肩站立。
他们让塔拉斯大地重放光彩，
幸福之门重新开启。
当见到古里巧绕的时候，
百姓欢呼人人心花怒放。
高山般的巨人巴卡依出现时，
吸引了世人惊奇的目光。

阿吉巴依之子凯尔曼巴依，
开口说话，声音洪亮。
他口齿伶俐，语言流畅，
好像一颗颗珍珠串成项链。
聚集的人竖耳聆听，如痴如醉。
语言甜蜜，好比冰糖：
“今天参加集会的各位乡亲，

① 古律普硕：一种开花植物。

② 博祖纳奇：一种可代替茶叶的草。

我们要认清自己的祖先。
赛依铁克是我们的首领，
他的指令我们要遵从照办。
上天赐予我们的英雄古里巧绕，
任何时候都是我们坚强的靠山。

“当年我们失去赛麦台依，
古里巧绕被迫背井离乡。
我们遭受了前所未有的劫难，
任人宰割，无力反抗。

“阿依曲莱克能化作天鹅升空飞翔，
阿依曲莱克能化作清水流淌。
阿依曲莱克掌握十二种变身术，
阿依曲莱克超群出众，绝不寻常。
为了阿拉什乡亲的幸福，
阿依曲莱克把赛依铁克生育抚养。

“充满智慧的卡妮凯大娘，
一生侍候胸襟宽广的玛纳斯，
她的高风亮节在世间传扬。
在阔阔托依的盛大祭典上，
她赢得阔绍依老人的祝福，
从此她的芳名传遍四方。
若恰绮凯精神失常变成疯子，
是指使人毒打卡妮凯的下场！

“德高望重的巴卡依汗，
今天也来到了我们中间。
玛纳斯陵墓中的亡灵，
愤怒地为巴卡依老人鸣冤。
如果谁惹起巴卡依诅咒，
谁就不能生息在人间。
坎巧绕如此虐待巴卡依圣人，
定会厄运缠身不得善终。

“让我们全体出发，不要留下一人，

一起到祖先留下的色尔城去吧！
明天正好是吉利的日子，
如果大家都没有异议，
如果卡妮凯大妈和巴卡依老人，
还有古里巧绕都没有异议，
让我们将天马留下的小驹，
仙女生育的独苗，
推举为柯尔克孜人的汗王吧！
让我们当面聆听，
英雄汗王对我们的教导。
还要请卡妮凯大妈和巴卡依老人，
共同为我们祈祷祝福。

"'万事开头在星期六'，
事成后我们可以分头回家。
我们要向所有人报喜，
向故乡的山山水水报喜，
向漫山遍野的牲畜报喜，
告诉他们真正的主人归来的消息。
这里的一山一水，一草一木，
这片辽阔草原的每头牲畜，
无不对原来的主人盼望已久，
听到喜讯他们会尽情地撒欢。"

凯尔曼巴依提出的建议，
得到大家一致响应。
人们立刻做好出行的准备，
纷纷跨上各自的马背。
那些没有坐骑的人，
也都乘坐纳帕车[①]追随。

人们满怀豪情，昂首挺胸，
浩浩荡荡向着色尔城挺进。

人人扬眉吐气，心情舒畅，

① 纳帕车：带篷的马车。

兴高采烈，心花怒放。
天上乌云驱散，重见阳光，
人们消除了心中沉重的悲伤。

巴卡依老人银须闪耀，
骑马走在队伍的前面。
古里巧绕骑着苏尔阔勇，
疾速闪电，勇往直前。
马蹄踏过的地方，
留下一窝窝地灶般的深坑。

赛依铁克威风凛凛，
人们不敢轻易靠近。
古里巧绕走在最前面，
打开了色尔城的大门。
巴卡依率众进城，
沉睡的湖水轻轻荡漾。
他亲手栽种的树木，
恢复生机，枝繁叶茂。
昔日的城池犹如洪水冲垮的沟坎，
今日迎来阳光焕发了生机。

城里的果树居然开花结果，
迎接真正的主人归来。
树上挂满了累累果实，
眼巴巴地等着主人伸手采摘。
成熟果子恨不得飞落到主人手中，
可惜它们没有翅膀不能飞行。
满城的欢声响彻云外，
塔拉斯消闷解气，喜笑颜开，
因为真正的主人终于归来。

那些狼心狗肺的人，
见此情景魂飞魄散，
表面上假装嬉皮笑脸，
内心里全都忐忑不安。

人们围坐成牛角形状，
开始商议要紧的事项。
为了表示对巴卡依的拥戴和尊重，
请求他主持今天的协商。

这时巴卡依老人开口言讲：
“那么，乡亲们请听我的主张。
赛依铁克现在还是少年，
我推举阿勒曼别特之子古里斯为汗王。
豹子玛纳斯健在的时候，
我掌管了他所有的政务。
赛麦台依当政的时候，
我又掌管了他的所有事务。
今天又把戴白毡帽的阿拉什人的命运，
交给我做出决定，
我对你们感激不尽。

“只要我们的古里巧绕出任首脑，
我时刻准备为他效劳，
我愿在一旁为他……”

不等巴卡依老人把话说完，
古里巧绕急忙打断：
“你们可知道英雄的赛麦台依汗王，
是我的同乳兄长，
我怎能坐在他的位置上？！
假若我登上宝座充当汗王，
假若我发号施令，指手画脚，
我和坎巧绕还有什么两样？！

“‘父亲过世，儿子继位，
绝不会留下空白。’
这是我们的祖先留下的箴言。
我恳求在场的乡亲们，
赶紧把汗王的地毯拿来，
我们此刻就拥戴赛依铁克登基！”

古里巧绕抱着赛依铁克，
放在了华丽的地毯上，
人们赞成他的提议，
将英雄赛依铁克推举为汗王。

柯尔克孜人在此欢聚一堂，
挑选肥壮的肉马宰杀。
把煮熟的马肚、马肠、颈油，
以及马肉一起摆放在餐布上。

老头儿把马后腰肉品尝，
老太婆把羊尾巴油分享。
口嚼肥肉，津津有味，
夹杂着乐滋滋的声响。
清醇的马奶酒搅拌着纯正的蜂蜜，
开怀痛饮，心情欢畅。

到了星期六的早晨，
人们纷纷踏上了回家的路程。

让我们先放下这一程，
从巴卡依审判坎巧绕讲起。

坎巧绕和恰绮凯的可耻下场

恰绮凯疯魔而亡

时间已经过去六天，
坎巧绕和恰绮凯，
应该被押送到法庭。
宫廷的主管色特尔塔依，
轻手轻脚地走进来。
现在在这座都城里，
主事的却是凯尔曼巴依。
色特尔塔依向他这样交差：
“英雄古里巧绕和赛依铁克汗王，
快要从陵墓归来，
是您亲自给我安排，
对愚蠢的恰绮凯严密监视，
防备她突然纵火制造祸害。
我接受了你的命令，
马不停蹄赶到她的住宅。

“恰绮凯身披着长袍，
东张西望站在门外。
当她看到我的时候，
刨根问底，迫不及待。
问那些人是否归来，
问坎巧绕汗现在在哪里？
那个黑脸婆还在做着美梦，
等待着她的汗王坎巧绕归来。

“这时我做了这样的回答：
‘恰绮凯，我让你弄个明白。
托玛纳斯的神灵保佑，
塔拉斯的主人已经回来，

雄狮古里巧绕已经到来。
儿子定能超过父亲，
少年英雄赛依铁克已经回来。
月亮般美丽的曲莱克已经到来，
被掠夺的头人库吐巴依，
也和他们一起回来。
料事如神的汗王巴卡依，
重新辅佐英明的汗王，
母亲卡妮凯也回到了汗宫。

你们那所谓的六十位大力士，
让虎胆少年赛依铁克，
在说这说那的瞬间，
送去了另一个世界。'

"古里巧绕对坎巧绕，
费尽口舌，仁至义尽。
他答应坎巧绕，
把你这个寡妇继续留在身边。
他让坎巧绕向赛依铁克，
赔礼道歉，恳求平安。
可是你的男人坎巧绕，
根本听不进古里巧绕的规劝。
他们俩相互厮打了半天，
坎巧绕最终被打入地牢。

"当我说话的时候，
恰绮凯目不转睛地瞪着双眼。
当我话音刚落，
她突然像疯狗般狂叫一声，
身子翻来覆去在地上滚翻，
头戴的艾列切克飞出很远。
今天已经是第四天，
她再没有走回自己的房间。

"她一会儿像狗一样吠叫，
一会儿像疯子一样狂笑，

嘴里不停地冒着白沫，
活像公驼疯狂咆哮；
又一会儿一丝不挂，
手拍着大腿奔跑。
她挨家挨户乞讨，
俗话说：'见了乞丐狗也害怕'，
狗见了她也无心撕咬。

"'啊依，阿依曲莱克，阿依曲莱克！
噢依，卡妮凯，卡妮凯！'
她时而这样喊叫，
有时她又高叫：'坎巧绕在哪里？'
别的什么话她也没有说。

"她有时一屁股坐在石头上，
不停地拍着巴掌，
仰望着蓝天哈哈大笑。
突然又收起笑脸，神情悲伤，
失声痛哭，阵阵哀号。
她光着双脚又光着头，
没穿裙子也没穿内裤，
一丝不挂，赤身一条。
不停地揪着自己的头发，
脑袋上没有留下一根毛发。

"成群的蚊虫落在她身上叮咬，
成队的野蜂向她身上冲刺，
黑色的苍蝇在她身上筑巢。
还有四脚蛇、扁虱，
更有蜘蛛王和牛虻，
凡是蜇人的家伙都把她包裹。"
负责看守的色特尔塔依，
如此把情况禀报。

早就向有头有脸的首领，
向所有的百姓把消息传遍。
老年人和青少年都一起来到，

集会的人数超过一千。
那些明辨事理的人，
全部被凯尔曼巴依请来旁观。

声音洪亮的巴卡依坐在上席，
卡妮凯夫人坐在旁边。
阿依曲莱克双手放在胸前，
向巴卡依大伯鞠躬请安。
汗王赛依铁克、古里巧绕，
凯尔曼巴依也都守在两边。
色特尔塔依进进出出，
也和他们相随相伴，
其他人都礼貌地站在下面。
古里巧绕面对众人高喊：
“托尔索勒多依大哥在哪里？
把他请到这里来！”

托尔索勒多依来到汗宫，
跨进了大庭的门槛。
豹子巴卡依、卡妮凯，
古里巧绕三个人快步上前。
那些卖身求荣的人，
那些变节投敌的人，
见到这个场面，
都感到死神快要降临面前。

巴卡依牵着托尔索勒多依的手，
卡妮凯向他问寒问暖，十分亲近，
古里巧绕与他们并肩而行，
所有人的眼光都被他们吸引。

人们纷纷赞扬凯尔曼巴依，
还有色特尔塔依和卡尔噶勒达依大有福气；
他们对托尔索勒多依，
刮目相看，羡慕不已。
殊不知托尔索勒多依、色特尔塔依，
还有凯尔曼巴依为部族的复兴立下了功绩。

人们七嘴八舌，议论纷纷，
只知道阿吉巴依之子凯尔曼巴依，
最终找到了自己合适的位置，
巴卡依大伯和卡妮凯，
雄狮古里巧绕、阿依曲莱克，
色特尔塔依和卡尔噶勒达依，
还有那凯尔曼巴依派人叫来的奥博勒别克，
一齐迈着稳健的步伐，
走进了赛依铁克的大殿。

赛依铁克稳坐大殿宝座，
巴卡依站在他的右边，
古里巧绕站在他的左边；
阿依阔勒英雄的遗孀，
著名的母亲卡妮凯站在巴卡依身边。
月亮般美丽的嫂子阿依曲莱克，
站在古里巧绕的旁边。
只有凯尔曼巴依一个人，
坐在录事的案前。
库吐巴依和托尔索勒多依，
色特尔塔依和卡尔噶勒达依，
奥博勒别克他们排成一行站立。

凯尔曼巴依抬起头来，
对赛依铁克这样说道：
“你父亲留下的金铸宝座，
尊贵的赛依铁克你终于把它得到。
你父亲的故乡塔拉斯，
十天前你已经来到，
请你不要再拖延，
一定把复兴大业办好。

“以前你母亲阿依曲莱克被迫背井离乡，
忍辱负重为的是将你生养。
当年忠于你父亲的部下，
我们都低着头四处流浪。
圣明的巴卡依失去坐骑，

被迫把骆驼群徒步牧放。
卡妮凯大娘被迫看守牛犊，
放走了牛犊必遭棍棒。
古里巧绕的肩胛软骨被剜割，
伤口溃烂，遍体生疮。
为了戴白毡帽的柯尔克孜人，
他终于治愈伤口重返家乡。

“我在塔拉斯日夜计算，
我的月亮般的嫂子阿依曲莱克，
把你在腹中隐藏了三年时光。
阴险狡诈的克亚孜产生怀疑，
反复考验像过筛子一样。

“阿亚什阿塔莫明江，
喀什噶尔的托克托萨尔特，
被嫂子曲莱克请来，
医治了古里巧绕的创伤。
你母亲历尽千辛万苦，
培育你赛依铁克健康成长。
她巧施计谋，巧妙周旋，
保护你们重返塔拉斯故乡。

“坎巧绕和恰绮凯狼狈为奸，
不择手段对我们打击迫害，
请你想一想对他们如何制裁。

“在坎巧绕横行霸道的时候，
奥博勒别克当过比官。
他为了保护百姓，
天天遭受拳打脚踢，
他连续四十天没有睡觉，
上山下山联络百姓，
他全力以赴，充分准备。
一起到陵墓前把你们迎接。

“再说那里站着的色特尔塔依，

充当过宫廷的主事管家。
他身处显赫的地位，
他掌握的权力很大，
但他并没有胡作非为妄自尊大。
他在心中时刻铭记，
阿依曲莱克对他说过的每一句话。
他的功劳特别大，
当克亚孜进犯占领色尔城的时候，
是他第一个向我们把消息送达。
他报答了塔拉斯的养育之恩，
我们要依据事实正确评价。

“托尔索勒多依不堪忍受凌辱，
悲伤地哭瞎了双眼。
卡尔噶勒达依年龄虽小，
但寻找机会，极尽所能，
把大伯和大娘照看。
古里巧绕来到这里，
在他们家住了三天。

“库吐巴依从塔拉斯遣散，
到节提苏成为奴隶。
在那些受苦受难的日子，
他始终和你们在一起。
他和你们一起流放，
又和你们一起返回故乡，
他的为人无与伦比。

“坎巧绕和恰绮凯，
到底应该怎样惩办，
让我们大家共同商议。”
凯尔曼巴依的评价公正合理，
得到众人的一致称赞。

赛依铁克抬起了头，
表达了自己的主意：
“凯尔曼巴依刚才的提议，

情真意切，句句在理。
假如你们让我做出决定，
假如你们觉得合情合理，
假如我们要审问坎巧绕，
还是请圣人巴卡依爷爷，
亲自出马最为适宜。
我没有为奶奶提名，
相信她不会为此生气。
我母亲会同意我的主意，
不会争夺这个权力。

“我出生以来没见过父亲的容貌，
奶奶和巴卡依爷爷的颜容，
我近日才第一次见到。
我从孩提时到现在，
一直与古里巧绕大叔打交道。
不知道古里巧绕大叔，
现在对我还有什么指教？”

这时古里巧绕这样说道：
“我只有几句话要对你们讲，
假若坎巧绕回心转意，
我恳请诸位手下留情。
我们的儿子赛依铁克汗王，
表达了自己的一片心意，
让巴卡依大伯做出最后决定。
现在就等大娘和嫂子，
把自己的意见表明。”

在场的人鸦雀无声，
激动的卡妮凯发表意见：
“赛依铁克刚才的肺腑之言，
我打心眼里十分赞同，
和我们在一起的这位巴卡依，
在柯尔克孜部族如日中天的峥嵘岁月里，
汗王玛纳斯已交给他决策大权。
不要说在塔拉斯大地，

就是在别依京城边，
空吾尔巴依派使者讲和停战，
都是巨人巴卡依最后拍板。
现在又让巴卡依掌握决定权，
我算是解除了心中的不安。

“俗话说：‘同年同生的天子，
相互打架是一种游戏。’
坎巧绕的所作所为，
我的古里斯把它当作游戏。
假若这个狗东西回心转意，
请你们给他留下一线生机。
假若没有悔改之心，
就得想法把他惩治。
我听说在别依京的战斗中，
楚瓦克失踪的时候，
玛纳斯为他痛哭流涕。
如今我们做出的事情，
要让坎巧绕父亲楚瓦克的灵魂安息，
我的曲莱克儿媳啊，你要克制自己。”

这时巴卡依终于开口：
“承蒙众位将决定的权力交我掌管，
我便就此对部族的大事做出提议：
赛依铁克是百姓的主心骨，
古里巧绕是百姓的中流砥柱，
全体戴白毡帽的柯尔克孜人，
天天都在祈祷乞求，
对古里巧绕的到来盼望已久。
在赛麦台依在世的时候，
古里巧绕担任的职务，
现在让凯尔曼巴依接班。
阿吉巴依之子凯尔曼巴依，
从此担任汗王的录事，
汗王的金制御印由他掌管。
奥博勒别克和色特尔塔依，
分别担任塔拉斯的两个比官。

年轻的卡尔噶勒达依，
出任宫廷新的总管。

“库吐巴依和托尔索勒多依，
辞去官职，轻松回家，
享受天伦之乐，安度晚年。
如果有什么好的计策，
随时到宫廷进谏。

“阿亚什卡妮凯和阿依曲莱克，
再不能骨肉分离，流落他乡，
从今后与赛依铁克朝夕相伴。
这是我个人的初步建议，
假若大家没有什么异议，
便可做出决定昭告天下。”
对此谁也没有发出不同的声音，
一切按巴卡依的提议决定。

凯尔曼巴依走出门外，
向百姓宣布了新的任命。
赛依铁克举行盛大庆典持续了两天，
到了第三天的时候，
安排了对坎巧绕的审判。

坎巧绕和恰绮凯，
被押送到城里边。
有五万多民众，
站在周围观看。

你看，那个恰绮凯，
摇摇晃晃，真像醉汉。
口水不停地流出嘴角，
牙齿咬得咯咯作响，
双眼发直，死盯着一点。
她没有戴头巾，
披头散发头上结成毛团。
她时而咧开嘴露出舌头傻笑，

时而瞪大眼睛，
然后又歪着脖子朝后大声叫喊：
“把垃圾倒到我跟前！”
她突然安静片刻，
做出神秘的怪相嬉皮笑脸，
接着脱掉裙子扔到一边。
这个无耻的女人全身赤裸，
用手指把虫叮的创口抠烂。

巴卡依见此情形这样开言：
“大家可知道传统的规矩，
有两种人可免于审判，
一种是疯子，另一种是少年。”
他命人把恰绮凯，
驱逐到野外荒原。

恰绮凯在野外流浪，
本想钻入芦苇中乘凉，
芦苇不愿意遮挡阳光，
反而用一个个尖头把她全身刺伤。
她无奈跑到草滩上，
根根绿草变成荆棘，
刺得她脚下鲜血流淌。

她口渴难忍跑到河边，
水面被厚厚的烟雾笼罩，
水在哪里，她什么也看不到。
她想进山洞安身，
巨石挡住了入洞的通道。
艰难爬进山洞，
顿时山崩石裂，她仓皇出逃。
她光着身子来到阿寅勒，
狗群向她狂吠乱咬。

“噢依，阿依曲莱克，阿依曲来克，
我们曾经被同一个男人拥抱，
看在这个分上求您关照。”

有时她也发出这样的喊叫。
当阿依曲莱克出面搭救她时，
她又呼天喊地，仓皇逃跑。

她在夏草场捡拾牛粪，
揉搓成一个个圆球晒干，
用马尾毛将它们连成一串，
挂在脖子上当作项链。
鬼使神差，各处游荡，走村串乡，
疯疯癫癫，丢人现眼。
有一天来到悬崖边上，
纵身一跳，摔死在无底的深渊。

坎巧绕遭万民惩罚

巴卡依命人给坎巧绕松绑，
送来饭食让他吃饱，
然后对他愤怒地开言：
“你这忘恩负义的小人，
你父亲楚瓦克是个勇敢的闯将，
你有愧于你父亲的亡灵。
你看一看其他英雄的儿郎，
你为什么和他们不一样？！
赛麦台依对你做错了什么？
你没有任何理由，
对他产生不满和失望。
赛麦台依把你和古里巧绕，
千般呵护，精心养大，
培养成盖世英雄！
你却忘恩负义，恩将仇报，
背叛了阿依阔勒汗王玛纳斯的神灵！

“卡妮凯给你喂过乳汁，
你却虐待她看守牛犊。
如果让牛犊吮吸了奶水，
你就毒打，不顾她的痛苦。
你的所作所为是否属实，
你怎能够求得宽恕！

“你让我徒步放牧骆驼，
不准我拥有坐骑。
噢依，不仁不义的败类，
我做什么事情亏待过你？！

"当我力所能及的时候，
把你当作楚瓦克的独苗抚养。
让你吃着切好的马肠片长大，
从不让人把你另眼相待，
从不让你有过孤独的悲伤！

"我给你穿上耀眼夺目的盛装，
我给你骑上步履稳健的走马。
我把你称为玛纳斯的儿子，
从不让人将你伤害！
自从你分居，另立门户，
我何时征收过你的牛群，
我何时驱赶过你的马群。
我没有糟蹋过你地里的庄稼，
我没有损伤过你的一草一木，
我没有打开过你白色的褡裢，
我没有浪费过你的一块银圆，
我没有在你的背后说长道短！

"坎巧绕，你这个狼心狗肺的东西，
你对我残酷迫害不择手段。
你气势汹汹地抡起皮鞭，
抽得我被迫跑步赶上驼群，
将雄驼抓住牵到你跟前。
你还不许我在屋里睡觉，
把我禁闭在地窖里受罪。
我到底对你做过什么错事，
你可以摆出事实为自己申辩！"
巴卡依就这样把话说完。

这时古里巧绕开言：
"我们的祖先有传世的训示：
'只要罪人忏悔，
地狱之火就会自行熄灭。'
这个话说得千真万确。

"你要说出心中的隐情，

把每个细节分别说清，
把来龙去脉全部讲明。
你正处在坟墓的边缘，
趁早回头才能保全性命！
只要你不隐瞒真相，
在这里的各位乡亲，
就不会纠缠过去的事情。”

接着，卡妮凯对坎巧绕说道：
“当你呱呱坠地的时候，
是我第一个把你抱在怀里。
当我第一次给你喂奶的时候，
我不出奶，却鲜血喷涌。
当时我就有充分理由把你扼杀，
我还是硬着头皮哺育你成为英雄，
你却背叛养育之恩，
将我投入到水深火热之中！

“我的儿子赛麦台依，
心地善良，胸襟宽广。
我曾告诉他给你喂奶时喷血的事情，
他却恳求我忘掉这不吉利的迹象，
他的好心未得好报，
竟然被你亲手杀害！

“阿勒曼别特和楚瓦克是两头雄狮，
巴卡依是我们英明的导师，
从玛纳斯时代到如今，
他们的英名无人不晓无人不知。

“阿勒曼别特、玛纳斯和楚瓦克，
在世间享有同样的威望。
你是楚瓦克留下的儿郎，
古里巧绕是阿勒曼别特的儿郎，
难道他曾经对你造成损伤？！

“说说你为什么要将我虐待？

你为什么要如此虐待巴卡依老人？
你为什么要疯狂地凌辱古里巧绕？
你怎么变得如此丧心病狂？！

“你是卑鄙无耻的唯利小人，
你把月亮般美丽的曲莱克，
送给恶魔当作战利品！
曲莱克被强迫带走时，
已经有孕在身。
我知道了这个秘密，
一直盼望一个儿男的降生。
我月月盼，年年盼，
把希望寄托在曲莱克身上，
为此我坚强地活下来，没有轻生。

“这个轮回运转的尘世，
永远不会停留在原地。
你今天落到天地报应的境地，
受苦受难的正义者们，
会把你千刀万剐，
以抚平百姓的创伤。”

卡妮凯一边不停地说着，
一边从毡制的刀鞘中，
将锃亮的短刀抽出。
古里巧绕急忙抓住她的手，
恳求大娘不要着急。
凯尔曼巴依摁着坎巧绕的头，
让他快快认罪忏悔回答问题。

古里巧绕见坎巧绕还不开口，
再一次劝导：
“噢依，我的同龄人坎巧绕，
我曾经是你的知心。
你一定要相信，
我对你没有一点坏心。
你不要顽固不化，

不要错过宽恕的时机。”

坎巧绕气急败坏，
恶狠狠地瞪眼叫嚣：
“你们这些疯狗，
别在我面前狂吠乱咬！
我没有丝毫的理由，
向你们低头哈腰。
古里巧绕，套近乎是你的事情，
你诡计多端耍花招，
在我眼前少来这一套！

“昨日我大权在手无所不能，
今日巴卡依对我进行审判。
怪我当初心慈手软，
没有把你们全部宰掉，
我今天才落得这样的下场。

“你不要对我婆婆妈妈，
不要再白费口舌，浪费时间。
我不想逆来顺受低人一等，
像狗一样活在世间，
与其那样苟且偷生，
还不如早日命归黄泉。

“噢依，绝后的巴卡依和卡妮凯，
阴险的婆娘阿依曲莱克，
狡猾的奴隶古里巧绕，
我不需你们的怜悯！
你们的所言所语，
还不如我的粪便……”

听到坎巧绕的一派胡言，
凯尔曼巴依怒不可遏，
当他抽出马刀的时候，
青鬃狼之子赛依铁克立刻制止：
“凯尔曼巴依，你不要这样，

你马刀出鞘，实在不好！
古里斯大伯说他俩是兄弟，
难道你没有听到。”

规劝和教诲继续进行，
坎巧绕面对劝说。
他又重复刚才的狂言，
更加激起愤怒的仇恨。

人们尊重巴卡依老人，
不呼名字，呼其尊称：
“圣贤，请你把他交给我们惩罚！
我们将他狠狠踩踏，
我们将他千刀万剐！”

这时巴卡依回话道：
“这个畜生不听好言劝说，
顽抗到底，真不像话。
猛虎般汗王赛依铁克的好心，
他也敢恶意辱没。
英雄古里斯念及旧情诚心保护，
鉴于他过去有过不少战功，
我们大家也想留他一条活命，
他却如此疯狂不知死活，
既然他负隅顽抗一心想死，
就让正义为他送行。
如果你们没有其他意见，
就让玛纳斯的神灵来发落罪人！”

巴卡依说完，停顿一阵，
人们沉寂，鸦雀无声。
巴卡依命人立起一个铁柱，
拿来湿淋淋的骆驼皮子，
将坎巧绕两条腿的四个关节，
小肚子和胳肢窝。
还有两只胳膊和细长的脖子，
一共九处用骆驼皮缠绕，

给脑袋上箍着骆驼皮[①]。
脖子上的枷锁，
连接着铁箍脚镣。

然后巴卡依向民众宣布：
“押着他游街示众。
让所有的柯尔克孜人都看一看，
这个叛逆者的可耻下场。
让人们加强团结，和睦相处，
不要反目成仇，动刀动枪。
团结和幸福是孪生兄弟，
只要我们团结坚强，
幸福的日子就会越过越长。

“这个狼心狗肺的坎巧绕，
是出卖族人的叛徒，
是窃国篡权的逆贼。
你们先去游街八天，
以后怎么处置先走一步再看。”

巴卡依就这样结束宣判，
奥博勒别克和色特尔塔依，
派人物色性情暴躁的鲁莽汉子，
一共找来八名火气旺盛的小伙，
把他们四个人编为一组。
他们押着坎巧绕出发，
一路上没有歇脚停留。

他们押着坎巧绕游街示众，
走遍了所有的部落住地。
白天由一组四个人押解，
夜晚由另一组四个人接替。
小伙子们白天黑夜轮流休息，
决不给坎巧绕一点间隙。
如果把白昼和黑夜各算一天，

① 古时的一种刑法，湿的骆驼皮箍在罪犯头上越干勒得越紧。

他们颠簸了半个月的时间。

村里的狗群扑向坎巧绕，
咬下他腿上的肌肉。
山野丛生的树枝荆棘，
在他脸上划出了道道血痕。
山路的尖尖石头，
剥离他脚板的皮肉。

到了十六天的期限，
他的眼窝像黑洞沉陷，
两面的颊骨高高凸现，
身上的肋骨清晰可见。
被烈日曝晒的骆驼皮越干越坚硬，
透过皮肉把骨头箍紧。
好像只剩下了最后一口气，
眼睛还有一点微弱的光点。
到了规定的期限，
坎巧绕被押送回来。
经过阿寅勒的时候，
顽皮的小孩们投石攻击，
妇女们嗤之以鼻。
老太婆们手持短刀，
老头儿们手拿锥子，
冲出大门蜂拥而上。
假若放任大家随心所欲，
他们就会把坎巧绕剁成碎块。

押送的人将坎巧绕，
紧紧捆绑在那个铁柱子上。
赛依铁克、巴卡依、古里巧绕，
已离城拜谒玛纳斯陵墓。

坎巧绕被绑在铁柱子上熬了一天，
阿依曲莱克和卡妮凯派出信使，
将方圆一个赛程的百姓，
全部召集到城里。

她们在场地中央堆满黄金，
高度与跪卧的骆驼一般。

卡妮凯这样向民众开言：
“大家可以剐坎巧绕的肉。
但不要割取舌头，刺伤内脏，
以免他过早地轻易死亡。
谁割下多少肉都放在秤盘上，
就给谁多少黄金作为奖赏。”

男人中没有一个敢去割肉，
妇女们咬牙切齿磨刀霍霍，
个个手持菜刀和匕首，
活活割去坎巧绕的肉块，
争先恐后地放在秤盘上，
把同等重量的黄金拿到手。

因为还没有割去内脏，
坎巧绕痛苦挣扎着，还没有死亡。
这时古里巧绕、巴卡依、赛依铁克，
从外地返程回来，
见此情景，大吃一惊，
立刻命令停止。
有一个名叫太拍兰的媳妇，
跑步过去挥舞短刀，
对着坎巧绕暴露在外的肝肺，
对着脾脏肠胃狠狠捅了五刀。
坎巧绕当场毙命。

卡妮凯回过头发布这样的命令：
“不要随便丢弃他的尸体，
也不要拿去喂狗，
玷污了猎犬，承担不起责任！
不要丢弃在地面，
玷污了土地，承担不起责任！
不要挖掘坟墓安葬，
那样会玷污土壤，承担不起责任！

不要让他的血水滴到草场，
我们承担不起玷污草木的责任！

“将他的骨灰不要撒在地面，
前往撒马尔罕的路边，
有一平坦的盐碱滩。
那里有三十条路的交叉口，
通往九个方向。
把骨灰埋在沙包底下，
在上面堆砌石头，立起墓碑，
墓碑上刻下警示字样：
‘在此埋葬着叛徒的尸骨，
是坎巧绕孤独的坟墓。’”
“该诅咒的坎巧绕”和“孤坟”的骂名，
从那时期一直流传到今。

背井离乡的赛依铁克，
终于回到了故乡。
他到各地巡视走访，
熟悉了七条山谷所有情况。
面对家乡，面对乡亲，面对亲人，
他心满意足，情绪高涨。
此刻突然想起奥鲁斯汗的女儿古丽娜尔，
他心中热切地将恋人思念。

赛依铁克在心中思忖：
“我要去奥鲁斯汗那里，
将我日夜思念着的古丽娜尔，
隆重地接进家里。
我的老丈人奥鲁斯汗没有男孩，
我要向他表达做儿女的心意。”

赛依铁克做好了出行的准备，
他点名要卡尔噶勒达依为首，
挑选三名勇士相伴同行。
邀请古里巧绕之妻阿克巴拉陪伴而行，
他们就要跨马起程的时候，

有一个男孩跑来送信。

那男孩看到凯尔曼巴依，
激动地告诉了所见所闻：
“赛依铁克真是英雄豪杰，
他吉祥如意，洪福齐天，
他所向无前，势不可挡，
他心想事成，如愿以偿，
我今天见到了他的新娘。

“我今天坐在一个山冈，
寻找野物，四处眺望。
突然发现一群骑马的人跑前颠后，
把成群的牛羊驱赶。
我以为他们是一群强盗，
非常害怕，不知怎么办。

“过一会儿出现长长的驼队，
好像是在转场搬迁。
我又向近处张望，
看见原野上架起的许多帐篷，
我就要起身离开，
骑兵们从四面八方狂奔而来。
吓得我差一点尿湿裤子，
感觉我的末日就要到来。

“我知道无法逃跑，
只好在山冈上束手等待。
跑到我跟前的骑兵，
身穿着铁制的护胸。
他勒住马向我问话：
‘这地方叫什么名称？’
我说这是塔拉斯，
这里居住着柯尔克孜百姓。

“他们又问我知道不知道，
赛依铁克返回塔拉斯故乡。

我故意装作不知道的样子，
反问他赛依铁克是谁。
这时他们这样回答我：
‘赛依铁克就是赛麦台依的儿子，
是我们汗王的女婿，
他说他返回塔拉斯后，
再来把新娘迎娶。
我们的主人是奥鲁斯汗，
他派我们护送古丽娜尔到这里。
奥鲁斯汗掐算年月日，
做出了准确的判断。
他告诉我们：
赛依铁克已经把塔拉斯回返。
坎巧绕和克亚孜，
被他打得落花流水。
我们奉命护送古丽娜尔，
前往赛依铁克的身边。’

“我听完对他们说道：
‘那么，大哥们，听我说实话，
赛依铁克就是我们的汗王，
我们男女老少都是他的臣民。
他归来后我们扬眉吐气心情舒畅，
请大哥们在这里等待，
我把你们的消息禀报汗王。’

“于是我赶快回到城里，
我要向赛依铁克汗王禀报：
他的新娘已经来到。
他们还赶来五百多匹骏马，
他们带来三十峰骆驼驮载的礼物。
我还看见二十个男女奔忙不休，
好像是服侍公主的奴仆。”

听完了这位少年的禀报，
凯尔曼巴依立刻向赛依铁克呈报：
“你想要的就要实现，

你寻觅的知音已经来临。
你的新娘古丽娜尔，
由乌茹姆人护送来到。

“他们赶来五百匹骏马奉送，
还有三十峰骆驼驮载的嫁妆，
大约有二十名烧火做饭的奴仆随嫁陪房，
他们来到宽阔的阴坡扎帐歇息，
这就是一个小孩禀报的情况。”

赛依铁克听到这个消息，
回宫安排迎接的事宜。
“他为什么没有成行？”
人们对此感到好奇。

聪明智慧的凯尔曼巴依，
挑选四十名矫健的骑手，
用刁羊的习俗迎接客人，
在手脚勤快能说会道的少妇中，
挑选三十名一同前往。
阿克巴拉是赛依铁克的迎亲伴娘，
让她率领队伍迎接新娘。

小伙子们的刁羊盛况空前，
乌茹姆来的柯尔克孜人感慨万千，
被热情接待深深感动，
原来的种种顾虑烟消云散。
年轻媳妇们陪同新娘走来，
将阿克巴拉郑重介绍。

古丽娜尔向她鞠躬施礼，
阿克巴拉亲自为新娘牵马开道。
人们如此隆重欢迎，
将古丽娜尔接到城中。
乌茹姆的人受到盛情款待，
第十五天的欢送场面更加热闹。

卡妮凯聪明机敏，
害怕独苗赛依铁克遭受祸患，
将随嫁的奴仆一个不留，
全部解放遣返。

这些男女奴仆，
情不自禁，喜出望外。
对不愿意回家的奴仆，
也在别处安排房屋，分给牲畜。
奴隶们摆脱奴役，获得自由，
安居乐业，眉开眼笑。

让我们先放下这一段，
唱一唱未卜先知的卡妮凯，
用塔依托茹骏马占卜吉凶的故事。

赛麦台依重返人间

卡妮凯以赛马预卜赛麦台依生死

时间过去了一年，
各地祝贺赛依铁克的礼物，
陆陆续续，源源不断。
圣人阔绍依的儿子加勒格再克，
听说赛依铁克回到塔拉斯，
塔拉斯新汗王确立，
满心欢喜，激动不已。

加勒格再克的父亲阔绍依有匹骏马，
名字叫作塔依托茹，
老人家在世的时候，
骑着它打场耕地。
塔依托茹今年九十一岁，
阔绍依之子把它作为厚礼。
再将黄金装满褡裢，
十五峰骆驼驮载白晶晶的大米。
他带上六名可靠的伙伴，
牵引着一峰峰连接的驼队，
浩浩荡荡地从阿特巴什出发。
他朝着塔拉斯方向行进，
终于到达了坎阔勒草原，
到达了神奇的色尔库尔干城，
进入了玛纳斯建立的都城。

得知猛虎加勒格再克来临的消息，
古里巧绕亲自前往迎接。
两位英雄就在马背上拥抱，
问寒问暖，情真意切。
热泪像雨点般洒落，

湿透了衣领和前襟，
他们庆幸终于见面，
感谢老天赐予的福分。

加勒格再克到达的时候，
赛依铁克跑到门外欢迎，
立刻派人邀请巴卡依，
大家欢聚在华丽的客厅，
用完餐收起餐布，
接受了加勒格再克的礼物。
赠送的礼物钱财，
当场登记入库。
命人将塔依托茹骏骥，
吊起头[1]拴在木桩上。

赛依铁克、巴卡依、加勒格再克，
英雄古里巧绕和凯尔曼巴依，
一起留在宫内拉家常。

卡妮凯从屋里出来，
看到吊起来的塔依托茹，
别有风采，引人注目。
她便走近马的跟前，
亲昵地抚摸骏马的额头。

她发现马鬃的尽头，
在两只耳朵的中间，
有芨芨草粗细的印迹，
这就是千里马的特征。
假若调养和吊拴得当，
参加赛马稳操胜券。
她察看马的口齿，已到九十岁牙口，
是匹久经风雨的老骥，
卡妮凯觉得有些可惜。

① 吊起头：骏马参加比赛之前或乘骑远程之前将马头吊起，一夜不喂饲料，以增加马的爆发力。

这时古里巧绕走来解释：
“啊，我的可敬可爱洁白如月的大娘，
你为何对着塔依托茹出神，
它是阔绍依乘骑的骏骥，
是加勒格再克送来色尔城的厚礼。”

卡尔玛纳普居住在别提巴克套，
他的妻子卡尔德哈绮，
是巴依加克普的女儿，
卡尔德哈绮一直没有生育，
到了六十一岁生了一个儿子，
取名叫作阔别公。
就要举行满三岁庆典的时候，
坎巧绕发动了叛乱。
闹得塔拉斯四分五裂，破败不堪，
逼迫人们背井离乡，四处逃散。
因为卡尔德哈绮的娘家人不能参加，
那年的庆典也就没有操办。

今年阔别公年满十八，
赛依铁克回到塔拉斯，
娘家人也有条件参加庆典。
卡尔德哈绮派人送来消息，
将在后年的巴什奥纳月举行庆典。
邀请所有的人前来赏脸。
汗王赛依铁克、古里巧绕，
巴卡依大伯、卡妮凯大娘，
还有阿依曲莱克，
都满口答应参加庆典。

卡妮凯联想到这些情况，
对古里巧绕这样言讲：
“我的古里斯，我明白了，
原来这是我叔叔乘骑的骏骥，
我发现在它的耳根，
有千里马特有的印迹。
你的大哥赛麦台依，

本是应圣人的祈祷祝愿而出世，
他不会死于非命。
有人看见他被打翻，
但谁也没有找到他的尸体，
谁也没有挖坟安葬。

“我们要调养塔依托茹，
带着去参加你姑姑庆典的赛马比赛。
用塔依托茹的胜负卜算吉凶祸福，
说不定可让你大哥归来？！
说不定柯尔克孜人的命运从此改变，
从此苦尽甜来！”

卡妮凯和古里巧绕商量，
古里巧绕负责调养骏骥，
卡妮凯负责观察评析，
他俩就此达成协议。

古里巧绕从那天起，
把塔依托茹骏马亲手调养。
清晨饮马时用皮囊喂奶，
把干净的大米作为饲料，
拿来熏过的羊尾巴油，
每三天炼一大碗给骏骥喝掉。
让关节僵硬的塔依托茹放松舒展，
夜间卧在地毯上充分睡眠，
白天吊拴在阴凉处安逸歇息，
经过精心调养，收腹挺胸，
到了参加庆典的日期，
迈着矫健的步伐起程。

因为是他姑奶奶举行庆典，
赛依铁克准备了十五座毡房。
房内的一应家具和装饰品，
招待客人的茶叶和食品都准备停当。
用十五峰单峰骆驼驮载毡房，
单峰驼和双峰驼混合编队，

一百峰骆驼满载着行囊。

赛依铁克的姑祖父已经去世，
只有姑奶奶卡尔德哈绮主事，
她向民众郑重宣布：
“庆典由赛依铁克主持！”

见到赛依铁克的身影，
各路汗王胆战心惊不敢靠近。

铁米尔汗之子伊斯马依力，
现在也是一位汗王，
在广大的布哈拉民众之上，
掌握着主宰的权杖。
伊斯马依力想与赛依铁克见面，
在骑马的人群中迂回通过。
突然见到卡妮凯站在那里，
昂首挺胸，十分自负。
伊斯马依力仔细打量，
卡妮凯头上没有白发，
没有丝毫衰老的迹象。

看到卡妮凯如此的状况，
伊斯马依力火冒三丈。
他没有向姐姐敬礼，
也没有请安问好，
反而劈头盖脸，横加指责：
“你来这里想干什么？
难道你不知道自己在衰老！
我的雄狮般姐夫在世时，
是你做主支配他的臣民。
在赛麦台依的时代，
你随心所欲，我行我素，
成为阿拉什的主宰。

“如今赛依铁克当汗王，
你不知羞耻，毫无顾忌，

与儿子的儿子争夺权力！
你不顾自己年老，
涂脂抹粉，装点门面，
你应该安分守己留在家里，
不要招摇过市，丢人现眼！”

伊斯马依力怒气冲冲，
出言不逊恶语中伤，
卡妮凯听了差一点自刎。
她想起独苗赛麦台依，
想起与他见面的可能，
才忍气吞声，没有轻生。

伊斯马依力与赛依铁克见面，
互相询问安好后抛出话语：
“有一句谚语在民间流传：
‘让公牛带领牛群，
会找到牧草丰盛的草滩；
让母牛带领牛群，
会走到陡峭的悬崖边缘。’
卡妮凯是我的姐姐，
请你理解我对她的直言。
她也是你的奶奶，
你为什么把老人拖到这边？
老人家的任性不能放纵不管，
最好让她待在家里吃饱穿暖。
卡妮凯和曲莱克站在一起，
从外表上难以辨认。
刚才我在找你的路上，
看见她把马队指手画脚任意调遣。”

赛依铁克耐心听完虚心回答：
“汗王伊斯马依力，
你的一番话就是对我们的忠告。
我们以为我父亲赛麦台依不会死于非命，
说不定还能找到。
因此奶奶带来塔依托茹参赛，

以它的胜负卜算吉凶的征兆。
为了福星高照，吉祥如意，
恳求你不要责备干扰。

“假如我们的卜算成功，
假如塔依托茹在这次比赛中，
胜过参赛的所有快马，
那也归功于奶奶的神机妙算。
哪怕我粉身碎骨，
也对奶奶决不说长道短。

“昔日的塔依托茹，
是阔绍依乘骑的骏骥。
是奶奶卡妮凯和巴卡依还有古里巧绕，
三位长辈商定的事情，
我怎能够轻易否定。
现在我要耐心等到赛马结束。
假若塔依托茹不能赛出第一名，
到那时你有什么都可以说出。”

伊斯马依力听完话上马离开，
英雄赛依铁克派人，
把作为奖品的牲畜集中起来，
把作为奖金的金银珠宝摆在桌上。
他们将牵来的马匹一一过目，
赛依铁克的名下挑选九匹烈马参赛。
重新筛选参赛的少年骑手。
其中黄脸色凸眼睛的少年，
脸形扁平嘴唇厚重的少年被淘汰。
脸色黑里透红的少年，
肌肉结实手脚灵活的少年，
天生一双又圆又黑眼睛的少年被选中，
骑手身穿马西若[1]长袍，
头戴骑士头巾跨马等待。

① 马西若：赛马时穿的类似运动服的紧身长袍。

申请参赛的有九十个部落，
每个部落选派一个裁判。
由古里巧绕统一指挥，
一百个人赶着参赛的骏马，
行走十天才能到达起点。
一路上强行驱赶，
许多没有马掌的骏马，
磨破了蹄子，停止不前。

参赛的马在起点休息了三天，
让少年骑手们吃饱肚子，
解手方便后重新跨上马背。
参赛的骏马一匹紧挨着一匹，
“一”字形站在起跑线上，
“噢米音”一声宣布比赛开始，
一匹匹快马争先恐后奔腾向前。
扬起的尘土遮天蔽日，
老天啊，别让我们再遭遇这样的场面。

跑了一天一夜以后，
那些良马已超群出众。
英雄古里巧绕仔细观察，
赛依铁克的九匹骏马，
没有掉队，一个跟着一个往前冲。
假若现在纵缰加鞭，
苏尔阔勇就会插上翅膀，
就会在煮一顿饭的工夫，
超过所有的骏马。

赛依铁克的阔依库荣骏马奔跑如飞，
除了射出的箭矢，
任何动物都难追上。

古里巧绕心里思忖：
“我可否让马队放纵？
是让苏尔阔勇单独领先，
还是让阔依库荣一起冲向前？

可是还有一件事叫我为难：
用以占卜的塔依托茹，
如果不能第一个跑到终点，
哪怕你给他们铺满大地的金钱，
也不能满足人们的心愿。
因为盼望赛麦台依汗王回来，
是所有柯尔克孜人的心愿。
因为祈求老天让我们如愿，
因为它是圣人阔绍依生前的坐骑，
所以让塔依托茹老骥参赛，
用它的胜负卜算未来。
假若我把它丢下分开，
确实对不起大娘给我喂过的神圣的乳汁！”

于是古里斯告诉骑手们，
拉紧苏尔阔勇和阔依库荣的缰绳，
让九匹骏马前后紧跟。

这时的卡妮凯大娘，
眼前仿佛出现赛麦台依的身影，
脑海里翻腾着伊斯马依力的德行。
到了深夜时分，
出类拔萃的大娘女扮男装，
将长长的发辫盘在头顶，
然后罩着头盔，
跨上苏提波孜[1]骏马出行。

当晨风吹来的时候，
卡妮凯到达塔什莫依诺克地方。
她下马来回走动，
一边活动筋骨一边等待天亮。
没有多久天色蒙蒙亮，
晨雾渐渐升空消散，
曙光冲破迷雾，
照亮了大地的容颜。

① 苏提波孜：柯尔克孜语，意为乳白色。

卡妮凯把手伸进怀里，
掏出了年轻时用过的千里眼，
她把它一直保存到今天。
千里眼安装着七层镜片，
外壳是用白色贝壳制成，
镜头透着火焰般的红光，
伸出去足有五拃长。
卡妮凯双手举起了千里眼，
调整距离仔细瞭望，
在艾尔别涅的原野上，
一队一队骏马在奔驰，
骏马三三两两拉开了距离，
就是不见塔依托茹的影子。
卡妮凯从前面到后面，
一一过目点数。
一共跑来八十七匹马，
就是不见塔依托茹。
卡妮凯心里比死还难受，
辛酸的泪水浸满了眼眶。
她头晕目眩，晕头转向，
站立不稳，席地而坐。

她再次举起千里眼观察，
心神不安，七上八下：
“领先的八十七匹马，
使我陷入无奈和绝望。
难道这就是赛麦台依，
和我们永别的迹象？！
难道伊斯马依力的一番话，
预示着我的灭亡？！

“难道我孙子赛依铁克，
不会给我留下活着的希望？！
难道我会像坎巧绕一样被人诅咒，
会说我年老时野心膨胀。
对我做出同样的审判，

把我从头到脚劈成两半，
不把我的尸骨挖墓掩埋，
而抛弃在大道的两边。
让秃鹫啄食我的尸体，
永世流传我的坏名气。
警示所有的妇女：
‘千万不要像卡妮凯那样！’
为了避免这样的下场，
我再用千里眼瞭望。
说不定能看到古里巧绕，
给我带来一线希望。”

卡妮凯心神不宁，思绪纷乱，
一串串泪珠往下滴落。
两鬓毛发根根震颤，
衣襟袖口随着颤抖，
精神紧张出了一身冷汗。

她再次举起千里眼观察，
奔腾的骏马数量达到九十匹，
赛依铁克的九匹骏马，
紧追不舍地出现在眼底。
卡妮凯见此情景，
心里暗自思量，
把自己的一切希望，
寄托在古里巧绕身上：
“我的古里斯一向对我孝顺，
他善于谋划，智慧超群，
他善于应变，机智敏锐，
也许他会找到一条近路？
也许他把我们的马集中编队？
也许他把马匹引向坦途？”

卡妮凯大娘咬着嘴唇，瞪大眼睛，
聚精会神地盯着赛跑的马群。
出类拔萃的快马塔依托茹，
紧紧咬住嘴里的嚼子，

开始激昂情绪，
扬鬃奋蹄，越跑越来劲。
马蹄甩出一块块铁锅般大小的土块，
在空中化为烟尘。

塔依托茹的情形，
让卡妮凯有所欣慰，
央求已故英雄们的在天之灵保佑：
“我终生相许的阿依阔勒雄狮，
你从来对我坚信不疑。
你曾经三次向我表示：
‘卡妮凯，我对你心满意足。’
假若你对这句话不后悔，
恳求你今日给予帮助。

“我面临的沉重压力，
辽阔的大地也承受不起。
阿勒曼别特、楚瓦克两位雄狮，
我的小叔子色尔哈克闯将，
我的姐夫阔克确英雄，
口齿伶俐的阿吉巴依，
英勇牺牲的各位勇士，
恳求你们今日给予帮助。

“六代汗王的骄子，
一方首领穆孜布尔恰克，
你中卡勒玛克人的暗箭身亡，
求你的英魂回来给予帮助。

“你的祝福给乡亲带来幸福，
你谈古论今，句句是理，
圣人阔绍依大伯，求你给予帮助。

“克尔葛勒恰勒、赛热克为首的四十勇士，
你们闻名天下，威震四方。
我曾为你们精心缝制战袍，
穿着战袍冲上战场。

我当时多么希望你们没有伤亡，
平平安安享受阳光。
至今常常把你们怀念，
你们能不能前来给我帮忙。”

好强的大娘卡妮西[1]，
心中的压力越来越重。
她自言自语，痛下决心：
“我要让古里巧绕牢记在心，
大娘山穷水尽，陷入绝境，
无奈做出了这样的事情。”

大娘真是有备而来，
她把英雄楚瓦克的塔什凯勒铁枪一同带来。
“这是阿勒曼别特赠给楚瓦克的礼物，
危急关头总有帮助。
后来楚瓦克把它遗留，
让我试一试今天有无帮助。”
卡妮凯脸上流露祈求的神情，
眼眶里含着辛酸的泪水。

她剪下苏提波孜的鬃毛，
缠在通条上清刷枪膛，
然后用白布条反复擦拭，
擦得白布条上不见污迹。
她拿起火药袋，
往枪膛里倒入火药，
将布条缠绕在通条头上，
压实了枪膛的火药。
用青铜、生铁和铅铸成的子弹，
每一颗都有羊头大小，
她把子弹装入枪管，
再用通条把它压好。

她把枪架在石头上，

① 卡妮西：卡妮凯的昵称。

首先向上苍祈祷，
再次向阿依阔勒玛纳斯，
还有众英雄在天之灵祷告。

她点燃了火枪，
塔什凯勒铁射出了子弹。
飞出的子弹落地以前，
阿依阔勒玛纳斯率领众雄狮赶来。
卡妮凯在这头看见，
古里巧绕在那头看见，
阿依阔勒玛纳斯为统帅，
所有的英魂一个不差地出现。

圣人阔绍依就在瞬间，
追到塔依托茹身边，
“该死的，你这是怎么了？”
说着往臀部加了一鞭。
塔依托茹被拉着缰绳飞奔，
赛依铁克的九匹马在后面紧跟，
超过了前面的三十匹骏马。

古里巧绕见景欣喜若狂，
把大伯的名字呼喊。
他将众英灵的名号，
一个一个地欢呼一遍。
九匹骏骥齐头并进，
蹄下扬起滚滚尘土。
当塔什凯勒铁枪响起的时候，
当古里巧绕放声欢呼的时候，
当少年骑士们齐声呼喊“玛纳斯”的时候，
当阿勒曼别特骑着萨热阿拉骏马，
抓住塔依托茹的缰绳牵引的时候，
当身材魁伟的阿依阔勒玛纳斯，
威风凛凛地骑着阿克库拉骏马，
带领队伍开路前进的时候，
英雄楚瓦克骑着阔克铁凯骏马，
与参赛的马队相伴而行加鞭鼓劲。

圣人阔绍依、穆孜布尔恰克，
骑着铁勒克孜勒马的英雄色尔哈克，
骑着阔克阿拉马的阔克确汗，
克尔葛勒恰勒为首的四十勇士，
将赛跑的马夹在中间，
呐喊鼓劲，快马加鞭。

赛麦台依的塔依布茹勒马，
紧跟在阿克库拉马的后面，
领先在塔依托茹的前面，
扬鬃奋蹄，甩动马尾，
轻松自若地奔腾向前。
古里巧绕看到塔依布茹勒出现，
心想赛麦台依大哥定要返回人间。

他们的马队超越前面的九匹马，
让那些马落得好远。
当听到呼喊“玛纳斯”的声音的时候，
当听到英雄的名字的时候，
在艾尔别涅的原野上放羊的牧羊人，
个个心灵震撼，心潮澎湃，
一心希望卡妮凯的马赢得这场比赛，
他们赶紧骑上公绵羊，
用小腿夹着羊肚小步跑起来。

放牧山羊的老头儿，
急忙骑上公山羊，
想着提前赶到路边，
对自己心爱的快马鼓劲加鞭。

放牧牛群的放牛人，
也骑着肌肉抖动的公牛，
匆匆前往赛马的地点。

放牧骆驼的牧驼人，
深信塔依托茹一定能赢，

跨上了绒毛未脱净的公驼，
奔腾的公驼一路发出咆哮的巨吼。

正在浇地的放水人，
提着铁锨奔跑。
正在地里收割的人，
将镰刀插在腰带上，
挽起袖子奔跑。

正在挤奶的妇女们，
都希望塔依托茹胜利。
异口同声地祝福，
表达了她们的真心实意。

领先的马群飞奔疾驰，
快要到达终点的旗杆。
巴卡依把一切都看在眼里，
赛依铁克看到了塔依托茹的身影。
这时他联想到奶奶卡妮凯，
佩服她神机妙算，真是圣明。

他没有看清女扮男装的卡妮凯，
转身对母亲曲莱克交代：
“姐姐，请你赶快去找奶奶，
举行萨达哈，为她辟邪驱灾。”

塔依托茹马领先在前，
赛依铁克的九匹快马紧跟在后面，
最先到达，撞到了终点的旗杆。
看到的人都流出激动的热泪，
喜讯滋润了人们渴望胜利的心田。

“托玛纳斯的在天之灵保佑，
赛依铁克的事业会兴旺发达。”
人们拍手称快，欢呼雀跃，
胜利的欢呼声响彻云天。

人们涌向前来索要礼品，
在众多的索要礼品者中间，
还有那伊斯马依力汗。
好样的大娘卡妮凯，
看到伊斯马依力汗，
毫不客气地发泄心中的积怨：
“我为了占卜让塔依托茹参加比赛，
你节外生枝，散布流言。
你对我横加指责，
说我丢尽了你的脸面。
假若你真的是有尊严的英雄，
那么在坎巧绕称王称霸的时代，
赛麦台依被恶人加害，
伊斯马依力，作为舅舅你为什么不管？！

“我失去亲生儿男，
被迫着与家人离散，
我的翅膀被折断，
我心里滴血，痛苦难言，
而你盘踞在布哈拉享尽富贵，
你何曾把你姐姐挂念？！

“赛依铁克长大成人，
他回来把塔拉斯掌管。
但愿他免遭恶言的伤害，
你的马蹄何曾踏入过塔拉斯草原。
我用骏马参赛卜算吉凶，
难道就损害了你的尊严？！

“披头散发的恰绮凯，
也是你可爱的至亲骨肉。
假若你真的爱惜脸面，
当她改嫁给坎巧绕的时候，
你怎么不感到丢人现眼？！

“圣人巴卡依受尽屈辱，
他们不给他乘骑的马匹，

徒步放牧骆驼整整十二年。
他们让我放牧断奶的牛犊，
害得我哭天喊地十二年。
我和你是同胞姐弟，
当时你为何不讲要维护我们的尊严？！

“昨天你还板着脸，
无情地将你姐姐训斥，
今天塔依托茹赢得比赛，
你却像吉里德孜虫一样想沾光。
厚着脸皮向你姐姐索要礼品，
还想把胜利果实分享。
让你的脸面见鬼去吧！
让你的闲言碎语见鬼去吧！”
她说着对苏提波孜臀部加了一鞭，
扯着缰绳把马头掉转。

这时阿依曲莱克也准备停当，
她让人牵来白头黄牛，
带来崭新的漂亮服装，
让卡妮凯脱掉落尘的衣裳。
为了免遭嫉妒的毒眼，
为了免遭恶语中伤，
举行萨达哈仪式。
将卡妮凯脱掉的衣物分发众人，
将花白头黄牛的肉连皮割下来，
全部分发给在场的人们。
以伊斯马依力为首的布哈拉人，
都站在一旁观看见证。

就在这个时候，
奥鲁斯汗派来使臣，
索要塔依托茹神骏。
不知羞耻的伊斯马依力，
暗地里托人传言，
也索要塔依托茹神骏。
塔吉克人铁米尔别克，

也想得到这匹神骏。
少年英雄交达尔别西木，
也看上了千里马塔依托茹，
以同亲同根为理由，
索要这匹神骏。

来自遥远的康阿依的人群中，
一个名叫江格尔的首领，
也派使臣说情，
索要塔依托茹神骏。
芒格特人琼萨尔特巴依，
又称萨尔特巴依，名扬四方。
在日落的西方人中，
他如日中天，四射光芒。
他也派人来提出要求：
“一定要把塔依托茹送给我，
否则，你们想好后果。”

巴格达人和埃及人联合起来，
拿出很多白金和银钱。
派人来进行交易，
想出高贵的礼物与塔依托茹交换。

赛依铁克看到这种情况，
派人通知巴卡依和古里巧绕英雄，
卡妮凯大娘和曲莱克，
还有凯尔曼巴依五人前来商量。

赛依铁克对他们这样开言：
“东方人，西方人，北方人，
还有塔吉克等南方人，
纷纷派来使臣。
为了得到塔依托茹马，
他们相互激烈纷争。

“首领江格尔和萨尔特巴依，
塔吉克的铁米尔别克，

话里有话，居心不良。
尤其是那个萨尔特巴依，
威胁我们想想后果，
真可谓明火执仗。
我们的塔依托茹骏马，
究竟送给谁最为妥当？
让我们在这里共同商议，
然后把骏马送到确定的人手上。”

其他人目瞪口呆，一言不发，
只有古里巧绕发表主见：
“塔吉克的铁米尔、萨尔特巴依，
传来的话充满威胁恫吓，
我们没有必要害怕。

“我父王阿勒曼别特的克勒节然马，
早就留给了布哈拉，
现在没有理由再送塔依托茹马。
康阿依的首领江格尔，
对戴白毡帽的柯尔克孜人，
总是虎视眈眈，制造事端。

“九十一岁口齿的塔依托茹马，
今后不能参加比赛，
它这次比赛中，
冲过群马，重现风采。
所有的人为它喝彩，
要马的使者接踵而来。

“我们要把骏马赠给奥鲁斯汗，
因为我们娶了他的姑娘。
奥鲁斯汗的祖先是柯尔克孜，
他派人把古丽娜尔送来，
没有麻烦我们到乌茹姆迎娶，
他也索要塔依托茹神骥，
我们理应送给他乘骑。”

对于古里巧绕的建议，
没有人提出反对意见。

索要塔依托茹的名单上，
登记着三十位汗王的姓名。
更多的人估计索要不成，
心里想要而没有公开表明。
于是英雄古里巧绕，
向三十位汗王的使臣宣布：
“赛依铁克的塔依托茹马，
冲出马群，获得第一。
你们可知道这匹马的来历，
它是巨人阔绍依遗留的坐骑。
当赛依铁克登上宝座的时候，
他的大叔加勒格再克，
送来这匹马作为贺礼。

“我父王阿勒曼别特的克勒节然马，
当年在母亲阿茹凯的婚礼上，
赠送给了布哈拉的亲家。
乌茹姆的奥鲁斯汗，
出身于纯粹的柯尔克孜部落，
他现已年老体弱。
英雄赛依铁克做出决定：
将塔依托茹送给奥鲁斯汗乘骑。”

得知塔依托茹马的归宿，
使臣们纷纷告辞返回。
将自己的所见所闻，
向各自的汗王详细禀报。

芒格特人的萨尔特巴依，
认为他的面子不如一匹马驹。
感到特别难堪。
正因为这次结下了怨恨，
后来的日子萨尔特巴依举兵，
向塔拉斯进犯。

首领江格尔和铁米尔别克，
心想有朝一日总要算账，
到那时再看奥鲁斯汗，
能否前来给你们帮忙。

这些人心里萌生多少邪念，
匆匆起程愤愤离去。
因为嫉妒外祖父得到骏马，
交达尔也不辞而别。
埃及和巴格达使者，
沉默不语，闷闷不乐返回。

让我们先放下这一段，
从赛麦台依怎样出现在卡依普奇仙山讲起。

赛麦台依被仙女搭救与仙女为伍

时间又过去了一年，
人们迎来新的一年。
库吐巴依的儿子卡拉朵，
对节提苏感到厌烦，
来到卡依普奇消遣。

卡依普奇这个地方，
本来就是野生动物的乐园。
卡拉朵来到此地，
观赏风景，走访居民，
尽情享受，娱乐游玩。

他在丘陵地野餐露宿，
猎获了很多野生动物。
他们高声呼叫指使猎鹰，
放声叫喊催促猎犬，
山谷中响起了他们的回音。
他们在野外尽情消遣，
跨马起程，把节提苏回返。

勇敢机智的英雄卡拉朵，
有意留在队伍的后面。
他叫住小伙子托阔依，
留下来和自己做伴。
在卡依普奇的山脊，
他们举起千里眼，
环视四周，观看动静，
发现一群人影活动在山脚平川。

“我们来到此地，
足有三十天。
从未见过这样的人群，
他们到底是什么人，
莫不是追踪探路的侦探？”

他俩坐下来仔细观察，
看到四十一个骑手鱼贯而入，
他们中间有一个人，
身材魁伟，威风凛凛。

他坐下的红沙色骏马①，
在马群中超群出众。
马背上的那位骑手，
在人世间出类拔萃。
这个红沙色的骏马，
走起路来大摇大摆，
神气十足，不同寻常。
马背上的那个人，
手托着一只猎鹰，
鹰翅闪着耀眼的亮光。
他放猎鹰腾空，
在天空盘旋飞翔。
他们把战鼓擂响，
惊吓的飞禽倾巢出动，
它们全部被猎鹰捕捉，
没有一只侥幸逃生。

卡拉朵看到这些人的派头，
目不转睛仔细打量：
“这里游玩的骑手们，
是凡人还是众神从天而降？
太阳开始斜西，
他们会不会在此下马扎帐？
还是走向其他地方？

① 红沙色骏马：即赛麦台依原来骑的布茹勒骏马。

我要弄清他们的来历和动向。”

卡依普奇山连绵起伏，
重叠山峰冰封雪盖。
红色的山崖陡峭险峻，
好像拉一条线把它直直砍下来。
悬崖峭壁绵延到山嘴，
陡立在山脚低洼地带。
那伙人沿着山崖根部走来，
一会儿工夫又不见踪影。

卡拉朵没有走开，
决心把这些人的身份搞明白，
假若他们能钻进峭壁，
那么就是众神来自天外。

卡拉朵带着托阔依，
用脚根刺击着马肚子，
飞快地来到山崖底下，
跟踪察看马蹄印。
刚才明明看到四十一位骑手，
只发现一匹马的蹄印，
其他的消逝得无影无踪。
这匹马侧身迈步的地方，
马蹄带出了锅盖大小的草皮。
停下来撒尿的地方，
前后腿之间有一个射程的距离。
马蹄踩踏的地方，
留下了地灶般的深坑。
马头好像转向悬崖峭壁，
这是仔细察看后得出的结论。

“明天就会水落石出。”
不知厌倦的卡拉朵，
吊马夜宿在山崖上面。
卡拉朵的身躯高大如山，
勇敢无畏，胆量过人，

力大无比，身手非凡。
他彻夜不眠，等待天亮，
聚精会神，仔细察看。
清晨，有二十个骑手排着长队出现，
定睛一看，都是姑娘打扮。

卡拉朵从山崖边探头张望，
又看到一个人露出高大的身躯。
谁看到这个人的容颜，
谁就会神魂颠倒。

他牙齿洁白，晶莹发亮，
他的颜面如月亮焕发容光。
他的服饰和装备都是金子打造，
在阳光下折射反光，
浑身上下流光溢彩，
使人不敢抬头张望。
后面又出来了二十个姑娘，
卡拉朵心中思量：
“这是我见到的奇特现象！”

他跨上捷里捷提别斯[①]马，
扬鞭抖缰，紧紧跟上。
他们赛跑他也狂奔，
他们放鹰他也效仿，
快要天黑的时候，
他们踏上了返程。

来到陡立的峭壁跟前，
他们全部钻入里面。
只有卡拉朵未能进去，
他生气地又熬过了整个夜晚。
在苦恼中迎来清晨，
重又见到那伙人时，
激起了对赛麦台依的思念。

① 捷里捷提别斯：马名，意为旋风追不上的快马。

“人们都在议论，
赛麦台依不会死于非命。
难道他受伤以后，
躲在山中，隐姓埋名？

“难道他从仙女中挑选，
四十名如花似玉的姑娘，
送给聪明贤惠的阿依曲莱克，
烧菜做饭把宫女充当？！

“他在白天放鹰游玩，
黑夜里返回休息睡眠，
难道英雄赛麦台依，
就这样解闷消遣？

“我曾经听到别人传说，
赛麦台依身穿丝制白战袍，
骑着红沙色溜蹄马。
他放的是矫健机敏的长脖鹰，
他神情严肃，不苟言笑，
好像在痛苦中煎熬。”

少年英雄卡拉朵，
听过父亲多少次讲述，
“赛麦台依所向披靡，威猛如虎。
他不轻易露出微笑，
没有人见过他露出笑脸。

“赛麦台依虽然不会笑，
但是他心地善良主持公道。
像他那样炽热的眼光，
在人世间难以寻找。
他的威严令人生畏，
现今的巨人难以相较。

“我听说他具有巨人般的身躯，

从远处也能清楚地看到。

“如果我父亲没有说错，
此人就是赛麦台依。
我跟踪他已经六天，
白白错过多少次机遇。

“今天傍晚回来的时候
我一定要把红沙色马拉住，
为了让他开口说话，
我不得不用这种心术。”

卡拉朵按照每天的习惯，
目不转睛，观察前方。

二十名姑娘走在前面，
二十名姑娘走在后面，
缓缓而行的人马就在眼前。
卡拉朵不敢策马前往，
也不敢拉扯骏马的缰绳。
他慌慌张张地跑步过去，
挡住了他们的路径。
他们不声不响从旁绕过，
卡拉朵见景十分焦急，放开了嗓音：

“啊，我们的大伯赛麦台依，
您的母亲卡妮凯，
受尽了折磨和煎熬。
你的妻子阿依曲莱克，
痛苦中发出哀号，
你的独苗赛依铁克，
为了您伤心地哭叫。
你的兄弟古里巧绕遭受凌辱，
那该死的坎巧绕，
剜割了他两个肩胛软骨。
逼到了山穷水尽的地步，
圣人巴卡依也遭受屈辱。

“大伯，你可知这十二年，
该死的坎巧绕像蟒蛇一样狠毒！
你的儿子赛依铁克已经长大，
如今重新夺回塔拉斯。”
卡拉朵一边和他们并驾齐驱，
一边向他苦苦哀求。

不管卡拉朵怎样乞求，
他依然闭口不语。
就在这时峭壁裂开，
那伙人钻进去后重新合起来。
“听人说大伯是粗心大意的人，
他很可能没有注意我的言行。
我还要等到明天早晨，
等到他从峭壁再次出行，
扯住他坐骑的缰绳，
哪怕他抽刀砍下我的头颅，
我也要抓紧绝不放松……”

卡拉朵一直寻思着，
通宵达旦没有合眼。
卡拉朵是有勇有谋的英雄，
他身穿铠甲，头戴头盔，
他给自己壮了壮胆，
“明天再见到他们时，
拦住他们，决不后退。”

太阳升起照亮大地，
大概到了晌午时分，
那峭壁轰然打开，
那些姑娘从中走出来，
神采飞扬，光彩照人。

大伯出来头也不回，
眼看走到一个射程远的地方。
英雄卡拉朵连跑带跳，

甩动着衣袖急忙赶上。
将红沙色马的缰绳一把拽住不放，
痛哭流涕倾吐衷肠。

这时候那个人闷声闷气地说话：
“我的耳朵有时能听见，
有时什么都听不见，
我有时能说话，
有时舌头不听使唤。
我的眼睛有时明亮，
有时就像黄昏傍晚。
当我看不清楚的时候，
白天的大地也变得昏暗。

“我的名字叫作赛麦台依，
我只听清了古里巧绕的名字，
你说的其他话，
我只听见嗡嗡的声音……”
他的许多话卡拉朵也没有听清。

这时四十个姑娘蜂拥而上，
将赛麦台依前呼后拥，
拉回山洞，闭合洞门。
激动的英雄卡拉朵，
对着山崖大声疾呼：

“你们把英雄赛麦台依大伯，
立即给我放出来！
失去了他，卡妮凯、巴卡依备受折磨，
英雄古里斯情绪低落。
阿依曲莱克嫂嫂面容焦黄，
她把大伯十分想念。
赛依铁克从小哭闹，
多么想和亲生父亲见面。
如今他回到塔拉斯，
让流散的乡亲重新团圆。

"一提起大伯的名字，
殷实人家无不称赞，
戴白毡帽的柯尔克孜人，
一直把大伯企盼。
没想到你这该死的大山，
强行把我大伯羁绊。
如果我就这么罢休，
怎么对得起赛依铁克供我的食盐[1]！"

卡拉朵鼓足勇气，
拿起巨大战锤。
他的战锤用生铁铸造，
锤头犹如巨型毡房。
他横眉冷目，脸色阴沉，
怒气冲冲地挥舞战锤，
狠狠地向悬崖峭壁砸去。
随着噼里啪啦的声音，
尘土飞扬弥漫天空，
一块块巨石滚落山前，
那直插云霄的山峰，
快要夷为平川。

卡拉朵夜以继日，
抡锤砸山发泄怒气。
毡房大的锤头，
消耗已尽，不剩毫厘。
钢铁把柄，
也磨损得越来越细。
手掌不断磨出血泡，
流淌的鲜血，
把多少个秃鹰喂饱。
层层岩石被砸得粉碎，
卡拉朵浑身酸痛，极度疲劳。

① 柯尔克孜族的习惯语言，供给食盐，指的不仅是饮食，而是一切生活来源，更含有得到别人恩惠和照顾之意。

他闭上眼睛，稍停喘息，
咬着嘴唇，吃力地睁开眼睛，
看到这座山变得比以前还要高。
卡拉朵十分惊奇，
转身回头张望，
发现赛麦台依放鹰在野外荒郊。
可怜的卡拉朵目瞪口呆，
对奇怪的结果感到悲哀：

“该诅咒的悬崖峭壁，
不放我大伯返回人间！
我要告诉阿依曲莱克和古里斯，
他们知道该怎么办。
我要告诉卡妮凯和巴卡依，
他们会解开这个疑团。

“雄狮赛依铁克会赶来，
见到自己亲生的儿子，
难道大伯还会离开？”

卡拉朵这样思忖着，
转身吩咐少年托阔依：
“托阔依，你是勇往直前的英雄，
你如同我的左臂右膀。

“我的坐骑是昌奇克巴斯[①]，
即使在松软的土路上奔驰，
它身后也不会扬起烟尘。
骑上它去侦察敌情，
任何哨兵也察觉不到它的行动。
现在你骑上昌奇克巴斯起程，
给塔拉斯的汗王送信。

“说库吐巴依之子卡拉朵，
来到卡依普奇的大山。

① 昌奇克巴斯：马名，意为走路轻快，不会扬尘的骏马。

称心如意的卡拉朵，
在山上把赛麦台依发现。
跟踪他苦苦求情，
渴望他开口说话，已经两天。
赛麦台依不理不睬，
依然紧锁眉头绷着脸。
他身边有四十个天仙般的姑娘，
二十个人在前引路，
二十个人护卫在后面。
到了夜晚，
他们穿入无缝的峭壁里面。

“赛麦台依骑着红沙色骏马，
身着白丝长袍。
卡拉朵拉住他坐骑的缰绳，
他这时才发出了声音：
‘我的耳朵有时能听见，
有时听不清。
眼睛有时看得清楚，
有时看得模糊不清。
我在这里生活了多少年，
我的名字叫作赛麦台依，
这就是你能得到的音信。’

“他说完这些话，
头也不回，穿入峭壁。
卡拉朵万分焦急，
对着大山倾叙了内心的感受。

“大山无情，毫无反应，
气得卡拉朵要砸平大山，
想把大伯接回人间。

“把层层岩石砸得粉碎，
高耸的山峰夷为平地。
如毡房般大的铁锤，
磨损得不剩毫厘。

“他的手掌骨肉分离，
骨头露出，鲜血淋漓。
流淌的鲜血，
让多少山鸦和秃鹫充饥。

“但是那座山变得比原来还要高大，
直插云天，巍然屹立。

“卡拉朵无可奈何，
陷入绝望的境地。
让我骑上他的坐骑，
火速送来消息。”

卡拉朵对托阔依再三叮嘱：
“阿依曲莱克和古里斯年龄相仿，
雄狮赛依铁克年轻气盛，
老人巴卡依和卡妮凯德高望重，
他们五个人当中的任何一个，
你都可以把消息传送。
但是对其他的什么人，
你都不要信口开河，走漏风声。

“你往返的路途遥远，
路上不要无精打采慢慢悠悠，
十天之内赶回来与我见面。”

接受巨人般汗王的派遣，
托阔依怎能不动弹。
他跃身跨上昌奇克巴斯马，
满怀快乐激动的心情，
朝着塔拉斯飞奔向前。

可爱的托阔依意志坚强，
他夜以继日，日夜兼程，
扬鞭策马，马不停蹄。

将多少座巍峨高山抛在身后，
将多少个一马平川的草原抛在身后，
将多少山涧河流抛在身后，
将多少个高耸的达坂抛在身后。

将多少起伏连绵的丘陵抛在身后，
将多少一望无际的牧场抛在身后，
将多少碧波荡漾的湖泊抛在身后，
将多少干渴的荒原抛在身后，
将多少卵石荒滩抛在身后，
将多少松软的盐碱荒地抛在身后。

长途跋涉，一路狂奔，
前面剩下不远的距离，
少年托阔依策着昌奇克巴斯，
飞身登上卡拉布拉、恰特卡勒[①]高地。

让我们转向这边的人们，
聊一聊他们有趣的事情。

一个名叫木左依卡勒恰的人，
在阿尔帕上头宽阔的地方，
在总阔山的峭崖绝壁上，
在山鹰的巢窝中，
捕获了名叫阿克依音[②]的雏鹰。
加勒格再克得知这个消息，
派人索要雏鹰。

木左依卡勒恰是个预言家，
他对前来的使者，
做出了这样的回答：
“我的雏鹰长着白色翅膀，

① 卡拉布拉、恰特卡勒：地名，“卡拉布拉”意为黑色公驼，“恰特卡勒”意为灌木林。

② 阿克依音：柯尔克孜语，“阿克”为白色，“依音”为肩膀，即白色肩膀的猎鹰。是一种眼睛发白、眼皮很厚、肩部有白色羽毛、双腿有力的鹰隼。

碰上它的猎物，
没有一个能够逃亡。
你看它正面的形象，
无愧于楚巴尔[①]的称号；
从背后看它的羽毛，
犹如特那尔[②]鸟金光闪耀；
预计它未来的运气，
像马依波司[③]鸟独领风骚。

“细看它翅膀的形状，
可称为加甫卡那特[④]鸟；
观察它的灼热的目光，
就像凯尔铁波孜[⑤]鸟；
料想它的生殖本领，
称得上依比克孜[⑥]鸟。
这些珍禽神鸟的特征，
在雏鹰身上一个也不少。

“加勒格再克派你来索要，
假若我将雏鹰相送，
他会拿什么给我回报？
假若真心实意想要雏鹰，
就让你的加勒格再克亲自来商讨。”

使者就这样返回家乡，
向加勒格再克如实禀报，
得知雏鹰的消息，

① 楚巴尔：一种神鸟。

② 特那尔：一种猎鹰。眼睛发白，羽毛多彩，腿爪短而粗壮，犹如鹰类大力士。

③ 马依波司：一种猎鹰。头像蛇头，鼻梁特高，眼睛呈黄色，能捕捉熊、狼、狐狸及野羊。

④ 加甫卡那特：一种猎鹰。体形细长，翅膀像鹌鹑，尾巴较长，肩上的羽毛呈针状并覆盖着肩膀。

⑤ 凯尔铁波孜：一种猎鹰。体形浑圆，翘尾短，羽毛呈灰色，红眼睛。

⑥ 依比克孜：一种猎鹰。外观秀丽，头小，蓝眼睛，羽毛呈黑蓝色，尾巴呈黑花色。

加勒格再克怎能安稳睡觉？

他从阿特巴什跨马上路，
翻越马扎依里达坂，
为了早日见到木左依卡勒恰，
一路狂奔，快马加鞭。

听说加勒格再克就要到来，
卡勒恰部落的人议论纷纷：
“木左依卡勒恰你该倒霉，
你不把雏鹰送给英雄，
反而麻烦他专程来访，
你这么做确实过分。

“阔绍依之子加勒格再克，
不是那种不懂规矩的人，
你送鸟他必定有回赠。
在那些柯尔克孜人的庇护下，
有我们卡勒恰部落四十户人。
假若与加勒格再克闹僵了，
我们可怎么办？”
卡勒恰人提心吊胆，
对木左依表示不满。
这时木左依卡勒恰也感到不安，
惊慌失措，手忙脚乱。

加勒格再克驰骋平川，
前方的阿寅勒隐约可见。
他看出居民惊恐不安，
径直走到木左依卡勒恰家下鞍。

木左依卡勒恰还年轻，
这里居住着四十户卡勒恰人，
他就是卡勒恰人的首领。

他们慌慌张张地跑来，
低头弯腰接过客人的缰绳，

宰杀膘肥的牝马，
设盛宴为客人接风，
第二天木左依卡勒恰举着雏鹰，
带着卡勒恰部落的人，
来到加勒格再克的面前站成一排。
让他领略雏鹰的风采。

父亲阔绍依圣人，
在交战中常用猎鹰，
习惯对鹰隼品头论足。
加勒格再克跟父亲学习，
通晓对禽类怎样评估。
加勒格再克仔细观察，
发现雏鹰的十二个特征。
鹰的两个肩头，
两股白毛飘动。

两只翅膀的翎毛，
比卡吉尔[①]鸟还要洁白。
它饥饿时不能起飞，
喂饱后奋力捕捉猎物，
它有饿死鬼的脾气。
它像马依波司鸟一样，
栖息过的地方会留下一摊油迹。
假若它展翅飞翔，
没有任何鸟能与它比翼。

它有阔克卡木其[②]的神力，
胸前有楚巴尔鸟般的羽毛，
后背有提那尔鸟的纹理。
这就是鹰隼中的佼佼者，
是高贵的多尔多克[③]鸟的后裔。

① 卡吉尔：一种很凶猛的鸟。类似鹫，但羽毛呈白色。

② 阔克卡木其：一种猎鹰。眼皮厚，翅尾较直，背至尾有一条蓝色管状骨，尾部有穗状羽毛。

③ 多尔多克：一种高贵的猎鹰。

它的外表显露着依比克孜的美丽，
这种鹰在世上难以寻觅。
被它追逐的猎物无法逃脱，
被它抓住的猎物鲜血流淌。
乍一看它很普通一般，
好像一副黄色艾吉①的模样。

加勒格再克继续端详：
“这只鹰往返于节提苏觅食，
轻健得像色尔哈克②鸟，
找到这样出色的山鹰，
算你木左依卡勒运气好。
你的爷爷库巴特在世时，
在宗阔山的悬崖峭壁上，
鹰隼筑巢孵雏的地方，
也找到一只白色雏鹰，
献给阿依阔勒雄狮。

“‘在阿尔帕上游的加依克地方，
在陡立的绝壁上，
白鹰隼孵出一只雏鹰，
落在阿依阔勒雄狮的身旁。’
歌手们所唱的这些诗句，
就是从那个时期开始传唱。
据我们耳闻目见，
从那时期直到今天，
再没有这种神鸟出现。

“它的母亲是加普卡纳特，
它的父亲是神奇的金雕。
全凭它们的神勇，
才来到这里孵出雏鸟。

① 黄色艾吉：一种猎鹰。体形不大，但分量重，腿脚健壮，羽毛黄色，蓝眼睛，脾性稳重。

② 色尔哈克：一种猎鹰。红颜色，红眼睛，骨架比其他鹰类大。

"木左依巴依，如果你觉得合适，
就将这猎鹰让给我吧！
我将三百匹马、五百只羊，
外加四十峰骆驼、五十头奶牛，
送给你作为补偿。
还有我用四百枚金币购买的，
十分珍贵的代依里达[①]服装。"

说着让随行的小伙子，
把礼袍披在木左依的肩上。

"别以为我白拿走猎鹰，
我还会把库尔特卡城封给你掌管。
假若你还有什么不满意的地方，
尽管明说，不要对我隐瞒。
假若你还需要牲畜，
不要客气，我还乐于奉献。"

听到加勒格再克的慷慨之言，
卡勒恰人心里骚动不安。
都以为加勒格再克在说反话，
是木左依惹来的麻烦。
"我们不要再让加勒格再克反感，
赶快起程前往阿特巴什，
一切听从他的调遣。"

木左依卡勒恰也吓得发呆，
舌头发硬，默默无言。

见到这些人惊恐的样子，
加勒格再克这样发话：
"众乡亲，你们不要害怕！
民间有这样的俗话：
'美丽的姑娘和千里马，
机警的猎犬和雄鹰，

① 代依里达：一种珍贵的绸缎。

这些都是无价之宝。’
‘人的舌头不带骨头，
交换物品不怕高官。’
这两个‘不’的说法，
自古以来代代相传。”

差不多过了煮一顿饭的工夫，
无人吭声，沉默不言。
见他们都不敢去赶牲畜，
加勒格再克在此整整等了三天。
仍不见一人前来，
他只好将许诺的牲畜，
让人如数赶到他们面前。
卡勒恰部落的四十户穷人，
欢蹦乱跳，喜眉笑眼。

英雄加勒格再克得到猎鹰，
换了三次羽毛后开始放飞。
与它遭遇的利齿猛兽，
野猪、野狼和狐狸全被捕捉。

见到狼獾、玄狐和野猫，
任何时候都能猎获。

猞猁、貂和豺狼，
黄鼠狼和马迪里，
都不能从他手中逃脱。

它捕猎公盘羊和母盘羊，
它捕猎野公山羊和母山羊，
羚羊、狍鹿和黄羊，
没有一个能够逃脱，
它捕猎的猎物堆积如山。
它的尖甲上套着坚硬的钢锥，
追上猎物一个个剖腹开膛。

它从不攻击阿寅勒的牧羊犬，

即使顽童们故意挑衅，
拽拉它的羽翼，
它都装作睡觉，不睁开眼睛。
它的智慧超过一般的人，
它是一个聪明机警的生灵。

古里巧绕听到猎鹰的消息，
派人来向加勒格再克求借：
“请借给我玩三个月，
然后完好无损地归还主人，
请放心，我会以重金酬谢。”
古里巧绕约定的期限非常明确。

英雄古里巧绕借到猎鹰的某一天，
在卡拉布拉的恰特卡勒放鹰消遣。
正在这时有一个骑马的人，
由远而近，急驰而来。
机警的古里巧绕一眼看出，
他骑的是卡拉朵的昌奇克巴斯骏马，
那么，马背上的人又来自谁家？

狂奔而来的托阔依，
突然看到了古里巧绕，
他立刻跳下了马鞍，
徒步走来向古里巧绕行礼。
英雄古里巧绕接受敬意：
“你骑着昌奇克巴斯匆匆而来，
什么事让你这样着急？
节孜坎皮尔的七个子孙，
居住在节提苏的节迪盖人可平安无事？”

年轻的托阔依打开话闸，
绘声绘色，有板有眼。
他将自己的所见所闻，
将卡拉朵的遭遇，
从头到尾一字不漏，
详尽地描述了一遍。

猛虎般英雄古里巧绕，
听说赛麦台依的消息，
两眼涌出了激动的泪水。
他取下猎鹰的眼罩，
将一封信系在猎鹰的脖颈：
“我的可爱的阿克依音，
你真是给我们带来吉祥，
如今传来确切的消息，
知道了青鬃狼赛麦台依的去向！
你要尽快飞到色尔城中，
落在赛依铁克和卡妮凯，
巴卡依和曲莱克身旁，
一定把这封信送到他们手上！”

他把猎鹰的眼罩和托架，
把托鹰的皮手套摘下，
在巴勒塔巨人的故居中，
找一个隐蔽的地方存放。
古里巧绕相信阿克依音能送达消息，
其他人得知后会跃马纵缰。
他不让托阔依停留休息，
和自己一起踏上了返回的路程。
古里巧绕的鞍具都镶嵌着白银，
在阳光下反射着耀眼的光芒。

古里巧绕在这一带走过多少趟，
他拐向了自己熟悉的近路。
他催促苏尔阔勇一路急驰，
犹如奔跑的野山羊。
英雄古里巧绕暗自与苏尔阔勇交谈：
“苦难的日子一直与我相伴，
美好的日子就在我眼前。

“我已得到大哥健在的喜讯，
让你用两天时间，
把我送到卡依普奇山。

早日见到大哥是我的心愿，
见到塔依布茹勒你也如愿。”
苏尔阔勇马与主人心灵相通，
扬鬃奋蹄，飞奔向前。

少年托阔依策着昌奇克巴斯马，
与苏尔阔勇并驾齐驱跑了煮一顿饭的时间。
苏尔阔勇越跑越快，不见踪影，
把昌奇克巴斯远远甩在后面。
古里巧绕驱赶着座下快马，
日夜兼程，跑了两天两夜，
终于来到卡依普奇大山。

古里巧绕到达的时候，
五大三粗的卡拉朵站在那里，
手臂手掌被鲜血染红。
汗水顺着两条大腿流淌，
犹如喷涌的泉水。

见到古里巧绕到来，
卡拉朵心潮澎湃。
不等他们相互问安，
四十个姑娘出现在眼前，
簇拥着赛麦台依走来。

古里巧绕策着苏尔阔勇马，
大胆地靠近赛麦台依，
大声向他问候。
赛麦台依连看都不看一眼，
更不像从前露出笑脸。
他稳坐在红沙色马背上，
不声不响径直走去，
白鹰隼昂首挺立在手臂上。

古里巧绕见此思忖，
“这十四年以来，
我们蒙受了多少苦难，

大哥得不到消息，
心里可能对我们埋怨。

“啊，我亲爱的大哥，
我们当时完全无奈，
你没有理由埋怨我们，
我们企盼了十四年，
就是无法寻找你的踪影！”
古里巧绕滔滔不绝，说个不停。

就在这个时候，
峭壁轰然裂开。
英雄古里巧绕生怕他们穿入峭壁，
心急如火，不知所措。
不管他怎样焦急，
姑娘们和赛麦台依，
全被大山隐藏在怀里。

古里巧绕和卡拉朵，
就在原地安营扎寨，
他们射杀肥壮的野鹿，
准备了美味的野餐。
当太阳落山，黄昏将临的时候，
托阔依也赶来会合，
一起品尝新鲜的鹿肉。

等到第二天的上午，
姑娘们和赛麦台依，
排着雁阵似的队形，
走向了山脚平川。

眼看他们就要离开，
勇敢的古里巧绕追上前去，
他紧追不舍地跟着赛麦台依，
把心中的话全部倾诉。

大哥依然沉默不语，

连吭都不吭一声。
当他掉转马头的时候，
阿勒曼别特之子古里巧绕，
一把扯住塔依布茹勒的缰绳，
对着骏马提出了一连串疑问：
“我古里巧绕认出你塔依布茹勒，
你曾经被馈赠给哈萨克人，
你从哪里来与我们重逢？
我还认得你这个白鹰隼，
当大哥失踪的时候，
你被阿依曲莱克解开了套绳，
如今从哪里来与我们重逢？”

又对赛麦台依说：
“十四年了，见不到大哥，
我心里一直郁闷。

“当我像蚜虫一样小的时候，
你就把我装在褡裢里系在鞍后，
一直呵护抚养成人。
如今你对我不理不睬，
我哪一点让你心灰意冷？
我已经跟了你两天，
你都没有转身看我一眼。

“卡妮凯大妈用纯洁的乳汁，
哺育你茁壮成长，
不分昼夜在你身边守望。
她多么企盼你归来，
难道你已经把她遗忘？！

“巴卡依巨人在高坡荒原，
放牧骆驼十二年。
他没有坐骑，徒步放牧，
他对你每时每刻思念，
哭肿的眼泡像拳头一样大，
擦不完的眼眵充斥双目。

“阿依曲莱克被当作战利品，
被迫迁到节提苏。
在那里生下你的儿子赛依铁克，
他如今已长成马匹难载的巨人。
你的妻子阿依曲莱克，
为你吃尽了苦头，熬白了双鬓。
白毡帽的柯尔克孜乡亲，
多么想见到大哥的身影。”

古里巧绕说话的声音，
赛麦台依时而能听清时而听不清。
半晌他才吃力地开口，
闷声闷气地说了这样的话：
“我的耳朵听不清，
你说的那些话，
我无法完全听清。
我的眼睛也看不清，
眼前的一切都模糊不清。
你说的卡妮凯、巴卡依，
和曲莱克我似乎也听到了，
你就是古里巧绕，
我也把你猜到。”

古里巧绕身上穿着，
能够变身的衬衫。
那群神秘的姑娘，
害怕他摇身一变，
带着赛麦台依逃窜。
她们蜂拥而上，
把他们围在中间。
同时扯住古里巧绕的衣袖，
紧紧拉住红沙色骏马的缰绳，
催促赛麦台依回返。
她们未能把古里巧绕和赛麦台依分开，
无不对古里巧绕的神奇惊叹！

让我在这里顺便说明，
那群姑娘的来历：
在过去的年代，
有个人名字叫作卡依普恰勒。
他虽生活在人间，
却与仙女结下良缘。

那仙女每年都怀孕，
每次都生下一个美女。
大女儿满三岁的时候，
让许克许尔朵巨人掳掠，
二女儿满一岁的时候，
又让那巨人抢劫。
往后生下女儿，
都不满四十天，
被那巨人一个个抢走。

每年生一个失去一个，
卡依普恰勒和妻子，
悲痛得像野狼一样哀号。
从第七胎怀孕的时候
两口子开始发愁。
妻子临近分娩的时候，
卡依普恰勒想出了一个计谋。
他找到一条怀胎的狗，
顿顿用洗锅水喂饱，
不让离开，严加看守。

有一天，妻子阵痛分娩，
又生下一个女婴，
女婴套着白天鹅的羽衣。
卡依普恰勒看到这种情形，
急急忙忙地向狗窝奔去。
那狗也已下了一只崽子，
卡依普恰勒赶紧抱起，
送到分娩的妻子跟前，
向妻子面授机宜：

“你一共生下了六个女儿，
她们都被许克许尔朵巨人抢走。
我俩失去亲生骨肉，
年年陷入无尽的忧愁。
你今天生下的是第七个女儿，
我的伴侣啊，请你坐起来，
对着小狗假装哭泣悲伤。
我要把婴儿抱走，
送到一个合适的地方妥加安顿。”

卡依普恰勒就这样，
与妻子共同商议，
免得以后发生纠纷。

手脚麻利的卡依普恰勒，
用羽衣裹着女婴，
来到玉尔滚齐的地方，
来到克依巴人居住区，
将女婴安放在地上。
有一头母盘羊叫喊着跑来，
开始哺乳女婴。

野外狩猎的阿昆汗，
抱回那个女婴，
给她起名叫阿依曲莱克，
从此把她呵护抚养。
青阔交、托勒托依和赛麦台依，
为了争夺阿依曲莱克相互交战，
大地被鲜血洗染。

“阿昆汗的女儿阿依曲莱克，
总是引起战乱。”
这种说法从此在民间流传。
在卡依普恰勒回来之前，
许克许尔朵从天而降。

他一进房门，

就看见卡依普恰勒的妻子，
对着小狗号啕大哭。
许克许尔朵大惊失色，
将卡依普恰勒的房子，
里里外外搜查了一遍。
认定这次生下的是一条小狗，
从此再没有跨进卡依普恰勒的门槛，
卡依普恰勒夫妇也从此得到了平安。

妻子多年来没有怀孕，
后来又生下一个女婴。
给她起名叫阔克蒙巧克①，
她的美貌超群出众。

她从卡依普恰勒口中得知，
以前发生的所有事情，
她也得到确切的消息，
阿昆汗的养女曲莱克，
就是自己的同胞姐姐。

但是谁把曲莱克迎娶，
阔克蒙巧克还不清楚，
卡依普恰勒的女儿阔克蒙巧克，
将魔法学得滚瓜烂熟。
她经常披着山鸽的羽衣，
率领四十名侍女，
来往于天上和人间，
自由地观光游玩。
她在每年巴什奥纳月，
到坎阔勒的托尔特湖②来游玩。
她每次在没有人的时候来，
也在没有人的时候离开。
她在湖边脱去羽衣变成姑娘，
蹚着湖水，痛快玩耍。

① 阔克蒙巧克：柯尔克孜语，意为蓝色珍珠。

② 托尔特湖：柯尔克孜语，意为四湖。

这一年她又飞到坎阔勒上空，
湖边到处是人群，
不像以前那样空旷。
阔克蒙巧克没有返回，
她在上空盘旋，
想看一看这里发生了什么情况。

就在这个时候，
狼心狗肺的坎巧绕，
向赛麦台依刺去矛枪！
接着又有人过来，
将赛麦台依的鬓角砍伤。

赛麦台依手撑着地面蹲下去，
头戴的面罩掀起，
他的容光普照大地。
阔克蒙巧克见状思量：
“在天上和人间，
没有我不曾去过的地方，
像他这样的人，我还不曾遇上。”

赛麦台依大难当头，
好像被烈焰笼罩。

阔克蒙巧克用魔法障眼，
让赛麦台依隐身不见。
从那时起人间相传：
“赛麦台依是应祝福而生的孩子，
他不会死于非命。
没有人看见他死亡，
没有人挖墓安葬。”

阔克蒙巧克把他救上山来，
不让人知道他的身份，
一直精心护理养伤。

赛麦台依的头部被战斧砍伤，
双肺被矛枪穿透。
阔克蒙巧克精心医治，
好容易恢复到目前状况。
原来他的脑壳被砍伤，
血液淤积不能流通，
舌头发硬不能说话。
阔克蒙巧克想方设法，
用尽了各种妙药。

虽然治愈了化浓的创口，
但损伤的神经尚未治好。
因为这种种原因，
赛麦台依的舌头不灵，
像长牙的小孩口齿不清。
耳朵被堵得严严实实，
听不清外面的声音，
多少年躺在山洞不见阳光，
混浊斑点布满眼睛。

有一天，白鹰隼，
鸣叫着来到卡依普奇。
一见到赛麦台依，
眉开眼笑地落在他的手臂。
又有一天，红沙色骏马，
带着鞴好的鞍鞯来到此地。

赛麦台依这时成了不会说话的哑巴，
听不清声音的聋子，
阔克蒙巧克让赛麦台依，
乘骑这匹红沙色马，
白天放鹰狩猎，
捕猎一只只飞禽。
就这样排闷消遣，
足有三个月即九十天。

为了带回赛麦台依，

姑娘们蜂拥而上。
为了牵回赛麦台依的坐骑，
她们拉扯坐骑的缰绳，
粗大的缰绳用手握不住，
张开手臂怀抱都抱不住。
她们从身后驱赶坐骑，
但缰绳紧紧抓在古里巧绕手中，
布茹勒马犹如大山纹丝不动。

卡拉朵和托阔依站在一旁，
目不转睛仔细观望。
古里巧绕和大哥站在一起，
英姿飒爽，引人注目。
让壮士们暂时留在这里，
我们去打探其他人的消息。

加勒格再克的阿克卡纳特①，
扇动双翅腾飞。
肩部像鹊雀的加普卡纳特鸟，
都不能把它追上。

这个聪明绝顶的精灵，
迎着凉爽的风转眼间扶摇直上，
翅膀迸发着火星，
伴随着长长的呼啸，
鸟尾喷出烟雾，
升腾七层云霄。
它时而收起两只翅膀缩成一团，
俯视色尔城坐落的地方。

似箭一样向着低空俯冲，
多少个破旧的房屋、围墙，
经不住它的冲击，
不停地摇摇晃晃。
城里的所有居民，

① 阿克卡纳特：意为白翼鸟或白鹰隼，即阿克依音雄鹰。

不论在屋内坐着的人，
还是在屋外行走的人，
都听到了震耳欲聋的声音。

大地在轰隆隆地震颤，
房屋在来回晃动。
人们以为正在地震，
跳出屋外，万分惊恐。
带信来的阿克依音，
降落在城墙的边沿。
脚还未站稳，
迫不及待待地鸣叫呼喊。

阿克依音这样飞来，
赛依铁克最先看到：

“吉祥如意的大叔，
为何把阿克依音放回城中？
大叔放回阿克依音，
其中必有奥妙。”

没有等他想明白，
祖母卡妮凯已来到他身边。
汗巴卡依腿脚哆嗦，
也步履蹒跚地走来，
他的根根长须，
在微风中徐徐飘扬。
阿依曲莱克迈着轻盈的步子，
也急匆匆地赶来。

这时卡妮凯这样开言：
“我的阿亚西巴卡依，
我昨日夜里做了一个梦，
梦中遇到吉祥的事情。

“在汗王玛纳斯英雄的色尔城，
城门突然倒塌。

另一个世界的阿勒曼别特，
立即赶来恢复原样。
就是门楣的接合部，
似乎与原来的不像，
是你阿亚西巴卡依重新组装，
门鼻儿拉不出来时，
是我亲手把它修好。
又发现门锁的铁片上，
没有留下上锁的眼儿。
是阔绍依大伯，
亲自打孔凿眼儿，
当两眼儿不能对齐时，
是我的曲莱克施法拉齐了长短。

“一峰黑色骆驼的鞍垫掉在地上，
是我的古里巧绕鞴在驼背上。
我的赛依铁克的卧室，
安放着金铸的大床。
一只阿勒普神鸟，
降落在赛依铁克头上。

“我根据梦境估计，
古里巧绕有了赛麦台依的消息。
如果阿克依音被拴在野外，
就会活活饿死，
也许古里巧绕因此放它回来？
可爱的阿克依音鹰隼，
曾经在圣人的家里调养，
度过了三个脱毛期。
也许它飞越天空，
给我们送来讯息！
但愿我的这些解释，
不是一种假想。

“如果昨夜的梦能够灵验，
那我们就要竖起耳朵打听消息。
吉祥如意的古里巧绕，

说不定传来赛麦台依的喜讯。
我反复琢磨昨夜的梦境，
也反复把月份和日期推算，
下注参赛的塔依托茹骏马，
十一天后会回来与赛依铁克相见。
也许在塔依托茹归来的日子，
赛麦台依也会返回家园。”

这时赛依铁克接着说话：
“我高贵奶奶的智慧，
不亚于人类的母亲阿娃。
奶奶做出的判断，
一向都没有差错。
奶奶提出的建议，
一向都有着落。

“我要跨上阔依库荣骏马，
跟踪古里斯大叔的足迹。
不论他走到哪里，
我都要跟到哪里，
搞清楚他的情况，
然后告诉你们确切的消息。”

这时候巴卡依老人接上话茬：
“两个月以前的一天，
我也有同样的预兆。
赛依铁克汗王，
卡妮凯和阿依曲莱克，
我一直想和你们商讨。

“我梦见自己穿着绿色上衣，
但没有衣袖，衣领缺少了一半，
我的胡须也比平时短了一截。

“我正在为此纳闷彷徨的时候，
古里斯叫我把上衣抖一抖再穿上，
叫我捋一捋胡须再看长短。

我抖了抖上衣变成了完整的衣裳，
我捋了捋胡须恢复了原样。

“从此我产生了一种预感：
在聪明绝顶的古里巧绕努力下，
令人魂牵梦绕的英雄赛麦台依，
我们定能重见他的容貌。”
阿依曲莱克在一旁使劲鼓动：
“走吧，我的母亲，我们一块去找，
我昨晚梦见了天上的月亮，
投进我的怀抱，
我把月亮捧在手中，
难道不是与赛麦台依相见的预兆？

“如果我们不能及时赶到，
你儿子的心会被阴影笼罩。”

眼看他们在耽误时间，
可爱的生灵阿克依音，
翅膀朝着太阳呼扇，
尾翼扑棱着地面。
它仰望着卡依普奇方向，
好像就要飞向蓝天。

这时阿依曲莱克，
向赛依铁克吩咐道：
“你赶快吩咐佣人，
鞴好阿克加勒和苏提波孜的鞍鞯，
牵来给爷爷和奶奶乘骑。
我有翅膀我会飞，
我要飞跃天空。

“假如我飞到前面，
把骑马的长者抛在后面，
就会破坏柯尔克孜的规矩。
我阿依曲莱克，
就会引来世人耻笑。

因此，我的孩子，
我要慢腾腾地飞在你们后面。

“孩子啊，当你见到父亲时，
不要冒冒失失地跑到跟前，
让你父亲过分注目。

“你父亲赛麦台依，
容颜像金子般闪光，
超群出众，举世无双。
他的光彩普照大地，
如同撒满珍珠一样。

“他怕别人看到他的容貌，
从不摘去头戴的面罩。
怕别人中了他眼中邪气，
他从不摘去眼罩。
假若你领先跑到他跟前，
你会给自己引来祸殃。”

这时只见阿克依音把脖子伸长，
身上的羽毛像洗刷过一样。
将他脖颈上的那封信，
在大家的跟前摇晃。

赛依铁克伸手摘取那封信，
立刻打开念道：
“据说，卡拉朵在卡依普奇山，
找到了我失踪的大哥。
他让托阔依送来消息，
我得知后直奔而去，
时间紧迫，没有回头。
圣明的大伯和大娘，
嫂子阿依曲莱克和赛依铁克侄子，
你们四个迅速跟上我。
事情还没有搞清以前，
先不要惊动大伙儿。”

赛麦台依离开仙山返回人间

他们得知信中的内容，
毫不犹豫跃马起程，
巴卡依大伯骑着阿克加勒，
卡妮凯大娘骑着苏提波孜，
赛依铁克骑着阔依库荣，
阿依曲莱克摇身变成天鹅，
不分昼夜地飞奔，
终于来到卡依普奇山。

狮子古里巧绕抬头一看，
大伯巴卡依在马背上左右摇晃，
他的银须闪闪发光；
大妈卡妮凯迫不及待地催动坐骑，
她的乳房已滴出乳汁；
小侄赛依铁克骑着阔依库荣，
快马加鞭，狂奔而来。
大嫂阿依曲莱克变成天鹅，
银色的翅膀辉映阳光，
天空充满光芒。

大哥赛麦台依英雄，
对他们全然不顾，
对古里巧绕这样说道：
“假若苏甫塔尔[①]神水注入，
我的耳朵也许恢复听觉。
假若神水滴入眼睛，
也许我能恢复视觉。

① 苏甫塔尔：传说中的神泉。

我常想念母亲卡妮凯的乳汁，
她的乳汁胜过苏甫塔尔的神水。

“假若用阔依马烈克[1]把我舌头刮一刮，
我的舌头也许会软化。
假若找到苏依萨勒[2]的灵芝，
我也许恢复元气，精神焕发。

“我听你的声音猜测，
你好像是我的古里巧绕……”

古里巧绕听了以后，
万分激动，情不自禁：
“大哥，你看巴卡依巨人来了，
我们的卡妮凯大娘来了，
你的爱人阿依曲莱克来了，
你的儿子赛依铁克也来了。
亲人啊，你要接见他们，
要和他们一一握手。”

可惜古里巧绕的这些话，
赛麦台依一点都没有听清，
只管给古里巧绕反复叮咛：
“古里巧绕，你快回去，
告诉卡妮凯大妈和巴卡依老人，
将能治疗我创伤的那些药物，
在民间搜集备齐。

“好吧，我的大哥，
我现在就去求索。”

正在这个时候，
巴卡依、卡尼凯走在前面，
曲莱克、赛依铁克跟在后面，

① 阔依马烈克：传说中刮痧用的一种药材。

② 苏依萨勒：传说中的女神医。

一起来到赛麦台依跟前。

古里巧绕把巴卡依老人安慰：
“请不要难过，我的大伯。
要坚强，不要落泪哭泣，
这里的事听我叙说。”
英雄古里斯将赛麦台依说的话，
一字不漏地告诉他们。

巴卡依老人扯开嗓子说话，
声音像铜制的库姆孜琴声：
“噢依，我的阿亚什卡妮凯，
你神通广大，神机妙算，
将来发生的事变，
发生事变的时间，
你都能非常准确地预见。

“我估计你还保存着乳汁，
赶快在他的眼睛上涂抹。

“豹子般英雄的要求，
用阔依马烈克将舌头按摩，
说不定舌头变得灵活。
但阔依马烈克何处求索？”

阿勒曼别特之子古里巧绕，
心地善良，才智过人。
任何难题都难不住他，
他说的话意切情真：
“亲爱的巴卡依大伯啊，
你的每根胡须，
都不比阔依马烈克的功能差多少。
至于那苏依萨勒的灵芝，
我看阿依曲莱克嫂子，
不知比那灵芝强多少！

“一旦我的大哥把赛依铁克拥抱，

就会精神抖擞，全身充满力量。
我的嫂子和赛依铁克，
比那苏依萨勒还要强。”

这时卡妮凯这样开腔：
“当年我给坎巧绕喂奶，
他却吮吸出血浆。
从此我的乳房断了奶。
刚才我感觉胸脯膨胀，
坎巧绕吸出血的左侧乳头，
洁白的乳汁就要喷涌流淌。”

古里巧绕急忙催促：
“亲爱的大娘，如果这样，
您就将乳汁挤入我大哥的耳朵，
大嫂，你就用手接上奶水，
向大哥的双眼涂抹。”

可爱的大嫂阿依曲莱克，
保存着莫明江的灵丹妙药。
只要不是病入膏肓，寿期已到，
什么病它都能治好。
三十年郁积的瘤子，
吃了药就能消除掉。
四十年生锈的银子，
表面上涂抹一层药，
顷刻间银光闪耀。

阿依曲莱克拿出妙药，
放在乳汁中搅拌。
然后注入赛麦台依的耳朵，
又往他眼睛上涂抹。
掏出苏鲁木苏尔[①]手巾，
来回轻轻地擦拭。

① 苏鲁木苏尔：传说中极柔软的又能消毒的手巾。

巴卡依大伯用手指，
捋了捋自己的胡子，
当他收手的时候，
手指上只留下了一根胡须。
他叫阿依曲莱克拿上它，
将赛麦台依的舌头轻刮。

阿依曲莱克哪敢贸然接受，
她一边鞠躬，一边退后，
“扑通”一下跪在地上。

阿勒曼别特之子古里巧绕，
接过了巴卡依那根胡须，
高兴地流出眼泪。
古里巧绕大声呼叫：
“我找到了阔依马烈克，
我的大哥，请你伸出舌头。”

赛麦台依伸出了舌头，
古里巧绕用那根银须，
将红色的舌头来回刮了七道。

这时赛麦台依感觉，
好像溪水潺潺在耳边回响。
一会儿又变成嗡嗡的声音，
好像蚊虫飞临耳旁。

眼窝隐隐酸痛，
舌根微微发痒，
胸怀开朗，精神焕发，
浑身上下格外舒畅。

眼睛像启明星一样明亮，
听觉一下变得通畅。
他眨着眼睛仰望天空，
睁大眼睛瞭望大地。
叫喊着大伯的名字，

一下将巴卡依巨人紧紧拥抱。

巴卡依大伯号啕大哭，
大山震撼，碎石滚落。
“当我的身份犹如宝石尊贵的时候，
当我能携带四十丈长的箭袋的时候，
当雄狮玛纳斯健在的时候，
我就体面地死去该多好！
当你平安健康的时候，
我就体面地的死去该多好！
我落入坎巧绕疯狗的手掌，
受尽了前所未闻的煎熬！”

这时赛麦台依这样安慰：
“我的大伯，不要哭泣，
不要折磨自已尊贵的性命，
这不像你坚强勇敢的个性，
你的儿子我已平安归来，
你不必这样大放悲声。”

赛麦台依对母亲卡妮凯，
一直格外想念。
今日一头扑入母亲的怀抱，
顿时感觉安逸舒坦，
打了一个盹又睁开了双眼。

阿依曲莱克朝巴卡依巨人看了一眼，
拘谨地躲在卡妮凯后面，
频频探头观看。

赛麦台依指着赛依铁克，
问他是谁家的小孩。
这时古里巧绕这样回答：
“当年，大哥你从人间消逝，
我在那里被剜去肩胛软骨。
当时我的嫂子已经怀孕在身，
这事你也非常清楚。

“这孩子历经艰难出生，
长到三岁还没有名字，
后来黑孜尔圣人给他起名，
这就是你的儿子赛依铁克。

“他到了十二岁的时候，
回到了家乡塔拉斯。
他让失散的柯尔克孜人，
返回塔拉斯安居乐业。”

赛麦台依紧紧拥抱儿子，
古里巧绕怕赛麦台依眼睛的邪气，
用手巾遮住了他的眼睛。
赛麦台依暖流回身，
遍体冒出了汗珠。

多少年积蓄的寒气，
随着汗水排出。
多少年失去的力气，
这一刻又充满全身。

他放开了儿子，
凝神望着阿依曲莱克。
阿依曲莱克热泪盈眶，
深情地盯着赛麦台依。
赛麦台依和曲莱克，
含情脉脉，站立不动。

上天感动得洒下雨点，
无风的天气，格外沉闷，
地面像火炉热气升腾。
赛麦台依望得出神，
双脚在原地忘了移动。
汗巴卡依见此回避，
阿依曲莱克高兴地绽露笑容。

顿时醉人的清风吹起，
驱散了蔽日的乌云。
刚才冒着细雨的天空，
一下变得阳光明媚，微风和煦。

所有的生灵情不自禁，
欢呼雀跃，欣喜若狂。
芦苇和野草摇头晃脑，
树木丛林沙沙作响。
高山响彻悦耳的回音，
犹如姑娘们把库姆孜弹唱。

河边冻结的冰凌，
阳光下融化已尽。
虽说是寒冬季节，
但见地上突然返青。
已进入冬眠的昆虫，
一个不留倾巢出动。
山坡上松散的石头，
一个不剩向下滚动。

赛麦台依回头转身，
紧紧拥抱古里巧绕。
豆大的泪珠夺眶而出，
对古里巧绕这样说道：
“我俩虽然不是同母所生，
但是我们吮吸过同一乳房。
你没有辜负卡妮凯母亲神圣的乳汁，
从来没有和我顶撞。
我曾让你冒死亡的危险，
你都没有畏缩不前。

“当你还不满十二岁，
才过十一岁半的年龄，
到玉尔凯尼奇河畔侦察敌情。
你打倒了托勒托依，
你刺死了青阔交。

阔克确之子乌买托依，
口出狂言，与我对抗，
你一刀砍下了他的头颅。

“当你过了四十岁的年龄，
你经历了十二年的艰辛。
空吾尔巴依侵犯塔拉斯，
他带来了三十二个大力士。
你没有害怕，没有逃离，
砍下了首领空吾尔巴依的首级。
别依京死去了我们多少伯克[①]，
你终于替他们讨还了血债。

“你父亲和我父亲是同乳兄弟，
你和我也是吸吮同母乳汁的兄弟。
吸吮同一个母亲乳汁的结拜兄弟，
情同手足，永不分离。”

赛麦台依和古里巧绕，
紧紧拥抱，难舍难分，
串串泪珠直往下滚。

“我今天终于见到了你们。
从那期间直到现在，
我只记得当时摔在地上。
中间发生了什么样的事情，
全部被我遗忘。

“我好像在梦中见到：
我骑着塔依布茹勒骏马。
手托着白色鹰隼，
有一位姑娘在身边，
好像阿依曲莱克与我结伴而行。”

赛麦台依正在说话的时候，

① 伯克：旧时地方官名，多为部落首领或酋长担任。

早在暗中窥视的阔克蒙巧克，
明白了这些人的来头：
“这就是玛纳斯之子赛麦台依，
那是我的同胞姐妹阿依曲莱克。
父亲卡依普恰勒告诉的一切，
今天在这里得到验证。

“我一向做事清清白白，
姑娘们，我们快离开。
不要让人们耻笑，
以为我和姐姐争男人。”

她们没有让阿依曲莱克发现，
也没有让任何人察觉，
神秘地穿入了峭壁。

赛麦台依对此毫无察觉，
一个劲地拥抱古里巧绕，
热情得像燃烧的火：
“我每次出征马到成功，
因为你跟着我胜过十万大军。
你是我同食一母乳的兄弟，
你是我赛场夺魁的神驹，
你是我迎战敌人的勇士，
你是我战无不胜的英雄。
你威武雄壮，气势非凡，
是我勇猛强悍的雄狮。
你效忠戴白毡帽的柯尔克孜人民，
你的贡献远远超过我的功绩。

“趁我们脚蹬马镫、头戴桂冠的时机，
趁我们的性命在躯体的时机，
让赛依铁克洗耳倾听，
让巴卡依巨人在此见证，
我要把统治之权移交给你。
我的英雄，假若你办事明智，
我会为你万分高兴。

假若你出现失误，
我也不会求全责备。

“所有的权力归你掌管，
让赛依铁克辅佐在你身边。
还请你快快告诉我，
坎巧绕畜生的下落。
他的父亲是楚瓦克雄狮，
和我父亲平起平坐。
就像我们俩一样，
从小到大一起生活。”

不等赛麦台依把话说完，
英雄巴卡依大声打断：
“好了，赛麦台依，
不要再说了，我的孩子，
别让我们再见到他的面！
当年从铁米尔汗那里归来后，
你不听妈妈的劝告，
却中了阔波什的暗箭。
你看，我和你母亲卡妮凯，
你的妻子曲莱克都在你身边。
当时我们都劝你不要去陵墓，
你听不进我们的意见。
今天你终于知道了，
发生的所有的事件。

“我的孩子们，
你们都不要忘记，
‘年轻人如不听老人规劝，
就不可能茁壮成长。’
这是血的教训，
也是老一辈留下的遗训。

“赛麦台依啊，我敢肯定，
我的生死之交豹子般英雄玛纳斯，
还渴望你去祝福。

让我们赶快起程吧，
乡亲们在家得不到消息，
焦急地把我们寻找，
盲目地四处奔跑。”

他们这样把话打住，
带上卡拉朵，
向着塔拉斯催动骏马。
他们并驾齐驱一路春风，
飞马向坎阔勒奔去。

这些日子人们见不到，
赛依铁克、古里巧绕，
卡妮凯、巴卡依和曲莱克，
也不知道他们的去向。
你看着我，我看着你，
但不知道说什么，
个个手足无措，六神无主。

巴卡依他们料此情景，
派遣年轻的托阔依，
快马加鞭赶往城里，
把赛麦台依归来的喜讯通报，
带领所有的百姓，
前往阿依阔勒雄狮的陵墓祈祷。

托阔依向百姓报喜，
焦急不安的人们听后眉开眼笑，
为迎接汗王赛麦台依的回归，
人民浩浩荡荡地向雄狮玛纳斯的陵园奔去。

手头宽裕的人不敢袖手旁观，
举行迎宾的赛马仪式。
骑手们一律骑上三岁公马，
高呼着“玛纳斯”的口号，
去迎接赛麦台依的到来。

柯尔克孜人一个不剩全部赶来，
人多得像黑色蚂蚁密密麻麻。

他们到陵墓来祭祀，
专挑清一色的白色母马，
按在地上割断喉咙，
像切瓜一样开膛剖肚。

就地挖好许多地灶，
把一口口大锅架好。
肥肉在锅里煮开，
上面飘出厚厚的一层马油。

莫勒多高声念诵着悼念词，
朗朗的声音连续不断。
更多的人三五成群，
围坐在一起谈天说地。

卡妮凯、巴卡依、赛麦台依，
汗王赛依铁克和古里巧绕，
五个人一起来到陵墓，
并排坐在大门前。

阿依曲莱克嫂子坐在那里，
纯金制成的大耳环，
闪耀在她的耳垂边。
十二根长长的发饰，
明晃晃地挂在背后的发辫。
上衣的宝石纽扣，
十分精致，光彩耀眼。

戴白毡帽的柯尔克孜人，
站成牛角形观看。
年轻媳妇和姑娘互相逗笑，
她们的笑声如同银铃一般。
小伙子们竞献殷勤，
围着姑娘们团团转。

鱼儿在水中游来游去，
闪烁着晶莹的光亮。
水獭炫耀华丽的毛皮，
顺着河岸游荡。
天鹅在天上快乐地鸣唱，
野鸭和水鸟嬉水翻起波浪。

在阿勒普哈拉神鸟率领下，
所有的飞禽倾巢出动，
无数的翅膀遮蔽天空。

山坡的骆驼感到骄傲，
丘陵的盘羊感到自豪。
一只只野鹿走出森林，
高兴地晃动着头上的犄角。

高山峻岭重振雄姿，
山谷的牲畜活蹦乱跳。

万物苏醒，生机勃勃，
连树叶也不甘示弱，
迎着清风轻轻摇摆。

北坡的青松，
伸着脖子眺望。
野柳和白桦与青松并肩，
打扮得漂漂亮亮。

花楸和荆条，
披上了火红的盛装，
发黄的牧草随风摇晃。
坎阔勒阿塔——辽阔的塔拉斯，
恢复了从前的景象，
山山水水得以恩泽，
恢复了昔日迷人的雄壮。

英雄的陵墓传出吉祥的佳音，
他们声势浩荡地回到宫廷。
从那骏马能走来的地方，
人们成群结队纷纷前来，
拜见赛麦台依，
向他请安祝福，
没有一个人例外。

柯尔克孜人像从前那样，
过上了幸福安宁的生活。

让我们放下这一段，
开始讲述萨尔特巴依，
得不到塔依托茹马怀恨在心，
策划阴谋如何进犯柯尔克孜人。

萨尔特巴依进犯柯尔克孜人

萨尔特巴依兴兵犯境
卡拉朵单骑抵强敌

多少年过去了，
因为得不到塔依托茹马，
那个萨尔特巴依一直怀恨在心，
你看他做出了怎样的事情？
请你们耐心一点，
这个故事我慢慢讲给你们听，
让我先把萨尔特巴依的根底说明。

芒格特和蒙兀勒是亲兄弟，
卡拉卡勒帕克人和土库曼人，
被芒格特人占领接管。
芒格特人出了个巴迪阔勒，
给各地的民众降下了灾难。
呼罗珊、克依巴、节迪盖尔，
埃及、巴格达、乌茹姆等地，
全部牲畜被他抢掠驱赶。
不要说他们的牲畜，
在西方，在更遥远的南方，
把美丽姑娘一个不漏地抢来。

巴迪阔勒如此为非作歹还嫌不够，
将阿依阔勒玛纳斯的姐夫，
卡拉卡勒帕克人卡尔玛纳普，
每天来打劫一次。
卡勒恰人、居尔居特人、居达人，
塔吉克人和土库曼人，
统统沦为他的奴隶。
人们忍受不了强暴的欺凌，
流着眼泪向玛纳斯求援。

巴迪阔勒不肯平等讲和，
妄自尊大，结下怨仇，
被玛纳斯送上了西天。
当时巴迪阔勒的老婆有孕在身，
后来生下了一个独眼儿子，
希望独眼儿子将来成为无敌英雄，
给他起了玛德库勒的名字。

玛德库勒长大成人，
果然成为非凡的大力士。
他比父亲还肆无忌惮，
所到之处把一切吞噬。
他的身躯硕大无比，
找不到匹配的女人，
没有妻子，孤单一身。

谁还见过这样蛮横的家伙，
他说卡尔玛纳普的妻子卡尔德哈绮，
身材长得与他般配。
派人要求卡尔玛纳普，
让出怀抱里的妻子。

卡尔玛纳普本身如同一座山冈，
但也抵不过玛德库勒，
他的弟弟大力士卡拉朵，
也成了玛德库勒的手下败将，
卡尔德哈绮飞奔到塔拉斯求援，
请求侄儿赛麦台依前来帮忙。
赛麦台依从塔拉斯赶去，
打翻了玛德库勒。
他不但解救了卡尔玛纳普，
还解救了被芒格特人奴役的，
巴攘和尚卡依两个部落。

不久玛德库勒的妻子生了一个男孩，
给他起名叫作萨尔特巴依。

他长大成人，体魄强壮，
性情比前辈更加强悍凶狠。

他在西方和南方，
把反抗的人全部杀光，
没有人再敢与他对抗，
本族人称他为“萨尔特巴依”，
外族人称他为“库图尔古尔[1]”。
他的这两个名字，
在人世间广为传扬。

他索要塔依托茹骏马，
赛依铁克没有答应。
他怀恨在心，耿耿于怀，
一直刺探对方的情报。
他得到赛麦台依归来的音信，
企图把父子俩一网打尽。
他拉出七万兵马，
疯狂地向塔拉斯挺进。

库吐巴依之子卡拉朵，
已当上了节迪盖尔的汗王。
他在西南方向巡逻，
在江居尔别斯[2]的戈壁荒原，
发现了来犯的队伍。

库吐巴依之子卡拉朵，
身边有年轻的托阔依，
他们登上一个山包，
卡拉朵举起千里眼，
凝神瞭望南面。
那被冷落的江居尔别斯，
那沙漠荒原就在眼前。
哎哟！上苍保佑，

① 库图尔古尔：意为战争狂。

② 江居尔别斯：地名，意为人迹罕至的地方。

黑色大地就要遭受浩劫!

只见荒原上尘土飞扬,
天地间弥漫尘雾,
出现了洪水般铺天盖地的兵马。
领头的英雄骑着灰色骏马,
不戴头盔戴皮帽,
不穿铠甲只穿普通上衣,
神色疯狂来势凶猛,
好像要掀翻整个世界。

萨尔特巴依指挥着七万兵马,
七十面旌旗迎风猎猎。
他们到底来自何方,
终究要去向何处,
卡拉朵睁大眼睛观望。
“不应该有这样的兵马来访,
如果有,也只有康阿依的首领江格尔,
才敢大胆烧起战火。

“服装别样,长相别样,
不像康阿依人的面相和穿着。
他们的坐骑别样,战袍别样,
他们选择江居尔别斯的路也别样。
也许将有一场灾祸,
降临到我们如同苹果的头上。

“不管他们是什么样的人,
是敌人还是朋友,
我都要去迎接他们。
如果是来访的朋友,
我要和他们见面问候,
如果是来犯之敌,
我要和他们勇敢搏斗。
我要把他们摔死在石头上,
我决不能害怕死亡。”

于是卡拉朵对托阔依说道：
“我的好伙伴托阔依，
任何时候你都在我身边。
卡依普奇是吉祥如意的地方，
我们在那里的丘陵狩猎，
遇见了赛麦台依汗王。

“今日我来到这里，
遭遇如此众多的兵将，
假若他们是来访的朋友，
我们会心花怒放！
假若是前来挑衅的敌寇，
我就要轻装上阵，单独较量！

“来者的身影非同一般，
神气十足，来势汹汹，
如同不可跨越的山峰，
如同汹涌澎湃的山洪，
如同吹倒毡房的暴风。

“在印迪斯坦、阿富汗、西班牙，
没有人敢向我们瞪眼，
对埃及和巴格达，
我心里还有一些疑点。
奥鲁斯汗已和我们结成亲家，
西边不会有人来犯。

“玛德库勒之子萨尔特巴依，
索要塔依托茹骏马。
当时赛依铁克没有答应。
会不会是他率兵出动，
来侵犯我们的边境？
首先对节迪盖尔下手，
一步步将柯尔克孜瓜分。

“托阔依，看着，不要害怕，
跟着我一起行动。

假如你离开了我，
你会把性命断送。”

英雄卡拉朵上马出发，
不停地催动着昌奇克巴斯骏马。
卡拉朵胯下的坐骑，
甩开四蹄，急驰而去。
卡拉朵勇敢前进，
离众多的兵马越来越近。
胆量超群的卡拉朵，
就要迎头面对敌众，
只见一条汉子离开队伍，
朝前迎面走来。

他胸肩宽大，腿脚修长，
双臂的肌肉发达。
嘴巴偏平，眼皮下垂，
脑门凸出、下巴短小，
同刚会走路的小孩一般大小。
脖颈特别粗壮，
同两岁的牛犊一般。

他没有披着铁甲，
看不出他是要出征拼杀。
银制的马鞍金铸的鞍头，
骑着如同大山般的灰色骏马。

他与卡拉朵碰面，
一下勒住了马缰。

卡拉朵上下仔细打量，
只见他两眼射出火光，
不等站稳就厉声质问：
“你单枪匹马如此大胆，
你到底是什么人？
你沿着江居尔别斯的边缘走来，
你到底是什么人？

你如此逍遥自在，
你到底是什么人？”

卡拉朵心中冒火，
粗声粗气地反问道：
“江居尔别斯的边境，
已归柯尔克孜人守卫，
我是去卡依普奇的丘陵，
狩猎野物返回！

“你到底是什么人？
你从什么地方来，
你的名字叫什么，
你的族人是谁？
你要给我说明白！”

“你还胆敢询问我的名字，
我就是英雄萨尔特巴依。
人们不敢直呼我的姓名，
尊敬地称呼我为萨尔特巴依。

“西方的人与我争高低，
那些崭露头角的家伙，
一个个让我摔死在石头上。
多少人鼓足勇气与我较量，
多少人在我面前逞能逞强，
统统让我捏死，
落得粉身碎骨的下场。

“我从传言中早有耳闻：
柯尔克孜人出了英雄玛纳斯。
是他从卡勒玛克人手中，
夺取了现在的塔拉斯。
他杀死了我的爷爷，
让我的奶奶变成寡妇。

“我的父亲叫作玛德库勒，

是举世闻名的独眼龙。
玛纳斯之子赛麦台依，
又吞噬了我父亲的生命。

“在卡尔德哈绮举行的盛典上，
我曾派人索要塔依托茹，
赛依铁克不肯赏脸。
柯尔克孜人穷凶极恶不可一世，
我今天来和他们老账新账彻底清算！

“柯尔克孜人如同毒蛇猛兽，
残害其他部族的民众。
其他地方我不想为难，
但一定要将塔拉斯踏平！

“玛纳斯的子孙后代，
他的七大姑八大姨，
与他沾亲带故的所有人，
我将一个不留全部吞咽。
我要踏平他的城池，
让柯尔克孜人抱头鼠窜。
我要俘获他们的妻子和姑娘，
让他们的小孩哭爹喊娘，
将其部落人畜全部驱赶。
专挑他们的婴儿，
用柳条串成一串。
将那些没有牙齿的老家伙，
用战刀一一劈砍。
给塔拉斯降下灾难。

“让塔拉斯的人喝不成纯洁的马奶，
给塔拉斯的人留下难忘的教训。
我要把塔拉斯人的毡房支杆变成烧火棍，
我要把塔拉斯人的面粉当炉灰抛撒，
我要让塔拉斯的人失去尊严和荣耀，
这样我才能消除心中的仇恨！
我要把塔拉斯人的马驹与母马分开，

将成群马匹缴获驱赶，
这样我才能心里舒坦！”

萨尔特巴依像疯狗狂吠，
他如同山洪暴发一样，
咬牙切齿，唾沫四溅。
口出狂言，怒火冲天，
他脖子上青筋鼓起，
犹如一根根粗长的木杆。
他像野猪似的暴跳如雷，
他的凶猛让大地震颤。

卡拉朵听了他的狂言，
忍无可忍，义正词严地回击：
“你这个凶狠的暴徒！
你以为自己是举世无双的英雄，
满嘴胡言乱语亵渎神灵。

“别以为柯尔克孜无人保护，
柯尔克孜有英雄赛依铁克。
即使天下的强盗都来进犯，
英雄赛依铁克也不会畏惧退缩。

“我们的赛麦台依和古里巧绕，
不要说你这种人，
连空吾尔巴依和涅斯卡拉，
都不堪一击命丧黄泉！

“你的爷爷和父亲进犯塔拉斯，
两代人被柯尔克孜人消灭身亡。
假若你敢于将我们冒犯，
你的血液也将如水流淌！

“我也出生于柯尔克孜部落，
是柯尔克孜人的一名斗士。
我告诉你，我的名字叫卡拉朵，
是一个柯尔克孜部落的首领。

布满节提苏的节迪盖尔，
是我管辖的民众。

“死神把你引领到这里，
我不会让你到达塔拉斯。
我要在这里结束你的行程，
把你的尸骨交给黑色的土地。
俘获你铺天盖地的兵马，
去向我的汗王报喜。”

卡拉朵发出如此怒吼，
萨尔特巴依也没有等候，
他向卡拉朵刺出矛枪。
机警的英雄卡拉朵，
迅即拔出矛枪催动坐骑，
挥舞着手中的长矛，
猛地刺向对手的腹部。

不料矛尖被弹回，
好似碰到岩石一样。
萨尔特巴依和灰色坐骑，
没有动弹，没有摇晃。
卡拉朵刺出的矛尖，
还不如虱子叮咬感到痒痒。
让老天惩罚的萨尔特巴依，
把对手看得比自己的裤脚还低。

卡拉朵见此情形，
恼羞成怒，火冒三丈。
他像毒蛇和蝎子一样发狠，
不惜自己短暂的生命，
如同将性命悬在一根细丝上，
催马展开了生死较量。

卡拉朵左思右想反复思量，
最后下定了这样的决心，
他抽出了挂在腰带上的月牙斧。

这把钝钢锻造的月牙斧，
斧背厚实，斧刃锋利。

卡拉朵紧握着月牙斧想：
“库图尔古尔，假若你能躲过月牙斧，
就算我武艺不强；
假若月牙斧落在你的头上，
我就会喝干你的鲜血，
用黑土把你埋葬。
把你灰色骏马当作战利品，
送给赛依铁克领赏。”

卡拉朵高呼着英雄的名号，
冲到萨尔特巴依面前，
脚踏着鞍镫站立起来。
咬着嘴唇使出全身力气，
抡起锋利的月牙斧，
向萨尔特巴依的头颅劈砍。

只听得“咔嚓”一声，
斧头弹回飞出很远，
只留下斧把在他手中。
萨尔特巴依歪头摸都不摸一下，
如此凶悍的勇士在这个世界实属罕见。

卡拉朵还有一把战锤，
锤头用铅和青铜铸造，
如同一口翻扣的大锅。
抡起战锤砸下去的时候，
多少山包和石崖都会摧平。

非凡的英雄卡拉朵，
再次鼓足全身力气，
双手抡起战锤，
向着萨尔特巴依狠狠地砸下去。

战锤“啪”的一声落在对手头上，

他的身体略微震动了一下。
转而咬着嘴唇瞪着眼，
如同窥视羊群的饿狼，
恶狠狠地左顾右盼，
像老牛般伸出舌头把鼻子舔了一舔。

受到对手连连攻击，
萨尔特巴依气得发疯，
向卡拉朵发起凶猛攻击。
他伸出长矛刺中卡拉朵，
像挑一只鸽子一样，
挑在矛尖上用力甩出去。

当卡拉朵从马背上被长矛挑起，
像毡帽似的扔在地上的时候，
萨尔特巴依又把他从地上拉起，
憎恨地瞪着双眼呵斥：
“起来吧，重新骑上你的马，
我不会让你带着遗憾死去，
假若你还有能耐，
就继续跟我打斗！
假若我不能把你再次挑上矛尖，
一直带到赛依铁克的跟前，
我就不配‘库图尔古尔’的称号！”

卡拉朵是不怕死亡的英雄，
他催动着昌奇克巴斯骏马，
再次发起猛烈的进攻。
其实萨尔特巴依有致命弱点，
全身关节死死连贯。
前后左右冲刺的时候，
身体不能灵活扭转。
只有和坐骑同时掉头，
才能调整方向戳出矛尖。

卡拉朵发现他的弱点，
如同鹰隼灵活周旋。

进退自若，左右开弓，
抡起战锤砸向头部，
犹如木棍弹打羊毛。
挥舞矛枪刺向软肋，
恨不得将肋骨击碎。

两个英雄激烈搏斗，
天黑才撤回各自的营帐，
萨尔特巴依怒火难平，
连口饭都不吃就倒在被窝上。

卡拉朵撤回营地，
对托阔依言讲：
“我是卡拉朵，你是托阔依，
往下的事要好好商量。
你在这里已经看到，
我已经竭尽全力，
未能将萨尔特巴依打倒。
你的坐骑是凯尔捷克骏马，
你最了解它的秉性，
你要立刻跨马上路，
马不停蹄地前往塔拉斯，
向青鬃狼赛依铁克英雄，
禀报这里发生的事情。

“告诉他玛德库勒之子萨尔特巴依，
已经来到江居尔别斯。
他策划阴谋蓄谋已久，
最终要占领塔拉斯。
假若这个野心的狂徒的阴谋得逞，
必将使柯尔克孜人四分五裂。

“就说库吐巴依之子卡拉朵，
与他拼命厮杀搏斗，
使出浑身解数和能耐，
都未能把狂徒打倒。
就说狂徒的身躯如同坚硬的岩石，

利剑砍不动，矛枪戳不进，
战斧劈不开，战锤的重量也对他无奈。

“我已摸透了他坐骑的习性，
假若他进入丘陵地带，
我还要奋不顾身与他对刺，
用枪弹阻挡他的去路，
想方设法把他拖住。

“你已看到敌人催动骏马，
迫不及待地向前奔跑。
假若在这里让他们通过，
强敌就会长驱直入塔拉斯，
对悠闲自在的百姓，
对位居上席的长者，
对漫山遍野的牲畜，
制造深重的灾难。

“我所说的这些话，
你一定要向赛依铁克禀告。
我的托阔依，你可知道，
你要走过滴水难求的沙漠，
你要涉过难辨方向的湖泊，
你要翻越累死骏马的达坂，
你要穿过无路可寻的密林，
你要火速传送消息，
八天以内返回此地。”
卡拉朵送走了托阔依，
为坚持八天周密准备。

托阔依接受卡拉朵的指令，
骑上凯尔捷克骏马出发。
夜不睡眠，日不停歇，
第五天赶到坎阔勒阿塔。

托阔依走进城里，
先向古里巧绕报告。

因为赛依铁克出门在外，
带着古丽娜尔去了乌茹姆。
古里巧绕领着托阔依，
来到了赛麦台依的住处。

托阔依将卡拉朵的话，
一字不漏，详细禀告。
萨尔特巴依凶猛的情形，
也毫不隐瞒地说道。
没有故弄玄虚，没有恶意贬低，
说出的军情真实可靠。

这时赛麦台依这样开言：
“库吐巴依之子卡拉朵，
是一心为民的英雄。
他不仅勇猛善战，
他的想法也充满智慧，
他的建议十分周全。

“萨尔特巴依若到此地，
会祸害我们的百姓，
会毁灭我们的家园。

“古里巧绕，我们要跃马出征，
去消灭入侵的强盗。”
古里巧绕微笑着说道：
“大哥啊，请你在家休养，
让我前往那里迎战。
过十天，赛依铁克就会回返，
到那时若我不能凯旋，
请派赛依铁克前去支援。”

赛麦台依不同意他的意见：
“我亲爱的古里巧绕，
知道敌人的兵马压境，
我怎能安心休养？
那样辜负了柯尔克孜的食盐，

我怎能时来运转?
那样会受到父亲在天之灵的惩罚,
我怎能立身在人间?"

大哥赛麦台依不肯留下,
稳健地跨上布茹勒骏马,
魁伟的身躯像奥波勒大山,
手中紧握着长长的色尔矛枪,
身披着阿克奥勒波克战袍,
背挎着阿克凯勒铁神枪,
腰挂着阿其阿勒巴尔斯宝剑,
携带着锋利的月牙战斧,
腰系着铁制的腰带,
他面色冷酷,心中充满愤恨:

"该死的萨尔特巴依,
竟然步空吾尔巴依的后尘,
指挥兵马把塔拉斯进犯!
看白毡帽的柯尔克孜怎么收拾你!"
阿勒曼别特之子古里巧绕,
雄赳赳地跨上苏尔阔勇骏马,
威武雄壮,威风凛凛,
如同巍峨的雪山。
他的胡须根根竖起,
心中的怒气流露在脸上。
他带着苹果头枪和青色宝剑,
他的战斧能把磐石劈成两半。
麻雀眼的网状铁衣,
他里里外外套了三件。
他头戴着青色头盔,
刀鞘和月牙斧挂在左右腰间。
长矛在他手中铮铮发亮,
携带着契丹式红色战鼓,
风吹也会发出"叮咚"的声响。

他胯下的卡勒玛克式金铸马鞍,
用九条肚带固定在马背上。

他身背着金刚杆，
紧跟着赛麦台依踏上征程。
塔依布茹勒骏马和苏尔骏马，
并驾齐驱向前奔腾。

马鬃飘扬，马尾甩动，
机警的眼睛特别明亮。
嘴咬着嚼子“咯咯”直响，
马蹄踏出一个个深沟，
尘土随着蹄声飞扬。

两位英雄心急如焚，
快马加鞭马不停蹄，
毫不吝惜坐骑的力气。
没有给骏马喂夜草，
自己也没有吃饭睡觉，
一路狂奔不知疲劳。
第三天来到江居尔别斯的边缘，
卡拉朵和萨尔特巴依交战的地点。

两位雄狮翻过绿色山脊，
绕过山嘴来到战场，
只见可敬的英雄卡拉朵，
带着伤东奔西跑，
两片衣襟随风飘摇，
身上的铠甲支离破碎，
好像挂在身上的破布条。

好样的英雄沿着山脚，
一会儿在这里拉弓射箭，
一会儿在那里点火打枪，
巧施计谋，与强盗周旋。
赛麦台依的到来，
萨尔特巴依没有发现，
还是卡拉朵首先看见，
心想“现在死了也没有遗憾”。
他突然掉转马头，

奔向赛麦台依和古里巧绕。

萨尔特巴依见此情形，
以为卡拉朵凭坐骑跑得快，
顺着山间小路逃窜。
他催动套苏尔马急起直追，
“我一定把这个奴隶抓获，
反剪双臂，五花大绑，
去见他的靠山赛依铁克。”
萨尔特巴依一路追踪，
也绕进了那个山嘴。
萨尔特巴依朝前一看，
只见刚才单枪匹马的卡拉朵，
转眼间变成三个大汉。
“孤身逃跑的卡拉朵，
即便变成三个人，
我也要统统抓捕。”
自命不凡的萨尔特巴依，
气势汹汹地追杀过去。

萨尔特巴依逞凶塔拉斯

英雄古里巧绕紧握矛枪，
威风凛凛地站在阵前。
从前有多少英雄，
与英雄古里巧绕突然遭遇，
个个惊慌失措，心惊胆战。
唯独这个萨尔特巴依，
胆大包天，无畏无惧，
没有把英雄古里巧绕放在眼里。

萨尔特巴依来势凶猛怒气冲冲，
拉住灰色坐骑的缰绳，
向古里巧绕厉声讯问：
“你是什么人？从哪里来？
你跟我有什么关系？
还敢阻挡我的去路！
你若与我作对，
只有死路一条！
快快禀报你的姓名，
否则我会把你打入地狱！”

英雄古里巧绕开言，
理直气壮，义正词严：
“我的名字叫古里巧绕，
我是阿勒曼别特的儿子，
我的部族是柯尔克孜。
我一向为我的人民做事，
谁敢伤害柯尔克孜人，
我会把他送上不归之路！

“站在那里的是赛麦台依，
他是胸襟宽广的玛纳斯的独生子，
他继承了柯尔克孜人民的伟业，
他推翻了如同大山的强敌。
侵犯柯尔克孜的多少强盗，
没有一个安然逃遁。

“你自己是什么人？
你来这里干什么？
临死前留下你的姓名！
否则你死了以后，
像死狗一样无人问津！”

听到古里巧绕的一番话，
该让老天惩罚的萨尔特巴依，
像疯狗一样暴跳，
像猪猡一样尖叫：
“阿勒曼别特的儿子有什么好炫耀，
不就是拴着脖子的奴隶！
你说为柯尔克孜人卖命，
那是你子承父业！
你说站在那边的人是赛麦台依，
谁不知赛麦台依死在野外，
来不及与家人见上一面。
他的儿子赛依铁克，
肯定不敢前来迎战！

“我的爷爷是巴迪阔勒，
你们的玛纳斯杀死了他。
我的父亲是玛德库勒，
赛麦台依又杀死了他，
将我父亲统治下的奴隶，
分派到三个地方苟且偷生。

“让卡拉卡勒帕克人和土库曼人，
占领了恰木比里达坂一带。
让尚卡依人和巴攘人，

自我管理，自由自在。
卡勒恰人、塔吉克人和居尔居特人，
被安排到巴达尚一带。

“我今日到塔拉斯来，
为的是给阿拉什降下灾难。
我要把阿拉什的一半，
分给康阿依和契丹人掌管。
我要把阿拉什的另一半，
分给呼罗珊和西班牙人掌管。
给埃及、巴格达和伊朗人，
多少还要分一点。

“我让柯尔克孜人背井离乡，
抹掉柯尔克孜的名字。
将节迪盖尔和克依巴，
分给阿富汗人统治。
如果我不能说到做到，
我就不能人模人样地活在人间！
如果你敢与我作对，
我会让你走向另一个世界，
你会在阳寿未到提前死亡！”
萨尔特巴依疯狂喊叫，
挥舞着手中矛枪。

古里巧绕艺高人胆大，
怎会把萨尔特巴依的狂叫放在心上，
他用矛枪拦腰一击。
萨尔特巴依的矛柄，
从中间折断成两截。

眼看着自己的长矛被折断，
萨尔特巴依恼羞成怒，
他重新拿起一杆长矛，
更加凶狠地卷土重来。
他的脸色阴森恐怖，
犹如降雨时的天空阴云密布。

古里巧绕和萨尔特巴依，
矛枪猛烈相撞，
毫不畏惧，各不相让。
舞动矛枪攻击，
竭尽全力拼刺，
战袍被戳成窟窿，
拼死拼活搏杀，
脸上划开道道伤痕。

古里巧绕身穿着铁甲，
萨尔特巴依没穿铠甲，
他的身体如同坚硬的石盘。
他们不分白天黑夜，
拼命搏斗整整两天。

萨尔特巴依回到营帐，
穿上双层铁衣，
又凶猛地发起攻击。
古里巧绕怎会退缩，
沉着迎战，勇猛反击。
矛尖与盾牌碰撞，
战斧落到头盔上。

在你死我活的激战中，
英雄们的喊杀声，
在山峦中回绕震荡。

拼杀又持续了两天，
古里巧绕摇摇晃晃，
快要支持不住；
苏尔阔勇骏马也步履错乱，
尾巴摇摆。
从前它长驱六个月的路程，
持续三个月的搏杀从不疲倦。

库吐巴依之子卡拉朵，

见此情形，上前进言：
“亲爱的大伯啊，
不料这来犯之敌如此神勇！
英雄古里巧绕勇猛如虎，
从没有人把他战胜。
但是今天古里巧绕勇士，
连同胯下的神骏，
都已显得筋疲力尽。
大伯啊，你快想办法，
免得那个贱贼，
把英雄古里巧绕打垮。

“我浑身疲乏，四肢无力，
没有办法上战场。
很想精神抖擞，意气风发，
冲上去与那畜生搏斗，
但恨自己没有拼刺的力量。
只有狮子赛依铁克能制服这个顽凶，
可是他不在我们身旁。”

赛麦台依汗仔细琢磨，
觉得卡拉朵说的话一点不假。
古里巧绕已精疲力竭，
不可能继续搏杀，
看到战况到了这种地步，
赛麦台依心急如焚：
“自从我赛麦台依成人，
自从古里巧绕走上战场，
从未见过这样的情形。

“凯奇里的汗王达加勒，
奸诈的奴才空吾尔巴依，
都未能逃出古里巧绕的手掌。
独眼龙玛吉利，
也在古里巧绕的手中毙命。
乌尚的三弟助巴塔依，
穆拉迪勒之子卡拉塔依，

把大象当坐骑的奥荣阔，
统统被古里巧绕灭亡。
黑胡子大力士托勒托依，
联合青阔交制造事端，
被古里巧绕送上西天。
克亚孜使用魔术将生命隐藏，
也被古里巧绕夺取生命。

“没有想到古里巧绕，
今天与萨尔特巴依交锋，
大汗淋淋，十分吃紧。
如果失去了古里巧绕，
柯尔克孜人一事无成！”

赛麦台依思忖着痛下决心，
他扯缰掉转塔依布茹勒，
紧握手中的色尔矛枪，
高呼着玛纳斯的名字，
猛虎般咆哮着冲上战场。
他的冲劲如同严冬的寒风，
他的激情如同酷夏的烈日，
他的威猛如同下山的猛虎，
正面看去如同阿勒普神鸟俯冲猎物。

听到玛纳斯的名字，
萨尔特巴依心中发慌，
看到英雄赛麦台依，
他撇开英雄古里巧绕，
吼声如雷，直冲过来。

萨尔特巴依如同丧夫的寡妇号啕，
气势汹汹，狂奔乱跳。
眼光凶恶，目中无人，
假若与如斯坦木、达斯坦交战，
萨尔特巴依也不会畏缩退让。

萨尔特巴依真像一条发了疯的野狗，

一点都不害怕死亡。
他冲到宽阔的平地，
迎战英雄赛麦台依。

虎胆英雄赛麦台依戳出矛枪，
萨尔特巴依并没有阻挡，
他勇敢地让给赛麦台依两次机会，
任凭矛尖戳在身上。

当赛麦台依第二次戳击的时候，
抵不住矛枪的冲击，
套苏尔骏马一下失蹄，
萨尔特巴依感到绝望，
差一点从马背上滚落在地上。

赛麦台依犹豫不决地停顿一下，
他在心里这样思忖：
“萨尔特巴依显示勇气，
给了我冲刺的机会，
我若不给他同样机会，
有损于我父辈的英名。”
于是赛麦台依鼓足勇气，
给了他冲刺的机会。

这个萨尔特巴依腰身滚圆，
脖子粗壮如同公牛。
“赛麦台依学着我的样子，
给了我冲刺的轮次。
我要猛刺一枪，
定要把赛麦台依杀死。”

萨尔特巴依往手掌上啐口唾沫，
集中了全身的力气，
他挥鞭猛抽坐骑的臀部，
催动套苏尔骏马冲向前冲锋。
萨尔特巴依高呼着玛德库勒的名字，
震耳欲聋的呐喊声，

让黑色大地裂缝，
地下水向外喷涌。

套苏尔骏马硕大的马蹄，
卷起尘土，弥漫天空。
萨尔特巴依凭借套苏尔骏马的冲劲，
气势汹汹地冲上来，
朝着赛麦台依小肚上方，
瞅准肝脏部位，
狠狠地戳出矛枪。

康阔尔之子赛麦台依，
不露声色，岿然不动。
有玛纳斯在天之灵护佑，
赛麦台依魁伟的体魄，
胜过奥波勒大山。

萨尔特巴依的戳来的长矛，
被赛麦台依的身体弹回去，
飞出萨尔特巴依的手掌。
折断成三十七截，
不要说长矛的木柄，
连矛尖也折断成六截。
萨尔特巴依胯下的套苏尔骏马，
急速转身，向前跳跃。

这时发生了全世界罕见的事情，
萨尔特巴依举起战锤，
朝着赛麦台依的头猛地砸下去，
火星四溅，弥漫战场，
尘烟升腾，遮住太阳。
这个该诅咒的家伙，瞪圆双目，
等待着尘烟散开。

不料赛麦台依冲出尘雾，
驱动着神骏猛扑过来，
瞄准措手不及的畜生的肩胛，

狠狠地刺了一枪。
那畜生的双脚离开马镫，
屁股从马鞍上倾斜，
差一点滚落马背。
他迅速调整状态，聚集力量，
这个家伙“库图尔古尔”的绰号，
真是当之无愧，名不虚传。

赛麦台依本来就是英雄，
可惜到了五十岁的下坡年龄，
他的腰杆已经向前弯曲。

“我正是三十五岁的年华，
我的勇猛肯定超过他，
赛麦台依身边那个古里巧绕，
真是一个智勇双全的英雄。
他英勇善战，武艺高强，
敢于应战，斗志昂扬。

“他的肩胛软骨修复以后，
本应用三年时间保养。
但他迫不及待上战场，
他的软骨吃紧，使不上劲，
这就是他美中不足的地方。

“我已摸透了这两人的情况，
我要用长矛连续攻击，
叫他俩和卡拉朵一起灭亡。”

萨尔特巴依如此思量，
变得更加猖狂。
天色已接近黄昏，
但他们谁也没有收兵息战的愿望。

一个回合接着一个回合，
他们踩踏的地方，
出现了条条裂缝。

赛麦台依和萨尔特巴依，
塔依布茹勒和套苏尔马，
大汗淋漓，汗流成河。

太阳躲藏到山的背后，
这时候他们分手，
各自返回营帐。
这一夜谁也没有安眠，
痛苦呻吟，通宵达旦。

等到第二天天亮，
太阳升起，四射光芒，
只见那萨尔特巴依，
气势和昨日一样。

看着这个家伙的身影，
卡拉朵这样言讲：
“汗赛麦台依，英雄古里斯，
看今天这个架势，
萨尔特巴依会给我们降下灾难！

“我们好像筋疲力尽，
没有足够的力气把他打倒。
昨夜我们都没有睡觉，
浑身疼痛呻吟通宵。
我们的勇将赛依铁克，
还没有从坎阔勒赶到。

“我们每个人单独应战，
如果打不过他怎么办？
如果你们觉得有道理，
我提议向塔拉斯转移。
有个谚语叫作‘打仗靠家园’，
我们要依靠全体民众的力量抗击。”

不等赛麦台依开口表态，
不等古里巧绕把意见表明，

对面的萨尔特巴依叫喊着，
向手下的兵马和首领下达命令：
“我立刻将那三个人，
一个一个地击垮！
你们一个不留全体上马，
放纵缰绳，不要列队，
向着塔拉斯进发！

“你们把三个人团团围住，
夹在兵马的中间，
将绳索套在他们的脖子上，
像牵着猎犬一样带到塔拉斯！”
萨尔特巴依的叫喊声震耳欲聋，
震得周围的石山裂缝。
七万多个兵卒全部上阵。

看到这个家伙的气势，
看到他策划的行动，
看到他浩荡的威风，
古里巧绕这样说道：
“我们不要仓皇逃跑，
不要让我们的衣襟迎风飘摇，
不要在马肚上摇晃腿脚。
也不要逞强好胜，
更不要乱杀无辜。
我们一边阻击，一边寻机，
谨慎地向后撤退，
想办法组织反击，
卡拉朵的话有道理，
我们要返回塔拉斯御敌。

“既然这样，古里巧绕，
还有什么必要阻拦？
我们不要回头拼刺，
不必浴血奋战。
我们要分头上路，
回到坎阔勒的百姓中间。

高举战旗，组织队伍，
与来犯之敌对阵交战。”
赛麦台依大伯提出建议，
询问两位英雄有何意见。

这时古里斯提出不同意见：
“亲爱的大哥，不能那样，
假若我们一路逃窜，
这些铺天盖地的兵马，
毫无阻拦地向塔拉斯进犯，
他们会将百姓抢劫一空，
他们会将你的腰杆折成两半！

“我们要在五六处拦路阻击，
不让他们翻越达坂。
要抓住有利战机，
果断出击，血染利剑。
同时向我们的民众报信，
让他们做好充分准备。

“如果我们不被敌人杀死，
或者我们不把敌人消灭，
反而慌慌张张地逃在前面，
敌人扬扬得意地追在后面，
戴白毡帽的柯尔克孜人，
就会遭到空前的劫难！”

赛麦台依和卡拉朵，
认为古里巧绕的话很有见地，
同意按他的主意行事。
就在这个关键时刻，
七万多兵马的队伍，
犹如洪水汹涌而来。
古里巧绕端起苹果头枪，
当头射出散弹。
狂奔乱跳的兵马，
一下收住了汹涌冲锋的脚步。

古里巧绕的那一发散弹，
杀死杀伤了约三百个敌兵。
众多的兵马不敢轻易盲动，
分成了许多小分队分头行动。

赛麦台依和卡拉朵，
一会儿用矛枪拦击，
一会儿冲入敌群，
挥舞马刀左砍右劈；
一会儿占据山腰，
向敌群猛烈射击。
多少个勇猛凶残的敌将，
被他俩打倒在地。

冲在队伍前面的敌兵，
被阿勒曼别特之子古里巧绕，
用利箭射死。
英雄们拼死与敌周旋，
顽强地拖延了十五天。
英雄们与入侵者迂回绕圈儿，
诱敌翻越卡普卡山脊，
来到萨尔阔迪平原。

这时赛依铁克闻讯赶来，
在山脚平原准备打仗。
阿依阔勒玛纳斯留下的战旗，
红底金穗在营前飘扬。
萨尔特巴依来到萨尔阔迪平原，
安营扎寨休息调整。

五英雄大战萨尔特巴依

两军对峙了三天时间，
巴卡依大伯、赛麦台依，
雄狮古里巧绕和赛依铁克，
还有库吐巴依之子卡拉朵，
跨马来到阵前。
他们五人站在旌旗下面，
准备与强敌对阵拼杀。

卡拉朵自告奋勇，
策马冲出队伍应战，
卡拉朵和萨尔特巴依，
互不相让，激烈拼刺，
搏斗了两个白天一个夜晚。
卡拉朵的一只胳膊，
让那凶悍的畜生砍断。

赛依铁克怎么会袖手旁观，
他手持带穗的长矛参战。
他挥舞长矛如同蛟龙出海，
长矛的威力让大地震撼。
赛依铁克纵缰策马，
阔依库荣骏马向前奔腾。
雄狮的独苗赛依铁克少年英雄，
不把萨尔特巴依放在眼中。

萨尔特巴依心中思量，
自以为他比赛依铁克强壮。
他气势汹汹，吼声如雷，
催动套苏尔马横冲直撞。

萨尔特巴依挺枪向英雄刺来，
赛依铁克挡回了戳来的矛枪。
擦身而过，掉转马头，
让骏马之首阔依库荣，
咬紧嚼子，飞速追上。
瞄准萨尔特巴依的臀部，
顺势刺出一枪。
萨尔特巴依滚落马背，
在赛依铁克来不及回头的时间，
急忙翻身跨上马鞍。

两人僵持，难舍难分，
矛枪对刺，叮当相撞，
战斧相劈，噼啪作响。
英雄们的呐喊声在空中回荡，
“嗒嗒”的马蹄声使大地摇晃，
踩踏之处塌陷裂缝，
滚滚尘烟，弥漫天空。

他们较量了整整三天，
脚下的平地踩出无数深坑。
这时阿勒曼别特之子古里巧绕，
策马来到他们跟前：
“雄狮赛依铁克和萨尔特巴依，
你们不知疲劳不知厌倦，
已经在这里打了三天。
我们观战的人有个建议，
假若你们俩同意，
请你们脱离战场，
各自返回营地休息一晚。
养精蓄锐要吃饭，也要放松方便，
白天再来继续交战。”

听了古里巧绕的建议，
赛依铁克和萨尔特巴依，
也觉得合适。

于是各回各的营地，
将马头吊起来调养休息。

第二天早晨英雄跨马走向战场，
又开始新一轮大战。
两位英雄奋不顾身，
好像要将可怜的生命，
系在一根细细的毛线上。

多少把战刀折断，
闪光的残片飞落在地上。
多少杆长矛折断，
一截截矛杆散落在马蹄下。

多少把战斧斧头劈裂，
拼杀达到了白热化。
英雄们从早打到夜晚，
入夜各自回到自己的营帐。

古里巧绕急不可耐，
第二天跨上骏马上战场。
见到古里巧绕上来，
萨尔特巴依准备较量。

这个心狠手辣的家伙，
身披着黄色斗篷，
这是他自恃战无不胜的象征。
每当他披着黄色斗篷出场，
交战的对手无一幸免，
一经交手统统被他战败，
尸骨在地底下腐烂。

萨尔特巴依今天披着黄色斗篷迎风飘扬，
腰系着黑色腰带，
手戴着红色护腕，
胯下的灰色战马躁动不安。
他向套苏尔骏马的大腿，

狠狠地抽了一鞭，
他的吼叫声如同青色公牛，
他的气焰如同夺命的死神。

他将衣袖卷到胳膊肘，
好像要把手伸进皮囊捞黄油。
他的坐骑套苏尔骏马，
跑出流线型的花步。
身后卷起的尘烟，
犹如晨雾翻滚上扬。
马蹄踏得大地震颤，
看到的人都胆战心惊，
众多的将士认为，
古里巧绕没有生还的希望。

古里巧绕容光如同明媚的阳光，
他的语言如同香甜的蜜糖；
他在人世间独一无二，
他身后不会再出现这样的好汉。
他直言不讳，主持公道，
他一表人才，相貌出众。
面对凶神恶煞的萨尔特巴依，
不知道等待他的是什么样的命运！
将帅们焦虑不安为他提心吊胆。

萨尔特巴依与古里巧绕交手，
不让他伸出长矛，
也不容他抵挡刀枪，
出其不意地击中了他的腰旁。

英雄古里巧绕的三层铁制护胸，
还有一层雀眼网状铁衣，
抵不住这猛烈的打击，
断裂成碎片飞散，
苏尔阔勇骏马被震得摇摇晃晃，
差一点摔倒在地上。

英雄古里巧绕腰部鲜血喷出，
赛麦台依见此急速赶到。
让阿勒曼别特之子古里巧绕，
脱离战场安全转移。

赛麦台依将古里巧绕的坐骑牵出战场，
把布茹勒骏马掉转马头。
心情悲壮，脸色阴沉：
“当年我击败他的父亲，
今天我要让他败得更惨，
我要高呼着‘玛纳斯’的口号，
全神贯注发起攻击，
令他心惊胆战，魂飞魄散。”
强悍敏捷的猎豹赛麦台依，
向凶悍的强敌发起猛烈的冲击。

愣头愣脑的萨尔特巴依，
手持带刃的长矛，
骑着套苏尔骏马，神气十足。
因为未能杀死古里巧绕，
他感到非常恼火。
这家伙愤怒的脸上，
好像出了麻疹一样，
出现了青红相间的疙瘩和深窝。

他飞速冲向赛麦台依，
就像以往无数次战斗一样。
他狠狠地戳出长矛，
想把赛麦台依击中。

武艺高强的赛麦台依，
迅速灵活地俯下身子，
向侧倾斜，贴紧马肚。
库图尔古尔没有击中，
扑空的人马跑出很远。

趁库图尔古尔来不及掉头，

英雄赛麦台依快速调整马头。
对着奥波勒山般的大畜生，
瞄准肾脏刺出矛枪。
锋利无比的色尔矛枪，
刺得萨尔特巴依腰部皮开肉绽，
鲜血哗哗涌出。

这个畜生回头转身，
对赛麦台依这样言讲：
“你是赛麦台依，我是萨尔特巴依，
让我们俩平等谈判吧！
我今年到了三十五岁的年龄，
从前我没有被矛尖击伤，
从来没有流过一滴血。
自从我被誉为‘库图尔古尔’，
从来没有穿戴过铁制盔甲。

“在江居尔别斯的荒野，
古里巧绕逼得我头一次把铁衣穿上，
今天是你赛麦台依，
戳得我腰部鲜血流淌。

“如果你不觉得我害怕，
就让我返回营帐。
容许我休养两天，
然后再上这个战场，
将灾难降临在你的头上！
只要我不死，还活着，
我定能让你也尝一尝战败的痛苦！”

听到萨尔特巴依的建议，
深谋远虑的猛虎赛麦台依在想：
“如果我不同意，
会被天下人耻笑，
这个畜生就会说我没有胆量。”

赛麦台依答应了他的条件，

萨尔特巴依撤回自己的营帐。
赛麦台依也返回自己的大营。

刚刚过了两天，
萨尔特巴依果然在阵前叫嚣，
赛麦台依跨上骏马，
威风凛凛地催动塔依布茹勒，
接受狂徒的挑战。

萨尔特巴依气焰嚣张，
所说的话更加狂妄：
“我已伤口愈合，充满力量，
赛麦台依，你今天必定灭亡。
把你的大伯大叔堂兄堂弟，
舅父表兄表弟和外甥全部叫来，
把你的草原和城郭的百姓，
一个不剩全部叫来，
我一个人就能将他们杀光！”

他驱使套苏尔骏马猛扑过来，
手中挥舞着战锤，
朝着赛麦台依的头顶，
狠狠地砸下一锤。

赛麦台依手中的月牙斧，
如同门板大小。
斧头和斧柄连为一体，
全部用纯铁钝钢锻造。

当战锤在空中落下之前，
赛麦台依的月牙斧往上一举，
毡房般大的铁锤，
遭到沉重的回击，
闪电般弹飞脱手，
重重地落在萨尔特巴依兵马中间，
来不及躲闪的士兵，
被压死在铁锤下面有四五十人。

保卫家乡的赛麦台依，
这一智慧加力量的有效回击，
让那气焰嚣张的萨尔特巴依，
晕头转向，措手不及。

举世无双的英雄赛麦台依，
脚踏着鞍镫站立起身体，
对准萨尔特巴依的头顶，
抡起战斧猛力一劈。

这个该让老天诅咒的家伙，
身体如同生铁铸造，
战斧落在头顶，
满不在乎，毫不动摇。
把青鬃狼赛麦台依，
视作自己的裤脚。

赛麦台依是个敏捷的勇士，
他不给对方睁眼的机会，
一口气连砍了十二斧。
萨尔特巴依胯下的套苏尔马，
承受不了这样沉重的打击，
四条腿深深地陷进了黑色的土地。

萨尔特巴依心中思忖，
忍让赛麦台依连续打击，
挨打的处境，十分被动。
萨尔特巴依目不转睛地寻找着攻击的目标，
当赛麦台依再次砍劈的时候，
向赛麦台依的胳膊肘猛力回击，
英雄的胳膊肘一下折断。

赛依铁克和卡拉朵，
争先恐后急忙赶来，
卡拉朵牵着赛麦台依的坐骑，
撤出战场返回营寨。

萨尔特巴依对赛依铁克，
又提出了这样的建议：
“噢依，赛依铁克啊，赛依铁克，
你们是三个人，而我是一个人，
我单枪匹马对付你们三个人。
你记住，我是萨尔特巴依，
我从不害怕任何人！
你今天还是返回你的营地，
我们明天再来比试高低。”

萨尔特巴依说完，
未等英雄赛依铁克回答，
便向胯下的马腿肚猛抽一鞭，
头也不回地扬长而去。
赛依铁克并没有与他纠缠，
严守着公平交战的规则。

时间又过了两天，
萨尔特巴依下达命令，
让全体人马出阵迎战：
“我要给戴白毡帽的柯尔克孜人，
降临末日的灾难！
谁敢与我对抗，
我就砍他的头，
挖他的心肝！
我的爷爷和父亲被柯尔克孜人杀死，
我要为他们报仇雪恨！

“如果我不能讨还血债，
我萨尔特巴依怎样活在世上？！
当我用矛枪杀死赛依铁克，
当我在宫中活捉断了胳膊的赛麦台依，
当我给古里巧绕剖腹开膛的时候，
你们要趁机洗劫他们的村庄！

“赛麦台依、古里巧绕、赛依铁克，

三个人被杀死以后，
没有人为柯尔克孜人讨还血债，
连尸体都不敢掩埋！
只要我萨尔特巴依还活着，
我的誓言一定要兑现，
到那时我死而无憾！
到那时再没有人敢向我瞪眼，
到那时更没有人敢与我交战！”

萨尔特巴依疯狂叫嚣，
气势汹汹，丧心病狂。
他手下的兵马，
惧怕英雄赛依铁克，
虽然是火热的夏天，
可是许多人直打哆嗦，
好像在寒冬腊月一样。
萨尔特巴依掉转套苏尔马头，
来到战场中间站立。

赛依铁克威风凛凛目光炯炯，
策动阔依库荣马向前应战。
高昂起苹果状高贵的头，
勇敢面对死亡的挑战。
赛依铁克挥枪出击，
与萨尔特巴依展开激战。

他们拼刺搏杀两天，
没有了手中的长矛，
没有了砍头的战斧，
没有了出鞘的战刀。
人世间没有见过，
这样残酷又惊心动魄的搏杀。

广袤的柯尔克孜大地，
燃烧着熊熊战火。

英雄们手中的战锤早被砸碎，

英雄们没有了抡锤的力气。
那时候打仗的英雄，
一点不夸张，就这么神奇。

他们扬鞭策马，你追我赶，
横马挡住对手的去路。
使劲撕扯对手的衣襟，
穿过鞍镫皮带下面，
紧紧缠绕在鞍头，
脚蹬鞍顶拼死拽拉，
骏马吃劲，踉踉跄跄。

马背上的英雄口渴嗓干，喘着粗气，
把舌头伸得足有一拃长。
扬鞭抽打战马的大腿，
沿着山脚你劈我挡，你砍我杀，
遇到上坡争先抢夺制高点，
马上角力，难解难分，
想用力量把对方拽拉过来，
横放在鞍前带走，
谁都未能把对方拉下马背。

战斗又持续了两天，
英雄们把骏马吊起来徒手格斗，
紧紧扣住对方的腰带，
弯腰抓住对方的衣摆，
使出力气向后拖拽。
一个猛推强拉，企图摔倒，
一个拼命顶住，尽力挣脱，
草地踩踏成深沟，
土丘踩踏成平地，
迎风飘荡的草滩，
踩踏成一片荒地。
就这样又僵持了两天，
六个白天，六个黑夜，
残酷的战斗一刻也没有停。

此时萨尔特巴依对赛依铁克，
说出了这样的话：
“我是萨尔特巴依，
你是赛依铁克，
你和我势均力敌，
你真是人间雄狮，赛依铁克！
我见过很多勇士，
但未见过像你这样的英雄，
你是人世间出类拔萃的猛狮，赛依铁克！
你是超过你父亲的英雄，赛依铁克！

“当年我索要塔依托茹马，
你没有答应我，
因为你相信自己的力量。
至今还没有人像你这样，
力量相等地与我较量。
当然也没有人像我这样，
与赛麦台依和古里巧绕打仗。

“当年空吾尔巴依进犯塔拉斯，
一心想报仇雪恨，
结果被打得落花流水，
丢盔弃甲，狼狈逃窜。

“古里巧绕在你这个年龄，
赛麦台依在我这个年龄，
哪个人敢与他们拼杀！
如今我看他们的情况，
一个超过了五十岁，
一个超过了四十五岁，
当年像水獭毛一样乌黑的头发，
如今变得白发苍苍。

“我俩的战马已疲劳不堪，
我们也一样感到疲倦。
从明日计算休战九天。
给骏马解除疲劳，

让我们养精蓄锐，
九天以后再来交手，
看看谁时来运转。”

萨尔特巴依的提议，
雄狮赛依铁克表示同意，
两人分手走回大营。
萨尔特巴依并没有返回营地，
他直奔萨日阿尔图的山坡，
将套苏尔骏马的头吊起来，
前腿上了脚镣，后腿上了绊马索。
从马背上卸下鞍鞯，
把鞍垫当作被褥，
把蒙兀尔式的马鞍当作枕头，
向随身的卫队长严厉吩咐：

“给我准备饭，
但不要叫醒我，
我会自己醒来吃饭，
套苏尔骏马你们不要喂料，
我睡醒后亲自喂马吃料。”

让我们暂时放下这一段，
开始讲库娅勒怎样杀死萨尔特巴依。

库娅勒姑娘战胜萨尔特巴依

阿依曲莱克请来仙女库娅勒助战

阿依曲莱克在前线待了半天，
只见独苗赛依铁克躺在被窝，
翻来覆去，痛苦呻吟，
一直不能平静入眠。

阿依曲莱克见此情形，
心想得找一个人来帮忙：
“卡依普当的女儿库娅勒，
八岁时我见过一面，
如今已长成十八岁的大姑娘。
还没有人能把她拉下马背，
她也是一位巾帼英雄。”

阿依曲莱克向赛麦台依和古里巧绕，
提出了克敌良策。
但未向他们透露，
请来仙女库娅勒助战的心计。
“卡拉朵留在这里，
不知道节迪盖尔的情况怎么样？
交达尔别西木孤立无援，
不知道喀什噶尔、叶尔羌、和阗，
罗布泊的情况怎么样？

“乌茹姆的奥鲁斯汗，
与柯尔克孜同根同源，
还和我们结下姻缘。
他现在年老体弱，
不知道乌茹姆的情况怎么样？

"森奇别克病魔缠身卧床不起，
不知道安集延、浩罕、塔什干，
撒马尔罕、纳曼干的情况怎么样？
不知道巴达克、巴勒克，
土库曼的柯尔克孜人情况怎么样？

"叶尼塞是我们祖先的故乡，
不知道那里的柯尔克孜人情况怎么样？

"玉曲卡尔克拉、阿拉木图，
伊犁、特克斯、巩乃斯，
阿尔泰、确依确克、阿拉里套，
巴里坤、别失巴勒克，
吐鲁番、哈密的柯尔克孜人，
谁知道日子过得怎么样？

"康阿依的首领是江格尔，
还不知道他想搞什么名堂？

"赛麦台依，请你回答，
我该不该到各地看望？"

阿依曲莱克提出问题，
赛麦台依还未回应，
古里巧绕首先开言：
"我现在以汗王的身份做出决定，
因为大哥在卡依普奇的大山，
交给我汗王的权柄。
我双手赞成你去各地看望。
看看那些宁静生活的民众，
是否有人破坏他们欢乐的生活？

"尊敬的嫂子，你的话语充满智慧，
请你给我们带回好消息，
假若你力量所及，
请为我们寻找解难之计。"

得到汗王的应允，
阿依曲莱克将天鹅羽衣披上。
她展翅腾空，
离开了塔拉斯，
一直朝着落日的方向，
不遗余力急速飞翔。

她看到了乌茹姆的人们，
看到了叶尼塞的各个地方。
她与风云周旋，
沿着阿拉套翱翔，
到了阿尔泰草原，
飞越了天池上空，
经过巴里坤、哈密和吐鲁番。

在别失巴勒克和玛纳斯城上空盘旋，
直指吉勒德孜方向。
又在喀什噶尔上空盘旋，
翻越到了安集延，
连续飞过塔什干、巴勒克，
还有那巴达克。
她看到的地方和平安宁，
知道那里的百姓生活安详。

阿依曲莱克舒心地离开，
飞临库娅勒的城中，
打听到库娅勒出猎的消息，
朝着江居尔别斯的红色沙漠飞翔。

沙漠边缘是辽阔茂密的森林，
那里是野生动物的家园。
库娅勒带着七万兵马来到这里，
把野生动物的生活搅乱。

她猎获了狮子和老虎，
猎获了脖子弯曲的野骆驼，
猎获了灰色的狼和豺，

每天猎获很多野生动物，
尽情享受狩猎的乐趣。

库娅勒到十二岁的年龄，
开始走上称雄的道路。
她从不侵犯别人，
但对于来犯之敌，
她毫不客气，打翻在地。

萨尔特巴依曾经来过一次，
可没有什么让人高兴的话语，
好像是来试探虚实。
不久前，这个萨尔特巴依，
又派人转告他的原话：
“我就要出门远征，
等到我胜利归来，
我一定娶你为妻，
你要做好充分的准备。

“如果你把我当外人拒之门外，
我就要洗劫你的城郭，
把你作为战利品。
你要深思熟虑，
考虑好事情的后果。”

库娅勒听到这些话，
顿时气愤填膺，怒不可遏：
“如果他胆敢进犯，
我就要和他单独较量。
如果我的寿数已尽，
我宁愿接受死亡。
如果我的死期不到，
我将西方的四十个城市，
从他的统治下彻底解放。

“这个不仁不义的家伙，
出生时起了萨尔特巴依的名字，

他把锋芒指向西部，
使那里的百姓家破人亡。
他同时进犯南方，
将反抗的民众全部杀光。
这样做他还嫌不够，
竟然把魔爪伸向我的辖地。
更令人恶心的是，
他竟敢打我的主意！

“他原来的名字被人遗忘，
库图尔古尔的名字臭名昭著。
他的猖狂竟然使他捞到好处，
我要把他的猖狂和他捞到的好处，
加在一起清算，
把他的人皮剥下来，
晾晒在石板上做成坐垫。
我要在他必经之路等待，
顺便狩猎消磨时间。”
库娅勒心里这样思忖着，
为了消灭库图尔古尔，
率兵来到这沙漠荒原。

这个沙漠并不一般，
没有道路，人迹罕见。
东面与马秦的城市相连，
一直向西伸延。
死气沉沉的沙漠，
发热时使人的脑浆沸腾。

就在这个沙漠的边缘，
库娅勒驻扎了大队兵马，
只带着七十名勇士，
将出没的猎物射杀。

他们猎获了近百头狮子，
狩猎了八十只老虎，
射倒了许多奔跑的鸵鸟，

到了下午踏上了返回的路。

阿依曲莱克将一切看在眼里，
装扮成库娅勒八岁时见过的模样，
愁眉苦脸地站在路边等待。

库娅勒的坐骑是捷里捷提别斯骏马，
她一个人走在队伍最前边，
她的帽子上镶嵌着宝石，
映着落日的余晖，格外耀眼。
库娅勒迎面与曲莱克相遇，
看着有些面善，
好像在什么地方见过，
便主动屈身向她问安。

“啊，我的朋友，你可平安，
你大概已经忘记，没有想到，
你的朋友曲莱克前来相见。
想当年参加巴依塔坦的婚礼，
那时你还是八岁的小姑娘，
我的年龄比你大好多岁，
我俩一见如故，
结成了忘年之交。
从那次分别以后，
一直没有机会见面。

“如今你已成为无敌的英雄，
你是否把我这个老朋友惦念？
我正在大难临头，
我无力挣脱这样的灾难。

“我的家乡坎阔勒，
正在遭受萨尔特巴依的侵犯，
他的兵马不少，足有七万。
赛麦台依和古里巧绕，
库吐巴依之子卡拉朵，
他们都是盖世英雄，

都未能把他战胜。
赛依铁克与他对阵，
不分昼夜，打了十二天。

“不甘心失败的萨尔特巴依，
提出休战九天。
他来到一个山冈，
把疲劳的战马吊起来。
自己一头倒下呼呼入眠。
为了战胜这个恶魔，
我请求你前往支援。”

听阿依曲莱克说明来意，
得知萨尔特巴依的消息，
库娅勒这样寻思：
“库图尔古尔进犯塔拉斯，
追讨其父亲的人命。
他报复玛纳斯的子孙以后，
必定来向我挑衅。

“当年我八岁的年龄，
阿依曲莱克就与我结拜为友。
她这次大难临头，
若不是战事吃紧，
她不会专程来请我出手。
如果我不答应去塔拉斯，
怎能对得起结拜的老朋友？！”

库娅勒寻思片刻，
对阿依曲莱克爽快地答复：
“那个凶狠毒辣的萨尔特巴依，
口出狂言，痴心妄想，
曾派人来威胁到我的头上。
我早就做好准备，
要在这里与他较量。
如果我就这么去塔拉斯，
会不会给他留下口实。

说我害怕他的到来，
躲避到塔拉斯。

“让我们先回到营地，
今夜请你在那里做客，
明天我们从那里起程。
我不知道要走几天的路，
才能到达塔拉斯城？”

这时阿依曲莱克插话：
“我现在没有那个心思，
安闲地做客吃饭。
我心急如焚，忐忑不安，
不知道会发生什么样的事变。
你若答应前往支援，
请你挑选精兵强将，
立马起程，刻不容缓。

“你的坐骑捷里捷提别斯，
日夜兼程，马不停蹄，
十五天左右可抵达目的地。

“其他兵马不可能像你一样，
不分昼夜，不知疲倦，
他们怎样也要走四十五天。
我的朋友啊，赶快出发，
我们不能在这里耽误时间。”

库娅勒身边的七十名勇士，
本来就经过精心挑选。
不管何时何地，
他们就是她的左臂右膀。
库娅勒对他们十分了解，
点名挑选了其中的十二名。

让其他人返回原地，
把这里的消息告诉父亲。

说萨尔特巴依已进犯塔拉斯，
阿依曲莱克特来请求援兵。
姑娘决定带兵出征，
请父亲安心在家中不要出门，
为女儿祈祷祝愿成功。

她带领十二名勇士，
扬鞭策马踏上征程。
阿依曲莱克又披上羽衣，
给他们在空中引路。

她在前面展翅飞翔，
双翅在阳光下闪着银光，
在夜晚的月光下飞行，
也像点燃的蜡烛散发光亮，
她在空中飞出一段，
然后等待马队跟上。
捷里捷提别斯骏马，
快步急驰，紧紧追随。
走了四天四夜的路，
十二名勇士的坐骑，
不能和捷里捷提别斯并驾齐驱，
尾巴下垂耳朵耷拉，
行军速度明显缓慢。

库娅勒姑娘见此情景，
对昔日身经百战的英雄，
今日跟随她而来的勇士，
表达自己的理解和宽容：
“不要累死了你们的坐骑，
走不出这可恶的戈壁，
我不会让你们的坐骑，
给后人留下坏名气。

“勇士们，不要着急，
放慢速度。
捷里捷提别斯的蹄印，

再有一个月也抹不去。
你们中途休息吃饭，
放马喂草，稳步赶路，
只要你们踏着它的足迹，
就能找到前进的道路。”

库娅勒说完话，
给捷里捷提别斯加了一鞭，
捷里捷提别斯自由自在地飞奔。
不愧是出类拔萃的神骏，
阿依曲莱克在天上展翅飞翔，
捷里捷提别斯在地上与她并驾飞驰。

阿依曲莱克来时飞了两天，
与库娅勒行进也有六天。
曲莱克从塔拉斯出发至今，
来回也有了八天时间。

阿依曲莱克领着库娅勒，
经过阿勒玛路的上游，
朝着玛纳斯的陵墓方向行进。
她边走边想：
“怕就怕库娅勒年轻幼稚，
马不停蹄走过陵墓，
就会无意中冒犯，
英雄的在天之灵！”

清澈的溪水潺潺流淌，
盛开的鲜花笑容绽放。
翠绿的垂柳如同美女的秀发，
轻如游丝随风飘扬。
柔和的清风吹拂大地，
散发着醉人的清香。
云雀和百灵鸟处处纵情歌唱，
熟透的红苹果果实累累，
散落到草地上，
漫山遍野的各种果树，

看都看不到边……

库娅勒不知道到了什么地方，
好奇地叫住阿依曲莱克。
阿依曲莱克变成姑娘轻落地上，
库娅勒勒住了马缰：

“啊，我的好朋友，我的姐姐，
在西方和南方，
没有我不去的地方。
我还没有见过，
像这样美丽的地方。
请告诉我塔拉斯还有多远，
我们现在来到了什么地方？

“请你先把我带到陵墓跟前，
我要祭拜胸襟宽广的雄狮，
祭拜他的在天之灵。
我听父亲卡依普当说过，
玛纳斯的陵墓是我们的圣地。
贤知巨人阔绍依，
阿勒曼别特、楚瓦克和英雄色尔哈克，
勇猛的阔克确、穆孜布尔恰克，
口齿伶俐，能言善辩，
无与伦比的阿吉巴依的形象，
栩栩如生地描绘在陵墓内壁。
如果我不到陵墓祭拜，
举起双手祈求保佑，
我的事业就不会顺利。”

听了库娅勒的一番话，
阿依曲莱克露出笑容：
“这就是辽阔的坎阔勒，
不远的地方就是我公公的色尔城，
我怎能不带你去我公公的陵墓。
我担心你到了陵墓会不会祭拜，
担心你到了陵墓跟前策马而过，

你讲过的那些英雄的在天之灵，
就会因你的无礼而产生厌恶。
现在我打消了心中的疑虑，
我这就带你去祭拜陵墓。”

阿依曲莱克在前边带路，
爬上卡拉布拉的山坡，
指向著名的城池和陵墓。
大约走了煮一顿饭的工夫，
从路边看到使人敬仰的陵墓。

可敬可爱的女英雄，
远眺着陵墓跳下坐骑，
弯曲双腿下跪。
深深地弯腰施礼，
禁不住洒下热泪：
“是你使阿拉什人，
摆脱了不可一世的卡勒玛克的统治。
是你让六十个部落的阿拉什，
繁荣强盛，闻名于世。

“自从阿达木下凡，
人类从此生息繁衍，
卡坎秦人从此出现，
在地面上把城郭创建。

“卡坎秦人丁兴旺，
巴克布尔钦是他的帝王。
从波涛汹涌的红海，
到这里的中间地带，
都是秦马秦兵管辖的地方，
是谁的马蹄踏过那个地方？
除了你还有谁占领过那个地方？
除了你还有谁的英名永世传扬？

“阿依曲莱克专程求我支援，
她相信我的力量，

假若没有雄狮你的支持，
我这个可怜的女子就没有多少希望。”

库娅勒口中念念有词，
串串泪珠不停流淌。

她没有很快走到跟前，
在离陵墓一个马驹赛程远的地方，
站立不动地抬头瞻望。

阿依曲莱克更是百感交集：
“公公阿依阔勒英雄，
阿亚什阿塔阿勒曼别特，
望你们的在天之灵保佑！”
她的眼睛也充满泪水，
用乞求的目光瞻仰陵墓。

假若老天愿意安排，
假若老天怜惜谁，
谁的事情就立刻出现转机。

当时天上阴云密布，
好像板着阴森的脸孔。
天空被云雾笼罩，
好像一场暴雨来临。

突然从西边起风，
吹着云雾向东边移动。

阿依阔勒雄狮的色尔矛枪，
瞬间升起在陵墓上空。
见到这神奇的情形，
阿依曲莱克思绪万千：
“我父亲的神奇矛枪，
不是在赛麦台依手中？！
这杆矛枪怎么会跑到陵墓中？”
她感觉到这是种异象，

表明库娅勒只有用色尔矛枪，
才能战胜萨尔特恶魔。
萨尔特巴依必定失败，
库娅勒将永远留下来。

直立的色尔矛枪，
在库娅勒眼前晃动。
好像在向她暗示，
色尔矛枪等待她使用。

那直立的色尔矛枪，
忽然间消失不见，
色尔矛枪直立的地方，
魁伟的赛依铁克出现。

库娅勒和阿依曲莱克，
徒步前行走过陵墓。
库娅勒牵着捷里捷提别斯，
一直步行直到看不见陵墓。

到了可以上马的地方，
库娅勒向阿依曲莱克发问：
“哎，我的好朋友，
刚才手持长矛的年轻人，
大约有二十二岁的年龄，
你知道他是什么人？”

阿依曲莱克这样回答：
“我的好朋友，请你听清，
刚才出现的长矛，
是我公公生前的色尔矛枪。
一直由赛麦台依带在身边，
不知道为什么在此出现。
也许给我们一个启示：
要打败萨尔特巴依，
非用色尔矛枪不可。

“浮现在我们眼前的年轻小伙子，
是你的好朋友——我的眼珠，
是我一生中的独生子，
他的名字叫赛依铁克。”

阿依曲莱克催着库娅勒上马，
朝着卡普卡大山驰骋。
来到玉曲阔绍依的山脚，
进入自己的牧村。
她不敢将库娅勒，
带到赛麦台依那里。
也不敢向赛依铁克，
通报这个消息。

阿依曲莱克背着他们，
悄悄来到古里巧绕跟前：
“我的兄弟，请你听我讲，
我出门时有件事没有和你们商量，
现在我把事情办妥，
给你们请来了仙女库娅勒。

“请你替我去求你的大哥原谅，
赛依铁克那里，
也请你去说明情况。

“库娅勒聪明机智，勇猛过人，
请你安排她与萨尔特巴依对决。
假若她打退了敌人，
假若她不辜负我的期望，
挽留她成为我们的家庭成员，
她还是没有订婚的大姑娘。

“我的兄弟，我之所以告诉你，
因为我心里早就有底。
当我准备飞临各地巡视的时候，
是你让我‘寻找解难之计’。
当时你对我说过的话，

我相信你不会忘记。”

古里巧绕高兴地发出笑声，
露出了洁白如玉的牙齿：
“亲爱的嫂子，我佩服你的聪明，
只是不知道她这位女英雄，
是否祭拜阿依阔勒的在天之灵？”

此时阿依曲莱克这样回答：
“我有意引领她走向岔路，
沿着阿勒玛路爬上高处。
这时她问我怎样去陵墓，
我将她领到圣洁的墓地。

“我并没有让她下马行礼，
她远处看到陵墓，
就恭敬地下马徒步前行。
还有一事让我感动，
她没有直呼我公公的姓名，
称他为阿依阔勒雄狮。
对我的阿亚什阿塔也就是你的父亲，
她也没有直呼姓名，
流着眼泪祭拜他们的英灵，
看来她是一个礼仪周全的贤淑姑娘。

“天上的云雾顿时消散，
我父亲的色尔矛枪，
神奇地直立在白色陵墓门前。
色尔矛枪向库娅勒倾斜了一下，
好像对她点头致意。
接着赛依铁克紧握色尔矛枪，
浮现在我们眼前。
她问我这是什么迹象，
我一一向她讲明。

“我已经把朋友安顿在家里，
怎样接待由我决定。

智慧的古里斯，
看来我说的话你已经心领神会。”

赛依铁克与萨尔特巴依再次交锋

听完阿依曲莱克的话语，
英雄古里巧绕情不自禁，
激动不已，迫不及待，
匆匆来到赛麦台依的门庭。

只见巴卡依大伯、卡妮凯大妈，
和赛麦台依三个人在一起，
古里巧绕赶上前向他们点头施礼。

充满智慧的古里巧绕，
已派卡尔噶勒达依，
把赛依铁克请来大殿，
英雄古里巧绕让赛依铁克，
派卡拉朵把敌情刺探：
“时间过了九天，
已经到了同萨尔特巴依对决的期限。
让卡拉朵去探明情况，
我们要随时了解事态的变化。
如果萨尔特巴依跃马上场，
我们也要跨马应战。”

他们让卡尔噶勒达依传令，
所有将士做好准备原地待命。

卡拉朵接到命令，
心中喜悦地跨马出行：
“我是他们信赖的人，
哪里都有我的事情。”
抑制不住求战心切的心情。

守卫宫廷的小伙子们，
听从差遣东奔西跑。
那些年轻媳妇们，
不言不语，只露出微笑。

她们走到小伙子身边，
转身回头用眼一瞟，
惊奇的小伙子，
用热情的笑容回报。
小媳妇扭动着腰身离去，
故作姿态卖弄风骚。

男女之间挑逗戏谑，
是古人流传的习好。
有的会被拒之门外，
有的会成为知心相好。

人们从各处前来聚集，
英雄古里巧绕把话题挑明：
“英雄阿依阔勒胜过我的父亲，
还有用洁白的乳汁喂养我的母亲；
我有同乳的长兄，
还有情同骨肉的小侄，
更有像阿依曲莱克这样的好嫂嫂。
但愿我没有说错话，
如今的柯尔克孜人，
非常富有，什么也不缺少。

“卡依普当的女儿库娅勒，
专程前来支援。
因为嫂子出巡的时候，
我对她有话在先。
请她想法找到解围之计，
当时大伯巴卡依在场没有阻拦。
只是大哥、母亲和赛依铁克，
你们三个人没有听见。

“交战双方约定的期限已满，
对决日期来临。
气焰嚣张的萨尔特巴依，
非要与我们决个雌雄。

“他把贪婪的目光投向阿拉什，
他用重兵包围封锁，
使我们陷入困境。
如今公然进犯塔拉斯，
他继承空吾尔巴依的遗愿，
企图把布鲁特灭尽。

“萨尔特巴依武艺高强力大无比，
实力雄厚凶狠蛮横，
谁能与他单打独斗？
我们四个人与他拼杀，
也未能戳他翻个跟头。

“假若萨尔特巴依再来挑战，
赛依铁克，你要奋勇出阵，
我估计库娅勒姑娘要争头功，
我们若让女子先出阵，
在柯尔克孜人中就会留下坏名声，
就会让后人把我们讥讽。”
古里巧绕还将阿依曲莱克所说的话，
以及英雄的陵墓所显现的迹象，
全部向大家做了介绍。

就在这个时候，
卡拉朵匆匆把房门跨进，
阿依曲莱克让他坐下，
端来马奶酒给他压惊。

卡拉朵一饮而尽，急忙开口：
“萨尔特巴依营帐的对面，
有一座低矮的山包。

我坐在那里用千里眼观望。
快到中午时分，
萨尔特巴依醒来起床。

“他那套苏尔骏马，
吊拴已有九天时间。
在凉爽的微风中解除疲劳，
抖动着身体，想挣脱羁绊。

“他解开了拴马绳，
卸下了脚镣和绊马索，
然后取下套苏尔的笼头，
放回草地让牲畜吃草。

“捷提木泰的山谷牧草丰盛，
可将众多的牲畜牧放。
套苏尔马在转眼之间，
把那里的牧草吃得精光，
那里变成一片荒地，尘土飞扬。
别说萨尔特巴依狂妄，
他的坐骑也如此疯狂。
面目可憎的十名大力士，
专门把他的坐骑喂养。

“还有许多士兵在野外，
挖了五个大地灶。
地灶上架了五口大锅，
忙碌着把大块肉煮好。
他们将三十盆大块肉，
送到萨尔特巴依跟前。
这个大肚皮的巨人，
手都没有洗一下，
抓起来狼吞虎咽，
一点不剩，全部吃完。

“他们又拉来五个大缸，
不知是肉汤还是什么浆液，

他一口气喝一大缸，
一会儿工夫喝完五大缸。
他好像还不满足，
跑到河边趴着喝水，
喝得下游完全断流。

“他站起来大摇大摆地溜达，
好像孕妇挺着大肚。
他命人鞴好坐骑，
估计他现在已经上路。
看到这个恶魔已开始行动，
我迅速赶来报告。”

得知卡拉朵探明的情况，
将士们纷纷上马出动。
所有这些消息，
也传到了女英雄的耳中。
女英雄决定拜见众位英雄，
巴卡依大伯、卡妮凯大妈，
雄狮赛麦台依、赛依铁克，
英雄古里巧绕和卡拉朵，
谁料在途中与他们相逢。

女英雄库娅勒将众人仔细打量：
“巴卡依大伯是可敬的老人，
在戴白毡帽的柯尔克孜人中，
智慧非凡，超群出众。
再看看那卡妮凯老夫人，
简直就是乌玛依[1]妈妈。
又看那赛麦台依的模样，
如同十五的月亮。
古人传说居素甫是美男，
赛麦台依近似他的长相。

“再说古里巧绕，

① 乌玛依：柯尔克孜传说中的神圣母亲，妇女和新生婴儿的保护神。

说出的话语比蜜还甜。
心地善良，心胸开阔，
相貌举止非同一般。

“赛依铁克今年二十二岁，
是风华正茂的青年。
他的面容与赛麦台依一模一样，
犹如将父亲的面皮套在儿子的头上。

“他如过了二十五岁，
会成为骏马难载的巨人。
不幸的是他会因此找不到坐骑，
待在家里，不能出门。

“阿依阔勒的子孙后代，
他的儿子和孙子，
他的遗孀和儿子媳妇，
他的左臂右膀，
个个气宇轩昂，气概豪迈。
有了这样一些天下精英，
柯尔克孜人真是幸运。”

女英雄这样思量，
向他们弯腰施礼。
除了赛依铁克以外，
没有和任何人握手致意。

雄狮古里巧绕对女英雄，
上下打量了一番：
“她真是女中豪杰，
心灵像炼乳一样纯洁。
假若嫁给般配的男人，
将会生下死神般无敌的儿郎。

“她所向披靡，战无不胜，
那些高傲自大的狂徒如若遇到她，
就会把自己的气质好好掂量。

只要她伸出双手，
就能把缥缈的世界掌控。”

他们在野外相逢，
然后兵分两路。
就在这个时候，
萨尔特巴依在战场出现。

汗王赛麦台依，
英雄古里巧绕，
雄狮赛依铁克和卡拉朵，
四位英雄准备驱马迎战，
此时女英雄开口请战。
听完她的请求，
雄狮赛依铁克把她阻拦。

萨尔特巴依吼声如雷，
听到的士兵都心中发慌，
那些胆小的士兵，
吓得尿湿了裤裆。
连荒野上的动物都不敢乱跑，
胆战心惊地在洞穴中躲藏。

萨尔特巴依像烧红的铁板火花四溅，
刺激得士兵睁不开双眼。
他在营地休息了九天，
把丰美的食品尽情享受。
体力恢复，充满力量，
卷土重来，争雄逞强。

萨尔特巴依手持巨大的战锤，
携带月牙战斧，
还有锋利的长剑，
长矛和千钧铁棒。
虽有这么多武器，
并没有把铲杖和短剑遗忘。
阔隆沙克枪子弹上膛，

把弓和箭矢背在肩上。

萨尔特巴依身披坚实的铁甲，
将坚固的盾牌背在脊背上。
护腿和护膝，
在他的膝盖下面摇晃。
铁制的七层护胸，
在阳光下闪着青光。
坚固的九层头盔，
紧紧地扣在头顶上。
精致的铁皮带系在腰际，
气势威猛，不可一世。

他自信将眼前的对手战胜，
将掌权的首领征服。
将扫清面前的通道，
最后占领塔拉斯尽情抢劫。

他疯狂地叫嚣，
要砍下汗赛麦台依、古里巧绕，
雄狮赛依铁克和卡拉朵的头颅，
拴在鞍后，扬威耀武。
将阿依曲莱克作为战利品占为己有。

要砸烂白色陵墓，
挖出他们雄狮的尸骨，
投进大火，烧成灰烬；
要推倒色尔城的城墙，
将整个城池夷为平地。

要掳掠姑娘和媳妇，
驱赶大批的牲畜。
凡是男性，不论大小，
统统宰杀，一个不留。

这个狂妄自大的狂徒，
抱着征服一切的野心前来挑战。

假若他真的占领塔拉斯，
将给阿拉什降下灾难。

醉翁会说出真实的目的，
萨尔特巴依上马时酒醉未醒。
他随心所欲，胡言乱语，
把狂妄的想法全部说尽。

雄狮赛依铁克鞭策阔依库荣，
冲到阵前威严地开言：
“十天以前就在这里，
你苦苦央求我宽限时间。
你今天狂妄自大，口出狂言，
你可知道你的退路已被切断，
你休想活着返回家园。

“我劝你把军师和亲信，
把有头有脸的首领，
把效忠于你的将士，
赶快召集到身边。
趁早留下临终遗言，
以便给你的妻儿递传。

“我要砍下你的头拴在马鞍，
我要剖开你胸膛掏取苦胆。
我不学你伤害无辜，
除了你其他人我不为难。

“我们是阿依阔勒玛纳斯的子孙，
不要说人，就是狗，
我们也不会故意触犯。
谁要是进犯我们神圣的土地，
我们定叫他把自己的苦果吞咽。
假若你回心转意，
我还会放你生还。

“古人云：‘要起飞就要有翅膀，

还要靠尾翼下降。’
假若你是英雄好汉，
就要考虑好自己的下场。”

听了赛依铁克的话，
萨尔特巴依暴跳如雷：
“你是来向我求情，
还是来断送自己的性命？
你这苦苦哀求的话语，
在我这里不值一钱！”

赛依铁克听了痛心疾首，
明知道萨尔特巴依已不可救药，
只是告诉他不要忘记父辈的前车之鉴：
“你可记得你的爷爷和父亲，
狂妄自大，自取灭亡？！
你是否想步他们的后尘，
早日去见阎王！”

萨尔特巴依恼羞成怒，
嘴里喷吐着青烟，
双眼喷射着火焰。
他挥动着灰白色长矛，
给套苏尔马狠狠加鞭，
向着赛依铁克挥动矛枪。

赛依铁克策动阔依库荣，
面无惧色纵缰急驰勇敢迎战。
他用力挡回戳来的矛枪，
双方的矛柄顿时折成几段。

英雄们抽出腰间的战斧，
短兵相接，猛力劈斩。
战斧经不起猛砍，
斧背裂缝越砍越大，
最后分成两瓣。
斧刃砍得翻卷，

斧柄松动，斧头甩出很远。

英雄们视死如归拔出战刀，
战刀出鞘闪着寒光，
你砍我挡，互不相让。
刀刃卷曲，刀背震裂，
刀剑碎片，飞落战场。
战锤相击，撞成碎块，
如同尘沙漫天飞扬。

英雄浑身的肋骨和关节，
严重损伤，疼痛难忍，
四目相对，怒火升腾，
咬牙切齿，招招夺命。

英雄们时而头昏脑涨，
如同醉汉晕头转向；
时而好像失去知觉，
呆滞地停顿半晌。
时而又恢复神志，
纵缰策马冲向对方。

英雄们的头盔早就丢掉，
只见甜瓜似的光头来回晃动。
他俩满脸血迹，面目不清，
头部肿得像大木桶。

英雄们手掌磨去了一层皮肉，
砍伤的脖子血流不止，
鲜血顺着脖子流进前胸，
经过腰际裤裆和裤腿，
最后把大地染红。

英雄们伤口凝结的血块，
小的像木碗，大的像木盆。
不时从伤口掉落，
在地上来回翻滚。

见此惨状的人们，
无不瞠目结舌魂飞魄散。

萨尔特巴依的套苏尔马，
好像有使不完的体力，
跑起来仍然四蹄生风，
马蹄有时快如闪电有时腾空飞越。

赛依铁克的阔依库荣马，
具有野狼的耐性和敏捷，
具有虎豹的凶猛和力量，
具有麋鹿的灵活和速度，
越跑越快，越战越强。

双方的铠甲撕成碎片，
早已不能遮体。
此时的萨尔特巴依，
左思右想，计上心头：
“今天天快黑了，
我们各自返回营地休息。
明天到约定时间，
我们再上场一决雌雄。”
他又告诉自己的兵马：
“做好准备，等待我的消息，
一旦接到我打败赛依铁克，
你们全体出动，
踏平白毡帽的住地。”

太阳躲入巢穴，
夜幕降临大地，
赛依铁克同意休战，
萨尔特巴依策马回营休息。

众人将返回大营的赛依铁克扶下马，
把他的战袍脱下，
只见他遍体鳞伤。

库娅勒带着治伤解毒的止痛药，
让赛依铁克喝下。
又将母老虎的尿，
融入新鲜的马奶，
将他全身的伤口清洗。

库娅勒将蒲公英碾碎制成膏，
轻轻敷在伤口上，
吸干伤口的血水。
将阿普[①]和萨普[②]
艾白普[③]和赛白普[④]，
麦代提[⑤]掺入努什[⑥]，
将红色克尔玛药溶化，
小心地让他吞服。
伤口很快痊愈，
赛依铁克一夜之间解除浑身痛苦。

①②③④⑤⑥　——柯尔克孜语，均为药名。

仙女库娅勒枪挑萨尔特巴依

第二天清晨，天空放晴，
萨尔特巴依急不可待地冲进战场。
胯下的坐骑套克孜勒[①]，
放荡不羁，奔腾不止。
萨尔特巴依身后的兵马，
只听号角吹起，
铺天盖地蜂拥而上。
战鼓擂得震天响。
无数的长矛、战刀，
握在将士手中闪闪发亮。

前几天没有这种情况，
古里巧绕对英雄们这样讲：
“萨尔特巴依执意和我们决战，
他出动了遍地的兵将，
不管他战胜还是战败，
不出今日晌午，
他的兵马会进犯我们的村庄。

“卡拉朵，你去阻挡左面，
我的大哥赛麦台依，
请你去阻挡右面，
当然，我要亲临正面，
让赛依铁克与他单独交战。”

就在这个时候，
阿依曲莱克来到他们跟前：

① 套克孜勒：柯尔克孜语，萨尔特巴依坐骑的别名，意为红山似的骏马。

“库娅勒姑娘让我来替她请战，
假若让她单独交锋，
长矛用力会被打断，
她请求我们提供矛枪。
她不愿用手接触萨尔特巴依的身体，
请我们理解她内心的意愿。”

“库娅勒想去就让她去吧，
假若她需要长矛，
我们就把父亲留下的色尔神矛，
送给她用吧！”
古里巧绕这样答复道，
阿依曲莱克回身转告。

库娅勒犹如巍巍高山，
跨上捷里捷提别斯骏马上阵。
库娅勒姑娘体型健美，身材匀称，
从勇士的十八般武艺，
到淑女的针黹女红，
她样样精通，身手不凡。

英雄们策马提枪为库娅勒助阵，
只见库娅勒骑着捷里捷提别斯，
如同自由生长在高山峻岭的青松，
坚韧挺拔，直插苍穹。

见到库娅勒前来应战，
萨尔特巴依这样开言：
“库娅勒，你可知道，
什么事我都敢干。
你这是为了躲避我，
投靠到赛依铁克身边。

“你今天自己找上门来，
我会把你成全，
我有办法制服你。
我会使赛麦台依、古里巧绕和赛依铁克，

这些你依靠的男人彻底完蛋，
把你依靠的地方全部攻占！

“阿依曲莱克面貌清秀，
我要把她当作战利品霸占。
我要把你当作小妾、女仆，
整天让你烧火做饭，洗锅刷碗！

“假若你不到此将我冒犯，
我还想把你明媒正娶，
在众多的妻子中间，
把你抬举为王后。

“你最好听从劝告，
回心转意，退出战场，
这样才能保住你的声望！”

库娅勒反驳萨尔特巴依：
“我是库娅勒，
而你是萨尔特巴依，
你对我说话脸都不要！
不要说我嫁给你，
我都懒得朝你身上撒尿！
萨尔特巴依，不要害怕，
尽管使出你的绝招！”

萨尔特巴依恼羞成怒，
急不可耐地戳出致命长矛。
库娅勒故意让他首先出手，
试探他的武艺到底有多高。

任凭锋利的矛尖戳来，
库娅勒姑娘岿然不动，
萨尔特巴依的长矛，
从她身上弹回，
折成六十截。

"萨尔特巴依，我让了你一回，
现在轮到我出手了，
我的矛枪会把你击碎。"
该死的萨尔特巴依，
给了库娅勒出手的机会。

库娅勒使出全身力气，
迅猛地刺出矛枪，
萨尔特巴依毫不在意，
但套苏尔马经不起冲击，
跌了一下，重新站立。

他们放弃轮流攻击，
开始了激烈的对攻。

萨尔特巴依抡起毡房大的铁锤，
朝着库娅勒砸下去。
库娅勒眼疾手快，
一把掐住了他的胳臂，
掐得萨尔特巴依疼痛难忍，
铁锤从他手上丢弃。

库娅勒不用战锤，
她举起了锋利的战斧。
萨尔特巴依不等战斧落下，
也用利斧把它挡回。
两斧相击，斧背裂开，
再也无法把对方剁碎。

一头母狮和一头公狗，
交锋在这个战场上，
拽拉对方的衣领，
撕扯对方的战袍，
刺破对方的铠甲，
扯断对方的衣袖。

此时的萨尔特巴依，

瞪眼怒视，
蓬乱的胡须和唇髭，
根根竖起。
他往手掌吐了一口唾沫，
企图伸手抓住库娅勒的手腕，
连人带马硬拉死拽，
将她拉离马鞍。

女英雄有些慌张，
企盼地向两边张望。
她伸出手向这边示意，
好像要他们送来矛枪，
矫健敏捷的赛依铁克，
想起了英雄古里巧绕早晨说的话：
“假若她需要用长矛冲刺，
就把色尔矛枪送给她。”
他认为用矛的时机已到，
就让卡拉朵把矛枪送给她。

库吐巴依之子卡拉朵，
将色尔神矛横放在鞍前，
他不能平衡长矛的重量，
在马背上左右为难。

赛依铁克见此情形，
驱马去接过矛枪。
长矛在他手中如同伸长脖子的姑娘，
他把它送到库娅勒的手上。

女英雄接过矛枪，
心中像落下石头一样。
刚才的疑虑和担心，
全部在心头消散。

只见矛尖九十九变，
一会儿发出银铃般的声音，
听得人十分悦耳；

一会儿又变得震撼人心，
听得人气血上涌信心百倍。

库娅勒紧握着矛枪，
心里踏实舒坦。
她精神抖擞，信心倍增，无所畏惧，
显示出英雄超人的胆量。

库娅勒将捷里捷提别斯，
狠狠地抽了一鞭。
想抓住她胳膊的萨尔特巴依，
扑了个空闪到一边。

库娅勒姑娘再次发出怒吼，
高呼着“玛纳斯”的口号，
发出震耳欲聋的吼声。
萨尔特巴依见状内心十分焦急，
鞍前横放着灰白色长矛，
赶紧握在手上，
不停地抽打着坐骑，
妄图阻挡库娅勒冲锋的势头。

萨尔特巴依虽然勇猛过人，
久战疲劳失去主动进攻的勇气和力量。
库娅勒动作敏捷，
不给萨尔特巴依还手的机会，
对着他的腰侧猛地一刺。

萨尔特巴依的套苏尔马承受不住，
两个前蹄跌了一下又重新站立。
库娅勒快速转身回头，
对着萨尔特巴依的另一边腰侧猛力一击，
套苏尔马抵不住猛烈的冲击，
前腿弯曲，跌倒在地。

库娅勒变换姿势，
捷里捷提别斯骏马奔跑如飞，

连萨尔特巴依的人马都感到，
主子的败局不可挽回。
库娅勒从背后举矛便刺，
锋利的矛尖顺着惯性刺进脖颈，
萨尔特巴依人仰马翻。

库娅勒掉转马头，
将萨尔特巴依翻过身来，
对准他的胸口，
狠狠地戳出矛枪。

锋利的矛尖直插胸膛，
矛尖深入到带穗的位置。
库娅勒将硕大的萨尔特巴依挑在矛尖，
捷里捷提别斯承受不住重量，
不能迈步向前。

此时库娅勒注意到旁边，
只见萨尔特巴依的套苏尔马，
脖颈已经摔断四蹄不停地抽搐。
她把矛柄搭在套苏尔马的鞍上，
观察了煮顿饭的工夫。
只见萨尔特巴依又慢慢苏醒过来，
睁开了迷糊的双眼。

萨尔特巴依真可谓坚如磐石，
尽管矛枪插在胸膛，
说出的话还是那样狂妄：
“难道你就是库娅勒姑娘？
你是否对我恋恋不舍，
才把我抬举在头上？
我知道你害怕我，
为了向我献媚讨好，
才把我抬举在头上？
你这个赖皮母狗，
等着我跟你算账！”

听完萨尔特巴依的恶言，
库娅勒不慌不急地回答：
“玛德库勒之子萨尔特巴依，
你知道自己在什么地方？
勇士之道千万条，
而你偏要在东方和西方，
争雄称霸，萨尔特巴依！
凡是遇到的人，
你都要欺侮，萨尔特巴依！
今天这样的下场，
你可没有想到，萨尔特巴依！
凡是斜眼看你的人，
你都没有放过，萨尔特巴依！
今天我要将你剖肚开膛，
你可没有想到，萨尔特巴依！”

女中豪杰库娅勒说完，
将矛尖上的萨尔特巴依，
挑到卡普卡的黑石跟前，
使劲挥动转圈。
她扬手将萨尔特巴依抛向尖利的石峰，
撞得地动山摇山峰崩坍。

自命不凡的萨尔特巴依，
粉身碎骨，肝脑涂地，
最终命丧黄泉。

库娅勒命人将他的兵马，
全部押到自己面前。
不要任何战利品，
将他们放回家园。

让我们放下这一段，
开始讲述英雄赛依铁克，
与仙女库娅勒姑娘，
如何结下美好姻缘。

赛依铁克迎娶仙女库娅勒

迎亲路上的奇遇

库娅勒姑娘在此住了五天，
十二名大力士始终跟在她身边。
五天后她准备返回家园，
阿依曲莱克得知后这样开言：
"'圣人为朋友结缘，
上苍为亲家结缘。'
这样的谚语在民间广泛流传。
你和我本是好朋友，
可能是圣人为我们结下缘。
库娅勒，如果你愿意，
让我们把友情变成姻缘。

"如果为赛麦台依提亲，
我自己都觉得害臊。
赛麦台依正过五十，
而你是羽毛未丰的雏鸟。

"如果为古里巧绕提亲，
我也觉得害羞。

"我的朋友，请你谅解，
我不是故意让我的丈夫和儿子回避。
因为我们是知心朋友，
毫不隐瞒地倾吐我心中的秘密。

"我确实有一副羽衣，
能够自由飞翔在空中。
但我毕竟是一个女人，
不能不嫁给男人，

我对你说句实话，
当初我选择了私奔。

“你已到了十八岁的妙龄，
正渴望男人的爱情。
其他的话我不多说，
你自然神会心领。”

聪明伶俐的库娅勒，
原地不动，沉默不言。
一万八千个地方的人，
她从脑海里扫描了一遍。

“我的朋友阿依曲莱克，
你对我说了许多知心话。
你去邀请，我应邀而来，
但我来塔拉斯的目的，
可不是为了出嫁。

“这个世界充满生灵，
包括人类、动物和昆虫。
没有哪个不分雌雄，
没有哪个不成双成对。

“你说赛麦台依和古里斯年迈，
这个话也不意外。
但说自己是跟人私奔，
又劝我在此留下来，
这些话我就不明白？”

此时阿依曲莱克露出门牙，
对库娅勒这样回答：
“女人的美丽靠男人装饰，
英雄的美丽靠江山装饰，
富人的美丽靠财产装饰，
勇士的英名靠众人传扬。

“我没有把话直接挑明，
只提个建议让你品味，
满世界的人山人海中，
有的是功成名就的人，
但都比不上功名盖世的公公。

“你的朋友阿依曲莱克，
从来不嫌弃自己的家族。
如果你同意我的建议，
就让我的儿子赛依铁克，
做你的丈夫。”

库娅勒姑娘思前想后，
沉思半晌，拿定主意：
“女人不管走到哪里，
嫁人总是天经地义。
赛依铁克的祖先功名盖世，
他本人也是少年雄狮。

“他大约二十二岁，
和我是差不多的年纪。
赛依铁克对我合适，
这里将是我的归宿。

“朋友啊，你反复劝我留下，
我可以接受你的建议。
可是我出门在外，擅自嫁人，
怎样去见我的父亲？

“你的儿子赛依铁克，
是有妇之夫，
他夫人的情况，我不太清楚。
假若我嫁给赛依铁克，
会不会惹他夫人吃醋。
嫁给一个有妇之夫，
就怕将来天天受苦。”

阿依曲莱克这样开导：
“能不能赢得男人的心，
就看女人有无本事。
妻妾能不能和睦相处，
就看你是不是通情达理。

“你的姐姐[①]是奥鲁斯汗的女儿，
在十二个姊妹中排行最小，
是汗王最疼爱的女孩。

“孩子，你父亲在哪里？
我要亲自登门拜访，
我亲自去向他求亲说明情况。

“我们先送你起程返回故乡，
过了三五天以后，
赛依铁克和古里巧绕，
你的公公和我四个人，
会日夜兼程把你赶上。”

商定了终身大事，
库娅勒跨马起程。
留下的人们祈祷祝福，
依依不舍地为她送行。

这中间过了五天，
阿依曲莱克向婆婆卡妮凯，
说明了详细情况。
卡妮凯和巴卡依，
认真考虑，共同商量。
将赛麦台依和古里巧绕，
赛依铁克和阿依曲莱克叫到身旁。

卡妮凯这样开言：
“卡依普当的女儿库娅勒，

① 你的姐姐：这里指的是赛依铁克的妻子古丽娜尔。

是天上的仙女所生。
她聪慧贤淑武艺高强，
已把劲敌萨尔特巴依灭亡。
如今她还是个待嫁的姑娘，
我想要她作赛依铁克的新娘。
咱们每一家要派一名代表，
前往她父亲那里提亲，
以示玛纳斯家族对他们的尊重。
看在玛纳斯的在天之灵，
我料他不会拒绝结亲。

“赛麦台依和曲莱克，你们一起去！
赛依铁克和古里斯，你们一起去！
你们四个人辛苦一趟，
一定把库娅勒姑娘迎娶！”

他们服从卡妮凯的安排，
准备踏上遥远的旅途。
褡裢里装满了金银珠宝，
临行前接受巴卡依的祝福。
他们背熟了前面的路线，
从塔拉斯跨马上路。
他们一路纵马急驰，
面朝南方，偏靠西部。

马蹄带出的黑色尘土，
升腾天空，化作尘雾。

赛依铁克的阔依库荣，
赛麦台依的塔依布茹勒，
英雄古里巧绕的苏尔阔勇，
驰骋在无垠的荒原，
汗水如河水滚滚。

没有一滴水源，
没有一棵草莲，
英雄赛麦台依在一生中，

没有见过这种戈壁荒原。
他们胯下的千里马，
也没有渴死在荒原。
整整走了十五天的路程，
终于走出了戈壁边缘。

他们在这里下马卸鞍，
野餐露宿休息一晚，
这些去迎亲的英雄，
又遇到了一次麻烦！

有一个名叫特尔沃特的部族，
居住在日落的地方。
特尔沃特部族中，
新近出一个英雄，
他的名字叫作萨拉玛特。

萨拉玛特年轻气盛，
他率领七万兵丁，
还带领八十名巨人，
向着女英雄库娅勒那里出征，
目的是把美女抢到手中。

他在野外宿营地，
发现了少年猛虎赛依铁克的身影。
他派遣一个探哨，
要把他们的情况探明：
“那些晃来晃去的是什么人？
在这个戈壁荒原迷失方向，
走来走去的是什么人？
他们是哪里来的人，
他们来这里干什么？
过去把情况详细讯问。”

探哨来到了英雄们跟前，
看见塔依布茹勒，
苏尔阔勇和阔依库荣，

目瞪口呆，十分惊叹。
看见赛麦台依，古里巧绕和赛依铁克，
他们的威严让他心惊胆战。
看见月亮般的嫂子曲莱克，
她的美丽让他心猿意马。
白里透红的容光，
更让他想入非非垂涎欲滴。

探哨向他们开言：
“三个骑士带一个步行的人，
走在这无边无际的戈壁荒原，
不知你们是哪路好汉？

“我的头领是萨拉玛特，
为了摸清你们的底细，
他把我派到你们跟前。

“你们个个容光焕发，
眼睛明亮犹如火焰，
雄伟的身躯犹如大山，
你们都具有虎豹的威严。

“你们的穿戴和武装，
十分珍贵，世上罕见。
请你们说实话，不要隐瞒，
我要向年轻的萨拉玛特报告。”

此时赛依铁克这样回敬：
“你一来就评头论足，
唠唠叨叨让人心烦。
你说的萨拉玛特是什么人，
我们还没有听说过这样的好汉。
站在这里的三个人，
都属于同一个祖先。

“我们从塔拉斯出来，
我们要迎娶待嫁的女英雄库娅勒，

她是我已聘的新娘。

“我们的人口众多，
叫作柯尔克孜的阿拉什；
我们的家乡地域辽阔，
叫作坎阔勒、塔拉斯；
我们的祖先胸襟宽广，
人称雄狮玛纳斯。
这位夫人是阿依曲莱克，
我要告诉的就是这些。

“请问你那英雄萨拉玛特，
率兵出动究竟为着何事？”

“卡依普当之女库娅勒，
战无不胜，英名远扬。
萨拉玛特跨马出征，
为的是洗劫她的城郭，
抢占她为新娘。

“你们长途跋涉来到这里，
为的是迎娶库娅勒姑娘，
我劝你们不要再提这件事，
趁萨拉玛特还不知道，
悄悄地返回你们的家乡。”

赛依铁克这样说道：
“你只不过是一个探路人，
回去告诉你的头领，
把你的所见所闻，
不折不扣地向他讲明，
他休想把库娅勒当作战利品。

“我千里迢迢从塔拉斯来，
就是要迎娶女英雄为妻。
只要我还活着，
怎能让人把新娘抢去！

如果不是为了娶她，
我何必不辞辛苦来到此地！

“我的背后是戴白毡帽的柯尔克孜民众，
我的名字叫作赛依铁克，
我有摧毁整个世界的力量。
我的父亲赛麦台依，
我的叔叔古里巧绕，
我的母亲曲莱克就在我身旁。
我和库娅勒已有婚约在先，
谁也不能把我阻挡！”

闻到四个人的尊姓大名，
听到四位英雄强硬的回音，
来者心慌意乱，心神不定，
慌里慌张地掉转马头，
直奔自己的兵营。
将自己的所见所闻，
一五一十地向萨拉玛特回禀：

“萨拉玛特，请你三思而行，
你现在还很年轻，
漂亮的姑娘到处可寻。
来者是玛纳斯的子孙，
民间流传着他们的英名，
假如我们故意冒犯，
不可能死里逃生。

“东方的卡勒玛克，契丹人，
还有众多的康阿依人，
西方的阿富汗和呼罗珊人，
还有柯尔克孜的内奸和败类，
胆敢与玛纳斯作对的，
没有一个不被他战胜。
如果你采纳我的建议，
我们返回，避免与他们交锋。

“我仔细观察他们的坐骑，
让我神魂颠倒，心烦意乱。
我用心打量他们的英姿，
三个勇士都不同一般。
我的英雄，请你好好想一想，
萨尔特巴依曾经称霸西方，
将反抗的勇士全部吞咽。
就是他贸然进犯塔拉斯，
被打倒在地，没有生还。”

萨拉玛特大声叫嚷：
“我要踏平库娅勒居住的地方，
我要把她抢到我的手上。
假若我做不到，
就有愧于我英雄的名望；
就不能算一个掌握缰绳的勇士，
就没有脸回去见众位父老乡亲！

“我不管征途上遇到什么人，
不顾一切我也要开进库娅勒的地方。”

萨拉玛特挥舞着战旗，
大声命令全部人马出征。
浩浩荡荡的队伍跃马上路，
卷起漫天的灰尘。

赛依铁克见此情形，
按捺不住怒火。
只听赛依铁克吼声震天，
勇猛地握枪挡住去路，
呼喊着玛纳斯的英名。
萨拉玛特命令队伍停止前进，
独身一人走出密密麻麻的队伍。

只见赛依铁克年方二十二岁，
是一方百姓的首领，
相貌非凡，气宇轩昂，

是一位英俊潇洒的英雄。

“你高呼着玛纳斯的名字，
竟敢无理袭扰过路的千军万马。
拦路人，你有如此的胆量，
你到底是什么人？”
萨拉玛特向赛依铁克这样质问。

赛依铁克这样回答：
“我的父亲功名盖世，举世闻名，
连契丹人都对他十分钦敬。
你目中无人，狂妄自大，
竟敢率兵抢劫我的未婚妻，
我出面阻止你蛮横的行为，
难道说你有理，而我就无理？

“你率领千军万马，
浩浩荡荡将库娅勒征讨，
难道她掳掠了你的百姓，
抢走了你牧场上的畜群？
难道她践踏了你的部众，
对你的地盘率兵入侵？”

此时萨拉玛特说得更加可笑：
“那个女力士库娅勒，
生来就是一个坏姑娘，
否则她怎么会跑到你那里，
以身相许，要做你的新娘？！

“我要教训库娅勒姑娘，
我要占领她的城郭。
假若她的容貌让我满意，
我要娶她做我的老婆。
假若不能使我称心如意，
就当作一夜的战利品，
第二天我就班师回府。

“据说柯尔克孜姑娘漂亮，
我要周游各地，四处寻访。
一旦发现美丽的姑娘，
不管她愿意不愿意，
我就要把她争抢！

“只要能与看中的姑娘成婚，
即使被人打败也心甘情愿；
哪怕低三下四求婚，
我也不感到丢脸。

“我听说世间有三个美女，
我要选择其中一个迎娶，
女力士库娅勒，
就是其中的一个美女；
另一个美女在阿富汗；
还有一个柯尔克孜美女在塔拉斯。

“只要是让我看中的美女，
不娶她我决不罢休。
赛依铁克，快勒住你的马缰，
不要阻挡我的去路。”

“你要我掉转马头，
难道你比我高一头？！
我有约在先的未婚妻，
怎能让你随便抢走！”

赛依铁克义愤填膺，怒气冲天，
萨拉玛特变本加厉，凶焰升腾。
两位火气旺盛的青年英雄，
吼声如雷，勇敢交锋。

挥动的长矛“嗖嗖”呼啸，
啸声震得山崩地裂。
刀光剑影划破天空，
刀柄的穗子在空中飘动。

无情的马鞭频频落在马臀，
催促战马向前飞奔。
奔驰的战马像飞鸟一样，
好像射出的箭矢向前直冲。

巨石让马蹄踏成碎块，
呼啸着飞向天边。

长矛对刺，你戳我挡，
战斧相砍，斧背断裂。
两位英雄愤怒搏杀，
战袍撕裂，已不成形。
打得脸部皮开肉绽，
鲜血流淌，浸透了衣领。

他们奋不顾身，
杀场拼命交手，
连续搏斗了一天。
直到傍晚太阳落山，
各回大营，暂时休战。

次日早晨天色渐亮，
晨光照射大地的时候，
两位情敌匆匆起身，
披着箭矢不入的战袍，
穿着雀眼网状铁衣，
跨上骏马，准备战斗。
萨拉玛特的众多兵马，
也一起出动，跟随其后。

雄狮赛依铁克和萨拉玛特，
用尖利的矛枪凶猛拼刺，
口中喷吐着白沫，
两人使出了浑身的解数。

凶狠残暴的萨拉玛特，

发起了更加猛烈的进攻。
雄狮赛依铁克并没有慌张，
面对强敌十分从容：
“逞强逞能的萨拉玛特，
我再让你一次攻击的机会。
假如你能把我刺翻，
我决不感到后悔。”

超群出众的赛依铁克，
岿然不动，毫不在意。
将逞能逞强的萨拉玛特，
看得比自己的裤脚还低。
当他用轻蔑眼光注视的时候，
萨拉玛特用锋利的长矛，
给赛依铁克沉重的一击。

这一下赛依铁克离开马鞍，
倾向坐骑的侧体。
坐骑的前腿跌了一下又挺起来，
赛依铁克眼前一黑又恢复视力。

“啊哈，现在该轮到我出手了！”
怒不可遏的赛依铁克发起攻击。
他胯下的阔依库荣骏马，
收起双耳扬鬟奋蹄。

赛依铁克怒目圆睁，
喷射着愤怒的火焰，
手中锋利的矛枪尖头，
犹如一团烈火，金光闪闪。
雄狮从侧翼进攻，
一枪刺中了萨拉玛特。

自命不凡的萨拉玛特，
臀部脱离马鞍，
眼看坐骑就要侧翻。
武艺高强的萨拉玛特，

迅速用长矛支撑地面。
免了一场人仰马翻的悲剧，
保住了自身的性命。

放弃了轮流对刺，
已数不清多少回合。
一次又一次强力交锋，
拼命搏杀，奋不顾身。
想方设法攻击对方的软肋，
心中充满了恶意和仇恨。

从早到晚一刻不停，
相持不下，难解难分。
谁也未能把对手打翻，
谁也未能把对手战胜。
天色已晚黑夜降临，
两位英雄各回各营休整。

请你们不要着急，稍等片刻，
我还要讲一个有趣的事情。
阿依曲莱克神不知鬼不觉地，
飞到库娅勒身边，
通报了这里发生的事情。

库娅勒得知后，这样言讲：
“萨拉玛特前来求婚真是徒劳，
我已爱上了阿依阔勒的子孙，
怎能向萨拉玛特低头？
赛依铁克不能轻率急躁，
不必对萨拉玛特动枪动刀！

“萨拉玛特不管何时何地，
有权选娶美丽的姑娘。
告诉赛依铁克不必阻挡，
萨拉玛特开进此地，
我会站在赛依铁克身旁。

“如果我轻率地跑到那里，
就会引起他俩的猜疑，
以为我要挑选强壮的男人，
他们就会咬牙切齿，争斗到底。”

聪明贤惠的库娅勒，
做出的决定十分正确。
假若她去他们争斗的地方，
赛依铁克就有可能误解，
认为她不是为了帮他的忙，
而是专程把萨拉玛特迎接。
库娅勒为什么不来这个地方，
其中的隐情阿依曲莱克心中明白。

阿依曲莱克星夜返回，
悄悄地住进自己的帐篷。
萨拉玛特率领人马，
当夜向库娅勒的城郭出发。
有个名叫铁普凯的人，
充当队伍的引路先锋。

第二天的早晨，
赛依铁克将萨拉玛特追赶。
阿依曲莱克在空中飞行，
三个人扬鞭在地面驰骋。
他们急行走了八天的路程，
终于来到卡依普当城外。
浩荡的队伍在城外停下来，
黑压压的兵马安营扎寨。

卡依普当之女库娅勒，
心里隐藏着自己的秘密。
她企盼着赛依铁克早日到来，
表面镇静，内心焦急。
当她发现众多兵马临城，
心中充满了不安和忧虑：

“难道赛依铁克一败涂地，
恶魔来把我的城郭占据？
难道汗王赛麦台依和英雄古里斯，
已经改变了主意，离我而去？
或者心狠手辣的萨拉玛特，
已经把他们的头颅砍去？
如果那样的灾难降临，
阿依曲莱克定来通报消息。
或许这些人被打败后，
逃命到这里躲避。”

不等她猜想许久，
那些兵马后面扬起尘土。
库娅勒定睛一看，
高大的赛麦台依驱马冲出。
雄狮赛依铁克和英雄古里斯，
三个人并驾齐驱。

库娅勒见景思忖，
“我要让萨拉玛特知道，
我爱的是赛依铁克，
让他的嫉妒之火熊熊燃烧！”

库娅勒派遣一个信使，
迎接赛依铁克进城。
赛依铁克见到信使，
明白了库娅勒的忠诚。

这一切的发生，
萨拉玛特看在眼里备感羞辱。
恼羞成怒，怒形于色，
好像天上阴云密布。
本来面目清秀的小伙子，
顿时满脸黄毛直竖。
假若把它刮下来，
编织一双毛袜也充足。

萨拉玛特怒不可遏，
咆哮着挡住了赛依铁克的去路。

此时赛依铁克思忖：
“我们来说媒定亲，
向亲家鞠躬结亲，
这家伙抽打着苏尔布旦马，
跑来阻挡我的去路，
无非是为了破坏我的婚姻。”
赛依铁克让其他人进城，
独自一人对付挑衅。

萨拉玛特直冲过来，
朝着赛依铁克腹部猛刺一枪。
慌张的萨拉玛特没有戳准，
矛尖偏向侧身，把腰部击中。
穿过雀眼网状铁衣三层，
如盛酒皮壶大小的肌肉块，
从赛依铁克的腰旁掉下来，
鲜血从裂开的口子往外喷涌。

英雄古里巧绕见景心急如焚，
掉转马头，扬鞭纵马，飞奔如箭，
迅速赶到赛依铁克跟前。
他对萨拉玛特厉声呵斥：
“有本事，来与我古里巧绕交战。”

库娅勒将一切看在眼里，
转眼间也赶到这里。
她宣布与赛依铁克相亲相爱，
将赛依铁克领进城里。

萨拉玛特火冒三丈，
展开了殊死的较量，
犹如将苍蝇似的躁动的性命，
系在一根细细的鬃毛上。

雄狮古里巧绕身经百战，
面对众敌，心不发慌，
面对强敌从不退让，
他心中有数，常打胜仗。
多少个自命不凡的猛汉，
都无一例外地被他打败。

萨拉玛特心中暗自盘算，
要将著名的英雄古里巧绕，
刺得人仰马翻。

超群出众的英雄古里巧绕，
无所畏惧，岿然不动。
任凭萨拉玛特如何攻击，
毫不担心自己被击中。

古里巧绕仔细观察对手，
欣赏对手的勇气和胆量。
“这小伙子将会成为一名英雄，
但他目前还不善于以巧取胜，
在激烈的较量中，
暴露出许多致命的弱点。
我要让他懂得英雄之道，
我要让他明白自己还不高强。”

古里巧绕思量着一闪身，
让萨拉玛特扑了个空。
本想击倒古里巧绕的萨拉玛特，
戳出矛枪，定睛一看，
矛尖深深地插在土地中。

萨拉玛特气急败坏，火气升腾，
犹如下山猛虎般凶猛。
他集中全身的力气，
向英雄古里巧绕发起了又一次冲锋。
他瞄准马鞍前头，
古里巧绕的腹部，

狠狠地刺出矛枪。

身经百战的英雄古里巧绕，
神速趴在战马腰旁，
紧紧贴在马肚皮上，
让戳来的矛尖滑过马鞍，
萨拉玛特就这样扑空七回，
刺出的矛尖总是插在黑土地上。
恼羞成怒的萨拉玛特，
怒不可遏，仍想以勇猛取胜。

此时英雄古里巧绕，
连续发起三次进攻，
攻势一次比一次凶猛。
矛枪叮叮当当连击护胸，
战斧噼里啪啦连劈头盔。
在说这说那的一瞬间，
英雄好汉古里巧绕，
沉重出手攻击了六十个回合。

自命不凡的萨拉玛特，
快要被彻底摧毁，
但这个该受诅咒的家伙，
振作精神，重整旗鼓，
毫不退缩，卷土重来，
他紧紧抓住了古里巧绕的腰带，
他又顺手扯住古里巧绕的衣摆，
死死地压在大腿下面，
狠狠抽打着苏尔布旦马，
竭尽全力把古里巧绕拖拽。
鼓足勇气，狠下决心，
自信能把古里巧绕打败。

古里巧绕绝不是等闲之辈，
顺手扯住萨拉玛特的衣襟，
扬鞭抽打着苏尔阔勇马，
借助马力顺势使劲拽拉。

两位英雄在马背上，
展开了激烈的拽拉，
放弃了刀枪和战斧，
就用空拳徒手，
断打得浑身骨头散架，
再也没有力气握紧拳头。

为了将对手拉下战马，
毫不吝惜脆弱的生命。
为了将对手的头颅砍下，
决不顾及短暂的生命。

岩石踩成碎粉四处飞溅，
地面的土疙瘩一个不见，
化为灰尘在空中翻滚。
遍地青草连根拔起，
大地崩裂，坍塌沉陷。
地下的泉水喷涌而出，
草地变成沼泽和泥潭。

英雄战马挥洒汗水，
化作浓雾笼罩地面。
骏马健壮，通体浑圆，
你追我逐，不知疲倦。
宽深的沟壑，一跃而过，
纵横的深谷也无阻拦。
勇士们斗志旺盛，越战越勇，
英雄气概，人人称赞。

激烈交锋，昼夜不停，
吼声如雷，震耳欲聋。
英雄刚打完一个回合，
又面对面准备着新的进攻。

一位是久经沙场的老将，
一位是初出茅庐的英雄少年，

两位英雄的决战究竟会有什么结果，
我将继续与听者吟唱。

赛依铁克与库娅勒完婚

古里巧绕与萨拉玛特激战了多日，
真是棋逢对手，将遇良才，
谁也未能将对手战胜。

此时两位英雄都已气喘吁吁，
争强好胜的萨拉玛特，
已无心与英雄继续战斗。
他开口对古里巧绕倾诉苦衷：
“赛依铁克是强悍的雄狮，
他是赛麦台依与阿依曲莱克所生，
必将成为超过父辈的英雄。
当今戴白毡帽的柯尔克孜阿拉什中，
他是百姓坚强的依靠。

“对你们的情况我早有耳闻，
对你们的本领我已领教。
古里斯，你是战无不胜的英雄，
较量的对手一个个被你打倒，
我更真心佩服你的勇猛。

“那位巨人赛麦台依，
应圣人的祈祷而生，
因此他不会死于非命。
他曾经落难幻化消失，
十四年后返回宫廷。

“你们尊敬的巴卡依老人，
他让你们时来运转，福星高照。

“站在那里的阿依曲莱克，
如同艳阳光辉灿烂。

“我只是听说但未见到，
你们还有位卡妮凯大娘，
她是玛纳斯的贤惠王后。
她用智慧战胜了敌人，
她用真诚赢得百姓的信任。
她的为人处事，言谈举止，
令世人惊叹，无不钦佩。

“当年在阔阔托依的祭典上，
在万民聚集的盛会上，
她得到巨人阔绍依的祈祷祝福，
她的芳名从此在人间传扬。

“你们柯尔克孜人历来通情达理，
请你理解我的本意。
毁坏城池，抢掳百姓，
不是我率部前来的意图，
周游各地，选娶美女，
这才是我此行的目的。

“女英雄库娅勒，
我早听说她的芳名，
但不知道她已定亲，
出于好奇才来探询。
本想她若能答应，
我就明媒正娶与她成亲。
假若她拒不答应，一意孤行，
我就想诉诸武力，先礼后兵。

“时至今日我已醒悟，
我不能得罪众多百姓。
我不能让双方兵马插旗对阵，
眼看着更多的部下流血送命。

"我从小不知谁是我的亲生父亲，
是母亲将我抚养大，
缺乏家教，才疏学浅。
我熬过了苦难的童年，
终于长成英雄好汉。

"我看你是德高望重的长辈，
我把心里话都告诉你，
我回心转意退出战场，
带领兵马返回自己的家乡。"

超群出众的古里巧绕英雄，
明白了眼前的少年心中的秘密。
古里巧绕不仅欣赏少年的勇猛，
他更加为少年的真诚与执着感动。
他想这是一个可塑的英才，
他愿意满足少年的心愿。

古里巧绕抖动着小胡子，
笑逐颜开，露出了欣慰的微笑：
"萨拉玛特，如果你有这样的意图，
如果你只是为了选娶美女，
我古里巧绕绝对让你心满意足。
你和我们都是同根同源，
你专程千里跋涉把人间美女找寻，
让我们握手言好，联合在一起，
共同举办赛依铁克的婚庆。

"邀请柯尔克孜的美丽姑娘都来参加，
让你从中任意物色挑选，
如果没有一个让你称心如意，
那么我们再一起到阿富汗挑选。"

英雄古里巧绕和萨拉玛特，
握手拥抱，缔结友谊。
嘴咬箭头，海誓山盟，
今生来世永不分离。

他俩抖缰纵马并驾齐驱，
身后扬起滚滚烟尘。
城墙上观察的库娅勒，
命人打开了城门。
迎接客人入城下榻，
举行盛宴接风洗尘。

库娅勒姑娘细心照料，
赛依铁克伤口敷上各种膏药。
短短的两天一夜之间，
将英雄的枪伤完全治好。

福星高照的卡依普当，
得知他们前来娶亲，
“阿依阔勒之子赛麦台依，
我不能让他难为情，
我要亲自上前接迎。”
思忖着整理穿戴走出宫廷。

英雄古里巧绕来到赛麦台依身边：
“大哥，你是否已去拜见卡依普当？”
赛麦台依这样答道：
“我单独去真不像样，
正等着你和我一同前往。

“他和父王阿依阔勒玛纳斯，
是志同道合的知心朋友。
曾经围坐在同一个餐布用餐，
有饭同吃，有福同享。
快走吧，大哥，不要耽误，
我们一块去拜见老人。
我们要对卡依普当加倍尊重，
让他的名望提升，雄风重振。”
英雄古里巧绕这样催促着赛麦台依。

赛依铁克和萨拉玛特，

阿依曲莱克五人一同前往。
不料走在途中，
就与赶来迎接的卡依普当相遇。

卡依普当见到赛麦台依大加赞赏：
“噢依，我的千里马传下的后代，
在苦难中锻炼成长的独苗。
在九个部落的乌孜别克人中，
在人山人海的柯尔克孜人中，
你是光芒四射的指路明灯，
你是盖世英雄留下的宝贵财富！

“每当柯尔克孜阿拉什危难时刻，
你挺身而出，冲锋陷阵！
疯狗坎巧绕虽出身高贵，
可惜父亲的名声被他损毁！”

老人家转身面对古里巧绕说：
“噢，你是苏勒坦的后裔，
你是戴白毡帽的柯尔克孜人，
高耸入云的参天大树，
你既往不咎，不计仇恨，
你胸怀宽广，目光长远，
你是容纳百川的海洋。

“当打手把你乱棍毒打，
当他们把你的肩胛软骨剜刮，
当你不幸落难，遭受非人的折磨，
你都不曾有过背叛柯尔克孜的想法。

“不要说在尘世人间，
就是在天国的神仙中间，
你的高尚品德和言行，
已传为佳话，赢得盛赞。

“我的孩子，
我们俩是素不相识的人，

但你的聪明才智和英雄事迹，
我一直如雷贯耳，早有耳闻。
别以为我卡依普当，
花言巧语，讨你喜欢，
我曾有幸与天上的神仙相聚，
我说‘人间英雄胜过天国神仙’，
在他们面前把你称赞。

“阿昆汗的女儿阿依曲莱克，
独苗独子赛依铁克，
还有少年英雄萨拉玛特，
你们五位专程前来提亲，
年迈的我感到十分荣幸。

“库娅勒虽然是我的掌上明珠，
但我怎能拒绝和你们的联姻。
自从阿依阔勒过世以来，
我没能去祭拜祈祷。
我的孩子赛麦台依，请原谅，
这件事我做得不周到。

“请原谅我让你们在此耽搁太久，
我还想打听一下我同辈们的消息。
当雄狮玛纳斯在世的时候，
她精心照料他的饮食起居，
朝夕相处服侍在他身旁。
她非仙女出身但胜似仙女，
卡妮凯她是否平安健康？

“他的头脑充满金子般的智慧，
他的语言比蜂蜜还甜，
他的银须随风飘拂在胸前。
他跨上灰色走马，
恰似天上的神仙。
他威风凛凛，气势磅礴，
众多的敌人望而生畏心惊胆战，
巴卡依他是否健康平安？

“来自特尔吾特部落的萨拉玛特，
我的马驹，你还很年轻。
你和古里斯握手言和，
我也谢谢你的悟性！
谁要是为所欲为，穷兵黩武，
进犯戴白毡帽的柯尔克孜故乡，
阿依阔勒玛纳斯的在天之灵，
决不放过，定叫他彻底灭亡。

“你一心想选娶美女，
相信你的意中人总能找到。

“阿依曲莱克的女儿杰孜碧列克，
美丽聪慧与你般配。
假如你们情投意合，
赛麦台依会成全你们百年之好。

“你和赛依铁克联合在一起，
还有谁敢来把你袭扰。
从前对你虎视眈眈的仇人，
将会亲自跑来向你求饶。

“雄狮赛依铁克、萨拉玛特，
还有库娅勒三人团结在一起，
谁敢与你们比高低？
和你们打赌的对手必输无疑。
和你们结仇的敌人必死无疑。
九十个部落的乌孜别克人，
如潮汹涌的柯尔克孜人，
团结在你们周围，强大无比。”

智者千虑必有一失，
智慧的古里巧绕却犯了一个大错，
他根本不了解萨拉玛特的出身和根基，
做出了一件荒唐的事情。

赛麦台依佩服老人的智慧，
同意将杰孜碧列克嫁给萨拉玛特，
阿依曲莱克的女儿杰孜碧列克，
本不是她的亲生姑娘。
阿吉巴依之子凯尔曼巴依，
将其送给阿依曲莱克抚养。

要知道杰孜碧列克的根底，
她也出身于豪门贵族。
亲爹是大名鼎鼎的凯尔曼巴依，
养母是一代佳人阿依曲莱克。
无名小卒平庸之辈，
无法与她门当户对。
阿依曲莱克的女儿杰孜碧列克，
才貌双全，完美无疵，
看到的人无不惊叹赞美。

雄狮赛依铁克和库娅勒，
犹如库库克和再乃甫[①]，
天生一对，相亲相爱。
双方的父母同心协力，
将他们的婚礼精心安排。

婚庆持续了三十天，
各方宾客才陆续撤离。

我们将此事暂时搁置，
开始叙述古里巧绕，
迎娶仙女阿敏姑娘的又一桩喜事。

① 库库克和再乃甫：柯尔克孜人传说中相恋的一对神鸟，类似一对鸳鸯。

古里巧绕迎娶阿敏姑娘

古里巧绕英雄救美

婚礼结束过了两天，
卡依普当为女儿送行。
赛麦台依起程返回塔拉斯，
萨拉玛特和他们一路同行。

卡依普当曾经当面说情，
让萨拉玛特和杰孜碧列克喜结良缘，
但回到达塔拉斯以后，
赛麦台依却未安排他俩见面。

古里巧绕却要兑现他的承诺，
他让柯尔克孜的美女排着长队，
任凭萨拉玛特从中挑选。
如果选不出意中美人，
就让他前往阿富汗。

萨拉玛特请来一个妇女，
拿出五百个金币向她奉献。
“亲爱的大嫂，请你告诉我，
赛麦台依的女儿杰孜碧列克，
是否藏在这些姑娘中间，
我怎样才能见到她的容颜？”

那妇女接过金币这样答道：
“杰孜碧列克不轻易抛头露面。
你若在大伯心里举足轻重，
他自然会安排你们见面。
你若没有约定在先，
就不要自作多情冒昧求见。

"你一旦见了她的花容月貌，
你就会神魂颠倒，心迷意乱。
你就会情不自禁，身不由己。
如得心病，坐卧不安。
小伙子，我劝你趁早离开，
否则将葬身于爱的深渊。"

聪慧的阿依曲莱克，
将发生的一切看在眼里。
心想已经答应的亲事，
决不能背信弃义。

她故意站在屋外，
对屋里的杰孜碧列克大声呼唤：
"我的宝贝杰孜碧列克，
快把我的耳环给我送来！"
杰孜碧列克毫不知情，
手拿着耳环从屋里走出来。

萨拉玛特突然看见杰孜碧列克，
神魂颠倒，目瞪口呆。
杰孜碧列克顿时也忘记手中的耳环，
睁大双眼，含情脉脉。
两位青年四目相对一见钟情，
情投意合，相亲相爱。

阿依曲莱克迈着轻盈的步履，
来到赛麦台依身边，
讲述自己的所见所闻，
苦口婆心耐心相劝。

赛麦台依曾经许诺，
将女儿嫁给萨拉玛特，
但返回塔拉斯后，
假装忘记故意拖延。

自从与萨拉玛特相遇后，
杰孜碧列克神情恍惚，心神不定，
整天唉声叹气，不思饮食，
犹如害了一场大病。

其实萨拉玛特有备而来，
他携带着好几袋黄金，
他还要如数奉献自己带来的七万骑兵。
他还认巴卡依为老丈人，
将苏尔布旦骏马送到他家门口。
他还给卡妮凯奉送成袋黄金，
请求她把这门亲事促成。

他对雄狮古里巧绕恳求：
请接收我的七万精兵，
请接收我的七万骏骥，
请接收我的三袋黄金。
请接收我的苏尔布旦坐骑，
请接纳我为你的小侄。

古里巧绕他们只收下黄金，
谢绝将人马当作彩礼。
派人邀请四方宾客，
举行空前盛大的婚礼。

婚宴就占去九天时间，
婚庆游戏又是三十天，
最后一天为新娘送行，
盛典持续了整整四十天。

送别了出嫁的妹妹杰孜碧列克，
疲劳的赛依铁克将四肢舒展。

有一天奥鲁斯汗捎来一封信，
信中表达了自己的窘境和企盼：
“阿依阔勒的儿子赛麦台依，
我已病魔缠身无力跨上马鞍，

更承受不了旅途颠簸的艰难。
我日夜思念着女儿和女婿，
请你务必带着他俩来与我见一面。”

赛麦台依收到来信，
召集诸汗王共同商议：
“奥鲁斯汗是我们的长辈，
如今他身患重病卧床不起，
他要我带着赛依铁克和古丽娜尔去探望，
但我脱不开身，有急事要处理，
古里巧绕和赛依铁克你们俩，
带上古丽娜尔去表达我们的心意。”

他们三个跨上骏骥，
日夜兼程直奔乌茹姆，
奥鲁斯汗病情严重，危在旦夕，
他的臣民惶惶不安，十分紧张。
幸亏古里巧绕带来灵丹妙药，
让奥鲁斯汗转危为安，很快康复。

三个人告别奥鲁斯汗，
踏上了返回塔拉斯的征途。

赛依铁克在途中寻思，
这一走不知何时再来，
不如顺路去看望妹妹杰孜碧列克，
让妹妹惊喜万分，喜出望外。
于是他们掉转马头，带着厚礼，
来到杰孜碧列克的山城。
萨拉玛特动员了全城的父老乡亲，
依照柯尔克孜人传统的礼仪，
热情招待着远方来的至亲。

他们在那里住了五天，
依依不舍地跨上马鞍。
在返回塔拉斯的途中，
三个骑手扬鞭策马你追我赶。

当夜幕降临的时候，
来到别提巴克特盆地，
露宿在一条河流的岸边。
他们沿途经历的奇遇，
十分有趣，令人惊叹！

在那遥远的地角天边，
在那仙人居住的地方，
出生了一位美丽的女孩，
给她起名叫阿敏姑娘。

当她成长到十八岁的妙龄，
奴库尔朵竟然向她伸出了魔爪，
阿敏姑娘不愿嫁给奴库尔朵，
父亲巴努尔夏也拒绝了这个强盗。

奴库尔朵恼羞成怒，怒火中烧，
扬言要把巴努尔夏的城郭洗劫一空。
双方插上战旗摆开阵势，
巴努尔夏和奴库尔朵激烈交锋。
他俩势均力敌，僵持不下，
战事持续了整整三个年头。
可惜巴努尔夏最终失利，
奴库尔朵就要实现自己的美梦。

此时阿敏姑娘陷入困境，
心中充满烦恼和忧愁，
她孤立无助，不知所措，
沿着河岸茫然行走。

她在路上突然遇见一位姑娘，
看上去年龄和自己相仿，
两个姑娘相互施礼问候，
将自己的姓名告诉对方。

她们一见如故，相见恨晚，
阿敏姑娘道出了自己的所有情况。

那个姑娘听后也亮出了自己的底细：
“我的母亲是一位仙女，
我的父亲是亚当的后裔。
我的名字叫作阔克蒙巧克，
我曾经带领一群姑娘生活在人间。
突然有一天发生灾祸，
我仓皇逃命飞上西天。
从此我未曾脚踏大地，
今日特来与你见面。”

阔克蒙巧克一五一十地讲述，
怎样把赛麦合依藏匿了十四年。
讲完自己辛酸的经历，
为阿敏姑娘诚心指点：
“你若不喜欢奴库尔朵，
就不要屈服强暴被迫嫁人。
你若嫁给这样的强盗，
你将一生受苦后悔终生。
请你仔细听清，
我告诉你哪里可以投奔。

“人类生活的这个大地上，
还有许多英雄好汉，
其中有一个人叫作卡依普当，
足智多谋，智慧超凡。
他的女儿叫作库娅勒，
力大无比，智勇双全。
你若投靠她，要求避难，
她会满足你的心愿。

“你若去投靠一个男子汉，
免不了有偷男之嫌。
我们女人就是这样苦命，
容易被人造谣诬陷。
你若能找到库娅勒，
她会帮你把奴库尔朵的罪恶清算！”

卡依普恰勒之女阔克蒙巧克，
描述了库娅勒的秉性和长相。
她给巴努尔夏的女儿阿敏，
指明了库娅勒居住的方向。

阿敏姑娘摇身变成了一只白鸽，
扑打着翅膀升空飞翔。

奴库尔朵发现阿敏的行踪，
拖着笨重的躯体在后面追赶，
阿敏姑娘奋力展翅，一路飞奔，
终于来到库娅勒父亲的大殿。

阿敏姑娘怎么会拘束，
直接来向卡依普当跪拜问候请安。
她说明自己的来意，
要求和库娅勒姑娘面谈。

卡依普当开口回答，
讲起了柯尔克孜的祖先，
讲到了雄狮玛纳斯的丰功伟绩，
讲到了巴卡依和卡妮凯的贡献，
讲到了赛麦台依托热[①]功德盖世，
讲到豹子般英雄古里巧绕智勇双全，
讲到独生女儿库娅勒，
怎样与赛依铁克喜结良缘。

他告诉阿敏姑娘：
“英雄古里巧绕、赛依铁克，
还有古丽娜尔三个人，
正行进在返回塔拉斯的途中。
孩子你不必去找库娅勒，
应该去见赛依铁克和古里巧绕英雄。

① 托热：唐代史书称柯尔克孜汗王为“托热”。

"他们是玛纳斯的子孙，
所向无敌，战无不胜。
还有仙女阿依曲莱克，
足智多谋，料事如神。

"英雄们身穿奥勒波克战袍，
什么样的箭矢都无法射穿。
阿勒曼别特之子古里巧绕，
什么样魔法他都能明辨看穿。
只有这些英雄好汉，
才能帮助你摆脱困难。"

接受了卡依普当的指点，
阿敏姑娘又飞向蓝天。
她在空中盘旋鸟瞰，
发现了雄狮古里巧绕。

阿敏姑娘仔细端详，
英雄古里巧绕果然相貌非凡。
她一见钟情，情不自禁，
心中的恐惧顿时云消雾散：
"不知道哪个幸福的女人，
能够与他同床共枕？
如果他把我紧紧拥抱在怀中，
哪怕就一会儿时间，
然后再把我亲手杀死，
我也会心甘情愿，无恨无怨。"

她心中充满对爱的渴望，
忧伤的泪珠顺着脸颊往下滚动。
她在空中越飞越低，
失去理智，神魂颠倒。

英雄古里巧绕只见一只小白鸽，
颤抖着翅膀，降落在身边。
"哎哟，可怜的小白鸽，

莫不是被库木帕依[1]鸟追撵，
陷入绝境走投无路，
落在此地寻求避难？”

他轻轻地将小白鸽捧在手上，
不料小白鸽摇身一变，
变成一位美丽的姑娘，
阿勒曼别特之子古里巧绕，
目瞪口呆，惊奇地张望。
美丽的姑娘亭亭玉立，
好像出水的水獭闪耀着光芒。

古丽娜尔从外面归来的路上，
看见了这样奇妙的情形，
她急忙叫醒熟睡的赛依铁克，
催促英雄赶快睁开眼睛。

不等他睁眼起身，
古丽娜尔就说开了刚才目睹的情景。

赛依铁克觉得新鲜有趣，
转过身伸着脖子，
将他们的一举一动看清：
只见大叔看着一位姑娘出神，
姑娘盯着大叔目不转睛。

赛依铁克在心中这样想：
“古里斯叔父现年四十岁，
那姑娘可能有二十五岁芳龄。
可见那姑娘已经爱上了叔父，
叔父对姑娘也一见钟情。
就是不知道姑娘来自何方。

“不知道谁是她的父亲。
孤零零地来到野外与人相逢，

① 库木帕依：一种鹰科鸟。

她可不像简单的女性。”

赛依铁克起身慢步走来，
要弄清这件事的来龙去脉：
“你早，我尊敬的叔叔，
这个姑娘你从哪里找来？
莫不是老相识，
在此把你等待？”

古里巧绕急忙回复：
“我们萍水相逢，
素不相识，
还是你自己问个清楚。”

赛依铁克转向姑娘问话：
“姑娘你在野外与我们相遇，
从哪里来，到哪里去？
你生长的故乡在哪里？
你是凡人，还是仙女？”

巴努尔夏之女阿敏姑娘，
从头到尾，毫不保留，
将自己的来历如实叙述。

阔克蒙巧克如何指明出路，
自己如何千里来寻求庇护，
一路打听的消息和传说，
去找卡依普当的经过，
卡依普当如何送她上路，
一字不落详细述说。

阿敏姑娘讲完这一切，
两眼把古里巧绕紧紧盯住。
她含情脉脉，情真意切，
落落大方，毫不拘谨。
大伯也默默地望着她，
一动不动像一尊雕塑。

赛依铁克见此情形，
以为路遇意外收获，
满心欢喜，格外高兴。

正在这时，古丽娜尔姑娘，
迈着轻盈的步履走来，
摆上了丰盛的早点早茶。
三个人变成四个人，
围坐餐布边吃边说话。

旭日东升，普照大地，
他们吃完饭将餐布收起，
忙碌着上路的准备，
鞴好了各自的坐骑，
古里巧绕心中盘算，
今日起程马不停蹄，
一天之内要赶到塔拉斯目的地。

正当他们就要跃马出发之时，
晴天霹雳，电闪雷鸣，震耳欲聋，
狂风骤起呼啸着席卷大地。
可怜的阿敏姑娘心里害怕，
见到电闪雷鸣，风云突变，
浑身不停地战栗。

“姑娘，你这是怎么了？”
英雄古里巧绕心疼地问道，
赶快将姑娘的胳臂扶住。

“这风云突变，
是奴库尔朵来临的预兆，
因此我感到恐惧，心中发怵。
你是功名盖世的英雄，
我相信你能把我保护。”

此时雄狮赛依铁克，
跃身跨上阔依库荣骏骥。

手中紧握锋利的长矛，
精神抖擞随时准备出击。

巨人奴库尔朵来势凶猛，
所到之处掀起风暴，
漫山遍野的草木被横扫，
成排成行的梧桐树被吹倒。
该让老天惩罚的奴库尔朵，
没有骑马，徒步奔来。

他满不在乎无所顾忌，
不把这些人放在眼里。
他伸出像铁叉一样的魔爪，
就要把可怜的阿敏姑娘抓起。

少年勇士赛依铁克，
英雄虎胆，眼疾手快，
他厉声呵斥一声："住手！"
将矛枪对准奴库尔朵的腋窝戳来。
奴库尔朵被矛枪击中，
侧身摔倒又站了起来。
他面目狰狞，脸色铁青，
恼羞成怒，气急败坏。

五大三粗的奴库尔朵，
高大的身躯如同山冈。
他久经沙场，嗜血成性，
身强力壮，武艺高强。

他身穿九层铁衣铠甲，
手中紧握阿勒巴尔斯宝剑，
如果砍下去能够把岩石劈成两半。

奴库尔朵也是一位汗王，
有三十个城市归他掌管。

奴库尔朵和雄狮赛依铁克，

两位巨人展开了激烈交战。
他们愤怒地咆哮呐喊，
十公里以外也能听见。

他们鼓足勇气相互攻击，
猛烈地戳出锋利的矛尖。
他们不怕被一枪刺中身亡，
轮流让对方戳矛击剑。

奴库尔朵徒步周旋，
好不容易坚持了一天时间。

“喂，赛依铁克，
你我都是英雄好汉，
我建议休战，请你在此等我一天。
我并不是没有战马可骑，
我要回去跨上战马来与你交战。

“去吧，奴库尔朵，把你的战马骑来，
我要让你死得毫无遗憾。”

当奴库尔朵转身返回之时，
阿敏姑娘对赛依铁克这样直言：
“鱼儿身上从不长毛，
奴库尔朵从不信守诺言。
他统治着三十个城市，
那里的大力士和巨人成千上万，
奴库尔朵以接战马为名，
其实是把你们蒙骗。

“等到他重返战场，
他会带来骏马驮不动的徒步巨人参战。
他会带来无数的大力士，
让战火在这里蔓延。
他的兵马如同冲天的烈焰，
欲将一切无情焚烧。
他会把队伍分成两路，

一路兵马去把百姓糟践，
一路兵马留在此地作战。

“你们几个寡不敌众，势薄力单，
古里巧绕，请允许我腾空飞翔，
立刻飞到我的父王跟前。

“父王拥有众多的天兵天将，
其中有许多力大无比的巨人，
他们臂力超人，以一当十。
我要去请求父王支援，
带领兵马前来参战。
面对天兵从天而降，
奴库尔朵无法向塔拉斯进犯，
就是分一路人马开往塔拉斯，
攻占的企图也无法实现。”

古里巧绕同意了她的意见，
阿敏姑娘变成小白鸽展翅飞上蓝天。
飞落到巴努尔夏的天宫，
低垂着头向父王请安。

听完了女儿的请求，
巴努尔夏这样开言：
“我的女儿，你说的都是实话，
我们经常派仙人下凡，
了解人间发生的事变。
对玛纳斯的身世和功德，
我们也了解得十分周全。

“你为了摆脱奴库尔朵的骚扰，
下凡到人间遇上好汉，
危急时刻你前来求援，
我怎能在此袖手旁观。
你明确地告诉我，
那几位玛纳斯子孙的姓名和外观，
我要把他们核实清楚，

才能带着天兵天将下凡。”

天上的仙人都不说假话，
有什么事也互不相瞒。
阿勒曼别特之子古里巧绕，
还有赛依铁克的全部情况，
小白鸽叙述得详细又全面，
没有夸张也没有隐瞒。

身居天宫的巴努尔夏，
核实情况后做出决断：
“我的宝贝女儿阿敏，
你赶快去和母亲见面，
禀明你下嫁人间的决定，
你母亲如果支持，
我们将为你们举行盛大的婚礼。
我们出征的日子就定在明天，
要做好准备，抓紧时间。
我们要召集天兵天将，
去向奴库尔朵宣战！”

天仙阿敏与古里巧绕喜结良缘

巴努尔夏发出的命令，
迅速向全体仙人传遍。
毫不迟疑立刻动员，
很快集结天兵十万。

就在这两天的时间，
奴库尔朵率领着十万魔兵，
浩浩荡荡地来到约定地点。
巴努尔夏的十万兵将，
也及时赶来迎战。

巴努尔夏和奴库尔朵，
旗鼓相当，气势非凡，
十万天兵和十万妖魔在此会战，
大地超载不停地震颤。

奴库尔朵来势凶猛，
兵分两路势如山洪，
五万兵马原地待命，
五万兵马迅速向塔拉斯进攻。

巴努尔夏注意观察敌情，
向手下的兵马下达命令。
他的十万兵马一个不留，
全部扑向对面的五万妖兵。

巴努尔夏和奴库尔朵对阵指挥，
天兵天将和西方的恶魔混战在一起。
奋力拼杀，鲜血飞溅，

凝固的血浆四处喷洒，
只见被砍断的头颅，
一个接一个滚落地面。

面对天兵和魔兵在空中交战，
地面的人们心惊胆战，
失魂落魄，不知所措，
晕头转向，东奔西窜。

双方兵将极力拼杀，
短兵相接浴血奋战。
幸存的兵将暂时休战，
分别向巴努尔夏和奴库尔朵禀报战况。
奴库尔朵遭受惨重损失，
暴跳如雷，怒火万丈。

怒气冲天的奴库尔朵，
身披红色的斗篷，
跃身跨上卡拉布茹勒骏骥，
好像饥饿发疯的野兽。
他稀疏的头发根根竖起，
宽大的袖子随风飘动。

他吼声如雷，
震天动地，
见到他凶相的人们无不惊恐，
个个吓得屁滚尿流。

他驱动着卡拉布茹勒马狂奔，
身后卷起浓浓烟尘。
他要和赛依铁克单打独斗，
叫嚣着让赛依铁克出阵。

听到奴库尔朵挑战的吼声，
雄狮赛依铁克心中思忖：
“假如我不去迎战，
他会说我没有胆量与他交锋。”

赛依铁克跨上阔依库荣马飞驰上阵，
好像闪电划过天空。

帅气威猛的赛依铁克英雄，
勇敢地与奴库尔朵对阵。
两位英雄摆开架势，
展开了面对面的较量。
他们不久前打过两天，
彼此的打法了如指掌。

当时奴库尔朵徒步交战，
招架不住，心里发慌，
请求休战，返回家园，
骑上战马重返战场。
以前的耻辱还未洗雪，
不料这次又损兵折将。

他恼羞成怒，火冒三丈，
把全身的力气集中在两个臂膀。
他要砍下赛依铁克的头颅，
并将他悬挂在马鞍上。

两位英雄你冲我挡，
一心想杀死对方，
咬紧牙关使出浑身解数，
他们挥舞宝剑，戳出矛枪，
矛枪与矛枪相撞，
战斧砍来战斧抵挡。
矛枪折断分成几截，
呼啸着飞出好几丈。
愤怒的双眼喷射着火焰，
好像冬日里发情的公狼。

奴库尔朵和赛依铁克，
一个是西方的魔头，
一个是人间的枭雄，
两人势均力敌难解难分。

这时阵中又冲出一位恶魔，
他身披着黄色斗篷，
他是奴库尔朵的一位大力士，
他吼叫着发起冲锋。
英雄古里巧绕见此情景，
驱马向前与他交锋。

两位凡人与两位恶魔，
连续战斗了两天时间。
阿勒曼特别之子古里巧绕，
面对高大如山吼声如雷的恶魔，
毫不畏惧，英勇奋战，
寻找机会把他打翻。
未等他翻身站起，
一刀将他的头颅砍断。

这位被砍下头的恶魔，
他还有一个同胞兄弟，
见兄长被古里巧绕杀死，
他奋不顾身，挺身出枪。

他摆动着粗长的双腿，
他转动着愤怒的双眼，
他扫视着左右两边，
犹如饿狼把羊群碰见，
伸出舌头舔着嘴唇和鼻尖。

他嘴里喷吐着青烟，
他的眼睛喷射着怒光，
好像风箱吹起火焰。
他身穿六层铁衣铠甲，
迈开大步乱跳狂奔。
好像一头爱顶人的公牛，
他横眉怒目，脸色阴沉，
鼻尖高傲地翘向天空。
他嘴巴张开如同无底洞，

咬牙切齿，满腔仇恨。

他将毡房大的铁锤扛在肩上，
发出声嘶力竭的吼声：
“亚当的儿子，
睁开眼睛等着我取你的性命！”
他挥舞着手中的大铁锤，
向英雄古里巧绕狠狠砸下去！

古里巧绕英雄眼疾手快，
武艺高强，
他机灵地向一侧闪身，
那位朵①的大铁锤，
整个锤头砸进土中。
那位朵一下心里发慌，
低头弯腰用尽力气也拔不出来。

就在这时候，
他的头盔下面，
在他的铁衣上端，
脖项暴露在古里巧绕眼前。
英雄古里巧绕机敏超凡，
这样的时机他怎会迟缓。
他挥舞着锋利的长矛，
矛尖曾经用毒液侵染。
他瞄准朵的耳根，
猛地戳出了带毒的矛尖。

矛尖从另一侧耳根穿出，
寒光在阳光下咄咄逼人。

那位朵来不及抬头，
一动不动趴在地面。
古里巧绕英雄一不做二不休，
举起月牙斧将他的头颅砍断。

① 朵：柯尔克孜语，意为巨人。这里指的是来自西方的魔兵。

见此情景，
所有的魔兵仓皇逃窜，
巴努尔夏的天兵奋起追歼。
双方人马短兵相接，
又展开了一场血战。

阿勒曼特之子古里巧绕雄狮，
催动着胯下的苏尔战马，
东奔西闯，横冲直撞，
冲进敌群分割拼杀。

那些经过七十天的徒步行程，
汗流浃背汗臭熏人的朵们，
那些一顿能吃七帕特曼[1]饭，
口中喷吐着粪味的朵们，
不论多少，不论大小，
统统被古里巧绕驱赶。
一排排被他打翻，
一个个头颅如同石头滚落地面。
“人间还有这样的英雄好汉？”
朵们对古里巧绕既害怕又赞叹？！

当年加勒格再克的手臂斩断的那一天，
布如勒马的腿骨打断的那一天，
坎巧绕不幸受伤的那一天，
巴依塔依拉克中弹阵亡的那一天，
汗巴卡依忧心忡忡的那一天，
也发生过同样残酷的激战。
如今，
面对西方蜂拥而来一群魔鬼，
就像当年浴血奋战的日子一样，
英雄古里巧绕勇气倍增，怒火冲天，
多少个朵与他遭遇，
无一逃脱，毙命归天。

① 帕特曼：旧时的重量单位之一，一帕特曼为200多公斤。

此时奴库尔朵见势不妙，
张皇失措，惶惶不安：
“看来我的兵马就要完蛋，
赛依铁克不会让我生还！”
于是摇晃着笨重的躯体，
掉转马头狼狈逃窜。
他不停地抽打着坐骑，
头也不回一路狂颠。
赛依铁克催促着阔依库荣，
风驰电掣，跟踪追撵。
眼看赛依铁克越来越逼近，
奴库尔朵心中暗算：
“我无法战胜赛依铁克，
他会把我打得人仰马翻，
我要先用计谋打倒阔依库荣，
然后想办法逃脱危险。”

阴险毒辣的奴库尔朵，
刀鞘中抽出了锋利的宝剑。
当赛依铁克逼近戳出矛枪的瞬间，
奴库尔朵敏捷地跳下地面。

奔腾如飞的阔依库荣，
就要跳过他身边，
该诅咒的奴库尔朵，
将宝剑砍向骏马的腿腕，
四条腿被齐齐砍断，
阔依库荣马滚翻地面。
雄狮的后裔赛依铁克，
早就跳下马冲向顽敌。

奴库尔朵立刻起身站立，
迅速跑到古丽娜尔身边。
他劫持了古丽娜尔姑娘，
抛弃坐骑，匆忙飞向蓝天。
赛依铁克跨上奴库尔朵的坐骑，

将腾云驾雾的朵紧紧追赶。

小白鸽高高飞翔，
来到辽阔的塔拉斯降落，
她立刻和阿依曲莱克见面，
通报了所有发生的情况。

小白鸽阿敏姑娘和白天鹅阿依曲莱克，
升腾上空振翅飞翔。
库娅勒骑着苏尔布旦马，
奔驰在地面紧紧跟上。

阿依曲莱克在空中飞行，
发现涅阔尔库勒也在天上。
涅阔尔库勒是阿依汗的儿子，
阔克别瑞是他的兄长。
他知道兄长与玛纳斯，
志同道合，情深意长。

涅阔尔库勒以狩猎为生，
今天正是前往狩猎的地方，
他和阿依曲莱克以前就认识，
彼此的情况了如指掌。

阿依曲莱克加速飞跃，
出现在涅阔尔库勒的前方。
涅阔尔库勒认出阿依曲莱克，
首先开口询问情况：
“噢依，阿依曲莱克，
阿依曲莱克，
你的行色为什么这样匆忙？”

阿依曲莱克向他施礼问安，
将出行的原委如实言讲。
涅阔尔库勒听完后万分焦急，
迅速来到凯斯日木的山梁。

涅阔尔库勒举起千里眼瞭望，
发现奴库尔朵行走在云层上。
涅阔尔库勒能呼风唤雨，
他呼唤大风将云朵扫荡。

奴库尔朵失去云朵的掩护，
无处躲藏，暴露在蓝天。
涅阔尔库勒使劲拉开弓弦，
向奴库尔朵射出了利箭。

利箭呼啸着划过天空，
击中了奴库尔朵的右眼。
中箭的奴库尔朵疼痛难忍，
放开古丽娜尔抱头逃窜。

阿依曲莱克和小白鸽阿敏姑娘，
在半空中接住古丽娜尔，
没让她坠落地面。
她们告别涅阔尔库勒，
将古丽娜尔送到赛依铁克身边。

就在这个时候，
库娅勒也来到他们跟前，
她要和赛依铁克一起出发，
去寻找英雄古里巧绕。
让阿依曲莱克带着古丽娜尔，
返回塔拉斯家园。

小白鸽升空鸟瞰，
四处寻找古里巧绕好汉。
她在天上来回飞旋，
突然与一群朵相遇在空中。
小白鸽接近一位朵探问来历，
那位朵如实回答，没有隐瞒：
“我告诉你，你可别外传，
我们这些朵都来自西天。
我们的统帅奴库尔朵，

力大无比，威名震天，
巴努尔夏之女阿敏姑娘，
是他要迎娶的美丽天仙。
不料这个阿敏姑娘下凡人间，
与古里巧绕缔结姻缘。

“奴库尔朵率兵与古里巧绕决战，
十万个朵全军覆没，无一生还。
奴库尔朵的眼睛被箭射中，
九死一生，逃回宫殿。
我们集结这些朵再次出征，
为的是替奴库尔朵报仇雪恨。”

小白鸽得知确切的消息，
朝着赛依铁克方向飞旋。
她看到赛依铁克和库娅勒放马吃草，
很快降落到他们跟前。
“啊，我的雄狮和英雄姑娘，
我要告诉你们一个重要情况。
我刚才在空中飞翔，
突然与众多的朵相遇，
得知奴库尔朵逃回西天，
动员手下的所有妖魔，
又率领十万朵前来打仗。
他们很可能袭击塔拉斯，
我们要做好准备及早提防。
如果你们同意我的建议，
就让库娅勒赶回塔拉斯布防，
让赛依铁克留在这必经之路，
将敌人的去路阻挡。
我还要飞上蓝天，
去给古里巧绕通报情况，
把他引领到此地驻守，
然后我要飞回父王的宫廷，
请求他出天兵支援，
我明天这个时间返回这个地方。”
小白鸽说完这些话，

振翅升空，扶摇直上。

卷土重来的奴库尔朵，
发现赛依铁克的踪影，
命令众妖魔从天而降。
女英雄库娅勒，
正在返回塔拉斯的路上，
她感觉到后面情况不对，
果断地杀了个回马枪。

奴库尔朵瞻前顾后，
向朵们发出了这样的命令：
“你们不要单独行动，
你们要把铁链紧握手中，
一起去把那个赛依铁克围攻，
用铁链捆住他，
不要放松！”

五万西方的妖兵从天而降，
他们没有坐骑，
全部徒步出征，
四面八方蜂拥而来，
将赛依铁克团团围住。

举世无双的英雄赛依铁克，
面对众敌毫不在乎。
赛依铁克发出愤怒的吼声，
冲进敌群势如破竹。
他挥舞着锋利的宝剑，
杀得朵们片甲不存，
没有一个朵能把铁链握住。

又赶来了五万援兵，
奴库尔朵发出命令，
让他们把古里巧绕活捉生擒。

未等朵们分路进军，

小白鸽领着古里巧绕火速逼近。

小白鸽要去请巴努尔夏支援，
古里巧绕坚决不答应：
“失去一只眼睛的奴库尔朵，
并没有吓人的本领。
我完全能够对付他，
你不必惊动父王大驾。”

那分开的五万妖兵，
向古里巧绕发起冲锋。
他们不敢一个一个上来，
而是成群结队四面围攻。

愿老天别让我们看到这种场面，
你看那飞来飞去的朵们，
勇士们与他们展开血战。
流淌的鲜血汇成河流，
脚下的土地被鲜血浸染。

奴库尔朵带着五万妖兵，
朝着塔拉斯方向疾行。
他要一天之内赶到那里，
将塔拉斯肆意蹂躏。

小白鸽发现他们的动静，
速来向赛依铁克报信：
“奴库尔朵要进犯塔拉斯，
给那里的父老乡亲降下灾难和不幸。
你胯下的这匹布茹勒马它能上天飞行。
英雄汗王，假若你同意，
我要让你的坐骑升空飞行，
我在前面带路引领，
去阻止那恶魔的横行。”

此时赛依铁克这样回答：
“假若我的布茹勒马有上天的本领，

小白鸽，
你就让他上天飞行，
我要立刻赶到，
在巴卡依爷爷和卡妮凯奶奶身边，
保护他们不受恶魔的欺凌。

“只要我这样的儿子活在世间，
不必让父亲赛麦台依出马与敌拼杀。”

小白鸽带领布茹勒骏马，
展开双翅高高飞翔，
他们从西向东风驰电掣，
迅速将奴库尔朵的队伍追上。

奴库尔朵突然发现，
赛依铁克前来较量。
俗话说：
“当走投无路的时候，
瞎子的眼睛也会泪汪汪。”
目中无人的奴库尔朵，
见到赛依铁克感到绝望。
他率领的五万妖兵中，
有五十名勇猛善战的大将，
他命令他们轮番出击，
要把赛依铁克咬住不放。
奴库尔朵派去伊明奴仆，
把手下的魔法师叫来帮忙。

臂力超人的朵们，
一个接一个跳出来，
有的不出一个回合就把命丧，
有的从早打到天黑，
幸免一死，回到营帐。

古里巧绕和库娅勒奋力拼杀，
众多的朵招架不住狼狈逃亡。
英雄们迫不及待，心急如焚，

纵马奔向塔拉斯方向。

英雄赛依铁克挥舞着矛枪，
矛尖戳进朵们的胸膛。
那些朵如同满身长虱子的瘦弱山羊羔，
一个个被挑在赛依铁克的矛尖上。

就在这个紧要关头，
奴库尔朵的奴仆领来了魔法师，
将飞翔的小白鸽变成小恒星，
将赛依铁克和坐骑变成化石。

当英雄古里巧绕赶到的时候，
赛依铁克和坐骑已经变为岩石，
奴库尔朵依旧气急败坏，
变本加厉，
抽去了布茹勒骏马的动脉血管。
他正要动手抽去赛依铁克血管之时，
英雄古里巧绕怒吼着赶来提枪阻止。

奴库尔朵被喊叫惊吓，
放弃了赛依铁克的化石，
他急令手下的魔法师，
对古里巧绕施用魔法。
阴险毒辣的魔法师
极尽各种各样的魔法。

你瞧，
这个古里巧绕，
足智多谋，多么神奇，
任凭魔法师什么样的魔法，
都在古里巧绕面前失去法力。

古里巧绕通晓破解术，
施法让赛依铁克恢复原形。
赛依铁克告诉他，
布茹勒马被抽掉血管，

古里巧绕赶到时为时已晚。
赛依铁克失去坐骑，
徒步行走，狼狈不堪。
布茹勒马留在原地无法动弹，
这个地方就取名叫“塔什布茹勒的凯茹”①，
它的故事至今还在流传。

这时英雄古里巧绕对小白鸽说：
“你现在可以飞到父王那里，
将这里发生的所有情况，
一五一十地向他禀报。”

巴努尔夏倾听姑娘叙述，
得知奴库尔朵逃跑的消息，
立刻命令手下出动，
他要把奴库尔朵活捉生擒。

接到巴努尔夏的命令，
众多的天仙铺天盖地地出征，
他们到处搜索前进，
逼得奴库尔朵无法藏身。

见到无数天仙越来越逼近，
奴库尔朵悄悄离开。
他带领着那位魔法师，
腾云驾雾朝着古里巧绕飞来。
阿敏姑娘及时提醒，
古里巧绕做好准备，
严阵以待。

魔法师念咒施法，
将库娅勒和坐骑变为化石一块，
但对古里巧绕施尽法术，
依旧无果，屡屡失败。
只要是上苍保佑，

① 塔什布茹勒的凯茹：地名，意为布茹勒马变成化石的坡地。

别人对他百般无奈。
居素甫圣人遗留的衬衫，
在古里巧绕身上穿戴，
任何巫术对他都无效，
他能对付任何妖魔鬼怪。

他还有两件法宝，
从不离身，
随身携带，
从容不迫辟邪驱灾。
一件是居仁朵的白钢宝剑，
另一件是阿勒曼别特遗留的马衣，
在古里巧绕的马背上披盖。
奴库尔朵见状不敢接近，
无法将古里巧绕打败。

于是奴库尔朵这样盘算：
“赛依铁克已经失去坐骑，
我不如回头将他追赶。
我要让那捣蛋鬼叫苦连天，
挥刀将他的头颅砍断，
然后叫我死去也无遗憾。”

奴库尔朵返回赛依铁克跟前，
罪恶的魔爪伸向赛依铁克。
他面色铁青，
愤怒不已，
手握锋利的矛枪，
气势汹汹猛烈攻击。

赛依铁克早已失去坐骑，
徒步迎战，义愤填膺：
“来吧，
你这个丑陋的恶棍，
使出你全部的招数！”
赛依铁克勇敢地站在原地不动，
先让奴库尔朵将长矛戳出。

张牙舞爪的奴库尔朵，
对准赛依铁克的腰侧连刺三枪，
一枪比一枪凶猛，
第三枪刺得更加猖狂。
当他第四次戳出矛枪之时，
赛依铁克觉得不能再忍让。

盖世英雄赛依铁克，
迅速抓住刺来的矛枪，
顺势用力猛地一拉，
体大如山的奴库尔朵，
连人带枪如同飞蓬一样飘来，
落在了赛依铁克的手上。

赛依铁克站稳脚跟，
紧紧扣住他的腰，
猛然摔出一个射程之外。

自命不凡的奴库尔朵，
重重地摔在地上四肢朝天，
昏迷片刻，重又苏醒，
吃力爬起连续纠缠。

赛依铁克不给他还手的机会，
借着奴库尔朵反扑的冲劲，
紧紧抓住他的腰带，
举过头顶使劲转圈。
奴库尔朵在赛依铁克手中，
像飞蓬一样旋转，
卷起呼呼的大风，
呼啸的风声让人心惊胆战！

他们俩较量的地方，
就在一条峡谷的中间，
对面是陡峭的图木秀克山。
赛依铁克把奴库尔朵加速旋转，

用尽力气砸向图木秀克山，
奴库尔朵被摔得粉身碎骨，血肉飞溅，
坚硬的山峰被砸得轰然崩塌，
从此这里被人们称为“倒塌的山”。

天兵天将抓获了那个魔法师，
他也受到应有的惩罚。
从天国前来支援的巴努尔夏，
带着天兵天将凯旋回家。
一场东方天神和人类与西方恶魔的大战，
就这样，
以西方恶魔的可耻失败而宣告结束。

阿敏姑娘小白鸽嫁给英雄古里巧绕，
留在塔拉斯落户安家。
从塔拉斯送来的骏马，
驮着赛依铁克平安到家。
他未选中理想的坐骑，
躺在家中把日子打发。

古丽娜尔生下一个男孩，
你要记住他阿勒木萨日克的英名。
阿勒木萨日克茁壮成长，
转眼已满十周岁的年龄。

库娅勒女力士当年怀孕，
生下一个男孩叫作凯耐尼木，
他将成为一代盖世英雄，
赢得世人“死神萨日克”的称呼。
充满喜剧色彩的《玛纳斯》第三部，
就这样在三对恋人的婚礼中结束，
那么，剩下的故事，
让我随着凯耐尼木的降生详细叙述。

后　记

中国柯尔克孜族英雄史诗《玛纳斯》第三部《赛依铁克》（1—2卷）汉文版是根据2004年新疆人民出版社再版的《玛纳斯》第三部柯尔克孜文版翻译而成，由朱玛克·卡德尔翻译完成。译者青年时代在中央民族学院（现中央民族大学）民语系任教，教授柯尔克孜语和汉柯翻译实践课，后来在党政部门工作的同时，又长期从事《玛纳斯》的田野调查和翻译、研究以及柯尔克孜等民族题材的文学创作。特别是从2004年以来主持《玛纳斯》汉译工作委员会的日常工作，兼任《玛纳斯》汉译学术工作组主要负责人，组织并承担《玛纳斯》译稿的翻译校注、加工整理及审定等工作，对《玛纳斯》各种文本极其熟悉，因而本部译稿的翻译就是在总结汉译工作经验和翻译理论研究的基础上进行的。

译稿经阿曼吐尔·阿不都热苏勒、扎依尔·居马西等人做汉柯对照后，交编辑整理组，由贺继宏做了结构调整和文学润色之后，印发评审稿征求意见。

本部译稿征求意见和评审采取网上阅稿评审的方式进行。我们在网上向全国的《玛纳斯》研究专家学者30多人发出译稿全文，请专家阅稿评审。两个月左右，先后收到中央民族大学教授胡振华，中国社会科学院研究员郎樱、阿地里·居玛吐尔地，黑龙江省民族研究所研究员吴占柱，新疆社会科学联合会原副主席、翻译家、编审张宏超，新疆维吾尔自治区文联副主席、作家叶尔克西，汉译学术组的郭民杰、李瑞周等及克孜勒苏柯尔克孜自治州部分《玛纳斯》研究专家、学者20多人的评审意见。特别是胡振华教授在一个多月内先后发来了7份反馈意见。评审意见除对译稿进行了充分的肯定外，大都提出了十分具体的修改建议，有的还对译稿的字、词直接进行了修改。参与评审的专家、学者普遍认为译稿质量较高，译文将居素普·玛玛依的演唱艺术与风格较为忠实地体现出来。

收到评审意见之后，由朱玛克·卡德尔与贺继宏对这些意见、建议进行了梳理、分类。各位专家学者提出的意见主要为四类，一是译稿与原诗有翻译不够准确的，甚至有遗漏的，这部分由朱玛克·卡德尔重新与原柯尔克孜文进行对照校改或补译。二是汉语字、词的准确使用和诗句的修辞等方面存在的不足和需进一步加工润色和诗化的，由贺继宏进行修改加工。三是人名和地名等与一、二部不统一的，或者是本部中前后不统一、不规范的尽量统一、规范。四是需要加强注释的问题。特别是胡振华老师在反馈的宝贵意见中甚至列出了百余条需要注释的词，这些建议都提得很好，但考虑到已出版的第一、二两部在注释词目的选择中已有了一个基本框架，为了这一版本的各部基本统一，我们虽增加了一些注释，但也留下了一些遗憾。

在译稿出版之际，我们谨向参加译稿翻译出版工作的人员，向关心《玛纳斯》工作的各级领导和专家学者，表示诚挚的谢意。

中国柯尔克孜族英雄史诗

ماناس

玛纳斯

第三部　赛依铁克

第1卷

居素普·玛玛依　演唱

《玛纳斯》汉译工作委员会　编译

朱玛克·卡德尔　翻译

新疆人民出版总社
新疆人民出版社

图书在版编目（CIP）数据

中国柯尔克孜族英雄史诗．玛纳斯．第三部，赛依铁克：1—2卷／居素普·玛玛依演唱；《玛纳斯》汉译工作委员会编译．—乌鲁木齐：新疆人民出版社，2019.8
ISBN 978-7-228-20421-2

Ⅰ．①中… Ⅱ．①居… ②玛… Ⅲ．①柯尔克孜族－英雄史诗－中国 Ⅳ．① I222.7

中国版本图书馆 CIP 数据核字（2019）第 198253 号

译本的版权依据新疆人民出版社 2004 年出版的《玛纳斯》柯尔克孜文版居素普·玛玛依演唱记录校勘本

项目统筹：林　辉　孙祁娟
责任编辑：林　辉　晁　清
整体设计：刘堪海
封面绘图：邹振明

中国柯尔克孜族英雄史诗·玛纳斯
第三部　赛依铁克（1—2卷）
居素普·玛玛依　演唱
《玛纳斯》汉译工作委员会　编译
朱玛克·卡德尔　翻译

出版发行　新疆人民出版总社
　　　　　新疆人民出版社
地　　址　乌鲁木齐市解放南路 348 号
邮　　编　830001
电　　话　（0991）2837939
制　　版　乌鲁木齐形加意图文设计有限公司
印　　刷　北京富诚彩色印刷有限公司
开　　本　787mm × 1092mm　1/16
印　　张　48.75
版　　次　2020 年 7 月第 1 版
印　　次　2020 年 7 月第 1 次印刷
定　　价　150.00 元

居素普·玛玛依
（1918—2014）

居素普·玛玛依，1918年生于新疆阿合奇县，柯尔克孜族，曾任新疆维吾尔自治区文联名誉主席、研究员，自治区政协常委，2014年去世。著名《玛纳斯》演唱大师，我国国家级非物质文化遗产传承人，被国内外史诗界誉为“当代荷马”，被国家领导誉为“国宝”，是国内外公认的世界上唯一能演唱8部23.5万多行英雄史诗《玛纳斯》的传承、演唱和研究大师。他为《玛纳斯》史诗的传承、保护和发展做出了卓越贡献，曾多次荣获国家和自治区的表彰和奖励。曾三次应邀出访吉尔吉斯斯坦，并被授予金质奖章和“吉尔吉斯斯坦人民演员”称号。

《玛纳斯》汉译学术工作组

翻译校注组组长：朱玛克·卡德尔
翻译校注组副组长：阿地力·居玛吐尔地
编辑整理组组长：贺继宏
审 定 组 组 长：马雄福
朱玛克·卡德尔
审定组副组长：贺继宏

《玛纳斯》第三部《赛依铁克》汉译工作人员

翻 译：朱玛克·卡德尔
汉柯对照：阿曼吐尔·阿不都热苏勒
扎依尔·居马西
编辑整理：贺继宏
审 定：朱玛克·卡德尔 贺继宏
吾尔哈力恰·何德尔拜
郭民杰 李瑞周
阿曼吐尔·阿不都热苏勒克
池 光

前 言

《玛纳斯》是柯尔克孜族英雄史诗，是广泛流传在柯尔克孜民间并世代传承、深受世人喜爱的民间文学作品，不仅是中国三大史诗之一，而且是世界文学艺术殿堂中的璀璨瑰宝。

《玛纳斯》是整部史诗的统称，也是第一部史诗的名称和主人公的名字。这部史诗产生于古代的部族征战年代，是英雄崇拜时期标志性民族民间艺术杰作。史诗在千百年的口耳相传过程中，就像一条奔腾不息的大河，融入历代柯尔克孜人对社会、自然、人生的认知，从而使史诗成为柯尔克孜民族精神的支柱和文化的象征。丰富的史诗故事塑造了民族精神、民族魂，展现了爱国、勇敢、智慧、团结、包容的史诗精神。

史诗篇幅浩瀚，规模宏大，内容丰富，时间跨度长，变体繁多，仅居素普·玛玛依演唱的版本就长达 23.5 万行。史诗记述了从主人公玛纳斯开始到他的子孙八代家族英雄的动人故事，讴歌了这个英雄群体为维护民众利益、保卫家乡所进行的艰苦卓绝的斗争，以及他们反对外来侵略和奴役，为柯尔克孜人争取自由、实现幸福生活、创建美好家园所展示出的奋斗精神和英雄气概。

史诗是典型的谱系式叙事结构英雄史诗，每部均表现一代家族英雄的传奇故事，自玛纳斯到他的后代英雄，富有浪漫主义色彩的悲壮功绩构成了史诗的全部内容。史诗气势恢宏，扣人心弦，是文学史上一颗耀眼的珍珠，具有巨大的震撼力。史诗以诗歌的语言，以娓娓动听的故事，将听众引入柯尔克孜先民的生活画卷。史诗中有贤明智慧的汗王，有智勇双全的战将，有德高望重的老臣，有口若悬河、能言善辩的使臣，有巾帼英雄，也有巫师及百工之人，还有叛臣贼子、巫师魔头、神仙鬼怪。不论是正面英雄，还是反面人物，都描绘得栩栩如生、丰满神奇、个性鲜明。英雄玛纳斯英武豪壮、力冠群雄，前看似猛虎，后观像雄狮，健若巨龙，捷若苍鹰；出征时猛虎开道、猎豹随后、神龙护体。他头戴铁盔、身着战袍、肩背战斧、手持长矛、腰挂宝剑，驰骋疆场，潇洒自若。史诗通过对以玛纳斯为首的英雄群体的塑造，勾勒出柯尔克孜人古代社会生活的民俗画卷，如婚礼、庆典、游艺等，均含其中，无不令人叹服。

史诗是语言艺术的宝藏，比喻、夸张、拟人是史诗常用的修辞手法，论英雄勇猛以猛虎、雄狮、青鬃狼、公驼比拟。史诗有严谨的韵律，节奏强，诗歌大都押韵，相当多的诗段既押头韵又押脚韵，唱起来朗朗上口，听起来悦耳动听。史诗各部既独立成篇又相互衔接，既有独立性又不乏连贯性，而且在人物、情节、叙事方面环环相连，融会贯通。史诗在艺术方面表现出柯尔克孜人独具匠心的高超技巧，在人物、动物的刻画和情节的描述上又充分展示出柯尔克孜人独到的文学表现力和审美情趣。史诗《玛纳斯》是具有无限生命力的经典之作，它既是柯尔克孜族文学发展的高峰，又是流传千年的艺术精品，其始终扎根中华文明沃土，与中华文化血脉相连、息息相通、交流交融。

中华人民共和国成立以来，特别是改革开放40多年来，在党和国家的高度重视和关心支持下，柯尔克孜族英雄史诗《玛纳斯》由千年来在民间传唱，发展成为我国三大英雄史诗之一，并收入我国和世界人类非物质文化遗产名录。党的十八大以来，以习近平同志为核心的党中央高度重视《玛纳斯》史诗传承发展工作，习近平总书记在中央民族工作会议上，在文艺工作座谈会上，在第十三届全国人民代表大会上，在访问吉尔吉斯斯坦的署名文章中，都高度强调了史诗的历史地位与传承发展价值。他指出史诗“不仅为中华民族提供了丰富滋养，而且为世界文明贡献了华彩篇章”“是震撼人心的伟大史诗”。2006年国务院批准史诗《玛纳斯》列为首批国家级非物质文化遗产名录。2009年我国成功申报史诗《玛纳斯》入选联合国教科文组织“人类非物质文化遗产代表作名录”。2015年国家新闻出版广电总局将《玛纳斯》推荐为中华优秀传统文化普及图书。2018年中宣部、中国文联将《玛纳斯》列为“国家文库”入选图书，纳入《中国民间文学大系·史诗·新疆卷》。一直以来，国家文化主管部门划拨专项资金，支持和帮助史诗《玛纳斯》的保护与传承工作，尤其是翻译出版工作。2013年，在国家出版基金的资助下，新疆人民出版社出版了《玛纳斯》第一部（一至四卷）汉、柯尔克孜、英三种文字版本。《玛纳斯》第二部《赛麦台依》、第三部《赛依铁克》、第四部《凯耐尼木》汉、英两种文字版本又入选2017年国家出版基金。

新疆维吾尔自治区党委和人民政府历来重视《玛纳斯》的调查、记录、整理、翻译和出版工作。自治区党委和人民政府的主要领导、主管宣传文化的领导做出批示，要求加大《玛纳斯》的保护与传承工作力度。自治区文化主管部门在规划制定、项目申报、经费投入等方面给予了大力支持。

克孜勒苏柯尔克孜自治州（以下简称“克州”）成立以来，克州党委和人民政府十分重视柯尔克孜族优秀传统文化的弘扬和文化遗产的保护与传承。克州作为《玛纳斯》史诗文化传承地和世界非物质文化遗产项目申报地，为《玛纳斯》史诗立档、保存、传承、宣传、翻译、出版、研究以及弘扬和振兴工作，做出了巨大贡献。

中华人民共和国成立之后，我国就组织相关的专业部门开始对史诗《玛纳斯》进行搜集、调查、记录、整理、翻译和出版工作。1955—1957年，由中国社会科学院少数民族语言研究所、中央民族学院、新疆维吾尔自治区文字改革委员会组织的新疆少数民族语言调查队在柯尔克孜族聚居地区进行柯尔克孜语方言调查，记录了部分《玛纳斯》唱段作为方言资料。这是《玛纳斯》首次以文字记录形式，进入了中华人民共和国的国家档案之中。1960年秋，新疆作家协会的刘发俊、刘家琪等人在克州组稿时，听到有民间艺人在演唱《玛纳斯》，此时，恰逢中央民族学院柯尔克孜语班的师生在克州牧区进行语言实践活动，在胡振华教授的率领下，师生共同记录了乌恰县著名玛纳斯奇铁木尔演唱的《玛纳斯》史诗第二部《赛麦台依》中的《赛麦台依和阿依曲莱克》片段，并译成汉文、维吾尔文分别发表在刊物《天山》（汉文）和《塔里木》（维吾尔文）上。

1964年5月，由中国民间文艺研究会、新疆维吾尔自治区文联、克州党委联合组成《玛纳斯》工作领导小组，下设工作组，中国民间文艺研究会研究员陶阳、自治区文联研究员刘发俊任组长。工作组在克州地区采访、记录《玛纳斯》史诗。1978年，三方重新组成《玛纳斯》工作领导小组，在北京记录、翻译《玛纳斯》，中央民族学院教授胡振华、自治区文联刘发俊任组长。1982年6月，组成新疆《玛纳斯》工作领导小组，自治区人大常委会、自治区文联、克州主要领导任组长、副组长。1989年11月，经自治区党委批准，又重新调整了《玛纳斯》工作领导小组。

《玛纳斯》的普查搜集工作走过了一个艰难过程。自1960年起，在各级组织的大力支持下，《玛纳斯》调查搜集人员本着“全面搜集、重点整理、大力推广、加强研究”的方针，坚持“忠实记录”的原则，先后展开了拉网式的普查。

凡有歌手的地方，哪怕是只能演唱一两段，采录人员都一个不漏地认真记录下来。采录人员分三个组，跨骆驼、骑牦牛，跋山涉水，走遍了偏僻的小村落，经过三个多月，走访了新疆境内柯尔克孜人聚居的地方，采录到史诗 20 多万行及其他民间文学作品。也就是在这次普查中，发现了著名《玛纳斯》演唱大师居素普·玛玛依。居素普·玛玛依用了近 8 个月的时间，演唱了史诗一至五部——《玛纳斯》《赛麦台依》《赛依铁克》《凯耐尼木》《赛依特》，共 11 万多行。

1964 年 8 月到 1966 年 10 月底，《玛纳斯》工作组又花费了两年多的时间，在克州的四个县进行了史诗的查漏补缺工作。此次调查，记录了《玛纳斯》片段《阔阔托依的祭典》《给七汗送信》《远征》等章节，计 12.4 万行；《玛纳斯》手抄本 21 册，9 万余行；居素普·玛玛依补唱《玛纳斯》第一部，由原记录 3.8 万行增到 5.9 万行；第二部《赛麦台依》由原记录 2.7 万行增到 3.2 万行；第三部《赛依铁克》由 1.8 万行增到 2.4 万行；第四部《凯耐尼木》由 1.6 万行增到 3.4 万行；第五部《赛依特》由 0.28 万行增到 1 万行（后又增唱到 2.4 万行）。同时，他又演唱了第六部《阿斯勒巴恰与别克巴恰》4.5 万行。但令人惋惜的是，这些凝聚了几十个人两三年夜以继日劳动成果的记录稿和译稿遗失了。

1978 年，居素普·玛玛依在北京除对前六部进行重唱外，还新唱了第七部《索木碧莱克》和第八部《奇格泰》。

经过数十年的努力，史诗《玛纳斯》的搜集工作初见成效，搜集到 80 多位演唱艺人的变体，于 1995 年正式出版发行了演唱大师居素普·玛玛依的柯尔克孜文版全本，并于 2004 年修订再版，又全文转写成斯拉夫文出版，在吉尔吉斯斯坦及俄罗斯等国引起了巨大反响。

为了使更多的读者了解史诗《玛纳斯》，广大民间文艺工作者积极努力，利用不同文种报刊宣传介绍《玛纳斯》，已有大量精选片段在各种报刊、书籍中刊发及引用。同时，新疆人民出版社出版了刘发俊等组织翻译的《玛纳斯》第一部的汉译本，克州史志办和新疆民间文艺家协会编选的《柯尔克孜民间文学精品选·玛纳斯精选片段》等汉译本。可是由于种种原因，《玛纳斯》柯尔克孜文翻译汉文工作一直未能进入有效的组织计划程序。

2004年，随着我国非物质文化遗产保护工程的正式启动，《玛纳斯》柯尔克孜文翻译汉文工作迎来了前所未有的大好机遇。当年，在克州党委和政府的关心与支持下，克州和自治区文联联合成立《玛纳斯》汉译工作领导小组，后改为《玛纳斯》汉译工作委员会，并组建了多民族人员参与的强有力的工作班子。

《玛纳斯》柯尔克孜文翻译汉文工作本着政府组织策划、政府出资、政府协调、政府指导的原则，由克州人民政府与新疆民间文艺家协会组织通晓汉、柯尔克孜两种文字且有一定文学表达能力的专业人员，开展翻译、整理、审定工作。

一、本次汉译本以居素普·玛玛依演唱的2004年新疆人民出版社再版的柯尔克孜文版《玛纳斯》为蓝本。

领导小组下设翻译校注组、编辑整理组、审定组三个工作机构。三个工作组明确职责，相互配合，严格按翻译、柯汉对照、整理、评审、审定、译文校订等程序进行。

1. 翻译：严格按照民间文学的特点进行翻译，坚持“信、达、雅”的翻译原则。译文诗句上下对应，句与句之间、节与节之间、段与段之间上下连贯，意思完整。每一个字、词，每一行译文必须表述精当。

2. 柯汉对照：主要是纠正译文中的错、舛、漏，对译文表述不清或用词不准的词句进行修改。对一些特有的俗语、谚语进行详细说明；对于使用词义延伸和词义反向延伸的句子进行说明，以便编辑整理时参考或加注。

3. 整理：根据优秀传统文化整理要坚持“取其精华，去其糟粕”的方针，在尊重原诗内容的基础上对文字进行精加工，既要符合汉文读者的语言习惯和阅读、欣赏口味，又保留原诗的语言特点、艺术特点和民族特点；文字力求简练、准确、流畅、生动，有诗的韵味；保持柯尔克孜民间史诗的节奏和音韵风格，不生搬硬套汉文韵律诗的格律。

4. 审定：也是统校，是译稿交出版社之前最后一道工序，具体是对前三个环节逐一进行审查。特别是对汉译稿的翻译质量、文学表达和文字内容进行把关，译稿涉及的民族关系、地域概念、习俗信仰等问题做到既尊重历史，又符合和谐发展的原则。

二、在《玛纳斯》汉译工作启动伊始，领导小组就召集相关工作人员，阐述《玛纳斯》翻译准则，即“忠实原文、保持风格、通俗流畅”。真正做到汉译稿既保持史诗内容原汁原味和民间艺人即兴演唱的风格特点，又能兼顾广大汉语读者的阅读习惯，做到真正意义上的雅俗共赏。另外，《玛纳斯》是流传千年的艺术精品和世界文化瑰宝，所以汉译稿既要求体现史诗本身的艺术魅力，又要将口头演唱转换为书面文字过程中存在的技术问题做到妥善处理。

1. 演唱中的人物关系顺序，在原演唱时很清晰，但译成汉文时，有时要加主语，而且有些语句还需用标点符号来划定；再者是人物对话中的场景，有的是毡房内景，有的是外景，在文字表述中都需加以说明。

2. 人名、马名、地名、植物名、动物名、部落名称均采用音译加注释的方法，极个别的为了押韵亦采用意译方法。其中，地名翻译尽管与现代地名相同，但与现代地理位置可能并不相同，不能一一对应。

3. 史诗本身没有段落之分，有时演唱艺人激情高昂时能一口气演唱几十行，而且是一韵到底。在不影响史诗结构的同时，汉译稿根据故事情节的发展和读者的阅读方便，按史诗发展情节分了段。另外，根据柯尔克孜文版整理方案，每部中以重大事件划分出若干一级标题，同时在一级标题下，又划分若干个二级标题，使读者阅读时更加清晰明了。

4. 史诗的汉译实际上是一个对史诗研究的过程。特别是根据诗史的内容，基本澄清了史诗产生的年代，从而对史诗中出现频率较高、颇受专家学者关注的一些名词术语，在汉译中做了较为准确的界定。“卡勒玛克”只是蒙古族的一部分，亦译作“卡尔梅克”“卡尔玛克”等，不能笼统地译作“蒙古”。另外，在《玛纳斯》中曾引起争议的“Beijin”一词，有部分译文译作“北京”，这一词实指契丹的都城，有学者认为是辽朝的上京临潢。2010 年《辞海》(缩印本)对“北京”的释文就有“金天眷元年 (1138 年) 改辽上京临潢府为北京，天德二年 (1150 年)，撤销北京名号，故址在今内蒙古巴林左旗东南波罗城”。也有学者认为《玛纳斯》中的“Beijin”应为中国历史上的“北庭”。“北庭”在今新疆维吾尔自治区北部的吉木萨尔县内，唐代为北庭都护府治所，西辽曾在这里的叶密立地方建新城以招揽部众，后建都虎思斡尔朵。也有人将“Beijin”误认为今日之北京，这与《玛纳斯》产生的历史是不相符的，因为今日之北京在辽时被称作“燕京”。鉴于此，本次翻译时统一使用音译“别依京”，也有些诗句中根据需要，被译作“上京”或“康阿依”。

5. 为了使译文能达到忠实原文的基本原则，在本次汉译过程中，初稿翻译全启用精通汉语的柯尔克孜译者，而且邀请近十位柯尔克孜专家学者参加汉译的每个环节，特别是柯尔克孜文与汉文的对照工作，第一部译稿就进行了两次对照，目的就是为了译文更加准确无误。

本次汉译工作在社会各界的大力支持下，在史诗研究者的不懈努力下，汉文本即将陆续与读者见面。由于翻译、整理、审定人员对史诗本身的熟知程度不同，在汉文的表述及对史诗中一些生僻词句的理解是否妥帖，尚待商榷。

《玛纳斯》是柯尔克孜人集体创作的不朽优秀文化遗产，《玛纳斯》的调查、记录、整理、翻译、出版也是集体劳动的成果，在本书出版之际，我们向无数传承《玛纳斯》的玛纳斯奇们表示敬仰和怀念，向几十年来参加《玛纳斯》的调查、记录、整理、翻译及出版的工作人员，向关心《玛纳斯》工作的各级领导和专家学者们，表示诚挚的感谢！

2020 年 7 月

目 录

◎ 第1卷

◎ 第2卷

坎巧绕篡夺汗位

色特尔塔依巧与坎巧绕周旋

英雄阿依阔勒[①]玛纳斯，
团结柯尔克孜各个部落，
驱逐强虏复兴部族，
创造了民族史上的又一个辉煌。

汗王玛纳斯一时大意，
遭空吾尔巴依暗害身亡；
家族突发内讧，
谋权篡位迫害孤儿遗孀。

有识有胆的母亲卡妮凯，
带着孤儿赛麦台依逃亡。
十二岁的英雄赛麦台依，
夺回汗位重建辉煌。

正当部族如日中天蒸蒸日上，
坎巧绕的叛乱又将部族推向深渊。
汗王赛麦台依幻化消失生死不明，
现在就将此后发生的故事传唱。

胆大妄为的坎巧绕和克亚孜，
骑着马向色尔城[②]走来。
那里的小伙子色特尔塔依，
急忙把城门打开。

① 阿依阔勒："阿依"意为月亮，"阔勒"意为湖泊。史诗中以月亮般的光洁明亮、湖泊一样的宽阔指代英雄玛纳斯为人心胸开阔、品德高尚，是顶天立地的英雄好汉，后来成为玛纳斯的代名词。

② 色尔城："色尔"意为光芒四射，光辉闪烁。因为这座城市建设得豪华壮丽，金碧辉煌，是一座闪烁着光芒的城。后即以"色尔"为城名。

他心中燃烧着愤怒的火焰，
却装出一副笑脸。
他牵着库云塔依[①]骏马，
低着头，脖子上挂着缰绳[②]，
面对坎巧绕和克亚孜，
弯腰鞠躬，听候调遣。

坎巧绕生性咋咋呼呼，
对色特尔塔依大声叫喊：
“你牵着马跑到我跟前，
鞠躬行礼问候请安。
你见到我们就喜不自胜乐不可支，
看得出你是一位英雄好汉！
从今天起在这座城里，
你就代替萨热塔孜的地位，
担任城门的护卫官！”

色特尔塔依得到如此封赏，
不料却说出了这样的语言：
“我有个请求要向您诉说，
如果您允许，我立刻跃马扬鞭，
迅速赶往恰绮凯跟前，
我要向她通报这里的事变。
向卡妮凯、巴卡依、阿依曲莱克他们，
通报这里的事变。
我要用通风报信的手段，
来把他们内心的秘密试探。
最迟在后天傍晚，
我定会回到您的身边。
到那时，我会请求大伯您：
当着三十名将领和四十名勇士的面，
兑现您刚才的诺言，
到那时，我才能心安理得接受官衔。”

① 库云塔依：骏马之名，意为与旋风赛跑的两岁马驹。

② 脖子上挂着缰绳：柯尔克孜人表示请罪或归顺时，将马缰绳或马鞭挂在脖子上，有负荆请罪之意。

坎巧绕心中这样判断：
“这个色特尔塔依是懂规矩的好汉，
对我忠诚，没坏心眼，
定会维护我的地位与尊严。”
于是对色特尔塔依说道：
“你要去，我不阻拦，
但还有许多事情等着你来承办。
你最好不要晚于后天，
一定要返回城里与我相见。”

色特尔塔依套出了坎巧绕的这番话，
知道了还让自己做事的打算。
他立刻鞴好库云塔依骏马，
迫不及待地跨上马鞍。

巨人克亚孜进入城里，
登上了赛麦台依的宝座，
笨重的身躯在汗位上落座。
守卫宫廷的卫士，
还有他们的妻室儿女，
每当看到坎巧绕和克亚孜的身影，
在他们眼前晃来晃去，
就噘起嘴巴，
心中窝火不安。

这些天老人们待在家里不想出门，
婴儿被遗忘在摇篮，系带不曾放松。
男人和女人，
老人和少年，
个个愁眉苦脸心惊胆战。

瞧，在坎阔勒[1]这个地方，
五彩缤纷的鲜花骤然凋谢，
遍地绿草突然枯黄。

① 坎阔勒：地名。

好像溪水开始结冰，
再不能发出潺潺的声响。
好像所有动物已经进入冬眠，
看不到地面上活动的景象。
百灵鸟的舌头似乎被揪断，
再不能放声婉转地唱歌。

野羊不去草场吃草，
躲藏在岩石后面不露头角。
人见人爱欢快飞舞的燕子，
无心展开美丽的翅膀，
也无心外出捕捉昆虫，
来把饥饿的幼雏喂饱。

失去了崇尚勇猛的主人，
塔拉斯显得空空荡荡。
连锐眼利爪的禽中之王——
山鹰都不再飞翔。

不见母盘羊漫游在丘陵，
公盘羊都一动不动卧在山冈。
公山羊都呆呆地站在岩石之上，
母山羊都愣愣地站在悬崖边缘。
公鹿都躲在山嘴后面，
母鹿都困在河中小岛中间。
有灵性的野兽都不想迈步走进草原，
好像封锁在灌木林间。
在沙丘上看不到斑马飞奔，
活蹦乱跳扬起的滚滚烟尘。

三天以来天气沉闷，
太阳不愿露出明媚的容颜。
夜晚的天空漆黑一团，
见不到星星灿烂的笑脸。

好像星星在暗自思念：

"赛麦台依、古里斯[1]不在身边，
我们为谁而展现笑脸？
没有阿依曲莱克抬头观看，
没有卡妮凯凝神仰望，
我们为谁而闪闪发光？"

好像太阳阴沉着脸发问：
"汗巴卡依、古里巧绕正在悲伤，
汗赛麦台依不知在何方？
我为何放射光芒！
我为谁送去温暖？"

漫山遍野的动物不见了，
光辉灿烂的太阳不见了，
在坎阔勒阿塔、塔拉斯平原，
在人间，在畜群，在大地和河流间，
昔日生机勃勃的景象再难看见！

大伯巴卡依和母亲卡妮凯焦急万分，
月亮般的大嫂阿依曲莱克心中挂念：
"英雄赛麦台依去拜谒父亲的陵墓，
已经三天怎么还不回返，
不知发生了什么变故？"
婆媳俩躺在被窝里不能入眠，
心里总是七上八下，忐忑不安。
好像大灾大难就要降临，
谁也没有心思把手头的活儿干完。

"三天来天色阴沉，
见不到灿烂的阳光，
不可测的世界又要闹什么花样？"
人们越想心里越慌。

节提托尔[2]草原居住的人们，

① 古里斯：对古里巧绕的尊重、亲密的称呼。

② 节提托尔：地名，意为七座山坡。

议论着一个个不祥之兆，
谁都说不清要突发什么灾难。
阿吉巴依之子凯尔曼巴依，
忧伤地说道：
“奇怪啊，已经三天了，
皮囊里的马奶，铁锅里的酸奶，
不知为什么，怎么也不发酵。
我问过了挤奶的妇女们，
她们说奶畜都挤不出奶。
我们家里的肉怎么也煮不熟！
你们家里怎样我不知晓。”

在场的人确实不少，
七嘴八舌议论起来：
“凯尔曼巴依说得很实在，
我们也没有喝上发酵的马奶，
我们也没有喝上发酵的酸奶，
我们也没有吃上煮熟的马肉，
家里的锅连开水都烧不开。
三天了，
这个世界，
难道开始变坏！
人人脸上没有光彩，
遍地草木没有花开！”
整个阿寅勒议论纷纷，
都为这些怪异的现象惊慌不安，
所有的人无一例外。

英雄父亲玛纳斯留下的这峰白色母骆驼，
一直在丘陵生活，
入春以来悠闲自在，
像吹过气一样肥壮起来。
刚刚过了中午时分，
急匆匆奔向阿依曲莱克的门前。

母骆驼低垂着头，
好像驼羔被狼吃掉一样，

不时发出凄凉的哀号。
它面对着西方的天空，
头枕着阿依曲莱克的门槛，
一直卧在那里全身发抖。

英雄赛麦台依的白色猎犬，
曾经一天猎获十条恶狼。
与它遭遇的一群群野羊，
没有一个能够逃脱。
它曾经在人迹罕至的戈壁滩，
捕捉过一头狮子王。
当一群豹子袭击畜圈的时候，
不等它们靠近畜群就咬倒了三个。

被人称马斯坦的狗熊，
也一连咬倒了七头。
可爱的白色猎犬，
紧追逃跑的野兽，
如果主人不招手，
它不咬住猎物绝不回头。

你看，现在这条猎犬，
把尾巴夹在两腿中间，
它忽而号啕大哭忽而低声哀叹，
绕着白色毡房转圈圈。

它圆睁着血红的眼睛，
它咆哮如雷地大声狂吠，
牙齿咬得咯吱作响，
恨不得向前横冲直撞。

它不停地发出哀号，
来到阿依曲莱克身边。
仅仅在这三天时间，
它像吞食了钢针一样，
消瘦得使人难以辨认。

狮子般英雄留下的白鹰，
是英雄好汉的左臂右膀。
前十天脱落旧羽毛，
后十天长出新羽毛。
十五天内翅膀变硬，
二十天后展翅飞翔，
满六十天放飞捕猎。
白鹰它从来都是这样，
从不放过眼前的猎物，
再狡猾的狐狸也逃不脱它的利爪。

正当野柳开花的季节，
白鹰被收回鹰舍喂养。
羽毛丰满，体魄强壮，
寂寞难耐，心里慌闷。

谁知道这三天以来，
竖起羽毛不吃不喝。
仰望着天空大鸣大叫。
不停地扑打坚硬的翅膀，
用利喙拽拉腿上的绳套，
夜里也不肯缩头睡觉。
锐利的目光被阴影笼罩，
忽而发出痛苦的呻吟。
白鹰隼在鹰舍里痛苦烦恼，
才三天就变得又瘦又小！

“为什么发生这样的事情？”
阿依曲莱克心中感到不安。
这时候婆婆卡妮凯走到跟前：

“噢依，
我的‘小马驹’[1]曲莱克，
我感到心慌意乱坐卧不安。
赛麦台依出门已经三天，

① 小马驹：卡妮凯对阿依曲莱克的昵称。

怎么还没有返回家园？

“我咽不下饭食，
也不能平静入眠，
每时每刻心神不安。
当时不让赛麦台依上路，
他听不进我好言相劝。
我的孩子，
他是否告诉过你，
他要去的确切地点？”

“啊！亲爱的妈妈，
你的智慧是家乡的福源。
他临走时对我留言：
他要去父亲的陵墓祭奠。
我多次劝他暂不要去，
谁知坎巧绕故意推波助澜。
赛麦台依临走时只说了一句话，
‘当天晚上就要回返。’

“你的儿子出门的那天中午，
白色母驼回到咱家园。
这可怜的庞然大物，
一直跪卧在我门前。

“白色猎犬不停地吠叫，
就是不吃任何东西。
你儿子养的白鹰，
好像听到同胞的声音，
仰望着天空大鸣大叫。
用嘴拽拉着腿上的绳套，
整夜不上鹰架栖息。”

“亲爱的阿依曲莱克，
在阔阔托依的祭典上，
在聚集的人群面前，
有位先知对我的命运这样预言：

‘她后颈的头发犹如绒毛细软，
从她的青年时期，
好日子越来越少，
苦日子接连不断。
她后脑的头发犹如绒毛细软，
她将来享受的富贵，
远远少于她遭受的苦难。’
孩子，莫不是这预言如今得到应验！

“自从你公爹离世，
我们真是受尽了苦难。
处境刚刚开始好转，
赛麦台依这次若是凶多吉少，
我们又将面临巨大危难！”

这些事情暂且不谈，
让我们来关心关心，
从城里出发的色特尔塔依那边。

色特尔塔依跨上库云塔依骏马，
立刻从城里出发。
他朝着坎阔勒方向走去，
他一路想着试探恰绮凯的办法。
他想当面留心观察，
因为他听到过妇女们互相传话。
说坎巧绕和恰绮凯，
拉拉扯扯，勾勾搭搭。

“我要掉转马头先去她家，
要摸清她的真相，
验证传言是真还是假。
然后迅速奔向上游，
寻找那些落难的人家。”

色特尔塔依这样盘算，
从大路上掉头拐弯。
扬鞭策马，一路奔腾，

来到了恰绮凯的房前。

古代社会的人们，
奇妙的语言里深藏着玄机。
色特尔塔依对恰绮凯，
早有想好的话语。

我们的赛开米[①]没有下马，
站在门口大声呼喊：
“夏铁米尔的孙女恰绮凯，
我娇媚的嫂子，你可平安？
我已来到你的门前，
请你听听我给你带来的消息。

“色尔城已经倒塌崩坍，
泉源枯竭，溪水中断，
赛麦台依倒毙归天。
你的小叔子古里巧绕倒了霉，
虽然活着但成了伤残。
分散各地的人集中起来，
如今已归你小叔子坎巧绕统管。”

色特尔塔依这番话，
让恰绮凯露出笑脸。
她一步一摇地走到门外，
开始与色特尔塔依交谈：

“噢，我的淘气鬼色特尔塔依，
你正是火热的青年。
倒霉鬼，我劝你说话前多加思量！
赛麦台依死了会怎么样，
柯尔克孜人不缺少掌权的汗王；
古里巧绕残废了又怎么样，
柯尔克孜人不缺少勇猛的大将。

① 赛开米：色特尔塔依的昵称。

"赛麦台依死了还有坎巧绕，
正好乘势接管汗国的权杖；
古里巧绕变成了残废，
坎巧绕正好显露锋芒。"

听到恰绮凯一派胡言，
色特尔塔依怒气顿生，暗自思忖：
"你瞧，
她如此胡言乱语！
我要揪住她的发辫，
拖死她！
拖死她我死而无憾！"

色特尔塔依真想大动肝火，
与这个妖妇拼一个你死我活。
旋即他又自我规劝：
"我得先去看望老人巴卡依和卡妮凯，
还要到阿依曲莱克大嫂跟前。
仔细听取他们的意见，
回来再收拾这妖婆也为时不晚。"

色特尔塔依心里如此打算，
表面上对恰绮凯假装称赞：
"我的娇媚的嫂子恰绮凯，
你说的话语我十分喜欢。
你刚才说赛麦台依的位置，
将由坎巧绕来接管。
当萨热塔孜被宰掉的时候，
坎巧绕大哥也说过，
萨热塔孜的官职让我替换。
假如大哥忘记了对我的许诺，
嫂子你可不要忘记兑现。"

傲气十足的恰绮凯立马回答，
她竟说出这样的大话：

"你专程前来向我报喜，

坎巧绕定会把色尔城交给你。
阿吉巴依之子凯尔曼巴依，
曾经是管理众多人口的比官[①]。
赛麦台依和古里巧绕，
认定他是能说会道人家的后裔，
对他重用使他自命不凡扬扬得意。
他的官职也让你来接替，
这算是我对你的奖励。
你回去把我所说的话，
一定要给坎巧绕传递。”

这时色特尔塔依这样说道：
“我娇媚的嫂子恰绮凯，
你的话让我心花怒放。
如果你真的让我当首领，
我还不能急着返回坎巧绕汗王的身旁。
我要快马加鞭、马不停蹄，
前往卡妮凯、巴卡依、曲莱克的村庄。
我要把实情直截了当地告诉他们，
让他们心里急得像火烧一样，
让他们感到黑暗笼罩大地，失去光彩。

“也许他们会绝望地烧毁房屋，
也许他们会绝望地毁灭财产。
这个财产和房屋都该你和坎巧绕汗王继承，
我一定要把财产和房屋保全！”

这时恰绮凯十分高兴地说道：
“色特尔塔依，你来到我跟前，
给我传递着好消息。
你已经成为聪明的小青年，
你所有的想法都十分周全！”

当他们这样交谈的时候，
领头的喽啰阿勒凯，

① 比官：旧时柯尔克孜地方官名。即一个部落、一个地区或一个团体的首领或长官。

跑腿的走卒萨提凯，
被从色尔城派遣到这里来。
他们奉命来接恰绮凯，
要连夜护送到城中的宫殿。

二百骑兵狂奔乱跳，
疾速的马蹄声响彻云霄。
这些坎巧绕和克亚孜的奴才，
争先恐后急匆匆地赶到。

他们来到阿寅勒，
迫不及待地滚下马鞍。
个个双手贴在胸前，
跑到恰绮凯的面前。
竞相撅着屁股鞠躬请安。

这个女无赖恰绮凯，
顿时感觉头顶蓝天，
扬扬得意自命不凡。
她在众人面前自我炫耀，
从叠着的被褥中间，
一下抽出绸缎礼服五件。
“拜见皇后的人不能空手回返，
这就是对你专程来报喜的奖赏。”

年轻小伙子色特尔塔依，
接收了贵重的礼物，
他心中更有了“底数”。
他骑着库云塔依骏马，
踏上了包孜赛克[①]的路途。

他把平顶的山头抛在身后，
刚刚走出山口的时候，
就看见提心吊胆的巴卡依老人，
已经与卡妮凯和曲莱克接头。

① 包孜赛克：地名，意为灰白色的山冈。

见到这三个落难者的时候，
心地善良的色特尔塔依，
心如刀绞肝肠寸断！
他无法控制失声痛哭，
心酸的泪水不停地流淌。

赛麦台依死亡的消息，
他不忍心直接说出，
于是这样婉转地叙说：
“聪慧的母亲卡妮凯，
圣明的长辈巴卡依，
月亮般的大嫂阿依曲莱克，
我们今天有幸聚集在一堂。

“为了不让黑色大地干涸，
苍天把雨水洒降；
担心大地容不下繁衍的人群，
给我们安排了死亡。
猛狮留下了金铸宝座，
无奈倒在地底下埋葬。
箭矢穿不透的白战袍，
拦腰撕裂，刀箭难挡。
我悲痛得眼珠都快哭出来，
你们可见到我血泪不停地流淌！

“月亮在山崖后面躲藏，
猛狮留下的精英，
被可恶的魔鬼坎巧绕嚼碎！
太阳从天空降落，
阿勒曼别特之子古里巧绕，
活活地被拧断了胳膊，
蒙受着深重的灾祸！
我曾经吃过你们供给的饮食，
为了报恩来把实情诉说。”

汗巴卡依痛苦万分，

卡妮凯悲哀地号哭，
阿依曲莱克站在那里发愣，
这三人像稻草人一样，
在那里僵直地站着不动。

色特尔塔依回头张望，
看到阿勒凯和萨提凯。
他们奉坎巧绕的命令，
簇拥着护送恰绮凯。
率领二百多个骑兵，
气焰嚣张前呼后拥地跑来。

色特尔塔依顿时心中发慌，
对他们三人这样言讲：
“那些疯狗快要到来，
定要洗劫你们的阿寅勒。
你们不要在这傻站，
赶快找个地方躲起来！”

这时卡妮凯急忙说道：
“我的女儿阿依曲莱克，
我的黑色利剑在哪里？
请你赶快递到我手里。
这些坎巧绕的奴才，
不管他们有多少人，
我要统统把他们杀死在这里！”

这时巴卡依大声叫喊，
他呼唤着玛纳斯的名字：
“我的英雄啊，
为什么不把我带走，
一起融入那黑色大地……”

这时阿依曲莱克开口说话，
更让卡妮凯和巴卡依悲伤：
“富有智慧的长辈们，
你们能够把所有断线重新接上，

你们能够把一切破损重新补上，
你们能够把割裂的东西重新缝合；
你们遇事能够从长计议为百年着想，
你们能够把铁矿石炼成纯钢，
你们能够把流离失所的人们召回故乡。
请你们听我说几句话。

“如果今天我与他们面对面较量，
不要说坎巧绕、克亚孜，
对付多少人我都有足够的力量。
我有头盔和铠甲，
还有铁片缀成的戎装。
我的父亲是阿昆汗，
他请来波略克拜铁匠，
送给他千匹两岁马驹和千峰骆驼，
他给我打造了阿克挺铁宝剑[①]。
我有冲锋陷阵杀入敌群的胆量，
我也能用宝剑斩杀敌将。

“我们已经失去了英雄，
还有两件事让我十分不安。
这些家伙砍伤了古里巧绕的肩胛骨，
造成了他终身伤残。
他们把他抛弃在荒野，
将英雄如此无情摧残。
一旦我们把他们激怒，
他们也许会杀害古里巧绕，
他们也许会让他走上不归之路，
他们也许会让他粉身碎骨！”

阿依曲莱克诉说的时候，
那个色特尔塔依又插了一言：
“站在这里的各位前辈，
我还有一些话对你们说。
他们只知道砍倒了我的大哥，

① 阿克挺铁宝剑：意为白色纯钢打造的短剑。是卡妮凯的护身武器。

但还不知道他是死是活。
我曾听到克亚孜这样说过：
他们从托克玛克伽勒出发的时候，
人们说赛麦台依不会死于非命。
对于赛麦台依汗王的死活，
至今他还有一些疑惑。”

阿依曲莱克继续说道：
“我往年体态娇健步履轻盈，
今年却身躯臃肿，难以动弹。”

这时英雄巴卡依说道：
“两位王后，既然这样，
我们暂压怒火，不要反抗，
按着他们的吩咐行事。
曲莱克身躯臃肿，难以动弹，
难道不是得子的迹象？

“我们要耐心等待一年，
如果老天不让我们如愿，
像我们这样的老人们，
就去与他们交战，
如果我们的末日到来，
到那时死去也为时不晚。”

卡妮凯也这样说道：
“我要去向他们开战，
只要保住宝贝曲莱克，
我就心甘情愿死而无憾！”

阿依曲莱克深情地说道：
“母亲啊，你的话让我肝肠寸断，
难道我们不管古里巧绕的生死存亡？！
黄铜与黄金不相当，
但赛麦台依与古里巧绕，
可没有什么不一样。
色特尔塔依说过的一件事情，

给我以信心和力量。
我公爹英雄青鬃狼的独苗，
虽然被两个杂种砍倒在地上，
但他们没能把他埋葬，
甚至不知他去了何方。

“母亲，你是智慧的源泉，
当我父亲在世的时候，
所有事情由你掌管。

“当我父亲过世后，
你依靠两匹母马的力气，
依靠两个皮囊奶汁，
克服了三个月的旅途艰难，
为的是把独苗赛麦台依保全。

“这里还有先知阿亚什阿塔[①]，
不能让痛苦把我们压倒。
为了保全赛麦台依的后代，
我愿意忍辱负重苟且偷生。
请二位前辈手拉着手，
为我们的平安祈祷。”

卡妮凯悲伤哭泣，
汗巴卡依伤心落泪，
色特尔塔依十分焦急，
想在人马来到前离开这里。

卡妮凯对曲莱克说道：
“如果实情真像你说的那样，
我心中就会增添力量。
只希望世道公平，
让我们如愿以偿。”

这时阿依曲莱克这样说道：

① 阿亚什阿塔：对父亲或公公朋友的尊称，也有干爹之意，这里指巴卡依。

“敬爱的长辈们，
你们是足智多谋神机妙算的圣人，
恳求你们坚强起来巧于周旋。
好与坏的两种结果，
我们都要考虑全面。
如果能保住胎儿平安，
我们会力量增添。
如果胎儿流产，
就会给我们雪上加霜，
让我们丢尽颜面！
如果发生丢脸的情况，
我们不能留在人间。
如果出现医治心病的希望，
我们就要谨慎行事，
耐心等待十二年。

“我的好兄弟色特尔塔依，
我把你当作亲人毫无隐瞒。
刚才我们把许多话谈开，
你在这里听到这些话，
了解此中的来龙去脉。

“你不能从有福之家空手而归，
这是你大哥生前喜欢穿戴的衣服，
你把它带回家当作纪念。”
阿依曲莱克将珍贵的苏普塔尔布无袖长袍，
捧到色特尔塔依面前。

色特尔塔依把它一眼看中，
迫不及待地穿在身上，
高兴得不知道说什么好：
“我将它完好无损地保护，
有朝一日我定会给大哥展示，
他留给我的这份礼物。
当苍天让我们如愿的时候，
请不要忘记相互照顾。”

当说“再见”的时候，
他的眼泪像泉水涌流。

别格姆江以死保全节

卡妮凯、巴卡依、阿依曲莱克，
相互告别，
分头离去。
色特尔塔依骑着库云塔依，
朝着古里巧绕的阿寅勒，
快马加鞭，直奔而去。

汗王的女儿卡丽曼，
恰帕克的女儿阿克阔勇，
这两位美人同时死去，
早就消逝得无影无踪。

那时英雄古里巧绕，
娶阿克巴拉姑娘续弦。
她是阿克巴勒塔的外孙女，
她与英雄好汉十分般配。

她正从敞开的门朝外望着，
不知道发生了什么样的灾难，
心里充满了愁闷。
这时那个色特尔塔依，
突然出现在她眼前。
色特尔塔依纵马扬起滚滚尘土，
匆匆忙忙地走到跟前。
不等阿克巴拉开口，
就这样抢先开言：
“阿依阔勒英雄的独苗，
敌人让他走向死亡。
你的伴侣古里巧绕，

也被他们砍伤臂膀。
大嫂啊，
你的亲戚坎巧绕，
让英雄们痛哭悲伤！
如今他充分显示了‘勇气’，
他明争暗斗、蓄谋已久，
终于把高贵的人送入地底下埋葬！

“他把雄狮之子赛麦台依，
阿勒曼别特之子古里巧绕，
一个个打翻在地，
把灾难降临在他们头上。

“你和坎巧绕是姑表姐弟，
我今日不是空手走访。
你的表弟已登上宝座，
大嫂，
我是来向你报喜领赏！”

听到了这些话语，
阿克巴拉脸色阴沉义愤填膺：
“妄生在人间的畜生坎巧绕，
他给我的舅舅楚瓦克丢尽了脸！
他对我的古里斯下了如此狠手，
他将遭到老天的严惩！”

她说着弯腰伸手，
从地上操起长木棍。
色特尔塔依顿时发慌，
这棍棒打来很难活命，
不等她动手就向大道逃遁。

他慌慌张张、一路狂奔，
来到别格姆江的毡房：
“别克的女儿别格姆江，
你可平安健康？
为了向你通报喜讯，

我马不停蹄来到你身旁。

“坎巧绕真是力大无比，
把赛麦台依和古里斯，
一个个埋入坟坑。
他派人把恰绮凯，
迎进了辉煌的汗王宫廷。
他有娶她为妾的意图，
我根据观察这样确认。
你作为他的长房，
就要成为都城的新主人！”

听到色特尔塔依的这些话，
别格姆江刨根问底：
“你的话是真，还是假？
小伙子，你要说实话。”

“那一切我都亲眼看见，
我说的都是真话，
没有半点虚假。
我不会拿死讯开玩笑，
我不是那种不知好歹的傻瓜。”

“小伙子，如果你说的都是实话，
我要酬谢你，
请跟我来。”
别格姆江转身回屋，
色特尔塔依跟着进屋。

瞧，这是一件崭新的豹皮大衣，
衣领衣袖笔挺，
表面的皮毛耀眼夺目。
她把它送给了色特尔塔依：
“恰绮凯可能改嫁，
难道我愿成为她的陪房？
色特尔塔依，你给我听着，
我不愿意给恰绮凯倒洗手水，

不会给她做饭烧茶收拾厨房。

“我不愿让人们背后议论我，
说我当年是阿依曲莱克的随嫁丫鬟，
今日又服侍在恰绮凯身旁。
请你赶快上马离开，
别想从我的话中寻找破绽。

“对阿依阔勒英雄的儿子，
对英雄古里巧绕，
都不能手下留情的人，
难道会对别人留情？
恰绮凯和坎巧绕鬼混在一起，
绝不会有好的结果。

“口无遮拦的调皮小伙子，
那时人们会拿他俩开心。
活着让人嘲笑讥讽，
死后也会遗臭万年！

“我不愿意让人们议论：
‘别格姆江，最初跟随阿依曲莱克，
来到这里当陪房。
如今又追随恰绮凯，
奴颜婢膝，侍候在身旁。’
我不愿听着这样的议论活在世上。

“假如无耻的坎巧绕，
钻进我汗王姐夫留下的被窝，
然后还要与我同床，
我宁愿跟随英雄们死去，
也不愿受这样的凌辱！”

她说着跃身一跳，
投入了猛狮般英雄修造的石头湖。
别格姆江以死求贞烈，
这位大义凛然明辨事理的烈女，

在柯尔克孜人中美名远扬。

色特尔塔依从阿寅勒出来，
顺着慢坡纵马向前。
凯尔曼巴依的阿寅勒，
慢慢映入他的眼帘。

众多老人和青年围坐在毡房外面，
凯尔曼巴依端坐在他们中间。

色特尔塔依骑着库云塔依，
正在接近阿寅勒边沿。
他将库云塔依马头，
朝着这些人聚集的方向掉转。
策着骏马径直走来，
勒住缰绳站在他们面前。

在座的人群中有人叫喊：
“你的马会在这里撒尿，
你离我们远一点！”

这时色特尔塔依这样开言：
“你还有什么能耐，
居然嫌弃马尿？
我没有时间下马，
我有消息向你们转告！
兄长们，你们可知道，
天气为什么这样阴沉？
天为什么总是披着，
库昆[①]花般灰色的外套？

“月亮从山坡上倾斜，
猛狮的儿子——我的大哥，
走向了另一个世界！
太阳从山坡上倾斜，

① 库昆：一种开着灰色小花的野草。

阿勒曼别特汗王之子古里巧绕，
正在蒙受深重的苦难，
他的臂膀从肩胛撕裂！

“坎巧绕、克亚孜一到，
守卫宫廷的萨热[①]巨人，
已英勇就义以身殉职。
可知道色特尔塔依我，
是比上不足比下有余的小伙。
如今不费吹灰之力，
白白得到凯尔曼巴依比官的宝座！
坎巧绕已派遣人马，
赶到恰绮凯的住所，
迎娶她到宫中享福。”
色特尔塔依对凯尔曼巴依，
如此婉转地叙说。

色特尔塔依的父亲，
曾经是阿吉巴依的随从。
阿吉巴依之子凯尔曼巴依串门走户，
总是领着色特尔塔依，
一起玩耍，一起走动。

色特尔塔依担心凯尔曼巴依，
为了复仇一时冲动，
遭受那些疯狗的迫害，
于是把话说得更加明白：
“凯尔曼巴依，你是我大哥，
当年我跟着你蹦蹦跳跳，
把牛鞍当作坐骑，模仿赛跑，
从小和你一起玩耍嬉闹。

“我给巴卡依传递消息，
也给卡妮凯、曲莱克传递。
他们一边伤心哭泣，

① 萨热：萨热塔孜的简称。

一边对未来正确估计，
面对灾难沉住了气。
认为今天困难重重，
一旦情况出现转机，
来日一定吉祥顺利。”

色特尔塔依这样一说，
凯尔曼巴依便完全听明白：
阿依曲莱克身怀有孕。

为了防备旁人猜疑，
假装生气，厉声指责：
“你满嘴胡言见鬼去吧！
走你自己的路，马上离开！”

女人中最美丽的阿依曲莱克，
失去了她自己心爱的雄狮，
心中充满了悲伤和忧虑。
从白色母骆驼的鼻子上，
抽出了铜制的牵鼻环。
从母骆驼的脖颈上，
揪下了珍贵的护身符。

“你别指望坎巧绕这个奴才，
给你任何好处和奖赏。
保护好你的命吧，可怜的生灵，
他会把你的脊背磨出鞍疮。”

可怜的生灵白色母驼，
是忠于两代汗王的驼中精灵，
它听懂了阿依曲莱克的忠言。
不等进攻的敌人赶来，
逃向人迹罕至的戈壁滩。
从此这峰机灵的母骆驼，
每三个月回来一趟，
瞻仰雄狮玛纳斯的陵园。

阿依曲莱克从白色猎犬脖子上，
取下了精制的项圈。
把半个馕泡入盐水，
亲手喂到猎犬的嘴边：
“我要你再过十二年，
等候在塔拉夏的路边。”

阿依曲莱克这样说着的时候，
猎犬夹着尾巴连声哀叹。
白色猎犬起程上路，
直奔铁米尔套大山。

阿依曲莱克转身回到房间，
来到禽中之首的白鹰身边。
解开了它腿上的绳套，
解开了它脖子上的飘带，
还从白鹰的尾巴上，
拔下一根吉利的羽毛。
“我要是生了男孩，
就用来给他做护身符。”
她把白鹰放飞蓝天。
白鹰却大声尖叫不肯离开，
目不转睛地盯着绳套和飘带。

看到白鹰不愿起飞，
巴卡依大伯这样吩咐：
“我的好孩子曲莱克，
白鹰不愿意远走高飞，
这就是一个吉祥的预兆。
请你给它的脖子系上飘带，
给它的腿上结好绳套。

“阿依阔勒英雄的独苗，
我们的赛麦台依汗王，
很可能被神仙救起，
说不定在某一个山上休养。
看样子白鹰正在思量，

怎样才能飞落到赛麦台依的手掌。”

白鹰虽是动物但通人性，
听到巴卡依的一番话，
情不自禁地鸣叫起来。
贤惠的阿依曲莱克大嫂，
给它的腿结上了绳套，
给它的脖颈系上了飘带。

那白鹰纵身一跃，
站立在巴卡依大伯的臂膀。
吱吱鸣叫，扇动翅膀，
乘势起飞，展翅飞翔。
在赛麦台依的宫殿上空，
在宫殿高大的围墙上空，
扇动闪闪发光的双翅，
来回盘旋绕了三圈，
然后直飞卡依普奇方向。

智者们就此猜想，
尊贵的赛麦台依君王，
很可能就在卡依普奇山上。

他们这样行动的时候，
领头的喽啰阿勒凯，
跑腿的走卒萨提凯，
遵照坎巧绕的吩咐，
率领着二百多骑兵，
“咚咚咚”地把战鼓擂响。
他们噼里啪啦朝天放枪，
放纵马缰，一路狂奔，
马不停蹄，势不可挡，
突然出现在众人眼前，
朝着阿寅勒蜂拥而上。
恰似狼群四面包围，
摆开架势，逞凶逞强。
挥舞着皮鞭和棍棒，

抽打牧工和做饭的婆娘。

给阿依曲莱克牵来一匹鞴鞍的马，
给卡妮凯准备了一匹光背的母马，
给汗巴卡依准备了光背的骆驼，
要把他们押送回府报功领赏。

这时阿依曲莱克挺身而出：
“阿勒凯和萨提凯，
你们俩已经来到这里，
对俘获的人不能羞辱，
这是众所公认的惯例。
我要带着自己三寸舌头，
去和你们的头领评理！
你要准备平稳的走马，
让给我年迈的婆婆。
你要精选一匹骏马，
给柯尔克孜的英杰我的大伯。
如果不接受我的条件，
如果真让我生气发怒，
就要把你们全部杀死一个不留！”

她说着从连衣裙褶皱的地方，
撕开双层口袋的折缝线，
抽出了一把短剑。
她手中的这把短剑，
原来是十二节折叠剑，
她连连挥动，
就变成了十二拃长的宝剑。
剑头喷射着道道火光，
剑刃燃烧着熊熊烈焰。

阿勒凯和萨提凯，
见到这样奇异的情形，
他们个个心惊胆寒，
浑身上下不停打战。

“早就听说阿昆汗之女是黑脸婆，
能在天空扶摇直上，
能在黑夜里疾驰飞翔，
能在星云间隐身躲藏。
我们只能答应她的条件，
不然这个黑脸婆会飞到天上，
坎巧绕和克亚孜不会将我们轻饶。”

两人如此盘算着，
给卡妮凯挑选了平稳的走马，
精选最好的鞍具，
铺垫了玛纳特布缝制的鞍褥，
勒紧了双条马肚带，
也给巴卡依牵来高大的骏马。

他们对阿依曲莱克十分惧怕，
都围着看她还有什么吩咐。
阿依曲莱克面对这些奴才，
略施威风，已经看出来：
“他们并没有多大的能耐。”
但是大嫂毕竟处于无奈，
昔日的宫廷生活离她远去，
往日的家庭生活已不存在！

卡妮凯、巴卡依和曲莱克，
被统统押走，
离开家园，
相互隔离，
禁止往来。

坎巧绕篡夺统治权，
四处派遣信差。
当过阿寅勒首领的人，
一个不剩地统统被召来。

所有的人都应召赶来，

聚集在托尔提阔勒[①]的城里面。
凯尔曼巴依、马拉依两个比官，
把前来的人们精心照管。

传令官们高声喧嚷，
司仪们趾高气扬，
大喊大叫，发号施令，
沾沾自喜，得意扬扬。

“哎，咳！
有头有脸的人，
全部请到这间大客厅！”
他们个个跑前跑后，
把前来聚集的人们，
领到恰绮凯的殿堂。

这时送信的人来到这里：
“别格姆江突然死亡。”
月亮般美丽的大嫂阿依曲莱克，
听到这个不幸的消息，
特意来到坎巧绕身旁：
“自从你娶了别格姆江，
她让你的日子过得顺顺当当……”

坎巧绕不顾阿依曲莱克说话，
也没有耐心听她细讲，
反而非常粗暴地打断：
“别格姆江死了就死了，
就派四个人去把她埋葬。
今天我要宰杀七匹空胎马，
让恰绮凯做我的新娘！”

这时恰绮凯从屋外走进客厅：
“哎，坎巧绕，你听着，
那个叫别格姆江的坏女人，

① 托尔提阔勒：地名，意为四个湖。

已经投湖而亡！
我要派人把尸体拖到崖底，
然后用崖石压在上面！”

面对结发妻子的死亡，
坎巧绕理应按照柯尔克孜的规矩，
挖好墓穴体面安葬。
但是在恰绮凯口出狂言的时候，
坎巧绕却不敢说出自己的主张！

月亮般美丽的大嫂阿依曲莱克，
于是来到克亚孜的殿堂：
“节迪盖尔的英雄克亚孜，
如今你掌握着管理百姓的权杖。
别克的女儿别格姆江，
是陪我一起来的同乡。
因为可恶的死神降临，
今天她不幸死亡。
俗话说，人生气时直呼别人的名字，
恕我对你直截了当。

“刚才恰绮凯发号施令，
不许挖墓穴将死者安葬。
非要拖尸到崖底用石头压上，
她这样做有损风尚。
别格姆江已经身亡，
现在再也没有任何人，
与恰绮凯斗艳争芳！”

克亚孜听到这话，
派人叫来坎巧绕商量，
让他派人挖掘墓穴，
把别格姆江的尸体体面安葬。

闷闷不乐的坎巧绕，
匆匆忙忙地娶了恰绮凯，
宰杀七匹马举行了婚礼。

了解事情真相的人们，
没有前来品尝一口马肉。

“未见过蛇的人会误食蛇肉，
不明真相的人会喝下毒汁。”
也有一些不知底细的人，
津津有味地将喜宴品尝。

阿依曲莱克被隔离在一个房间，
卡妮凯和巴卡依分别关在另一个地方。
坎巧绕和克亚孜狼狈为奸，
当日在一起密谋协商。

坎巧绕为讨好克亚孜，
殷勤地这样言讲：
“克亚孜，你不辞辛苦远道而来，
克亚孜，你让我时来运转！

“这里的百姓有两个比官，
必须把他们统统撤换。
让归顺赛麦台依的百姓，
失去权力，一筹莫展。

“凯尔曼巴依比官的位置，
我让色特尔塔依来接管。
色特尔塔依有个长兄，
他的名字叫作耶里克巴依，
让他管理色尔城是我的心愿。”

他们就这样策划商议，
克亚孜认为坎巧绕言之有理，
保留了马拉依比官的位置。
从归属赛麦台依和古里巧绕的百姓手中，
夺取了全部权力。

坎巧绕对克亚孜说：
“请你搬迁到塔拉斯，

我们也要效仿玛纳斯。
让我们携起手来，
将闻名的阿拉什掌管。

“前人曾经留下遗训：
‘假如兄长死去，
把嫂嫂留给弟弟。’
青阔交、托勒托依之死，
为的是要娶美丽的曲莱克为妻。
你已经亲眼看见，
我和恰绮凯已成为夫妻。
克亚孜，请接受我的建议，
如今只有你能娶曲莱克为妻。

“我要让玛纳斯的高参巴卡依，
孤独地给我牧放骆驼，
让他消瘦得像干枯的柏树。
不准他骑骆驼，也不给他坐骑，
逼着他徒步在驼群中奔命。

“我要让衰老的卡妮凯，
去给我放牧小牛犊。
如果她让牛犊吮吸母奶，
就用鞭子将她严惩。

“古里巧绕的妻子阿克巴拉，
原本也是我的亲戚。
如果她不回心转意，
如果她不向恰绮凯苦苦哀求，
如果她不忏悔认错，
我就让她去干挤马奶的活计。
她自然会想明白，
顽抗不会带来什么利益。

“你要让阿勒曼别特之子古里巧绕，
到节提苏的山林去砍柴。
如果让卡妮凯、巴卡依、古里巧绕，

还有阿依曲莱克四个人在一起，
说不定会制造出什么祸害。”

听到坎巧绕这番话，
克亚孜这样说道：
“我不能背离故乡，
从节提苏向塔拉斯搬迁。
否则，我会在天下人面前，
败坏名声，丢尽脸面。
世人会耻笑我，
放弃节迪盖尔不管，
举家迁徙到塔拉斯，
投奔坎巧绕为靠山。

“阿昆汗的女儿曲莱克，
是大闹天下的女子，
我娶她有什么意义？
即使勉强娶了曲莱克，
我能达到什么远大的目的？

“你已经娶了恰绮凯，
我要是娶了阿依曲莱克，
岂不是存心与玛纳斯的神灵为敌？

“我有的是砍柴人，
有的是奴隶，
还要古里巧绕有什么用？
让他去砍柴背草，
难道就能给我招揽钱财？

“我的好朋友，
请允许我，
星期六就返回家园。
今天的日子是星期三，
出发以前还要住几天。”

坎巧绕感到惊慌不安，

他皱着眉头绷着脸：
“我的天啊！克亚孜，
你曲解了我的意思。
我知道，
事情很明白，
你不会向到塔拉斯搬迁。

“你要走就把阿依曲莱克带走吧，
把古里巧绕也一起带走，
卡妮凯、巴卡依留在我这里。
你可知道，英雄克亚孜，
这个奴才留在塔拉斯，
不会规规矩矩安分守己。
这里的柯尔克孜老人和小伙子，
不会拒绝古里巧绕的主意！

“我倚仗你的势力成为英雄，
成为塔拉斯今天的主宰。
你要向柯尔克孜人推举，
让我登上梦寐以求的汗位。”
无耻的奴才坎巧绕，
用兄长赛麦台依的生命，
还用嫂嫂曲莱克的美色，
为自己换取汗位。

克亚孜答应了他的要求，
让他找来黑色母驼。
宰杀了五岁的黑色母驼，
当着柯尔克孜人的面宣布：
“坎巧绕原本就是汗王的后裔，
现在他就是塔拉斯的汗王。”

让坎巧绕坐着白色毡毯，
让人们把他抬到宝座上。
坎巧绕当上了色尔城的汗王，
扬扬自得，趾高气扬。

让我们把坎巧绕的罪恶活动暂时搁放，
故事从巨人克亚孜怎样迎娶曲莱克开始。

阿依曲莱克勇斗二顽凶

阿依曲莱克与坎巧绕斗智斗勇

坎巧绕篡夺汗位阴谋得逞，
盛气凌人地发布命令：
“全体柯尔克孜都给我俯首倾听！
塔拉斯原来有两个比官，
其中马拉依是直属我的比官。
站在那里的凯尔曼巴依，
曾经由古里巧绕分管。
凯尔曼巴依的官职，
今后由色特尔塔依接管。
耶里克巴依替换萨热塔孜的位置，
荣升为宫廷的大总管，
你们一定要听从自己父母官的调遣。

“从今日起巴卡依去放牧骆驼，
不许给他骆驼或马匹乘骑，
让这个孤独的白胡子老头徒步放牧！
让卡妮凯去牧养牛犊，
如果她让牛犊吮吸母奶，
牛犊的主人可以毫不留情用棍棒惩处！

“让阿克巴拉天天去挤马奶，
阿克巴拉必须想清楚：
如果她能讨我的爱妻恰绮凯欢心，
她的生活就能安稳舒服。
如果她怠慢了恰绮凯，
她可怜的生命就会干枯！
阿克巴拉虽是我的至亲，
但她又是古里巧绕的妻子，
这样的人我不会手下留情。

“快把阿依曲莱克带上来，
当着你们众人的面，
我要对她直言规劝！
假如她不顺从我的意志，
我决不让她过得宁静平安！”

当坎巧绕口出狂言之时，
人们交头接耳、窃窃私语。
纷纷往地上啐着唾沫：
“不配当汗的该死的东西！
同赛麦台依和古里巧绕两人，
争强称霸还说得过去，
可是英雄巴卡依德高望重。
卡妮凯洁白的母乳曾将他哺育，
还把他母亲的尸体洗净，
用白布裹好体面安葬。
还有他那骨肉至亲，
唯一的亲人阿克巴拉姑娘，
这个嗜血成性的坎巧绕，
竟然让她一起遭受祸殃！

“嗜血鬼，你的胡言乱语，
让身上的虱子去听从！
让嗷嗷吠叫的狗去听从！
你的话，是人怎会听从？！
让玛纳斯的在天之灵，
惩罚这无耻之徒的不义举动！
斗转星移，终有一天，
阿拉什的食盐会将他严惩！”

众多的乡亲悄悄诅咒，
不禁流出辛酸的眼泪。
可怜的百姓只有眼巴巴地看着，
因畏惧强暴还得笑脸相陪。

就在这时两个差役奉命跑过去，

传呼阿依曲莱克出来接受调遣。
阿依曲莱克虽在屋内，
其实外面的话都已经听见，
这样的想法闪过她的脑海：
“如果今天在这个场合，
向杂种们公开宣战，
我就不会留下任何遗憾。

“往年没有怀上小生命，
为什么偏偏怀孕在今年？
我肚里的独苗是老天创造的，
他们为什么这样强人所难？！
我是否可以勇敢冒险，
试着与他们奋力交战？！”

月亮般美丽的阿依曲莱克，
大难临头，处境危险，
万分痛苦，肝肠寸断，
折磨得她难以决断。
“我还是先到‘贵人’面前，
看清情势，随机应变！”

阿依曲莱克拿定主意，
浑身像燃烧的火炭，
走出门来到人群中间。

院中有一棵梧桐树，
树旁坐落着一座高塔。
阿依阔勒英雄生前，
经常登塔主持集会，
如今小丑坎巧绕站在上面称霸！

狗杂种恰绮凯，
无耻地站在坎巧绕的身旁。
金制的大耳环，
下垂到她的锁骨闪闪发光；
银制的长发饰，

不停地与她的臀部碰撞。

她像喝醉酒似的摇摇晃晃，
围着坎巧绕卖弄风骚。
她紧贴着坎巧绕扭动腰身，
给他抹汗擦脸献媚撒娇！

看到这个令人恶心的情景，
阿依曲莱克、巴卡依、卡妮凯，
无不感到天要坍塌下来。
假如天真的坍塌下来，
负重的大地将如何承载。
可是人间的艰难困苦，
偏偏将他们三个人围绕。

围观的众多乡亲，
没有一个人抬起头来。
天啊，这妖气盛行的世界，
变幻莫测，叫人无奈！

阿依曲莱克走近的时候，
卡妮凯向她瞟了一眼。
巴卡依目不转睛地注视着，
阿依曲莱克发出暗号试问：
“要不要抽出金刚宝刀？”

巴卡依急忙打出手势，
伸出右手张开手掌向下一翻。
然后弹出两个指头，
暗示她耐心等待十二年。

出色的母亲卡妮凯，
两条长辫拧在一起，
缠绕在自己的脖颈，
她向阿依曲莱克直接言明：
“如果你生下男孩，
我将他当作旗帜高擎。

如果听到生女孩的消息，
我就用发辫上吊自尽。”

阿依曲莱克走来站定，
恰绮凯冷嘲热讽恶语中伤：
“当一个女人得势的时候，
就像四十盏灯放光发亮。
你曾经是得宠的女人，
把丈夫控制在自己的手掌。
在过去的那些岁月，
你的荣耀我哪能比得上！

“我如今嫁给坎巧绕，
你必须嫁给英雄克亚孜好汉。
你依然会富贵荣华，幸福美满，
你的地位还在我之上！
不论黑夜还是白天，
你要把死去的丈夫，
从你的生活和梦里驱赶！
你要在英雄克亚孜的时代，
自由自在地尽情游玩！”

阿依曲莱克听到恰绮凯的话，
顿觉天坍塌下来，生命戛然中断，
从头到脚瑟瑟打战。
气得毛发根根直竖，
衣袖和裙摆随之震颤。
义愤填膺，心碎肝裂，
差一点一头栽倒在地面。

好样的，她又能强打起精神，
对事态做出理智的判断：
“阿亚什阿塔和婆婆，
已暗示我不要冲动冒险！
即使我为这些冷言冷语，
贸然与这些人闹出事端，
我料想这个变化莫测的虚伪世界，

也不可能归我掌管！”
阿依曲莱克满怀心事，
慢步踏上高塔的台阶。

恰绮凯得意扬扬不可一世，
自以为成了阿依曲莱克的妯娌。
在巨人克亚孜的右边，
给阿依曲莱克安排座椅。

这时阿依曲莱克这样说道：
“英雄在世时把你抛弃，
你早就是一个守活寡的贱人；
赛麦台依被害身亡，
如今我也成了丧夫的女人。
因为我俩是一样的寡妇，
你没有资格给我当媒人！

“我曲莱克不是黄花姑娘，
用不着你为我穿针引线；
我阿依曲莱克也不年轻，
用不着回避求婚的男人。
我知道和他怎样交谈，
臭婆娘，你离我远一点！
我不需要你来迎接，
你还是给坎巧绕去擦抹臭汗去吧！”

阿依曲莱克扫了恰绮凯的威风，
不慌不忙向克亚孜走来。
当曲莱克走近的时候，
克亚孜不敢命令她坐下，
反而自己慌忙站起身来。

时到如今有多少人未曾见过，
阿依曲莱克月亮般的容颜。
阿昆汗的女儿阿依曲莱克，
从来不解开面纱在人前露脸。
今日阿依曲莱克仍戴着面纱，

走到英雄克亚孜身边，
心平气和，语调平缓：
“克亚孜——你高大如山，
我曲莱克本来就像十五的月亮。
你推倒我的靠山，
企图把我当作战利品霸占。
我曲莱克作为战利品，
被迫来到你的身边。
这样你容易显示男子汉的荣耀，
可我曲莱克备受屈辱失去尊严！

“英雄克亚孜，如果你通情达理，
就要亲自向我求婚明媒正娶。
你不要嫌弃我是寡妇，
要邀请客人宰杀牲畜，
举行隆重而体面的婚礼。
我要给众人留下好名声，
把我阿依曲莱克的婚事当作美丽的传奇。

“不仅仅是节迪盖尔的百姓，
还有所有头戴白毡帽的柯尔克孜人，
乌孜别克人和塔吉克人，
居达人和居尔居特人，
要让他们家喻户晓，人人皆知，
遍传克亚孜强娶曲莱克的消息，
这样也能宣扬你声震寰宇的名气！

“多年来无所事事寂寞难耐的人啊，
都会应邀出席婚礼，
到那时你的同辈人曲莱克，
就会把神秘的面纱掀起。

“不要说我是在自我夸耀，
见到我的面容许多人就会当场倾倒。
你这个英雄的荣誉，
才能被人们认可知晓。

“如果你就在这里迫使我就范，
如果我像那位姐姐一样不顾脸面，
主动上门服侍在你身边，
人们不光嘲笑我曲莱克无耻下贱，
人们也会耻笑你克亚孜礼仪缺欠。

“你说我人老珠黄，我不在乎，
但不要说我曲莱克没有尊严。
如果人们说女人就是这样卑贱，
我怎能受这种伤人的恶言！
我们将成为终身伴侣，
强迫的事情对我们俩有害无益，
克亚孜，你要权衡利弊考虑周全！”

听到阿依曲莱克的一番话，
强汉克亚孜陷入沉思：
“她虽然是一位女性，
却拥有无穷的智慧和人格魅力。
刚才她的所言所语，
发自内心，语重心长。
如果能与她喜结良缘，
真让人幸福美满，心情舒畅。
难怪我的父王托勒托依和青阔交，
为了曲莱克双双与赛麦台依争斗身亡！”

巨人克亚孜深思熟虑后说道：
“喂，我的好朋友坎巧绕，
不要超过这个星期六，
你要送我踏上回乡的大道。

“阿昆汗的女儿曲莱克，
是医治心灵创伤的妙药。
我要返回家乡休整，
赶紧把婚事准备好！

“我要向阿拉什的六十个部落，
一个不漏，发出邀请。

凡是能骑马的人，
一个不留，全部集中，
当着他们的面明媒正娶。

“阿昆汗的公主曲莱克，
像月亮一样明媚高贵，
谁敢像偷鸡摸狗一样，
今天在这里强迫逼婚！”

英雄克亚孜说完这些话，
众人把曲莱克服侍回宫。
众多女仆早在那里听候使唤，
其中十五人簇拥上前，
将阿依曲莱克围在中间，
前呼后拥，护送回到宫殿。

这时英雄克亚孜也回到房间，
心潮澎湃，思绪万千：
“阿依曲莱克今天的一番话，
意味深长，回味无穷，
是人间难得的金玉良言。
赛麦台依在柯尔克孜人中功成名就，
全靠曲莱克贤惠能干；
赛麦台依在柯尔克孜人中呼风唤雨，
全靠曲莱克智慧超凡！

“曲莱克是否花言巧语把我蒙骗，
将来是否会降下灾难？
我谅她不敢对我使坏，
她的依靠已经离开人间。”
克亚孜思绪翻滚，难以平静，
心里好像装满了火炭。

坎巧绕站在高塔，
与恰绮凯交头接耳勾肩搭背，
然后向人群大声宣布：
“汗王的单峰驼挑选百峰，

载满耀眼夺目的金银珠宝，
装满人间难寻的稀世珍品，
一起向英雄克亚孜奉献！
挑选一千匹行云流水般的走马，
一起向英雄克亚孜奉献！

“挑选五十名良家淑女，
挑选五十名英俊少年，
将一百名俊男美女，
一起向英雄克亚孜奉献！

“库里都尔之子阿勒巴依，
在玛纳斯时期就小有名气。
阿勒巴依之女阿克谢尔别提，
阿吉巴依之女苏萨尔别克，
玛吉克之女阿克别尔买提，
色尔哈克的女儿阿勒木康，
阔别什的女儿阔尔普阔，
连她们五个人的丈夫，
都要归属克亚孜，举家搬迁！
这些人至今还自由自在，
不服管理无法无天。
这五户人家共有十七人，
连同他们的草场作为战利品，
统统向英雄克亚孜奉献！

“克亚孜为我们做出了贡献，
劳苦功高不可怠慢。
你们不要以为分给他这么多的财产，
如果他还觉得不够满意，
我们还要成倍地增添。”

听到坎巧绕的这些话，
众多的乡亲非常气愤：
“该入土的坎巧绕，你不配当汗王！
你把一百二十个活人当奴隶馈赠。
送一百峰肥肚的单峰驼，

驮满金银珠宝等贵重礼品，
还要将一千匹走马奉送。

“正是恰绮凯这个心怀鬼胎的女人，
出谋划策，丧尽天良，
对无耻的坎巧绕俯首帖耳言听计从。
‘倒霉的人首先断送牲畜，
然后自己家破人亡。’
祖先的至理名言在这里会得到应验！

“当赛麦台依在位时，
当古里巧绕和他在一起的时候，
人丁兴旺财源滚滚，
金银珠宝把金库装满。
驼背丰满的单峰驼，
名扬四海的千里马，
出类拔萃的雄鹰，
超群出众的猎犬，
布满塔拉斯的山川。

“如今赛麦台依、古里巧绕不在了，
坏蛋坎巧绕无所顾忌，
肆意瓜分牲畜和财产！”
乡亲们紧锁眉头愤愤议论，
大家都陷入仇恨和愁怨之中，
所有人背上沉重而恐惧的负担。

坎巧绕将克亚孜请来，
当着他的面再次向大家叫嚷：
“今天已经是星期三，
距离英雄克亚孜返回，
中间只剩下两天时间。

“星期六天亮的时候，
今日在场的人一个也不能少，
在家卧床的老人也要来听候调遣。
你们有幸得到克亚孜的赦免，

无论老年还是青年都要来为他祈祷，
祝福克亚孜长寿平安！

“你们不要把坐骑放回草场，
都要骑马来到城门前。
给克亚孜送行后，
才可以返回各自的家园！”
乡亲们听后十分反感，
对魔鬼制造厄运忧心忡忡，
老人手捋着胡须愤懑而散。

坎巧绕命令身边的喽啰，
把百峰单峰骆驼抓来。
阿依曲莱克知道单峰驼的数量，
估计还有四十峰骆驼放牧野外：
“阿勒凯和萨提凯，
你们俩已成为我的小叔子，
你们把剩下的骆驼给我赶来。”
曲莱克秘密做搬迁的准备。

她亲手支起的白色毡房，
让人把壁毡和木架拆开，
一个个精心折叠打包，
让四十一峰骆驼超量驮载。

一旁观察的古里巧绕提出申请，
要跟随曲莱克到节迪盖尔去居住。
他顺手牵着领头的骆驼准备起程上路。
阿依曲莱克隐藏着心计，
假装高声发火：
“喂，古里巧绕，你快住手，
退回原地，别碰骆驼！
在节迪盖尔的百姓中，
没有人给你无偿的好果。
你可知道你埋下的仇恨，
你可知道你犯下的罪行，
你要深刻反省，悔过自新！

“我已达到了自己的目的，
从此我不会认识你，
古里巧绕，你不要跟着我胡搅蛮缠，
继续留在你塔拉斯的住地！”
她口口声声呵斥责难，
却发出暗号示意古里巧绕同行。

这时坎巧绕走到跟前，
对阿依曲莱克笑脸相劝：
“噢，阿依曲莱克夫人，
请你带着这个奴仆一起搬迁！”
这时曲莱克回敬道：
“你是男人中的‘好汉’，
还请你留着他凑合着使唤！
我不要古里巧绕留在我身边，
他嬉皮笑脸，笑里藏刀，
无法洗净他的鬼心肠，
没有人比我更了解他的情况。

“如果他投下斜视的眼光，
如果他出言不逊，恶语中伤，
那自幼养尊处优的克亚孜，
定会感到有损尊严和威望，
到时候责怪我把古里巧绕一起带来，
这种罪责我难担当。
何时何地我都实话实说，
直言不讳，从不撒谎。”

这时克亚孜急忙插话：
“曲莱克，你不要这样，
坎巧绕不会把他留下，
我已经了解到他们的状况。
让他跟随搬迁的人一起走，
我们要派人监视他的行踪，
我谅他不敢再惹是生非。”

针对克亚孜这番话，
曲莱克故意这样防范提醒：
“我不会给他饱饭吃，
我不会对他行善施恩，
到那时，克亚孜你不要在中间说情。”

这时恰绮凯走来说道：
“阿依曲莱克，你若不愿他带走，
那就把你的婆婆带走，
就让无家可归的古里巧绕留下，
也免得你头痛难受。”

“天啊，恰绮[1]，你在说什么？
别让老太婆跟我一起走。
断子绝孙的孤寡老太婆，
我怎能把她一起带走？
看来败类古里巧绕无处安身，
我还不如把他带走！”

对于阿依曲莱克做出的决定，
知道其中奥秘的人都暗自庆幸，
不知奥秘的人都议论纷纷：
“女人就是这个德行！”
他们一边用语言诅咒，
一边向地上啐着唾沫星。

阿依曲莱克和古里巧绕，
还有克亚孜要来的库吐巴依，
率领着一百二十人，
牵领着长长的单峰驼队，
驱赶着浩荡的马群，
沿着大道扬长而去。

人们遵照坎巧绕的命令，
来自四面八方，

① 恰绮：恰绮凯的昵称。

众多的人聚集在一起，
围坐成半圆的牛角形状。
坎巧绕站在中间大声叫嚷：
“各位乡亲，我当上了你们的汗王，
你们都听着，我有话要对你们讲！
要提高我汗王的名望，
必须以足够的牲畜和财产作保障。

“你们要给我贡奉八十匹白色母马，
我不要太大的口齿，
小的要两岁，大的不能超过四岁，
母马和小驹颜色要配对！

“恰绮凯无论冬夏都要喝新鲜牛奶，
这就需要奶牛四十头。
你们三天之内必须凑齐，
送到我的宫廷门口。
谁要是胆敢违抗，
谁就没有好下场；
谁要是不给自己留条活路，
谁就会拥抱黑土，走向死亡！”

坎巧绕盛气凌人说完了话，
乡亲们沉默不语，无人应答。

“你们是否听不懂我的话，
为什么呆头呆脑不说话？
我要把你们重重惩罚！
你们可亲眼看见，
我连赛麦台依和古里巧绕都没有放过，
你们若不服从我的命令，
当心我野性大作！”

坎巧绕声嘶力竭大发雷霆，
癫狂地蹲在地上，
摘下帽子往地上一拍，
拍得尘土滚滚飞扬。

正在这时，一个小伙子跑来送信：
“王后有要事与汗王商量。”
坎巧绕急忙站起来，
慌慌张张地跑回恰绮凯身旁。

在座的人们议论纷纷：
“自从玛纳斯做我们的汗王，
柯尔克孜人在塔拉斯繁荣兴旺。
从未遭受这种欺凌，
从未见过这样的汗王！

“我们还居住在这里干什么？
走吧，尽快从这里逃亡。
头也不回地一路前行，
朝着节提卡依特方向。
我们就这样立约，
在塔拉斯的旷野上，
让坎巧绕充当光棍汗王！

“在阿维凯、阔波什的年代，
他们只管自己的牲畜和财产。
无论对富人，还是穷人，
放任自流，一概不管。
他们不征收布匹和牲畜，
不向百姓摊派任何负担。

“在赛麦台依当汗王的年代，
我们的木桩拴满了千里马。
我们自由自在地转场放牧，
自己的牲畜和财产自己当家做主。
那些日子没有穷人，
我们应有尽有，兴旺发达。”

如今遭受这畜生的压迫，
苦不堪言，每况愈下。

人们流着辛酸的眼泪，
纷纷诉苦，群情激昂。
说起自己苦难的遭遇，
个个心如刀绞，肝肠寸断。

牲畜维系牧人的生命，
它一头连着牧人的臂膀，
另一头连着牧人的心脏。
担心牲畜的人无不将坎巧绕诅咒唾骂，
个个变得口齿伶俐，能说会道。

坎巧绕到恰绮凯那里，
通报了集会的所有情况。

恰绮凯当即派出信差，
召集手下的所有比官，
归顺坎巧绕的比官，
他们的心腹全部前往宫殿。

阿吉巴依之子凯尔曼巴依，
等他们走后向百姓言讲：
“在座的各位乡亲，
诸位见多识广的老人，
请你们听我把话讲，
我要向你们倾诉衷肠。

“坎巧绕当了我们的汗王，
他需要我们的一些牛马羊。
即使贡奉所有的牲畜，
我们也不至于背井离乡。
我们到节提卡依特去干什么？
难道在那里就能如愿以偿？

“自从玛纳斯登基以来，
留居阿尔泰的众多百姓，
失散各地的柯尔克孜人，
陆续迁徙到塔拉斯来。

从那时候到现在，
确实没有苛捐摊派。
但是我们不能因为苛捐摊派，
搬迁到节提卡依特四处流浪。
放弃塔拉斯四处游荡，
只会把柯尔克孜人的名声败坏。
不论贫穷还是富裕，
不论幸福还是苦难，
我们都不能把塔拉斯责怪。

“阿依曲莱克本来不想离开，
不愿当战利品让人主宰。
我心想她有难言的苦衷，
我猜想她有孕在身不敢公开。

“我亲眼看见这样的场面：
阿依曲莱克对古里巧绕，
表面呵斥，假装反感。
其实内心想医治他的创伤，
因此，带着他一起搬迁。
雄狮的肩胛软骨定能治好，
这是我的第二个预感。
在他再次返回塔拉斯以前，
我宁愿等待他十年。

“人说赛麦台依已经死亡，
但他的遗体谁也没有看见。
据传他是应祈子祝福而出生，
我大哥绝不会死于非命，
他不会轻易上西天。
据说阿依阔勒英雄玛纳斯，
广交朋友，其中还有天仙。
说不定那些天仙带走了赛麦台依，
说不定他还有返回的一天，
说不定老天再次赐以恩典，
或许阿依曲莱克将生下一个儿男。

“我的嫂嫂将呵护他茁壮成长，
说不定古里巧绕会带领他返回故乡！
我说的话有根有据不是猜测，
我们不要放弃对他们三个人的希望。
不要为眼前的得失盲目对抗，
举家搬迁遭受无谓的死亡。

“残忍凶恶的坎巧绕，
气势凶猛，武艺高强。
我们没有势均力敌的勇士，
他会轻易地把我们杀光！”

听到凯尔曼巴依的规劝，
众乡亲冷静思考，商议策略：
“凯尔曼巴依言之有理，
坎巧绕要的是我们的牲畜，
他想要什么我们毫无办法。
我们只有把苍蝇般弱小的性命保住，
我们绝不能丧失自己的土地。
我们已经失去诸多雄狮，
从前我们靠的是他们的保护。
我们虔诚地向老天祈祷，
等待拯救我们的英雄出世。”
众乡亲达成一致，胸有成竹，
带着一线希望踏上回家的路途。

坎巧绕和恰绮凯，
与众比官商议后吩咐：
“四十头牛再加四十头，
还要清一色的空胎肉牛，
全部冬宰作为过冬的食物。
八十匹马再加八十匹也要冬宰，
一匹不能少，如数缴足。

“从今往后，下手要狠，
让巴依[1]们倾家荡产。

[1] 巴依：柯尔克孜语，意为富人。

月月向他们征收捐税，
天天向他们摊派各种负担。
用摊派和捐税威胁他们，
像躲猫的老鼠，心惊胆战。
我们要让穷人变成天生的奴隶，
不歇地劳作，放不下坎土曼。
我们要建设黑色城堡，
要把大力士队伍尽快组建。
并且取名为‘六十大力士’，
专门保卫宫廷的安全。

“纳曼干、塔什干和撒马尔罕，
安集延、浩罕和玛尔尕朗，
他们曾经畏惧赛麦台依，
如今胆敢与我们对抗？

“阿尔泰、卡帕勒、阿拉木图，
乌齐卡尔克拉、两个凯敏[①]，
伊塞克湖、特克斯和伊犁的百姓，
是否继续服从我们的权杖？

“恰木布里别勒、布哈拉、巴达克山，
杜尚别、玉尔凯尼奇这些地方，
会不会有人再认我们的账！

“先让那些地方的人逍遥两年，
等到我组织好六十大力士的勇士，
等到我养精蓄锐，兵强马壮，
等到我名扬天下，威震四方，
到那时一个一个地征服那些地方！”

当坎巧绕说到这里的时候，
色特尔塔依大胆向他进言：
“我们至高无上的尊贵汗王，
请你决定前要仔细掂量，

① 凯敏：地名，两个凯敏为大凯敏和小凯敏。

你企图进攻左邻右舍，
将百姓推入战争的深渊，
我们没有任何取胜的希望。
你要想请求节迪盖尔支援，
他们不会轻易为你出兵打仗。

“塔拉斯以外的首领和百姓，
你不和他们和平相处，
却要结为仇敌，动刀动枪。

“你不要伤害百姓的感情，
用心呵护，全力保障。
不要让民众受委屈，
要把他们安抚供养。
这样在喀拉柯尔克孜民众中，
你才能成为名副其实的汗王。

“假如让柯尔克孜人心灰意冷，
假如他们出走四方，
东至康阿依、契丹，
西至乌茹姆和伊朗；
还有去恰木布里别勒、布哈拉，
巴勒克、呼罗珊和巴达克山，
到那时你就会后悔莫及，
等于圈里的羊群全部逃亡！

“他们若逃亡到杜尚别、玉尔凯尼奇、阿富汗，
还有和阗、喀什噶尔、叶尔羌，
我们怎能把他们追回返乡！
他们气急了就地聚众闹事，
假如他们群情激愤发起进攻，
就会把塔拉斯一扫而光！

“你今天向柯尔克孜人，
摊派了过分的阿勒芒[①]，

① 阿勒芒：指苛捐杂税和费用负担。

说不定他们明天就会离你而去，
你的百姓不服从你的权杖。
乡亲们四分五裂背井离乡，
你将成为孤苦伶仃的汗王！”

坎巧绕听到这些奉劝，
唉声叹气左右为难。
愚蠢的家伙半晌不语，
终于结结巴巴地说出了这样的诺言：
“已经决定的事，不能再变，
从今往后不再要求捐献。”

根据他做出的承诺，
在座的人一起商谈。
只收取第一次宣布的牛马，
后增的数量全部减免。

假如没有凯尔曼巴依好言相劝，
假如没有色特尔塔依敢于进言，
遭受掠夺的柯尔克孜人，
差点离开塔拉斯到处避难。

嗜血成性的恶棍，
建起了黑色的城堡和城墙。
挑选六十名大力士，
组建了自己的武装。

这个家伙编造各种各样的理由，
年年强迫老百姓，
将冬宰的肉畜和挤奶的奶畜奉献。
巴依们有了巴依的麻烦，
穷人们更是孤立无援。
坎巧绕横征暴敛为所欲为，
老百姓惶恐不安，度日如年。
过去享受的幸福和快乐，
荡然无存，一去不复返。

克亚孜欲娶阿依曲莱克为妻

节迪盖尔的恶霸克亚孜，
侵占了著名的塔拉斯，
暗害了威名远扬的赛麦台依雄狮，
占领了内白外红的宫殿，
夺走了美丽的阿依曲莱克。
他获取单峰驼一百四十峰，
他得到行云流水般的走马一千匹，
他带着一百二十个奴隶和仆人，
扬扬得意回到节迪盖尔的领地。

当他到达节迪盖尔的时候，
给各地写信派三十五个信差传递：
“邀请你们前来参加我的婚礼，
我要娶阿依曲莱克为妻。
我已经让赛麦台依身影消失，
我叫人把古里巧绕生擒活捉，
把他的肩膀软骨活活剜去。
我推举坎巧绕为汗王，
让他达到了梦寐以求的目的。
我如今当上了阿拉什的主人，
拥有了与阿依阔勒一样的权力。
我要娶阿依曲莱克，还要登基称王，
双喜临门，喜上加喜。
你们务必按预定的日子，
前来节提苏出席典礼。”

克亚孜就这样，
向各地传送消息。
阿拉什人居住的所有地方，

他都发出请柬告诉庆典的日期。

为了观赏庆典的热闹，
很多人上路前行。
阔绍依汗的儿子加勒格再克心想：
“这是多么荒唐的事情？
我要亲自去看一看，
还要向知情人深入打听，
究竟发生了什么样的情形？”

于是他从阿特巴什跨马起程，
带领三十名伙伴同行。
携带所有的武器装备，
还带着猎犬和雄鹰。
腰间挂着不带鞘的宝剑，
骑着加勒芒勃孜马凛凛威风。

有个地方叫作图云交勒[①]，
人称“其勒皮勒达克的边缘”。
就在这里居住着夏库尔部落，
祖宗七代在此生息繁衍。
部落的首领是卡什卡老人，
始终坚守着祖先的地盘。
加勒格再克来到他家投宿，
与卡什卡老人闲聊谈天。

卡什卡是一位巴依，
他的四种牲畜数也数不清。
他超过八十高龄，
言语流利头脑清醒。
他曾参加阔阔托依的祭典，
至今还记着当时的情景。
一老一少互相刨根问底，
不断地扯出新的话题，
加勒格再克顺便说明来意：

① 图云交勒：柯尔克孜语，意为要道、要冲。

“卡什卡巴依，我很荣幸，
在前往庆典的途中见到你。
克亚孜汗给我发出邀请，
说他要娶阿依曲莱克为妻。
我要前去制造麻烦，
阻止他娶阿依曲莱克为妻。
我是阔绍依的儿子加勒格再克，
这就是我此行的目的。”

卡什卡年事已高，
对加勒格再克的话并未听清，
他以为阔绍依的儿子，
是诚心去参加婚礼，
他痛心疾首将加勒格再克训斥，
像哀伤的鹰隼一样悲鸣：
“你这个该入土的加勒格再克，
你真是愚蠢透顶！
你怎能离开家乡，一路狂奔，
去节提苏参加这样的婚庆？！
你就像半路上跟随搬迁队伍的丧家狗，
鞍前马后，摇头摆尾尽献殷勤！”

卡什卡老人越说越激动，
将加勒格再克严厉教训：
“当年在阔阔托依的祭典上，
无数的宾客来自四面八方。
当时我风华正茂，年轻力壮，
英雄玛纳斯亲自主持祭典，
阔绍依大伯辅佐在他身旁。

“你父亲阔绍依和奥荣阔上场摔跤，
可惜没有合适的皮裤可穿。
好像你母亲不善女红，
这让他感到很难堪。
当时我就站在他的对面，
目不转睛地看着他怎么办。

“玛纳斯是智慧非凡的雄狮，
他早带着一条皮裤在鞍褥下面。
他当即拿出皮裤，
捧送到你父亲面前。
你父亲是个身材魁伟的巨人，
玛纳斯送的那条皮裤，
他穿上显得裤腿很短。
他们把它拿去左拉右拽，
拿回来再让你父亲试穿，
不肥不瘦不长不短。

“这时候你贤明智慧的父亲，
刨根问底得知了皮裤的来源。
是汗王玛纳斯的配偶，
美丽的卡妮凯亲手飞针走线。
你具有神力的父亲心里思忖：
‘我看她有不能生育的缺陷，
我要虔诚地为她祈祷求子，
聚精会神地为她祝愿！’

“当贤智举起双手祝福的时候，
你猜英雄玛纳斯怎么办？
他把马鞭挂在脖子上，
情不自禁泪流满面！

“牵着马的人把缰绳挂在脖子上，
许多人把腰带抽出来挂在脖子上，
连康阿依人都站起来，
举起那铸造神像的双手祈求上苍。
所有的人都张开手掌为卡妮凯祈祷，
我在其中也表达了美好的愿望。

“祈祷在卡妮凯身上应验，
上天赋予了赛麦台依这样的儿男。
他继承父业把阿拉什掌管，
他绝不会死于非命，轻易归天。
如今克亚孜要娶赛麦台依的妻子，

你前来参加婚礼所为哪般？

“喀什噶尔、和阗、叶尔羌，
罗布泊和吐鲁番，
不会有人来参加庆典。
康阿依与他们距离很近，
轻而易举即可翻越到吐鲁番。
如果得到赛麦台依的死讯，
会立刻把这些地方抢夺霸占。

“当年在库尔普勒代克河口，
哈萨克人的败类，
请来了独眼龙玛德罕，
骑着青色野公牛猖狂挑战。
还有从佳番来的巨人克孜勒乌尤克，
口吐狂言要与赛麦台依决战。
赛麦台依打败了这两个狂妄的巨人，
从此英名远扬，誉满人间。

“特别是英雄古里巧绕，
勇猛善战，人人盛赞。
助巴塔依和卡拉塔依，
还有卡勒玛克人乌桑干，
纷纷向塔拉斯伸出魔爪，
他们全军覆没，无一生还。
赛麦台依和古里巧绕，
越战越勇，威名震天。

“巴卡依之子巴依塔依拉克，
在交战中身中暗箭，
巴卡依不顾中箭的儿子，
为保护自己的人民不受敌人残害，
老当益壮，冲锋在前。

“当空吾尔巴依进犯塔拉斯，
魔掌伸向阿拉什，
豹子巴卡依挺身而出，

率领年轻的英雄赛麦台依，
龙腾虎跃的古里巧绕，
与众位英雄英勇抗战，
把穆拉迪勒、乌尚、涅斯卡拉，
还有奥若克格尔一并打死。

“空吾尔巴依诡计多端，
把契丹和康阿依的五个部落欺骗。
在克孜勒克亚、萨哈集结，
向柯尔克孜大举进犯。
他制造了震惊世界的战乱，
终于自食其果，一命归天。

“赛麦台依虽然被战斧砍伤，
据说他的躯体却神秘消逝，
他们无法掘墓埋葬，
克亚孜曾毫不隐瞒地如实通报。
我断定他在大庭广众之下不会撒谎，
我根本就不相信，
赛麦台依就这么死亡。
巨人阔绍依之子加勒格再克，
你要去参加阿依曲莱克的婚礼实在荒唐！

“圣人玛纳斯的事业，
还未落到后继无人的地步。
卡勒玛克有一个莫勒多额让库杜克，
是卡勒玛克人顶礼膜拜的占卜师。
他与魔王为伴，料事如神，
他的预言从不离谱。

“额让库杜克之子居尔古略克，
去年夏天悄悄来到我家借宿，
他是像他父亲一样的莫勒多，
也是卡勒玛克人的有名的占卜师，
他能掐会算、口齿伶俐，
本领快要超过他的父亲。
他将随身的经书翻开，

给我这样算卦占卜：
从玛纳斯到他的第八代子孙，
战无不胜，英雄辈出。
有一位死神萨日克[①]，
他是玛德库勒的遗腹子，
现在还没有出生，他的马蹄所到之处，
将踏平一切，独自称雄。

“西方著名的七位巨人，
马背承载不起的徒步巨人，
聚集一起公然与他交战，
结果都战败而死无一生还。

“眼前的塔拉斯，
虽然灵气背离暂时困难。
但外人不敢贸然进犯，
可惜内部有人背叛，
这是居尔古略克断定的预言。

“克亚孜和坎巧绕，
终将被古里巧绕处斩，
熬过了十四年，
赛麦台依定将回到人间，
这些话我当时亲耳听见，
这些预言日后必将应验。

“加勒格再克，听我的话，
我从羊肩胛骨相中早就预见，
料想你会投宿到我的家园。
我崇拜你父亲的在天之灵，
宰杀驼羔把你款待，
这就是事情的起源。

“这里是四通八达的交通要道，
这里是其勒皮勒达克的草滩，

① 死神萨日克：意为黄皮肤死神，这里是指赛依铁克之子凯耐尼木。

你要在这里再住三天，
对前往参加婚礼的人们，
对领头的英雄好汉，
以理说服，好言相劝。
不让他们去参加婚礼，
改变主意返回各自的家园。
你要悄悄地迫使克亚孜，
众叛亲离，孤立无援。

“假如赛麦台依返回辽阔的塔拉斯，
返回久别的柯尔克孜人民中间，
你要鼎力相助成为中流砥柱。
辅佐赛麦台依完成雄伟大业，
你的英名会在阿拉什代代相传。”

加勒格再克接受老人的教诲，
心悦诚服，铭记在心。
他在卡什卡巴依家留宿三天，
听从老人的吩咐，身体力行。

恰巧在这三天的时间，
从玉尔毕汗王的臣民中，
从众多著名的哈萨克英雄中，
穆孜布尔恰克之子阿克库巴克，
乌买托依之子灭迭提别克，
阔克波茹的独苗，
年轻的小伙子阔勇阿里，
达比塔依之子塔塔凯，
穆尔扎克玛特之子木拉特，
他们行色匆匆纷纷赶来。

从喀什噶尔、和阗、叶尔羌，
从罗布泊、吐鲁番，
也来了许多有名的英雄。

自称阿拉什有头有脸的人，
汗王之子和巴依之子，

抵御侵略保卫人民的勇士，
深受百姓信赖的好汉，
前后来了四十六名，
在这交通要道集中。

阿克库巴克年富力强，风华正茂：
“圣人阔绍依的独苗，
加勒格再克大哥，你怎么在这里?
难道你在此看守要道?！”

阿克库巴克的问话，
好像把饭送到嘴边，
正中加勒格再克的下怀，
他借题发挥，极力规劝：
“这么多的人来到此地，
有的是汗王，有的是英雄好汉，
你们当中的每一个人，
至少把五个城市掌管。
你们来自南方、东方和喀什噶尔，
来自叶尔羌、和阗和吐鲁番，
还有人来自哈密，
没想到再次相逢见面。

“从南方来了这么多英雄，
从北方也来了这么多好汉，
你们都到哪里去，又有何贵干?

“我从我的家乡，
阿特巴什的阿克萨依专程赶来，
是克亚孜亲自将我邀请，
他说要娶阿依曲莱克为妻，
邀请我参加婚礼。
我走到这里改变了主意，
三天以来把你们耐心等待。

“抗击来犯之敌要依靠民众的力量，
涉水过河不要害怕水深。

我想和你们见面后踏上返程，
我决定不参加克亚孜的婚礼，
我也向你们提出同样的建议。
在我半路折回以前，
要向你们禀明事理。

“盖世英雄玛纳斯，
你们不是耳闻就是见过面。
他的独生儿子赛麦台依，
继承了他的遗愿。
赛麦台依虽然年轻，
但已成为阿拉什的靠山。

“他保护了柯尔克孜人，
也保护了其他部落免遭劫难，
他甚至不让老鼠偷吃百姓的麸皮，
更不让侵略者伸出魔爪侵犯乡亲。
他带领着两个少年勇士，
东征西讨，南征北战，
从不感到孤立无援。

“当玛纳斯闭目辞世以后，
侵略者在我们周边兴风作浪。
是赛麦台依率领英雄们挺身而出，
捍卫了阿拉什的平安。
他们使玛纳斯的英名不被磨灭，
至今传颂在人世间。

“他们跨马远征的时候，
没有要求其他人支援，
没有要求任何人慰劳贡献。
你们当时整天射猎野羊消遣，
放飞猎鹰取乐在河边。
人人欢声笑语，兴高采烈，
因为有英雄赛麦台依作靠山。
你们无拘无束，自由自在，
因为一切有英雄赛麦台依承担！

“坎巧绕背叛赛麦台依，
克亚孜占领了坎阔勒的色尔城，
赛麦台依雄狮陷入敌人的圈套被害，
但没有人看见他被掩埋。
当他神秘消逝以后，
阿勒曼别特之子古里巧绕，
肩胛的软骨被剜割致残，
克亚孜把阿依曲莱克当作战利品带走。

“我收到克亚孜的邀请，
不假思索地来到这里，
忘记了英雄对我的恩情。
我已决定从这里返回，
不去参加克亚孜的婚礼。
与其参加婚礼，
做克亚孜的座上客，
倒不如埋入黄土干净。
我想把这些告诉你们，
因此在此等候各位来临。”

加勒格再克的苦心规劝，
四十六人洗耳恭听。
年轻气盛的阿克库巴克，
怒火中烧，大发雷霆：
“克亚孜，真是无耻透顶！
他残害了阿依阔勒玛纳斯独苗的生命，
损坏了戴白毡帽的信誉，
破坏了柯尔克孜阿拉什的幸福，
摧毁了我们高照的福星。
企图对阿拉什人斩草除根，
毁灭柯尔克孜美好的前景！

“我也决定从这里返回，
让克亚孜的婚礼见鬼去吧！
我若去参加这样的罪恶的婚礼，
我父亲的在天之灵就会把我严惩！”

阔克波茹的儿子，
可爱的小伙阔勇阿里，
义愤填膺，怒不可遏：
“既然我们四十六名好汉聚在一起，
不如去把节迪盖尔的克亚孜袭击，
把霸占塔拉斯的坎巧绕杀死，
去把玛纳斯高贵的神灵祭祀！”

这时加勒格再克这样劝阻：
“假如我们去袭击克亚孜，
假如我们掠夺塔拉斯，
就会败坏自己的名声，
就会让虎视眈眈的外人有机可乘，
就等于把阿拉什断送！”

大家对加勒格再克的话表示赞成：
“我们不能去克亚孜那里，
还是从这里掉转马头踏上回程。”
他们唾骂着克亚孜，
卷起马尾巴登上了马鞍。
没有去参加克亚孜的婚典，
各自返回自己的家园。

克亚孜以为汗王们都来庆贺，
手忙脚乱地紧张准备。
叫人赶来了许多未断奶的驼羔，
和多匹膘肥的牝马一起屠宰。
把马肠马肚脖颈肉按程序煮熟，
期盼着宾客按时到来。
还布置五十多所宽敞的客房，
用来把各位汗王招待。
萨马瓦尔①里茶水沸腾，
各式各样的美味佳肴摆满餐布。

① 萨马瓦尔：茶炊，即用铜铁等制成的烧水的器具，有两层壁，在中间烧火，四周装水，供沏茶用。

自以为客人就要到来，
指派专人将贵宾的坐骑照顾，
他要向来自各地的来宾炫耀：
克亚孜应有尽有十分富足。

“节提苏的节迪盖尔人，
一个不留地前来会集！
老人都来品尝美味佳肴，
年轻人都来出力应酬，
把四面八方的宾客接待好！”

遵照克亚孜的召唤，
节迪盖尔人骑着母马带着小驹，
骑着骆驼和花公牛，
没有坐骑的干脆徒步，
一个不留纷至沓来。

当年巴葛什在世的时候，
建造了一座高塔，
塔梯盘旋五十六圈，
当人们围着高塔站满远望，
这样的消息传到克亚孜耳边：
“四通八达的岔路口上，
在那个其勒皮勒达克的边沿，
各位汗王半路折回家园。”

就是那夏库尔卡什卡来到这里，
将这个不幸的消息递传，
克亚孜暗自叫苦犯难：
“这些汗王是否担心上当受骗，
害怕像赛麦台依一样被我宰杀，
因此不敢前来参加我的婚宴？
或者我要娶曲莱克为妻举行婚礼，
难道违背了柯尔克孜人，
乃至整个阿拉什人的意愿？！”
克亚孜痛苦地思索了三十二遍，
心中翻腾着无数意念。

克亚孜向卡什卡老人开言询问：
“你阅历丰富，见多识广，
你送走了多少岁月多少时光，
眼前发生的这种事情，
你经历过多少类似的花样。
他们到底为什么返回，
你可知道，你可听到？
请求你给我明讲！”

这时卡什卡老人这样回答：
“你在此向我提问，
想了解我的所见所闻。
当时我就站在他们旁边，
对他们商议的事有所留神。
他们所说的一言一句，
自然都亲耳所闻。

“喀拉柯尔克孜人加勒格再克，
说自己不该像小孩一样盲从，
前来参加你的婚典。
说你背叛了阿依阔勒玛纳斯的神灵，
冒犯天下人必遭唾骂和讥讽。
说你强迫阿依曲莱克成亲，
说他怎能去参加这样的婚礼！
他说谁想去就去吧，
说他要返回，不能和别人同行！

“听到加勒格再克的话语，
穆孜布尔恰克之子阿克库巴克，
当场就暴跳如雷，大发雷霆，
发泄了对你的愤恨。

“勇敢的年轻人阔勇阿里，
更是激动不已，义愤填膺，
如果不是加勒格再克劝阻，
他们定要把你劫掠干净。

“他们要洗劫塔拉斯，把坎巧绕和你，
一个接一个地打翻在地，
然后一走了之！

“这时加勒格再克阻止他们说：
‘假如你们去掠夺节迪盖尔人，
假如你们去围攻塔拉斯城，
外部的侵略者虎视眈眈，
就会从四面八方伸出魔爪发起进攻。
赛麦台依和古里巧绕，
已经不在人民中间。
假如康阿依人倾巢出动，
有谁能够使他们将马头掉转，
有谁能够站出来与他们交战？’

“他们听了加勒格再克的劝说，
纷纷诅咒着你的婚礼，
‘呸’地往地上吐着唾沫。
缩起坐骑的尾巴半路返回，
这就是你想知道的事情经过。

“克亚孜你刚才还说什么，
他们半路返回就是因为惧怕。
那是你自欺欺人的说法！”
卡什卡巴依对克亚孜的询问，
连讽带训地做出了如此回答。

节迪盖尔人聚集在一起品尝肉食。
纷纷向克亚孜祝福道喜：
“恭贺你们俩喜结良缘！
你终于娶阿依曲莱克为妻。
为了迎娶阿昆汗的女儿曲莱克，
有多少英雄好汉相互争斗交战。
有多少人为之流血身亡命归黄泉，
到头来是你克亚孜称心如意。
你要让曲莱克出来向人们亮相，

让我们亲眼看见她美丽的容颜。”

克亚孜答应了人们的要求，
派人请曲莱克登上了塔顶。
掀起她脸前的面纱，
让所有人把她看清。

所有的节迪盖尔人，
年轻的和年老的，
为目睹曲莱克的容光，
骚动不安，心里发痒。
看见曲莱克的一双亮眼，
顿时神魂颠倒，精神失常。

当曲莱克咽食的时候，
食物从她透明的喉咙就能看见。
在曲莱克的光彩面前，
明晃晃的镜子也黯然失色，
因为曲莱克雍容华贵举止大方！
看吧，曲莱克苗条的身材，
犹如垂柳轻盈飘荡。
看吧，曲莱克秀丽的发辫，
像水獭毛一般乌黑发亮。
亲眼看见的人们，
情不自禁，心旌飘荡，
将世间的一切遗忘。

从塔拉斯来到这里的人们，
诅咒这个万恶的世界，
都从心里表示不满，
发泄着心中的积怨：
“可怜的天鹅落在秃鹰手中，
与英雄赛麦台依相比，
克亚孜不过是一只秃鹰！
难道这个世界仍然会这样运行，
总有一天老天会惩罚恶人的罪行！”

阿依曲莱克偷梁换柱蒙骗克亚孜

克亚孜让阿依曲莱克，
穿上了高贵华丽的衣裙，
派人从一天的路程以外，
请来莫勒多证婚。

这个莫勒多老谋深算十分狡猾，
他会用羊肩胛骨占卜算卦。
他也对这桩婚事不满，
于是心中产生了奇妙的想法：
“阿依曲莱克的被窝，
不能让克亚孜任意糟蹋。
证婚时念一段秘密的咒语，
让曲莱克正中下怀，
用黄金报答。”

莫勒多按照自己的想法证婚：
“昂塔克，梦塔克，
你们像两棵骆驼草，
好汉克亚孜，祝福你，
怀抱人们看不见的女人睡觉！”

曲莱克听到这段隐语，
明白了这个莫勒多的意图。
作为证婚费赏给他一峰母驼，
外加一件锦缎礼服。

六十二种魔幻术，
还有七十二种咒语，
阿依曲莱克都背得滚瓜烂熟，

无人能破解她掌握的法术！

她向无形的精灵发出召唤，
有一位妖精畏畏缩缩，
来到阿依曲莱克的身边。

“你的名字叫作妖精，
我是众所周知的曲莱克，
我要你现在变得像我曲莱克一般，
克亚孜怎么说你就怎么办！
要把你的头发而不是乳房搭在他身上，
务必让他少清醒多昏睡！

“如果你露出什么破绽，
我要把你们这些精灵全部驱出大地。
无论年老的还是年轻的，
无论妖精还是鬼怪，
全部赶出，
永无藏身之地。”

阿依曲莱克威逼吓唬，
叫来了他们的魔王，
让他立刻命令那个妖精，
冒充曲莱克与克亚孜同房。
阿依曲莱克如此将计就计，
让克亚孜喝了迷魂汤。

曲莱克的遗腹胎儿，
一天天长大，
肚皮快要容纳不下。
足智多谋的曲莱克，
心中萌生了这样的想法：
“狡诈多疑的克亚孜，
最终不肯善罢甘休，
老人们流放在塔拉斯的荒野，
处境窘迫，十分痛苦。
若让儿子遭受克亚孜的迫害，

我就会落下奇耻大辱！”

阿依曲莱克吃了阿格孜玛药，
保留胎儿的骨骼将血肉引流。
肚子里保住胎儿的骨骼，
延续了一年多久。

她口服各种各样的妙药，
她吃了晒干的黄色巴尔普草。
日复一日，夜以继日地吞服，
用库努草的根茎做成的药。

阿依曲莱克按照习俗，
向一千户人家讨要饭食以解害口。
她食用浸泡在黄油中的小麦粒，
食用切好的马肚和脖油；
她食用搅拌了蜂蜜的马肚油，
食用红烧肉块和马肠肉。
为了滋补营养，滋养心神，
食用了阿尔卡尔草和马米尔草，
煎熬而成的汤药。

当胎儿活动孕气发作的时候，
曲莱克来到体壮如山的克亚孜身旁，
在支撑着他的大腿上落座：
“克亚孜啊，你要不要孩子？
你对我无微不至地关怀，
一般人都不像你这般高尚。

“想当年在赛麦台依的手中，
我很少发生女人特有的症状，
一直没有怀孕生子。
当我过了年岁的时候，
有幸将你的子嗣怀上。

“假如你不给我找来大象肉，
假如我不把大象肉品尝，

我就会一直吐着黄色的酸水，
被折磨得面黄如土，痛苦死亡。
我害喜就想吃大象肉，
睡觉时它在我的梦中，
醒来时也把它念念不忘。”

当阿依曲莱克这样说的时候，
这个克亚孜心里一怔：
“曲莱克真的会给我生育吗？
难道她要生的孩子真的是我的吗？
是否从赛麦台依那里怀孕，
然后带到我这里出生？

“阿依曲莱克是城府很深的女人，
是否施计让胎儿掉肉不掉骨骼，
重新让他发育生长？
是否对我隐瞒着阴谋诡计，
假装献媚试探我的口气？
让我寻找大象肉大概只是借口！

“我要把乌龟肉当作大象肉送来，
让她肚里的胎儿流产，
这样才能彻底消除我心中的疑团。
或许我应该继续等待观察，
看一下她怎样分娩。
假如阿依曲莱克生下女孩，
我就要给她举行庆典把女婴放入摇篮。
假如阿依曲莱克生下男孩，
我要把他杀死后用土掩埋。
她非要吃大象肉不可，
这就是她明显的疑点。”

六十个办法四十个心计，
克亚孜绞尽脑汁思索一遍：
“我亲爱的伴侣曲莱克，
得知你已有身孕的喜讯，
我的心像火烤一样的温暖。

“在这里不会找到大象，
为了寻找大象肉，
我要起程前往印迪斯坦[1]。

“假如你要我亲自去，
我就亲自出马，
假如你要我在家亲自侍候，
我就派人立刻出发。”

这时阿依曲莱克这样回答：
“既然你手中没有大象，
你就是到了印迪斯坦，
也不一定顺利找到它。
等你用一年往返的时间，
我早就把小孩生下。

“我恳求你不要对我抱怨，
我要把蓝靛泡入水中喝下，
把肚中的胎儿凝固僵化。
反正有你在我身边侍候，
终身成疾我也不怕。

“请求你给我一个月的期限，
解决你我的心腹之患。
听说巴格达的神医莫明江，
包医百病，身手不凡，
我请他来做剖腹手术，
让肚里的胎儿彻底流产。
假如莫明江有大象肉，
我就要吃象肉意足心满。”
阿依曲莱克对克亚孜亲自出马之事，
不置可否，故意试探。

克亚孜不耐烦地站起身来，

① 印迪斯坦：指印度。

头也不回，朝外走去。
当他快要跨出门的时候，
阿依曲莱克又把他叫住：
“等一等，克亚孜，
等一等！
你杀死了我的前夫！
你把我当作战利品，
成为我现在的丈夫。
看来以战利品做你的妻子，
倒不如痛快地死去！
与其寄人篱下，苟延残喘，
倒不如了此残生早点入土！
我害喜不止，直吐酸水，
备受煎熬，算我命苦！

“假如寿期到了我就会死去，
假如老天不降下死亡旨令，
我会忍受终将孩儿生出！
到那时我将儿子留给你，
而我将身披天鹅羽衣，
展翅飞向遥远的天际。
已经领教了人世间出类拔萃的你，
我绝不从天上飞回人间栖息！”

狡猾的克亚孜听了以后，
假装惊恐侧目而视：
“哎呀呀，阿依曲莱克！
你说的话很不对劲！
我可从来没有说过，
你是我缴获的战利品。
你自称战利品把我嘲弄，
惭愧得我无地自容，
你真叫我伤透了心！

“其实我已默默答应了你，
同意你去巴格达请医生。
我本想去告诉套托茹骏马，

一天之内走完巴格达一个月的路程。
在巴格达住宿三天办完事情，
当天就要返回家门。
我此时就要出去安排，
是你把我叫住讽刺嘲弄。”

这时阿依曲莱克已经猜到：
“这个狡猾的癞皮狗，
想从套托茹骏马那里，
打探我的虚实。”
不等他们把事情说完，
古里巧绕开门进屋：
“大嫂，求你给我一点饭吃！”

生怕克亚孜产生怀疑，
阿依曲莱克瞪大眼睛，
劈头盖脸，一顿训斥：
“在打糨糊的铁桶里，
有发酵的酸奶和加尔玛[①]可以充饥。
哪里还有烤熟的馕天天贡你！

“在厨房的尽头，
还有来不及脱皮的大麦粒，
这些锅里炒过的麦粒，
你不要一下吃完要珍惜！

“你不要昏头昏脑胡言乱语，
难道我有当你嫂子的心愿？
你老是赖在我的面前，
难道我总摆脱不了你的纠缠！

“在白色大碗里有大麦，
快拿去喂给套尔波克[②]，

① 加尔玛：柯尔克孜人用大麦粉酿造的一种饮料。

② 套尔波克：柯尔克孜语，托尔波克为牛犊，套尔波克为其变音。暗指套托茹马。

不喂好不要回来吃饭！
上山砍柴割草手脚要快，
不要磨磨蹭蹭拖到夜晚！”

此时古里巧绕暗自思忖：
“难道老天爷惩罚了曲莱克？
难道我永远无法解脱，
降临在我头上的深重苦难？
从小和我一起长大的坎巧绕，
狠心将我的肩胛骨割残。
我渴望着阿依曲莱克给我撑腰，
她却让我把发酵的糨糊当饭，
难道不是雪上加霜把我的活路切断！”

他正在思量的时候，
阿依曲莱克说的“套尔波克”，
回响在他耳边。

“伶牙俐齿的曲莱克，
难道不会说‘托尔波克’？
她是否对我暗示，
尽快给套托茹骏马喂食？

“刚才克亚孜正在转向房门，
聪明的大嫂阿依曲莱克预料，
克亚孜可能去向套托茹骏马问话，
她肯定心里焦急，火烧火燎。
在这样为难的日子里，
她对我的训斥也很自然！”

古里巧绕想到此有所领悟，
急忙带着盛满大麦的白色大碗，
连蹦带跳跑步过去，
迅速来到套托茹骏马跟前。
他手捧着大碗给骏马喂大麦，
喂完后立刻回到曲莱克的房间。

阿依曲莱克不等他说话就问：
“噢依，大麦喂了没有？”

“我已喂了套荣卡依[①]，
它用嘴头集中了麦粒，
一张口吞了下去。”

阿依曲莱克明确地猜到，
他已经给套托茹骏马喂了料。
“假如古里巧绕不理会暗示，
把大麦喂给了牛犊，
他就会说‘它用舌头卷裹着饲料’，
他却说‘它用嘴含了麦粒一张口吞了下去’，
言下之意就是给套托茹骏马喂了料。”

阿依曲莱克和古里巧绕，
为什么如此焦急不安。
因为套托茹骏马竟然会说人类的语言。
虽然对明天的事无法预见，
但对当天的事十分敏感。

曲莱克接着对古里巧绕吩咐：
“在带把的黑色铁桶里，
还有搅拌酸奶的加尔玛，
快把它拿去，不要犯傻。
我要你远离有人群的地方，
不要靠近我的毡房。
你自已吃饱喝足之后，
剩下的都倒到干净的地方。”

古里巧绕假装不满，
猛地将黑色铁桶提起。
“她嘴上说的是发酵的糨糊，
其实可能是别的好吃的东西！”

① 套荣卡依：套托茹骏马的别称。

粗中有细的克亚孜，
心里产生了狐疑，
伸着脖子把目光投向桶里。

阿依曲莱克眼疾手快，
一把抓住了黑桶的把子：
“我知道自己是不可信赖的妻子，
克亚孜，这就让你翻腾到桶底！”
当克亚孜试闻味道的时候，
一股酸臭直冲鼻子。
更让他恶心的是，
蠕蠕而动的蛆虫爬在桶里。

克亚孜亲眼看到桶里的残食，
责备曲莱克吝啬小气：
“曲莱克，
你如果这样下去，
就会败坏你自己的名誉。
你的这个发酵的糨糊，
难道你没有看到，
里面蠕动着蛆虫？
你难道没有闻到，
里面发出阵阵臭气！
你怎么能让他当饭吃？
难道给一个可怜的人一口饭吃，
就能吃掉我们的家底？！
这样节省家庭的财富，
会像山一样堆积？！

“原来每年雇佣六个人，
为这个家砍柴运草，
给他们管衣管吃尽量善待。
他们累死累活打来的柴草，
总是不够用，但也无奈。

“他虽然没有肩胛软骨，
可每天上山打来的柴草，

在我们庭院堆积如山。
像他这样的傻瓜世上难寻，
难道你就不能让他，
吃饱一顿干饭？
何况你和他多年在一个家庭生活，
你是他的大嫂，他是你的小叔。

“‘一千次问候，
不如送人一点食物。’
这是人间相传的谚语，
你要明白其中的道理。”

看到曲莱克默默无语，
克亚孜以为她已领情。
阿依曲莱克的身孕和孩儿的情况，
再不能继续向她进一步打听。
阿依曲莱克和古里巧绕，
也不可能向他透露实情！

克亚孜去询问套托茹，
骏马没有任何暗示。
喂给套托茹骏马的大麦，
早就让它的舌头发直，
它已经没有能力说话，
这是阿依曲莱克施出的法术。
肚里胎儿的真相，
英雄古里巧绕的情况，
这匹马十年内无法吐露。
智慧聪颖的仙女阿依曲莱克，
就这样把套托茹骏马的舌头封住。

“套托茹骏马没有不良暗示，
难道她怀的是我的儿子？！”
克亚孜思虑半晌，
很难消除心中的顾虑。
心里总是不敢相信，
怀疑其中隐藏着阴谋。

当古里巧绕接过铁桶，
就要出门的时候，
阿依曲莱克提着桶把手，
就要交给他时，
她故意将桶把向上一提，
又向下使劲一压才松手。

古里巧绕一手提着铁桶，
一手拿着一挂毛绳走出门外。
他想找一个隐蔽的地方，
把桶里的东西全部倒掉，
再路过时把空桶带回来。
他正想着准备把桶倒翻，
刚才的情形又浮现在脑海：
“月亮般的大嫂阿依曲莱克，
把桶把往上一提又往下一压，
说不定她在暗示着什么事情，
防备狡诈的克亚孜猜疑？”
他把糨糊和酸奶，
小心翼翼地倒出来，
桶里显露出来一个小桶，
上面严严实实地扣着桶盖。
他把这个小桶拽出来，
用溪水冲洗后翻开桶盖。
小桶里装满了丰盛的食物，
古里巧绕见了喜出望外。

一片片马肚油和一块块脖油，
十二种美味都在里边。
与蜂蜜搅拌的混合油，
越看越让人垂涎。
过油的小麦和过油肉，
装满了另外两个小罐，
还有砂糖和蜂蜜，
整块的酥油切成一片片。
还有一个容器中，

已将泡了黄糖的红茶盛满。
红茶人称“马火顺”，
喝茶的人心情格外舒坦。

聪明智慧的大嫂曲莱克，
花言巧语迷惑克亚孜。
将十二种美味佳肴，
在小桶里巧妙放置。
保全古里巧绕的责任，
阿依曲莱克不会放弃。
表面上对古里巧绕假装训斥，
其实是对克亚孜的嘲弄讥讽。

让我们把这一段暂时搁放，
从阿依曲莱克生下赛依铁克唱起。

赛依铁克的诞生

怀胎三年才出生的遗孤

阿依曲莱克使克亚孜身不由己，
骑着套托茹骏马离开家园，
奔跑在高山和平川，
把套托茹骏马折腾了十五天，
终于找到大象肉回返。

“你千辛万苦找来了大象肉，
保全了你自己的孩子，
我也对你表示感谢！”
阿依曲莱克躺着吃肉意足心满。

昼夜交替，日复一日，
月圆月缺一个又一个月过去，
过满了九个月零九天，
曲莱克阵痛难耐，临近分娩。
阿依曲莱克大嫂，
在认为合适的那一天，
对阿勒曼特之子古里巧绕，
吐露了一直保守的秘密：

“亲爱的高贵的小伙，
临产的阵痛好像来临，
我浑身上下关节在发软。
我因害怕克亚孜，谨慎防范，
把胎儿的血肉打掉，
在肚里把骨骼保存了一年。
我服用各种各样的药，
将胎儿在肚子里多养育了一年，
其实我怀孕到现在，

已经过去了三年时间！

“你兄长留下的独苗，
到如今没有必要隐瞒。
只要生下男孩，
我就毫无遗憾。
但我已经筋疲力尽，
只担心能否忍痛安全分娩。

“狼心狗肺、秉性难改的克亚孜，
定会不遗余力阴谋迫害，
假如我们两天内找不到好办法，
只有听从命运的安排！

“从塔拉斯迁来的人们中，
有个喀拉柯尔克孜人，
名叫库吐巴依。
我长时间对他留意观察，
他心地善良，可以信赖。
我们要把所有的真相，
毫不隐瞒地告诉库吐巴依。

“我有个做饭的女仆，
名叫阿依萨勒肯，
我派她去找库吐巴依。
坎土曼、铁锹等工具，
作为男子汉由你来准备。”

给库吐巴依送去消息，
阿依萨勒肯安全回来。
月亮还在夜空悬挂，
天色还未发白，
库吐巴依轻手轻脚，
朝着约定的地点走来。

苦难深重的阿依曲莱克，
将黑暗的夜色当作巨大的斗篷，

将细雨的点滴当作华丽的耳环，
将暗淡的云朵当作薄纱蒙面。
身穿长裙和宽松的裤子，
裙摆和裤脚拖着地面。
心事重重的阿依曲莱克，
焦急地要去与古里巧绕会面。

天上的星星露出笑脸，
欢迎忧伤的可怜人相聚交谈。
接着浓云笼罩大地，
夜行觅食的豺狼，
都迷失方向无法分辨。
上天为他们提供了隐蔽的条件，
库吐巴依、曲莱克和古里巧绕，
此时相聚在约定地点。

当晚苍天特别关照，
浓云翻滚，狂风呼啸。
风雨交加，漆黑一片，
使他们的行踪无人知晓。

库吐巴依同阿依曲莱克见面，
不禁失声痛哭倾诉衷肠：
“我看克亚孜这三天以来，
满脸愁云，神色慌张。
我从中观察得知，
大嫂，这是你快要分娩的动向。

“我还掌握了许多内幕详情，
我有很多话要对你们讲。
克亚孜向人们打听询问，
选择了十二名巫婆和布比，
她们是一群心狠手辣的女人，
从子宫揪出胎儿毫不怜惜。
她们的子宫萎缩干瘪，
不能生育无所顾忌。
虽然下巴骨已经脱节，

却絮絮叨叨，口齿伶俐。
我有一个六岁的小女孩，
我让她跟踪偷听。
只发现他们行踪诡异，
所说的话没有听清。”

这时古里巧绕开口说道：
“我的库吐巴依，
请你仔细倾听，
今日叫你来就是为了这个事情，
我们不要在这里耽误时间，
携起手来采取行动。
我们一起去大嫂居住的房间，
在房间的下方挖一个大坑！”

阿依曲莱克插话补充道：
“假如她们要来我的房间，
只要我阿依曲莱克还有一口气，
我定让她们有来无还。”

库吐巴依身手非凡，
每次搏斗他都赤手空拳上场。
哪怕一下子上来三十个人，
他也能轻而易举地把他们捆绑。

库吐巴依擦着额头的汗水，
一会儿工夫就挖成了一个大坑，
大坑的大小早有计算，
确保能容纳二十个女人。

阿依萨勒肯撑开口袋，
古里巧绕用铁锨往里装土，
装满了五十一个口袋，
用四条毛绳缠绕束缚。
阿勒曼别特之子狮子古里巧绕，
轻轻一提背到肩上，
稳稳当当地从房间走出，

到了河边往水中倒土。
然后踩平凸起的土堆，
把运来的沙土巧妙隐藏。
任何力量无法阻挡激流，
天亮前河水会将土堆冲走。

临产的阵痛一阵接一阵，
持续到第五天。
克亚孜胡子拉碴地走来，
像要吃人似的吹胡子瞪眼：
“曲莱克，你的情况怎么样？
看到妇女们来回奔跑，
我回头专程赶来看望。
我竖起耳朵等候消息，
期望你随时派人召唤，
让我克亚孜守护在你身旁。
这边却没有一点音讯，
我盼望着有人前来报喜，
心神不定，心里发慌。”

阿依曲莱克心里明白，
克亚孜想寻找机会，
把巫婆们派进来。
库吐巴依所说的情况，
一直在阿依曲莱克心里打转。
这时曲莱克开言回答：
“我的汗王克亚孜，
你是顶天立地的大丈夫。
我是你临产的媳妇。
假如你站在我身边服侍，
这是伤风败俗的举动。
难道妇女们见了不耻笑？
难道其他人不会讽刺挖苦？

“女人生孩子，
丈夫不都是站在外边等候消息？
假如你守在我身边不离去，

假如你非把分娩看个仔细，
难道你的臣民不会讥讽，
说你把曲莱克产后的头奶吮吸！
今后凡是女人生孩子的时候，
人们都会把你的笑话提起！”

听了阿依曲莱克的劝说，
英雄克亚孜转身出去，
他派骑手召来的妖婆，
一个不落全部到齐。

克亚孜把她们带到自己的房间，
面授机宜，策划灾祸：
“站在这里所有的人，
要按照我的说法去做。
假如完成了我交代的事情，
你们就会得到梦寐以求的财富。
我拥有整箱整箱的黄金，
草场上布满了我的牛羊马驼。
我家财万贯，应有尽有，
为了办好事情我不惜一切！

“你们一起前往不要回头，
赶到阿依曲莱克的住处，
有巫术的就使用巫术，
有妖法的就使用妖法。
假如胎位不正就想法调整，
假如生下男孩就不要让他活命。

“假如曲莱克生女孩就要高兴，
赶快过来向我报喜。
赏给你们锦缎长袍，
赏给你们行云流水般的坐骑。

“假如曲莱克生下男孩，
你们要拽断他的肚脐。
务必让他魂断丧命，

这一点千万不要忘记！
假如她生下的男孩不死，
你们就休想活命。
不单是你们自己还有亲属，
你们的伯伯姑姑和堂兄堂妹，
舅舅姨姨和表兄表妹，
我会统统吞噬，毫不留情。”

克亚孜反复叮嘱，
派妖婆们去阿依曲莱克的房间。

阿依曲莱克让阿依萨勒肯，
把一个箱子搬到跟前。
从箱子里取出一种药，
投入了皮囊中的马奶酒里面。
把皮囊口扎紧挂在门旁边，
准备好喝马奶酒的大碗。
“我估计这些妖婆们，
将戴着高高的艾列切克①，
趾高气扬地进入我们房间。
骨瘦如柴的老妖婆们，
将甩动着发辫来到我们身边。

“当他们问你，
有无解渴的饮料的时候，
你就走到那个门的旁边。
让她们看着解开马奶酒的皮囊，
给每一个人倒一大碗。
不要漏人也不要倒半碗，
务必把大碗斟满。
盛满马奶酒的碗，
要放在大盘子上，
首先端到我跟前。

“给我喝的那一碗，

① 艾列切克：柯尔克孜妇女用白布或白绫缠绕而成的高帽。

你要悄悄地给我暗示。
只要妖婆们接过碗喝下马奶，
就会当场昏死。
我们将她们投进大坑，
将计就计，巧妙收拾。”

她们如此这般策划完毕，
摇匀了毒药等待时机。
要让来犯者措手不及，
将妖婆们收拾得像剥开的葱皮，
没有哪个妖婆能知晓，
这间屋里的秘密！

这群妖婆喧嚷着进了屋：
“人们正在准备搬迁，
曲莱克，你可要快一点！”
有的像乌鸦嘎嘎叫喊：
“人家赶来四十匹马，
正等着与你生下的女孩订婚。”

她们当中没有人提起，
关于生育男孩的事情。
阿依曲莱克从中确证，
她们企图实施罪恶行径。
阿依曲莱克心神不宁，
临产的阵痛越来越紧。
心怀鬼胎的妖婆们，
乘机向她身边凑近。

“尊敬的各位母亲，
还有亲爱的姐姐们，
你们来得非常及时，
恰巧选择了我最需要的时候。
阿依萨勒肯，你过来，拿饮料，
吉祥人家从不怠慢客人！”

阿依萨勒肯起身走去，

把挂在墙上的皮囊解开。
将皮囊口的边缘翻卷，
往十三个彩漆碗里盛满马奶，
将这些碗整齐地放在大托盘上，
恭恭敬敬地端送过来。

阿依曲莱克抢先交代：
“招待客人的饮食，
先让主人尝一口，才能端上。
再说我已经口干舌燥，
你把它端过来，先让我品尝！”

听到这番话语，
那些妖婆们唠唠叨叨，
像狂叫的狗一样叫嚷：
“该老天惩罚的女奴，
难道你没看到她疼痛难耐，
你把奶酒先给曲莱克端上。”

趁他们吵吵嚷嚷的时候，
曲莱克仔细观察盘上的大碗。
发现一个碗口，
有隐约可见的黑点，
她就伸手拿上这个大碗。

“诸位快点喝下去，
胎儿就要降生！”
曲莱克催促着她们。

妖婆们慌慌张张，
前面的一饮而尽，
后面的未来得及喝完，
手里还拿着大碗，
就东倒西歪昏死沉睡。

阿依曲莱克立刻站起来，
把被褥卷到一边。

黑洞洞的大坑张开大嘴，
出现在她被窝下面。

阿依萨勒肯把妖婆们，
一个一个地拽过来抛入大坑。
盖上坑口铺上被褥，
阿依曲莱克躺在上面静心养神。

当夜幕降临的时候，
让库吐巴依和古里巧绕，
悄悄地运来沙土填坑，
将十几名妖婆埋得严严实实。

曲莱克的阵痛越来越厉害，
她终于生下了一个儿男。
阿依萨勒肯要把他从地上抱起，
咬着牙险些把嘴唇咬断。
她感到非常吃力，
每根头发都渗出了汗。
即使这样也未能把婴儿抱起来，
未能使他离开地面。

阿依曲莱克亲自割断脐带，
把婴儿包裹在襁褓里面。
这间房子发生的事情，
没有一个外人察觉发现，
也没有人向克亚孜报喜索要赏钱。

等到了第二天早晨，
阿依曲莱克将阿依萨勒肯派遣，
让她去告诉克亚孜：
“曲莱克生了一个儿男。”
还要她留心观察克亚孜的表现。

阿依萨勒肯来到克亚孜面前，
告诉他曲莱克生下了男孩的消息。
她睁大眼睛注意观察，

看看克亚孜是悲愤还是欢喜。

克亚孜掩饰着内心的愤慨，
强作笑脸，假装惊喜。
他的咽喉做作地抽搐几下，
好像高兴得就要放声哭泣。

但他的胡须一根根竖起，
透露出心中的怒气。
阿依萨勒肯发现了克亚孜的隐情，
回来就向曲莱克回禀，
她话语尖刻，愤愤不平：
“让你的丈夫见鬼去吧！
让你的克亚孜遗臭万年吧！
与其嫁给这种男人，
还不如姐姐你痛快地死去！

“我的姐姐，我去向他报喜，
他假装高兴快要哭泣。
但胡须却根根竖起，
其实他心里充满怒气。
我注意观察克亚孜，
他翻着白眼，不怀好意。
他的脸色越来越青，
犹如乌云笼罩着大地。
看到克亚孜虚情假意，
我多么想念乡亲们的真情实意！
姐姐你可听到我的话语，
他的性情特别怪异。”

阿依萨勒肯所说的话，
阿依曲莱克心里全都明白。
在这世界上过好过不好，
那就看造物主的安排，
老天注定你的命运，
谁能抵挡，谁能改变！

阿依曲莱克的父亲阿昆汗，
曾用六十匹马驹和一千峰骆驼，
为曲莱克买了一把青蛇剑，
此时她把剑带子套在了手腕。

克亚孜的所作所为，
犹如冰坨冻结在她的心间。
她强压着心中的仇恨，
脸色像不可融化的冰霜一般。
克亚孜的所言所语，
就像吞下干硬的盐碱一样，
刺得她腹痛心酸。

阿依曲莱克做好准备严阵以待，
她早就有了这样的打算：
“克亚孜现在可能到来，
他要我把小孩给他看。
不抱给他可能不行，
抱给他了，小孩就有危险！

“我要时刻警惕，注意防范，
假如他要把小孩举起，
我就伸出手请求他把小孩交还。
假如他还不肯就此住手，
我就要对他的心脏插上利剑，
然后我死也心甘情愿。
反正我要保护好英雄的遗孤，
决不让任何人侵犯！”

阿依曲莱克思忖着，
把孩子抱到自己身边。
孩子身上盖着厚厚的被子，
只露出可爱的小脸。

也就在这个时候，
黑心肠的巨人克亚孜，
在心里琢磨着一个个阴谋诡计：

“我要不慌不忙地走进她的房间，
要她把小孩抱到我的怀里，
只要把小孩骗到手，
我就有可乘之机，
我要悄悄压住小孩的胸脯，
当场让他窒息身亡。”

克亚孜不慌不忙地走过来，
一进门就嘻嘻哈哈，眉开眼笑：
“曲莱克，你怕别人笑话我，
不让我守护在你身边。
这下可好了，你生下了儿子，
我想看一看我的儿子，
亲亲他的小脸。”

婴儿被包裹在襁褓中，
正躺在阿依曲莱克的身旁，
克亚孜正要弯身抱起的时候，
阿依曲莱克急忙把婴儿抱上，
“你看，这就是你的儿子！”
阿依曲莱克说着露出小孩的脸庞。

可是阴险的家伙没有伸手去接小孩，
却撑开自己的衣摆，
曲莱克只好把婴儿放在他的衣摆上。
因为婴儿身体沉重，
克亚孜的腰杆直不起来。

克亚孜的腿脚扭来扭去，
眼睛像黄昏一样昏暗，
心脏也在剧烈跳动，
感觉到婴儿就像一座小山。

克亚孜收起衣襟往上提起，
企图将婴儿抱到胸前挤压。
阿依曲莱克立刻起身站立：
“怀抱婴儿的男人，

总是那样手忙脚乱，
特别是你，笨手笨脚的克亚孜，
怎么能够让人称心如愿！

“你瞧，儿子的身体露在外面，
假如他伤风受凉咳嗽，
我又得受苦受难。”

阿依曲莱克说着接过婴儿，
抱在自己的怀里裹好，
把奶头塞入婴儿的小嘴。

阴险的克亚孜，阴谋没有得逞，
假装为自己喊冤叫屈，
说出了这样一番话语：
“哎呀，阿依曲莱克你怎么了？
难道只有你疼爱孩子？
难道我会让独生儿子伤风受凉，
故意给你惹麻烦！
我原以为你是温柔的曲莱克，
谁知道你如此粗暴无礼。
你从我手中抢夺孩子，
严重伤害了我的尊严！
你从我手中硬抱走孩子 ，
好像我要把孩子扔出房间！

“幸亏这里没有别人，
我才保住了一点脸面。
万一叫别人看见，
那还不无事生非散布谣言！
难道我不能亲眼看见，
我亲生儿子月亮般的容颜？
你把小孩给我，
让我亲一亲他的小鸡鸡，
满足我渴望已久的心愿！ ”

“你克亚孜如此责怪我，

竟说我是溺爱孩子的女人，
我没有把你的孩子交给你，
你不就是为了这点事对我不满！

“你怎知我怀胎十月的痛苦，
我的脊椎骨像针扎一样刺痛。
特别是产前阵痛开始，
浑身的骨头快要散架分崩。
我可怜的性命备受煎熬，
我连连发出痛苦的呼声。
当我需要帮助的时候，
你没有派遣任何人到我身边。
难道你今天真的就需要孩子吗？
我想起你背弃情义的行为，
难道还会把孩子交给你吗？！

“你是一呼百应的本地人，
我曲莱克背井离乡举目无亲，
孑然一身，孤苦伶仃。
克亚孜，你让我明白了，
我毕竟是你缴获的战利品。

“在我临产的时候，
你竟然没请一个接生婆，
可怜来自塔拉斯的阿依萨勒肯，
只有她一个人忙得焦头烂额。
无奈我自己把孩子的脐带割断，
那时候我才清醒地感觉到，
我在你心目中是多么卑贱！

“我在任何时候都不会忘记，
我是背井离乡，
寄人篱下的苦命人。
没有人伸手拉我一把，
也没有人把我牵挂。
这个变幻莫测的世界，
原来就是如此无情可怕。”

阿依曲莱克发泄满腹冤屈，
紧锁眉头，板着面孔，
脸色苍白，面无血色，
好像准备同归于尽。
她慢慢地移动着手，
摸到身下的褥子夹层，
突然抽出古老的阿克挺铁宝剑，
明晃晃地举在手中：
“我要让你看着你的儿子，
被宝剑剖开胸膛，
然后直插我自己的心脏！

“女人一生会面对两次死难，
要知道孕妇难产也会身亡。
当我分娩中九死一生的时候，
你没有派一个女人走近我身旁。
与其这样低三下四地活着，
还不如选择死亡！”

“假如阿依曲莱克剖腹自杀，
我将在人间丢尽脸面。
她恼怒地杀死孩子，
我无心把她阻拦。
但她也要死在一起，
这可叫我左右为难。”
脑海闪过这样的念头，
克亚孜慌了手脚，
抓住了曲莱克举剑的手腕。

克亚孜这样将曲莱克苦劝：
“曲莱克，你这样固执为哪般？
本来我要守护在你身边，
是你把我赶出房间，
现在反过来将我抱怨。
是你想杀死孩子还要自杀，
无情地举起利剑！

“我曾经从巫婆和布比中，
把十二位精英挑选。
把她们从各处召来，
专为你曲莱克助产。
那些妇女们到哪里去了，
你说没有女人到过你的房间。
我要找到这些该诅咒的女人，
统统把她们的头颅砍断！”

巨人克亚孜说完这些话，
气势汹汹地转身出门。
自言自语，嘟嘟囔囔，
一路寻思，苦费心神：
“那十二个无能的女人，
她早把她们弄死。
她对我产生怀疑，
因此不让我抱着孩子。

“她好像早有准备，
将要和我大闹一场。
我向她苦苦哀求，
好不容易把孩子接到手上。
她却紧握阿克挺铁宝剑，
她说要插进自己的心脏，
其实是想插进我的胸膛。

“假如我言词更加严厉，
假如这个有翅膀的女人，
扇动着翅膀远走高飞，
谁见到她月亮般的面容，
都会对她紧跟追随。
人们会说我将曲莱克折磨，
假如整个阿拉什人向我挑战，
那时候我该如何收场？！
当年，阔绍依的儿子加勒格再克，
劝阻人们参加我的婚礼，

众多宾客半路折回。

“那时，年轻气盛的阔勇阿里，
煽风点火欲向我开战。
穆孜布尔恰克之子阿克库巴克，
阴森可怕，犹如乌云笼罩蓝天。

“乌买托依之子灭迭提别克，
阿克艾尔凯绮和卡妮凯，
只要他们还活着，
就不会对此袖手旁观。
坎巧绕和我寡不敌众，
我们不足以力挽狂澜！
我要假装糊涂，暗中窥视，
等到时机成熟的那一天，
定叫他们鲜血横流，血肉飞溅。”

惊天动地的入摇篮仪式

克亚孜心怀鬼胎而去，
阿依曲莱克小心谨慎，
所言所行，无可非议，
转眼过去了三年时间。
将孩子养育到三岁，
没有给孩子举行出生庆典，
也没有给孩子举行入摇篮仪式，
更没有给孩子取名字。

这个孩子显得特别迟钝，
到了三岁还不会走路，
他的双腿软弱无力，
支撑不起他粗壮的身躯。

见到他的人们估计，
他的身材像六岁小孩。
不管怎么说这个与众不同的小孩，
在娘肚子里滞留了三年。
出生已满三个春秋，
加起来正是六年光景。

有一天小孩摇摇摆摆闹着出门。
此时阿依曲莱克突然听到，
克亚孜走来的脚步声。
这个五大三粗的家伙，
走起路来像地震一般。

阿依曲莱克十分焦急不知所措，
她急中生智，心生一计，

对着小孩大声发火：
“真像他爸克亚孜，
腿脚不灵不会走路。
他爸却不认自己的儿子，
还在疑神疑鬼，六神无主。

“他儿子不听劝告，
他爸爸也不管不教，
父对子百般折磨，
让地狱之火把我的生命焚烧。

“假如他是赛麦台依的苗子，
我早就把他的骨头敲碎，
彻底摆脱难熬的困境。
早就会和克亚孜如影随形，
温柔地围着他撒欢撒娇，
如胶似漆，尽情欢乐。

“我们结婚三年后生育的孩子，
克亚孜对他产生了怀疑，
都是因为赛麦台依的缘故。
假如我虐待了这个该死的孩子，
就等于虐待了克亚孜，
这让我如何忍心！

“如今到了三岁的年龄，
他爸爸并不喜欢这个孩子，
也不曾举行仪式放入摇篮。
老天容许降生的可怜虫，
老天却没有召唤他归天！”

阿依曲莱克在屋里发牢骚，
克亚孜不声不响地来到，
在屋外竖耳偷听，
将曲莱克的话语认真推敲：
“如此无情地诅咒自己的孩子，
把诅咒都发泄在孩子的头上，

却没有说他是没有爸爸的孩子。

“她没有提到那个方面的情况，
担心我克亚孜失去亲生儿子，
最终还是为我着想！
她没有必要故意表白，
因为她不会发觉我过来的声响！”

狡猾的家伙倒退着，
离开了阿依曲莱克的门旁。
阿依曲莱克坐在屋里，
窥视到他走开的动向。

阿依曲莱克站起身来，
用右手掌向左手掌猛的一击，
然后抱起孩子狠掐鼻子，
孩子顿时尖声哭叫。

克亚孜听到孩子的哭声，
连声干咳走进屋里：
“你这个无情的阿依曲莱克，
你为什么让孩子如此哭叫？
你是否操持家务顾不了他，
还让他饿着肚皮？”
阿依曲莱克笑眯眯地盯着克亚孜，
但她的言词让克亚孜十分焦虑：

“人世间有许多孩子，
没有接触过父亲的嘴唇，
没有享受过母亲的乳汁，
这个孩子就是其中的一个。
因为没有人为他举行入摇篮仪式，
因为他已经三岁了还没有名字。
别人问到他叫什么名字，
我羞愧难言，不知道说什么！

“你没有让族人为孩子祈祷祝福，

也没有正眼看过孩子。
虽然我曲莱克的名声在外，
但我毕竟是一个弱女子，
这让我有什么办法！
他不是没有父亲的孩子，
难道让他像孤儿一样活着！
他整天动来动去，
闹得我筋疲力尽。
你的这个小崽子，
生来调皮捣蛋，
摇摇摆摆连路都不会走。

“为他举行入摇篮礼的时机，
已一去不复返了，
但愿老天别让他的民众，
都变成像你这样的狼心狗肺！

“来自塔拉斯的许多乡亲，
毫不吝啬地为孩子举行入摇篮礼，
他们专门派人把我邀请，
而我自感惭愧，谢绝出席。
我在人前丢尽脸面，名誉扫地，
我不去给他们新生儿道喜送礼。
‘她是捏死了虱子，
还要舔血的小气女人，
她的手头比石头还硬。
别理这个阿依曲莱克，
其实克亚孜并不吝啬，
家里的事一向都是她经营。’
妇女们在我背后议论纷纷，
我不责怪她们造谣诽谤，
我不责备她们空口无凭。
只怪我自己沦为战俘，
卑贱的地位任人宰割。

“我看到许多行踪可疑的人，
转悠在阿寅勒附近，

即使白天我也忐忑不安不敢出门。
好了，克亚孜请你放我走，
请求你砍下四十根树条，
解除婚姻还我自由！

“你的儿子已经长大，
不必吃奶，虽然走路不稳，
毕竟迈开了步子，
你的儿子今后的养育，
由你这个汗王父亲自己安排！”

这时克亚孜瞪着眼睛左顾右盼：
“我要亲吻孩子却被你阻挡，
现在你要把孩子交给我抚养，
你让我现在就解除婚约，
你要离开我返回家乡。
你这说的是什么话？
你怎能随心所欲，信口开河，
我真不明白你为什么这样。

“我一直等待你曲莱克说话，
如何为孩子举行庆典。
我即使自作主张告诉百姓，
也要通过你的同意才能承办！
假如我做决定，你不同意，
岂不让我在百姓面前丢尽脸面！
我默默不语地察看你的眼色，
我一直等待你表明意愿，
没想到，我的好意引起你的不满！
请你不要紧锁眉头，
要面带笑容，明确指点，
我们什么时候为孩子举行庆典？

“节提苏居住着节迪盖尔人，
向他们把喜讯传遍。
我们要举行隆重的命名盛典，
让孩子的英名传扬人间。

虽然起名迟了一点，
谁也不敢说为时过晚！”

曲莱克让克亚孜自己做主，
转身离开克亚孜身边，
克亚孜跟上来肩并着肩，
把手伸到曲莱克丰满的胸前，
聪明的阿依曲莱克早有防备，
神不知鬼不觉地脱身在瞬间，
让那臭气熏人的妖女，
化作曲莱克的替身，
装模作样站在克亚孜面前。
克亚孜像顽皮的小孩抓挠嬉戏，
那妖女密切配合柔情似水。
克亚孜双眼含情脉脉，
长袍下摆不停震颤，
情欲的感觉犹如梦幻。

“曲莱克已经向我俯首帖耳，
她认为我无时无地无所不能，
她心服口服，顺从我的意愿。”
克亚孜扬扬自得走出屋门，
趾高气扬地走进大殿。

他迫不及待地召集侍从，
下达命令将各项差事派遣：
“你们七个信差，快马加鞭，
赶到节提苏的百姓中间，
向节孜坎皮尔之子七个汗，
尽快送达我的邀请函。
请他们家里的男人一个不落，
浩浩荡荡前来参加孩子起名的庆典。

“让喜讯传遍四面八方，
不要落下一个耳目闭塞的人。
特邀白须老人来坐上席，
我们把祖先的规矩发扬传承。

让那些口齿伶俐能说会道的人，
让那些善于言词讲述故事的人，
让那些见多识广耳熟能详的人，
一个不落，一个不剩，
都来烘托喜庆的气氛。

“我的独生儿子已经三岁，
我还没有给他举行起名的庆典，
我担心他显眼中邪，
深藏不露养育到今天。
我要让大家隆重为他命名，
以睹我独生儿子英俊的容颜。

“你们七名信差不要怠慢，
跨上骏马，立刻出发！
到库米什布拉克、吐孜凯茹，
到我们的牧场把我的命令传达。
挑选七十匹空胎牝马，
挑选七峰一岁的驼羔，
挑选四十头牛和一千只母绵羊，
赶下来在庆典上宰杀。

“告诉牧马人和牧羊人，
还有牧驼工和放牛人，
都来参加庆典。
在这些牧人参加庆典期间，
让库吐巴依之子卡拉朵大力士，
把牧场的畜群精心照看。

“我相信卡拉朵大力士，
他忠诚可靠，勇猛善战，
三年以来我没有去牧场视察，
也没有去把牲畜清点。”

信差们扬鞭策马一路狂奔，
向各地送去请柬。
节提苏的节迪盖尔人，

一个不留全体出动，
路上扬起滚滚烟尘。

库吐巴依叫来卡拉朵交底交心，
“我的冒失鬼，你快过来，
有些话我要对你提醒交代。
克亚孜虽然大造声势举行庆典，
但他对儿子的来历存有疑心。
小孩长到三岁，
还没有给他庆贺也没有起名，
其中必有不可告人的隐情。
这些事情的来龙去脉，
你只有从我这里打听。

“当阿依曲莱克临产的时候，
克亚孜专派十二个恶婆前去行凶。
阿昆汗的女儿阿依曲莱克，
智慧超群遇事果断。
她让我在屋内挖了大坑，
挖出的沙土由古里巧绕转移到外面。
曲莱克指挥把十二个坏女人，
投入深坑用土埋掩。

“我的骨子里，
有诺奥依柯尔克孜的血统，
我的母亲是节迪盖尔的姑娘，
这一点你要铭记在心切莫忘记。

“据说克亚孜要给小孩取名，
我担心他会不会把名字起歪，
不伦不类冲撞了灵气！
我想冒着砍头的风险挺身而出，
将响亮的名字当众提起，
就算遭受苦难也不回心转意。
我的儿子，我要和你商量，
假如你觉得合适，
我也前往那里贺喜。”

卡拉朵戴着头盔披着铠甲，
高大的身材犹如山峰屹立。
他若有所思向父亲刨根问底：
“您说克亚孜对孩子，
一直心存怀疑，
三年来不举行庆贺典礼，
这到底是怎么一回事？
请您从头说起，
讲明来龙去脉是非曲直，
让我了解根源明白底细。”

“那么，我的儿子，你听我说。”
库吐巴依将家族的来历叙述：
“我们是被当作战利品遣散到此地，
我们的家乡是塔拉斯，
赛麦台依与我们同根同族。
赛麦台依留下的那个小孩，
将来会成为族人的主心骨。”

“亲爱的父亲，原来如此，
我这就给你准备好苏尔恰巴尔骏马。
你去和阿依曲莱克交谈，
把她的吩咐带回来向我传达。
建议阿依曲莱克想方设法，
把古里巧绕安排到我们家。
我才知道他是阿勒曼别特之子，
原本是叱咤风云的勇猛雄狮。
我们现在手头宽裕，力所能及，
假如我们不把他接来精心养伤，
祖先的神灵定会把我们惩罚。”

父子俩经过一番商量，
选择了一个来自塔拉斯的难兄，
充当牧工们的临时领班。
库吐巴依对儿子出色的表现十分欣慰，
骑上苏尔恰巴尔骏马去参加庆典。

在叫作布尔库提的城郭，
坐落着英雄巴葛什的宫殿。
那里有一座高塔，
登塔台阶盘旋五十六圈。
凶猛的英雄克亚孜，
盘踞在此称王称汗。

克亚孜款待八方宾客，
餐布上摆满丰盛的肉食。
让成年骏马和三岁公马，
分别参加赛马比赛，
让大力士们在马背上相互对刺。
跑在前面的成年骏马和三岁公马，
摔倒对方的大力士和刺翻对手的勇士，
赢得丰厚的奖品和世人的尊重。

刁羊场上骑手们穷追猛赶，
你争我夺扭成一团，
不时地高声叫喊。
此时突然号声响起，
是克亚孜叫人把百姓召唤。
熙熙攘攘的人群聚集在高塔前，
克亚孜慢腾腾地登上高塔：
“让阿依曲莱克过来，
带着小孩到我的旁边。
让她挑选一件锦缎长袍一起带来。
谁能给小孩起名，
我们就酬谢谁，把礼服敬献。”
当差的人到阿依曲莱克房间，
如实传达了克亚孜的召唤。

“这个克亚孜在这以前，
未曾见过小孩的面庞。
孩子的相貌与赛麦台依相似，
如同一人，一模一样。
他若今天见到小孩，

定会寻找借口把他抱上，
然后假装没有抱紧，
故意从高塔扔到地上。
那时我会悲痛欲绝泪如泉涌，
我这苦命人将苦上加苦雪上加霜。”

阿依曲莱克思忖着，
拿出了华丽的锦缎长袍，
长袍的金边金光闪耀。
她抱着儿子登上高塔，
将不带鞘的宝剑藏在怀抱。
心中的疑虑和不安，
折磨着绝望无奈的阿依曲莱克。

此时克亚孜对阿依曲莱克说：
“曲莱克，把我的儿子给我，
我要双手把他捧上。
绕着圈向人们展示他的容颜，
接受他们良好的祝愿。
听听大家会起什么样的名字，
我要问一问乡亲们有什么高见。”

曲莱克强压着内心的震惊，
好像被铁夹子套住的水獭，
不抬眼皮斜视着克亚孜：
“你是勇猛超群的君王，
你理应受到爱戴和崇敬。
有时你对我提出的要求，
我不能百依百顺，盲目答应。
若你有时考虑不周，话不在理，
难道你还会怪罪我对你不尊敬！

“我已经去了另一个世界的公公，
他是明察秋毫，智慧非凡的君王。
不仅在柯尔克孜人中至高无上，
他的英名传遍四面八方。
当他出征别依京的时候，

我的婆婆抱来赛麦台依送别父王。
她抱过婴儿想让父王看上一眼，
父王顿生怒气，火冒三丈，
他觉得当众抱小孩有失尊严，
责令婆婆把赛麦台依抱回毡房。

“克亚孜你是远近闻名的英雄，
我是你的妻子，处处为你着想。
假如你抱着小孩给人观赏，
可能会在众乡亲前把脸面丢光。
听到我的逆耳忠言，
你千万不要伤心失望。
你要向你的全体臣民，
和心领神会的别克们，
公开讲明所有情况，
你要理直气壮，声音响亮。
我温柔地服侍在你身旁，
艳丽夺目，神采飞扬。
你的调皮鬼在你跟前玩耍，
甜蜜的笑声令人心情欢畅。
见到我们的节迪盖尔人，
就会感动就会心暖，
就像熔化的铅水一样令人心爽。”

听完后克亚孜不敢伸手，
从曲莱克手中抱过小孩。
既然登上了塔巅，
在大庭广众之下，
他也不敢轻举妄动。
他开口向百姓交代：
“布满节提苏的节迪盖尔人，
属于七个汗王的臣民们，
你们应邀前来。
你们的巨人克亚孜正在举行庆典，
庆典的缘由我要向你们讲明白。

“阿昆汗的女儿阿依曲莱克，

当年青阔交和我的父王托勒托依，
曾经将她倾心钟爱。
他们和赛麦台依争夺交手，
为阿依曲莱克仙女献出了生命，
两位英雄统统被杀掩埋。

“我与坎巧绕结成联盟，
我们秘密策划，精心安排。
我把赛麦台依打翻在地，
我让古里巧绕成为我的奴隶，
忍气吞声砍柴背草。
我让卡妮凯和巴卡依，
无家可归，住在野外。
我让坎巧绕统治塔拉斯，
像赛麦台依一样登上汗位。
我让赛麦台依的老婆恰绮凯，
改嫁与坎巧绕相伴相配。

“如今我终于娶了阿依曲莱克，
她与我的情分深厚，
并生了一个男孩。
节迪盖尔人，你们都知道，
我克亚孜向来很慷慨。
但是，小孩已经三岁了，
我没有为爱子举行过入摇篮礼，
那是我担心来来往往的人多，
他们用邪眼相视，
让儿子中邪受害。
我担心他们的言语带来灾祸，
因此命名仪式拖延到现在。

“为了这个独生子的平安健康，
我每月为他宰牲驱邪避灾。
多有怠慢得罪之处，
还望乡亲们海涵担待！

“请你们赶快给我儿子起名，

要和我的名字押韵合拍。
我渴望听到儿子响亮的名字，
我梦寐以求，迫不及待。

“曲莱克，你要赶快走过来，
让儿子月亮般的容光，
照亮众乡亲的心怀！”

冰清玉洁的阿依曲莱克，
把金丝绸缎被子解开，
把被子夹在腋下，
让儿子环绕着塔台亮相。

人们见到小孩的容颜，
无不神魂颠倒，心意迷乱。
人们七嘴八舌，评头论足：
“真是赛麦台依再生回到人间！”

小孩的相貌风采，
好像冲破云层的太阳。
那小孩生得像久经沙场的猛将，
犹如屹立山头的白色老虎！

那小孩突然大声呼喊，
脚下的高塔剧烈震颤，
离倒塌只差那么一点点。

在场的人们顿时目瞪口呆，
克亚孜失魂落魄哑口无言。
狂风骤起，呼啸大地，
江河咆哮，掀起波澜。
风吹草木沙沙作响，
天空突然雷鸣电闪，
好像黑色大地就要崩裂塌陷一般，
多少个奇异的天象，
发生在眨眼间！

月亮般的阿依曲莱克，
用纱巾蒙着脸面，
把儿子裹在外衣里面，
迈着轻盈的步子返回宫里。

天神为孤儿赐名赛依铁克

克亚孜见状好像要谁的命，
杀气腾腾脸色煞白，
这个该让火烧死的家伙气急败坏：
“你们都给我俯首帖耳地听着，
将离开的曲莱克给我叫回来！
我要亲手抽掉小孩的命脉。
我要将他当作牺牲品宰杀，
为在场的众乡亲驱邪避灾！
我只有把小孩除掉，
才能睡眠安稳，潇洒自在！

“那小孩满三周岁以前，
阿依曲莱克竟耍花招，
阻止我瞧见小孩的面容。
随着时光小孩越长越大，
阿依曲莱克越发放心大胆。
你们已经亲眼看见，
请大家都说真话：
他到底是谁的儿子？！”
克亚孜气急败坏大发雷霆，
众百姓鸦雀无声，无人敢言。

这时，库吐巴依大叔，
抬起头摇动着身子开口直言：
“我的汗王，克亚孜你怎么了？
你昔日的智慧丢到哪里去了？
你是统治着臣民百姓的汗王，
你要冷静思考，仔细想一想，
你是家乡独一无二的英雄，

你是智慧的巨匠。

“阿依曲莱克嫁到你这里，
估计已有六年时光。
假若这是赛麦台依让她怀孕的孩子，
怎么能够把活的生命，
在肚子里三年暗藏？
好比你该拉屎撒尿的时分，
难道能一直憋住不放？！

“你是足智多谋的大将，
我们要把前因后果考虑周详。
曲莱克嫁来三年以后，
怀孕生下这个小孩，
你却不认，实不妥当！

“这小孩像你一样光彩照人，
曲莱克可能担心他中邪，
才没有让他露面亮相！
克亚孜，你不要变成怀疑狂！

“你急匆匆地爬上五十岁的巅峰，
你就正在下坡路上滑行，
你很快会接近衰老的谷底。
无奈啊，我们每一个人，
都将被死神穷追猛击。

“人们在平安无事的日子，
自吹自擂妄自尊大。
为了维持生计，
从早到晚拼命奔波。
当死神揪扯你的衣领的关头，
你就不敢说‘放开我’！
弥留之际虽然依依不舍，
最终还是要告别这个世界。

“耳聪目明的人们都在传说，

见多识广的男女也在传言：
‘溜蹄母马会生下神奇的马驹。’
你的伴侣就像溜蹄马，
她给你生下的儿子，
也像她光辉灿烂耀眼夺目。

“你看我，个头不高不矮，
属于中等身材。
我的儿子卡拉朵，
可是追随你的栋梁之材。
他的块头像单峰驼，
我却像只瘦小的驼羔，
谁难道敢说他不是我的儿男？
我的情况你心里最明白。

“这个小孩无疑是你的亲生儿子，
她嫁来三年后生下的孩子，
怎么会是亡夫的遗腹子？
那太荒唐了，克亚孜。
你仔细听着，克亚孜，
他是你的亲生儿子，
我们当作宝贝宠爱。
当他带领人马出征的时候，
我们把他当作领头的骏马崇拜。

“因为他的父亲功名盖世威震四方，
他将成为我们的主心骨。
我们不让他的脚板挨地，
将他当作上苍神圣的恩赐珍惜。
当他茁壮成长风华正茂，
当你年老体弱老态龙钟，
让我们推举他为尊贵的汗王！
望你把自己的独生子呵护养育，
不要再疑神疑鬼胡思乱想！”

库吐巴依说到这里停住，
克亚孜好像有所领悟：

“那么，我请大家给儿子起名，
务必和我的名字押韵，
请你们快快起名，不可耽误！”

见到小孩的人们都在思量：
“他长得和赛麦台依一模一样，
合适的名字真难想象。”
参加庆典的宾客面面相觑，
互投不安的目光，
张口结舌，神色惊慌。

性格暴躁的克亚孜再次吼道：
“参加庆典的节迪盖尔人，
我已用鲜美肉食把你们款待。
你们已将曲莱克生下的小孩，
公认为我亲生的小孩。
开始的时候我已宣布，
让你们给我的小孩起名。
谁起好了名字，
我以一岁马驹酬谢，
我让你们赶快开口，
尽快将马驹牵领！”

克亚孜喊声如雷，
人们一时想不出合适的名字，
个个心神不定，忐忑不安。
“真不该前来参加这样的盛会，
真不该品尝那些肉食。
如果想不出理想的名字，
就会遭受克亚孜的凌辱，
我们将冤死在他的手里！”
有头有脑的人都窃窃私语，
提心吊胆魂不附体。

人群外围突然骚动，
小伙子们你拥我挤推推搡搡。
姑娘们争先恐后地穿过人群，

伸长脖子，跑向后方。
不知道发生了什么事情，
人们伸长了脖子东张西望。

只见一个红皮肤的小乞丐，
穿过好奇的人群缓步走来。
他光着脚丫，头不戴帽，
蓬松的头发压过耳朵。
看他的年龄不小于七岁，
但也不超过八岁。
脸蛋像苹果一样红润，
眼神像火焰一样炽热。
不知他是仙人下凡还是修行的高人，
或是天上的神仙飞到此处降落人间。

他背挎着布袋，
手持着带铃铛的拐杖；
他张嘴时牙齿闪闪发亮，
他开口说话时，
声音像铜制的库姆孜奏响。
他站稳后放声喊话，
言词严谨，文采飞扬：
“克亚孜陛下，
大象般的巨人，你听着；
统治百姓的比官们，
你们听着；
牲畜多得畜圈里容纳不下，
为此而感到烦恼的富豪们，
你们听着；
徒步走路疲于奔命，
一无所获的穷人们，你们听着；
男孩们和女孩们，你们听着，
大丈夫和夫人们，你们听着；
青年们和老年们，你们听着，
来自四面八方的乡亲们，
你们都听着！
小孩的名字就叫赛依铁克，

他将洪福齐天，无人比高，
任何人无法夺走他的福气！
这是上天赐予你们未来的英主，
你们一定要倍加尊重与爱护。
不要听你们的汗王克亚孜，
信口雌黄胡说八道！
祝你们所有的人平安健康，
祝幼狮的英名传遍四方！”

乞丐说完，转身离开，
克亚孜听罢，
气急败坏发号施令：
“别让乞丐逃跑，
我的卫兵！快抓住他！”
那红皮肤小乞丐转瞬即逝，
在众目睽睽之下，
消失得无踪无影。

壮如大山的克亚孜，
气得像青公牛暴跳如雷。
克亚孜瞪大眼睛，
因抓不到红皮肤小孩万分懊悔。

将节孜坎皮尔的七个儿子，
阿勒凯和萨提凯，
还有库吐巴依等十个人留下。
让其他人全部散去，
自己叫喊着从高塔奔下来。

身体魁梧的十个巨人，
加上克亚孜，
十一个人进入议事的大殿。
不知道克亚孜还有什么吩咐，
众人注视着他的眉眼。

克亚孜心情激动地说道：
“节孜坎皮尔的七个儿子，

你们是著名的七位汗王。
阿勒凯和萨提凯，
你们什么时候都不亚于汗王。
库吐巴依，你算是我的外甥，
我把你从塔拉斯带来，
是不忍心把你遗弃在他乡。

“库吐巴依，你很有福气，
你的儿子卡拉朵，
成为名副其实的巨人。
在两年以前的竞赛中，
马上角力和摔跤场上，
一下摔倒了四十八个大力士，
他将是我依靠的栋梁。

“十二条路的交叉口，
是四通八达的交通要道，
是狼群和羊群周旋的地方。
那里的库米什布拉克山冈，
是最适合放牧的草场。
我把卡拉朵安排在这个地方，
让他把守这个路口不要躺下，
高度警惕，看守要道，
守卫我们的土地。

“如今我战无不胜，天下无敌，
我的防卫如同铜墙铁壁。
自从战胜了赛麦台依以来，
我的英名在人间远扬。

“对阿依曲莱克所生的小孩，
一直抹不去我心中的疑点，
我两次让你们进行检验。
我宰杀了数不清的牲畜，
举行了轰动天下的庆典。
然后让你们给小孩起名，
你们无法起名，左右为难。

“那乞丐神秘前来起名，
十分奇怪，值得怀疑。
他起的名字叫赛依铁克，
这个名字与我的名字相差千里。
你们都仔细回想，
这件事实在不合情理。
我们要从长远考虑，
我们别给这小孩留下生机！”

充满智慧的阿依曲莱克，
早就安插了一个耳目在他们中间，
他们的一言一行，
全部传递到阿依曲莱克耳里。

当克亚孜面授机宜的时候，
节孜坎皮尔的七个儿子，
头脑清醒的库吐巴依，
阿勒凯和萨提凯在心中寻思：
“这个克亚孜为什么怀疑自己的儿子，
花朵般可爱的孩子，
他怎么忍心抛弃？
假如这个消息传遍草原各地，
假如这个消息传遍所有部落，
我们在座的人将威信扫地！”

他们个个缩头缩脑，
扭着鼻子，脸皮打皱，
心胸憋气，不敢张口。

正当此时，
阿依曲莱克手牵着孩子，
昂首挺胸地走进大殿。
月亮般面容的阿依曲莱克，
脸色光亮像明镜一般。
面对克亚孜义正词严：
“你戮杀了英雄赛麦台依，

接管了他的臣民；
你戮杀了汗王赛麦台依，
占领了他的土地和城郭。
你因此成为强势的新贵，
并和其他汗王平起平坐。
因为你怀疑这个儿子，
我为你付出的功劳付之东流，
我成了你眼中有罪的妖婆。

“民间流传这样的谚语：
‘别忘了你的下巴长出的胡须！’
我的丈夫克亚孜，你可听着！
这是你的儿子，
我交给你任凭你处置，
哪怕你将他的血液吸食！

“你们的长者库吐巴依，
阿勒凯和萨提凯，
节孜坎皮尔的七个儿子，
你们都仔细听着！
你们的糊涂汗王对我如此不公，
让我阿依曲莱克在此无法生存。
假如他不改邪归正将我尊重，
我绝不肯将他轻饶！
假如我不穿上白天鹅羽衣，
假如我不远走高飞，
假如我不自愿找上门去，
嫁给圣人阔绍依的儿子；
假如今天，
对毡包般高大的克亚孜的食盐，
不撒上一泡尿；
假如我不引来，
以加勒格再克为首的阿拉什人，
将在座的十位剖肚开膛；
假如我不叫你们互相残杀，
假如我不叫你们在苦难中灭亡，
假如我不在蓝天展翅飞翔，

假如我不化作灰鸽在高空翱翔，
假如我不去卡拉克日木康阿依，
投靠那里的首领塔塔朗，
向他报告这里的情况；
假如我不带来他浩浩荡荡的队伍，
将你毡房的支杆变成烧火棍，
将你们的媳妇变成寡妇，
将你们的汗王变为奴仆，
将你们的姑娘当作女奴，
将你们的少年虐待凌辱；
让你们流离失所，
让你们离开节提苏，
让你们只有在梦中回顾；
假如我不这样为所欲为，
让你们刻骨铭心永世不忘，
我就不配叫阿依曲莱克这个大名！

"我失去了英雄赛麦台依，
我专心服侍你克亚孜，
我的苦劳却得不到好报；
我为你克亚孜生了儿子，
却在节提苏无栖身之地；
你虽亲自向我求婚，
却诬蔑诽谤诋毁我的名誉！

"'身在被窝无法知晓，
其实老婆是你不可战胜的强敌；
握在手中无法知晓，
其实马鞭是强有力的武器。'
这是长辈们常用的俗语，
你要琢磨这句话的含义！"

阿依曲莱克激动地说着，
将拉着手的赛依铁克，
向克亚孜身旁推了一把：
"再见吧，汗王们！"
正要转身走开的时候，

克亚孜急忙上前拦住她。

库吐巴依见此情景心惊肉跳，
担心阿依曲莱克感情用事放弃计划。

当克亚孜的手伸过来的时候，
曲莱克的身体微微颤动。

这时克亚孜哀求道：
“哎呀，阿依曲莱克，
你这是干什么？你要到哪里去？
你怎么忍心把可怜的我抛弃！
我原以为你是仙女曲莱克，
难道你就如此不善解人意？！”

此时库吐巴依唾沫四溅，
大声插话，
打断了克亚孜的话题：
“我原以为，
你是高大如山的克亚孜，
其实你是小肚鸡肠的克亚孜；
我原以为，
你是能说会道的克亚孜，
其实你是笨嘴拙舌的克亚孜！

“我仔细观察过阿依曲莱克，
她毫无恶意，品行端正；
她心地善良，纯洁无瑕，
她天生就是贤惠的媳妇；
她多才多艺，无所不能，
她想做什么事都能做成。

“只要阿依曲莱克愿意下嫁，
谁都想娶她为妻。
假如加勒格再克来到这里，
别说坎巧绕、克亚孜你们俩，
就是调动多少人马阻击，

他都能把你们粉身碎骨！

“我的孩子阿依曲莱克，
请息怒！
别因为与克亚孜闹别扭，
做出对我们不利的事情。
我未见过人们为对付虱子，
把衣服投入火中焚烧。
我的妹妹啊，
我年老体弱年事已高，
我的独生子卡拉朵，
初出茅庐，崭露头角，
阿依曲莱克啊，
你千万别把我们丢抛！

“阿依曲莱克啊，
汗王克亚孜需要你辅佑，
儿子赛依铁克需要你抚养，
你怎能将他们丢弃！
你的地盘上有七个汗王，
阿勒凯和萨提凯，
是你完美无缺的大哥，
是节迪盖尔人中的英豪。

“阿依曲莱克啊，
你是天上的仙女，
你是百姓们的依靠，
你是高贵的女性，
不要与父老乡亲断交。”

这时阿依曲莱克开口回答，
露出了洁白的牙齿，
她头戴着尖顶羽帽，
挨地的长辫配着耀眼的珍珠发饰。
“尊敬的大哥，库吐巴依，
阿勒凯和萨提凯，
节迪盖尔人的七个汗王，

在座的十位请你们听明白，
我不向你们倾吐内心的痛苦，
我还能向何人倾诉？！

“自从塔拉斯嫁到这里以来，
我对高山般的大丈夫克亚孜，
知无不言，言无不尽，
而他却错怪我的一片好心。
我料想将要出现的情况，
我看透正在发生的事情，
告诉他来龙去脉，前因后果，
我的忠告他一句也听不进。

“每当时机到来，条件成熟，
让他干的事他也不干。
对自己怀抱里的妻子，
心存怀疑有增无减。

“因为一个红皮肤乞丐出现，
当众给小孩子起名，
他就召集你们这些头领，
策划着不可告人的罪恶行径。

“无用的父亲克亚孜，
给孩子起不出名字，
红孩儿为儿子赐名赛依铁克，
这是上天赐予的莫大荣耀。
我们应该遵从天命感恩戴德，
邪恶的克亚孜却心怀鬼胎，
嫉妒得燃起罪恶的阴谋。

“你们是情投意合的知心朋友，
只是在年龄上有所差别，
而官场上旗鼓相当。
我就想当着你们的面，
公开讲明心里的感受，
从此解脱，自由飞翔。

“假如我守着秘密而去，
耳闻目睹的人都会责怪。
就会说女人就是这样，
这个女人又抛弃克亚孜，
不辞而别，悄然离开。
都会怪罪我大逆不道，
我的名声就会因此败坏。

“你们在座的十位官员，
以前可能有所耳闻。
你们今天却亲眼看见，
亲耳听到他亲口所言，
今日在你们面前真相大白。

“管理百姓的汗王们，
为百姓操心劳累的长辈们，
你们以克亚孜阁下为首，
聚集一堂为我做证。
把话说出来就能消除烦闷，
就能解除心中隐痛。
人们怎能找得到，
像你们这样无私的证人。”

阿依曲莱克措辞婉转而轻松，
她给库吐巴依引出话题，
又说要去找加勒格再克，
让以克亚孜为首的，
十个大象般的巨人，
陷入了左右为难的境地。

阿依曲莱克话音刚落，
无情无义的克亚孜开口辩解：
“哎呀，天啊，阿依曲莱克，
你说的这些话真是夸张！
你完全怪罪到我头上，
你把我说成是狡诈的克亚孜，

你让以库吐巴依为首的十个人，
相信你所谓的真相。

“我玷污了小孩的名声，
那是我一时糊涂，不慎失言。
我们俩同床共枕，
是相依为命的伴侣。
阿依曲莱克，我们不要这样，
不要互相猜疑埋怨！
你说要飞到天上远走高飞，
吓得我们胆战心惊不敢动弹。
你当着这十个人的面，
把我当作光背马，
骑到了我的头上。
我压根没有想到，
你会向我无端发难！”

克亚孜假装爽朗大笑，
掩饰着心中邪恶的意念：
“常言道：
‘不加思索的话语，
会召来深重的灾难。’
这句话在我克亚孜身上应验。
我要接受我的伴侣——
阿依曲莱克的金玉良言。

“我再不会无根无据地怀疑，
将家庭和气大伤，
来吧，把我的儿子给我，
让我亲吻他的胸膛。”

“去吧，到你父亲那里去！”
阿依曲莱克手拉着赛依铁克，
带到克亚孜身旁。
她向库吐巴依使了一个眼色，
要他把克亚孜紧紧盯上。

克亚孜将小孩的手拉过来，
小孩子身上的气味与众不同，
有一种特殊的芳香。

克亚孜抽着鼻涕，
再次吻小孩的胸膛。
那种气味骤然变化，
变得像燃烧的毡片一样。
克亚孜大吃一惊，
迅速缩回头，备感恐惧。

库吐巴依咬着嘴唇，
向阿依曲莱克瞟了一眼。
他手捋着飘逸的胡须，
不露声色地站在旁边。

阿勒凯和萨提凯，
犹如嗅觉不灵的赖狗，
满不在乎，无动于衷，
什么都没有发现。

节孜坎皮尔的七个儿子，
却明察秋毫，成熟老练。
他们面面相觑交换眼色，
心中打起自己的算盘。
他们七个人清醒判断：
“克亚孜对赛依铁克，
不可能善心相待。
今日克亚孜抚养的小孩，
是一头饥饿的虎崽。
留下他后患无穷，
克亚孜心里也很明白。

“库吐巴依咬着嘴唇，
捋着胡须一旁静观。
阿依曲莱克和库吐巴依，
好像早有秘密串联。

等到三年以后，
阿依曲莱克将派儿子，
去看望畜群，
为出征提前准备。
我们不久将听到这样的消息：
阿依曲莱克将古里巧绕，
向马群那里发配。

“到那时，苏尔阔勇骏马，
在凉爽的气候中养精蓄锐。
足智多谋的阿依曲莱克，
将古里巧绕的肩胛伤口，
想方设法医治痊愈。

“阿勒曼别特之子古里巧绕，
曾经与我们同行同路，
他是超群出众的雄狮，
他是昂首挺胸，
顶天立地的英雄。
假如他重振雄风跃马出征，
在有头有脑的人群中，
无人敢与他争雄。

“假如我们站在克亚孜一边，
使阿依曲莱克母子为难。
阿依曲莱克将施用法术，
带着赛依铁克和古里巧绕，
神不知鬼不觉地隐身幻化，
消失在众人面前。

“一旦将来时机成熟，
终有一天时来运转。
阿依曲莱克他们东山再起，
那时我们就没有容身之地。

“假如我们，
像马的皮毛一样光滑，

像绵羊的声音一样温和，
装作什么都不知道，
什么也没有看见，
装聋作哑，返回家园；
等到时过三年，
赛依铁克跨上套托茹骏马，
出山的那个日子，
他不会怠慢我们。
假如赛依铁克亏待我们，
阿依曲莱克不会不管。

“假如今日我们碍于克亚孜的荣誉，
将来清算我们的人，
不只是她刚才提到的加勒格再克。
神秘的女人阿依曲莱克，
还会搬来康阿依的塔塔朗。
塔塔朗为了娶阿依曲莱克为妻，
会率领浩浩荡荡的兵马，
带领众多巨人前来较量。

“见过他的人们相传：
他不到三十岁，年轻力壮。
独自一人往返于康阿依，
为空吾尔巴依拉运金砖。
假如没有与他势均力敌的英雄，
到那时坎巧绕和克亚孜强拉的队伍，
将全军覆没人仰马翻。
假如赛依铁克到那时，
长大成人，初露锋芒，
阿拉什和康阿依的两个巨头，
不会为坎巧绕和克亚孜去打仗。
到了那个日子树倒猢狲散，
不会有人情愿帮忙。
我们要慎重考虑事情的后果，
从长计议，目光放长远。”

节孜坎皮尔的七位汗王，

内心好像骏马的皮毛一样光滑，
他们用绵羊般温和的声音，
暗自交流了内心深处的想法后，
装作什么都未看见，
什么也不知道的，
不声不响地返回家园。

这就是克亚孜与曲莱克，
一次面对面迸着火星的较量。
让我们暂时把这段搁放，
从少年赛依铁克，
向阿依曲莱克寻根问底讲起。

险象环生的成长历程

少年赛依铁克发现母亲的秘密

星移斗转，迎来白天，
昼夜交替，月缺月圆。
日积月累，年复一年，
转眼之间，又过去了三年。

神灵护佑的小孩赛依铁克，
很快长为英俊少年。
公开的年龄是六岁，
还有三年胎龄一直被隐瞒。
他茁壮成长到六岁，
恰似巨蟒而非小蛇，
又像苍龙气势威严。
恰似狮子威猛胜过豹子，
犹如老虎气宇不凡。
斜视的眼睛像启明星，
月牙似的耳朵大得像盾牌一般。

十岁到十五岁之间的少年，
都被他召集在身边。
发给他们木杆当作长矛，
把羊粪蛋当作子弹。
他让少年们抡棒对打，
让他们进行对刺训练。
用柳树枝制作弓箭，
精选毛线系成弓弦。
天上的飞鸟一个不剩，
全部被他们射落地面。

荒郊野外的野兔和狐狸，

在悬崖峭壁的洞穴，
缩头缩脑的猫头鹰，
路边出没的动物，
一个不剩捕杀殆尽。

克亚孜管辖的节迪盖尔人，
每年向克亚孜进贡一次。
进贡的人一时回不去，
在此留宿许多日子。
克亚孜按照惯例，
将他们召集在一起，
夜以继日地召开会议。
三天的会议结束之前，
头发蓬松的克亚孜不回家，
同与会者食宿在一起。

此时古里巧绕正在放牛，
他已经不上山砍柴。
是阿依曲莱克寻找理由，
让他摆脱了砍柴的苦差。

月亮般的阿依曲莱克，
曾经托人向古里巧绕交代：
“掐算着月份掐算着天数，
该到克亚孜开会的时候，
立刻上路当天赶来。”

在那空档的三天，
古里巧绕赶来与阿依曲莱克见面。
古里巧绕和阿依曲莱克，
感激老天让他们如愿。
贵人的遗腹子赛依铁克，
已经长大成六岁的少年。

“哎，我的小叔子，
让我想法治愈你的肩胛骨。”
阿依曲莱克对古里巧绕，

将所有的心里话倾吐。

此时赛依铁克从外面玩耍归来，
听到屋里人有趣的话题。
他停止脚步站在屋外，
将屋内的谈话听得仔细。

他们商议计谋缜密而周全，
阿依曲莱克吩咐古里巧绕，
去往吐孜布拉克边缘，
库米什布拉克山冈的牧马人中间。
赛依铁克将到牧马人那里，
你定会把他寻见。

在巴格达莫明江那里，
阿依曲莱克要把消息递传。
在喀什噶尔的托克托萨尔特，
他们也打算向他求援。

阿依曲莱克和古里巧绕，
就这样结束了他们的商谈。
六岁的机灵鬼站在外边，
把所有的话牢记在心间。

当赛依铁克偷听的时候，
克亚孜的脚步声由远而近。
赛依铁克对交谈的两人，
大声说话暗中报信：
“喂，姐姐[①]，
你快一点拿来我的弓箭，
我要试一试这回能否射中，
那边过来的‘死神’。”

不得好死的畜生克亚孜，
在召集会议期间，

① 姐姐：柯尔克孜族习俗，有将年轻的母亲称作姐姐的。

心脏扑腾扑腾跳动不安，
好像就要被揪断。
这时这头野猪猜想，
别人不敢把他怎么样，
他怀疑阿依曲莱克不轨。
他脚踩大地咚咚直响，
疑神疑鬼走近曲莱克的毡房。

赛依铁克要弓箭的声音，
狡猾的克亚孜听得清楚，
说他是“死神”的话，
这个克亚孜听得模模糊糊。

当赛依铁克报信的时候，
说到死神来临的时候，
好厉害的阿依曲莱克，
准确地猜到克亚孜到来的目的。

她对古里巧绕说着，
要堵塞可能出现的漏洞：
“你从左边出门，
我要从右边出门，
他若看到你在屋里，
定会怀疑纳闷。”
她急忙拿着弓箭，
在屋里就大声叫喊：
“难道你自己不能来取弓箭，
到外面游玩！
难道你不知我正在忙碌，
你总是来给我添乱！”

一边走一边假装发火，
曲莱克敞开了房门。
她生气地猛力推开双扇门，
古里巧绕乘机从左边溜出门。

当她在门口转身的时候，

正好与克亚孜相碰。
克亚孜面色苍白，
脸上露出怒容。

“给，你拿去吧！”
曲莱克说着将弓箭扔出。
转身打量着克亚孜，
假装心疼，格外殷勤：
“哎呀，克亚孜，你怎么了，
你脸色发黄，毛发竖起，
你好像伤风感冒，
我让你喝热茶暖身驱寒，
你赶快躺在被褥上休息。”

她嘴上表现得十分疼爱，
娇媚的阿依曲莱克忙活起来。
给克亚孜铺上皮毛褥垫，
放好羽绒枕头精心安排。

当她紧张张罗的时候，
克亚孜仔细观察，
把两只眼睛瞪得很大：
“我怎么会有紧张的预兆，
看来她对我没有恶意。”
克亚孜产生这样的想法，
他脸上的怒气烟消云散，
曲莱克也发现了他脸上的变化。

当克亚孜进去的时候，
阿勒曼别特之子古里巧绕，
正绕着毡房走开，
赛依铁克目不转睛地盯着，
向他流露出一丝微笑。
古里巧绕咬着嘴唇，
点头从他面前走过。

赛依铁克摆弄着弓箭，

阿依曲莱克和放牛人，
刚才交谈的那些话，
剧烈翻腾在他的脑海。
他不时陷入沉思，
他是聪明机灵的小孩。

中间又过了两天，
那些前来进贡的人们，
慌乱地起程返回家园。
曲莱克让人带信，
向库吐巴依递传。
请他在约定的那一天，
特地到家里来做客进餐。
作为克亚孜的贵宾，
库吐巴依下榻在宫殿。

克亚孜炫耀汗王的荣华富贵，
让人宰杀了肥壮的马驹。
因为宾客是年迈的老人，
给他们品尝煮烂的马肚。

第二天早餐的时候
克亚孜向手下吩咐：
“让放牛的人来一趟！”
派人叫古里巧绕进屋。

一片片马肚，
一块块马脖油，
香喷喷的马肠和纳仁，
一盘盘摆满面前的餐桌。

克亚孜和库吐巴依，
互相客气谦让，
都让对方首先品尝。
正在此时古里巧绕进来，
突然出现在他们身旁。

阿依曲莱克不等别人开口，
故意装作火冒三丈，
冲着古里巧绕大声叫嚷：
“这里有长者，还有汗王，
你却拖着枯瘦的身子闯进来，
你竟敢如此无礼对待汗王，
还能把谁放在眼里敬仰！
你这笨手笨脚的鲁莽汉，
你好像生活在你的塔拉斯，
你好像骑上了顺服的飞马趾高气扬。

“你总是在这样的时间，
出现在达官贵人聚会的地方。
大胆放肆无所顾忌，
你不要散发臭味，快滚出殿堂！
你们看苍蝇在他腐烂的伤口上拉屎，
我的天啊，别提他臭烘烘的肩膀！
他好像有什么重要的事，
贼也似的闯进这个家。
你这个烦人的奴隶，
有什么资格来到我们身旁！
你这个要饭的奴隶，
还不快给我滚出客厅！”

古里巧绕感到满腹委屈，
立刻倒退到门口。
赛依铁克眼睛眨都不眨一下，
注视着站在门口的古里巧绕。
赛依铁克越看越出神，
琢磨着这样的心思：
“就在三天以前，
她紧挨着坐在他的身边。
一盘盘美味佳肴，
全部摆放在他面前。
她还满怀激情地说，
是老天让我们如愿。

“放牛人现在进屋时，
她却对他发火责难。
这个事情的背后，
必定有相反的一面。”
聪明的小孩赛依铁克，
回想起从前的经历，
陷入沉思，思索答案。

克亚孜在库吐巴依面前不好意思，
对着阿依曲莱克呵斥：
“还有饭吗，阿依曲莱克？
那些残汤剩饭，
就该让奴仆和狗吃！
热过两次的饭食，
除了他们还有谁愿意吃！”

其实阿依曲莱克，
早把准备好的饭食，
盛在深深的黑色木碗底。
她听了克亚孜的话怒目圆睁，
再向碗里把肉汤舀满：
“噢依，走过来，拿着！
你老是晃动在我眼前，
不知道，我哪一点把老天冒犯？！”

古里巧绕伸手把木碗接上，
退缩着在毡房的角落坐下。
不慎黑色木碗晃动，
碗里盛满的肉汤往外溢洒。

“你看，你的奴隶如此折福，
还没有品尝一口，
就把饭食到处抛洒！”
曲莱克借题发挥又大声责备。

此时克亚孜开口劝道：
“哎呀呀，曲莱克，

你说这种话不嫌无聊！
我的财富充足，财运亨通，
不要把你的肚量变小。
你还年轻没有衰老，
不要无谓地发牢骚，
哪怕现在就失去所有的金银财宝！”

阿依曲莱克不留情面地说道：
“你以为你没有亲手送饭给他，
我就让他遭受饥饿的折磨，
难道你的奴隶从来没有吃饱过？
如果你因为他咽不下饭，
你自己给他吃，就当我没有给过！”

丰盛的马脖油、马肚油，
本来就肚子撑得吃不下去。
听到曲莱克赌气的言语，
克亚孜突然把盘子一推，
示意古里巧绕把食物拿去。

阿依曲莱克装着瞪眼，
好像在说：“拿着吧，小伙子！”
动一下眉毛传递暗示。

“我的嫂嫂让我和他们，
一起品尝同一盘里的饭食，
原来都是她施的‘心计’。”
古里巧绕想到这些，
便放下手中的黑色木碗，
伸手接过了盛满肉食的大盘，
开始用小勺食用盘中的肉食。

此时阿依曲莱克重新板着面孔训斥：
“你把碗里的饭倒在盘子上，
把我的木碗还给我。
你这个臭奴隶，
你就是连盘子一块吃掉我也不说！”

原来在那个大木碗里，
将马肚马肠马脖油，
还有马肚油装满。
如果全部将肉食倒在木盘里，
堆得会像隆起的大肚子一样。
昨夜宰杀了一岁母马，
盘中有整个马肚油的一半，
有腰部肉和马脖肉的一半，
还有马肚和马肠的一半。
雄狮留下的英雄儿男，
一点不剩全部狼吞虎咽。

这时阿依曲莱克变本加厉，
故意恼火地大声叫嚷：
“噢依，克亚孜，
噢依，克亚孜，
别让你的奴隶来我这里。
我不许你的这个奴隶，
进入我的毡帐，
你看多少血与脓水，
流到了他坐过的地方！”

在他们相互争执的时候，
库吐巴依开口说话：
“库米什布拉克平坦的草场，
原本是适合牧马的地方。
连续两年天不下雨，
根本不见牧草生长。
没有草，丘陵枯荒，
没有水，干渴了山冈，
给马群造成空前的灾荒。

“据说在艾列切克和恰仁，
在伊列宾的边沿，
在特克斯的阴坡上，
风调雨顺，牧草茂盛。

对那些地方的情景路径，
我们的人确实很陌生。
如果不寻找新的牧点，
你的马群就难以生存。

“请让熟悉路径的人做向导，
请让懂得事理的人管理马群，
请让他们用骆驼，
驮载着毡房搬迁吧！”

克亚孜答应了库吐巴依的要求：
“如果情况正如你所说，
马群正处于艰难光景；
如果所放牧的牲畜瘦弱，
放牧人将面临绝境；
假如有熟悉道路的人，
你们就让他带路搬迁；
假如没有熟悉道路的人，
你们先派人把路径踏看。

“不论马群在什么地方，
卡拉朵是守护马群的首领，
一定要让他和你们同行。

“库吐巴依，你去告诉他们，
卡勒玛克人塔塔朗盘踞在康阿依，
别让他们沿着伊犁河谷下去，
以防塔塔朗把马群抢劫。
挑选年轻力壮的小伙，
让卡拉朵带着他们在路口警戒。

“也许康阿依人听到了我的传闻，
是我把盖世无敌的赛麦台依战胜。
知道是克亚孜的牲畜，
也许康阿依人不敢来犯，
因为我有震天的威猛。
你去告诉牧马人，

你去了以后就将马群，
赶往那个地方牧放。”

此时库吐巴依又开口进言：
“哎，汗克亚孜，你是否知道，
是谁熟悉那些地方？
是谁清楚那些达坂山梁？
是谁不但了解伊犁，
还有特克斯的人们，
还要了解卡拉克日木、康阿依，
以及各地的风俗？
他就是在你手下放牛的奴隶。”

这时克亚孜吩咐手下：
“叫放牛的到这里来。”
他见到古里巧绕便问道：
“你本来是见多识广的奴隶，
我现在向你提个问题。
据说在艾列切克和恰仁，
在伊列宾的边沿，
在辽阔的特克斯外边，
牧草茂盛可不一般。

“因为干旱我们的草场没有长草，
马群的处境十分困难。
我想把马群搬到那边去，
找不到熟悉道路的人，
无法往那里搬迁。
你是否知道那里的达坂？
你是否见过那里的草原？”

古里巧绕思忖片刻开口回答：
“没有我不曾去过的地方，
没有我不曾见过的百姓。
卡拉克日木、康阿依，
都归塔塔朗统领。
那里有成千的卡勒达依首领，

不要说他们所居住的地方，
我甚至知道他们的姓名。
他们互相往来信函，
使用的文字我也能看懂。
他们叽里咕噜说话，
多种语言我也精通。
当年赛麦台依在世的时候，
我跟随他去过各地，
结识了许多英雄。”

这时克亚孜这样问道：
“阿依曲莱克，
如果你觉得合适，
就让这个奴隶跟着库吐巴依，
一起到马群那里去怎么样？”

阿依曲莱克眼皮都不抬：
“你想怎么办就怎么办吧！
你就派遣你的奴隶去吧，
你想把他怎么样我都不管。”

克亚孜听到曲莱克的答复，
转身对古里巧绕吩咐：
“噢依，古里巧绕，
你就去吧，
有一个马厩里有六十匹骏马，
你去从中挑选一匹。
另一个马厩只有六匹骏马，
你不要去惊动那些马。
现在鞴好马鞍回来见我，
动作要快，不要拖拉！”

古里巧绕转身出门。
克亚孜对阿依曲莱克说道：
“马打滚的地方会留下脱去的毛，
饭吃完了碗底还有残渣。
富有的主人理应恩赐奴仆，

你要给他穿上整洁的衣服上路！

“库吐巴依，你给我听着，
让马群转移的时候，
你要向牧民说明你的建议，
让这个奴隶带领他们转移。
他识路又明白事理，
别看他如今落难，
背井离乡，颠沛流离。
其实他的见识，无人可比拟。”

此时少年赛依铁克，
时而锁眉，时而开颜。
这里所发生的事情，
这里所交谈的话语，
他都亲眼看见亲耳听见。
他将这里的所见所闻，
一一牢记在心间。
火热的少年急切等待，
一旦阿依曲莱克单独留在房间，
他要刨根问底以解心中疑团。

赛依铁克刨根问底揭开身世之谜

阿依曲莱克从座位上站起，
因为家里没有旧衣服，
她拿出了一套新衣服：
“让那个奴隶把它穿上，
我们到哪里寻找旧衣服？
就当作避邪消灾的施舍，
就算为赛依铁克平安祈福！

“库吐巴依，这儿还有一套礼服，
不要从汗王的宫殿空手而归，
库吐巴依请你把它拿去！”

古里巧绕充当随从，
跟着库吐巴依跃马起程。

“我好不容易摆脱这个奴隶，
克亚孜是你帮了我的大忙。”
阿依曲莱克“撒娇”地表示满意。

当屋里的外人走了以后，
赛依铁克向阿依曲莱克询问：
“我的姐姐，我请你讲明，
你不说，绝对不行。
肩膀带伤的那个人，
你经常对他大发雷霆，
在没有人的僻静处，
你却对他那样亲切热情。
有人的时候却对他示凶，
不知姐姐，有什么隐情？

“有一天，你们俩交谈，
说托老天的恩赐，
小孩茁壮成长。
你们还说了许多话，
你们说的是哪个小孩？
不要隐藏你内心的秘密，
我的命根子姐姐，
请你说出真相。

“两天以来在这个地方，
你看着库吐巴依的时候，
满面春风，眉开眼笑；
你看着我爸爸的时候，
不知为什么紧锁眉头脸色不好。
我是羽毛未满的雏鹰，
怎能知道这其中的奥妙？！

“从你的许多言谈中，
我怀疑克亚孜不是我亲生父亲。
我的心无法平静，
长久以来心神不宁。

“请你不要隐瞒自己的孩子，
我想知道事情的根底。
请你不要对我怀疑，
不要以为我只会耍孩子气，
我不会向别人泄露秘密。
你心里一直藏着神圣的秘密，
早就引起我的注意。

“那一天克亚孜接近你的房间，
你和伤残人的事情，
就要暴露无遗。
我故意叫你把我的弓箭拿出来，
是有意给你通报消息。

“我在屋外高声叫喊，
你在屋里听得明白。
你心中肯定另有秘密，
我在那天就猜出来。
我的姐姐，请你从头到尾，
讲明事情的来龙去脉。
假如克亚孜是我的父亲，
我就不能这样乱猜……”

当他说到“父亲克亚孜”的时候，
阿依曲莱克打断了他的话语：
“啊，我天真幼稚的儿子，
克亚孜不配做你的父亲，
当克亚孜不在场的时候，
你千万别称他为父亲。
你要忍耐今明两天，
我叫克亚孜去狩猎，
然后我会满足你的好奇心。

“当我把弓箭拿给你的时候，
当克亚孜进屋的时候，
那个伤残人对你做了什么？
而你对他又说了什么？”

赛依铁克如实回答：
“当我见到那个人的时候，
我心花怒放，眉开眼笑，
那个人深情地望着我，
眼睛里涌出几滴泪珠，
咬着嘴唇把头摇了摇。
我发现他心事重重，
我从那件事情，
就体谅到他的苦衷。

“从那时到现在，
我一直想向姐姐问个究竟，
请把你隐藏的一切，

从头到尾全部讲清。"

当赛依铁克说到这里，
曲莱克张嘴一声长叹。
她眼睛里含满泪水，
义愤填膺忧伤开言：
"小家伙，我若不说你不答应，
你不允许我继续隐瞒。
我本想你到十二岁时，
讲述你的故乡和祖先。
你的祖籍在塔拉斯坎阔勒，
你的乡亲叫作阿拉什柯尔克孜。

"你在我肚里时就来到这里，
我的冒失鬼，
我把你保存在肚里硬撑了三年，
你可怜的母亲——我受尽苦难！
你在坎阔勒有辉煌的宫殿，
你在托尔提阔勒有丰茂的果园。
你的爷爷是阿依阔勒玛纳斯，
我不能犯忌直呼其名，
人们都称他为雄狮，
你的爷爷威震四海誉满人间。

"还有你的大爷巴卡依，
如今仍在坎阔勒。
不知道他的日子是否好过，
还有你奶奶也在那边。
还有你的古里巧绕叔叔，
就是这个失去了肩胛软骨的可怜人。
在你活着时他是你的依靠，
当你死去时他会为你料理后事。
想当年你的古里巧绕叔叔，
成为阿拉什六十个部落的屏障，
他勇敢坚强犹如雄伟的阿拉套山。
他失去肩胛软骨，臂膀残废，
如今备受凌辱，苦不堪言！

“你父亲的名字叫作赛麦台依，
人们见到他被人打翻，
但未见到尸骨被人埋掩。
你父亲的奴隶坎巧绕，
与克亚孜狼狈为奸，
将你叔叔的肩胛软骨剜割。
将你奶奶卡妮凯和巴卡依等长辈，
抛入苦难的深渊。”

阿依曲莱克毫无遗漏地讲述了，
家族部落所发生的一切事情。
赛依铁克听后非常吃惊，
失神发愣，瞪大眼睛。
他的牙齿咬得咯咯直响，
他的眼睛射出两道寒光。
“假如那样的话，姐姐，
我作为盖世英雄的儿子，
怎能容忍这般凌辱？！
坎巧绕和克亚孜，
无恶不作，坏事干尽。
你的儿子得知苦难的真相，
如同冰霜封住了心肺！”

这时曲莱克开口说道：
“我的心肝，不能那样，
你要理解你母亲和叔叔的难处。
现在你要向克亚孜提出要求，
你就说想去看一看马群，
征得同意后到畜群那里，
务必争取库吐巴依的帮助。

“你叔叔古里巧绕在那里，
你要把他精心看护。
由你苦命的母亲，
去寻找神医莫明江。
等到你叔父的肩膀治愈，

你们要让万恶的畜生，
人头落地，鲜血流淌！

“古里巧绕的父亲来自别依京，
阿勒曼别特是他的英名，
他是顶天立地的豪杰，
他是独一无二的英雄。
阿勒曼别特之子古里巧绕，
心灵纯洁，心地善良。
他与你父亲共吮同一母乳，
是最可信赖的亲人。
如果我们不把他的伤治好，
你不可能如愿以偿。”

他们就这样，谋划商议，
决定果断采取行动，
要不惜牲畜和黄金白银，
千方百计给古里巧绕治伤。
阿依曲莱克和赛依铁克，
不图安逸紧张奔忙。

古里巧绕和库吐巴依，
朝着库米什布拉克行驰。
他们在马背上弓背弯腰，
他们头戴圆形皮帽，
足有一拃又四指高。

关于他们一路的故事，
我们现在开始讲述。

库吐巴依突然从苏尔恰巴尔马背跳下，
挡住古里巧绕的去路，
挑起了惊世的话题：
“我的雄狮古里巧绕，你听我诉说，
让我倾诉心中难消的悲苦。

“自从我们移居库米什布拉克，

自从我库吐巴依功成名就，
就没有我看中的风水宝地，
它们与坎阔勒和塔拉斯无可比拟；
就没有我看中的部族，
他们与阿尔根和诺奥依无可比拟；
就没有我看中的英雄，
他们与汗王赛麦台依无可比拟；
就没有我看中的骏马，
它们与布茹勒神骏无可比拟；
就没有我看中的马种，
它们与沙红色良骥无可比拟；
就没有我看中的老人，
他们与巴卡依大伯无可比拟；
就没有我看中的母亲，
她们与卡妮西[1]大妈无可比拟；
就没有我看中的语言，
他们的语言与你古里巧绕的无可比拟；
就没有我看中的姑娘和媳妇，
她们与曲莱克无可比拟；
就没有我看中的比官，
他们与凯尔曼巴依无可比拟；
就没有我看中的年轻人，
他们与色特尔塔依无可比拟；
我们的眼泪已流成河，
哪里有这样的世道可以比拟？！

“假如见到坎阔勒美丽的景色，
见到那里年轻人光彩照人的脸面，
见到姑娘们明珠般的容颜，
见到我的王子你跨上苏尔阔勇马鞍，
见到英雄汗王赛麦台依，
重返坎阔勒阿尔根人中间，
见到坎阔勒宽阔的胸怀舒展，
见到欢声笑语洒满人间，
那时我就扬眉吐气，赏心悦目，

① 卡妮西：卡妮凯的尊称。

心满意足，死而无憾，
我多么渴望这样的一天！

“我期待着这样的景象：
即使青鬃狼赛麦台依不能重返，
也为了迎接他儿子赛依铁克，
公盘羊在山顶上直立致礼，
母盘羊在丘陵中手舞足蹈，
野公羊在山台上活蹦乱跳。
雏鹅在湖边放声欢叫，
野鸭在湖中嬉水撒娇，
燕雀在空中飞奔相告。

“巴卡依老人银须闪光，
催动着胯下的白色走马，
带领乡亲上前迎接，
飞禽走兽都加入了欢迎的行列。
希望坎阔勒像从前那样，
托尔提阔勒草滩充满生机；
姑娘和年轻媳妇风姿秀逸，
小伙子们玩着快乐的游戏；
中年人成群结队，
围坐在山坡上谈天说地。
假若我看到这样的景象，
怎不谢天谢地称心如意！

“我还怀念这样的景象：
假如在卡拉布拉和恰提卡勒，
支起一排排白色毡房，
立起一行行拴马桩；
赶着一群群矫健无比的骏马，
骑着三岁走马奔驰在原野上；
满面红光的小伙子们，
扬鞭策马在草场上刁羊；
姑娘们打扮得像花朵一样，
大耳环垂在脖颈上，
金色发饰垂至臀部；

年轻媳妇们婀娜多姿，
动听的歌声婉转悠扬。

“交克塔什和马依布拉克，
是我景色迷人的家乡；
坎铁斯凯依和加依勒玛，
是宽阔丰美的牧场；
布吾拉库久尔和阿克塔什，
还有节尔盖的原野无限宽广，
在那里安居乐业，欢度时光！”

库吐巴依倾吐着衷肠，
他抽泣得像小孩一样，
他的鼻涕也像流水一样，
他哽咽了半晌，
半晌说不出一句话。
他的舌头发硬不听使唤，
他的声音沙哑而悲伤。

他吃力地继续自己的话题，
他的眼泪不住地流淌：
“我诅咒恰绮凯变成疯子，
不会食用送给她的饮食，
与野狗争夺骨头啃着吃；
光着头不戴艾列切克帽子，
毫不遮羞光着身子，
让阿寅勒的恶犬将她咬死，
我多么渴望见到这么一天！

“我企盼着坎巧绕被问罪，
在众多的乡亲面前，
用粗毛绳捆住他的双腿。
当着大庭广众公开宣判，
巴卡依将他的头颅砍断。
我要把他的尸体拖到小路边，
埋葬在老鼠出没的卵石滩，
成为孤魂野鬼别无陪伴，

我是否能见到这样的一天？！

“企盼着巴卡依给乡亲当首领，
卡妮凯重返宫殿做皇宫的主人，
赛依铁克为百姓做主，
古里巧绕猛狮保护人民。
让我心想事成，事事顺当，
让我心满意足，心情舒畅。
让我的妻子儿女子孙后代，
相会在塔拉斯故乡。
然后我死了也毫无遗憾。
我会不会有这样的一天？！”

可怜的库吐巴依悲伤哽咽，
他牵来了苏尔恰巴尔骏马，
却发不出“请你上马”的声音。

他的眼泪犹如十条溪流，
顺着胡子流淌湿透了衣襟。
他的脸色变了多少次，
他满腔愤恨，情不自禁。

古里巧绕见此情景想起了从前，
卡妮凯和巴卡依的形象，
浮现在他的眼前。
假如天塌下来，
都不会在意的古里巧绕，
瞬间感到肝肠寸断。

他两眼满含着泪水说道：
“库吐凯[①]，请你不要讲下去，
悲伤会使男人的元气损毁。
生活在人间的短暂时间，
千难万苦皆让人受罪。
只有坚强生存的人，

① 库吐凯：对库吐巴依的尊称。

最终能用金碗畅饮幸福甘露。
走吧，库吐巴依，
高高兴兴地上路吧！”
古里巧绕说着故作轻松地向前奔去。

库吐巴依伤心地哭着，
在那里站着两眼发呆。
过了许久，
库吐巴依缓过神四处张望，
才知道自己孤身一人身处空旷的大地。
跨上苏尔恰巴尔急速驰去，
他要将古里巧绕追赶。

当库吐巴依往前眺望，
古里巧绕正策马急驰，
在无边无际的旷野上。
似乎有四十个勇士紧随其后，
他仔细观察他们的行踪！

库吐巴依看到这个情景，
用手揪着自己的衣领惊叹。
默默将上苍盛赞：
“心胸宽广的英雄留下的四十勇士，
好像将古里巧绕左右陪伴。
好像战死的勇士都重新复活，
他们来和古里巧绕肩并着肩。”
库吐巴依心里思忖着，
打算宰马驹祭祀巴别丁的神灵。
经过长途跋涉，
他们终于到达了自己的村庄。

奴仆们前来迎接，
牵走了库吐巴依的骏马。
库吐巴依声音洪亮大喊大叫，
呼喊着卡拉朵的名字。
他像老盘羊瞪着眼睛，
毫不客气地将卡拉朵训斥：

“你为什么不在门外等候，
为什么不来牵贵宾的坐骑！
你为什么不到屋外等候，
为什么不迎接贵宾的到来！

“你瞧你，无声地瞪着眼睛，
见了亲人躲躲藏藏，
像你这样怯懦的样子，
休想外人对你欣赏！

“你立刻通知手下有头有脸的人，
通知年轻人和老年人，
不要晚于明天早晨，
全部快速到这里集中。”
库吐巴依吩咐完毕，
亲手撩起大帐的门帘，
先请古里巧绕进屋入座。
送来酸奶疙瘩水和糖拌黄油，
敬请古里巧绕畅饮解渴。

库吐巴依的妻子祖拜达，
虔诚地向老天感恩：
“是老天赐福给我们，
让雄狮般的英雄，
跨进了我们家的门庭，
这是无比珍贵的福分！”
白发苍苍的祖拜达，
口中念念有词弯腰躬身，
她三步并作两步，
像年轻媳妇一样勤快，
一丝不苟地热情招待来客。

次日早晨，太阳刚刚升起，
族人从各方聚集到这里。
库吐巴依向他们宣布，
克亚孜关于转场的决定。
大家匆匆忙忙做了准备，

让四十五户人家起程搬迁。
搬迁的百姓和畜群，
统统由狮子古里巧绕掌管。

阿勒凯和萨提凯驻扎在毗邻的牧点。
他们派了一个密探监视库吐巴依，
看他将古里巧绕怎样调遣。
库吐巴依对此早有发觉，
当搬迁的队伍出发时，
对卡拉朵叮嘱再三：
“我的宝贝儿子卡拉朵，
我的话还没讲完，你要留下片刻，
倾听父亲的忠言。
是克亚孜对我吩咐，
让古里巧绕出山，
担任他们所有人的总管。
阿勒凯和萨提凯，
不安好心，心怀鬼胎，
歹人根本不会变得亲善。

“我的宝贝儿子卡拉朵，
不要理睬，不要惊慌，
要注意他们俩的动态。
到达了安营扎寨的地方，
要听从古里巧绕的安排。
不要让他去挑水砍柴，
免得黑心肠的克亚孜责怪。
你们不听他的吩咐，
不知他会降下什么样的祸灾。”
听完了库吐巴依的话语，
卡拉朵心里明白。

艾列切克和恰仁，
伊犁、特克斯的所有草原，
被他们赶来的马群布满，
卡拉朵带领四十个壮汉，
每天巡逻在群山之间，

踏勘一个个山口达坂。

众人都以为库吐巴依自作主张，
没有一个人听从古里巧绕的使唤。
不听他的话情有可原，
古里巧绕心里明白这一点。
古里巧绕没有坐骑，
不能出远门另谋生计。
经常在阿寅勒内串门走户，
靠他们的残羹剩饭过日子。

迁来的四十五户人家，
对这块牧场羡慕不已。
他们产生了非分的念头，
围坐在一起密谋计议：
“让残废的家伙去找克亚孜，
转达我们的建议。
假如汗王克亚孜同意，
我们在此居住六年也不转移。”

他们就这样将古里巧绕差遣，
把迟钝的母马当作他的坐骑，
给他一些抓不到手的碎肉，
以备饥饿时充饥。
叮嘱他不要到处游荡，
往返只给四十天的限期。

古里巧绕艰难地行进，
终于到达克亚孜那里。
他向克亚孜禀报情况，
毫无遗漏，十分详细。
怎样起程和搬迁，
怎样到达目的地，
怎样起居和放牧，
放牧总管古里巧绕的地位和坐骑，
怎样被他们夺取，
所有这些克亚孜听得很仔细。

曲莱克当着克亚孜的面，
给古里巧绕端来残汤剩饭，
让他留宿假意极不情愿。

古里巧绕住宿了十天，
巨人克亚孜才让他返回：
“不让他们在那里居住六年，
让他们另选放马的牧点。”

当克亚孜如此吩咐的时候，
在旁边玩耍的赛依铁克突然插话：
“我英雄的父亲，
你从来不相信自己的儿子，
惹得我心里十分痛苦。

“你将牲畜都交给这个奴仆，
我怎么能感觉舒服。
请你允许我去牧场吧，
假如那是宜牧的辽阔地方，
我将赶着马群亲自在那里放牧。
假如去的地方条件不佳，
我就让他们把马群赶回原处，
请你让这个残废跟随我去，
专门将我的坐骑照顾。

“父亲啊，请你放心，
有什么事我都会随时告诉。
假如他怠工偷懒，
我会让他尝够人间困苦。
任何事我都能办成，
我真是随你性格的儿子。”
克亚孜不敢答应他，
又不敢反对他去，
担心得罪曲莱克。
面对这母子二人，
他左右为难，闭口不语。

此时赛依铁克对古里巧绕吩咐：
“你去鞴好一匹骏马，
赶快给我牵来，
我要尽快上马出发。”

这时曲莱克开口阻拦：
“不行！我的淘气鬼赛依铁克，
你的羽翼还没有丰满，
你还不到放牧马群的年龄。”

“答应我吧，我的父亲，
我姐姐的话没有道理。
我已经不是那种贪玩的小孩，
不会为琐碎小事耍孩子气。”

克亚孜假装镇静默默无言，
其实在克亚孜的心里，
翻腾着许多念头，
“我能不能让这孩子，
和古里巧绕一起走？
罕斯马依、吐曼巴依，
他们俩中的一个人，
会不会被偷偷带走？

“从一开始到现在，
我一直怀疑这孩子的真实身份。
不能让他去找加勒格再克，
倾诉他的底细和来意。
听说加勒格再克是嗜血狂，
可不能让他率军来袭。
假如我不让孩子去马群，
这孩子执意不肯，非去不可，
我又该怎么处理？”

见克亚孜未置可否模棱两可，
赛依铁克转身请求阿依曲莱克：
“我父亲真是没有办法，

他对你言听计从。
只要你不转移方向，
我父亲对这事不会不赞同！
有我父亲做我的后盾，
还有骏马供我乘骑，
我要周游各地了解属地的民情，
我要做自己财产的主人。
我不需要你们娇生惯养，
你们俩不要呵护过分。
这次牧放马群的地方，
我非去不可，立刻起程！
快去残废奴隶，鞴马！
赶快鞴马，不要磨蹭！”

古里巧绕服从赛依铁克的差遣，
立刻给阔依恰布达尔骏马鞴鞍。
这匹骏马来自塔拉斯，
配的是古里巧绕过去专用的马鞍。

此时，阿依曲莱克对克亚孜抱怨：
“你应该教育孩子听话顺从，
不要让他随心所欲，无法无天。
假若是在酷冬严寒，
他冻坏了手脚，可怎么办？

“母亲生下孩子的肉体，
如果孩子的秉性反常，
母亲可是一筹莫展。

“他轻佻浮躁黑心肠，
完完全全和你一般。
你这个儿子年龄越来越大，
我承受着越来越重的负担！”

骑着阔依恰布达尔骏马的淘气鬼，
九岁的少年赛依铁克血气方刚。
他没有回头张望，

和古里巧绕并驾齐驱，
不慌不忙走向远方。
见他和叔父古里巧绕在一起，
阿依曲莱克暗自庆幸，内心欢畅。

当他们策马起程的时候，
克亚孜站在那里久久凝视，
只见他们走过的地方，
扬起滚滚尘土继而消散。
接着出现了红色的火团，
越来越大，变成烈焰。
九岁的少年赛依铁克，
变得高大魁伟如同奥波勒山。
他的坐骑阔依恰布达尔，
像领头骏马一样挺拔伟岸。
还有许多奇妙的景象，
浮现在克亚孜的眼前。
英雄克亚孜感到窒息憋气，
心情烦躁，思绪纷乱。
巨人克亚孜见此情景，
恶狠狠地瞪大眼睛，
对于赛依铁克的成长，
他不知是福是祸，
心情复杂的克亚孜深感不安。

少年赛依铁克在母亲和众人呵护下成长

此时此刻的阿依曲莱克，
也在旁边暗自观察，
害怕克亚孜的邪眼，
给孩子带来麻烦。
又担心他改变主意，
让儿子半路回返。
阿依曲莱克掩饰着内心的不安，
故意转移克亚孜的视线：
“走吧，克亚孜，进屋吧，
我怕你与儿子寸步不离，
对他的溺爱，让他养成了不良习惯。
也该让他出门在外，
见见世面，经受锻炼。”
她伸手拉了拉克亚孜的衣袖，
克亚孜经不起她的轻轻一拉，
像顺从的绵羊，紧跟着她返回屋里。

赛依铁克与古里巧绕并驾齐驱：
“叔叔，我们不要去恰仁，
我们要到库米什布拉克去。
然后派人到伊犁，赶回那里的马群。
我们不要自找麻烦，
不要平白无故地召来战乱。
这些牲畜要死就让它死去，
剩下多少就算多少。
只要我们金子般的脑袋平安健在，
还怕马群不会繁衍扩大？

“叔叔啊，我当着大庭广众，

特别是在克亚孜的屋里，
讲了些不知深浅的话语，
我对你多有得罪有失礼仪。
因为我是小孩，你身残疾，
叔叔，面对残酷的险恶环境，
我们都无力改变。
只要玻璃般透明的眼睛，
还没有永远闭合，
就能看清黑白，
认清正义和邪恶。

“我知道你们，熬过了多少艰难岁月，
苦心呵护我这个孤儿成长。
假如你们真的等到这一天，
我们就要赶到库米什布拉克牧场。
阿勒凯和萨提凯是两个狗杂种，
要将他们抽筋扒皮，彻底消灭。

“我们要找到库吐巴依，
让他给我们架起毡房。
每隔一天宰杀一匹母马，
用来将你的身体滋养。
只要老天没有注定你死亡，
叔叔啊，古里巧绕叔叔，
我们定要给你治好伤残。

“塔拉斯有我们受难的亲人，
我们将马不停蹄地赶到故乡。
那里有想念已久的奶奶，
那里有盼望已久的阿亚什阿塔，
我要让他们愁云消散，
我要让他们如愿以偿。

“那里还有众多的同胞乡亲，
曾经为我们担惊受怕，
要让他们以塔拉斯和坎阔勒为家，
安居乐业，繁荣兴旺。

让他们心想事成，应有尽有，
自由自在，幸福安康。”

赛依铁克一路上不停地诉说，
他的话语能使顽石熔化为岩浆。
古里巧绕一直在心里思忖：
“但愿他的话语不会召来祸秧，
但愿他能成为英明圣贤的新汗王。”

想到这古里巧绕开口言讲：
“喂，滔滔不绝的年轻小伙，
你勾起了我心中的忧伤。
是谁领着你走遍这些地方？
是谁教诲你这些智慧和理想？
你开口闭口叫什么叔父，
你的叔父到底是谁？
你想念已久的奶奶是谁？
你渴望相见的父亲是谁？
你究竟是谁家的后裔？
你的祖宗，
你的家族和你的部落，
你是否心中清楚！
你什么时候去过塔拉斯，
或者什么时候，
听人介绍塔拉斯的山水？

“你哪里像幼稚的少年儿童，
你到底有多大年岁？
我是残缺不全的放牛人，
你是汗王克亚孜的公子，
我刚才一直用心思索，
觉得你话中有话令人费解。
你倾诉心中的冤屈，
谁能明白你心灵深处的苦衷，
谁能理解你当前的处境？
我无法领会你言下之意，
我摸不清你复杂的底细。”

听了古里巧绕这一串问话，
赛依铁克这样回答：
“叔叔啊，你假装不明，
故意向我刨根问底。
你如此戏弄你的侄儿，
你的羞耻之心在哪里？
叔叔啊，请你仔细倾听：
我是你力量之源赛依铁克，
我的爷爷是心胸宽广的雄狮玛纳斯，
我们的家乡是坎阔勒，
还有大塔拉斯。
我的父亲叫作赛麦台依，
败类坎巧绕将我父亲背叛，
他向我父亲戳出了矛尖，
恶棍克亚孜乘机举斧劈砍。

“我可怜的叔叔啊，
他们把你的肩胛软骨剜割，
掠夺了我们的全部牲畜和财产。
坎巧绕这牲口得意扬扬，
篡夺了柯尔克孜的汗位，
占据了塔拉斯的宫殿。

“圣贤巴卡依是位巨人，
他的为人众所周知。
他们却天天毒打折磨他，
强迫他放牧骆驼。
年迈的老人无马可骑，
徒步走路放牧在戈壁！

“我的奶奶名叫卡妮凯，
她沦为女仆放牧牛犊。
她的头上笼罩着黑暗的乌云，
如果不小心让牛犊吃了奶，
每日挨棍棒如同弹羊毛一般！

“你的伴侣阿克巴拉，
据说与坎巧绕是亲戚，
坎巧绕六亲不认，
让她每天用木桶挑水，
给恰绮凯倒水洗浴，
常常被恰绮凯打翻在地。
在塔拉斯的其他亲人，
同样遭受压迫和凌辱！
为数众多的柯尔克孜人，
坎巧绕不但不养活他们，
还每日摊派苛捐杂税，
不知羞耻，可恶可恨！

“因为家家户户缴不上税，
比官们都被逼得痛哭流涕。
我经常听到消息，
其中的一个比官名叫色特尔塔依，
他每天痛哭一场，
止不住辛酸的泪水。

“伶牙俐齿的阿吉巴依，
他的英名传遍五湖四海。
我父亲的知己凯尔曼巴依，
是他留下的后代。
在凯尔曼巴依的统帅下，
我有阿尔根柯尔克孜人拥戴。
我有智勇的母亲曲莱克保护，
我有圣贤的叔叔古里斯你撑腰，
我才能在险恶环境茁壮成长，
我决不会向孤独的生活低头。
我尊敬的叔父古里斯，
对于你苦难中降生的侄儿，
难道还有什么可疑之处？
难道你还有什么不信任？

“你们忍受煎熬终于看到，
你们的后代赛依铁克已满了九岁。

请你给我出谋划策不吝赐教，
让你的侄儿增长聪明和智慧。
我的智慧的叔父啊，
还有什么考验的问题，
你还有什么话可问？”

少年讲完这些话语，
眼巴巴地望着古里巧绕，
眼睛里满含着泪水。

古里巧绕想放声欢笑，
却没有笑出来，
反倒放声大哭。
他将自己在炼狱中熔炼的生命，
仿佛投入了无烟的狱火，
暂存在这个世界的苦海之中。
他激动地捋着胡须转过头，
紧紧拥抱了这个小家伙。

他用双手搂着小孩，
命令小孩敞开胸怀。
在小孩的胸口，
深深地吻了一吻，
终于将情感的闸门放开：
“你是出自天庭的神驹，
你是我的同胞留下的后生，
你是我永生不衰的精灵，
你是我永不熄灭的明灯。

“当时你通报我们克亚孜来临，
用‘秃鹰’代替他的姓名，
对于一个几岁的孩子来说，
你的聪明机灵和警觉，
令我十分吃惊。
你那些暗示的话语，
至今我记忆犹新。

“当时我在房后见到你，
抑制不住激动的心情，
差一点失声哭泣。
我使劲咬住嘴唇，
孩子啊，我只能向你摇头致意。

“你望着我露出的笑容，
和我的大哥一模一样，
那时我就感到惊喜。

“马群中找不到像苏尔阔勇一样的骏马，
它是超群出众出类拔萃的神骥。
当年我和你爸爸一起上战场，
杀得侵略者血流成河。
如今我失去了当年的威风，
因为两个肩膀软骨被剜割。
我听你妈妈喜人的话语，
将希望寄托在你身上，
守护在克亚孜房屋的周围。
我听你刚才讲的一番话，
我如火焚烧的心脏，
或多或少得到了安慰。

“现在我对你吩咐，
你要竖起耳朵听仔细。
到了那边的阿寅勒，
你不能和我住在一起。
宁可对我冷漠无言，
也不要对我净说好话客客气气，
避免引起歹人的猜疑。

“节迪盖尔有不少人，
暗中监视我们，
阿勒凯和萨提凯是其中最厉害的劲敌，
你要对他们时刻警惕。

“你不要借克亚孜儿子之势，

挥鞭抽打任何人。
如果你对什么人不满意，
你可以换另一种方式，
将他派到阿勒凯处，
也可以是萨提凯跟前，
或者派到汗王克亚孜那里。
克亚孜手中有生杀的权力，
会轻易让他们送命。

“狡猾的商人，
托克托萨尔特即将到达，
这个人具有十分明显的两面性：
既可以成为亲密朋友，
又是十分危险的敌人，
我们一定要头脑清醒！
聪慧的莫明江也即将到达，
他品德高尚，是仁慈的名医。
来自四面八方的各色各样的人，
你要用自己的眼睛多加观察。

“我在那里居住期间，
我的孩子，你不要天天来看望。
假如你将我直接交给托克托萨尔特，
节迪盖尔人看在眼里，
他们会觉得你举动反常。
你要让托克托萨尔特，
亲自向他们索要我这个奴仆。

“我的小淘气，不要耍孩子气，
别往自己身上抛撒尘土。
阿勒凯和萨提凯家中，
你务必轮流住宿。
要成为他们的座上客，
享受他们的热情款待，
迷惑他们，让他们自掘坟墓。

“节孜坎皮尔的七个儿子，

不会来到这个地方。
即使知道这里的情况，
也会假装不知，
他们会安稳地待在自己的毡帐。

“这个库米什布拉克牧场，
是牧草丰盛的地方。
说这里牧草全部枯荒，
那是库吐巴依故意撒谎，
为的是将我接到这里养伤。

“他为了掩人耳目，
将马群赶往伊犁牧放。
其实伊犁的草原，
还没有库米什布拉克宽广。
虽说伊犁的夏牧场也不小，
特克斯比它更强。

“库吐巴依聪明智慧心地善良，
任凭他对你或近或远，
你都不要提心吊胆。

“你要熟练掌握隐语，
不要幼稚地将其遗忘。
大山里寒气袭人，
平原上风和日丽。
用‘大山’暗示‘仇敌’，
用‘平原’暗示‘亲戚’，
用‘左边’暗示‘知己’，
用‘右边’暗示‘异己’。

“面对面就座的时候，
你的右边就是对方的左边，
你的左边就是对方的右边。
你要小心谨慎，平安成长，
定叫仇敌泪流不断，
让他们痛恨自己的过失。

“对亲戚说话时你不要客气，
但要维护他们的根本利益。
和仇敌说话时要逗他笑眯眯，
让他们得意忘形麻痹大意，
要不知不觉地削弱他们的根基。”

他们在途中露宿六个夜晚，
终于来到库米什布拉克草原。
为了向库吐巴依大伯问候请安，
赛依铁克将马头掉转。
接受了他们的问候，
库吐巴依出其不意，向小孩发难，
“你来寻找亲戚和老乡，
来到库米什布拉克牧场，
特克斯的残废奴隶，
他为什么到处游荡？”

库吐巴依故意提高嗓门，
让克亚孜的人都能听到他的声音，
以为库吐巴依忠实可信。
其实他见到叔侄两人，
断定他们一路交心，
在心底里由衷地高兴。

赛依铁克和古里巧绕，
听出了库吐巴依的话音。

阿勒凯和萨提凯，
提前知道他们的消息。
但不知道赛依铁克居住谁家，
琢磨不透他的底细。
“想当年举行盛大婚礼之机，
克亚孜曾经提出过怀疑。
是库吐巴依出面反驳，
让克亚孜收回异议。

“假如赛依铁克是节迪盖尔人的后代，
就会思念亲情离开那里，
投亲到我们这里来。
假如他有阿尔根人的血统，
就会认他们为亲，
在他们那里安心住下来。”
阿勒凯和萨提凯，
自以为聪明机智有能耐。

当他们如此议论的时候，
赛依铁克向库吐巴依告辞：
“再见吧，库吐巴依大伯，
阿勒凯的阿寅勒，
那才是我前往的目的地。”

赛依铁克起身临走时，
斜视着古里巧绕高声吆喝：
“喂，笨手笨脚的残疾奴仆，
这就是你们塔拉斯人的阿寅勒，
你就在这里住宿！”
然后转身对库吐巴依，
又做了一番交代：
“库吐巴依大伯，
你要向卡拉朵那里，
立刻派去一个信差，
告诉他库米什布拉克牧草丰盛，
让他们尽快把马群赶来。

“不要以为只有特克斯是风水宝地，
固执地在那里安营扎寨。
我听说在特克斯那个地方，
冬天啃着结冰的牧草，
马群最容易衰败。
在那里最值得夸赞的母马，
终身生不过十胎。”

阿勒凯听到赛依铁克的言语，

咧着大嘴喜笑颜开。
认为赛依铁克头脑发达充满智慧，
不用别人通风报信，
就看透了塔拉斯人内心的秘密。

萨提凯更是随声附和，
夸赞赛依铁克说得好。
他欢天喜地，手舞足蹈，
他的衣袖衣摆抖动飘摇。
阿勒凯和萨提凯，
争先恐后，奔走相告。

赛依铁克骑马离开库吐巴依，
古里巧绕的谆谆教诲，
一路浮现在他的脑海。
民众说得很明白：
“猎狼人的儿子，
起码能猎获狐狸，
决不会捡取猎物的残骸。”
空洞无物不着边际的语言，
不会流传到子孙后代。

阿勒凯和萨提凯，
他们俩精心准备上前迎接，
将赛依铁克扶下马。
赛依铁克大大方方地问候致礼，
像猎鹰般充满活力精神焕发。
英俊少年魁梧高大，
见到的人都十分惊讶！

节迪盖尔的妇女紧张忙碌，
用小木碗盛来清水，
然后往大地上泼洒，
为了给赛依铁克驱邪避灾，
争先恐后宰杀山羊羔，
举行“萨达哈”。

阿勒凯和萨提凯，
将赛依铁克请进房间，
亲热地围在他身边。
就座时给他铺好褥垫，
他起身时跟着他起立相伴，
把双手贴在胸前，
俯首帖耳听候调遣。

节迪盖尔人对英俊少年无不赞赏，
夸赞他聪明智慧，目光长远。
以为他让库吐巴依派人赶回马群，
是不想让节迪盖尔人麻烦。
节迪盖尔人不分男女老少，
四面八方闻风而来，
人群将阿寅勒挤满，
个个心情激动迫不及待，
都想见到赛依铁克的容颜。

足智多谋的库吐巴依，
将古里巧绕，
领进自己起居的大帐，
给他换上了干净的衬衫。
重新宰杀了母马，
把人间的美味佳肴，
不间断地摆放在面前，
顿顿让古里巧绕把肚子填满。

这一天，库吐巴依起得很早，
召集左邻右舍商谈：
“赛依铁克有过吩咐，
尽快把马群往回吆赶。
我们必须派人到特克斯送信，
阿寅勒有没有合适的人选？”

他向人们说话的时候，
古里巧绕自告奋勇：
“库吐凯，如果你觉得合适，

让我到特克斯去，
那快要死的可怜的苏尔阔勇骏马，
不能让牧马人抓来使用。

“那苏尔阔勇骏马多少年闲着不用，
只怕它肝脏瘀血，
说不定生命已经难以支撑，
不能让那些畜生们抓来使用。

“这匹骏马压抑了多年，
遇见他们就会撒野跳蹦。
只怕他们抡起马鞭，
将它劈头盖脸地抽打。
只怕鞭梢触打到它的耳根，
快马的激情就此消沉。

“那里的人们悠闲自在，
早睡晚起，懒惰成性，
轮流聚餐，饱饮马奶，
犹如大蟒得意忘形。
他们限定我五十天内返回，
就是这样反复叮咛。
当天英雄卡拉朵不在那里，
并不了解那里发生的事情。

“现在我可以不慌不忙地前往那里，
就说我向克亚孜禀报他们的请求。
向卡拉朵传达你库吐巴依的吩咐，
让他心领神会你的意图。
我担心苏尔阔勇骏马被驱赶的途中，
元气大伤留下残疾终身痛苦。
我不让苏尔阔勇骏马受苦，
不让别人虐待欺负，
我要亲自一路呵护它。”

这时候库吐巴依开口说道：
“没有赛依铁克的安排，

难道我们有权力把你差遣？
我们不能自作主张自找麻烦。
这个耍儿戏的少年赛依铁克，
他将在我们头上挥舞皮鞭。
我头上的这一点荣耀，
将在百姓中全部丢完！
他会活活地挖去我的双眼，
被他快刀斩首来不及叫喊！

“对漂亮的飞马苏尔阔勇，
你心里感到十分不安。
不许牧马人把它抓来役使，
我让送信人把我的命令递传。
让他们把它遛一遛，
小心牵着送到这里，
就说这是赛依铁克的吩咐必须照办。”

古里巧绕向库吐巴依提议：
“你说的话确有道理，
我们要小心阿谀奉承的人们，
让赛依铁克头脑发热忘乎所以。
如果你做不了主，库吐凯，
你就亲自去请示赛依铁克，
但你要回来，不要在那里过夜。”

接受古里巧绕的提议，
库吐巴依趁早骑马出行。
成为残废的古里巧绕，
我们现在看一看他的情形。

库吐巴依的妻子祖拜达，
是满头白发的老妇人，
她不让儿媳妇、姑娘们，
和新过门的少妇们，
接触锅碗瓢盆。

她手不离活脚不歇息，

亲自服侍古里巧绕猛狮，
餐布从不间断饮食，
不让闲人进屋探视。
猛狮古里巧绕使用的餐具，
她避免用手直接触及，
她用干净手巾垫底。
祖拜达精心照料，
她期待着古里巧绕出现奇迹，
她向唯一的上苍祈求。

来到赛依铁克住宿的阿寅勒，
库吐巴依勒马下鞍。
阿勒凯和萨提凯慢步上前：
“来吧，库吐凯，你来吧，
不论在冬天，还是在夏天，
你从不来访我们这边。
现在到我们的阿寅勒来，
不知道有何贵干？”

因为雄鹰赛依铁克就在眼前，
库吐巴依义正词严：
“阿勒凯和萨提凯，
你们是羊圈挨着圈的两个巴依，
库吐巴依到你们阿寅勒来，
难道这是在犯忌不成！

“你们的阿寅勒住着汗王的儿子，
我是来向他问安施礼。
让见外者见鬼去吧，
看看你这个恶狠狠的样子，
难道要审问我的来意？！”

阿勒凯生性暴躁，蛮横无理，
盛气凌人，乖张暴戾，
只要萨提凯吱一声，
他就会像疯狗一样发起攻击。

节迪盖尔人心境高傲，
口出狂言，无所顾忌。
他们的阿勒凯暴跳如雷，
他们的萨提凯怒气冲冲，
他们两人大发雷霆，气势汹汹：
“噢依，库吐巴依，
你在说什么？
虽然你是我们的战利品，
但是看在你年长的分上，
对你客气，你却不领情！
你平白无故地对我们发火，
我们问你的来意，
你就愤愤不平。
难道要让我们半路迎接，
难道要宰杀黄毛山羊羔，
专为你做‘萨达哈’避灾驱邪？！

“你和赛依铁克从皇宫出发，
在路上一起住宿了六夜。
你以为你和他一路同行旅途相伴，
对我们说话就可以大大咧咧。
你这个不敢迈大步的奴隶，
库吐巴依！来人啊，把他抓起来，
棒揍脚踢，让他尝尝我的厉害！”

阿勒凯和萨提凯正要大打出手的时候，
赛依铁克来到他们跟前，
直接向库吐巴依发问：
“哎哟，我们的库吐巴依大伯，
你是否已派人去了牧马的地方？
但愿你办事稳妥，不要慌张！”

见赛依铁克和库吐巴依并肩站着交谈，
阿勒凯的打手们，
不敢抓住库吐巴依的臂膀；
萨提凯的打手们，
不敢扯住库吐巴依的衣襟，

他们只能站在旁边虎视眈眈。
此时库吐巴依表达自己的心愿：
“汗王的儿子，你就是我的眼珠，
你是我的精神支柱。
你是我的血液和心脏，
你是我力量的源泉。

“奴仆们一刻也不停息，
都为各自的差事忙乎。
我担心千里马在夜晚歇息的时候，
没有人在旁边守护，
我派去古里巧绕奴仆，
将马群赶回原处。”

年轻的赛依铁克心知肚明：
“我的大伯要把苏尔阔勇骏马，
精心调养，慢慢遛遛，
为此他要差遣奴仆。”

他抿了抿嘴角，
满意地露出一丝微笑。
这孩子头上戴着面纱，
人们只能看到他的脸部轮廓，
根本看不清他的面容。
对那两个气势汹汹的家伙，
他毫不畏惧，严厉教训：
“阿勒凯和萨提凯，你们过来，
你们俩自以为精明能干，
你们俩得意忘形目中无人。
你们教唆手下的打手，
要将库吐巴依毒打一顿。
如果你们今天，
将库吐巴依毒打一顿，
如果明天，卡拉朵来找你们算账，
我看你们怎么办？
横冲直撞的卡拉朵，
难道灭不了你们嚣张的气焰？！”

此时那个阿勒凯插话：
“噢依，赛依铁克！
你的父亲克亚孜给我交代，
如果塔拉斯人出现不满情绪，
就要毫不留情严惩不贷。
卡拉朵虽然力大无比，
他却不敢违抗我们的命令，
料想他也不敢轻举妄动。
万一他敢蠢蠢欲动，
在库米什布拉克这个地方，
就不让他当巡官安身立命。
无论我说任何是非曲直，
我的话克亚孜不会不答应！”

不知死活的萨提凯变本加厉，
用沙哑的声音大喊大叫：
“阿勒凯的话千真万确，
噢依，孩子，你可知道，
我们的汗王是巨人克亚孜，
他给我们许下诺言，
他让我们想干什么就干什么。

“当年进攻塔拉斯，
我们俩冲锋在先劳苦功高。
他和坎巧绕给赛麦台依设置圈套，
将古里巧绕的肩胛软骨，
毫不客气地割断剜掉，
我和阿勒凯，
在那时就已经向他投靠示好。
卡妮凯、巴卡依和曲莱克，
也由我们遣散押送。

“我们是说到做到的神枪手，
我们能射中对手的瞳孔。
是我们操办婚礼，
将恰绮凯送到坎巧绕怀中。

坎巧绕和恰绮凯，
将我们托付给汗王克亚孜，
我们载誉而归，誉满草原。”

此时赛依铁克瞪眼怒斥：
“住口，不要胡言乱语，
你怎样去抢劫塔拉斯，
我对此根本没有什么兴趣，
更不用你们在我面前，
给自己评功摆好！

“去吧，库吐巴依，
你先回家，
你就派遣那个奴仆，
去特克斯的马群那里。
你给他传达我的吩咐，
将马群和坐骑，
交给你的儿子卡拉朵照顾！

“阿勒凯和萨提凯，
将在明天搬迁到那里，
与你们为邻，定居安家，
遇事你们一起商议！
阿勒凯你们要明天早晨起程搬迁，
现在就把阔依恰布达尔马给我牵来。
萨提凯，你把我的马鞭和鞍褥拿来，
我今天就要先走一步，
去住在你的家。

“库吐凯，假若你们当中的哪一个胆敢违抗，
我就砍下他的头，
‘那个站着的赛依铁克，
和克亚孜一样心狠手辣，’
你们的嫂子、我的母亲曲莱克，
对我已做过这样的评价。

“你们手中拖着长长的木棍，

企图将自己人围攻殴打，
你们这种行为真不像话！
谁要是无中生有制造事端，
谁就自食其果小心脑袋搬家！”

赛依铁克大动肝火，
他的声音像波涛冲击，
从他嘴里吐出的气流，
把毡房的顶毡和壁毡吹起。

阿勒凯和萨提凯心想，
看来我们使坏，就必死无疑！
感觉山穷水尽穷途末路。
遭到赛依铁克锋芒犀利的责备，
感觉到难以承受的压力，
汗流浃背，湿透了衣服。

赛依铁克骑上骏马起程，
库吐巴依感到天大的荣耀，
英雄踏上了回家的路途。

每当阿勒凯和萨提凯，
夏季转移到草场，
冬季转移到冬窝子的时候，
塔拉斯的男人和女人，
一个不剩地全部到来侍候。

男人们给骆驼准备鞍垫，
把他的坐骑牵来鞴鞍；
女人们拆卸毡房，
埋头洗锅刷碗。
他们将毛毡和花毡，
打包给役畜载满。

凡是来者不论多少，
一个不留地一同搬迁。
每到新驻地的时候，

那些妇女支起毡房给奶畜挤奶，
还要烧茶烤馕，
然后才能返回自己的毡房。
如果他不说话谁也不能走，
没有被褥可以铺垫，
就地躺下熬过寒夜。

那些男人也手忙脚乱，
打好柴火，将母马拴紧，
早晨起身清点羊群，
把门前屋后打扫干净。
帮工的人为数众多，
男人和女人混杂在一起，
不敢怠慢，忙碌不停。
阿勒凯和萨提凯，
就是这样坐享其成的新贵。

人们按照自己最初的惯例，
向塔拉斯人的阿寅勒，
送去了搬迁的消息。
来自塔拉斯的可怜的人们，
不论男女一同赶来，
天亮就站满了门前的场地。
阿勒凯和萨提凯，
他们的妻室儿女，
好不容易才起床收拾行李。

到库吐巴依居住的地方，
搬迁的队伍浩浩荡荡，
安营扎寨，成为邻居。
众多的人跑来跑去，
奔忙着支锅挑水。
赛依铁克在外边注意观察，
将这一切都看在眼里。

库吐巴依做好准备，
宰杀了膘肥的母马，

把阿勒凯和萨提凯，
连他们的家人一起，
一个不留地邀请到自己的家里。
塔拉斯可怜的人们，
奔忙不休，应接不暇。

马奶酒盛满大碗，
库吐巴依双手捧着，
敬送给阿勒凯。
别人端来的马奶酒，
萨提凯迟迟不接，
端碗的人眼巴巴地等待。
从塔拉斯俘获来的苦命人，
在这里如此受尽欺辱万般无奈。
年轻气盛的赛依铁克，
见此情景气愤难耐。

他像猎鹰一样奋起，
紧锁着眉头，怒形于色，
对着端碗的人大声呵斥：
“既然他不识抬举，
就把马奶酒收回去！
统统收回到一边去！”

恰巧在这个时候，
突然有人前来报信：
“在考若松方向的达坂，
发现了两个人影，
好像是外族派来的探子。”

阿勒凯和萨提凯，
早已密谋商定：
“一旦边境发现情况，
就派塔拉斯人去对付，
让库吐巴依亲自率领。”

赛依铁克这时问道：

“阿勒凯和萨提凯，
你们打算派哪个人去，
到考若松方向巡逻边境。”

阿勒凯和萨提凯，
花言巧语，油嘴滑舌，
打开话闸，滔滔不绝。
说明让库吐巴依亲自出马，
率领塔拉斯人前往边境的理由。
说节迪盖尔的任何一个人，
都不能前往危险的边界。

赛依铁克听到这些胡言乱语，
显示了统治者的威严：
“如果塔拉斯人全部去了，
谁给你打柴背水，
谁来给你端碗上饭？
就没有人给牲口驮载你的行李！
就没有人给你的骆驼鞴鞍！
让他们的男人都去边境巡逻，
难道让他们的婆娘上山打柴，
难道让他们的姑娘烧茶做饭？

“节迪盖尔人啊，
假如你们的老婆烧茶做饭，
就害怕将锅灰沾染？！
难道你们的男女亲属，
曾经手指沾水刷锅洗碗？
你们的所作所为，
难道老天爷会喜欢？
假如你们自己动手盛饭，
难道会违背教规法典？！

“塔拉斯人的劳动这样繁重，
你还要派遣他们上前线。

“假如他们认为自己早晚一死，

决意和你作对翻脸，
难道不能将所有的牲畜驱赶，
远走高飞，举部逃窜？

“独眼龙的儿子萨尔特巴依，
已将考若松那边的地方，
一点不留地全部霸占，
难道他们不会投奔他为靠山？

“我听说那个狂妄的家伙，
已有二十岁的年龄。
你们希望克亚孜失去所有的牲畜，
恼羞成怒匆匆出征。
虎视眈眈的萨尔特巴依，
就会将我父王克亚孜活捉生擒。
到时候节迪盖尔就是你们的，
你们一个当汗王一个当宰相，
难道你们心里不是这样盘算？
你们故意给强盗让路，
把羊群交给饿狼看护，
让老天惩罚你们吧！

“塔拉斯人，你们必须待在家里，
决不允许你们走出门外。
如有违抗，我会用铁火钩，
钩穿你们的眼皮，
随便在柳树上吊着！

“阿勒凯和萨提凯，
别让来自塔拉斯的人，
包括他们的妇女儿童，
跨入你们的家门。
他们只有给你们投毒才解恨，
谁知道他们哪一个投毒，
你会立刻休克死亡肢体僵硬！

“恰似苹果的人头全凭脑子，

别看他们四处流浪，
他们这些人也有主心骨。

“阔绍依的儿子加勒格再克，
他的年龄还不到五十。
他体轻矫健，动作敏捷，
他是身手非凡的骑士。
他胆大如虎，臂膀坚硬如玉石，
他是无所畏惧的家伙。

“当年我父亲和母亲成亲之时，
他去其勒皮勒达克，
把那些汗王们半路截回。
没有人敢问他为什么分庭抗礼，
谁都不敢与他作对！
难道这些塔拉斯人不会去投靠他，
难道不会借着玛纳斯的英名，
流着眼泪向他求助！

“加勒格再克一旦狠下决心，
他才不管你们谁穷谁富！
受压迫的塔拉斯人，
难道不会对我们进行报复！

“我们不能继续待在这里，
我们要去巡逻考若松的道路。

“当年进攻塔拉斯的时候，
你们当作战利品的女人和儿郎，
如今已到十岁的年龄，
但还未满足他们心灵的渴望。
身上穿脏的衣服还没有脱下，
还没有放进水里涤荡。
曾经参加过比赛的跑马，
现在还没有把饲草品尝。

“你们正处在危难时刻，

通往考若松的道路，
你们的兄弟我去探望。
我虽年轻但不畏惧，
若遇侦察兵也不慌张。

“阔依恰布达尔马不知在哪里，
看来节迪盖尔人没有鞴马之意。
塔拉斯人，快把它牵来，
你们在这里生活了十二年，
这里也是你们的家乡不要见外，
‘到谁的地盘居住，就要唱谁的歌。’
这句俗语说得很明白。

“塔拉斯人，你们从今天开始，
不要在这些人们身边畏缩拘束。
那里有水草丰盛的山沟和宽阔的牧场，
你们要搬迁到阳坡去。
谁是外人，谁是自己人，
界线要搞得清清楚楚。”

赛依铁克情绪激扬，
振振有词，义正词严。
是怒骂，还是规劝，
在场的人都搞不清这为哪般。
不要说塔拉斯人，
节迪盖尔人早已吓得衣袖衣襟不停抖颤，
他们的胡须和唇髭，
也一根根颤抖着清晰可见。

塔拉斯人一拥而上开始搬迁。
阿勒凯和萨提凯，
撅着屁股点头哈腰，
魂不附体，心惊胆战。
库吐巴依含笑观望，
连他身上的虱子，
都欢奔到衬衫外边。

塔拉斯的媳妇和姑娘，
阿拉什的男人们，
虽不完全领会其中的用意，
只因离开节迪盖尔人的阿寅勒，
他们个个感到欣慰欢喜。

节迪盖尔人三三两两，
交头接耳，互相议论：
“他说的也有道理，
他们投毒的话有谁能发现？
假如库吐巴依的卡拉朵，
假借到边境巡逻，
去与阔绍依的儿子加勒格再克相见，
又有谁能发现？

“假若他们将所有的牲畜驱赶，
投靠到独眼龙的狂妄之子那边，
又有谁能发现？

“看来阿勒凯和萨提凯，
只会喝酒吃肉，
天天无所事事游手好闲。
他们俩得意忘形，
赛依铁克冲着他们俩，
句句都是逆耳忠言。

“他继承了曲莱克的智慧，
超过了父亲克亚孜的才干。
这小孩虽然年幼，
但是头脑清醒，英明果断。
假如我们像从前那样走下去，
必将留下无法挽回的遗憾。

“阿勒凯和萨提凯，
将那些作为战利品的奴隶们，
派遣到考若松巡逻边境，
我们本认为他俩是聪明的人，

看来他俩都是愚蠢的畜生。

“赛依铁克和克亚孜一模一样，
四肢发达，肩膀宽大。
两腿修长，腰身结实，
胸脯宽阔，胳膊粗壮，
凸出的肌肉像钢铁一样。

“他的身体正在发育成长，
他将成为力大无比的大力士。
他身材均称，无可挑剔，
他是完美无缺的勇将。
将来到了十八岁的时候，
哪怕是来自魔窟的怪兽，
也不敢与他面对面较量。”

阿勒凯和萨提凯请求：
“让我们去吧，赛依铁克，
假如我们让你去侦察巡逻，
难道我们能保住可怜的小命？
我们说实话，没有虚假，
我们一直自命不凡自我陶醉，
你的一番话使我们头脑清醒。”
他们这样说着献着殷勤，
他们每人带着三名助手，
鞭策坐骑一颠一颠地出行。

赛依铁克悄悄地派人，
将库吐巴依叫来当面叮嘱：
“库吐巴依大伯，
你一定要遵照我的吩咐。
你要挑选四个年轻小伙，
让他们更换别的衣服。
让他们巧妙地抄近路，
尽快赶到考若松的路口埋伏。
对巡逻的八个人，
乘夜色突然袭击，

务必将其中的一人刺死。
不要对他们的头目，
阿勒凯和萨提凯动手。
不能让他们发现你们是谁，
不要让他们跟踪追随，
不要让他们怀疑是你的人。
让你的小伙们办完事迅速撤回，
钻进被窝安心入睡。

“从今日开始，库吐凯，
让你们留守在自己的家园，
这是给你们的特殊照顾。
你们都看到，我用尖刻的语言，
将他们俩怎样挖苦！”

听完赛依铁克的话语，
库吐巴依去召集塔拉斯人，
他们聚在一起议论纷纷：
“克亚孜的孩子到来，
好像我们遇到了贵人。
从昨天开始，所有帮工的人，
尤其是妇女和小孩子，
终于得到歇息和安定。”
他们这样激动地议论，
他们说完后慢慢停顿。

库吐巴依把四个年轻小伙子，
从人群中精心选出来。
我要告诉你们，
他们四个人的底细：
其中一个小伙是萨热汗的外孙，
他的名字叫萨里玛凯。
他的外公萨热汗，
是久经沙场的英雄。
此时萨里玛凯，
已经有二十二岁的年龄。

“赛依铁克不是克亚孜亲生，
克亚孜的怀疑无法引证。
他是赛麦台依的儿子，
否则他不会对塔拉斯人如此同情。”
萨里玛凯一直这样思忖，
他不怀疑自己的判断，
他早已坚信这个事。
他没有对人吐露过心思，
他直到现在也不敢吭声。

四个人当中还有一个小伙子，
他的名字叫顿阔诺依，
还有确诺依和琼朵略依，
是一对同父兄弟。

有名有姓的四个小伙子，
年龄都在二十岁至二十五岁。
正处在令人夸耀的年龄，
他们的勇气，
可以去应战任何强敌。

库吐巴依选定了四个小伙子，
向他们交代任务：
“你们去侦察考若松的道路。
阿勒凯和萨提凯，
他们的八个人马已先行而去。
别让他们发现你们的踪迹，
你们到了考若松的边缘，
就出其不意发起攻击。
对阿勒凯和萨提凯，
千万不要攻击伤害。

“如果力所能及就干掉两个人，
如果力所不及就干掉一个人。

“别让他们跟踪你们骏马的足迹，
别让幸存者发现你们的踪影，

甩掉他们速回住地。
你们都知道卡拉朵，
我让他和你们一同前去。
你们骑上自己的骏马，
你们穿上自己的长袍，
兴高采烈，说说笑笑，
自由自在地前往要道。”

萨里玛凯从库吐巴依的所言所语，
清楚地猜到赛依铁克的来意。
于是他提出这样的问题，
进一步试探其中的奥秘：
“我尊敬的大伯，
你是丰富的智慧宝库。
阿勒凯和萨提凯，
前往前哨巡逻道路，
我们为什么跟踪其后，
挑衅他们制造冲突？
其中必有不为人知的谜团，
请你就在这里解释清楚。

“我们从塔拉斯搬来的亲人，
白天黑夜都无法抬头，
被迫听从别人的使唤。
六天前节迪盖尔人搬来，
驻扎在我们旁边。

“赛依铁克从马奶酒中挑出毛病[①]，
将节迪盖尔人留在原地不动，
命令我们向阳坡搬迁。
他是想让我们在阳坡安营扎寨，
是让我们的额头饱受烈日的曝晒，
还是暗示我们别有安排？
我们本来就是被掠掳的平民，
请你把话讲明不要掩盖。

① 从马奶酒中挑出毛病：柯尔克孜族俗语，意为故意挑刺，找毛病。

"这里流淌的河水，
多少年来没有起过波浪，
水下是浊泥还是清澈见底，
请你讲清楚使我们心明眼亮。"

库吐巴依拍打着自己的大腿，
先皱着眉头又挑着眉毛，
然后灿烂地笑了一笑，
他的笑声那样爽朗美妙。

这时候萨里玛凯，
激动得哭起来，
串串眼泪如溪流奔涌。

顿阔诺依和另外两人，
催促着赶快起程，
他们同心协力开始行动。

"'三个人就是一支队伍，
只有听从一个人的指挥，
才能一路顺风。
只有同路人团结一致，
才能马到成功。'
你们要听从萨里玛凯的指挥，
不要违抗他的命令。"
库吐巴依如此叮嘱，
让小伙子们上马起程。

萨里玛凯是出色的勇士，
他头脑灵活鬼点子多。
他熟悉考若松的道路，
他轻车熟路畅通无阻。

阿勒凯和萨提凯，
晕头转向迷失路途。
萨里玛凯超过他们，

提前到达了达坂。
他们在一处埋伏等待，
度过了两天时间。

阿勒凯和萨提凯，
到达达坂附近一处下鞍，
他们露宿在一个山坡。

趁他们沉睡的时候，
顿阔诺依摸到跟前。
他仔细观察确认，
他们全部睡着。
原来他的一个仇人，
就在阿勒凯的人马中间。
这个人自以为勇敢，
正躺在他们的旁边。

顿阔诺依摸索过去，
将他的心脏刺穿。
他们惊醒，慌忙应战。
只见其中的一个操起矛枪，
顿阔诺依猛刺一刀，
剖开了他的胸膛，
两个人当场死亡。

当其他六个人蜂拥而上的时候，
他已转身跑到骏马的身旁，
解开缰绳一跃跨在马背上。
还来不及解开其他骏马，
那六个人快要追上。
顿阔诺依一边策马离开那里，
一边放声疾呼：
“豹子，老虎，噢依，狗崽们，
金钱豹在哪里？
你们看，柯尔克孜人来了。
他们只有六个人，
你们八个人准备好一起出击！”

萨里玛凯为首的其他三个人，
立刻应声狂呼大叫。

阿勒凯和萨提凯，
六人跨上六匹骏马，
朝着相反方向奔逃。
他们将一匹马扔下不管，
另一匹深棕色的马早让对手骑跑。

阿勒凯认为对手都很厉害，
名副其实，如虎似豹。
如果让对手追赶上来，
会将他们活活宰掉。
阿勒凯主张不要出声，
也不要穿过河滩，
要奔上松软的土路夺路逃命。

要摆脱敌人的追踪，
就要靠智慧的头脑。
他们同意阿勒凯的主意，
不声不响地快速潜逃。

萨里玛凯等四个人，
个个士气高昂激情燃烧，
他们分头登到几个山梁，
放声喊叫：
“快来啊，到河滩去搜索寻找！”

阿勒凯和萨提凯他们心想：
“如果他们追到河床，
就会剖开我们的心脏。
抛开河床登上山梁吧，
后面追踪的畜生们，
无法辨明我们逃跑的方向。
与敌人的智慧相比，
我们的智慧在他们之上。”

萨里玛凯等四个小伙，
将阿勒凯的人马吓跑，
四个人就住宿在达坂上，
宰杀了深棕色马煮熟吃掉。
阿勒凯他们丢弃的那匹马，
谁也没有乘骑奔跑，
他们打算在无人处宰掉，
将马肉悄悄献给库吐巴依。

阿勒凯和萨提凯，
走来走去迷失方向，
三天以后才回到村庄。
怎么去的，又是怎么回来的，
毫无遗漏地向英雄禀报了所有情况。
此时英雄赛依铁克说道：
“阿勒凯和萨提凯，
你们出征巡逻在野外，
竟然解衣睡觉毫无提防。
还说什么有人从旁边窜出来，
挥刀剖开了两个人的胸膛，
这种话你们还有脸讲！

“竟让他牵着巴拉凯尔骏马逃跑，
这些都是不该发生的事情！
在野外解衣睡觉，
不该是巡逻者做出的事情。
豹子、老虎、金钱豹，
黑耳狮子等名字，
不该是一般的人名。

“我估计有人经常在野外活动，
他诡计多端，熟悉地形，
他故意喊出本来不存在的人名。
他用计谋巧取骏马，
他用智慧愚弄了你们，
他逼迫你们仓皇逃命。

“他在山下朝山上叫喊，
他在山上朝山下喊话，
他把自己细小的嗓门放大，
他掌握着对付你的方法。

“库吐巴依，你去派四个人，
到达坂把敌情探明！”
赛依铁克说完又补充一句：
“让他们不要谎报军情，空手回来，
务必带回证明的物品！”

那胜利归来的四个人，
再次被库吐巴依派遣。
萨里玛凯和顿阔诺依，
登上了达坂的顶端，
扯缰把马头掉转。

他们放眼观察四面八方，
发现有人正在驱赶着马群。
这一群有三十多匹马，
他们看到了远处的背影。

他们鞭策胯下的坐骑，
不管死活地拼命驰奔。
驱赶马群的是两个人，
四个人追上来抓住了他们。
他们刨根问底审问盗贼：
“你们从哪里赶来马群，
如实说出你们的姓名！”
盗贼们这样回答：
“我们从考若松来，
三年以来住在这个地带。
我们每年都来一趟，
我们驱赶着这里的马群到山外！
我们不论拿走多少牲畜，
一路畅通，没有阻碍！

“在三年以前，
我们可不是这样来往。
那时，不要说抢走成群的马匹，
就连牧草都不让我们的坐骑品尝。
那时有个名叫卡拉朵的英雄，
他是这里哨卡的头领。
他守夜从不解衣，
他不睡大觉，保持清醒。
他守卫这里的一草一木，
绝不让外人来入侵。

“三年了不见他的人影，
一个名叫门托的人接替守卡，
他是阿勒凯的外甥，
他很快成了我们的朋友。

“节迪盖尔的地域辽阔，
节迪盖尔人中间夹杂着塔拉斯人。
宽容的世道偏对他们变得狭隘，
这些都是塔拉斯人的畜群，
门托让我们随意驱赶从不过问。

“三年以来我们的朋友门托，
让我们驱赶成批的马群，
使我们心满意足心情愉快。
我们把粗平纹布和绸缎，
成匹成匹地送给他以礼相待。
好像门托也转给了阿勒凯和萨提凯，
于是马群消失就无人追回。”

听完了他们的交代，
萨里玛凯把他们俩，
一边棒打着一边押送上路。

他们赶着三十一匹马和两个盗马贼，
两个盗马贼一路心神不安，

萨里玛凯不让任何人看到，
押来交给赛依铁克惩办。

赛依铁克见到盗马贼，
命人将马群赶到门前。
他派人叫来阿勒凯和萨提凯，
还有门托他们三个人来拜见。

阿勒凯急急忙忙到来，
萨提凯无精打采地到来，
门托从未见过赛依铁克，
他目中无人没精打采地走着，
还有一个妇女和他一起到来。
她的艾列切克乱作一团，
她的衣服上没有纽扣和扣襻，
她的衣襟随便敞开。

“我的阿勒凯还平安健在，
我的萨提凯在我身边关怀。
哪一个是克亚孜的儿子，
他凭什么半夜里派来信差，
存心把我儿子的睡梦破坏！
阿勒凯的奴隶们，
我要你们赶快宰杀一只山羊羔子，
为你们的门托驱邪避灾！”

她口出狂言，肆无忌惮，
快要走到赛依铁克的跟前。
忽听一声“让她站住！”
抬起头来一看，
只见赛依铁克的眼睛喷射着火焰，
吓得她目瞪口呆不敢向前。

赛依铁克让人给两个盗贼松绑，
把他们押到自己的面前：
“那么，门托，你回答，
你保护过哪个畜群的安全？

喂，阿勒凯和萨提凯！
当库吐巴依之子卡拉朵，
前往特克斯期间，
你们为何把马群放出来，
成群成群地往外驱赶？”

阿勒凯和萨提凯急忙回答，
这些事与他们完全无关。

赛依铁克盯着门托问道：
“两位巨人都说不知道，
难道是你监守自盗?！”
此时门托如实交代：
“我遵照阿勒凯和萨提凯吩咐，
将塔拉斯人的牲畜送出去。
给他们换来绸缎和平纹布，
这是我第三次将马群送出。”

头戴硕大的艾列切克，
敞开衣襟的黑脸婆还在喋喋不休：
“喂！汗王克亚孜的儿子，
你为何如此怜悯关怀塔拉斯人的牲畜？
沦落为战利品的塔拉斯人，
什么时候还有过自己的牲畜？
盖世英雄克亚孜，
娶你母亲曲莱克的时候，
宰杀了八十匹膘肥的母马。
那都是塔拉斯人的马，
他自己的马一匹也没有宰杀。

“我和你父亲是同龄人，
我们手拉着手一起长大。
你的母亲是战利品，
你没有理由自高自大！”

她是阿勒凯的姐姐，
名字叫作恰克勒达克。

她措辞尖刻，滔滔不绝，
口水从她的嘴角滴落。

阿勒凯和萨提凯，
不知道落下怎样的下场，
他们的心在怦怦急跳七上八下。

英雄赛依铁克有个习惯，
他愤怒的时候就会突然发笑。
他放声大笑了起来，
这是他怒气升腾的征兆。
他的臼齿咬得咯咯作响，
门托和那个疯婆娘，
寿数已尽，末日降临。

“去吧，阿勒凯，回家去，
把你的姐姐和外甥领回去！”
他的声音可怕得令人胆战心惊。
门托和他的母亲，
一个接一个吓破胆送了性命！
阿勒凯和萨提凯，
对自己的生命失去了信心。

就在此时，卡拉朵领着牧马人，
赶着马群回到这里。
节迪盖尔人迎接了他们的坐骑。
卡拉朵下马前来，
向赛依铁克鞠躬敬礼。

次日早晨，赛依铁克宣布：
“卡拉朵，你给我听着，
汗王让我对你吩咐，
让你坚守边关。
如果谁走向背叛的道路，
不管是节迪盖尔人还是塔拉斯人，
你要把他的头颅砍断！
我要到宫廷去一趟，

你一定要防备外敌侵犯！

“节迪盖尔人和塔拉斯人，
不许杂居在一个牧点，
不许他们的畜圈相连。
巴依要像巴依，奴隶要像奴隶，
让他们分清这个界限。

“阿勒凯和萨提凯，
你们把自己的坐骑骑上。
我要回宫廷面见父王，
你们要跟我走一趟。
你们一直辛苦劳累，
夜不解衣坚守在达坂山梁。
现在卡拉朵已经来到这里，
他会在达坂山口守望。”

阿勒凯和萨提凯，
吓得不敢开口说话，
更不敢说不回宫廷。
赛依铁克把两个盗贼，
也一起押解到宫廷。

少年英雄临行前派人，
从特克斯赶来的马群中，
将九匹空胎的特级牝马挑选。
让人像砍羊头一样砍下马头，
像切甜瓜一样剖开了马肚，
带着向克亚孜敬献。
这个孤儿兴致勃勃地禀报情况，
解除了克亚孜过去的一些疑点。

赛依铁克将阿勒凯和萨提凯，
以及考若松来的两个盗贼，
从开始到现在的所见所闻，
还有门托及其母亲，
如何同时死亡详细地讲了一遍。

他又将如何让节迪盖尔人和塔拉斯人，
分开为两个阿寅勒的情况，
以及疯子一样的女人，
阿勒凯的姐姐满口胡言乱语，
说他母亲是战利品，
说克亚孜举行婚宴的时候，
如何宰杀了别人的八十匹空胎牝马，
却对自己的牲畜一个不宰，
十分吝啬，爱财如命的流言，
一一做了禀报。

赛依铁克讲完这一切，
还安慰克亚孜宽心：
“不论是节迪盖尔还是塔拉斯人的牲畜，
凡是在节提苏的畜群，
全部归属于我的父亲，
我就是这样认定的。”

当赛依铁克说完的时候，
克亚孜这样思量：
“看来赛依铁克和我一模一样，
将会成为精明能干的统治者；
任何话语难不住他，
将会成为能言善辩的汗王；
当人们认定他是我儿子的时候，
我曾经对他憎恨；
但现在也不能草率轻信，
我要继续观察还需谨慎。”

克亚孜慢慢开口说话：
“阿勒凯和萨提凯，
你们自以为当了比官就可以不听安排。
至今和塔拉斯人杂居，
畜圈相连，不愿分开。
其实需要做事的时候，
可以叫他们过来。
在闲来无事的时候，

不要动不动就把他们叫来。

“如果和他们朝夕相处，
就会掌握你们的内情。
说不定哪一天他们乐呵呵地，
撩起裙摆将你们笑话讥讽！

“我这个热心轻信的克亚孜，
原以为你们俩能为民做主，
不料你们甥舅勾结在一起，
玩耍着偷卖马群的把戏。
你们八个壮汉一起出征，
前往考若松巡逻道路，
却不如四个少年勇猛！

“我要当着大庭广众，
明天早晨就将你们千刀万剐！
即使我留下你们的性命，
也要让你们身上的肉和骨头分家！
假如我对付不了你们俩，
就让我克亚孜的名字见鬼去吧！
我要让库吐巴依之子卡拉朵，
像公马般将你们追打！

“你是我的儿子赛依铁克，
看来胆量不大性情拘谨。
对那个喋喋不休说坏话的女人，
为何不当场撕烂她的嘴巴！
那个尖嘴薄舌的泼妇，
竟敢说三道四污蔑曲莱克。
阿勒凯和萨提凯，
你们俩竟没有一人出面阻止她！
站在那里的两个盗贼，
我给他们以挖眼的惩罚！”

此时赛依铁克插话道：
“父亲，你的智慧到哪里去了？

我作为你英明汗王的儿子，
怎能与尖嘴薄舌的泼妇一般见识？
假如我让人把她抓捕，
定会成为百姓耻笑的话题。

“他们就有这么一点能耐，
你杀死他们干什么？
将他们俩杀死了，
你又能达到什么目的？

“阿勒凯和萨提凯是你的比官，
是我把两个比官带到这里。
我们让他们看守道路，
让他们今后保持警惕，
守卫我们的边界吧！
如果你为了解恨把他俩杀死，
你将会脱离百姓，众叛亲离！

“门托和他的母亲，
暴尸野外没有埋葬。
让阿勒凯和萨提凯，
返回到那个地方，
向参加葬礼的人们祈求宽恕和原谅。
让他们俩充分准备，
到指定的边界设防。
我的父亲，那两个盗贼罪行不重，
望你饶恕他们，
放他们返回自己的家乡。
让他们知道你的勇猛，
也知道你的宽宏大量。
让那些流离失所的人们，
一个不落地来投靠父王。”

该倒霉的克亚孜对赛依铁克的请求，
当场答应全部照办。
阿依曲莱克和赛依铁克，
单独待了一天。

让我们暂且把这一段搁放，
从阿依曲莱克请来莫明江，
给阿勒曼别特之子古里巧绕治伤唱起。

阿依曲莱克请来神医为古里巧绕治伤

阿依曲莱克拜会坎洁凯并搭救交达尔少年

阿依曲莱克和赛依铁克，
难得单独留在房间。
儿子向母亲询问：
“啊呀，我的姐姐，
你那时的承诺怎么没有兑现？
阿图什的托克托萨尔特，
巴格达的莫明江，
我盼望着这两个人出现。
多少日子心情激动，
期盼着早日与他们见面。

“赛依铁克，不是我违背诺言，
老人们有句俗话，
叫作‘在挤马奶以前，
先准备好酿造奶酒的皮囊；
在打场以前，
先挖好地窖准备藏粮。’
这话千真万确，我的孩子。

“让阿勒凯和萨提凯，
离开库米什布拉克草原，
这就等于你准备了酿造奶酒的皮囊；
把塔拉斯人和节迪盖尔人分开，
这就等于你挖好了地窖准备藏粮。
你已经准备就绪，
急切期待托克托萨尔特和莫明江，
寻找他们的事我怎能遗忘？

“你先在这里逗留十天，

向克亚孜说明你的情况，
再回到那放牧的地方。
其他的事不用你操心，
有你的姐姐我提供保障。
我不能说只有我是你的母亲，
在辽阔的塔拉斯还有你众多的母亲，
望穿双眼盼望你回乡。”

第二天正是星期四，
阿昆汗的女儿阿依曲莱克，
洗净了全身，勒紧了腰带，
身披着天鹅羽衣，
摇身一变化为天鹅，
朝着阿图什方向飞翔。
那奶头硕大臭气熏天的妖女，
变成阿依曲莱克的模样，
纠缠在克亚孜的身旁。

阿依曲莱克离开美丽的节提苏，
先朝着日出的方向然后又偏向南方，
当天傍晚时分，
轻飘飘地飞临阿图什上方。

阿依曲莱克在空中盘旋，
巡视大地，四处搜寻。
突然看到托孔[①]手拿都塔尔坐在屋前。
她展开银色翅膀，
一闪一闪地飞过他眼前，
故意让托克托萨尔特看见。

看到了她的翅膀，
敏感的亲戚托孔，
你瞧他多么机灵，
“现在还不到候鸟飞来的季节，
我竟然看到了天鹅的翅膀，

① 托孔：托克托萨尔特的昵称。

这真是一个奇怪的现象！”

他留着毛茸茸的连腮胡子，
是一个非常潇洒的萨尔特[①]人，
他不慌不忙地走出宅院。
这瞬间阿依曲莱克摇身一变，
亭亭玉立在他眼前。
就像当初把托克托萨尔特，
供养了三个月的时候一样的打扮。

当看到是阿依曲莱克的时候，
托克托萨尔特羞愧满面。
两眼发直，目瞪口呆，
舌头发硬不听使唤。

托克托萨尔特心中发慌，
好像被天地挤压一般。
他一会儿像中年妇女，
弯曲胳膊深深鞠躬，
一会儿又像年轻媳妇，
抱着双手频频鞠躬。

他吓得浑身直打哆嗦，
对宝贵的性命感到绝望。
假装献殷勤的样子，
跑前跑后手忙脚乱。
他住宅的内外墙，
全部用石膏装潢。

他催促家里的人，
赶快整理客房。
让他们铺开餐布，
摆满瓜果各色各样，
还摆放了掰成块的黄色冰糖。
赶快把胡萝卜和葡萄干，

① 萨尔特：柯尔克孜语，意为商人。

巧妙地往锅里投放，
扣紧锅盖焖一锅抓饭，
诱人的香味弥漫厅堂。

托克托萨尔特请客人举手祈祷，
宰杀了喂肥的料羊。
将羊的小肚皮肉烤成肉串，
把肝脏和尾巴油，
切割成黑白薄片状，
让曲莱克用银制的小叉品尝。
香甜的甜瓜和西瓜，
红桃白桃和无花果，
红润的苹果和石榴，
香梨、土梨、木瓜和葡萄，
核桃和开口笑，金黄色的沙枣，
像毛虫一样的桑葚，
托克托大哥把它们全部摆上。

还有细如发丝的面条，
薄皮肉包子和馄饨，
细长细长的拉面，
烤包子和烤饼，
白面粉做的扁馕和窝窝馕，
各色各样一应俱全。

茶壶里精心泡制着红茶，
还用蜂蜜搅拌。
将黑胡椒、花椒和丁香粉，
调入美味佳肴更加可口香甜。
喀什噶尔的红色皮牙子，
味道浸透所有的熟饭，
摆上六十多种饭食，
餐桌上没有留下一点空间。

托克托拜[1]摇晃着长长的都塔尔，

① 托克托拜：托克托萨尔特的尊称。

自作多情地拨弄琴弦。
他弹奏婉转的曲调，
唱出了心中的愁烦：
“我背信弃义，忘恩负义，
把阿依阔勒玛纳斯的神灵背叛。
我蒙受空吾尔巴依的欺骗，
给英雄的儿子降临灾难。

“我败坏名声，遗臭万年！
我悔恨自己，生不如死，
我不敢到塔拉斯去与亲人见面。
空吾尔巴依战败逃窜，
勇猛的英雄赛麦台依，
使我惧怕夜不能眠。

“我经常听到传言，
古里巧绕死里逃生；
我听说曲莱克历尽磨难，
生下了赛依铁克。
假如我再能见到塔拉斯的亲人，
我就不会有什么遗憾。

“我听说卡妮西备受凌辱，
我做了亏心事，自感丢脸，
我听说巴卡依受苦受难，
我哪敢前往那里问寒问暖。

“我剩下的全部财产，
早就想给赛麦台依奉献。
请让我蹚过你这条河流，
请让我翻越你这座达坂。
你是赛麦台依明媒正娶的夫人，
我在此向你赔礼道歉。
是何原因驱使着你来到这里，
假如让我知道了我就不会留下遗憾！”

阿依曲莱克没有笑逐颜开，

也没有抬起眼皮正眼相看：
“我的阿亚什阿塔托克托巴依[1]，
英雄有自己做事的方式，
曾经做过恶事的人，
也有做善事的时候，
赛麦台依并没有死亡，
儿子赛依铁克将要接替他的位置。

“哥哥死了还有弟弟，
英雄古里巧绕平安在世。
阿亚什阿塔，你们的子孙，
赛依铁克已满十岁。
塔拉斯的父老乡亲，
给我们勇气给我们力量，
塔拉斯人具有坚强的意志。

“阿勒曼别特之子古里巧绕，
两个肩胛软骨被剜割，
还没有找到人在他身边护理照看。
我正在寻找能为他治伤的人，
阿亚什阿塔莫明江，
也会前来与你相见。
阿依曲莱克我为了这个原因，
专程来到你的面前。”

听到阿依曲莱克的话语，
托克托萨尔特失声痛哭，
他抑制不住激动的情绪：
“阿昆汗的女儿阿依曲莱克，
你的话语句句在理。
听你说要为古里巧绕治伤，
我的心激动不已。
护理古里巧绕养伤，
并不算什么难事。
若让我渡过你这条河流，

① 托克托巴依：对托克托萨尔特的尊称。

我的心就变得像乳汁般纯洁。
若让我翻越你这座达坂，
我会立刻赶到节提苏的地界。

“我要在那地方安营扎寨，
智勇双全的亲戚古里巧绕，
我要千方百计精心安排。
假如莫明江治疗需要帮助，
我会找来斑马的乳汁。
哪怕需要神鸟的肉，
我也在所不辞责无旁贷。

“我要跟着你去狮子古里斯那里，
去英雄少年赛依铁克那里，
去活神仙巴卡依那里，
去美丽的阿亚什卡妮凯那里，
我要体面地去向他们赔礼认罪。”

他故意当着阿依曲莱克的面，
向驼队的领头发号施令：
“我给你三天时限，
务必将途中必需品准备停当。
安排四百八十峰骆驼，
起程前往节提苏方向。
如果少带一口食盐，
我会砍下你的脑袋！

“我宁愿沙石磨破驼掌，
昼夜不停地赶着驼队，
尽早到达节提苏与亲人会合。

“塔拉斯人的马匹，
都是通体光滑的高头大马，
都是清一色的纯种良骥，
都是步履坚定迅速有力的快马。
我无法从赛麦台依那里得到，
至今还把它们牵挂。

"如今那些马匹一个不剩，
全部转移到节提苏安家。
没有人珍惜它们的价值，
许多溜蹄马都已衰老退化。
我要日夜兼程一路奔驰，
早日到达节提苏。
至少要收购七千匹溜蹄马，
我要把它们赶回家。

"然后把这些马匹，
分别向罗布泊、叶尔羌、和阗送达！
让那些爱虚荣的阔少爷们，
一个个都得到称心的骏马。
罗布泊、叶尔羌、和阗的丝绸，
一匹不留地采购来，
到印迪斯坦去采购茶叶，
全部用阉公驼驮载，
运往巴格达、米斯尔、伊斯坦布尔，
库杜斯、坎安、伊拉克，
一定到这些地方就交易出手！

"玛瑙、宝石、珍珠，
拉依丽①、明珠、布茹②，
托巴尔佳特③和珊瑚，
所有这些名贵的宝石，
我要把它全部收购。
然后运到可汗居住的地方，
统统向秦的百姓出售！

"我要让人用熏烤的皮革制成大缸，
将煤粉和小麦麸皮，搅拌后倒入缸中，
再装满金银珠宝，防止生锈，完好储存。

不达到发财的目的，

①②③：名贵宝石的名称。

我怎么能躺在家里心甘情愿？！
到那时，我风光显赫的名气，
定会传遍七个克然[①]！”

他如此激动不已，
自以为很了不起。
托克托萨尔特分别以各部落的名义，
向曲莱克馈赠厚礼。
曲莱克则婉言谢绝，
没有接收任何一件。

阿依曲莱克离开阿图什，
展翅飞翔在蓝天，
她变成白天鹅闪着银光，
一刻不停地飞翔在蓝天，
很快就飞临艾尔托什吐克的宫殿。
“我到过喀什噶尔的消息，
将要传到坎洁凯的耳边。
说不定哪一天我们相见，
她就会对我发泄不满。
这回我要顺便将她拜见，
以免她对我生气埋怨。
她的儿子交达尔别西木年幼丧父，
在孤独中长大成人，
我要去向母子俩嘘寒问暖。”

阿依曲莱克思忖着转变方向，
收拢起展开的翅膀，
紧挨着参天杨树徐徐下降。
将天鹅的羽衣收起暗藏，
摇身变成三十岁的窈窕媳妇。

阿依曲莱克漫步向宫殿走来，
早就被坎洁凯发现。
她在塔拉斯蒙受苦难，

① 七个克然：意为七大片地域。

坎洁凯一直心中挂念。
阿依曲莱克被掳的消息，
早已传到坎洁凯的耳边。

阿依曲莱克生下儿男，
有一个赤色脸庞的少年乞丐，
给他起了赛依铁克的名字，
坎洁凯听说过这事情的前因后果。
这孩子不是克亚孜亲生孩子，
他是赛麦台依的亲生骨肉，
坎洁凯也知道这一切，
她准确无误地记录着年月日。
对未来的结果精心推算：
“已去天堂的阿依阔勒雄狮，
当年撤出别依京的归途中，
没有直接返回塔拉斯的家园。
他先来到我们的家，
他向托什吐克推心置腹毫无保留，
口述了自己临终的遗言。

“我坎洁凯丧夫，交达尔年幼丧父，
周围的人企图清算过去的恩怨。
当我陷入困境的时候，
赛麦台依曾经来过两次，
向我们问寒问暖。
我的阿亚什媳妇，
踏着她丈夫的足迹，
今天来到我们的宫殿。”
坎洁凯急忙出屋迎接，
阿依曲莱克向她行礼问安。

“曲莱克，祝你称心如意，
祝愿你儿子孝敬你到永远！”
坎洁凯嘴里念叨着祝福，
簌簌落泪，感动不已。

一个是年迈的老太婆，

一个是年轻貌美的媳妇，
两个人紧紧拥抱在一起。
相互问候请安，
亲吻了彼此的手指，
坎洁凯请曲莱克进屋：
“我的孩子，快请到屋里来。”

“我从前没有来过这里，
还没有跨过这个门槛。
我只是来和你见个面，
我的大娘，我不能随便坏了祖宗的规矩[①]。”
阿依曲莱克诚恳地向长辈解释。

坎洁凯见她不肯进屋，
只好在屋外的墙根，
铺开毛皮褥子摆好餐布，
请曲莱克就地入座。
曲莱克一边品尝饭食，
一边将塔拉斯的事变详细讲述。

“水深火热让人哭干眼泪，
人逢喜事泪水止不住。”
这在坎洁凯身上应验。
“阿依曲莱克！如果那样的话，
你的阿亚什阿塔莫明江，
是胸襟宽广的玛纳斯的好朋友，
我听巨人托什吐克经常说起，
莫明江是神医罗克曼的后裔，
是他最小的儿男。

“心胸宽广的玛纳斯是盖世英雄，
是勇猛非凡的雄狮。
他不曾对任何人做过恶事，
他对众多的民众关怀备至。

① 按照柯尔克孜族的传统习俗，小辈成婚后，要带着礼品到男女双方长辈亲戚家拜访认亲，以后就可以随时来往，否则就不能随便进出长辈家门。

他成为阿拉什的靠山，
他保护柯尔克孜人不受损失。

“他平安在世的时候，
他的英名传遍四面八方。
当他不幸去世以后，
戴着白毡帽的柯尔克孜民众，
崇拜他的在天之灵，
祈求保佑到如今。

“我亲爱的曲莱克，
你公公的规矩，
你的赛麦台依的习惯，
他们的高贵风范你没有忘记。
你从天上飞来降落此地，
请问你还要去往哪里？

“我从阿图什来到这里，
向尊敬的大娘您问候请安，
这就是我半路转回的目的。
我的大娘，
请问我尊贵大爷的独苗，
今日为何不在屋里？”

“妖魔曾使他的父王上当受骗，
诱入地下王国。
那妖魔的儿子吾勒江，
突然袭击制造灾祸。
我儿子跨上克勒卡拉马驰骋沙场，
最终宰掉了吾勒江恶魔。

“康阿依的塔塔朗，
派遣一千人马出征。
卡勒玛克人占领了喀什噶尔，
阿拉洪失去喀什噶尔城，
事后才把消息传送。
交达尔别西木没有向我通报，

自作主张踏上了征程。
塔塔朗的一千兵马，
被我的交达尔[①]打得溃不成军。
卡勒玛克人的首领仓皇逃窜，
一时无影无踪，去向不明。

“抓不到他们的首领，
说不定哪一天还要来捣乱，
我听说交达尔前去追捕逃窜的首领。

“那个卡勒玛克人没有向北逃跑，
他向南边翻越了阿格乃克达坂。
担心那个卡勒玛克人，
会乘夜色向吐曼巴依的城堡进犯，
交达尔万分焦急，还在穷追猛赶。”

听了坎洁凯一番讲述，
听说逃窜的卡勒玛克人不甘心失败，
翻越了阿格乃克达坂，
阿依曲莱克决定立即起飞。

这时坎洁凯这样吩咐道：
“赛麦台依留下的独苗，
你要精心养育，阿依曲莱克。
别把他当外人，对他讲真话，
也不要说过头的话，阿依曲莱克。

“阿勒曼别特之子古里巧绕是一头雄狮，
你不要让他心里受委屈。
你要经常叮嘱你的儿子，
要事事听从他的吩咐。

“玛纳斯之所以成为阿依阔勒，
因为圣明的巴卡依老人为其心腹；
色尔哈克和楚瓦克情同手足，

① 交达尔：交达尔别西木的昵称。

智谋超人的阿勒曼别特会全力以赴。

“赛麦台依立业成名，
因为有古里巧绕辅佐，
赛依铁克将要立业成名，
还要依靠古里巧绕帮助。

“当年赛麦台依来到这里，
是古里巧绕陪伴而来。
他甜蜜的话语讨人喜欢，
他容光焕发可亲可爱。
他面对死亡绝不畏缩，
那时我已领略了英雄的风采。

“只要莫明江治好他的伤口，
他必将使人民成为塔拉斯的主宰，
但愿他像从前那样套住苏尔阔勇骏马，
抓住缰绳拉住马鬃，
不踩马镫飞身上马。

“赛麦台依本来就应祈祷而降生，
他不会这样轻易死去。
我料想他总有一天会归来，
我对此坚信不疑。”
对阿依曲莱克说出送别之言，
坎洁凯留在自己的家里。

阿依曲莱克展开双翅，
缓缓升空飞向天际。
阿依曲莱克飞腾到高空，
然后向下滑翔。
到了吾曲阿拉勒的山丘，
逃窜的卡勒玛克人库塔拉克，
出现在她的前方。

她将库塔拉克仔细打量，
只见他身躯高大犹如山冈。

脸上颧骨凸现，
像山鹰筑巢的山峰一样。

库塔拉克登上了托博依达坂，
站在那里回头张望。
他拿着恰尔巴攮火枪，
把子弹压满枪膛。

阿依曲莱克放眼前方，
陡壁峭崖树立在峡谷两旁。
少年交达尔别西木骑着克勒卡拉骏马，
火急火燎地顺着峡谷而上。

“不远处有个叫驼特尼木的地方，
那里经常发出骆驼喘息的回响。
等待少年到了那个地方，
库塔拉克就会盯住隘口方向，
这个坏蛋就会瞄准放枪。

“这个苦命的独苗嫩芽，
会陷埋伏中弹倒在地上。
那时候可怜的坎洁凯，
定会悲痛绝望。”

阿依曲莱克心里思忖着，
摇身变成穿白衣骑白马的骑士，
降落在少年的去路上。
那位少年见到了她的身影，
“被我追逃的库塔拉克，
明明是一身黑衣骑着黑色骏马。
究竟从哪里冒出来，
这个穿着白衣骑着白马的骑士？”

他还没有来得及端详，
眼见那个穿着白衣骑着白马的人，
拐进了隐蔽的地方，
无法看清她的模样。

交达尔别西木这时又想：
“好像是阿依阔勒英雄玛纳斯的派遣，
好像是四十勇士中的一员大将。
我听说我的父亲和他们，
既是亲戚又是朋友。

“说不定是他们派人前来，
将我这个孤儿扶助护佑。
我要走她走过的路，
我要翻越她翻越的山口。”

这少年大脑里重复着这些念头，
扬鞭催促克勒卡拉骏马，
登上了阿其别列斯山梁。
他刚刚走出垭口，
看见卡勒玛克人，
正爬在伏击的位置上。
交达尔突然出现在他的背后，
距离只有一条毛绳长。

笨手笨脚的库塔拉克，
听到了走近的马蹄声响，
正要回头张望。
难道交达尔别西木还要观望？
没等卡勒玛克人仔细看清，
交达尔挥舞着长矛，
对准卡勒玛克人的喉咙猛刺一枪。

锋利的矛尖从另一只耳朵穿出，
三拃长的矛尖闪着血光。
库塔拉克倒地丧命，
他就这样身亡在托博依达坂上。

在猎枪射程之外的高处，
阿依曲莱克仔细观战。
交达尔寻找刚才的骑士，

东张西望，四处查看。
他真的相信了自己的判断，
确信玛纳斯将一名勇士派遣。
当少年转身要走的时候，
阿依曲莱克出现在他面前。

“喂，穿着白衣骑着白马的人，
你要向我公开说明你的来历，
你要说得详细周全。
自从给我起名为交达尔以来，
自从我成长到现在的岁数，
像今天这样的迹象，
从来没有向我显现。”

这时曲莱克这样答道：
“你可知道我的家乡在塔拉斯，
你要向你母亲打听我的底细。”
说完阿依曲莱克从眼前消失。

“现在他虽然年幼，
却是一个有骨气的少年。
他像射出枪膛的子弹，
他像燃烧的火焰。
他在同龄的孩子中，
比多少人都调皮捣蛋。”
阿依曲莱克在天上飞行时这样念叨。

神医莫明江为古里巧绕治伤

阿依曲莱克不曾去过巴格达，
只是听说过坐落的方向。
她扇动着宽大的翅膀，
向巴格达摸索飞翔。

曲莱克在塔拉斯时听说过，
有一面白色的旗帜，
在阿亚什阿塔莫明江大门口飘扬。
果然在远离人群的一个地方，
在河边僻静的地方，
白色旗帜迎风飘扬。
一个白胡子老人坐在那个地方，
在他棉花般细皮嫩肉的脸上，
透露出舒坦和安详。

阿依曲莱克在天空飞翔，
认定他就是莫明江。
她降落到河流的岸边，
恢复了曲莱克的原样。

她在飞行中出了一身汗，
灰尘沾满了她的脸庞。
她在河流中洗浴完毕，
穿上了整洁的服装。

她中等个头，
头发秀长，
黑眉毛下一双迷人的眼睛像月亮般明亮。
她牙齿洁白，鼻梁有棱有角，

身材苗条就像雀鹰一样。

腰身纤细向外弯曲，
亭亭玉立，神采飞扬。
真可谓有的马驹胜过骏马，
有的少妇胜过美貌的姑娘。

阿依曲莱克走到跟前，
彬彬有礼地站立。
当莫明江转身看见的时候，
阿依曲莱克按照规矩，
把两手贴在胸前，
向他鞠躬行礼。
心想不管怎么样，
莫明江也算是自己的前辈。

莫明江见景心想，
这是从哪里来的少妇，
为什么向我行礼，
她究竟是什么人，
我要问清她的来历：

“美丽可爱的年轻少妇，
请问你来自何方？
我从你的举止发现，
你好像在高贵人家生长。

“你为何站在这里向我鞠躬？
你可有什么话要对我讲。
只要是我知道的，
我会告诉你，
不知道的，
我不会假装。
我的孩子，
我会说出真话，
我说话就是这样直截了当。”

阿依曲莱克喜形于色，
勇敢地开口回答：
“我的名字叫阿依曲莱克，
阿昆汗是我的父王。
我来自辽阔的地方，
我的公公神灵高贵举世无双。
人称他为阿依阔勒英雄，
他的英名传遍四面八方。

“我丈夫的名字叫作赛麦台依，
我为他历尽无数艰辛。
这十年以来，
我焦虑的心一刻也没有平静。
忧愁使我的脸色苍黄，
恰似锈迹斑斑的黄铜。
请原谅我的冒昧。
请问你的尊姓大名？”

阿依曲莱克说到这里停顿，
莫明江越发觉得心急如焚。
莫明江身材细长，皮肤白皙，
有一双像绵羊般深棕色的眼睛。
他回复了曲莱克的提问：

“你想知道我的名字并不为过，
我的名字叫莫明江。
节迪盖尔的克亚孜，
将赛麦台依英雄杀害身亡。
霸占其妻室，
搬迁到节提苏，
这些话曾传到我们的耳旁。

“我可怜的孩子，
如果你真是阿昆汗之女阿依曲莱克，
那你的公公就是宽宏大量的玛纳斯，
我是他今生来世的生死之交。
英雄玛纳斯是一代枭雄，

是威震四方的雄狮，
他是所有柯尔克孜人的荣耀，
是柯尔克孜人坚强的依靠。

“东方出了一个秦格什汗[①]，
他出身卡勒玛克人家。
他集结队伍，率领兵马，
浩浩荡荡向西进发。
他的兵马攻入米斯尔，
一并将巴格达攻破。

“玛纳斯出生在阿尔泰，
他到了十岁的年龄，
就向康阿依人出征讨伐。
阿牢开、肖茹克、卡勒达依，
朵汗、巴努斯等汗王都被他打垮。

“英雄玛纳斯在阔克奥依东，
戳死了顽凶空托依。
因为没有后续的部队，
卡勒玛克人逃散各地。
不到六年的时间，
在上述的那些地方，
他给卡勒玛克人以沉重打击。

“猫着腰走路的卡勒玛克人，
一个不剩地被驱逐出去。
英雄远征到别依京被魔鬼陷害，
勇猛强悍的雄狮离开了人世。

“不少勇士就在那里战死，
著名的英雄几乎全部牺牲。
阿依阔勒英雄的独子赛麦台依，
却遭受亲戚的凌辱。
他在十二岁以前，

① 秦格什汗：史诗中指卡勒玛克蒙古部的大汗，也有译作称成吉思汗。

没有见过塔拉斯的故土。

“雄狮玛纳斯在世时，
为赛麦台依和你订下指腹亲。
为了从英雄赛麦台依手中把你争夺，
青阔交、托勒托依双双送命。
难道这已成为父辈遗传的传统，
赛麦台依的儿子，
也非要经历着那样的情景？

“天下最坏的家伙空吾尔巴依，
在赛麦台依手中上了西天。
万万没有想到赛麦台依，
却被坎巧绕和克亚孜害死。

“英雄战死后被抛弃，
人们未见到他的遗体。
坎巧绕和克亚孜勾结在一起，
将赛麦台依置于死地，
古里巧绕英雄当时在哪里？

“我没见过，但听说过，
他是众勇士中的英雄豪杰，
古里巧绕这名字已经被世人淡忘，
人们管他叫作柯尔克孜人的古里巧绕。

“人说坎巧绕是楚瓦克之子，
曲莱克，这话可是真的？
古里巧绕又是谁的儿子？
人们说法不同，各执一词。
有的说他是阿勒曼别特之子，
有的讲他是古里杜尔之子。
因为我没有和他们在一起，
这类事很难说清楚。”
莫明江说到这里停顿，
剩下的话留给了阿依曲莱克。

阿昆汗的女儿阿依曲莱克，
聪明贤惠，明白事理，
说起话来，口齿伶俐：
“托我公公的神灵保佑，
外来的侵略者不曾战胜猛狮。
楚瓦克的儿子坎巧绕，
不配做他父亲的儿子。

“他欺骗了赛麦台依，
使赛麦台依失去了坐骑。
他让克亚孜抡斧袭击，
勇士们只看到他倒下的身子。

“恶魔企图砍下他的首级，
但没有找到他的尸体。
因此说他没有被埋葬，
这些说法全部是实话，
他们的话没有半点虚假。

“古里巧绕是阿勒曼别特的儿子，
他是盖世英雄，力大无比。
阿亚什阿塔，
你的话千真万确，
不可一世的空吾尔巴依，
独眼龙玛德罕，
来自佳番的克孜勒乌尤克，
乌尚的二弟乌桑干，
还有三弟助巴塔依，
都被猛狮古里巧绕消灭。

“他没有夸耀自己的战功，
将荣誉归功于赛麦台依。
如今他失去坐骑变成徒步放牧的人，
假如他跨上战马出征，
就是那些巨人怪兽也不敢上前对阵。

“坎巧绕、克亚孜是嗜血鬼，

他们抓住了古里巧绕。
剥开他肩胛的肉皮，
将软骨割断剜掉。
使他变成了残废，
他的两个臂膀至今无法用劲。
虽然他的臂膀残缺，
总算保住了性命。

“赛麦台依的恰绮凯妻子，
和奴才坎巧绕勾搭成婚。
克亚孜把我当作战利品，
强迫我与他成婚，
你的干儿媳妇曲莱克怎能受此凌辱，
我找来妖女为自己替身。
让她变成我的模样，
巧施心计让克亚孜信以为真。

“赛麦台依出行前的三个月，
我已经有了身孕，
把苦命的胎儿藏在肚里，
我让他在母腹中怀了三年，
母子俩受尽了人间的苦难。

“当我分娩的时候，
有眼无珠的克亚孜使了坏心。
他派进了十二个巫婆，
充分暴露出他的狼心狗肺。

“我让人在铺下挖了大坑，
我要了十二个巫婆的狗命。
克亚孜的心沾满了污垢，
对赛麦台依的儿子整整三年没有起名。

“我对克亚孜施了计谋，
也是为了给孩子正式起名。
三年后举行了命名庆典，
克亚孜要求小孩的名字，

一定要和他的名字押韵。

“克亚孜坚持这样做，
差不多用了煮熟一锅肉的时间，
一片沉寂，
无人发出声音。
此时有一个红孩儿乞丐前来起名：
‘这孩子就叫赛依铁克。’
起名后瞬间无踪无影。

“克亚孜始终怀疑孩子不是亲生，
好心的人们都说：
‘这是你自己的孩子。’
大家都为小孩做证。

“赛依铁克成长到十岁，
如今在库米什布拉克山冈。
瞎了眼的克亚孜没有办法，
只好让孩子管理马群。

“赛依铁克把猛狮古里巧绕，
已经接到牧场照应。
我这次出门远行，
已去把托克托萨尔特邀请。

“为了我公爹的在天之灵，
我站在你面前求情。
我要把你带到节提苏，
为我们可怜的古里巧绕治伤，
你若愿意我现在就带你起程。”

莫明江若有所思停顿片刻：
“我已活了一百一十一岁，
我的孩子，我活到了如此高龄，
衰老使我筋疲力尽，
我怎能承受前往节提苏的劳顿？”

“阿亚什阿塔，请你别这样，
请把你的老夫人一起带上，
你需要的药物工具、器械和必需品，
我曲莱克为你携带。
请您看在我公爹在天之灵的分上，
跟我到节提苏去一趟。
给阿勒曼别特之子古里巧绕，
治愈伤口，恢复健康。”

阿依曲莱克这样请求，
阿亚什阿塔莫明江问得更清楚：
“我的孩子，我想知道，
你把我怎样带到那个地方去？”

“我的前辈，只要你愿意去，
我编织三条飞毯，
载着你老人家飞行。
在天黑之前，
定能平安到达节提苏的住地。”

“如果那样，阿依曲莱克，
为了玛纳斯的在天之灵，
为了塔拉斯的主人，
哪怕我死了也要去为古里巧绕治伤。

“只要我活着到达那里，
我总能找到一个治疗的方法。
我不给你找麻烦，
就让我自己上路前往。”
他们约定四十天的期限后，
送别曲莱克起程返乡。

接受了莫明江的承诺，
约定了四十天的期限，
阿依曲莱克腾空而去。

乌茹姆的奥鲁斯汗，

他有十二个闺女，
他疼爱的是最小的闺女。
她浑身上下完美无缺，
她身材苗条，
花容月貌，
曲莱克与这位少女不期而遇。

在奥鲁斯汗的城郭，
在汗王的园林里，
有一位姑娘游逛玩耍。
她身边有四十个侍女，
她约有十二岁花一样的年华。
她有着海狸般乌黑油亮的长发，
她有奶油般黄色细腻温润的皮肤，
她枣红色的脸蛋容光焕发。

曲莱克从空中发现，
悄悄降落在园林旁边。
曲莱克变成十五岁的少女，
她的服饰不算阔绰华丽，
但整洁也不破旧寒酸。

她装扮成漫不经心闲逛的姑娘，
迈着轻盈的步子走到她们跟前。

从前她们只是听说不曾相见，
谁知道阿依曲莱克就在眼前。
当曲莱克走近的时候，
姑娘们都来好奇地围观。

其中年龄最大的一位，
是名叫乔尔番的美丽姑娘：
“这是汗王的林园，
你从哪里来，陌生的仙姑？
站在我们中间的这一位，
就是奥鲁斯汗最小的姑娘。
她的名字叫古丽娜尔。”

乔尔番落落大方，首先开口。

阿依曲莱克知道了公主的姓名，
很想知道她是否已定亲。
这样的问题很难说出口，
只能用婉转的话语打听：
“汗王的女儿，可爱的小公主，
似乎到了招眼的年龄。
人们将派来媒人提亲，
这种时节已经临近，
是否让奥鲁斯汗感到头疼？”

阿依曲莱克语气温和，
说完后莞尔一笑。

此时乔尔番开始发表议论：
“纠缠的人不在少数，
但因做主的人不在身边，
没有给予明确答复。
奥鲁斯汗有十二个女儿，
最大的叫作坎洁凯。
好像她嫁到了很远的地方，
路途遥远，不便往来。

“‘长辈为小辈做主，
姐姐为妹妹做主。’
奥鲁斯汗说过的话不能更改。
他们需要当面商定，
但坎洁凯总是回不来。”

这时阿依曲莱克又问：
“那么坎洁凯是怎样的情形？”
乔尔番姑娘这样回答：
“你要问坎洁凯的事情，
她是艾尔托什吐克的夫人，
据说她的阿寅勒在喀什噶尔附近。”

说话间阿依曲莱克发现，
古丽娜尔姑娘对乔尔番姑娘，
咬一下嘴唇挤了一下眼睛，
示意她注意分寸。

四面传来叫嚷声，
由远而近传到耳中。
姑娘们纷纷散去，
阿依曲莱克流连忘返心事重重。

“乌茹姆的奥鲁斯汗，
他是柯尔克孜部落出身。
乌茹姆的柯尔克孜人，
黄色皮肤蓝色眼睛，
人口超过其他部落。
柯尔克孜人口众多，
其他部族都感到惊讶，
认为柯尔克孜如同草木遍地繁盛。”

阿依曲莱克想试试运气，
要让赛依铁克娶古丽娜尔为妻。
阿依曲莱克思忖着离开那里，
展翅升空飞向天际。

阿依曲莱克到达节提苏，
已经是傍晚时分，
赛依铁克焦急万分，
盼着母亲早日回来。
克亚孜怀抱着妖女，
在白毡房里同床共枕。

阿依曲莱克对赛依铁克，
把自己去过的地方，
从头到尾，毫不遗漏，
不加掩饰讲述周详：
“喀什噶尔的托克托萨尔特，
牵着许多驮载货物的公驼，

正向节提苏行进。
巴格达的莫明江，
也已走出城门，
开始了前往这里的旅程。

“没有我去不了的地方，
我的孩子啊，都是为了你的前程。
我的孩子，快去准备不要拖延，
你要直接去库米什布拉克接应。

“要说服克亚孜同意，
你要尽快赶往马群。
库吐巴依在那个地方，
肯定做你的坚强后盾。
我的小家伙，可不要耍孩子气，
这是秘密不要向外人谈论。”

勇敢的少年赛依铁克，
听完了母亲阿依曲莱克的吩咐，
立刻去拜见克亚孜：
“你身躯高大如同毡房，
你是我的亲生父亲，
你把我用心呵护抚养成人，
我是你的儿子将父业子承。

“我上次在牧马的地方，
遇到了许多事情。
人们都说你智慧超人，
所有的事我已向你禀报。

“我的父亲，你若觉得合适，
我要在你的城郭和牧点之间巡行。
父亲啊，你同意我就出行，
去看望我们的畜群，
我要在那里张弓射箭放猎狗，
游玩娱乐，尽情尽兴。

“现在正是野兽皮毛丰满的季节，
我要前去将猎物捕捉。
我要从岩石上打下野山羊，
我要捕捉猞猁和水獭，
我要狩猎豹子和豺狼。

“假如遇到敢来较量的勇士，
我定叫他断气把命丧。
要把他的快马当作战利品，
向你报喜领赏。
把战利品带来让你过目，
向你问安后返回放马的地方。

“我的父亲，如果你同意我去，
我就到考若松巡视监督。
外人连续两年抢掳牲畜，
今年才被我们抓住，
我要把他们一个不留全部驱逐。”

赛依铁克说到这儿停住。
此时克亚孜暗自思量：
“他要出门脱离管教，
将会养成轻率鲁莽的习性。

“刚才他夸下海口。
要把山上的野兽一扫而光。
假若他到考若松去，
万一有什么三长两短，
曲莱克是否对我怨恨，
是否从我眼前消失飞向远方？”

有多少个计谋，
克亚孜在心中掂量。
“我不让去，
你也不愿意，
赛依铁克，你也不会就此心安。
趁我还平安健在，

你就自由自在尽情游玩。

“熊已经回到洞穴，
但有豹子、水獭和猞猁，
还有狐狸和豺狗，
你想要的都不要让它逃脱。

“头上长着六十根角的野鹿，
出没丘陵的野狼，
有名的公盘羊和母盘羊，
攀登悬崖的野公山羊和野母山羊，
河心岛的母鹿和丛林中的老虎，
你要仔细搜寻紧追不放。

“我的宝贝，我要你每个月，
回来一次，将我看望。
你不要分发猎获物，
让族人来向我请求分享。

“假如有人和你较劲作对，
要你去裁决民间纠纷，
那些事情你就尽管向我报告，
你不要去理睬他们。
如果时机合适你才可参与，
免得损毁你的名声。”

克亚孜表明同意，
赛依铁克怎能延迟！
次日清晨，赛依铁克一早起程，
向着马群飞驰而去。

阿勒凯和萨提凯商议，
再不敢让赛依铁克生气。
在赛依铁克到来前举家搬迁，
已经向指定的地方转移。

牵领着四百八十峰骆驼，

托克托萨尔特前来安营。
下面有流淌的泉水，
河滩布满带刺的灌木林。
山冈缓坡牧草丰盛，
骆驼在此地放牧最合时宜。

他们一个人管理五峰骆驼，
加起来总共九十六个人。
有一个录事、一个烧茶的伙计，
主人和贴身保镖共四个人。
再加上所有随从和打杂的，
大体上超不过二百人。

他们每五个人住一座帐篷，
录事、向导、烧茶的三人住在一起。
托克托萨尔特单独住一个帐篷，
留下了三个空帐篷。

手头宽裕的托克托巴依，
钱币装满了褡裢。
带着用油光纸包裹的茶叶，
带着各色各样的绸缎，
带着向导和录事，
前来与赛依铁克见面。

赛依铁克虽然是少年，
他却能应付社交场面。
他将托克托萨尔特上下打量，
用沉着表情察看。
看到赛依铁克眼中喷射的火焰，
托克木[①]魂飞魄散。

托克托萨尔特心中思量：
“他天生气势威严，
定将超过父亲赛麦台依的风采。

① 托克木：托克托萨尔特的简称。

假如我对他隐瞒什么，
老天爷会对我严惩不贷！”

于是把从前的经历，
这次专程前来的目的，
一字不落全部讲得明明白白：
“我听从你母亲的吩咐，
匆匆忙忙赶到这里。
阿勒曼别特之子雄狮古里巧绕，
我怎么没有见到，
难道他不在此地？”

赛依铁克对托克托萨尔特说道：
“我的大伯雄狮古里巧绕，
他不会因为你的到来，
就跑来和你相见。

“如果你想见他，就自己去吧，
如果见到了就向他致礼问安。
如果我的大伯不想见，
你就死了心原路回返。
他想见还是不想见，
大伯的心思我难判断。”

托克托萨尔特专程拜访，
在库吐巴依的屋里，
与古里巧绕见面。
从前他做过恶事，
今日他专程前来谢罪，
为自己的明天祈求平安，
相见谢罪后迅速返回。

就在当天晚上，
莫明江也匆匆赶到。
还有一个随同的仆人，
两匹马驮着药品。

赛依铁克得到消息以后，
与古里巧绕同行，
让库吐巴依做随从，
前往路口接迎。
托克托萨尔特说什么也不肯，
非要将莫明江留在身边安顿。

托克托萨尔特早有安排，
他多支了三个帐篷。
一个让给莫明江住宿，
一个存放带来的药品，
一个专为古里巧绕使用。
他站在那里得意微笑，
炫耀自己多么精明。

医术高明的莫明江，
连续六天使用药品，
流不尽的黄水，
带血的脓水，
点滴不留，
清理干净。

他计算了古里巧绕的年龄，
测量了肩胛软骨伤口的尺寸。
他选择的骆驼肩胛软骨，
和古里巧绕的一样大小。

他用黄狗的软骨，
把伤口的缝隙压好。
然后把达那凯尔[①]捣成粉末，
均匀缜密地撒在伤口上。

有种水生动物叫作楚巴勒得，
凡是接近的动物，
都会被它团团缠绕，

① 达那凯尔：柯尔克孜民间草药名。

莫明江将楚巴勒得随身携带。
治疗刀砍枪伤的各种药品，
样样齐全，应有尽有。

他把药材混合配制成膏药，
贴敷在伤口。
将伤口封闭得无缝无隙，
白色纱布包扎在外。

莫明江把艾白普[①]和赛白普[②]、
麦仁[③]和麦代提[④]，
给古里巧绕口服内补肝脏。
让人重新宰杀骆驼剜取软骨，
让人每天找来新鲜的黄狗软骨，
让人用奶液清洗，
拌着楚巴勒得药一起往伤口上贴敷。

过了三个月零九天的时候，
古里巧绕的肩胛软骨长好愈合。

为了不留缝隙痕迹，
撒上了克孜勒粉，
又将卡拉膏药贴敷。
让他口服黄色巴尔甫，
把努什药用开水冲服。
专门把空胎的母马宰杀，
把古里巧绕的伤口用马皮包裹。

托克托萨尔特没有让节迪盖尔人，
白白损失一头牲畜，
托克托萨尔特全部用金钱支付。

宰杀的那些牝马和骆驼，
那些有用的黄狗，
是渴望金钱的人家，

①②③④　均为民间药名。

每天不断送来出售。

“不要说公骆驼和空胎的牝马，
连黄狗也没有放过。
托克托萨尔特全部收购，
他到底拿它们做什么？”
也有人好奇猜测，
但无人知晓他暗中的动作。

又过了九十天，
到了六个月的疗程，
古里巧绕的肩胛软骨，
康复得和原来一样。

猛狮古里巧绕英雄，
有个办法把力气测量。
他找来七把安集延的坎土曼，
前后排列纵向安放。

古里巧绕瞄准坎土曼张弓射箭，
若他射出的箭穿透七个坎土曼，
说明他的伤口已经治愈，
精力充沛，力大无穷，
他会充满自信，斗志昂扬。

阿亚什阿塔莫明江，
少年猛虎赛依铁克，
由英雄古里巧绕导引；
络腮胡子的托克托大伯，
将需要的物品准备停当。
他们四人来到了一个地方，
将坎土曼当靶子安放。

靶子与射击点的距离，
比精选的良马走一天的路程还长。
古里巧绕就要在这样的射程，
测试自己拉弓射箭的力量。

每当他使劲拉着弓弦的时候，
左右肩背挤在一起。
两边的肩胛软骨会相互交错，
两边的肩胛骨会相互叠齐。

弓背发出咯吱咯吱的声音，
好像就要彻底断裂一样。
当弓弦拉到极限，
拧股的钢绳吱吱作响。
他使出浑身力气拉弦，
弓满月圆时将利箭释放。

他们担心靶子不稳影响射击，
用石头将坎土曼固定在高坡。
英雄古里巧绕射出了利箭，
许多人不曾见过这种场面，
听到飞箭疾速的呼啸声，
差一点吓破了胆。
跟随他们去的奴仆们，
被吓得尿湿了裤子。

古里巧绕的血液冲到脸上，
他猛的一下射出了利箭。
利箭穿过六个坎土曼，
被挡在第七个坎土曼上。
他们认为他的力量还未充满，
还不足以向克亚孜挑战。

宰杀后剜取软骨的骆驼驼峰，
莫明江早就让人全部收集削去了峰尖。
他找来久存的羊尾巴油，
和驼峰油放在一起提炼。

他让人将小麦粒用清水洗净，
捞出来在阳光下晒干，
然后放进锅里爆炒。

再拿出来让人用力手搓，
让人气渗透到炒好的麦粒里面。

直到麦粒发白，搓出火熏的黑点，
将炒麦浸泡在过滤的油里面。
盖紧盖子自然变凉，
作为古里巧绕每天的早餐。

让他畅饮浓浓的红茶，
他食用的马肚油和马肠用蜂蜜搅拌。
将熬好的野芸香和艾蒿水供他饮用，
让他的肌肉长得更加结实坚硬。

酒类和发酵饮料，
暂时禁止他饮用。
别的任何饭食，
毫不吝啬地供奉。

就这样又过了三个月时光，
他又去张弓射箭。
射出的利箭穿透七层坎土曼，
钻进岩石找寻不见。

他们又增加了两层坎土曼，
把九个坎土曼安放在高坡。
射出的箭穿过九层坎土曼，
插入了背后的岩石。

古里巧绕自感恢复了力量，
他与赛依铁克商量，
要返回克亚孜身旁把仇报。

让我们把这些暂时搁放，
从赛依铁克迎娶古丽娜尔唱起。

赛依铁克与古丽娜尔的亲事

赛依铁克从美人谷选中古丽娜尔公主

草原从前就一直传说——
克亚孜的坐骑套托茹，
是会说话的神骏。
除此之外还有一点：
克亚孜的生命，
寄存在野外黑色母盘羊的腹中。

赛依铁克在这以前，
已经往返三次。
每次大约相隔三个月，
他把捕获的猎物一个不留，
送来孝敬克亚孜。
克亚孜换取白银装满罐子，
扬扬得意，心满意足。

赛依铁克野外狩猎，
没有猎获不来的野生动物，
唯独缺少母盘羊和公盘羊。
当他第四次回来时，
克亚孜这样问道：
"赛依铁克，你说到做到，
你放猎狗，放猎鹰。
你弯弓射箭，弄刀使枪，
没有留下一个动物活在丘陵上。

"不知你为什么这样怜惜，
只留下母盘羊和公盘羊？
难道母盘羊肉的营养，
还不如家里的绵羊？"

赛依铁克很不高兴地回答：
“我不猎取它们自有我的道理。
我的父亲，你提醒了我，
我差点把这话忘记。
我不能在外面说这个话，
走吧，我的父亲咱们到屋里说话。”

赛依铁克将克亚孜领进屋里，
倾诉了满腹苦楚：
“我的父亲，我都送来了，
我在野外猎获的野生动物。
母盘羊，公盘羊——白色野羊，
我根本就没有追逐。

“老人们曾经对我吩咐：
‘你的父亲克亚孜的性命，
就在母盘羊腹内秘藏。’
我一旦打了母盘羊，
生怕父亲的性命遭受祸殃！
因为这个理由，
我不曾打过母盘羊。

“我是你的独生子，
我一直想向你问清，
可否把我的性命和你合并，
变成长生不老的人。

“我的父亲，请你告诉我，
你的性命藏在哪里？
我朝思暮想一心向往，
要把我的生命和你的生命融合在一起。”

大克亚孜听了这些话，
脸色顿时变得苍白。
他沉默片刻忧郁地说：
“赛依铁克，你说的话我不明白，

你怎么可以对我这样猜疑。
你还没有到我们融合的年龄，
等到你长大成人了，
到了一定的年龄，
父亲我不会不做安排。
你尽管游玩，尽情欢乐，
切不要无中生有，胡思乱想！”

阿依曲莱克顿时领悟，
心想找到了致命的要害：
“算了吧，我的孩子赛依铁克，
你说把你的生命和父亲融合在一起，
你说这话真是不知好歹！

“别说他把你的性命和自己连接起来，
他对你存有疑心，耿耿于怀。
我一直想瞒着你但你父亲不让，
他今天逼得我对你明讲。

“我嫁给你父亲三年后，
好不容易生下你。
他以为你是赛麦台依的遗腹子，
他对你产生怀疑。
刚才就是这个话题的继续，
难道你没有看到你的父亲，
扭着脖子就是不肯同意！”

这时赛依铁克劝说道：
“别这样，我的姐姐，
就算我父亲这样说过，
你也不要怨恨他。
父亲，你不要说其他的话，
你要对我明确回答。”

当赛依铁克这样说的时候，
克亚孜感到震惊。
他的喉结紧缩，犹豫不定，

硬着头皮说出了实情：
“我的孩子，你对我提出问题，
我不会对你隐瞒。
自从来到这个家，
你母亲一直对我不满。

“库米什布拉克到吐孜凯如，
是所有母盘羊生息的地方。
在阳光晒不到的库米什布拉克，
有个肚皮下垂的黑色母盘羊，
独自吃草徜徉在沙丘上，
其他母盘羊都不到那个地方。
有一个拳头大小的匣子，
藏在这头黑色母盘羊腹中。
匣内有七只麻雀，
那就是我寄存的生命。

“我的坐骑套托茹，
是我最可靠的生灵，
套托茹骏马也连着我的生命。
孩子啊，你还不到十二岁，
你还缺少两岁年龄。
我到现在没有告诉你，
我躲躲闪闪自有隐情。”

赛依铁克发出了朗朗笑声：
“我的姐姐，你听到了吧，
你是否还埋怨我的父亲？”
阿依曲莱克心中感谢老天，
却对克亚孜假装羞惭：
“女人的头发长见识短，
还望你们多多包涵。”

母子探明克亚孜的秘密，
瞎了眼的克亚孜什么都没有发现。

当克亚孜不在的时候，

赛依铁克向阿依曲莱克报告：
“我大伯的情况不错，
他已经康复发胖。
他的容貌光彩照人，
精神焕发，神采飞扬。

“苏尔阔勇四蹄腾空，
像从前那样激情高昂。
我可否派大伯亲自出马，
打探塔拉斯的情况？

“我的阿亚什阿塔莫明江说，
古里巧绕大伯的骨头已恢复原样，
肌肉也长得结实坚硬。
但在一年内必须静心休养，
不能参加短兵相接的较量。
否则他的韧带就容易拉伤，
就会前功尽弃徒劳一场。”

“如果那样，赛依铁克，
你说的话十分正确。
你去和你的大伯商量，
你不要说这是你的决定，
你不能对大伯发号施令。”

赛依铁克接受了指点，
去克亚孜那里诉说愿望：
“我要到马群那里去一趟。
我听说在卡依普奇的河谷，
野生动物满山遍野。

“在我们这里的野生动物中，
只有十二叉角的野鹿。
去过卡依普奇的人，
却猎获了六十叉角的野鹿。

“我去寻找六十叉角的鹿群，

一定要猎获其中的一头。
及时割下野鹿的嫩角，
迅速送来交到父王的手上。
如果你的独生子我不那样散心，
就会感到寂寞难受。”

这时克亚孜开口说道：
“赛依铁克，你听着，
如果听我的话，
就不要去卡依普奇。
我的儿子赛依铁克，你要知道，
卡依普奇多么奇妙神秘。
四十一条道路交叉的路口，
就在它下面的地方。
你不要去那个地方，
现在正是我享福的时候，
你别让我遭受突降的祸殃。

“在四十一条道路的交叉口，
有一排排豪华的客栈。
这些金碧辉煌的客栈，
看上去让人眼花缭乱。

“那里有许多婀娜多姿的姑娘，
她们的眼睛就像清澈透明的泉水一样。
其实那是挂在墙上没有生命的画像，
人见了就会神魂颠倒晕头转向。
凡是追求她们的人，
就会走在苦难的道路上。”

克亚孜一边说着一边暗自思量：
“他一旦求婚到那个地方，
他将鬼迷心窍恶魔缠身，
他会备受折磨痛苦死亡。
那样我会自在生活安稳睡觉，
从此我心神安定心情舒畅！”

想到这儿，阴险的克亚孜，
马上又转变了说法：
“其实那些都是人们的谣传，
究竟怎么离奇你看一看就会明白。

“你想去就去吧，我的儿子，
但你两个月不回来一趟，
我会心烦意乱把你盼望！”
克亚孜还说了许多花言巧语，
将赛依铁克蒙蔽。

赛依铁克接着克亚孜的话说道：
“你给你儿子出主意，
那是你做父亲的权力。
我要早来还是晚归，
也是我做儿子的权力。”

他说完这些哈哈大笑，
跨上阔依恰布达尔骏马起程。
赛依铁克独自一人，
像有了一百个人一样兴奋：
“我的大伯古里巧绕痊愈康复，
我满怀信心，斗志昂扬。
我激情燃烧，勇气十足，
我的双臂充满了力量。”

年轻小伙想到这些，
兴高采烈，心情欢畅。
好像已经赶到塔拉斯，
为阿尔根的百姓做主一样。

“我首先要去大伯那里，
听取他的建议，
我要打听塔拉斯的消息。
在莫明江所说的一年期限内，
我要想方设法等待时机。

“如果觉得每天的时光过得太慢，
如果觉得每月的时间过得太慢，
我就要到卡依普奇去，
从克亚孜所说的姑娘中，
挑选一个娶其为妻。
只要使我称心如意的姑娘，
不管她在哪里我都要把她寻觅。”
他在心中这样遐想。

他思念他的大伯古里巧绕，
他思念闻名四方的故乡塔拉斯。
除了这些以外，
他还想象着婀娜多姿的妙龄少女，
想象着她垂柳般秀逸的风姿。

他催促阔依恰布达尔加快步伐，
他像搜索猎物的鹰隼东张西望，
他无拘无束，大摇大摆，
来到库吐巴依的村庄。

他在返回以前，
一直和他的大伯商讨：
“我的大伯，让我们一起走吧，
去把塔拉斯关照。
去进攻坎巧绕这个奴隶，
想尽办法把他干掉。

“从塔拉斯返回的路上，
我们要把那头黑母盘羊寻找。
我们品尝它的鲜肉，
我们要砍掉克亚孜的头颅，
我们去劫掠他的臣民，
我们就说他们恶有恶报。”

这时古里巧绕说道：
“你不要慌忙，你不要着急，
眼下就要进入寒冷的冬季，

现在还不是去塔拉斯的时机。
不先把克亚孜消灭，
怎能去向坎巧绕进攻。
如果他没有察觉还好，
一旦他事先察觉，
那就对你的柯尔克孜人不利。

“我能跨马出征的期限，
莫明江说还有一年，
我要耐心地熬过这个时段，
让我可怜的伤残身体康复强健。

“你要去一趟卡依普奇，
那地方从前我走过一趟。
在克热木和乌茹姆的中间，
有一个显眼的地方。
如果百姓中出现美丽姑娘，
就在那里悬挂她的画像。
你就去那里吧，赛依铁克，
如果你看中谁的画像，
我要为你寻找到那个姑娘。

“你的母亲作为战利品被迫离乡，
不久就要返回塔拉斯家乡，
娶来儿媳妇让儿子成家，
难道我们不是好事成双！”

次日清晨，英雄古里巧绕，
跨上了精神抖擞的苏尔阔勇骏马，
让小家伙骑上阔依恰布达尔，
自己在前领路。
他们带着许多骆驼，
向着卡依普奇进发。

他们来到四十一条道路的交叉口，
他们来到江居尔拜斯的边缘。
有一排排悬挂的美女画像，

出现在他们的眼前。

奥鲁斯汗的女儿古丽娜尔，
在画像中吸引了他的双眼。
赛依铁克看到后，
目不转睛地盯着画中人。
他凝视着画像思忖：
“我看到的是人还是天仙？”

古里巧绕假装不知道，
暗中观察着孩子的表现。
停留了煮熟一锅羊肉的工夫，
少年一动不动沉迷其中。

英雄古里巧绕走到他跟前，
孩子仍然站着不动。
对古里巧绕毫不理睬，
如痴如醉地望着画像出神。

古里巧绕仔细观察发现，
谁见了她都会驻足凝望。
都会对她心驰神往，
为了她会无所畏惧，
闯入火海，迎着弹雨和箭浪。

古里巧绕仔细端详古丽娜尔的画像，
用心思索着她的身份：
“她会是哪里的佳人，
是汗王、巴依，还是穷人？
我要了解她的出身。

“她是黄色皮肤，蓝色眼睛，
难道是奥鲁斯汗的臣民？
难道她的根是柯尔克孜？
她绝不是南方人。

“她父亲不会是巴依或穷人，

她在画像中的气质。
好像是汗王的子孙，
她究竟出自哪家名门？

“艾尔托什吐克的夫人坎浩凯，
我曾经见过两次。
我看这画中的姑娘，
与坎浩凯的容貌相似。

“我曾听说过奥鲁斯汗，
有十二个姑娘，
最小的名字叫古丽娜尔，
难道这是她的画像？”

英雄古里巧绕这样猜想着，
转身对赛依铁克说：
“走吧，赛依铁克，
我们该走了，
我们出门已经有许多天，
应该尽早返回家园。”

这时赛依铁克说道：
“好吧，叔叔，我们走。
但是我们要每隔十天来一次，
观望四十一条道路的交叉口。
我们一定要搞清楚，
这些画像中姑娘们的来历。”

这时古里巧绕开口言讲：
“赛依铁克啊，不该这样，
你说四十一条道路的交叉口，
我们要十天来一趟，
你说这话像什么样？

“假若我们鬼迷心窍去找姑娘，
谁来为受难的英雄申冤？
假如我们笨头笨脑地去找伴侣，

谁来为苦难的老人申冤？
假如我们晕头转向地晃来晃去，
谁来为百姓申冤？”

古里巧绕催促着情窦初开的少年：
“走吧，赛依铁克，让我们快回家园。”

在卡依普奇的山谷，
各种动物随处可见，
凡是在那里出没的野生动物，
只要在他们眼前抛头露面，
凡是他们遇到的生灵，
被这些很久不张弓而发闷憋气的人，
全部射中无一生还。

他们打翻了公盘羊，
他们打倒了北山羊，
他们打中了豹子和豺狼，
他们打中了老虎和狮子，
他们打中了狐狸和狼，
他们打中了母鹿和公鹿，
他们在湖面上打中了水獭和野鸭。

猎物用八十峰骆驼驮载，
峰峰骆驼鱼贯而行。

古里巧绕写了一封信，
没有交给赛依铁克递传。
把信缝在赛依铁克的衣领里，
料定嫂嫂在洗衣时会发现。

古里巧绕让赛依铁克回家一趟，
亲自将他扶上马鞍：
“你快去快回，赛依铁克，
等你平安回到这里，
我就带你去寻找塔拉斯的父亲。”
古里巧绕送别赛依铁克留在那里。

阿依曲莱克为子求婚

赛依铁克催促驼队赶路，
尽快到家，带来全部猎物。
克亚孜见此情景，说不上是喜是悲，
情不自禁地来回踱步。

他走着走着突然停止：
“这个赛依铁克自幼像一团烈火，
很难说今后是祸是福。”
克亚孜陷入了忧愁，
他想了许多解脱的心数。

阿依曲莱克看到儿子衣服脏了，
拿起他的衬衣正要浸入水中。
曲莱克抓了衬衣的领口，
她的手触摸针脚感觉特别，
她怀疑有什么东西缝在其中。

阿依曲莱拆开衣领的缝线，
找到了古里巧绕的亲笔密信：
“我的聪慧的嫂子曲莱克，
古里巧绕报告这里的情况。
赛依铁克刚到这里就要出行，
他要到四十一条道路的交叉口——
卡依普奇去观光，
我只好匆忙地一同前往。

“那里有无数姑娘的肖像，
悬挂在醒目的地方。
我观察着赛依铁克，

他对其中的一个许久凝望。
我说了百姓的事情，
又说了故乡的事情，
才说服他返回村庄。

“我发现那个肖像，
与坎洁凯一模一样，
绝不是普通的姑娘。
但愿赛依铁克不要忘记塔拉斯，
去寻找那娴静美丽的姑娘。

“我在心中判断，
她好像是乌茹姆人的姑娘。
我曾经听说过这样的话：
奥鲁斯汗有十二个女儿，
最小的名字叫古丽娜尔，
我怀疑她就是那个姑娘。

“在赛依铁克返回以前，
你要向坎洁凯打听消息。
如果能证明她的身份，
请你写个字条向我传递。

“如果消息确定无疑，
让我们尽早把姑娘迎娶，
然后向塔拉斯转移。
我们不能让孩子感到失意，
谁都会有这样的经历。”

阿依曲莱克读了密信，
偷偷地飞上天空，
飞到坎洁凯那里，
向她倾吐了衷肠，
说明了自己的来意。

聪明贤惠的坎洁凯，
也表达了自己的情意：

“你上一次来看望我，
我就对你感激不尽，
你又在途中神不知鬼不觉地，
救了我的儿子交达尔的生命。

“我的父亲没有男孩儿，
就生养了我们十二个姊妹。
如今奥鲁斯父王年事已高，
他的智慧正在衰退。
我最小的妹妹古丽娜尔，
正当十三周岁芳龄。

“我这里有她的画像，
如果合适，曲莱克，你拿去，
给你儿子察看，
如果她正是赛依铁克看中的姑娘，
我就让你带去一封信函。

“我去不了乌茹姆，
我的信将和我本人一样管用，
曲莱克，请你相信它的作用。
艾尔托什吐克和阿依阔勒玛纳斯，
患难相随，生死相依。
赛麦台依曾来看望两次，
对我们孤儿寡母，
关怀照顾周到至极。

“只要是我力所能及的事情，
如果我还要推托，老天不惩罚我吗？
如果赛依铁克喜欢古丽娜尔，
你尽管去乌茹姆提亲。

“奥鲁斯汗是我的亲生父亲，
假如他见了我写的信，
说不定他认为自己老了，
会将自己的管辖的臣民，
作为女儿的陪嫁奉送给你们。

“说不定连同地盘慷慨馈赠，
此事只有老天知晓。
如果老天赐予恩情，
西部和东部的柯尔克孜人，
说不定从此拧成一股绳。”

阿依曲莱克告别坎浩凯，
登上了返回的路程，
赛依铁克对此毫不知情。
阿依曲莱克不让孩子耽搁，
催促赛依铁克返回马群。
临行时特意交代，
给古里巧绕大叔带去一件新衬衫。

古里巧绕把衬衫打开，
里边夹着一幅画像和信件。
信上有阿依曲莱克的署名，
古里巧绕将这一切仔细观看。

将那幅姑娘的画像，
故意丢在赛依铁克起居的房间。
假装不知的古里巧绕，
从外面留心窥探。

赛依铁克从梦中惊醒，
睁着眼辗转反侧。
突然见到那幅画像，
目瞪口呆定神观看：
“四十一条道路交叉口的画像，
怎么在这里出现？
这好似老天的安排。”
他急忙把画像拾捡。

“她就是赛依铁克心爱的人。”
古里巧绕在心里这样揣摩。
他又等待了半个月时间，

帮助孩子结束了爱情的折磨。

他告诉赛依铁克：
“你要到克亚孜那里，
就说你已有心上人，
她就是奥鲁斯汗的女儿古丽娜尔，
请他去向奥鲁斯汗求婚。

“克亚孜去不了乌茹姆，
他不知道通向乌茹姆的道路。
除了我没人知道此路，
说实话别人不会领路。

“你就说父亲不想去就不勉强，
让残废的奴隶跟着你，
让他给你当向导引路。
你要让母亲阿依曲莱克一起上路，
你要跨上套托茹骏马踏上旅途。
如果你不骑套托茹骏马前来，
我们所做的事情就会出现失误。

“你千万不要说把姑娘娶来，
就说这次与她定亲后就回返。
就说奥鲁斯汗若不愿许亲，
你怎能善罢甘休空手回返？
就说你作为英雄克亚孜的儿子，
就要和奥鲁斯汗闹得地覆天翻！”

接受了古里巧绕的忠言，
赛依铁克领略了叔父的计谋。
他再次出现在家园，
克亚孜琢磨来意又陷入了忧愁。

这一次库吐巴依一同前来，
他们进屋向克亚孜行礼问候，
此时克亚孜开口质问：
“赛依铁克你昨天才走，

今天又上气不接下气地回来，
你去的日子到现在还不满一个月，
有何急事匆忙回来？”

听到克亚孜的质问，
赛依铁克转身出门，
库吐巴依此时赶快上前禀陈：
“我的汗王克亚孜，
他上次出门旅行，
到达卡依普奇的地方。
他看到了悬挂的画像，
看上了其中的一个姑娘。

“赛依铁克从此无法忘记，
四处打听她的出身根底。
据说她是乌茹姆的美女，
她就是奥鲁斯汗的公主，
古丽娜尔是她的名字。

“赛依铁克要娶这个姑娘为妻，
他说趁父亲健在，
不娶她怎能如意。
他不好意思向父亲开口，
让我一起来向你转达心意。

“赛依铁克昨天上去，
今天又回来的原因就在这里。
我也是因此而来，
你说的话，我不隐瞒，
我会如实转告你的儿子。”

克亚孜瞪大眼睛看着，
他扭着头左顾右盼，
他气得脸色变黑：
“这里有谁能长途跋涉，
到乌茹姆去说媒定亲？
赛依铁克要她干什么？

难道他非要娶那个，
像奶酪一样的黄皮肤姑娘不成？

“根据我听到的消息，
诺奥依巴依的两个儿子，
已经分道扬镳，各奔前程。
因为分配遗产的时候，
他们发生了纷争。

“诺奥依巴依的大儿子，
是肤色黑灰的小伙子。
诺奥依巴依的小儿子，
是黄皮肤蓝眼睛的小伙子，
他们因此被称为：
‘喀拉诺奥依和萨热诺奥依[①]’，
从此却失去了原来的名字。

“喀拉诺奥依首先离开了故乡，
从奥尔托克山搬迁，
来到了叶尼塞河流域。
萨热诺奥依也举部搬迁，
来到乌茹姆定居。
‘两个诺奥依分道扬镳’，
直到现在都没有被忘记，
成为库姆孜奇们弹唱的名曲。

“萨热诺奥依——奥鲁斯汗，
他也属于柯尔克孜一部，
但我怎能为此而辛苦，
千里迢迢前往乌茹姆？

“如果有人知道去路，
库吐巴依，你就派他去，
要向奥鲁斯汗问清楚，

① 喀拉诺奥依：意为黑色诺奥依，也即北方诺奥依；萨热诺奥依：意为黄色诺奥依，亦即南方诺奥依。

愿意不愿意把女儿许配。”

就在这个时候，
有一个仆人进屋通报，
饮食已经准备就绪。
克亚孜和库吐巴依一起，
来到阿依曲莱克的房屋。
赛依铁克来回走动，
他没有盘腿入座。

曲莱克铺好餐布，
餐桌摆满了美味佳肴。
克亚孜见此生气地吼叫：
“噢依，赛依铁克你逢人就说，
你要娶奥鲁斯汗的女儿古丽娜尔为妻。
没有人到过那个地方，
有谁能走到哪里去？
难道奥鲁斯汗不要彩礼，
把女儿白白地送给你？！
你要娶那个不曾见过的姑娘，
为什么这样焦急？！”

此时赛依铁克回复道：
“我的父亲，克亚孜，
你的儿子娶乌茹姆的姑娘，
为的是把你的名气向外界播撒炫耀。

“你拥有节迪盖尔的百姓，
难道你还缺少什么东西？！
你有英雄坎巧绕朋友，
他会支持你达到目的。
只要我还活在人世，
就要娶古丽娜尔为妻。

“你拥有古里巧绕奴隶，
他曾经走遍世界各地。
我有阿依曲莱克这样的母亲，

能展翅飞翔在天际。
我有值得自豪的父亲克亚孜，
不娶古丽娜尔，
我怎能称心满意。

“我要鞴好鞍跨上套托茹骏马，
一路飞奔不辞辛苦。
我要在三十天内，
赶到闻名的乌茹姆。

“俗话说：‘父亲身后的财产，
只有留给儿子继承。’
快去，鞴好套托茹马，
牵来让我骑乘。”
说话间赛依铁克指使一个奴仆，
去鞴好套托茹神骏的马鞍。

当提起套托茹名字的瞬间，
九十多种险象，
浮现在瞎子克亚孜眼前：
他只觉得天转地旋，
寒风凛冽，风雨交加，
倾盆大雨从天而降。

他只觉得乌烟瘴气笼罩大地，
眼前一片黑茫茫；
他只觉得阿拉套山突然倒塌，
山崩地裂，轰隆作响；
他只觉得雷声滚滚狂风呼啸，
吹得森林草木呼呼作响。

此时阿依曲莱克插话道：
“哎呀呀，我的儿子赛依铁克，
你听我说明道理。
你的父亲克亚孜不会把坐骑让给你，
就是给的话，
也不会痛快地给你。

“尽管你的父亲健在，赛依铁克，
你却像孤儿事事不如意。
尽管克亚孜娶我为妻，
但我与守寡的遗孀无异！

“你父亲从没有把你当作亲生儿子，
你背后没有可信赖的依靠，
我让你忘了古丽娜尔，
你就是不愿意放弃。

“你只能骑着阔依恰布达尔上路，
把你手提的褡裢装满干粮。
他是我从塔拉斯带来的马夫——
把伤残的奴隶一起带上。

“假如奥鲁斯汗把女儿嫁给你，
你还回节提苏来干什么？
你看你父亲这种德行，
你回来能有什么好处？
我劝你留居在那里！

“舍不得把自己的马给儿子役使的父亲，
难道愿意拿出牲畜当彩礼！
我就去当烧火做饭的女仆，
你就去当入赘上门的女婿，
让我们去给亲家抵偿彩礼。
我们把古里巧绕奴隶送给他，
充当奥鲁斯的终身奴隶。

“当赛麦台依健在的时候，
古里巧绕一时得意忘形。
他骑着苏尔阔勇骏马出征奥鲁斯，
在那里犯下了罪行。
若将古里巧绕当作奴隶，
我料想奥鲁斯汗会格外开心。”

阿依曲莱克气得转身扭头脸色苍白，
满面怒容，毫无血色。
她把天鹅羽衣拿到手中，
摆出一副出走的架势：
“克亚孜，你不要对我失望，
你不要以为再不相见。
只要我不死，还活着，
三年后我还将回返。”

库吐巴依观察发现，
克亚孜此时左右为难。
他的汗水不停流淌，
他好像就要哭泣似的哼唧，
他想说话舌头却不听使唤。
他生怕阿依曲莱克远走高飞，
神色慌张，焦灼不安：

“噢依，库吐巴依，我的同龄人，
你为人公正，请你说句公道话，
谁说儿子不能骑套托茹骏马，
我说过这样的话吗？

“月亮般的曲莱克怎么了，
莫名其妙发火吵架？
就让赛依铁克把套托茹，
当作自己的坐骑吧，
就是我死后也会留给他。

“给儿媳定亲的耳环，
我们心平气和地商量，
由你送去还不行吗？
说不定你会迷失道路，
就让古里巧绕奴隶，
跟着你一起去还不行吗？

“将牧驼人乘骑的阔克托阔勒[1]当作聘礼，
把棉花团系在马头上，
由你送去还不行吗？
不要让青色骏马空背而去，
用褡裢装满黄金，
驮在马背上一块儿送去还不行吗？

“挑选四十匹空胎牝马，
由你赶着送去还不行吗？！
由你库吐巴依为首，
至少六十个人结伴而行还不行吗？！”

此时赛依铁克这样说道：
“我没有见过古丽娜尔本人，
我只看到了她的画像。
我看中了画中的美丽姑娘，
激发我迎娶的欲望。

“她是奥鲁斯汗的公主，
还是其他人家的闺秀？
奥鲁斯汗是否愿意许婚，
姑娘愿不愿意嫁我为妻？

“我建议先去摸清底细，
然后让定亲的人马上路。
现在就带上金子赶着马匹去求婚，
难道让我到那里向人家央求吗？

“假如姑娘使我称心如意，
我会告诉我的出身门第，
我说我的父亲是克亚孜，
我说节迪盖尔人是我的根基，
我会告诉我的家乡在哪里，
我将向美人求婚结为夫妻。

① 阔克托阔勒：柯尔克孜语，马名，意为青色秃角马。

“如果他们不把姑娘嫁给我，
我就要踏平他的城池，
我就要抢光他的金库，
我就叫他丢尽脸面，威风扫地。

“你是受人尊崇的汗王，
承蒙你的威名护佑，
我怎能缩头缩脑？
你让我送去黄金和马群，
难道我是那样下贱的人吗？
我对你说的话非常气恼！

“起来，库吐巴依，快上马，
我今天就要上路。”
赛依铁克道完心中的委屈，
翻身跨上套托茹骏马，
头也不回地扬长而去。

瞎了眼的克亚孜招数已尽，
神情沮丧地站在那里。

曲莱克告诉赛依铁克，
今日给克亚孜洗衣服，
明日上路把他们赶上。
她在心中暗自高兴，
已经把克亚孜的命运掌握在手中。

阿依曲莱克对妖女叮嘱：
“你要用心倾听我的话，
你要给克亚孜充当烧茶的人，
在这里精心侍候他。

“你要弄脏他的心，
白天让他昏昏沉沉，
夜里让他沉睡不醒。
要让他身不由己地躺在家里，
无法去过问马群。”

阿依曲莱克在约定的那一天，
展开双翅飞上天空，
她的翅膀在阳光下闪闪发亮。

赛依铁克和古里巧绕，
在途中快活行进。
套托茹和苏尔阔勇，
激昂地向前驰骋。

他们走了三十天，
已接近乌茹姆的城门。
乌茹姆的瞭望哨跑过去，
向奥鲁斯汗禀报：
“有一个人在天上飞行，
还有两个骑马的人，
一个骑着枣骝马，
另一个骑着白马，
他们已经来到城门。

“自从你奥鲁斯汗登基称王，
自从让我守卡站岗放哨，
像他们这番模样的人，
我连一次都没有见到。

“天上飞行的那个，
好像从霞光中诞生。
她穿着女人的服装，
她不是凡人而是仙女，
好像迷路来到本城。

“骑着枣骝马的是个少年，
大概有十三四岁的样子。
在长着脑袋的人群中，
他是超群出众的男子汉。

“在他旁边骑着灰白色骏马的人，

年龄大概四十多岁。
看上去一表人才，
像是人世间出类拔萃的英雄。
他们举止高贵都不像凡夫俗子，
好像天上的神仙下凡到乌茹姆！”
奥鲁斯汗耐心听哨兵的禀报。

消息灵通的奥鲁斯汗，
早就听说过这样的传闻：
“坎巧绕反目成仇，
英雄赛麦台依汗王，
被克亚孜打翻。

“阿依曲莱克沦为战利品，
被克亚孜强行霸占。
古里巧绕的肩胛软骨，
被他们残忍剜割。

“听说阿依曲莱克当时有孕在身，
莫不是赛麦台依的遗腹子，
已长大成十二周岁的少年？
莫不是他想找回塔拉斯，
领着古里巧绕和曲莱克，
逃到我这里避难？

“骑着白马的可能是古里巧绕，
骑着枣骝马的可能就是赛依铁克。
飞翔的肯定是阿依曲莱克，
除了她有谁能飞上云天？
他们到我这里来，
很可能向我求援。

“当年独眼龙玛德库勒，
吞没所有生命的时候，
赛麦台依前来把他宰杀，
解救了巴攘的人民。

赛麦台依尊重乌茹姆人民的选择，
让他们投奔我奥鲁斯汗。
曾经助我一臂之力，
把我将前进的道路拓宽。

“当年在克孜勒克亚萨哈地方，
打败空吾尔巴依的时候，
出征讨伐康阿依的时候，
猛狮之子古里巧绕警告他们：
今后不要冒犯柯尔克孜人民！
西部还有柯尔克孜人，
奥鲁斯汗是他们雄狮般的统领。
他所到之处都这样宣扬，
从此让我远近闻名。”

奥鲁斯汗想到这些，
向众大臣下达了命令：
“有一个骑着枣骝马，
有一个骑着灰白马，
还有一个没有骑马，
他们三位尊贵的客人，
你们赶快到前面迎接。”

他派去了豪华的马车，
他的宰相亲自前去迎接。
让曲莱克坐上豪华的马车，
很快来到汗王的宫殿。

他们在宫殿里相见，
互相亲吻对方的指尖。
彼此间问候平安，
坐在那里热情交谈。

古丽娜尔已经有三天，
整夜不能入眠。
就在赛依铁克看到画像的那天，
古丽娜尔夜里做梦，

梦见赛依铁克来到她的身边。

她梦见这样一个情景，
赛依铁克向她约定，
三个月后再相见。
古丽娜尔从梦中惊醒，
从此后她变得沉默寡言。

她曾悄悄找算命的人掐算，
算命的人将石子摆在毯子上细心推算，
最后满脸堆笑地向她道喜：
“福大命大的美丽公主，
这就是你终身的美好姻缘！”
古丽娜尔满心欢喜，
整日等待心上人来到面前。

这天母亲祖丽普凯来到她的房间，
只见古丽娜尔坐立不安，
从前这个时候她早该入眠。
“我的宝贝，我的小驹，
请你抬起头打起精神，
我不能陪在你身边，
我要准备接待客人。

“家里来了三个客人，
两个男子，一个女人。
我看那个女人，
气度非凡，绝不是一般的女性，
我还不知道他们来自何方。

“在他们当中有一位少年，
年龄在十三和十四岁之间，
他头上虽然戴着面纱，
我似乎感到他的相貌非同一般。”

古丽娜尔将母亲的话，
从头到尾仔细倾听。

听说那头戴面纱的人，
他的面色红润如桃花盛开，
她的眼泪涌流如同雨点。

那位头戴面纱的少年，
她曾在梦里清晰地看见。
他名字叫作赛依铁克，
那时她已牢牢铭记在心间。

祖丽普凯已经发觉，
自己的女儿在暗自高兴。
“我要回去弄清他的身份，
我要打听他的来历。
我再用巧妙的办法，
将女儿内心的秘密探明。”

带着这样的心思，
祖丽普凯返回大殿。
按照以往的惯例，
端坐在汗王身边。

奥鲁斯汗开口询问，
各位贵宾的来历：
“你们一个是英俊少年，
一个是雄狮般的男子汉，
还有一位高贵的夫人。
你们从哪里起程，
为何来到我的家园？

“‘说真话不会坏事。’
请将你们的故乡和乡亲，
将你们管理百姓的主人，
将你们所有的事情一一道明。
我看你们这位好汉，
具有雄狮的气势，
具有猛虎的威严；
我看这位年轻小伙，

简直就是汗王的公子。
不论谁家有这样的子嗣，
都会沾沾自喜心满意足。

“我面前的这位少妇，
莫不是耳环上的宝石？
我没有见过，但听说过，
莫不是阿昆汗的女儿曲莱克？
如果您真是曲莱克，
克亚孜怎能把您派遣？

“我曾经听说过这样的消息：
秃鹰飞旋捕捉了天鹅，
坎巧绕奴隶篡夺了赛麦台依的宝座。
外来的敌人伸出魔爪，
节迪盖尔的克亚孜，
将阿依曲莱克俘获。

“阿勒曼别特之子古里巧绕，
两个臂膀被人撕裂，
变成废人终身无用。
赛麦台依的恰绮凯，
改换门庭投入坎巧绕怀中。
她原本是夏铁米尔的孙女，
她玷污了柯尔克孜人的名声。

“我曾经打听到了消息，
阿依曲莱克身怀遗腹子。
克亚孜曾经邀请我参加婚礼，
说他要娶阿依曲莱克为妻。

“当时我从这里起程，
我打算去看看那个婚礼。
到了九条道路的交叉口，
在其勒皮勒达克的草滩，
加勒格再克主张不参加婚礼，
规劝人们半途而返。

“我现在说的这些话，
是从那次去婚礼的路上亲耳听见。
我正在琢磨猜想，
你们这些来者到底是为了哪般？”
奥鲁斯汗一口气把话说完。

英雄古里巧绕发出爽朗的笑声，
他露出了门扇般的门牙。
他的声音像鹰隼一样清脆动听，
他从玛纳斯谈起。
无论好事或坏事，
没有一丁点儿掺假。

他最后把话题一转，
转移到奥鲁斯汗的身上：
“我们不远千里远道而来，
不是为了寻求庇护，奥鲁斯汗王！

“在卡依普奇的山上，
在四十一条道路的交叉口上，
悬挂着许多画像。
在众多画像里的一个姑娘，
让赛依铁克赏心悦目，心驰神往。

“我们对照一幅幅画像，
我们到处打听各地寻访，
从你的大女儿坎洁凯那里，
我们从她那里打听到了真实情况。
画中的那个姑娘，
我们了解得十分周详。

“你有十二个姑娘，
我们寻找的古丽娜尔，
是十二个姊妹中最小的姑娘。
她是至高的上苍的奴仆，
是老天倾心造化的姑娘。

“假如姑娘和小伙相会，
假如他们情投意合，心心相印，
到那时我们还有话对你讲。”

此时奥鲁斯汗答道：
“哦，孩子们，他们相见就会相爱。
赛依铁克这样的小伙子，
姑娘怎会拒之门外？
假如赛依铁克见到古丽娜尔，
他也会神魂颠倒，发愣发呆！

“假如他们相亲相爱，
假如坎洁凯到不了这里，
古丽娜尔的婚事谁来安排？
我曾经把古丽娜尔交给坎洁凯，
让出了做主的权力，
现在我还没有衰老糊涂，
还没有把诺言忘记。”

此时阿依曲莱克开口，
讲起自己所办的事情，
无一遗漏，十分周全。
讲完了全部经过，
掏出坎洁凯的亲笔信，
摆放在奥鲁斯汗眼前。

奥鲁斯汗打开了信件，
手捧女儿的信激动地默念：
“父王，不要麻烦，
你不必向我这里派人。
你是具有先见之明的君王，
只要赛依铁克让你称心如意，
你就把你的属民和城郭，
当作你女儿的陪嫁奉送。

“不要吝啬你的牲畜，

不要吝啬你的金银珠宝，
不要吝啬你的锦罗绸缎，
不要吝啬珍贵的貂皮，
不要吝啬猞猁和海狸皮。

“假如你能办到，
可摘下星星一起奉送！
他是阿依阔勒雄狮的后裔，
你要爽快地让妹妹与他成婚。”

奥鲁斯汗看完坎沽凯的信件，
好像与她面对面地交谈。
默默接受了信中提出的建议，
他悄悄向夫人祖丽普凯征求意见：
“你看，让孩子们怎样见面？
让他们怎样相识面谈？”

奥鲁斯汗王以倾城的陪嫁为女儿举行婚礼

奥鲁斯汗和夫人的悄悄话，
还是传到阿依曲莱克耳畔。
“走吧，老夫人，我们俩走，
我们到外面去看一看。”
阿依曲莱克扶着老夫人，
一起走出了大殿。

她们到厨房去的路上，
不料将古丽娜尔遇见。
当时从莫明江那里返回的途中，
看到的正是这个姑娘。
从古里巧绕带来的画像中，
看到的也是这个姑娘。

阿依曲莱克故意咳了一声，
古丽娜尔是非常灵敏的姑娘，
曲莱克勾起她的记忆，
她也想起相逢在林园的景象。

她急忙起身站立，
走到曲莱克身旁，
阿依曲莱克握着她的手：
“金光闪闪的黄花姑娘，
花容月貌的漂亮姑娘，
请问你是谁家的姑娘？”

古丽娜尔听到问话当即回答：
“一年前在父王的林园，
我正在游玩将美景观赏，

您就出现在我们身旁。
您是阿昆汗的女儿，
当天我就这样猜想。

“命中注定您要到这里来访，
可爱的姐姐，您要向谁倾诉衷肠？
您不辞劳累，远道而来，
您究竟有什么大事要协商？
我的父亲是奥鲁斯汗，
他从来不和别人交往，
性格刚毅，铁石心肠。

“听说家里来了三位客人，
他跑前忙后手忙脚乱，
服务周到，热情大方。
他如此俯首帖耳毕恭毕敬，
今天他为什么变成这样？
未卜先知的姐姐曲莱克，
能否告诉我这里有什么明堂？”

“我的名字确实叫阿依曲莱克，
赛依铁克任性淘气，
他要把画中的姑娘寻觅。
他见过的姑娘与你相仿，
因此我们来到这里找你。”

听到这话，古丽娜尔思忖，
思绪翻腾，陷入忧虑：
“我梦见过的赛依铁克，
如果来到这里把我寻觅，
如果我能见到他的面容，
我的心也许得到一些慰藉。

“如果云雾笼罩大地，
就会遮蔽阳光；
如果月亮冲出云雾，
黑夜会被月光照亮。

“寻觅情侣的年轻小伙，
如果突然出现在我身旁；
我梦见过的赛依铁克，
如果突然在我眼前亮相；
我就会感到月亮猛然升起，
一下把黑色夜空照亮。
不但像明月当空，
还像太阳四射光芒。
爱的烛光与日月同辉，
照得我心灵格外亮堂。

“如果不是赛依铁克而是别人，
或者比不上我梦见的男子，
我就会感到烟雾弥漫，
阴暗的天空不见阳光。”

赛依铁克无法控制内心的冲动，
迫不及待地走出殿堂，
他渴望看到画中的姑娘，
他心驰神往，激情荡漾。

他诚惶诚恐地走近，
祖丽普凯、曲莱克和古丽娜尔的身边。
祖丽普凯和曲莱克见他过来，
拐进另外一个房间。

古丽娜尔陷入沉思，
祖丽普凯和阿依曲莱克敏感察觉，
古丽娜尔已陷入思恋。
古丽娜尔没有发觉她们走开，
赛依铁克却走近她的身边。

赛依铁克见到古丽娜尔，
毫不怀疑自己的判断：
“在四十一条道路的交叉口，
画像中看到的姑娘就在眼前。”

他凝视着看不够她的容颜。

陷入深思的古丽娜尔，
缓过神来左顾右盼，
祖丽普凯和阿依曲莱克，
早已不在她的身边。

年轻的赛依铁克的身影，
突然出现在她的眼前。
“在我梦里见过的少年，
我怎么会在清醒时看见？”
高兴地望着他露出了笑脸。

阿依曲莱克和祖丽普凯，
偷偷观察他们怎样会面。
赛依铁克还想着那个画像，
想要抚摸她的脸面。
下意识地伸出双手，
却抓住她的发辫。

古丽娜尔还没有回到现实，
还以为在梦中相见。
她也张开双臂，
右手搭在赛依铁克的脖子上。

在赛依铁克的想象中，
还以为是在画像中相见，
不过她的发辫，
却实实在在地抓在他的手中。

在古丽娜尔姑娘的想象中，
还以为是在昨夜的梦中相见，
不过她的右手臂，
已经搭在赛依铁克的脖颈上。

好像到了天亮的时分，
天上的星星向西疏散。

古丽娜尔好像从梦中惊醒，
竖起睫毛左顾右盼。

她庆幸梦想成真，
对自己的梦境感到圆满。
她扭转着身体，
与赛依铁克肩并着肩，
像初升的太阳光辉灿烂，
像黎明的清风吹拂爽快舒坦。

一对恋人睫毛对接着睫毛，
赛依铁克鼓足勇气，
紧紧抓住姑娘的发辫。
好像担心她会转身，
返回到那幅画像里面。

清风骤起呼呼吹来，
林木花草沙沙作响，
好像奏起祝福的乐章。
熬夜的飞禽放声欢叫，
所有公鸡纷纷打鸣，
百灵鸟和黄莺尽情歌唱。
湖水轻轻荡漾，
星星像灯烛闪光，
照得大地格外明亮。

那些无所事事，游手好闲，
到处闲逛的人，
看到这奇异的景象，
个个茫然不解，晕头转向。

祖丽普凯直接来到奥鲁斯汗跟前，
禀报了所有情况。
阿依曲莱克站在一旁，
注意着他们怎样商量。
奥鲁斯汗坐在那里捋着胡子，
沉默不语，神情沮丧。

“当年你也是英俊青年，
我是梳着五条辫子的黄花姑娘，
只要你看到我走过的脚印，
你就会不分白天黑夜地守望。
我拿着你玩过的木棒，
三天三夜不吃不喝搂着不放。
你要对各种事情将心比心，
这种事谁也不能轻易阻挡。

“赛依铁克是阿依阔勒英雄的后裔，
你不要难为让他失望。
阿依阔勒英雄的子孙赛依铁克，
孤苦无依的苦难曾压在他的头上。
他看到画像而不是本人，
就来到这里寻找姑娘。
这样做真不容易，
请你好好想一想！

“阿昆汗的女儿曲莱克，
仙女的美名传遍四方。
那一位在座的好汉，
是阿勒曼别特的儿子古里巧绕，
也是赫赫有名的勇将。

“他们失去手中的权杖，
他们失去亲人背井离乡，
他们孤独地来到这个地方。
坎洁凯已同意这门亲事，
她给您写信说明，
他们带着她的信才来到这个地方。

“你要成全他们所有的事情，
让他们心绪安定，心情舒畅，
让他们心满意足，如愿以偿。
你不要在这里想来想去耽误时间，
别让你的女儿迫不及待私奔他乡。”

听到祖丽普凯的一番规劝，
面无血色的奥鲁斯汗，
无奈地做出了退让：
“如果那样，祖丽普凯，
你给女婿和女儿准备洞房。
你要物色好充当嫂嫂的少妇，
你要选择好充当小姨的姑娘。
向乌茹姆所有居民，
你要通知，不要遗忘！”

一旁观察的古里巧绕，
听到奥鲁斯汗这些话，
急忙上前鞠躬感谢奥鲁斯汗。
阿依曲莱克走到古丽娜尔姑娘身边，
给她耳朵戴上了定亲的耳环。

奥鲁斯汗举行了十天的婚礼，
他毫不吝啬地举办盛宴，
以丰盛的肉食招待宾客。
将煮熟的马脊背摆在老汉面前，
让老太婆们咀嚼羊尾油，
年轻人玩着“情人见面”的游戏，
个个兴高采烈，尽情狂欢。

赛依铁克所到之处，
畅通无阻十分顺利，
他的心愿得以实现。
另一个世界的阿依阔勒英雄在天之灵，
始终护佑在他身边。

在奥鲁斯汗的面前，
来了十个宰相和三十个巴依，
六十个比官，四十个大力士，
他们是乌茹姆的精英，
深受百姓敬仰。

还有八十位新一代年轻人，
他们正在茁壮成长。
其中还有两位寿星，
他们已经活了一百三十岁，
奥鲁斯汗邀请他们聚集一堂。

铺开了盛宴的餐布，
摆满饮食各种各样。
赛依铁克和古丽娜尔，
也被请到这个客厅。

奥鲁斯汗让人在房屋的一角，
早就挂上了婚礼的幔帐。
让女儿进入帐内就座，
可以听到外面的声响。

奥鲁斯汗向自己的臣民，
宣布了为公主陪送的嫁妆：
“我奥鲁斯汗在乌茹姆，
有一份财产要为小女陪送，
给我的这个儿子①赛依铁克。

“众所周知，我有十二个女儿，
我哪里还有儿子？
我的长女坎洁凯，
她是艾尔托什吐克的妻子。

“古丽娜尔是我最小的女儿，
与玛纳斯的子孙，
不期而遇，结为夫妻。
我的女儿福运超人，
真可谓心想事成，称心如意。

“当年巴迪阔勒东山再起，
占领了六个部落。

①：按照柯尔克孜族习惯，岳父将女婿当面称呼为儿子。

就在这危急关头，
阿依阔勒雄狮玛纳斯，
挺身而出，拯救了六个部落。

“邻近的其他汗王，
认为我的根是柯尔克孜。
他们都不敢抛头露面，
个个像猫一样藏躲。

“当阿依阔勒英雄过世后，
巴迪阔勒之子玛德库勒再次侵入六个部落，
又将六个部落集中封锁。
压得他们抬不起头，
没有想到会自食其果。

“他强迫卡尔玛纳普，
让出家中的老婆。
这时卡尔德哈绮，
派人与赛麦台依联络。
豹子般英雄的儿子，
摧毁了仇敌的封锁。
他像扭断乌鸦的头一样，
让仇敌身首分离，人头滚落。
他拯救了卡尔玛纳普，
使巴攘、尚卡依百姓，
摆脱灾祸，获得自由。

“原来伊兰人的心里，
也想对我们进行掠夺。
从那以后的伊兰人，
夹着尾巴保持沉默。

“我奥鲁斯汗自登基称王，
如今已经八十六年。
我之所以能保住宝座，
因为有玛纳斯和托什吐克，
还有赛麦台依做靠山。

“今日赛依铁克前来求婚，
如果我认为他是孤儿，
不把女儿嫁给行吗？
已去了另一个世界的玛纳斯，
在天之灵能放过我吗！

“普天下的柯尔克孜的人，
英雄玛纳斯保护着他们。
当时在克孜勒克亚萨哈地方，
空吾尔巴依设置圈套发出邀请，
赛麦台依上当受骗，接受邀请。

“英雄赛麦台依、古里巧绕和坎巧绕，
来到熙熙攘攘的康阿依人中。
空吾尔巴依诡计多端，
要求以土地偿命，
让赛麦台依在契约上盖印，
故意制造激烈交锋。
空吾尔巴依在战斗中失败，
催动阿勒卡拉骏马逃命。

“卡勒玛克人蜂拥而上，
巴拉班战鼓擂鸣，
枪弹不停地射出，
烟火弥漫战场上空。
赛麦台依依靠阿克凯勒铁枪，
单枪匹马阻挡入侵者的进攻。
是站在这里的这个古里巧绕，
骑着出类拔萃的快马苏尔阔勇，
扬鞭催马，紧紧追踪。

“当奴才空吾尔巴依东奔西逃，
被迫窜入湍急的河水中。
古里巧绕甩出套索，
连人带马一起套中。
走了两天的路程，

拖回到英雄赛麦台依跟前。
征得英雄的同意，
砍下人头予以严惩。
康阿依人将他的无头尸当作天神，
至今在康阿依供奉。

“当时古里巧绕就说过：
‘西边有奥鲁斯汗，
他也属于柯尔克孜部族。
谁要是侵犯，我们就要出兵征战！’
古里巧绕的豪言壮语，
传遍整个日落地方。
从那时到现在这个时候，
没有西方人敢于来犯。

“请你们看一看，
我的乡亲们，
我正在走下生命的峰巅。
请你们认识一下你们的新主人，
我要把你们交给赛依铁克掌管。”

他又响亮地对赛依铁克开言：
“我的臣民和领土，
我的宝座和城池，
全部交给你掌管，
愿老天赐予你洪福齐天！

“两个诺奥依分道扬镳，
成为歌手们惊世的唱词，
成为库姆孜奇们弹奏的乐曲。
柯尔克孜的诺奥依部落，
只要你们重新走到一起，
我愿贡献一切，在所不惜。

“尊贵的各位，
如果谁心有芥蒂，
请公开说出，不要藏在心里！”

奥鲁斯汗讲完停了下来，
差不多煮一顿饭的工夫，无人吭气。
有个人名叫塔塔勒别克，
他是位一百三十岁的老人。
他开口表达自己的心意：
“我的汗王，只要你觉得合适，
剩下的人没有什么异议。
如果他们心有芥蒂，
他们早就会七嘴八舌地说起。

“赛麦台依没有死，他还活着，
我不信他会被克亚孜杀死，
我对此坚信不疑。

“在阔阔托依的祭典上，
当着聚集的众多百姓，
天生贤惠的卡妮凯，
得到阔绍依祈求送子的祝福。
阔绍依斜视的眼睛像启明星，
弯月似的耳朵大如盾牌，
他的祝福给家乡带来了福祉。

“圣人阔绍依的祈祷祝福，
孕育赛麦台依降生。
阿依阔勒英雄玛纳斯，
是他降生人间的亲生父亲。

“我这老头在家里听说，
克亚孜和坎巧绕砍杀了他，
却没能把他的尸体找到。
阿依阔勒猛虎玛纳斯，
有许多神秘的庇佑者在身旁。
许是其中的一个赶到现场，
把赛麦台依转移到神秘的地方。
也许已经治好了他的创伤，
也许他根本没有死亡。

“赛麦台依定会回到人民中间，
假如侵略者联合起来与他作对，
他视入侵者比自己的裤脚还低。
当年卡勒玛克人和契丹人，
与五大三粗的凯旦人勾结在一起，
舔着舌头跃跃欲试。
乌尚率领卡勒玛克人，
一个不剩全部出击。
穆拉迪勒前来加盟，扬扬得意，
奥若克格尔笨手笨脚地骑着大象，
也前来参与偷袭。

“赛麦台依麻痹大意，
不料城池被敌人围困。
两位勇士都不在身边，
他们还在山上放牧畜群。
当布茹勒骏马到手的时候，
雄狮的儿子赛麦台依，
跨上战马冲出了城门。

“奴才空吾尔为首的敌人，
四处逃散，溃不成军，
好不容易才保住自己的性命。
穆拉迪勒、乌尚、涅斯卡拉，
奥若克格尔四个枭雄当场毙命。
难道还有谁见过，
这样勇猛杀敌，
击溃侵略者的场景！

“英雄古里巧绕，
你完成了为侄儿迎亲的使命；
阿依曲莱克，
你得到了又一方百姓的拥护；
赛依铁克，
你又办成了一件大事情，
你们不要久留，明天就上路。
你们要掀翻克亚孜的宝座，

你们要返回到塔拉斯故土。

“等到你们打败了坎巧绕，
夺回色尔城之后，
那时候请你们再来乌茹姆，
把古丽娜尔接走。”

塔塔勒别克老者的肺腑之言，
以奥鲁斯汗为首的乌茹姆人，
一致同意，无不称赞。
阿依曲莱克、古里巧绕，
也赞成了老汗王的意见。

他们又住了两天，
就上马返回家园。
赛依铁克和阿依曲莱克，
回到克亚孜的宫殿。
古里巧绕独身一人，
朝着坎阔勒的色尔城，
朝着戴白毡帽的柯尔克孜阿拉什，
朝着阿依阔勒英雄建造的都城，
扬鞭策马奋勇而去。

古里巧绕返回塔拉斯

古里巧绕与卡尔噶勒达依奇遇

阿依曲莱克和赛依铁克，
返回到克亚孜跟前，
将往返的经历讲述：
“我已经给儿子成功定亲，
也举行了过门的仪式。
等到霜期来临的时候，
我们让你大摇大摆地领头，
去把儿媳妇迎娶。

“迎亲的彩礼和其他礼节，
我们要尽量遵循规矩。
这些想法你是否赞同，
我们要听一听你有什么主意。”

克亚孜默默不语，
好言或恶语都没有吐露半句。
谁知道他在寻思什么，
想着什么阴谋诡计？

赛依铁克又去马群那里，
他盼着大叔早日归来，
他朝着塔拉斯方向望眼欲穿。

你的英雄大叔古里巧绕，
他骑着苏尔阔勇骏马激动不已，
朝着塔拉斯飞奔而去。
他为父亲玛纳斯举手祈祷，
他接受乡亲们的祝福和重托，
跃马踏上漫长的路程。

为的是与卡妮凯和巴卡依见面，
英雄古里巧绕一路急行风尘仆仆，
来到铁米尔套山的边缘。

托尔索勒多依之子卡尔噶勒达依，
躺在家里感到无聊，
他不戴毡帽戴着单帽，
他骑在无鞍的马背上出门。
他的年龄刚过二十岁，
他活泼伶俐有些毛手毛脚。
他已成为出色的猎人，
他使天鹅不敢在湖面栖息，
他使山上的雪鸡无法逃跑。

卡尔噶勒达依心中思量，
今日去丘陵狩猎野母盘羊。
他骑马行进在半山腰，
正朝着英雄古里巧绕的方向走去。

古里巧绕远远望见他的身影，
停住脚步，勒住了马韁。

在铁米尔套山的边缘，
有这样一条山谷。
这条山谷人迹罕至，
叫作巴卡依的吐尤克山谷[1]。

古里巧绕来到这里下马，
他对骏马说："这里是你熟悉的地方，
让你畅饮这里甜如蜜的清水，
让你尝够这里稻米般芬芳的牧草。"

他放开苏尔阔勇骏马自由徜徉，
他脱下身上华贵的服装，
换上了一身乞丐的衣裳。

① 吐尤克山谷：柯尔克孜语，意为走不通的山谷。

他朝着对面走来的人影，
破衣烂衫地迎面而上。

机灵超群的苏尔阔勇骏马，
交叉着双耳像剪刀一样。
它以为这不是做梦而是现实，
可怜的动物哭得像人一样，
串串泪珠涌出眼眶。

它以为这就是坎阔勒，
它以为终于回到亲爱的故乡。
它把嘴唇伸到水面畅饮，
它张开嘴巴把牧草大口品尝。
它就地躺下打滚又抖身，
它似乎闻到坎阔勒泥土的芬芳。

卡尔噶勒达依也看到了步行的乞丐，
古里巧绕兴高采烈地走到他跟前，
一股暖流激荡在卡尔噶勒达依心上。
他不能骑在马背上问安，
他急忙跳下马背，
按照柯尔克孜的礼仪，
把两只手交叉放在胸前，
向古里巧绕行礼问安。
古里巧绕接受了问候，
但没有刻意注视这个青年，
只是对他轻轻地瞟了一眼，
就断定他是个性格开朗的青年。

年轻小伙开口问道：
“请问您来自何方，
为何不乘坐骑而步行在路上？
我说你是猎人可你没有带枪；
我说你是捕兽人，
可你没有把捕兽夹带在身上。
你好像迷路来到这个地方。”

古里巧绕听了小伙子的问话，
停顿片刻抑制内心的激动：
“我可爱的淘气鬼，
多亏你在野外与我相逢，
如果我有衣穿，有马可骑，
如果我有狩猎的武器在身，
我的恩人，难道我会如此汗流浃背，
徒步挣扎在艰难旅程？

“我是一个到处流浪的人，
你仔细看看，我这副模样。
我喝着凉水走乡串户，
在留宿的人家填充饥肠；
我孤身一人没有伴侣，
在茫茫旷野独自游荡。
我听说柯尔克孜人富裕大方，
我打算到他们那里走访，
我的欠缺想必在那里可以得到补偿。

“我的孩子，你叫什么名字，
你的父亲又是哪位老者？
我们既然在野外相遇，
我就要听一听你的身世。”

这时候小伙子开始讲述，
讲起了自己的来历：
“我的大哥，
你背井离乡步行来到此地。
我出身柯尔克孜部族，
我的家乡在坎阔勒，
我父亲名字叫托尔索勒多依。
他一直独自悲伤哭泣，
哭瞎了双眼，失去了视力。

“我的名字叫卡尔噶勒达依，
我在家里闲着，寂寞难耐，
为了消遣散心来到野地。

我家住在山下平原，
我家只有光背的牛和山羊，
我们靠牛羊奶维持生计。

“我父亲的年龄已过六旬，
我不能在野外迟迟不归，
我要很快返回家园。
我请你和我一起去，
在我们家住宿两三天，
请您和我父亲说说话，
和他无拘无束地交谈。
虽然我父亲什么也看不见，
但谈话会使他心满意足。”

就在他们俩说话的时候，
太阳下山，夜幕落降。
他们俩在丘陵中前行，
迎面遇到了一群母盘羊。

卡尔噶勒达依迅速举起猎枪，
打中了碰上枪口的母盘羊。
卡尔噶勒达依急忙跑过去，
宰杀了被打倒的母盘羊。
然后将它驮在了马驹背上，
他们俩把马驹牵上步行。

到处是黑压压的畜群，
一座座豪门大宅的屋顶，
雄伟庄严的黑色城郭，
映入了古里巧绕的眼睛。

英雄古里巧绕若有所思，
瞪大双眼看得出神。
他有几次欲言又止，
假装用舌头舔着嘴唇。

机灵的小家伙卡尔噶勒达依有所察觉：

“难道他心里感到害怕?
看他那巨人般魁伟的身躯,
不像是畏惧的懦夫。
也许他正在想着心事,
他在野外与我相遇的时候,
为什么对我父亲的事问来问去?”

当卡尔噶勒达依如此思忖的时候,
古里巧绕发现一个人影,
在塔尔玛勒萨孜草滩,
跑前跑后放牧着牛犊群。
“哎,可爱的年轻小伙子,
原谅我忘掉了你的名字,
请你指给我你的房子,
我待一会儿再去你的房子。
你看我一身汗味臭烘烘的样子,
我要先去河边洗净身子。”

这时卡尔噶勒达依答道:
“我尊敬的大哥,
我的父亲比你年老,
我家有陶制水缸和水壶,
还备有舀水的木瓢。
你不能用凉水洗澡,
你不能在这里和我分道。
我家里有贤惠的妻子,
她会给你把热水备好。”

“我领情了,卡尔噶勒达依,
你看这河水多么清澈透明。
我刚才听了你的介绍,
坎阔勒就是这里的地名。
这是雄狮玛纳斯的家乡,
这里居住着阿拉什人。
如果我不在这条河里沐浴,
那是件说不过去的事情。
我预感到我今天流出的汗水,

会洗去我所有的苦难，
会流向幸福美好的明天。”

古里巧绕对卡尔噶勒达依，
倾吐了少许意味深长的话语，
说完后自己留在原地。
卡尔噶勒达依指明自己房子的位置，
说他一定要在家门口等候，
以防看门狗对客人失礼。

卡尔噶勒达依上路回家，
让我们看一看古里巧绕有什么安排？
他的心里装着两件重要的事，
他认为那个放牛犊的女人，
很可能就是卡妮凯大妈，
他心中的确这样猜疑。

坎巧绕建造了华丽的城堡，
他和其他人分开居住，
他易地搬迁，单独安营扎寨。
他抛弃了阿尔腾布拉克麻扎，
这里没有人看管和祭拜。

这是玛纳斯洵过脚的河水，
是赛麦台依洗过手的河水，
是巴卡依和卡妮凯每日烧茶的河水，
凡是见过的人都感到神奇。

让人魂牵梦绕的河水，
让畅饮的人心情愉快的河水，
像蜜一样甜，
像马奶酒一样香醇。
寒冬腊月不结冰，
炎夏盛暑不升温，
是不变颜色不变味的河水。
古里巧绕心中早就渴望，
畅饮这里的流水。

“我要用泉水解除干渴，
我要下定决心，勒紧腰带，
然后前往我父亲的陵墓，
为父亲的灵魂祈祷祭拜。

“如果不在坎阔勒的河里洗澡，
如果不把坎阔勒的泉水畅饮，
如果不到浴血英雄的陵墓前祈祷，
我怎能这样莽撞地闯进村庄？

“如果打听不到大伯的下落，
就这样鲁莽地奔向阿寅勒，
从哪里能找到落脚的地方？”

可敬的雄狮，如此思忖，
慢慢地移动着沉重的脚步。
他在河水中尽情沐浴，
前后左右伸展手足，
好像自己的身材又长了许多。
他激动得胸脯急促起伏，
眼泪就要夺眶而出。

迫不及待地来到泉边，
他抑制不住内心的冲动，
一身扑倒在泉水边缘，
把头伸进泉水里面。
贪婪地痛饮泉水，
恨不得把泉水全部喝完，
喝得肚子像皮罐般滚圆。

他恢复了古里巧绕的本来面目，
他起身站立，陷入思念。
他睁大眼睛，集中视线，
安定心神重新盘算。
他环顾四周选定目标，
不绕弯路直奔向前，

接近老太婆放牛的地点。

一看这老太婆就是卡妮凯，
她的遭遇极其悲惨。
她身上的破衣烂衫，
已不能把躯体遮掩。
听说熟人要送给她衣物，
恰绮凯坚决不允许，
说她该穿的都已穿完。

卡妮凯不敢把腿叉开，
蜷缩着身子不敢伸展。
她变成拳头大小的老太婆，
一把就可以把她举到半空中。
她头发脱落所剩无几，
竖起的短发格外蓬乱。

古里巧绕看到母亲这副模样，
心中的烈火熊熊燃烧，
从骨子里感到沉痛悲伤！
“我怎样接近她身旁？
她的身体毫无遮挡；
我怎样把母亲看望？
如果我早知道这样，
会带我嫂子一起来访。”
这些念头在他脑海闪过，
他便从这里悄悄离去。
他要去看一看巴卡依，
他要从旁边仔细观望。

放声咆哮的雄骆驼，
摇头摆尾的年轻公骆驼，
昂首挺肚的母骆驼，
活蹦乱跳的小骆驼，
各个傲慢自大撒欢撒娇，
徒步的巴卡依无法管控。

他手拄木棍嗒嗒跳动，
他匆忙的脚步急促前移；
长长的胡须被风吹起，
翻过双肩飘逸在脑后。

他的唇髭根根翻起，
面黄肌瘦汗毛竖立；
他的头发一直没有修理，
犹如公马的鬃毛蓬乱不齐。

他弯腰曲背不能直立，
他睁着眼睛目光呆滞；
他踉踉跄跄险些跌倒，
还以为自己跑得太急。

古里巧绕看到这一切，
悲伤地咬破了自己的嘴唇，
感觉到全身的骨头都快要粉碎。

他看到母亲卡妮凯的时候，
心如火燎，肝肠寸断；
他看到汗巴卡依的时候，
痛苦的血泪涌出双眼。
他虔诚地向老天祈求：
“如果老天使我如愿，
我定将那两个万恶的仇人，
交给汗王巴卡依亲自审判！”

时间已到傍晚，
夜幕降临天色昏暗。
托尔索勒多依之子卡尔噶勒达依，
牵着马驹匆忙返回家园。
进门就对妻子吩咐：
“今天有客人到我们家来，
你要早一点烧火做饭，
好让客人早一点安睡。
等到客人入被窝躺下以后，

你再去给牛、羊挤奶，
那样也不算太晚。”

他的妻子阿克芒代，
对丈夫这样回答：
“你还没有把贵宾带来，
就如此焦躁不安，
如果来宾不急着睡眠，
那样可以和父亲多多交谈。
如果你请来的客人性格开朗，
那说明你认人有眼。

“从前家里来客人，
你往往漫不经心，
默默不语地坐在一边。
不知道你今天怎么了，
如此慌里慌张，手忙脚乱？
你到底请了谁，那个客人在哪里？
你先告诉我，然后再去忙活，
要宰羊招待，不要怠慢！”

卡尔噶勒达依激动不已，
跑来跑去，跌跌撞撞：
“你先做好油炒肉块，
然后我为那个客人宰一只羊。
今天要来的客人是一个乞丐，
我对他既好奇又欣赏。
在塔拉夏的山丘，
我和他偶然碰上。
我们站在那里交谈，
母盘羊来到我前方。
好像被拴住了似的，
一动不动地站在离我不远的地方。

“我打倒了那头母盘羊，
把它驮在我的马驹背上。
我们俩一起下山，

来到了塔尔马勒萨孜的边上。
见到坎巧绕的城堡，
他问我这是谁建造，
他望着麻扎尔苏河，
他的眼睛喷射出愤怒的光芒。

“他不禁怒火中烧，
咬得牙齿咯咯直响。
吓得我全身的关节都颤抖，
差一点儿魂飞胆丧。

“他让我把房子指给他，
说傍晚会到我们家来拜访。
说他全身沾满汗渍污垢，
要让河水冲洗涤荡。
那个人说着独自留在那个地方，
当我离开时他又问道：
‘你叫什么名字，你父亲是否安康？’

“我没有直接回家，
我登上了那个山冈，
偷偷观察他的动向。
我还从远处看到，
他去了卡妮凯大妈放牛犊的地方。

“他还在麻扎尔苏河中洗了澡，
你可知道，他和一般人不一样。
他沿着泉水走来走去，
他看到放牧骆驼的巴卡依，
停止脚步久久凝望。

“我站在山冈上清楚地观察，
他抓住了自己的衣领，
不由自主就火冒三丈。
他的两眼喷射着火焰，
我在山冈看到了他的目光。
然后他转身朝这边走来，

我猜想他很快就到我们的毡房。”

卡尔噶勒达依对阿克芒代，
将所见所闻讲述了一遍。
躺在屋里的托尔索勒多依，
听到了他们所有的交谈。
“我的孩子卡尔噶勒达依，
你刚才讲的是真话还是谎言？
如果你说的是真实情况，
难道不是老天的恩典？
阿勒曼别特之子古里巧绕雄狮，
生来就让人时来运转。
难道他真的来到这边，
我的孩子，赶快把他请来见面。

“如果他真是古里巧绕，
我有幸坐在他的身边。
只要我吃口他碗里的剩饭，
只要我吻一下他的胸脯，
四十天后我就会完全康复，
恢复我失明的双眼。

“我要真诚地向他恳求，
让他从色尔城带给我一撮尘土，
我要在眼睛上涂抹三次，
我就会完全复明。
儿子，你从此会时来运转，
因为你路遇了雄狮。

“自从好汉古里巧绕离开，
我的儿媳妇无心刺绣，
你也没有得到一官半职。
因为我们是阿吉巴依的邻居，
受够了坎巧绕的排斥。

“恰绮凯和坎巧绕，
把凯尔曼巴依极力排挤。

不让他为民做事，
还让所有的人对他埋怨生气。”

托尔索勒多依说到这里，
突然外面狗吠声四起。
小伙子卡尔噶勒达依急忙出屋，
迎着徒步的客人跑去。
几条公狗汪汪狂叫，
但都不敢往前冲击。
小伙子卡尔噶勒达依忙前忙后，
把客人领进屋里。

古里巧绕踏进屋门，
就庄重地向托尔索勒多依老人致礼。
老人立刻伸出双手，
接受了他的敬意。

古里巧绕握住了老人的手，
托尔索勒多依抚摸着古里巧绕的手，
激动地说了这样的话语：
“你是豹子还是雄狮？
我的眼睛看不到你。
可我感觉到你的手如此温暖，
难道你是我的太阳古里巧绕？

“我如今变成了双目失明的瞎子，
看不到你太阳般的容颜，
我闻到了你麝香般的气息，
我全身上下冒着热汗，
我感到非常舒坦！”

这时古里巧绕说道：
“人们说坎巧绕，
如果听到古里巧绕的名字，
咬牙切齿，恨之入骨。
我这个可怜的人到处流浪，
找不到安身的地方，

难道到这里来送死？

“请问老人家尊姓大名，
如果你还这样大声张扬，
我就无法在你阿寅勒留宿。”

托尔索勒多依老人说道：
“我的儿子和儿媳妇，
不会把我的话泄露出去，
你千万不要顾虑。

“如果你不是古里巧绕，
肯定是古里巧绕派来的信使，
你的行踪足以证实。
虽然我看不见，但我听说，
自从赛麦台依消失以来，
自从古里巧绕受伤致残以来，
自从阿依曲莱克成了战利品以来，
阿尔腾布拉克麻扎尔苏，
从没有人去瞻仰。

“卡妮凯待的地方，
从没有人能够前往；
巴卡依如何受苦受难，
也没有人敢去探望。
你去了布拉克，在那里洗澡，
你目睹了卡妮凯的惨状，
你观察了巴卡依的苦难。

“坎巧绕建造的城堡，
当你从远处瞭望，
为什么摇头悲伤？
这些我都听说了，
因此我断定古里巧绕来到这个地方。

“我的独苗卡尔噶勒达依，
对我这个瞎子托尔索勒多依，

尽心赡养从不为难。
他给巴卡依送饭送食，
从不让别人发现。
卡尔噶勒达依每天都去，
向巴卡依问寒问暖。

“骨瘦如柴的巨人巴卡依，
每天去放牧骆驼从不间断。
已经年老的巨人巴卡依，
步行去放牧骆驼十分可怜。
巴卡依遭受的凌辱，
活着的人从未体验。

“可惜啊，正直的好人受到虐待，
生存条件越来越艰难。
卡妮凯的日子比他还难，
有时她连一口水都喝不上，
恰绮凯对她施暴虐待。

“如果卡妮凯，
赶着牛拾着牛粪走进阿寅勒，
就不让妇女和小孩子们看见。
如果看见了或者听到了她的事，
恰绮凯就会百般刁难。

“不让她走进乡亲的家园，
不让她和乡亲交谈，
不让她品尝乡亲的饭菜。

“当炎热的夏天到来的时候，
不让她穿着长裙，
恨不得把她晒成肉干。
当寒冷的冬天来临的时候，
不让她穿厚衣服保暖，
恨不得让她的手脚冻烂。

“夏天，给他的酸奶极为有限，

冬天，给她的肉汤少得可怜。
听说卡妮凯和巴卡依，
受到残酷无情的虐待，
我心里常常流血肝肠寸断。”

托尔索勒多依讲完这些话，
疲惫地昏了过去。

卡尔噶勒达依和阿克芒代，
围着锅灶忙忙碌碌，
将炒好的肉块端上餐布。
然后牵来一只小羊羔，
他们把父亲唤醒，
请客人为他们祈祷祝福。

他们连羊羔的细肠也没有留下，
全部放进锅里煮熟。
他们盛满一大盆熟肉，
摆在父亲和古里巧绕面前。

古里巧绕观察发现，
小伙子卡尔噶勒达依，
与妻子交头接耳窃窃密谈：
“我的妻子，这两份肋骨肉，
我们要想方设法，
悄悄地给汗王爸爸和妈妈送去。”
他们俩这样商量将两份熟肉存留。

古里巧绕细心注意，
听到了他们所有的话语，
古里巧绕对这个小伙子十分欣赏，
认为他们明辨是非，
仁慈善良非同一般。

当到了该睡觉的时候，
卡尔噶勒达依和阿克芒代，
在屋的上方位铺开宽松的被窝，

让父亲和客人安稳睡眠。
说今夜轮到夫妻俩守护畜圈，
将自己的铺盖抱到外面。

深夜人们关门闭户停止走动，
一个个进入了梦乡。
托尔索勒多依躺着睡不着，
对古里巧绕倾吐衷肠：
“我尊敬的贵客，
打扰你睡眠，请你原谅。
我从你的手掌和气味判断，
你就是英雄古里巧绕。
你轻轻一动，大地摇晃，
我猜想这就是雄狮古里巧绕在我身旁。
如果我向别人泄露秘密，
就让我天诛地灭，家破人亡。

“自从你来到这个家，
我的心变得快活异常，
不由自主地充满希望。
我和你这般并排躺着，
我喜悦的心澎湃激荡，
我无法合眼进入梦乡。”

英雄古里巧绕开口回答：
“老人家，你见多识广，
洞察一切，十分明鉴。
我迷失方向，四处流浪，
孤独地来到你的放牧点。

“你给我起名叫古里巧绕，
你有意接近我的身边。
我无法编造谎言，
在你面前左右为难。

“请你给我一些时间，
你自己也安心入眠。

“凡是乞丐就得去尊贵的坟地祭拜，
我要去阿依阔勒陵墓祭奠。
我要抱着他灵魂的双腿痛哭一场，
倾诉我心中无尽的思念。

“我要到色尔城去，
带回一包圣土向你敬献。
我肯定会再来到你的身边，
那时我就要多住两天。”

当雄狮慢慢起身，
就要连夜上路的时候，
托尔索勒多依抓住了他的手：
“我的贵客，我求你了，
敞开你的胸口让我闻一下。”
古里巧绕心想这老天惩罚的老头儿，
不答应他就不会松手，
无奈地露出了胸口。

托尔索勒多依伸着头，
闻到古里巧绕特有的气味，
他激动地放声哭泣：
“自从昨天开始，
我心里就预感到吉祥的兆头，
在这个虚伪的世界里，
总有人能走到苦难的尽头！”

英雄古里巧绕这样说道：
“好了，托尔索勒多依安静一点，
你要尊重我的决定。
我要前往青鬃狼的陵墓，
我不能耽误，要尽快成行。
我要向我的父亲阿依阔勒雄狮请缨，
要知道我能不能现在出兵。”

古里巧绕要去阿依阔勒的陵墓，

托尔索勒多依不能阻拦。
卡尔噶勒达依和阿克芒代，
站在旁边倾听他们的交谈。
他们俩激动地低声交谈：
“这是老天赐予我们的恩典。”

他们抑制不住内心的喜悦，
喜出望外，喜眉笑眼。
卡尔噶勒达依对妻子说道：
“老天赐予我们恩典，
阴差阳错，让雄狮古里巧绕，
竟在我们家出现。
好像我的梦就要应验，
我就要称心如意，时来运转。
如果雄狮古里巧绕回还，
我将在宫廷中起码成为一个总管。”
夫妻俩如此这般地悄悄议论。

古里巧绕拜谒祖陵
众英灵显现人间

古里巧绕悄悄地走出那个毡房，
小心翼翼地摸索着前行。
他趁着黑暗的夜色，
来到了阿依阔勒雄狮的墓前。

可怜的英雄悲痛欲绝，
情不自禁号啕大哭。
他没有剩下说话的力气，
他折磨了自己可怜的性命。
他的眼泪滚滚流淌，
他哭得十分悲伤：

“我的先辈啊，阿依阔勒雄狮玛纳斯，
我的故乡啊，辽阔的塔拉斯，
我的父亲——阿勒曼别特，
是你身边左右辅佐的知己；
你的同龄人——机灵的楚瓦克，
从孩提时与你在一起；
你的亲兄弟——英雄色尔哈克，
英雄业绩铭记在人民心里。

“我在这里流着眼泪哭泣，
祈求你们给我力量和勇气。
我古里巧绕受苦受难，
被人刺穿了完好的躯体。
我的两个肩胛被人剜刮，
我的软骨被人割去。

“祈求你体谅乡亲父老的疾苦，

让辽阔的塔拉斯民众一个个称心如意，
摆脱猖狂的坎巧绕的奴役！

“应祈子的祷告而生的大哥，
我不认为他已经死去。
圣明的汗王阔绍依的祝福，
曾经给乡亲们带来富裕。
还有那过世的众位汗王，
我也向他们的灵魂祈求。

“巴卡依老人虽然还健在，
但他正遭受着数不尽的虐待；
我未能接近我母亲的旁边，
我无法目睹她衣不遮体的状态。
你的儿子何尝不想自由自在，
但是塔拉斯对我变得如此狭窄。

“曾经睡在你怀里的伴侣，
如今受到莫大的凌辱和虐待；
我的大伯巴卡依，
曾经与你朝夕相处形影不离，
共商大事谋划未来。
他是人世间出类拔萃的贤哲，
如今却遭遇此等悲哀。

“赛依铁克孤苦伶仃地成长，
他每天辗转反侧不能入眠，
他想念着塔拉斯故乡。
阿依曲莱克心里十分焦急，
她将戴白毡帽的乡亲怀念。
阿依阔勒父亲啊，请你答应，
保佑我的出征顺顺当当！”

英雄古里巧绕张开臂膀，
把陵墓的门槛紧紧抱住，
他这般趴卧在那里，
诉苦求援十分悲伤。

他的眼泪滚滚流淌，
犹如湖面翻起层层波浪。

他悲伤得肝肠寸断，
精疲力竭渐渐平静。
他的父亲阿勒曼别特苏勒坦，
对孤苦伶仃的儿子十分怜悯。
决定在这个时辰亮相显灵。

东方的天边呈现出光亮，
漫天的星星慌慌张张，
迅速向西边逃跑。
从西边顿时刮起狂风，
席卷大地猛烈呼啸。

突然响起了猛虎的吼叫，
吼声震天，地动山摇；
一群雄驼狂吼咆哮地来到，
大嘴里不断喷出白色气泡；
一群大象也迈着笨重的步子来到，
身材魁伟的英雄策马来到。

他晃动着手中的长矛，
他骑着健壮的阿克库拉骏马，
他穿着宽大的阿克库别战袍，
他背着光亮耀眼的阿克凯勒铁枪，
他腰间挎着闪闪发光的阿奇阿勒巴尔斯战刀，
他那契丹式的红色战鼓，
苍蝇碰一下也会发出铿锵之声。
青鬃狼雄狮的光彩炫人眼目，
犹如巍巍的高山直插云霄。

塔拉斯上空顿时乌云驱散，
大地上万紫千红鲜花开遍。
英雄古里巧绕全身舒坦，
温暖的躯体浸透着热汗。

又有一位骑着阔克阿拉[①]骏马，
身穿宝兰色拉披斯长袍的英雄，
他身材魁梧，与梧桐树一样高，
假如各个角落的入侵者一起进犯，
他也能把他们一口吞掉。

他的眉毛像趴着的黑绵羊般粗大，
他的头颅像白色陵墓圆顶一般大小。
他的威严像野外的寒风咄咄逼人，
如果说他真正的相貌，
直立时的身躯像座山包。
他的气色像麦粒般发亮，
像他这种模样的勇士世上着实极少。

他发怒的时候脸面被怒气笼罩，
他的目光犹如烈火燃烧。
即使他闲逛漫步，
也像大地激起风暴。
他就是著名的楚瓦克，
如此威风凛凛地出现。

紧跟着他后面的英雄，
乘骑在阿依萨热阿拉[②]骏马背上。
身披浅黑色金边长袍，
强弓利剑横跨在宽阔的肩膀。
身穿着用巴达那铁片缀成的，
云雀眼状多层铠甲，
手持着蓝缨红色矛枪。
他能把较量的对手轻易放倒，
没有一个能逃出他的手掌。
他的脸上放射着金光，
他说话不拐弯直截了当，

① 阔克阿拉：意为青色花白马。

② 阿依萨热阿拉："阿依"意为月光，"萨热阿拉"意为乳黄色，这里用作马名，为月亮般乳黄色的骏马。

他神采奕奕满面红光，
他腰挎着宝剑闪着寒光。
金制的麻拉卡依头盔，
紧扣在他的头上。

他单枪匹马独身一人，
面对空吾尔巴依、交劳依、涅斯卡拉，
面对包郎楚和萨依卡勒姑娘，
面对勃孜凯尔提克和奥荣阔，
面对穆拉迪勒和乌尚，
他毫无畏惧敢于出手较量；
骑着柯尔克库荣骏马的布党羌，
被他打得鲜血像水一样流淌。

他戳出矛枪就能刺中要害，
数以千计的巨人和大力士，
像野鸡一般被他扔出好几丈。
他戳死了巨人玛吉利，
他消灭了包郎楚，
他打得空吾尔巴依仓皇逃窜惊恐万状。
他浑身上下犹如钢铁铸造，
他就是阿勒曼别特大将。

紧跟在他的后面走来的勇士，
身躯魁伟，英姿飒爽。
自从九岁的童年时期开始，
英雄的名声在人间传扬。
当年在别依京的恶战中，
英勇善战，深受崇尚。
当年在阿富汗的交战中，
他勇敢面对横冲直撞的大象。
阿富汗人把他罩入铁网中，
最终也未能拖回营帐。

他骑着铁勒克孜勒骏马如虎添翼，
铁制的铠甲就是他得体的戎装。
他的那坎尔靴子钉有铜制的鞋掌，

穿在脚上非常合适，尖头朝上。
他腰系着铁制的腰带，
他东冲西突，无人能阻挡。

别依京的精兵强将，
无不对他畏惧恐慌。
在别依京的战斗中单枪匹马，
与十万康阿依和百名卡勒达依勇士较量，
杀得他们丢甲弃盔人仰马翻。

空吾尔巴依吓得魂飞魄散，
为了保全苟延残喘的性命，
丢下阿勒卡拉坐骑徒步逃亡。
他不论遭遇什么样的敌人，
从不后退，寸步不让。
他就是出类拔萃的色尔哈克，
是举世闻名的骁将，
他也在行进的路上。

紧跟在他后面的勇士，
胯下的阔克阿拉千里马披着马衣，
身着蓝色阔别大袍，
不见头颅只见躯体。
这样的英雄在人世间难以寻觅，
他与智勇双全的英雄玛纳斯，
自始至终团结在一起。
他就是阿依达尔汗的儿子勇敢的阔克确，
他也在前来的队伍中。

手持着麻花式的精致马鞭，
乘骑着高山般的托茹骏马，
他所知道的还有谁能知晓？
他的祝福使家乡兴旺发达。
他就是圣人阔绍依，
他也和英雄们一起到达。

紧跟在他后面的英雄，

是布达依克汗之子穆孜布尔恰克，
他浓密的唇髭就有一大抱。
他斜戴着白色的头巾，
他浑身上下鲜血淋淋，
他用苏甫布把身体缠绕。
他骑着白色骏马，
他和巴卡依大伯是生死之交，
是今生来世的结拜兄弟，
他也和英雄们一起来到。

以克尔葛勒恰勒为首的四十勇士，
功高盖世的比官阿吉巴依，
他性情温和，口齿伶俐，
他对待绵羊都秋毫无犯，
他也在众英雄之间催马行进。

阿勒曼别特正在行进中，
朝着古里巧绕这样开言：
“儿子啊，在你面前，
没有什么克服不了的困难。
对你独一无二、智慧的同乳大哥，
绝不要顶嘴瞪眼；
你要报答母亲的养育之恩，
时时刻刻把她牢记在心上；
在年迈的巴卡依汗王面前，
绝不要抢路横穿。
不要让鞍鞯把坐骑的脊背磨烂，
对待戴白毡帽的阿拉什柯尔克孜人，
绝不要伤害他们的情感！

“你要去和你嫂子当面商谈，
然后尽快回到塔拉斯，
你不要在那里耽误时间。
你们要把主事的权力，
始终交给巨人巴卡依掌管。
如果你们自以为是各自为政，
那样绝对不会称心如意。

“先知阔绍依率领的大队人马，
你可曾看见？
与畜生般的敌人结下仇恨，
被杀死的亡灵，你可看见？
宽宏大量的玛纳斯月亮般明亮，
指明了你的道路，你可看见？”
阿勒曼别特说着策马靠近儿子的身边，
用一只手轻轻地抚摸着古里巧绕的肩膀。

英雄古里巧绕猛地伸出双手，
正想和父亲握手请安，
紧闭的眼睛一下睁开，
一切都成为梦幻，
无影无踪消失在眼前。

古里巧绕睁开眼睛感到惊奇，
他想：“这虽是白日做梦，
但预示着我们的事业成功圆满。”

与阿依阔勒英雄的灵魂相伴，
与前辈们全部相见，
古里巧绕的喜悦之情激荡在心间。
整个世界在这个迷人的瞬间，
突然出现了生机勃勃的景象：

天上的星星像赛麦台依健在时一样，
个个闪闪发光；
好像东方升起太阳，
光芒四射，把大地照亮。
清风徐徐吹来，
辽阔的坎阔勒大地格外凉爽。

百花盛开，绚丽多姿，
翠绿的松柏万里飘香；
茂盛的牧草随风荡漾，
清澈的溪水涓涓流淌；

树上的绿叶随风作响，
恰似姑娘和小伙笑声爽朗；
库恰拉花晶莹透明，
蝴蝶在花丛中翩翩起舞，
世间生灵都为英雄显灵而欢呼歌唱。

鱼儿游动在清澈的河水中，
跳跃嬉戏，格外欢畅；
黑色库那孜和交格卓格鸟，
成群结队展开翅膀；
野鸭无不兴奋鸣叫，
野鹅无不高兴叫嚷；
鸳鸯成对呼应共鸣，
一群群苍鹭，
沿着河流忽升忽降。

鱼鹰在湖面自由翱翔，
水獭从水面露出毛皮十分光亮；
云雀和夜莺，
尽情地放声歌唱；
赤狐和银狐活蹦乱跳，
将尾巴翘到天上；
山中老虎放开四爪来回走动，
狮子个个睁开双眼注目观赏，
豹子一个跟着一个倾巢出动，
狗熊个个站立张望。

所有的飞禽走兽，
见到阿依阔勒英雄的灵魂，
无不感到扬眉吐气，心情舒畅；
很久以来卧病不起的白色猎犬，
突然发出嚎叫，倾吐衷肠；
白驼代替黑驼的位置，
打滚舒展，一跃而上；
所有的蚂蚁也倾巢出动，
没有一个在洞穴里躲藏；
白桦树挺直了扭曲的身躯，

蟋蟀齐鸣争相弹唱；
红隼在空中纵情飞舞，
阔若鲁和卡什卡勒达克鸟，
忽高忽低盘旋飞翔，
向所有的生灵把消息传扬：
“你们快来把阿依阔勒雄狮瞻仰。”

公盘羊兴奋地从山梁跃起，
野兔竖着双耳蹦跳在草地；
野鹿伴随着欢快的歌声，
摆动着高昂的头角；
从天上的飞禽到地上的走兽，
情不自禁地放声歌唱，
起伏的歌声响彻云霄。

黄牛哞哞地长叫，
好像在说：“坎阔勒阿塔，
塔拉斯的主人已经来到！”

所有的马匹舒展腰身，精神抖擞，
那些瘦骨嶙峋的老马，
也一下子膘肥体壮；
满岁的马驹按捺不住激动的心情，
翘着尾巴，奋蹄赛跑。

所有的骆驼扬扬自得，趾高气扬，
高挺的驼峰像一座座山包；
它们耷拉着厚厚的下唇，
吃足了茴茴草和苦蒿，
倒嚼着蒿草那特有的味道。

好像春天的瑞雪，
和深秋的阔勒多隆[1]一起降临。
绵羊哼哧哼哧地呻吟，
山羊抽动着鼻子，

① 阔勒多隆：柯尔克孜语，意为入冬前下的像兽皮褥子一样保暖的雪。

一个接一个的喷嚏一直不停。

听不到婴儿哭闹的声音，
即使母亲喂奶也不想吸吮，
在摇篮里进入甜蜜的梦乡。
老态龙钟的长者，
乳臭未干的小孩，
一动不动地安稳就寝，
痛苦的病人也镇静地入睡。

有多少人梦见神灵，
泪水不断涌出眼眶。
坎巧绕和恰绮凯，
却整夜做着噩梦。
上下牙齿磕磕碰碰，
浑身上下大汗淋淋。

进入朝思暮想的色尔城，
英雄古里巧绕一刻也没有停留。
他抓了一把城墙上的尘土，
用白色卡达布紧紧包裹。
他快步奔回了阿寅勒，
走进了托尔索勒多依的毡房。

托尔索勒多依和儿子儿媳，
通宵达旦没有合眼。
古里巧绕轻手轻脚跨进门槛，
阿克芒代站起来鞠躬请安。
卡尔噶勒达依手牵着黄色山羊，
要宰牲以求平安。

托尔索勒多依满怀欣喜，
他相信能治好失明的双眼：
“只要我的眼睛重见天日，
只要我再能看到，
卡妮凯和巴卡依的容颜；
只要我能再目睹，

阿依曲莱克的风姿；
只要我能再见古里巧绕的伟岸，
只要我能和赛麦台依的独苗，
赛依铁克见上一面，
我就是再成瞎子，
也无怨无憾！”

古里巧绕会见坎巧绕

古里巧绕不慌不忙地走着，
上午时分来到坎巧绕的宫殿。
他推开房门探头看了一遍，
然后抬脚跨进门槛。

坎巧绕躺在宝座上，
趾高气扬，
十分傲慢。
恰绮凯站在他身边，
茶点和饭食摆在面前。

坎巧绕没有把伸展的腿脚收起，
也没有睁开半闭的双眼。
“我的汗王，
别来无恙？”
坎巧绕没有开口回礼，
他侧着身伸出了手尖。
没有人请来者上座，
英雄古里巧绕大大方方，
落座在右边的毛毡。

愚蠢的婆娘恰绮凯，
懒得动嘴交谈。
此时房门打开，
两个女奴进入房间。
恰绮凯向她们交代，
把过期的酸奶端来。
女奴们将过期的酸奶和发霉的馕，
端到古里巧绕面前。

这里发生的这些事情，
谁见了都会感到奇怪。
这里是神圣的塔拉斯故土，
不论面前是怎样的食物，
不品尝就会折福。
古里巧绕用嘴唇沾一下酸奶，
伸手掰块馕慢慢放入嘴里边。

古里巧绕心平气和挑明话题：
“坎巧绕，你可平安？
我昨晚已经到来，
我不敢冒昧打扰，
在院落熬过了整个夜晚。
因为你的家就在这里，
叫我在别人家投宿，
我内心感到不安。

“我们从小一起玩耍一起长大，
你就是我的同胞兄弟。
我如今像是行尸走肉，
为了活命只好流浪各地。

“该让老天诅咒的克亚孜，
把我带到他的领地，
却不闻不问把我抛弃。
白天砍柴，夜里喂马，
我不曾享受一天的歇息。

“我为了诉说苦衷，
去找阿依曲莱克三次。
她却歪戴艾列切克，
板着面孔非常生气。
她根本不听我哭诉，
她根本不顾我的生死。

“我无奈逃离节迪盖尔，

艰难跋涉来到这里。
我渴望着看见你山羊般灰色的眼睛，
你是唯一可以依靠的兄弟。
我就这样来到你的面前，
难道你不想听听我痛苦的经历？”

不等坎巧绕开口答话，
恰绮凯抢先开言回答：
“想当初你催动良种快马，
你身穿布鲁姆十分潇洒。
你目中无人妄自尊大，
每当野外猎捕天鹅，
如同抱着驼羔一样抱在马鞍前头，
飞快地向曲莱克送达。

“我们让你跟随那妖女去享荣华，
今天你跑到这里来干吗？

“你慌慌张张地跑到这里，
引起克亚孜对坎巧绕的抱怨，
你将会给我们带来麻烦，
你破坏安宁会使天下大乱。
你不要自作聪明到处乱窜，
塞饱了肚子不要停留，
赶快返回到你的主子身边。”

恰绮凯对古里巧绕说完，
转身向手下吩咐：
“把剩下的那些牛犊，
交给老不死的老太婆放牧！
去那个孤独的老头儿那里，
将收集的骆驼绒毛，
全部拿来一点也不要留下。

“通知阿寅勒所有的妇女，
前来听从我的调度。
这里没有人给她们做饭，

让她们自备茶水，自带干粮，
这一点要向她们说清楚！”

恰绮凯如此发号施令，
将所有的妇女召到大院。
让她们在周围架起栅栏，
将驼毛弹得更加松软。
她对妇女们指手画脚，
对民众随意使唤。
然后回到坎巧绕身边，
躺在一起寻欢作乐。

此时古里巧绕陷入沉思，
思绪翻滚反复盘算：
“我是否立刻收拾这两条赖皮狗？
难得的机会就在眼前。
我是否将这对狗男女，
彻底斩除不留后患？
是否向赛依铁克和曲莱克，
先斩后奏，表示遗憾？”
他转眼又想起了一句民谚：
‘怒气是魔鬼，理智是朋友。’
我这样做事不够周全。

“克亚孜这个嗜血的家伙，
生命不在躯体里面。
我事前不和嫂子商量，
鲁莽行事不会如愿。

“坎巧绕的城堡，
是他称王称霸的宫殿。
他招募的大力士，
身材魁伟高大如山。
他招募的世间巨人，
手臂粗得像梧桐一般。
他手下有六十名大力士，
要斩杀这条恶狗并不那么简单。”

古里巧绕如此思量，
起身离开了坎巧绕身边。
他不让任何人发现，
悄悄地来到托尔索勒多依房前。

古里巧绕进屋的时候，
卡尔噶勒达依夫妇也已回返。
“孩子们，你们到哪里去了？”
托尔索勒多依老人向儿子儿媳发问。
卡尔噶勒达依毫不犹豫，
直接回答没有回避：
“我去了巴卡依大伯那里，
父亲啊，
你的儿媳妇，
去了卡妮凯大娘那里。
大伯身边没有人监视，
他吃完了送去的饭食。”

古里巧绕对托尔索勒多依说道：
“大伯啊，
请你为儿子祈祷，
让他陪伴我一起出行，
走一趟那边的丘陵。

“老人家，
我带来一份礼物，
现在就向你馈赠。
每日用来涂抹眼睛，
不多不少要坚持四十天。
你一定要记住这个时限，
这样我就可以放心起程。”

托尔索勒多依心中明白：
“四十天后他还会再来。
他现在把色尔城的尘土，
作为礼物给我送来。

我每日用它涂抹，
定叫我失明的双目重新复明。”

卡尔噶勒达依乐不可支喜出望外，
激动得心肺快要从胸口跳出来。
他瞒着古里巧绕早已准备干粮，
他早就想跟着古里巧绕上路。

“卡尔噶勒达依你记住，
我俩不能相伴从这里同行。
你先以打猎为名从这里出发，
我们在玉奇阔绍依的山脚下会合，
我想方设法从后追赶，
不会耽搁。”

古里巧绕对小伙子如此交代，
自己依然穿着破衣烂衫离开。

卡尔噶勒达依跨上鞴好鞍的马，
鞍后拴着装满食物的皮囊。
他携带了几盘油炸饼，
携带了一沓沓圪圪馕，
还特意将几碗奶皮油带上。

他手握着心爱的猎枪，
背挎着狩猎的弓箭，
怀里端着投石带，
一路狩猎前往玉奇阔绍依山。

不等卡尔噶勒达依到来，
古里巧绕已来到铁米尔套山的塔拉夏。
虽然苏尔阔勇骏马正在休眠，
但它已将主人的脚步声觉察。
骏马醒来抖动身躯站立，
马鬃马尾格外潇洒。

古里巧绕抚摸着骏马的前额，

他并不认为骏马听不懂人话，
将所见所闻全部告诉它。
当听到卡妮凯名字的时候，
苏尔阔勇悲伤长嘶。
当听到巴卡依的名字的时候，
苏尔阔勇仰天呼啸泪珠滚滚。

当听到坎巧绕的名字的时候，
苏尔阔勇气得浑身发抖；
当提到恰绮凯的时候，
苏尔阔勇愤怒地用前蹄刨地，
草地上被刨出一个个深坑。

当听到英灵的名字的时候，
苏尔阔勇眼冒火光万分激动。
它高昂着头竖起长鬃，
似乎是向英灵们致敬。

英雄古里巧绕重新鞴好苏尔阔勇马鞍，
坐在马鞍上挺拔伟岸。
他绕着山冈急驰而去，
就在眼睛一闭一合的时间，
到达了玉奇阔绍依山下的约定地点。

先期到达的卡尔噶勒达依，
看见他的身影心惊胆战。
无论他怎样给自己壮胆，
仍然浑身打战魂飞魄散，
无奈他掉转马头仓皇逃窜。
衣摆飘动呼啦呼啦作响，
两只脚脱离鞍镫狂颠。

英雄古里巧绕烦闷已久，
怎会放过这个消遣的机会？
他催动着苏尔阔勇腾跳不已，
绕到前面堵住了卡尔噶勒达依的去路。

卡尔噶勒达依吓了一跳，
急忙掉转马头拼命往回跑。
他感觉晕头转向无法脱身，
山穷水尽无路可逃。

出类拔萃的快马苏尔阔勇，
四蹄腾空飞奔向前。
英雄古里巧绕一边喊话，
一边策马冲到卡尔噶勒达依前面：

“噢咿，
卡尔噶勒达依，你怎么了？
你想往哪里逃窜？
卡尔噶勒达依，
两天以来，
我们住在一个房间一起就餐。
我就是那留宿两天的客人，
你怎么会把我不认识？”

“我从来未见过你这个人，
你怎么知道我的名字？
你怎么会对我这么熟悉？
我见过的那个客人没有坐骑，
他身上没有这样的衣裳，
披的是破烂不堪的骆驼盖衣。”

卡尔噶勒达依产生许多疑问，
他感觉无法脱身。
只好下马徒步走过来，
手牵着坐骑的缰绳。

英雄古里巧绕见到他的样子，
露出门牙发出朗朗笑声。

卡尔噶勒达依定神打量，
他确是昨夜留宿的客人。
刚才都怪自己没有看清，

他就是父亲说过的古里巧绕英雄。

“过来吧，
卡尔噶勒达依兄弟，
请问凯尔曼巴依的阿寅勒在哪里？
我请你给他带去口信，
将他神不知鬼不觉地领到我这里！”

卡尔噶勒达依依命飞奔而去，
胯下的坐骑大汗淋淋。
卡尔噶勒达依更是快马加鞭，
挥舞着马鞭抽打不停。
在煮熟一锅羊肉的工夫，
就到达了凯尔曼巴依的牧村。

可爱的小伙卡尔噶勒达依，
跨进门槛问候致敬。
凯尔曼巴依一见到他，
就知道有重要的事情。
“是坎巧绕做出决断，
派卡尔噶勒达依来到这里？
还是这小伙子听到远方的消息，
专程来向我传递喜讯？”
凯尔曼巴依就这样猜想着，
小伙子来这里的目的。

他请卡尔噶勒达依就座，
让人拿来壶盆倒水洗手，
铺开餐布摆上盘碟，
盘碟上盛满了丰盛的食物。
他们品尝美味后收起餐布，
举起双手祈祷祝福。

此时卡尔噶勒达依开口说话，
传达了英雄古里巧绕的意图：
“很多出类拔萃的勇士前来，
集结在玉奇阔绍依的山脚下。

那里的野羊数不胜数，
他们请你和他们一起狩猎，
派我专程来把你特邀。
他们吩咐我不要在此留宿，
领着你连夜赶回报到。
比官大哥啊，
我们赶快走吧！
还有许多话在路上慢慢唠叨。”

卡尔噶勒达依说着从座位站起，
显得行色十分匆忙。
凯尔曼巴依的走马苏托克别斯[①]，
早就套好鞍韂拴在马桩。
它碎步快走十分稳当，
背上放一碗水也不会晃荡。

凯尔曼巴依身披凯曼塔依，
准备就绪立刻起程。
凯尔曼巴依走在前面，
纵缰催动苏托克别斯飞奔。
卡尔噶勒达依紧跟凯尔曼巴依，
滔滔不绝地谈论见闻。
不得好死[②]的苏托克别斯，
划过天空无影无踪。
快要接近古里巧绕露宿的地方，
迅速跑完了漫长的行程。

那是一个没有月光的夜晚，
只有英雄古里巧绕的苏尔阔勇，
乳白色的皮毛银光闪闪。
凯尔曼巴依见到苏尔阔勇，
跳下马来到古里巧绕面前。

“祖先阿依阔勒的英灵，

① 苏托克别斯：马名，意为背着水也不会晃荡的马。

② 不得好死：这是柯尔克孜人习惯用的反语。

今日显灵将我们护佑。
我的虎胆英雄古里巧绕，
你何时到此守候？
我的月亮般美丽的嫂子曲莱克，
不知在何处留守？

“请告诉我千里马遗留的后代，
雄鹰遗留的子孙赛依铁克，
你那小伙计的气势，
是否已像鹏程万里俯视万物的鹰隼[①]？

“请问你那小伙计，
是否羽毛丰满翅膀变硬？
请问你那小伙计，
是否长成大树硕果累累枝叶成荫？
请问你那小伙计，
是否召来百灵栖息啼鸣？
请问你那小伙计，
是否将祖先的规矩和传统继承？
请问你那小伙计，
是否将眼前和未来看清？
请问你那小伙计，
是否能将亲近的人和疏远的人分清？

“我们无奈只有顺从各种逆境，
这是老天给我们的命中注定。
已经有五年多的光阴，
我没有去过色尔城，
一次也没有探望大伯的情形。
在塔尔玛勒萨孜的草滩上，
隐约望见了大妈的身影。
我心似刀绞低头盯着地面，
不忍心看见亲人被羞辱的情景。

“当年阴云笼罩着大地，

① 鹰隼：鹰类鸟名，意为肩膀像喜鹊，翅膀盖住全身的鸟。

连降大雨天色昏暗。
乡亲们聚在一起商量，
呼天喊地要向节提卡依特搬迁。
是城里的色特尔塔依，
前来向我们暗示，
我的嫂嫂有孕在身。

“我说我们不能放弃塔拉斯，
好不容易将搬迁的人规劝。
我的虎胆英雄你姗姗来迟，
真让塔拉斯的乡亲望眼欲穿！

“百姓的比官色特尔塔依，
他掌握着宫廷的内情，
他从不泄露给别人。
他偷偷地来我这里，
我们俩将对策商定，
我们在别人统治下过日子，
艰难维持着自己的生命。”

凯尔曼巴依话音刚落，
英雄古里巧绕张口开言：
“凯尔曼巴依，
你时来运转，
你们祈求的儿男，
已长成巨柳枝繁叶茂，
如同乘风破浪的巨船。

“从塔拉斯遣散到节提苏的人，
也已像大蟒强悍矫健。
我的所作所为得到好报，
你大哥我已恢复健康。
我们盼到了跃马出征的时间，
要备好干粮刻不容缓。

“我仰望天空观察月缺月圆，
仔细掐算每一个昼夜的轮换。

巴什奥纳月[①]的第十五天，
是星期四，
你要注意察看。
凯尔曼巴依，
你有聪明的头脑，
抓紧准备不要拖延。
你要从现在起走乡串户，
向有头脑的人把消息递传。

“等到巴什奥纳月的第十五天，
你一定要前往玛纳斯神圣的陵园，
与你的嫂嫂及英雄的遗腹子见面！

“告诉乡亲不要留恋畜群，
家里不要留下成年。
不要回头勇往直前，
直捣坎巧绕的大殿。

“在这样兵戎相见的关头，
毫不犹豫，浴血奋战。

“对卡妮凯大娘和巴卡依汗王，
不要惊动，暂时隐瞒。
要等到我们得心应手，
将统治的缰绳接管。
妇女和小孩也不要留下，
让全体乡亲聚集到指定的地点。”

古里巧绕转向卡尔噶勒达依：
“卡尔噶勒达依，
你快一点，
把装满饮料的皮囊拿来。”
古里巧绕和凯尔曼巴依，
共饮皮囊里的饮料十分痛快。
他们一前一后边走边谈，

① 巴什奥纳月：柯尔克孜历月份名，为六月。

给玉奇阔绍依山增添了光彩。

分别的时刻很快到来，
古里巧绕对小伙计卡尔噶勒达依交代：
“代我向你的父亲托尔索勒多依问好，
我来过此地的音信，
别向任何人透露半点。”

英雄古里巧绕兴高采烈，
跨上了苏尔阔勇神骏。
他告别凯尔曼巴依和卡尔噶勒达依，
迅速掉转马头，
朝右踏上了节提苏的返程。

眼睛一睁一闭之间，
翻越山口不见身影，
只见他身后扬起的烟尘。
难道在四条腿走路的动物中，
还能找到苏尔阔勇这样飞速的神骏？！

把多少个山关隘口抛在后面，
把多少高低不平的缓坡抛在后面；
把多少起伏连绵的山丘抛在后面，
把多少一个接一个的峡谷抛在后面；
把多少一马平川的草原抛在后面，
把多少清澈见底的河流抛在后面；
把多少陡峭的达坂抛在后面，
把多少茂密的山林抛在后面；
把多少重叠的山峦抛在后面，
把多少深涧和沟壑抛在后面；
把多少条漫长而艰难的道路抛在后面，
把多少成群结队的野生动物抛在后面；
把多少干燥的戈壁荒原抛在后面，
把多少宽阔无垠的茫茫沙漠抛在后面！